KB049522

전생했더니 슬라임이었던 건에 대하여 6

Regarding Reincarnated to Slime

목차 — 팔성휘상(八星輝翔)편

서장

마인들의 책략

Regarding Reincarnated to Slime

"주, 죽을 뻔했어, 정말……."

그렇게 말하면서 라플라스는 의뢰주 앞에 나타났다.

그 말대로 온몸에 큰 상처를 입고 있다.

"꽤 힘들었나 보네?"

의뢰주——이 방의 주인인 검은 머리의 소년은 남의 일인 양 가볍게 대꾸했다.

그 태도에 화가 난 라플라스는 따지듯이 불평을 늘어놓는다.

"잠깐만, 그렇게 간단한 말로는 표현할 수 없거든? 침입하는 것도 힘들었지만, 나오는 건 그야말로 생사가 몇 번이나 오가는 일이었단 말이야……."

"너라면 괜찮을 거라 생각하는데. 죽여도 죽을 것 같지 않고."

"너무하네. 여전히 너무한 사람이야."

라플라스가 우는 시늉을 해도 소년은 모르는 체하는 얼굴이다.

"그래서, 서방성교회의 정체는 알아냈어?"

"——그러네. 이런 보고를 하는 것도 좀 그렇긴 한데…… 무리였어."

진지하게 보고하는 라플라스의 말을 듣고도 소년은 동요하지 않는다.

그 답을 예상하고 있기라도 했다는 듯한 태도로 희미하게 웃으면서 말한다.

"흐응—. 여전히 넌 거짓말쟁이네. 힌트 정도는 알아냈을 거 아냐?"

소년의 그 말에 라플라스는 어깨를 으쓱하면서 한숨을 내쉬었다.

"맞아. 모처럼 고생해서 손에 넣은 정보니까 비싸게 팔 수 있을 거라 생각했는데, 댁은 뭐든 다 꿰뚫어 보는구먼. 상대가 안 돼."

"후후후, 칭찬을 받아서 기쁘긴 한데, 의뢰비를 올려줄 수는 없어."

그 말을 듣고 "정말 상대가 안 되겠네" 하고 라플라스는 한탄했다.

"뭐, 그렇게 말하지 말라고. 약속한 보수는 제대로 지불할 테니까. 아니, 실은 이미 의식을 정착시키는 건 완료되었어. 내 안에 있던 '마왕'은 훌륭하게 호문클루스(인조인간)로 옮겨졌으니까."

그렇게 말하면서 소년은 즐겁다는 표정으로 웃는다. 그와 동시에 호출 종을 울리면서 방 밖에 대기하고 있을 비서를 불렀다.

"부르셨습니까?"

호출을 받고 들어온 사람은 아름다운 여성이다.

단아하고 정중한 태도를 띤, 비서의 귀감이라 할 수 있는 여성이다.

그 피부는 희고 매끄러웠으며, 단정한 얼굴에 쪽진 머리 형태로 묶은 금발이 아주 잘 어울렸다.

그 눈동자는 남색.

신비한 라피스라즐리 같은 빛을 품고 있다.

그러나 그 빛은 매혹적이면서도 어딘가 사악한 성질을 숨기지 않고 있었다.

"응? 어, 설마……?"

라플라스는 그 여자의 모습에 당혹스러워하면서도, 그 눈동자를 보고 낯이 익은 광채를 발견했다. 즉시 그 정체를 확신하기에 이르렀는지, 그 당혹스러운 표정은 폭소로 바뀐다.

"뭡니까, 그 꼴은? 취미를 바꾼 겁니까? 어울린다고 말하면 이상하겠지만, 예전이랑 이미지가 전혀 다르지 않나요?"

"시끄러워. 10년이나 들여서 이제 겨우 자유롭게 움직일 수 있는 육체를 손에 넣었으니까 약간의 불편은 감수할 거야."

여자도 그 말에 전혀 밀리지 않은 채 가볍게 라플라스에게 대꾸한다.

정중한 태도는 사라졌으며, 당당한 모습으로 대담하게 웃으면서 친근하게 라플라스의 어깨를 두들기고는, 그 여성도 의자에 앉았다.

"나를 이 녀석이랑 한자리에 불렀다는 건 이제 연기를 할 필요는 없다는 뜻인가?"

"아니, 겉으로는 계속 연기를 해줬으면 좋겠어. 하지만 서로 아는 사이만 있는 자리에선 그럴 필요는 없지 않을까."

"호오? 보스가 그렇게 말한다면, 나는 따를 뿐이지만 말이지. 이유를 물어봐도 될까?"

"그건 말이지, 네가 약하기 때문이야, 카자리무. 네 힘은 아직 완전하지 않잖아? '커스 로드(주술왕)'였던 시절의 힘을 회복할 때까지는 얌전히 클레이만을 지켜봐 주면 돼."

비서의 모습을 하고 있던 여성── 카자리무는 그 대답에 달갑지 않은 표정으로 끄덕였다.

카자리무.

그건 오래된 마왕의 이름.

과거에 변경의 땅에서 마왕을 자칭한 레온이라는 인간을 처벌하려고 하다가 패배한 마왕.

마왕 클레이만과 라플라스가 부활시키려 하던 존재이며, 중용광대연합의 회장이었다.

하지만 지금은 과거의 모습은 흔적도 없으며, 단아하고 얌전한 여성으로밖에 보이지 않는다.

사라지기 직전이었던 카자리무는 기묘한 운명을 거쳐 소년의 육체에 빙의했다가, 얼마 전에 겨우 대체용의 호문클루스에 아스트랄 보디(성유체, 星幽體)를 이식하는 데 성공한 것이었다.

지금은 전성기의 힘에는 한참 미치지 못한 상태이며, 소년을 보스로 인정하고 따르고 있다. 그것은 소년과 나눈 계약이며, 카자리무로서도 이론은 없다.

10년에 걸쳐 소년과 알고 지내면서, 카자리무는 그를 주인으로 인정했기 때문이다.

"그 말이 맞아. 내 힘은 완전하지 않지. 그 마왕 레온에게 지면서, 꼴사납게도 육체를 잃어버렸으니까 말이야. 이 호문클루스의 몸에 영혼은 정착했지만, 너무나도 나약해서 내가 진심으로 오라(요기)를 해방하면 망가지고 말아. 이래선 완전 부활이라고는 할 수 없겠군……."

"과연, 그런 사정이 있었단 말이군요. 회장이 이 사람을 보스라고 부른다는 건 나한테도 댁은 보스란 말이군. 단순한 의뢰인이 아니니까 어느 정도는 진심으로 말해보도록 할까요."

"이런, 이런, 너도 참 변함이 없군. 이렇게나 오래 알고 지낸 사이에, 너의 소중한 회장의 부활에도 협력하고 있는데, 아직도 나를 신용해주지 않는다니……."

"하하하, 그건 그거고 이건 이거지요. 하지만 회장의 그 모습은 웃기는군요. 굉장한 미인 누님이 되었네요!"

"――그런가? 겉모습은 어떻든 상관없을 텐데."

"아니, 아니, 말투랑 너무 위화감이 강해서 정말 웃긴다니까요."

"알았어―― 아니, 알았어요. 이왕 연기를 계속할 거라면 당분간 저도 여자다운 말투를 쓰도록 하죠."

"아니, 잠깐, 그렇게 나오는 겁니까? 뭐, 그쪽이 잘 어울리긴 하는데…… 그렇지만, 이건 뭐라고 할까…… 푸와하하하!"

거기까지 말한 뒤에 라플라스는 다시 대폭소했다.

"시끄러워요. 애초에 이 겉모습도 내 취미가 아니라고요. 마도왕조 살리온의 특수 기술로 가공된 호문클루스를 일부러 보스가 마련해준 거니까."

"그렇긴 하지. 상당히 비싼 값을 치른 거야, 그거. 영혼이 없는 그릇을 준비하지 않으면 이상하게 뒤섞여버려서 이식에 실패할 수 있으니까 말이지. 애초에 카자리무가 도망쳐 들어온 게 내가 아니었다면 지금쯤은 뒤섞여버려서 분리할 수 없었을 거라 생각하거든? 그러니까, 겉모습에 불평을 한다 해도 난감할 따름이야."

"고맙게 생각하고 있어요, 보스."

달갑지 않은 표정으로 말하는 소년에게 카자리무가 감사의 인사를 한다. 그래도 소년은 아직 불만스러운 표정을 짓고 있었지만, 라플라스에게서도 고맙다는 말을 듣고서야 겨우 기분이 풀린 듯했다.

“뭐, 그 정도면 됐어. 그건 그렇고 이제 슬슬 괜찮을까? 감동의 재회인 건 알겠지만, 본론으로 들어가고 싶은데. 네가 조사해 온 걸 들려줄 수 있을까? 라플라스.”

그 말에 카자리무는 웃음기를 거두고, 라플라스를 향해 시선을 옮긴다. 라플라스도 그 말에 고개를 끄덕이더니, 태도를 바꿔서 진지하게 입을 열었다.

“약속을 지켜서 내 소망을 들어줬으니까 말이지. 나도 성의를 보여주도록 할까. 서방성교회의 정체를 알아낼 생각으로 잠입했지만, 그건 여전히 모르는 채야.”

그렇게 서론을 꺼내고는, 라플라스는 자신이 조사한 내용을 말하기 시작했다.

이번에 라플라스가 맡은 임무는 서방성교회의 정체를 알아내는 것.

신성교황국 루벨리오스에 그 본거지를 두고, 독립적인 종교 단체로서의 입장을 고수하고 있는 정체불명의 조직.

‘약자를 보호하는 정의의 수호자’를 표방하며, 서방 열국에 절대적인 영향력을 지니고 있다. ──소년에게 있어서도 그건 아주 좋지 않은 사실이다. 그렇기 때문에 일종의 심부름꾼인 중용광대 연합의 라플라스를 고용해서 약점이 될 수 있는 정체를 알아내도록 시킨 것이다.

소년은 서방성교회의 뒤에는 비밀이 있다고 생각했다.

서방성교회가 정말로 정의의 수호자라면, 그때는 책략을 동원해서라도 그 지위를 추락시킬 예정이지만, 어디까지나 그건 최후의 수단이다.

지금은 아직 그럴 때가 아니다.

우선 서방성교회에는 최강의 성인인 크루세이더즈(성기사단)의 성기사단장—— 사카구치 히나타가 있기 때문이다.

라플라스의 이야기는 계속된다.

"그래서, 히나타가 부재중이었던 덕분에 교회에 잠입할 수는 있었지만, 그곳에는 수상한 게 아무것도 없었단 말씀이지. 그래서 나는 루벨리오스의 성지로 가보기로 했어. 영봉(靈峯)의 정상에 있는 '깊은 곳의 사원'으로 가본 거야."

자기도 모르게 신이 났는지, 라플라스는 손짓 발짓을 더하면서 상황을 설명하기 시작한다.

라플라스는 거기서 본 것이다.

무시무시한 진실을.

"정말 놀랍게도 말이지, 성지에는 신성한 기운이 가득 차 있었어!"

"그야 그렇겠지. 성지니까."

"너, 바보냐? 한동안 못 본 사이에 더 멍청이가 된 것 아냐?"

"아니, 아니, 그게 아니라니까! 그건 그렇고, 회장, 말투가 다시 원래대로 돌아왔는데요?"

"신경 쓰지 마, 나—— 저에 관해선. 빨리 다음 얘기나 하세요."

자신이 받고 있는 취급에 의문을 가지면서도, 라플라스는 그곳에서 본 것을 숨김없이 그대로 이야기한다.

………………….

…………….

…….

서방성교회의 본부 부지를 빠져나와 똑바로 전진하면 성스러운 신전이 있다. 신의 대행자인 교황을 대신하여 정무를 집행하는 교황청도 또한 이 성스러운 신전 안에 존재했다.

성스러운 신전에 들어간 라플라스는 그곳에서 처음으로 위화감을 느꼈다. 정신에 작용하는 미약한 마력의 흐름을 감지한 것이다.

그건 라플라스가 지닌 유니크 스킬인 '속이는 자(사기사, 詐欺師)'에 의한 자동 방어가 발동했기 때문에 비로소 알아차릴 수 있었던 교묘한 마력이었다.

(이거 놀라운데. 나랑 동등한 정신마법을 다룰 줄 아는 사람이 있다는 뜻이잖아…….)

그렇게 생각하면서 긴장의 끈을 바짝 조이는 라플라스.

그대로 신중하게 대성당으로 걸음을 옮겼다.

라플라스도 적의 조직에 관해서 어느 정도의 지식은 있다. 그러나 이 서방성교회와 신성교황국 루벨리오스의 관계에 관해서는 복잡해서 알기가 어려웠다.

서방성교회는 유일신 루미너스를 절대신으로 규정하고 신봉하고 있다. 그건 신성교황국 루벨리오스도 마찬가지이며, 양자는 같은 루미너스 교를 신봉하는 동료하고 할 수 있지만…….

지금 현재의 역학 관계에서는 서방성교회 쪽이 압도적으로 위에 있었다.

그 이유는 바로 히나타다.

서방 열국 곳곳에 존재하는 교회에 기사를 파견하여, 약한 사람들을 지켜주기 위해 효율적인 조직 활동을 벌인다. ——서방성교회를 그런 강인한 조직으로 다시 만든 사람이 바로 사카구치 히나타였던 것이다.

원래 서방성교회는 신성교황국 루벨리오스의 비호 하에서 루미너스 교를 포교하기 위해서만 존재하던 조직이었다. 그러던 것이 지금에 이르러서는 '약자를 보호하는 정의의 수호자'가 되었고, 이미 신성교황국 루벨리오스의 하부 조직이 아니게 된 상태이다.

그리고 무엇보다도 히나타가 직접 단련시킨 기사들이야말로 문제였다.

인류 최강의 기사들—— 홀리 나이트(성기사)가 다수 소속되어 있는 크루세이더즈(성기사단).

라플라스의 입장에서 봐도 번거로운 이자들은 신성교황국 루벨리오스가 아니라 유일신 루미너스를—— 바꿔 말하자면 루미너스를 신봉하는 히나타 개인을 따르는 것이다.

그렇기 때문에 서방성교회는 신성교황국 루벨리오스에 독립된 입장을 관철시킬 수 있었다.

여기서 또 하나의 문제가 생긴다.

신성교황국 루벨리오스의 전력은 크루세이더즈뿐만이 아니다.

교황 직속의 교황청에도 신성교황국 루벨리오스의 정식 전력이 존재한다. 교황 직속 근위사단이 그에 해당하지만, 이 조직 또

한 상대하기 번거롭다.

신의 이름 아래 인간은 평등하다. ──그런 원칙에 기초하여, 옷차림이나 장비까지도 다종다양한 자들이 모여 있었다.

입단 조건은 명쾌하다.

신앙심이 깊은 루미너스의 교도이며, A랭크 이상의 전투 능력을 보유하고 있을 것.

그 명쾌하지만 더할 나위 없이 어려운 조건 때문에, 근위기사의 수는 너무나 적었다. 그러나 각자가 초일류의 전사와 마법사이며, 부하를 거느리고 있다. 그렇기 때문에 쉽게 얕볼 수 없는 전력을 가지고 있는 것이 교황 직속 근위사단인 것이다.

그쪽 조직에서도 히나타는 필두기사의 자리에 군림하고 있었다. 게다가 그 교황청에서 집정관을 맡고 있는 것이 히나타 개인을 숭배하는 니콜라우스 슈펠터스 추기경인 것이다. 히나타가 서방성교회를 반쯤 개인 조직으로 만들 수 있는 것도 그것이 이유이다.

교황의 양 날개의 정점에 군림하지만, 그러면서도 교황에게 충성을 맹세하지 않는 인물. 그런 번거로운 인물인 히나타 때문에 현재의 성교회와 신성교황국의 관계가 일그러져 있는 것이었다.

(정말, 귀찮은 여자라니까…….)

라플라스는 사전에 입수한 정보를 떠올린 뒤에 진절머리가 난다는 듯이 한숨을 내쉬었다.

대성당은 정령의 힘으로 가득 찬 상태로 큰 성령을 부른다.

신성한 기운── 마인인 라플라스에게 그것은 너무나 껄끄러운 것이었다. 자신의 감각이 둔해지는 것 같은 느낌이 들어서 그 자리를 빨리 물러나고 싶다는 생각마저 든다.

그런 자신을 북돋우면서도 라플라스는 다음에는 어디로 향할 것인가를 생각했다.

영봉의 정상으로 가보면, 그곳에는 신과 교신하는 자리라고 일컬어지는 '깊은 곳의 사원'이 있다고 한다.

그리고 지금 있는 대성당에서도, 라플라스는 직감적으로 무언가가 숨겨져 있는 듯한 느낌을 받았다.

"자, 그럼 어떻게 할까……."

라플라스가 고민한 것은 한순간이었다. 라플라스는 그대로 대성당을 빠져나가 '깊은 곳의 사원'을 향해 걷기 시작했다.

여기서 조사하느라 시간을 써버리는 사이에 히나타가 돌아올지도 모른다. 그리고 히나타가 없는 지금이야말로 서방성교회의 교의인 신의 정체를 조사해볼 수 있는 최대의 기회라고 생각한 것이다.

(재빨리 가서 슬쩍 보고 올까.)

그렇게 생각하면서, 라플라스는 산길을 나아갔다.

그 판단은 잘못된 것이었다.

아니, 성과를 이루어냈으니 정답이긴 하지만, 라플라스의 입장에선 보수에 맞지 않는 위험한 선택이 되어버린 것이다.

돌계단이 놓인 산길을 나아가 산 정상에 있는 사원에 도착한 라플라스.

사원은 대성당에 비하면 작지만, 그 호화로움은 비교할 바도 못 된다. 이 작은 사원이야말로 진정한 의미로 신이 사는 곳이라 할 수 있을 것이다.

그 장소는 고요함으로 둘러싸여 있었다.

신성한 기운이 더욱 증가하면서 라플라스의 몸과 마음을 압박한다.

하지만 그런 기운 속에 느껴지는 것은 친숙한 마(魔)의 기운.

(——뭐야? 신성해야 할 이 장소에 마의 기운이라고? 이거 이상하잖아. 왠지 안 좋은 예감이 드는데…….)

가장 큰 장애물인 히나타가 지금 이 자리에 없는 것은 확실하다.

그 외의 인물이라면 무시는 할 수 없지만 위협은 되지 않는다.

——라플라스는 그렇게 판단하고 있었다.

하지만 그게 정말로 올바른 판단일까?

여기에 와서야, 라플라스의 마음에 그런 불안이 솟아올랐다.

(아니, 아니, 내 기척은 완벽히 숨겨놓았어. 위험할 것 같은 녀석이 있으면 도망치면 돼.)

그렇게 자신을 달래면서, 라플라스는 각오를 굳혔다.

라플라스는 조심스럽게 스텔스 모드(존재기만, 存在欺瞞)를 발동시킨 후에, 사원 쪽으로 슬쩍 침입을 시도했다.

그 순간——.

온몸을 꿰뚫는 광선을 **환각**으로 보는 바람에 크게 놀란 라플라스는 뒤로 구르다시피 하며 사원에서 물러나게 되었다.

"벌레 같은 놈. **신**이 계시는 자리를 더럽히는 쓰레기 같은 벌레 자식!!"

사원에서 갑자기 나타난 것은 압도적인 존재감이었다.

호화롭고 현란한 의상 아래 우람한 체격이 존재한다는 것을 보고 알 수 있다.

빛나는 듯한 금발은 짧고 곱슬곱슬한 것이, 그자의 성격을 드러내고 있었다.

품격은 그야말로 왕자(王者).

특징적인 것은 그 입술 사이로 보이는 두 개의 날카로운 이빨.

"설마 뱀파이어(흡혈귀족, 吸血鬼族)——?!"

"입 닥쳐라, 이 벌레 놈. 내가 직접 처벌을 내려주마. 영광으로 생각하고 죽어라!!"

다음 순간, 산 정상에서 진홍색의 광선이 난무했다.

퇴로를 차단당한 라플라스는 그대로 속수무책으로 갈가리 찢기고 만 것이다.

………………….

……………….

…….

라플라스는 거기까지 말한 뒤에 몸을 떨었다.

"그건 정말 위험했어. 진심으로 죽는 줄 알았다니까."

"아니, 아니…… 넌 지금 어떻게 살아 있는 거지?"

그렇게 중얼거리던 라플라스에게 소년이 지적하며 묻는다.

카자리무는 어이가 없다는 표정으로 "뭐, 이 녀석은 죽여도 죽지 않겠지만 말이죠"라며 웃을 뿐이다.

"너무하네, 도망칠 수단이랑 안전을 확보하는 건 상식이거든? 그렇지만 뭐, 나는 최근에 계속 당하는 역만 맡고 있네. 슬슬 제대로 멋지게 활약해보고 싶은데 말이지."

"그래, 그래. 네가 활약할 곳은 어둠 속이니까 영웅이 되고 싶다는 생각은 안 하는 게 나을 거야."

"그 말이 맞아요, 라플라스. 목적은 달성하는 게 중요하지, 멋진 활약은 아무래도 상관없지 않나요?"

"뭐, 그렇긴 하지만. 이런 일이 계속되다간 난 지는 게 당연해질 것 같아서 말이지."

"뭐, 어때. 져도 괜찮잖아."

"그러게요, 살아남아서 마지막에 이기면 되는 거니까요. 그것보다도——."

카자리무는 거기까지 말한 뒤에, 긴장으로 표정으로 굳어졌다.

라플라스도 고개를 끄덕이면서 말한다.

"그래, 맞아. 그게 중요하지. 그렇게까지 나를 압도한 걸 보면 일단 강한 자라는 건 틀림없어. 문제는 그 정체라고. 신성해야 할 그 장소에 왜 그런 마인이 있었는가 하는 점이 열쇠겠지. 이건 서방성교회를 뒤흔들 수 있는 큰 문제잖아?"

"마인, 이라. 서방성교회와 마인, 그것도 상위 종족인 뱀파이어란 말이지……."

라플라스가 마치 자신의 뜻대로 되어서 만족스럽다는 듯한 표정으로 문제점을 지적했다.

소년도 동의하면서 고개를 끄덕인다. 그렇다곤 하지만, 이 예상치도 못한 사실에 놀라움을 감추지 못하는 것 같다.

"하지만 골치 아프군. 라플라스를 쓰러뜨린 그 남자, 내 지식을 동원해서 조합해봐도 마인 정도의 차원이 아니겠는데."

"그렇겠지, 나도 그렇게 생각해."

"응? 그게 무슨 뜻이지?"

카자리무와 라플라스의 지적을 듣고 소년이 다시 질문을 했다.

"자랑은 아니지만, 나는 강해. 전에 싸웠던 드라이어드가 상대였어도 진심으로 싸우면 내가 이겼을 거라고. 숲 속에선 불리한 데다, 응원군을 부르기라도 하면 귀찮아지니까 도망쳤을 뿐이야. 무리하면서까지 쓰러뜨릴 의미도 없었으니까 말이지. 하지만 말이야, 이번 상대는 격이 달랐어. 준(準)마왕급 정도가 아니라 마왕 그 자체라는 느낌이었다고. 어찌 됐든 내가 할 수 있었던 건 도망치는 것, 그것 하나뿐이었으니까 말이야."

숲 속에서라면 드라이어드는 압도적으로 강하다. 종족 특유의 능력으로 식물을 통해 순간 이동이 가능한 것이다. 또한, 플랜트 위스퍼(초목의 속삭임)에 의해, 종족끼리 여러 가지 정보를 '공유'하고 있다. 그렇기 때문에 상황에 따라서 즉시 동료가 도와주러 달려온다.

그렇게 싸우기 번거로운 종족이기 때문에 더더욱 도망치자는 선택을 했지만, 드라이어드 한 명 정도를 상대로 하면 라플라스는 이길 자신이 있었던 것이다.

그러나 이번에는 다르다.

"그건 진짜 괴물이었어. 틀림없이 나보다 강했다고."

라플라스는 그렇게 판단했다.

방 안의 분위기가 무거워진다.

"과연, 마왕이라……. 카자리무, 네 예상은 어떻지?"

훗 하고 카자리무는 콧방귀를 뀌었다.

"말했을 텐데요, 상대하기 버겁다고. 제 지식 중에 딱 한 명, 맞아떨어지는 자가 있어요."

"헤에, 그건 누구지?"

선뜻 이야기하지 않고 뜸을 들이는 카자리무에게 소년이 물었다.

"——마왕 발렌타인. 오래된 마왕 중 한 명으로, 전성기의 나와 호각이었던 남자지."

"정말이야? 회장과 호각이었다면 내가 도망친 건 정답이었네. 스스로의 감을 믿길 잘했어."

어깨를 으쓱하며 라플라스가 말했다.

모처럼 히나타가 부재중인 틈을 노려서 침입했는데, 설마 마왕과 마주칠 줄이야——. 그 표정이 노골적으로 그렇게 말하고 있다.

"……흐응—, 서방성교회에 마왕이라. 혹시 교황의 정체가 바로 마왕 발렌타인인 걸까?"

"글쎄, 과연 어떨까? 마왕이 인간을 보호한다니, 도저히 이해가 안 되는데. 회장, 발렌타인이란 자는 어떤 녀석이었죠?"

두 사람의 시선을 받으면서 카자리무는 옛날 기억을 더듬는다.

가느다란 손가락으로 관자놀이를 톡톡 치면서 눈을 감은 채 생각하고는, 자신의 과거를 선명하게 떠올렸다.

"나는 이래 보여도 500년을 주기로 발생하는 대전(大戰)에서 세 번이나 살아남았지. 오래된 마왕 중 한 명이었어. 그렇지만 말이야, 그런 내가 마왕이 되었을 때 이미 마왕이 여섯 명이나 있었지——."

그렇게 말하면서 카자리무는 이야기를 시작했다.

마왕 발렌타인은 카자리무보다도 오래된 마왕이었다. 그 힘은 강대했으며, 불사의 왕이라는 발렌타인의 이름에 어울리는 것이었다.

목숨이 긴 엘프에서 데스맨(사요족, 死妖族)으로 진화한 카자리무에게 있어서 불사의 상징이라 할 수 있는 뱀파이어인 마왕 발렌타인이 증오스러운 존재였던 것은 확실하다.

"——실은 말이지, 발렌타인과는 몇 번인가 서로 죽이려고 했던 적이 있었어. 하지만 결판은 나질 않았지. 우리 레벨 정도 되면 본인은 무사해도 주위에 생기는 피해가 장난이 아니게 돼. 그래서 서로 대화—— 다수결로 결정을 하는 풍습이 생겨났고, 발푸르기스(마왕들의 연회)라는 제도가 만들어진 거야. 세 명의 표로 의결이 되는 것은 마왕이 일곱 명밖에 없었을 때의 잔재이기도 해요."

고치기도 귀찮으니까 그대로 유지하고 있는 거겠죠. ——카자리무는 기품 있게 웃으면서 그렇게 말했다. 남자의 말투와 여자의 말투가 뒤섞이는 바람에 상당히 기분 나쁘게 들렸지만, 본인은 그걸 깨닫지 못하는 것 같다.

그대로 웃음기를 지우면서 진지하게 말하는 카자리무.

"그런 나였기 때문에 단언할 수 있어요. 그 남자, 발렌타인은 인간이나 아인을 자신의 먹이로밖에 보지 않아요. 그런 남자가 인류의 수호자가 된다니, 천지가 뒤집힌다 해도 있을 수 없는 일이에요."

흠, 하고 라플라스는 고개를 끄덕였다.

소년도 카자리무의 말을 곱씹는 듯이 생각에 잠긴다.

"혹시나 무슨 협정을 맺었다거나?"

"있잖아요, 라플라스. 약속이나 협정은 대등한 자들끼리가 아니면 성립하지 않는 거거든요?"

"그건 그렇지……."

자신도 그럴 리는 없다고 생각했는지, 라플라스는 순순히 의견을 거둔다.

"게다가 히나타 같이 완고한 녀석이 마왕과 손을 잡는다는 건 생각할 수가 없군. 그렇다면 역시 라플라스가 만난 건 마왕이 아니라 이름이 알려지지 않은 마인이려나?"

라플라스에게 동의하는 듯이 소년도 그렇게 중얼거렸다. 그러나 그 말을 부정한 것은 카자리무다.

"아니오, 그 남자는 발렌타인일 거라 생각해요. 진홍의 광선이 사방으로 날아다녔다는 얘기를 보면 틀림없어요. 발렌타인은 다른 이름으로 '블러디 로드(선혈의 패왕)'라고 불리는데, 피를 마립자화(魔粒子化)시켜서 방출하는 블러드 레이(혈인섬홍파, 血刃閃紅波)라는 기술을 특기로 갖고 있으니까요."

블러드 레이라는 기술은 일종의 확산 입자포 같은 것이라고 한다.

자신의 피를 마립자로 변화시켜서 고출력으로 발사한다. —— 그런 것을 가능하게 만드는 마력을 보유했다면, 마왕 본인 말고는 달리 생각할 수가 없었다.

카자리무는 그렇게 단언한다.

그렇다면…….

"즉, 라플라스가 싸운 상대는 마왕 발렌타인이 틀림없으며, 그런 그가 인간들과 협력 관계에 있다고는 생각할 수 없단 말인가. 그렇다면 역시 교황의 정체는 마왕 발렌타인인 거 아냐?"

"그렇겠네……. 그렇게 생각하는 게 앞뒤가 맞겠어. 어떻게 히나타의 눈을 속이고 있는지는 의문이지만 말이지."

으음 하고 신음하는 두 사람에게 카자리무도 일단 동의를 표한다.

"뭐, 그렇게 생각하는 게 가장 납득이 가네요. 확실히 여러모로 의문점은 남는 데다, 신경이 쓰이는 점도 없는 건 아니지만……. 지금 중요한 것은 교황밖에 들어갈 수 없는 장소에 마왕 발렌타인이 있었다는 사실이에요."

카자리무가 그렇게 말하면서 이번에 판명된 것으로 보이는 사실만을 열거한다.

"한 번 더 묻겠는데, 마왕인 건 확실하려나?"

"틀림없을 거예요. 외견적인 특징도 내 기억과 일치하니까. 그리고 마왕 발렌타인의 성격상 누군가를 따를 것이라고도 생각할 수 없고……."

"그러게, 나보다 강한 마인이 그렇게 몇 명이나 있을 것 같진 않은걸. 하지만 그런 괴물이 있다면 이 이상의 조사는 힘들어."

카자리무와 라플라스의 의견이 일치했기 때문에, 소년도 교황의 정체가 마왕 발렌타인이 아닐까 하고 추정한다.

"어쨌든 간에 이 정보는 쓸 만하겠군. 조사는 성공적이야, 라플라스."

그 얼굴은 밝았으며, 서방성교회를 무너뜨리기에 충분한 비장의 수를 손에 넣은 기쁨이 간간이 보였다. 강대한 마왕이 적의 세력에 존재한다는 사실이 판명되었는데도, 그 표정에 불안한 기색은 존재하지 않는다.

지금 얻은 정보를 근거로 다음에는 어떤 수를 쓸 것인지를 생각한다. 소년은 그런 식으로 간계를 꾸미는 것을 즐기면서 다음 책략을 짜낸다…….

*

"이걸로 내 보고는 끝인데. 그러고 보니 클레이만 녀석은 어떻게 하고 있죠?"

라플라스가 자신의 보고를 끝낸 뒤에 문득 생각났다는 듯이 질문했다.

그 질문에 소년은 달갑지 않은 표정으로 얼굴을 찌푸리고는, 검고 윤기 있는 머리카락을 쓸어 올리면서 불만스럽게 말한다.

"그게 말이지, 멋지게 실패하고 말았어."

"실패, 라고요?"

"그래. 네가 말했던 리무루라는 슬라임을 히나타와 싸우게 만드는 것까지는 잘 풀렸어. 그런데 말이지, 그 다음이 완전히 엉망이 됐지 뭐야……."

그렇게 이야기하고는, 이번엔 소년이 상황을 설명하기 시작했다.

처음에 클레이만은 마왕 밀림을 회유하는 데에 성공했다. 소년이 클레이만에게 넘겨준 비보──오브 오브 도미네이트(지배의 보주)가 가지고 있는 마력의 효과다.

이 성공을 통해서 지배 효과가 어디까지 마왕 밀림을 속박하는가를 알 필요가 있었다.

"그래서 적당한 상대로 밀림의 힘을 시험해보려 했지. 정체불명이거나 어디 있는지도 확실하지 않은 마왕들 중에서 가장 머리가 나빠 보이는 칼리온을 표적으로 고른 거야."

소년에 이어서 카자리무도 설명을 보충한다.

"그러는 김에 수왕국 유라자니아의 수도를 붕괴시키려고 했죠. 원래는 노예였던 인간도 여러 명 있는 데다, 진정한 마왕으로 각성하기 위한 영혼도 모을 수 있을 거라 생각해서……."

거기서 소년과 카자리무는 얼굴을 마주 보면서 한숨을 쉬었다.

"그 영혼으로 클레이만도 각성할 수 있게 되면서, 일석이조가 될 거라고 생각했는데 말이지."

"그런데 밀림이 폭주하면서 멋대로 선전포고를 해버렸단 말이죠……."

그 결과, 일주일이라는 쓸데없는 시간적인 유예를 칼리온 쪽에 주게 되면서, 수도에 사는 자들은 모두 피난해버린 것이다.

"역시 마법 아이템으로 마왕을 지배하는 건 어려운 일이 아닐까 하고 생각했었어. 세세한 조건을 부여해서 실행하지 않으면 소용이 없는 모양이고 말이야."

"그 점은 절 믿어주면 좋겠군요. 제가 제일 자신 있는 분야는 주술이거든요? '커스 로드(주술왕)'라는 이명은 그저 간판이 아니에요. 오브 오브 도미네이트는 내가 만든 아티팩트(마보 도구, 魔寶道具)이니까 따지고 보면 클레이만 녀석이 실패한 거라고."

"그건 이제 따질 필요가 없어. 어쨌든 수왕국에서 영혼을 모으는 건 실패했어. 그래서 다음으로 눈독을 들인 것이 파르무스 왕국이야."

"파르무스 왕국이라고요?"

"그래. 그 나라는 독자적인 소환 의식을 행해서 '이세계인'을 대량으로 보유하고 있으니까. 슬슬 그 힘을 좀 줄여놓을까 하고 생각하던 참이었지. 어둠의 루트를 통해서 템페스트(마물의 나라)에 관한 정보를 흘려서, 욕심 많은 왕이랑 측근들의 관심을 끌었어."

"아주 흥미가 당긴다는 듯이 덥석 물었지만 말이죠."

그것은 오크 로드를 마왕으로 세운다는 계획이 좌절되었을 때 라플라스가 보고한 내용을 기초로 하여 고안되었다. 파르무스 왕국을 부추겨서 쥬라 템페스트 연방국에 전쟁을 선포하게 만드는 계획이었던 것이다.

다수의 상위 마인을 거느린 그의 나라라면 파르무스 왕국의 '이세계인'을 몇 명쯤은 길동무로 삼아줄 것이라고 예상하면서.

때마침 마물들의 두령인 리무루가 단독으로 행동하고 있던 데다, 그의 나라에는 클레이만의 부하가 잠입해 있었다.

리무루는 히나타를 끌어들이기 위한 미끼로서도 활약하게 만들 예정이었으므로, 그야말로 일거양득의 계획이었다고 할 수 있다. 그랬는데――.

"정말로 예상외의 일만 일어났지. 그 리무루라는 슬라임은 히나타를 상대로 도망쳐서 살아남았지 뭐야? 마치 너처럼 방심해선 안 되는 녀석 같아."

"말이 좀 심한 것 같네요……."

"그것뿐이라면 그나마 다행이지만 말이지――."

"제 예상으론 파르무스 왕국의 승리는 틀림없는 사실이었어요. 하지만 마물들의 주인이 참전한다면 그 사실을 뒤집을 가능성이 있을 거라 예상하고 있었죠. 하지만 솔직히 말해서 어느 쪽이 승리해도 문제는 없었어요. 이긴 쪽과 거래를 하기만 하면 되는 것이었고, 목적은 전쟁으로 발생하는 대량의 죽음―― 영혼의 수확이었으니까. 그 영혼으로, 이번에야말로 귀여운 클레이만을 각성시키려고 생각했었죠. 그랬는데……."

멋지게 실패.

파르무스 왕국의 군대는 겨우 한 마리의 마물(슬라임)에게 전멸을 당하는 결과를 맞았다.
"믿어지지 않겠지만 이건 사실이야."
"제 유니크 스킬인 '꾀하는 자(기획자)'로 세운 계획이 이렇게까지 예상대로 진행되지 않은 건 처음이에요."
소년은 실망하는 표정을 짓고 카자리무는 분개한다.
"자, 잠깐만—! 겨우 한 마리라니, 농담이지? 파르무스 왕국은 그 정도로 마물의 나라를 얕봤단 말이야?"
예상외의 말에 라플라스가 놀란 표정으로 소리쳤다.
그 말에 대답한 것은 카자리무다.
"말했을 텐데, 파르무스 왕국은 흥미를 보이면서 미끼를 물었다고. 기사랑 마법사를 시작으로 2만이나 되는 군대를 준비했어. 그게 전멸했어요. 문자 그대로 살아남은 인간은 확인되지 않았고요."
"뭐어?! 그런 말도 안 되는……."
너무나도 믿기 어려운 그 사실을 듣고, 라플라스는 절규한다. 그런 라플라스를 새로운 충격이 기다리고 있었다.
"놀랄 일은 그 다음이야. 전쟁터의 흔적을 조사한 클레이만의 보고에 의하면 시체가 깔끔하게 전부 사라져버렸다더군. 이 말이 의미하는 건, 시체를 제물로 한 소환, 혹은 마물의 생성이 실행된 게 아닌가 하는 것이야……."
"만약 제가 그 정도의 시체를 사용해서 크리에이트(창조마법) : 골렘(마인형, 魔人形)을 구사했다면 어느 정도의 괴물을 만들어냈을지 예상이 안 될걸요. 단순한 시체가 아니라 강인한 전사들, 그리고 전장이라는 마이너스의 감정이 소용돌이치는 최고의 마술적 환경. 이 정도의 조건을 갖추고 있었다면, 최소한 준 마왕급에 필적할 정도의 마물을 만들어낼 수 있다고요."

"그렇다고 하는데? 뭐, 나로서는 영혼을 회수하지 못한 게 더 뼈아프지만 말이야. 클레이만이 말하기로는 단 하나의 영혼도 남아 있지 않았다더군. 덕분에 그를 각성시킨다는 계획이 또 다시 실패로 돌아간 셈이야."

그렇게 말하면서 소년은 한숨을 쉬었다.

진행하던 작전이 많았던 것도 실패의 원인이라고 반성하는 소년.

효율을 지나치게 중시하다 보니, 다양한 책략을 너무 많이 세웠다. 그 탓으로 인해, 하나가 파탄이 나자, 전체에 영향을 끼치고 만 것이다.

좀 지나치게 욕심을 부린 것일까, 소년은 그렇게 생각했다.

"그 말은 즉, 그 리무루라는 슬라임이 영혼을 남김없이 쓸어갔다는 거 아냐?"

"무슨 농담을 하고 있는 거죠? 라플라스. 마왕종(魔王種)도 아닌 마인 주제에 그런 짓이 가능하다고 생각해요?"

카자리무의 말대로다.

2만 명이나 되는 영혼을 모아서 제어하는 것은 마도의 극에 달한 자라 해도 힘들다. 무모하게 그런 짓을 실행하려고 하면 영혼의 에너지가 폭주하는 결과로 이어질 것이다.

그리고, 만약에 성공해버렸다면——.

"하하하, 그 말이 맞아, 라플라스. 2만 명이나 되는 영혼을 한꺼번에 빼앗았다면, 지금쯤 그 녀석은 터무니없는 괴물이 되어 있지 않겠어?"

소년이 그 가능성을 웃으면서 넘겨버린다.

“그것도 그렇겠네. 한순간 불길한 생각이 스치고 지나갔지만, 내 생각이 지나쳤던 것 같아.”

라플라스가 자신이 떠올린 의문을 입 밖으로 내뱉었다가 두 사람의 웃음을 산다. 그 생각이 너무나도 지나치게 비약된 것이라고 생각하기 때문이다.

마왕종이 진정한 마왕으로 각성하는 데 필요한 조건—— 그건 카자리무도 전모를 다 파악하지 못하고 있었다. 하지만, 아마도 대량의 영혼이 필요할 것이라는 추측을 하고 있다.

그 성과를 확인해보기 위해, 우선은 클레이만에게 실험을 맡기고 있는 것이 현재의 상황이었다. 클레이만도 오크 로드로 실험해보려고 했었던 모양이지만, 분하게도 그 모든 계획은 실패로 끝난 상황이었다.

자신들이 그런 상황에 처해 있기 때문에 더더욱 갑작스럽게 나타난 슬라임 따위가 ‘진정한 마왕’으로 각성하는 일은 카자리무의 두뇌로도 상상할 수 없는 것이었다.

라플라스의 생각이 실은 훌륭한 정답이었다는 것을, 이때의 세 사람은 깨닫지 못했다.

“그렇다면, 클레이만 녀석은 지금은 뭘 하고……?”

자신이 서방성교회에 잠입하여 필사적인 고생을 하고 있었을 때, 클레이만은 클레이만대로 큰일을 겪었구나, 라플라스는 그렇게 생각했다. 먼 곳을 바라보면서 질문을 던지는 라플라스.

“대기 중이야. 지금 이런 때에 이 이상의 대담한 행동은 피하는 게 좋을 테니까. 다행히도 밀림은 스스로 선언한 대로 수왕국을 잿더미로 만들고 돌아왔어. 그러니까 지금은 일단 분위기를 가라앉히고 전략을 다시 짜고 싶은 바야."

"호오? 그 말은 곧, 계획이 모두 실패, 인 건 아니라는 말이군요?"

"이봐, 이봐, 라플라스, 너는 날 얕보고 있는 건가? 힘의 대부분을 잃긴 했지만, 내 전문 분야는 모략이거든요?"

"그야 그렇겠지. 전부 실패해버렸다면 아무리 나라도 화를 낼걸? 여러모로 계획에 차질이 생기긴 했지만, 파르무스 왕국을 약하게 만드는 건 성공했어. 이 일로 인해 서방 열국이 뭉칠 테니까 장악하기는 쉬워질 거야."

"그리고 쥬라의 대삼림 그 자체가 동쪽 제국에 대한 방파제가 되어주겠죠."

"과연 그렇겠군, 회장. 이긴 쪽과 거래를 할 거니까 마물의 나라를 멸망시킬 필요는 없었던 거네!"

두 사람의 설명을 듣고 라플라스도 납득했다.

어느 쪽으로 결과가 나와도 이익이 생기도록 계획을 세운다.

——그게 바로 마왕 카자리무의 유니크 스킬인 '기획자'의 진면모였다. 라플라스는 그 사실을 떠올리면서, 역시 대단하다고 내심 감탄한다.

"밀림이 칼리온을 쓰러뜨림으로써 오브 오브 도미네이트의 효력은 확실하다는 게 증명됐어. 시위행동으로선 이걸로 충분해. 나머지는 다른 마왕들이 어떻게 나오는지를 보는 것뿐이야."

"그 말이 맞아요. 그러니까 클레이만에겐 이 이상의 행동을 자중하라고 명령을 내렸어요. 어차피 동쪽 제국이 움직일 테니까, 그때 영혼을 회수할 기회도 얻을 수 있을 테고요."

"그리고 말이지, 서방성교회의 눈도 마물의 나라로 향하게 될 테니까, 우리로서는 그 나라를 남겨두는 쪽이 움직이기 편한 거야."

그러니까 괜히 더 날뛸 필요는 없다고 두 사람은 말했다. 라플라스도 그 말이 옳다고 납득한다.

"그렇다면 지금 당장의 적은 서방성교회란 말이로군?"

"그럴 예정이야."

"하지만, 그리 쉽게는 안 될걸요? 어쨌든 성인(히나타)과 마왕(발렌타인)이 같이 있다고 상정해야 할 테고, 섣불리 손을 대는 건 위험하니까요."

서방성교회에 집중하면서 그 외의 세력과 싸우는 것은 피한다. 그게 당분간의 행동 방침이 되는 것이냐고 묻는 라플라스의 말에, 그 말이 맞다고 소년은 고개를 끄덕였다.

서방 열국을 장악하는 것은 물론이며, 마물의 나라는 전혀 장애물이 되지 않는다고 판단한 것이다.

그리고 또 하나의 이유가 있다.

이번의 실패를 반성 삼아 다음에는 적을 제대로 파악하고, 두 작전을 동시에 진행시키는 것은 자제해야겠다고 생각한 것이다.

서방성교회, 그리고 그 배후에 있는 신성교황국 루벨리오스. 이들을 적으로 정해두고, 우선은 이들을 친다. 이번에는 신중하게, 결코 겉으로 드러나지 않도록 조심하면서…….

그 과정에서, 마물의 나라는 오히려 자신들에게 이로운 존재가 되어줄 것이다. 서방성교회의 교의를 핑계 삼아서 부추기면 히나타 쪽의 눈을 그 나라로 향하게 만드는 것도 쉬운 일이기 때문이다.

"리무루라는 마인의 존재를, 교회 입장에서도 무시하지는 못할 거예요. 파르무스 왕국이 패배하여 물러난 지금, 성전이라는 대의 명분을 표방한다고 해도 각국은 납득하지 않을 테니까요. 권위가 실추되는 것을 막으려면, 어떻게든 수를 써야 할 필요가 있어요."

"그래. 그걸 방해하면서 양쪽을 잘만 부추기면 서로 공멸해줄지도 모르지. 우리는 양쪽이 약해지는 기회를, 그저 가만히 기다리면 되는 거야."

그렇게 말하면서 소년이 씨익 웃었다.

강하고 정예로운 2만이나 되는 군대를 단지 혼자서 전멸시킨 마인도 있는 상황이니, 히나타가 나서지 않는다면 그에 대처하지 못할 것은 명백하다. 그때를 노리고 여러모로 획책을 해나갈 것이다.

이미 계획은 잡혀 있는 것처럼 보이며, 라플라스에게 설명하는 그 말투에는 일체의 망설임이 보이지 않았다.

"문제는 말이죠, 당신의 보고가 예상 밖이었다는 점이에요, 라플라스."

"그러게. 설마 마왕 발렌타인이 연관되어 있을 줄이야. 애초에 정말로 손을 잡고 있는 걸까? 히나타의 성격을 봐선, 마왕과 협력할 거라는 생각은 전혀 들지 않는데 말이야."

소년과 카자리무가 살짝 화가 난 듯이 그런 말을 뱉는다. 마왕 발렌타인의 존재가 없다면 서방성교회의 공략은 좀 더 쉬웠을 것이라는 의미가 담긴 말투였다.

딱히 자신 탓은 아니지만, 찜찜하게 생각한 라플라스는 변명을 하듯이 입을 열었다.

"그건 나도 잘 모르겠지만, 조사의 방해가 되지 않도록 마왕을 끌어내는 것뿐이라면 어떻게든 되지 않을까."
"응? 무슨 의미지? 라플라스."
"아니, 클레이만에게 말해서 발푸르기스(마왕들의 연회)를 발동시키면 되잖아. 지금이라면 마왕 프레이도 협조를 해줄 테니까, 마왕 밀림도 포함해서 마왕 세 명이 연대하여 발동할 수 있을 텐데?"
발푸르기스(마왕들의 연회)—— 확실히 그것을 발동시킨다면, 모든 마왕에게 소집을 걸 수가 있다.
"——그렇군. 확실히 그거라면 마왕 발렌타인을 성지에서 끌어낼 수 있겠는걸."
라플라스의 제안에 소년이 살짝 웃으면서 고개를 끄덕인다.
"헤에, 라플라스치곤 쓸 만한 의견이잖아요. 나머지는 타이밍을 기다리다가 히나타를 성지에서 내쫓아 낼 수 있으면 네 조사도 순조롭게 돌아가겠군."
"뭐?! 혹시 내가 또 가야 하는 거란 말인가?"
"당연하지."
"당연하잖아요?"
이런, 이런, 라플라스는 그렇게 생각했다.
하지만 소년은 물론이고 카자리무도 그에 개의치 않는다.
이렇게 라플라스의 의향 따윈 전혀 상관없이, 마인들은 새로운 계획을 세우기 시작하고 있었다.

제1장 인마회담(人魔會談)

Regarding Reincarnated to Slime

클레이만은 자신의 힘을 과신하지 않는다.

클레이만은 마왕 카자리무의 지반을 모두 이어받은 마왕이었다.

마왕 레온에게 마왕 카자리무가 진 후, 그 부하들은 모두 클레이만에게 의탁했다.

카자리무의 영토는 클레이만이 병합했다.

이 일에 대해 다른 마왕들이 딱히 불만을 제기하지도 않았기에, 비교적 빠르게 사후 처리는 완료됐다. 모든 것은 여차할 때를 대비한 마왕 카자리무의 수완에 의한 것이다.

이렇게 세력을 늘린 클레이만은 신참 마왕이면서도 일대 세력을 구축하기에 이르렀다.

모든 마왕 중에서 가장 큰 재력을 가진 자가 클레이만인 것이다.

더 정확하게 말하자면, 돈을 쓰는 법을 알고 있는 자가 클레이만이라고 바꿔 말할 수 있다.

동쪽 제국과 비밀리에 거래를 하고 있으며, 드워프 왕국과의 교역도 성행 중이다. 그런 유통을 이용해 동서 양 진영의 최신식 무기와 방어구를 구비하고 있다.

과거의 유물과 마법 장비로 부하들의 전력을 증강하고, 힘을 갈망하는 마인들을 부리기 위한 미끼로 삼고 있었다. 남아도는 재산으로 마인들을 끌어들여 이용한다. 그것이 클레이만이 특기로 하는 방침이었다.
그뿐만이 아니라, 얻은 이득을 아낌없이 뿌리면서 책략을 구사한다. 그로 인해 각 나라 안에도 클레이만과 연결된 협력자가 서로의 정체를 모른 채 다수 존재하는 상황이 만들어져 있었다.
모든 것은 클레이만의 생각대로 이뤄진 상황이며, 수많은 정보를 해독하여 세계를 좌지우지하겠다는 그 목적은 반쯤 달성된 상황이었다…….

자신에게 부족한 것은 힘뿐이라고, 클레이만은 그렇게 자각하고 있었다.
싸움의 승패는 수로 결정된다.
그것이 클레이만의 생각이며, 자신의 힘을 과신하지 않는 이유이기도 했다.
아무리 힘을 비축해놓아도 어이없이 패배하는 일도 있다는 것을 통감했기 때문이다.
방심도 했으리라고 생각은 하지만, 마왕 카자리무의 패배는 그만큼 클레이만에게 충격을 주었던 것이다.

각 세력의 중추에 뿌리를 뻗고, 신중하게 세력을 확대한다.
그리고 지금, 클레이만은 비장의 수라고 할 수 있는 힘을 얻었다.
마왕 밀림── 그 압도적인 폭력은 동격인 10대 마왕들 중에서도 타의 추종을 불허했다.

클레이만보다도 강했을 것이 분명한 마왕 칼리온을 제대로 상대하지도 않고, 혼자서 나라를 멸망시켜 보였을 정도로.

자신에게 부족했던 힘을 얻은 지금, 클레이만은 기분이 고양되는 것을 느끼고 있었다.

숙원인 마왕 레온의 토벌, 그 소원도 이제 곧 달성할 수 있으리라 믿으면서.

하지만 그 전에…….

(후후후, 역시 '그분'이시군. 훌륭하게 나와 같은 결론에 도달하신 것 같군요. 짜증 나는 성교회와 리무루라는 마인을 싸우게 만든다. 둘의 힘을 갉아먹기엔 그게 최선이죠.)

적은 서로를 박살 낼 것이다. 자신들이 고생할 필요 따윈 전혀 없다고 클레이만은 생각한다.

(그러기 위해서라도 성교회의 내부 사정을 파헤칠 필요가 있죠. 정말로 마왕 발렌타인과 연결되어 있는지 아닌지……. 라플라스가 다시 잠입할 타이밍에 맞춰서 발푸르기스(마왕들의 연회)를 발동시키면, 어찌 됐든 간에 경비는 약해지겠죠. 정말 멋진 작전입니다!)

고양되는 감정을 그대로 유지하면서, 클레이만은 와인을 입에 머금고 그 맛을 감상했다.

100년이나 된 와인은 맛은 말할 필요도 없거니와, 그 와인에 들어간 수고와 노력을 맛보는 것과 마찬가지다.

엄선된 일등품을, 품질을 최고로 유지하기 위해 정성들여 보관하고, 제공될 그때를 그저 계속 기다린다. ——그 과정들은 모두 클레이만을 위해 이뤄지고 있었다.

그건 클레이만의 입장에선 당연한 일이다.
최고의 왕인 자신에겐 최고의 물건이 그야말로 어울린다고, 클레이만은 극히 자연스럽게 믿고 있었던 것이다.
"그건 그렇고 발푸르기스를 발동시킬 명분을 무엇으로 할까요——."
와인의 향을 즐기면서 클레이만은 생각에 잠긴다.
실행할 시간은 일주일 후의 밤.
그날은 초승달이 뜨기 때문에, 흡혈귀의 힘이 가장 약해지는 날이었다.
조심 또 조심하여 마왕 발렌타인의 힘이 약해지기를 노린 것이다.
문제는 마왕들을 모으기 위한 명분이다.
눈을 살짝 가늘게 뜨고 허공을 응시하면서, 클레이만은 낮게 중얼거렸다.
"——역시 공격하려면 지금이로군요. 이 기회에 칼리온의 영토를 빼앗아버리면 돼."
"하지만 클레이만, 얌전히 있으라는 명령을 받지 않았나?"
아무도 없어야 할 방에서 되묻는 목소리가 들린다.
하지만 클레이만은 당황하지도 않고 살짝 웃는다.
"라플라스, 거기 있었나? 여전히 성격이 짓궂군."
"이런, 이런, 알아차리지 못했단 말이야? 너무 생각을 깊게 한 모양이네."
"큭큭큭, 어쩔 수 없어. 두 번이나 부여받은 각성의 기회를 내 실패로 날려버렸으니까 말이야."

"그런 건 신경 쓰지 않아도 돼. 회장의 예상으론 어차피 이제 곧 동쪽 제국이 움직일 거라고 했거든?"

"아아, 그렇겠지. 하지만 라플라스, 좋은 책략이 떠올랐어. 수도는 사라졌지만 수왕국의 각지에는 아직 약소 종족이 남아 있지. 다른 마왕보다 먼저 칼리온의 영토를 집어삼킨 뒤에, 남아 있던 자들을 죄다 모아서 죽이는 거야. 이렇게 하면 분명 내 각성도 이뤄질 거라고. 어때, 좋은 생각인 것 같지 않아?"

하지만 라플라스의 반응은 곱지 않다.

"이봐, 잠깐, 그건 너무 지나치게 무모하지 않나? 각성의 조건이 뭔지 확실하지 않은 이상, 저항하지 않는 자들을 죽이는 건 지나친 것 아냐?"

찬성을 해주지 않는 것이 불만인지, 클레이만은 불쾌한 표정으로 얼굴을 찌푸렸다.

"라플라스, 너답지 않군. 동정인가? 약자는 착취를 당하는 존재야. 나를 위해 죽을 수 있으니까 오히려 행운이잖아?"

"그렇긴 한데 말이야, 얼마 전에도 인간 노예를 몇천 명이나 죽였지만 아무런 소용이 없었잖아? 그걸로 뭔가 바뀐 게 있어? 지나친 건 좋지 않아. 좀 더 잘 생각해보고 신중하게 일을 진행시켜야 한다고!"

라플라스의 말대로 클레이만은 노예를 구입해서 학살하고 있다. 그 수는 몇천 명에 달하지만, 그래도 클레이만은 '진정한 마왕'으로의 각성에는 이르지 못했다.

라플라스는 그 점을 지적한 것이지만, 클레이만의 생각은 바뀌지 않는다.

"한심하군, 라플라스. 구입한 걸 어떻게 다루든 그건 주인인 내 자유야. 천 명을 죽여도 모자란다면 만 명을 죽이면 되는 거 아냐. 각성에는 인간의 영혼이 필요하다는 걸 알았으니, 약자의 사정을 봐줄 필요 따위는 전혀 없어!"

그렇게 말하면서 자신의 논리를 펼치는 클레이만. 그리고 라플라스를 말로 눌러버릴 생각인 지, 클레이만은 말을 덧붙인다.

"그리고 말이지, 이 작전은 그분에게도 이득이 되는 일이야. 난 '쥬라의 대삼림에 새로운 세력이 탄생했으며, 그 맹주가 마왕을 참칭했다.'라는 명분으로 발푸르기스를 발의할 생각이거든."

"아아, 그건 문제가 없겠지만, 그 의제로는 수왕국에 쳐들어갈 이유가 되지는 못할 텐데?"

"바로 그거야, 라플라스. 내부 사정을 조사하는 과정에서 내 부하인 뮬란이 그곳의 누군가에게 살해됐어. 그때 마왕 칼리온의 배반을 알아차렸다고 주장할 생각이야. 부하를 잃은 나이기 때문에, 더욱더 재빨리 움직여서 칼리온의 영지를 점령하여 증거를 확보한 거라고 주장해도 불만의 소리는 나오지 못할 거라고 보는 거지."

라플라스는 클레이만의 말을 곱씹는다.

수왕국 유라자이나에 인접한 것은 밀림이 지배하는 영토지만, 그 나라에 증거를 확보한다고 하는 그런 번거로운 일을 좋아할 자는 있을 리가 없다. 마왕 밀림이 마왕 칼리온을 쓰러뜨렸다는 그 사실이야말로 클레이만의 말을 뒷받침하는 증거가 된다.

그에 더하여, 클레이만이 밀림에게 조사를 도와줄 것을 요청했다고 한다면…….

클레이만의 군대가 마왕 밀림의 영토를 통과하여 수왕국으로 향했다고 해도 아무도 불만을 제기하지 않을 것이다.

그렇게 되면 증거를 날조하는 것 정도는 아주 쉬운 일이었다.

그 계획에는 어떤 부자연스러운 점도 없다. 하지만 라플라스는 지금 이 시기에 굳이 움직일 필요는 없다는 생각이 들었다.

(좀 많이 초조해진 것 같은데, 클레이만?)

그런 생각은 들지만, 클레이만의 생각을 바꾸는 것은 어려워 보였다.

그리고 문득 라플라스는 어떤 사실을 그냥 흘려듣고 넘겼다는 것을 깨달았다.

"과연, 그렇게 하면 말은 되는 것 같긴 한데…… 아니, 잠깐! 뮬란이 살해당했다고?!"

놀라서 묻는 라플라스.

클레이만이 뮬란을 가볍게 여기고 있다는 사실은 알고 있었지만, 라플라스의 기준으로 보면 뮬란은 의지할 가치가 있는 마인이었다. 클레이만의 부하들 중에서도 '다섯 손가락'으로 꼽을 수 있는 대간부였던 것이다.

전투 능력이야 그리 높지는 않지만, 여러 상황에 대응 가능한 위저드(마도사)로서, 후방 지원에 중히 쓸 수 있는 마인이었다. 게다가 내키지 않는 표정을 지으면서도 라플라스 쪽의 상담에도 종종 응해주고 있었던 것이다.

무엇보다도 그녀는 너무나 상식적인 마인이었다. 라플라스는 그 점을 아주 높이 평가하고 있었던 것이다.

그러나 클레이만은 동요하는 일 없이 대답한다.

"그래, 네가 뭘 그리 아쉬워하는지는 모르겠지만, 뮬란은 죽었어."

"그런가, 죽어버렸나. 그건 틀림없는 사실이겠지?"

"흠? 내가 그녀의 몸에 심어둔 '마리오네트 하트(지배의 심장)'가 파괴된 것 같거든. 내가 맡아두고 있던 진짜 심장이 재로 변해 사라졌지. 그러니까 틀림없어. 그녀의 역할은 끝났으니, 딱 적당한 때에 죽어준 셈이야."

"이런, 이런, 클레이만, 유능한 부하가 죽었으니, 좀 더 슬퍼하는 모습을 보이는 게 좋지 않겠어?"

라플라스는 담담하게 구는 클레이만을 보며, 조금 섭섭한 생각이 들어서 충고한다.

(이 녀석도 예전에는 좀 더 성격이 좋은 녀석이었는데, 마왕이 된 후로는 점점 망가져가는 것 같은 느낌이 든단 말이지…….)

그건 비단 클레이만에게만 해당되는 이야기는 아니다.

라플라스의 동료들, 중용광대연합은 다들 어딘가 성격이 이상하게 비뚤어져 있다.

그건 라플라스도 마찬가지인지라, 클레이만에게 뭐라고 말할 자격은 없다. 그건 이해하고 있지만, 그래도 라플라스는 클레이만이 예전과는 달라진 것 같은 생각이 드는 걸 어찌할 수 없었다.

"하하하, 넌 참 다정한걸, 라플라스. 예전에 티어한테서도 도구는 소중히 다뤄야 한다는 소리를 들었지. 네가 티어한테 가르쳐준 모양이군, 라플라스. 하지만 그렇기 때문에 이렇게 나서는 거야. 도구가 부서지고 말았으니, 더더욱 그걸 부순 자에게 책임을 물어야지. 그렇게 하면 도구에 대한 추모의 의미도 되지 않겠어?"

그 악의 없는 클레이만의 미소를 보고, 라플라스는 더 이상은 따지는 것을 포기했다.

"……그렇군. 적어도 그 죽음을 헛되이 만들지만은 않았으면 좋겠네."

"그렇지? 너라면 그렇게 말해줄 거라 생각했어."

그렇게 말하면서 클레이만은 웃었다.

(그런 의미랑은 다르지만 말이지…….)

그 웃음을 보고 뭐라 말하기 힘든 기분이 들었지만, 라플라스는 마음을 바꿔먹었다. 그리고 클레이만의 책략에 문제가 없는가를 생각한다.

"그런데 클레이만. 발푸르기스 말인데, 불만의 의견은 나오지 않을까?"

라플라스의 의문에 클레이만은 웃음을 거뒀다.

"뭐, 나올지도 모르지. 그렇지만 밀림을 내 뜻대로 조종할 수 있는 지금, 불만이 있다면 상대해주면 돼."

그렇게 말하는 클레이만의 얼굴은 확실한 자신감과 비뚤어진 욕망으로 일그러진 것처럼 보였다.

라플라스는 그 말을 듣고 창백해진다.

"잠깐만, 그런 생각은 위험해!! 그 사람도 밀림이 폭주할 가능성이 있다고 했잖아. 회장이 만든 아티팩트(마보 도구)라고 해도 과신은 금물이거든?"

"괜찮아, 라플라스. 밀림은 분명히 내 명령에 따랐어."

"그 얘기는 들었지만 말이야, 선전포고 같은, 시키지도 않은 짓을 멋대로 했다며? 태고의 마왕인 만큼 레지스트(저항)도 장난이 아닐 거야. 섣불리 마왕 밀림을 의지하는 건 자살행위라고 생각하는데?"

라플라스는 필사적으로 충고하지만, 클레이만은 그 말을 귓등으로도 듣지 않는다.

"밀림이 완전히 내 부하가 되어서, 그걸 질투하는 건가? 라플라스."

"아니라니까! 비장의 수는 최후까지 아껴둬야 하는 거잖아?"

"그만 말해. 걱정하지 않아도 '그분'의 바람은 내가 마왕으로 각성하는 거야. 그걸 위해서 수왕국을 유린하겠어. 방해하는 자가 있다면 한꺼번에 처리해줄 거야."

"기다리라니까! 그 사람이랑 회장이 내린 명령은 얌전히 대기하고 있으란 거잖아? 네가 생각해야 하는 건 무사히 발푸르기스를 끝내는 거라고!"

라플라스가 필사적으로 주장해도 클레이만에겐 들리지 않는다.

"날 믿어, 라플라스. 카자리무 님의 말대로 움직이기만 해선 '그분'의 바람은 이룰 수 없어. 지금이 바로 공격할 시기라고!!"

클레이만은 그렇게 내뱉으면서, 라플라스와 더는 말싸움을 하지 않겠다는 듯이 억지로 끝냈다.

결국 라플라스는 클레이만을 말릴 수가 없었다.

확실히 클레이만의 말에도 수긍이 가는 점이 있는 데다, 명령받은 내용과 비교해봐도 크게 벗어나 있는 것은 아니다. 그러나 아무래도 라플라스는 클레이만에게서 느껴지는 위화감을 불식시킬 수가 없었다.

그래서 말한다.

"저기, 클레이만. 마지막으로 묻겠는데, 정말 네 의지로 이번 작전을 결심한 거 맞아?"

"무슨 소리를 하는 거야? 라플라스. 내게 명령을 내릴 수 있는 자는 카자리무 님과 '그분'뿐이라고. 그건 네가 가장 잘 알고 있잖아?"

확실히 그 말대로였다.

클레이만이 문제가 없다고 말하는 이상, 라플라스로서는 그 이상 추궁할 수 없다.

라플라스에겐 라플라스가 할 일이, 서방성교회에 다시 잠입한다는 임무가 기다리고 있는 것이다.

"알았어, 그럼 됐어. 난 이만 가겠지만, 클레이만도 조심하라고. 지금은 무모한 짓은 하지 않는 게 좋으니까 부디 방심하지 않도록 해."

라플라스는 그런 충고를 남기고, 클레이만에게 이별을 고했다.

그리고 클레이만은——,

(내가 누군가에게 영향을 받고 있다고 말하고 싶은 건가? 말도 안 되는 소리. 아니, 그게 아니면…… 내가 밀림의 힘을 손에 넣었기 때문에 공을 독점당할 거라고 걱정한 건가? 질투라니, 그 녀석답지 않군…….)

클레이만은 자신의 힘을 과신하지 않는다.

그러나 지금, 마왕 밀림을 조종할 수 있다는 그 자부심이 클레이만을 대담하게 만들고 있었다.

그런 이유로 클레이만은 누구보다도 신용하고 믿었던 친구인 라플라스의 말을, 자신에 대한 질투라고 단정한 것이다.

친구에게 가볍게 실망하면서 클레이만은 와인을 입에 머금었다. 그러나 그 맛은 씁쓸했으며, 방금 전까지의 그 순하면서 단맛은 느껴지지 않는다.

(——짜증이 나는군!)

갑자기 클레이만은 손에 들고 있던 유리잔을 벽으로 내던졌다. 스스로도 이해할 수 없는 감정이 명령하는 대로 분노를 발산한 것이다.

테이블 위에 놓여 있던 극상의 와인 병이 충격으로 깨지면서 산산이 흩어졌다. 그러나 클레이만은 신경 쓰지 않는다. 그대로 기분을 진정시키기 위해 품에서 어떤 물건을 꺼냈다.

그것은 가면.

웃는 얼굴을 본떠 만든 가면이다.

"걱정하지 마, 라플라스. 나는 반드시 각성하고 말 테니까. 그리고 이 세계를 손에 넣겠어. 그래, 라플라스. 이제 두 번 다시 잃어버리지 않을 거야! 그러니까 이번에야말로 다 같이 즐겁게 살아보자고——."

——아무도 없는 방에서 홀로, 클레이만은 자신의 마음속에 감춰둔 바람을 독백한다.

소중한 보물을 만지기라도 하듯이, 가면을 조심스레 어루만지면서…….

●

마왕 클레이만을 쓰러뜨린다.

이건 결정된 사항이다.

뒤에 몰래 숨어서 뭔가를 시도하려 꾸미는 자식은 당장 박살을 내야 한다.

나도 마왕이 되겠다고 선언한 이상, 다른 마왕에 대한 견제도 필요하게 된다. 그러기 위한 산 제물로서 클레이만이 가장 적합하다는 것도 이유이다.

밀림 녀석이 무슨 생각으로 칼리온에게 싸움을 걸었는지 모르는 이상, 그녀의 중재는 기대할 수 없다. 내 힘을 과시하여 앞으로의 근심거리를 제거해두도록 하자.

그리고 클레이만은 너무 지나친 짓을 했다.

인과응보── 보답은 반드시 받아야만 한다.

그리고 앞으로의 우리의 활동 방침.

요움은 영웅으로서 파르무스 왕국에서 인기가 높다. 그 점을 이용해서 포로인 파르무스 왕을 해방시켜주고 전후 교섭을 하게 한다. 그런 흐름으로 파르무스 왕국을 공략할 생각이다.

남은 것은 서방성교회에 대한 대응과 조약을 맺고 있는 각국에 대한 우리나라의 입장 표명인가.

여러모로 논의를 할 내용이 많다.

진지하게 임해야 할 회담이 될 것 같았다.

우선은 소우에이의 보고를 듣는다.

아무래도 클레이만 쪽도 뭔가 움직임이 있는 것 같으니, 자세하게 들어본 뒤에 작전 회의를 열어야겠다. 그런고로, 템페스트(마국연방)의 간부들과 삼수사를 대동하고 대회의실로 가려고 했는데…….

내 '만능감지'가 도시로 다가오는 50명 정도의 무리를 감지했다.

응? 저건 블루문드 왕국의 길드 마스터(자유조합 지부장)인 휴즈인가.

얼마 지나지 않아 경비병의 안내를 받아서 휴즈가 찾아왔다. 비장한 분위기로 병사들을 밀쳐내고 만나기를 청한 모양이다.

"오랜만입니다, 리무루 님. 늦지 않아서 다행입니다. 블루문드 왕국과 템페스트의 안전보장조약에 따라 서둘러 달려왔습니다. 늦은 게 아닐까 하고 마음을 다 졸였습니다."

그렇게 말하면서 웃는 휴즈.

그러나 그 분위기는 여전히 긴박했으며, 따라온 전사들도 다들 하나같이 결사의 각오를 단단히 한 눈빛을 하고 있었다.

전신 장비를 몸에 두른 완전무장, 딱 봐도 전투용 차림이다.

"이런, 이런, 길드 마스터가 직접 오다니……. 이건 대체──."

"하하, 그렇게 말씀하지 마십시오. 뒷일은 지기스에게 맡겨두고 왔습니다. 이 도시의 상황은 상인들, 특히 묘르마일 녀석으로부터 들었습니다. 파르무스 왕국과 일전을 벌이게 되었다고 말이죠……."

응? 으으응?

생각해보니 블루문드 왕국에서 온 손님들을 보낸 뒤로 열흘 정도 지난 시점이로군.

그들에게서 보고를 들은 후, 즉시 준비를 마친 뒤에 응원군으로 달려와 준 거란 말인가?

그렇다면 참으로 고마운 일이지만…….

"——지금부터 방벽을 준비하는 건 늦었다고 해도, 주위에 병사들을 배치해서 수비를 단단히 하는 게 좋습니다. 아직 파르무스 왕국군의 본대는 도착하지 않은 것 같지만, 선발 부대가 언제 습격을 해 올지 확실하지 않으니까요. 녀석들이 선언한 기일은 이미 지났겠죠?"

그렇게 열심히 말하는 휴즈.

죽음을 각오한 것 같은 뜨거운 눈빛으로, 단번에 거침없이 말하기 시작했다.

각오한 것 같다가 아니군. 정말로 각오를 하고 있다. 지기스에게 뒷일을 맡겼다고 말하는 것을 보면, 진심으로 이 도시를 위해 싸워줄 생각으로 보인다.

하지만 말이야, 으음…….

이미 싸움은 끝났단 말이지.

이렇게 멋들어지게 말하는 휴즈를 앞에 둔 상태로는 도저히 말을 꺼내기가 어려운데…….

"그렇지 않으면 설마 공격에 나설 생각입니까? 그건 좀 어렵겠다는 말씀을 안 드릴 수가 없군요. 우리가 확보한 정보로는 2만에 가까운 군대가 확인된 상황입니다. 정면에서 맞부딪혀 싸운다 해도 이길 수 있는 수가 아닙니다. 실은 요 며칠 동안 지인들을 긁어모아서 300명의 모험가들을 대시시켜놓았습니다. 미력하긴 하지만, 아낌없이 협력해줄 것입니다. 장기전을 각오하고, 숲의 지형을 활용한 게릴라 작전을 벌여야 한다고 봅니다——."

우리 편을 들어서 괜찮은가? 그런 질문을 하는 것도 미안할 정도로, 휴즈는 우리를 생각해주고 있었다.

"——수인 여러분들과 같이 싸운다니, 아주 든든합니다."

그런 식으로 말하면서 휴즈는 혼자서 납득하고 있는지라, 점점 더 이야기를 꺼내기가 어려워졌다.

템페스트의 간부들은 눈을 휘둥그레 뜨고 있었고, 삼수사들도 당혹스러움을 감추지 못하고 있다.

그야 뭐, 우리로서는 다 끝난 이야기니까.

그건 그래도 원군을 이끌고 달려와 주리라고는 생각 못 했다.

조약이 있다고는 해도 해석하기에 따라서는 도망칠 길은 있었을 텐데.

약간이나마 전력을 준비해서, 휴즈는 필사적으로 달려와 준 것이다.

조금 기쁜 마음이 들었다.

하지만 뭐, 그건 그렇다 치고——,

"——이곳은 좋은 도시입니다. 거리도 아름답고, 정성을 들여 지은 집들. 돌로 포장된 도로하며, 인정하고 싶지는 않지만 블루문드 왕국보다 훌륭합니다. 이곳을 전쟁터로 만들고 싶지 않은 마음은 이해할 수 있습니다. 하지만 지금은 어떻게든 버티면서 원군을 기다립시다! 블루문드 국왕 폐하께서도 기사단을 동원하겠다고 약속해주셨습니다. 준비에 시간이 걸리겠지만——."

“아—, 휴즈 군. 잠깐만 기다려주면 좋겠는데.”
나는 그렇게 말하면서 휴즈의 말을 가로막았다.
정말로 미안하지만, 슬슬 멈추게 하지 않으면 이야기가 진전이 안 될 것 같다.
“왜 그러십니까? 리무루 님. 혹시 뭔가 작전이라도?”
“아아, 응. 작전, 작전이라고 할까…….”
“그럼 우리에게는 비밀인 작전이……? 아니, 의심을 하시는 건 당연하겠지만, 그 점은 절 믿어주시면——.”
“아니, 그게 아니네, 휴즈 군! 자네 마음은 너무나 기쁘지만, 이미 다 끝났다네!”
“네? 끝났다니요? 그게 무슨 뜻입니까?”
“으음—, 뭐라고 말해야 좋을까……. 그러니까 말이지, 한마디로 말하자면 내가 전멸시켰단 말이네!”
“——네? 뭘 말입니까? 전멸? 대체 무슨 얘깁니까?”
휴즈는 혼란스러운지, 그렇게 되묻기 시작했다.
그야 뭐, 그렇게 나오는 게 당연하겠지.
“아니, 그러니까, 파르무스 왕국의 군대 말인데, 내가 혼자서 전멸시켰다네!”
“네에, 네에에에에?!”
그렇게 인간의 말로는 들리지 않는 비명을 지르며 절규하는 휴즈.
요움이 휴즈의 어깨를 탁탁 두들겼고, 카발이 위로의 말을 건넨다.
에렌과 기도는 “그야 뭐, 믿어지질 않겠죠오.”와 “그러게 말입니다요"라고 각각 서로를 보면서 말하고 있었다.

그렇겠지.

왜냐하면 선전포고가 있은 지 2주일도 지나지 않았으니까.

일주일 후에 본대가 도착했고 2, 3일은 야전으로 시간을 벌면서, 최악의 경우에 대비해 농성용 방위 태세를 갖추리라 예상하고 있었을 것이다.

전쟁은 이미 시작되었을 것이라 생각했는데, 우리가 경계도 하지 않고 있어서 이상하게 생각은 했다고 하지만…….

마침 다들 모여 있는 것을 보고, 먼저 쳐들어갈 생각을 하고 있는 것으로 착각을 했던 모양이다.

파르무스 왕국의 본대가 도착이 늦어지고 있는 것으로 생각했더니, 이미 전쟁이 끝난 상황이었다. ――그런 말을 갑자기 들어도 납득을 하기는 어려웠을 것이다.

"얼마 전에 제 아들인 리그루를 사자로 보냈습니다만, 아무래도 길이 엇갈려버린 모양이군요. 리무루 님이 말씀하신 대로 이미 전쟁은 끝이 났습니다."

리그루도가 그렇게 설명하고, 카발과 에렌도 이래저래 보충 설명을 해준 덕분에 휴즈도 겨우 상황을 받아들여 주었다.

그런 말도 안 되는 일이…… 그렇게 중얼거리고 있지만, 나머지는 시간이 해결해줄 것 같다.

휴즈가 데리고 온 50명의 전사들도 넋이 나가 있었기 때문에, 숙소로 안내해서 쉴 수 있게 해주라고 병사들에게 지시를 내려 둔다.

일단 다들 완전히 지친 모습이라 당장이라도 쓰러질 것 같았다. 전쟁이 끝났다는 이야기를 듣고 단번에 긴장의 끈이 끊어진 것으로 보인다.

그들은 파르무스 왕국군과 마주치지 않도록 도로가 아니라 동물들이 다니는 길을 통해 왔다고 한다. 완전무장으로 숲을 통과하는 것은 아주 힘든 일이었을 것이다.

전사들은 감사의 인사를 남기고, 안내하는 병사를 따라 이 자리를 떠났다.

그 자리에는 지친 얼굴의 휴즈만이 남았다.

"휴즈, 자네도 쉬는 게 어떤가?"

"아아…… 그렇군요, 저도 좀 혼란스러운 것 같으니, 조금 쉴 수만 있다면……."

휴즈가 고개를 끄덕이고 숙소로 가려고 했지만…… 타이밍 나쁘게 새로운 손님이 찾아오고 말았다.

"아, 또 손님이 왔군. 그것도 하필이면——."

"손님? 하필이면?"

내가 중얼거리는 소리를 듣는 바람에 자신도 모르게 걸음을 멈춘 휴즈.

그 탓에 휴즈는 아예 쉴 겨를이 없게 되어버린 것 같다.

왜냐하면 찾아온 손님은 바로 드워프 왕.

가젤 드워르고, 본인이었던 것이다.

*

좀 전에도 생각했던 것이지만, 내 스킬(능력)인 '마력감지'가 '만능감지'로 진화하면서 파악할 수 있는 범위가 대폭 확대되고 정밀도도 높아진 것 같다.

아직 도시에서 멀리 떨어져 있는데도 불구하고 멀리서 날아오는 페가수스 나이츠(천상 기사단, 天翔騎士團) 집단을 포착해준 것이다.

《알림. 30명의 기사들의 접근을 확인. 선두에 개체명 : 가젤 드워르고의 존재를 확인했습니다.》

아무 일도 없는 것처럼 얼티밋 스킬(궁극 능력)인 '라파엘(지혜지왕, 智慧之王)'이 그렇게 알려준다.

정밀도가 높기 때문에, 만난 적이 있는 인물이라면 특정하는 것도 가능해진 모양이다.

그건 그렇다 쳐도 엄청나게 편리하군.

편리하긴 한데…….

도시 전체를 커버하고도 남는 범위라면 약간 정보 과다인 것 같은 느낌이 든다.

대놓고 말해서 일일이 보고를 받는 게 귀찮은 것이다.

그런고로, 보고는 간결하게 해주길 부탁할게, '대현자'……가 아니라 라파엘.

구체적으로 말하자면 내게 해를 끼칠 마음이 있는 자나 유해한 자가 접근했을 때만 보고해도 되지 않을까.

《……알겠습니다.》

노골적으로 뭔가를 말하고 싶어 하는 느낌이지만, 문제는 없을 것이다. 이런 귀찮은 작업은 전부 알아서 해주길 부탁하고 싶을 뿐이다.

맡겨놓으면 안심, 그게 라파엘이니까.

그런 느낌으로 스킬을 최소한으로 필요한 정도로만 설정해두고 손님을 기다린다.

스킬로 판명이 되었으니, 찾아올 사람은 가짜가 아니라 틀림없이 본인이다.

내가 그 일을 휴즈에게 전하기도 전에 먼저, 페가수스 나이츠의 멤버들이 우리 앞에 하나씩 착지하기 시작했다. 그리고 맨 먼저 페가수스에서 내린 가젤 왕이 내 얼굴을 보자마자 씨익 웃으면서 말한다.

"오랜만이구나, 리무루. 얘기는 들었다, '마왕'이 되었다면서?"

역시 그 건으로 온 건가. 그렇다곤 해도 왕이 스스로 찾아올 거라고는 생각하지 않았지만.

"그렇게 됐어, 가젤. 여러 사정이 생겨서 마왕이 되기로 했지. 솔직히 말하자면 귀찮지만, 앞으로의 대책도 지금부터 생각하려던 참이었어."

그런 식으로 인사를 하고, 쓴웃음과 함께 회의를 하던 중임을 전한다.

"그거 마침 잘됐군. 나도 그 회의에 참가하도록 하지!"

가젤 왕은 당연하다는 듯이 그렇게 선언한 것이다.

지친 기색을 보이고 있던 휴즈가 안색이 바뀌면서 내게 따지면서 물었던 것은 그때였다.

"마왕……? 그게 대체 무슨 말입니까?!"

우리 옆에서 대화를 들어버린 휴즈가 그냥 듣고 넘어갈 수 없다는 태도로 그렇게 질문했다.

그렇군, 그 사실도 설명하지 않았던가…….

지금 이야기를 해봤자 귀찮아질 뿐이지만, 말해주지 않으면 휴즈가 포기할 것 같지 않다.

"리무루 님, 방금 그 얘기는 그냥 듣고 넘길 수 없겠습니다. 아무래도 제 귀에는 당신이 마왕이 되었느니 어쩌니 하는 소리가 들린 것 같습니다만……?"

그렇게 부들부들 떨면서 말하는 휴즈.

소변이라도 참고 있는 건가? 눈치 보지 말고 그냥 갔다 오면 될 텐데.

"소변이 마려운가? 그렇지, 이 마을의 화장실은――."

"아니라니까! 누가 지금 화장실 얘기를 하고 있습니까?! 그게 아니라 마왕이라니……. 대체 이게 무슨 소립니까――?!"

화장실 이야기로 대충 얼버무리려고 했지만, 무리였습니다.

휴즈도 존댓말로 이야기를 할 여유가 사라졌는지, 말 곳곳에 원래 성격이 드러나고 있고.

"응, 아아, 마왕 말이지. 그렇게 됐는데."

딱히 별것 아니라는 식으로 가볍게 대답하는 나.

하지만 역시 그걸로는 끝나지 않는다.

"하하하. 농담이라고 쳐도 우습지가 않군요. 진지하게 대답해 주셨으면 합니다만."

으음———, 엄청 귀찮을 것 같은데.

처음부터 말인가? 처음부터 설명해야만 하나? 그렇게 생각했지만, 가젤 왕도 듣고 싶어 하는 분위기다.

여기 서서 이야기하는 것도 좀 그렇지만, 가볍게 설명해주기로 했다.

그리하여 대충 큰 줄거리의 설명을 마치자, 휴즈는 허공에 대고 중얼중얼 뭔가를 말하기 시작했다. 아무래도 이해가 제대로 되지 않아서 현실도피에 빠진 것 같다.

불만을 늘어놓는 것보다는 낫다.

휴즈를 내버려 두고, 가젤 왕과의 대화를 다시 시작한다.

"그건 그렇고 가젤, 그렇게 간단히 왕이 나라를 빠져나와도 되는 건가?"

이 점은 정말 신경이 쓰인다.

나도 남 말을 할 상황이 못 되지만, 가젤 왕도 너무 자유분방한 것 아닌가.

드워프 왕국—— 무장 국가 드워르곤은, 국력만 비교해도 우리 나라의 수십 배 규모의 대국이고 말이다.

왕이 이렇게 가볍게 외출하는 건 문제가 되지 않을까?

"흥, 문제없다. 내 대역을 제대로 준비해두었으니까!"

뭐? 그렇다면 대역을 쓰는 방법이 잘못된 거 아닌가…….

아니, 똑바로 쓰는 건가?

뭔가 석연치 않지만, 뭐, 그냥 넘어갈까.

호위로서 페가수스 나이츠의 단장인 돌프와 영웅왕의 동료들도 다 같이 있으니까. 전력으로 따져보면 넘칠 정도로 충분하다.

"그보다 리무루여, 3일 전에 베스터로부터 받은 보고 말인데, 그건 틀림없는 사실인가?"

왕의 눈빛을 띠기 시작한 가젤이 내게 물었다.

"그래, 내가 2만 명의——."

"잠깐, 리무루, 파르무스 왕국군이 무슨 이유인지 행방불명이 되었다고 들었는데, 뭔가 알고 있단 말이냐?"

"뭐, 행방불명?"

응? 대체 무슨 이야기지?

"베스터의 보고로는 이 도시에 쳐들어온 2만 명 가까이 되는 군대가 홀연히 사라졌다고 하는데, 대체 무슨 일이 있었던 건가?"

천천히 말하는 가젤 왕.

그 눈이 구석에 있던 베스터를 바라보면서 무언의 압력을 가한다.

내가 베스터를 보자, 베스터는 당황한 표정으로 고개를 옆으로 젓고 있었다.

"베스터여, 나도 같이 보고를 들었다. 그때 확실히 너는 이렇게 말했지. 파르무스 왕국군이 갑자기 사라지는 바람에 원인을 조사 중, 이라고. 우리도 마음에 걸려서 달려오긴 했지만, 그 후에 원인은 판명되었나?"

드워프 왕국군의 어드미럴 팔라딘(최고사령관)이자 가젤 왕의 친구인 번이 베스터를 위압하듯이 그렇게 말했다.

왠지 모르게 이해가 되었다.

가젤 일행은 내가 2만 명의 군대를 학살한 사실을 유야무야 넘기려고 하고 있는 것이다.

"네, 그게 말입니다만, 아직도 원인은 불명인지라……."

베스터도 분위기를 파악했는지, 신중하게 말을 더하기 시작했다. 가젤 일행의 의도를 알아차리고 적당히 말을 맞추면서 발언한다.

역시 수완이 좋은 자인 만큼, 베스터의 머리 회전은 빠르다. 내가 벌인 일을 어둠 속에 묻어버리는 방향으로 이야기가 진행되기 시작하고 있다.

가젤이 작은 목소리로 "멍청한 놈! 사실을 정직하게 얘기했다간 네놈은 인간의 적이 될 게다"라고 속삭여주었다. 적이라는 표현은 과장된 것이라고 쳐도, 공포의 대상이 되는 것은 틀림없는 사실이 될 거라고 말이다.

생각해보니 그게 당연한가.

혼자 힘으로 만 단위의 군대를 죽일 수 있는 자라면 핵병기 이상으로 번거로우면서 두려운 존재임이 틀림없다.

진실을 아는 자는 적은 편이 좋으며, 관계없는 나라나 민중이 그 사실을 알 필요는 없는 것이다.

파르무스 왕국군은 마물의 나라를 침공하려 했지만, 원인불명의 사고로 인해 전원이 행방불명── 그 내용만을 확실한 사실로 하여 각국에 전하면 되는 것이다.

그렇군, 역시 가젤 왕이다. 그런 야무진 구석은 내겐 없는 점이다.

그렇다면 문제가 되는 건 방금 내가 한 발언이었다.

이 도시의 주민들에겐 이제 와서 새삼스러운 일도 아니고, 사실이 알려져도 문제는 없다. 누구나 다 알고 있으며, 그걸 퍼뜨릴 자도 없기 때문이다.

문제는 휴즈이다.

슬쩍 시선을 돌리니, 망연자실한 상태에서 회복한 휴즈와 눈이 마주쳤다.

"아, 아―, 휴즈 군."

"리무루 님……."

자, 이제 어떡한다?

방금 당당하게 내가 파르무스 왕국의 군대를 혼자서 전멸시켰다고 말해버렸으니.

그건 거짓말이라고 말해야 할까?

그런 고민을 하고 있으려니, 휴즈가 한숨을 내쉬었다.

그리고 두 손을 들고 말한다.

"저는 아무것도 듣지 않았습니다. 물론, 숙소에서 쉬고 있을 제 부하들도 내일 아침에는 아무것도 기억하지 못할 거라고 생각합니다. 오늘은 많이 지친 탓인지 환청을 들은 것 같군요."

듣지 않은 것으로 쳐줄 생각인가 보다.

단번에 늙어버린 것처럼 힘이 빠진 모습이 애수를 느끼게 한다.

그게 어른이 취해야 할 대응임과 동시에, 그 어떤 것보다도 이 자리를 가장 원만하게 수습할 수 있는 방법이겠지만.

"크후후후후, 그렇다면 만일을 위해 제가 확인을 하고 오도록 하죠."

웃으면서 그렇게 말한 자는 어느샌가 내 옆에 서 있던 디아블로였다.

이 디아블로도 참 신비한 녀석이란 말이지. 그야말로 만능 집사 같은 느낌인지라, 부탁하면 무엇이든 해결해줄 것 같다.

이번에도 기뻐하면서 시시한 잡일을 맡아주려 하고 있다.

넌지시 작은 목소리로 "기억을 조작하는 건 제 전문이니까요"라고 중얼거리는 소리가 들렸지만, 듣지 않은 것으로 치자.

휴즈도 복잡해 보이는 표정을 짓고 있었지만, 부하들이 무사할 수 있다면 좋다고, 그 제안을 승낙해주었다. 가젤 왕이 한 말의 의도를 이해하고, 사실을 아는 자가 적은 편이 좋다고 납득한 것으로 보인다.

이런 국가 간의 이해가 얽혀 있는 경우, 최악의 경우에는 입을 봉인당할 가능성도 높으니, 어느 정도의 일은 눈을 감는 것이 현명한 판단일지도 모르지만.

그러나――,

"부하들에 관해선 눈을 감겠지만, 회의에는 저도 참가하도록 하겠습니다."

이것만은 양보할 수 없다는 기세로 휴즈도 선언했다.

지금부터 벌일 회의는 무시할 수 없다는 판단을 내렸는지, 그 눈은 결의를 담고 있다.

"알았네. 내가 인간들에게 적대하지 않을 것이라는 건 믿어줬으면 하니까, 회의에 참가하는 걸 거부하진 않겠어."

나는 그렇게 말하고 어깨를 으쓱거리며, 휴즈가 회의에 참가하는 것을 허락했다.

*

리그루도의 안내를 받아 휴즈는 대기실로 향했다.

가젤 일행도 회의에 참가하기로 했기 때문에 대회의실을 정돈할 필요가 있다. 그 동안 조금이라도 휴식을 취할 수 있도록 하기 위한 배려였다.

그 모습을 바라보면서 가젤이 내게 물었다.

"흠, 저 남자는 믿을 수 있는가? 리무루."

"아아, 그건 문제없어."

휴즈는 신용할 수 있는 남자다. 나는 자신을 갖고 그렇게 대답했다.

"흠, 그렇다면 문제는 저쪽에 있는 자들이로군."

그렇게 말한 직후, 가젤이 우리 뒤쪽을 향해 패기를 날렸다.

응, 누가 있는 건가?

놀라서 돌아보니, 그곳에는 본 적이 없는 한 집단이 있다.

비싸 보이는 옷차림을 한 신사이다. 이목구비가 반듯하여 젊었을 적에는 꽤 인기가 있었을 것 같다.

실눈을 하고 있는 것이 특징적인 남자였다.

고위 무관의 분위기를 띤 자들을 다섯 명 정도 대동하였으며, 그자들은 후방과 양옆을 지키고 있다.

잘 훈련받은 자들이라는 사실을 엿볼 수 있는 집단이다.

그건 그렇다 쳐도 여기까지 접근했는데도 전혀 알아차리지 못했다…….

말도 안 돼, 내 '만능감지'에 반응하지 않다니――?!

그렇게 생각했지만, 당황하고 있던 것은 나뿐이었다.

《알림. 그 집단으로부터는 명확한 적대 반응이 확인되지 않습니다.》

어딘지 모르게 토라진 듯이 내게 알리는 라파엘.

아, 네. 납득했습니다.

……음, 이건 내가 잘못한 건지도. 그러고 보니 방금 전에 귀찮다며 보고를 거부했었지.

그야 당연히 내게 해를 끼칠 마음이 있는 자나 유해한 자라는 애매한 명령을 받았다 해도 그것을 판단하기는 어렵겠지.

라파엘이 화를 내는 것도 무리가 아니었다.

미안, 앞으로는 착실하게 보고를 해줘── 그렇게 속으로 사과하는 나.

자신의 스킬(능력)을 상대로 한심스럽다고 생각할지도 모르지만, 내 기분을 전하는 것은 중요한 일이다.

속으로 그런 대화를 나누고 있는 나와는 상관없이, 가젤 일행과 정체불명의 집단의 대화는 계속되고 있었다.

"웬 놈들이냐, 너희들은?"

"이런, 이런, 땅속에 숨어서 사는 걸 좋아하는 제왕이 아니십니까. 의외로군요, 겁이 많은 당신이 '마왕'의 편을 드실 줄이야……."

가젤이 뿜어낸 격렬한 패기를 받으면서도, 오히려 그 남자는 유연한 태도를 무너뜨리지 않았다.

의도적으로 가젤을 분노하게 만들려는 대응을 한 것이 명백했으며, 따르고 있는 무관들은 고개를 절레절레 저으면서 진절머리가 난다는 듯한 모습을 보이고 있었다.

"네놈인가. 멍청할 정도로 높은 곳을 좋아하는 엘프족의 후예여. 신수(神樹)에게 안겨 있는 도시에서 내려온 것인가?"

정체를 꿰뚫어 보고 경계를 풀었는지, 가젤이 뻔뻔스러운 표정으로 웃으면서 도발을 되갚아줬다.

아무래도 이 남자와 가젤은 서로 아는 사이인 것 같다.

적의가 없다는 것은 라파엘의 반응을 봐도 틀림없는 듯하니, 가젤 왕과 이 남자는 단순히 사이가 안 좋을 뿐이겠지. 사이가 안 좋다기보다 싸우다가 정이 든 사이에 더 가깝게 보이지만.

"리무루 님, 이자들은 마도 왕조 살리온에서 찾아온 자들이라고 합니다——."

그렇게 내게 보고한 자는 소우에이의 부하인 소우카였다.

소우카가 이 남자들을 맞아 여기까지 안내해 왔다고 한다. 그러다 이 남자가 가젤 왕을 알아보고 장난기가 발동한 것 같다.

"여전하구나, 에라루도."

"너도 마찬가지로군, 가젤."

두 사람은 씁쓸한 표정을 지으면서도 서로 대화를 나눈다.

그게 두 사람 나름대로의 인사였다.

"그리고 그쪽의 소녀는——."

"아, 처음 뵙겠습니다, 이 숲의 맹주를 맡고 있는 리무루라고 합니다. 잘 부탁드려요!"

그 실눈의 남자—— 에라루도가 내 쪽으로 시선을 옮기기에 가볍게 인사를 했다.

마도 왕조 살리온에서 온 사자라면, 정중하게 대접해야 한다. 하지만 나는 매너나 격식 같은 건 전혀 모른다.

마왕이 된 건 좋지만, 아무도 그런 걸 자세하게 알고 있는 것 같지도 않고…….

뭐, 나중에 시간이 되면 누군가 잘 아는 사람을 찾아서 배우자는 생각은 하고 있지만 말이지.

내 인사를 받고 에라루도가 갑자기 자세를 잡는다.

그리고 크왓! 하고 눈을 크게 뜨면서 소리친다.

"당신입니까! 당신이 내 딸을 속여서 꼬드긴 마왕이란 말입니까!! 각오는 되어 있겠지요?!"

그렇게 말하면서 초고등폭염술식(超高等暴炎術式)을 발동시키면서 주문을 읊기 시작한 것이다.

잠깐, 잠깐, 이 아저씨, 너무 막무가내인데.

내가 수집한 지식에 의하면 초고등폭염술식은 난이도가 최고인 술식이다.

원소마법 중의 한 계통인 화염계는 파이어(화염구, 火炎球)부터 시작하여 파이어 볼(화염대마구, 火炎大魔求)로 발전한다. 그런 후에 파이어 월(화염대마벽, 火炎大魔壁)과 파이어 스톰(화염대마람, 火炎大魔嵐)이라는 고난도의 마법으로 난이도가 올라간다. 당연히 그에 따라 위력과 규모가 커지는 것이다.

그렇다면, 이 에라루도라는 아저씨가 쓰려고 하는 술식은 바로…….

초고등폭염술식, 쉽게 말하자면 합성마법이다.

사물을 불태우는 성질을 지닌 화염 계통과 사물을 날려버리는 성질을 지닌 폭발 계통—— 이 두 종류를 조합함으로써 폭염 계통이라는 한 단계 위의 마법으로 승화시키고 있는 것이다.

그러고 보니 시즈 씨가 특기로 삼았던 마법 계통이었지.

다른 점은 시즈 씨의 경우에는 정령의 힘을 빌렸다는 부분이다. 시즈 씨처럼 고레벨의 술자가 아니라면 정령을 지배하는 것은 어렵다. 그러나 한 번 신뢰 관계를 맺으면 정령 스스로가 힘을 조절해준다.

그에 비해 초고등폭염술식이라는 건――,

가장 난이도가 높은 마법 제어를 자신의 힘으로 해야 할 필요가 있기 때문에 너무나도 위험한 술식이다.

단, 체계화된 마법이 아니기 때문에 자유도는 높다.

발동 속도, 명중도, 위력의 규모, 영향의 범위, 효과 시간 같은 각종 요소를 자신이 관리할 수 있는 레벨에 놓고 배분할 수 있는 것이다. 위력만을 추구한다면 도시에 큰 피해를 입히는 것도 쉬운 일이다.

당연히 위험도는 높다.

술식을 다루는 마력과 필요한 에너지(마력요소)를 모으는 정신력. 술자가 이 둘을 갖추지 못하면, 마법의 발동은 성립하지 않는다. 그렇기 때문에 발동에 실패하면 흩어져야 할 에너지가 폭주하면서 주위 일대를 잿더미로 만들어버릴 염려도 있었다.

더 말할 것도 없지만, 그런 위험한 술식이 일반적으로 퍼져 있을 리가 없다. 위저드(마도사) 급 이상의 자에게만 허락된, 군사용의 상급 술식인 것이다.

이런 도시 한가운데에서 사용해도 괜찮은 마법이 절대 아니다.

에라루도는 그런 위험한 마법을 발동하려 하고 있는 것이다.

무엇 때문에 이렇게 이성을 잃은 거지? 이해가 안 된다.

딸을 속여서 꼬드기다니, 대체 무슨 이야기를 하는 거야?

살짝 혼란에 빠지긴 했지만, 그렇게 당황할 필요는 없었던 모양이다.

따아———악! 하는 소리가 울려 퍼진다.

그와 동시에 에렌의 고성이 들려왔다.

"아빠도 차암!! 여긴 뭐 하러 온 거예요오?!"

화가 잔뜩 난 모습으로 에렌이 끼어든 것이다. 그리고 순식간에 상황을 장악하면서, 에라루도가 뭐라고 말하기도 전에 그의 머리를 때렸다.

에렌의 등장으로 에라루도에게 이성이 돌아온다.

아무래도 이 에라루도란 자는 에렌의 아버지인 모양이다. 분노에 불타는 에렌의 설교를 듣고 겨우 얌전해졌다.

이렇게나 쉽게 격노할 줄이야. 정말로 사람 골치 아프게 하는 성격을 가진 인간이다. 가젤과 대화를 나눌 때의 지적이면서 신사로 보이던 인상은, 그 뒤에 보인 행동으로 인해 싹 날아가 버렸다.

"야아—, 앗핫하. 미안하구려, 딸이 마왕에게 납치당했다는 보고를 받는 바람에 그만 이성을 잃어버렸습니다."

명랑하게 웃는 얼굴로 그렇게 내뱉었다.

그렇다고 해서 도시 한가운데에서 초고등폭염술식을 쓰는 건 좀 아니지. 뭐 이런 터무니없는 아버지가 다 있담.

"아닙니다, 각하. 제대로 보고를 드렸습니다만, 각하께서 멋대로 착각하셨을 뿐입니다."

"역시! 아빠가 잘못한 거잖아요오!"

비서로 보이는 사람이 냉정하게 지적했고, 그 사실을 에렌에게 비난받으면서 당황하는 아버지.

불쌍하지만 동정해선 안 된다. 자업자득이니 좀 더 꾸중을 듣고 반성해주면 좋겠다.

"――딸바보인 점은 낫질 않는구나, 에라루도."

분위기가 약간 진정이 되었을 때, 가젤이 에라루도에게 말했다.

그 말에 대해 에라루도는 주눅 들지도 않은 채 대꾸한다.

"딸바보가 아니네, 에렌이 귀여우니 어쩔 수 없는 거야."

"그걸 세상에선 일반적으로…… 아니, 이 이상 말해도 소용이 없겠군."

어이없어 하는 가젤. 에라루도는 옛날부터 이런 느낌의 인물인 모양이다.

이미 더 이상은 치료할 방법도 없을 것 같다.

가젤과 에라루도의 대화가 일단락되기를 기다렸다가 에렌이 가젤에게 인사했다.

"오랜만에 뵙습니다, 가젤 폐하."

그렇게 말한 에렌은 여전히 모험가의 차림인데도 불구하고 기품이 있는 것처럼 보인다.

"에륜인가? 못 알아볼 뻔했군. 건강해 보여서 다행이다. 한동안 못 본 사이에 더 아름다워졌구나."

가젤 왕이 그렇게 답례하자, "네놈은 롤리콤인가? 용서할 수 없다, 가젤!"이라고 에라루도가 또 소동을 부리려고 했다. 하지만 그건 다행히도 에렌의 강렬한 따귀와 함께 비서로 보이는 자가 즉시 입을 막으면서 미연에 방지할 수가 있었다.

가젤도 익숙한지, 딱히 별 말 없이 어깨를 으쓱거릴 뿐이다.

이 사람은 에렌과 연관되면 주위가 보이지 않게 되는 타입인 것 같다. 평소에는 지적인 만큼 그 격차가 심각하다. 정말로 요주의 인물이었다.

"리무루 님, 이 사람이 제 아버지이자 마도 왕조 살리온의 대공작인 에라루도 그림왈트입니다."

"쥬라의 대삼림의 맹주이자, 마물을 다스리는 자여. 방금 제 딸인 에륜이 소개한 대로 제 이름은 에라루도 그림왈트라고 합니다. 앞으로는 에라루도라고 불러주십시오."

뒤이어 에렌이 아버지인 에라루도를 내게 소개해주었다.

놀랍게도 이 남자는 마도 왕조 살리온의 대공작가의 당주라고 한다. 마도 왕조 살리온도 터무니없는 거물을 사자로 파견한 것이다.

황제의 친척이며, 숙부에 해당하는 인물이라고 한다. 가젤과 가볍게 이야기를 나눌 수 있는 사이인 것도 당연했으며, 그 정도의 위치에 있는 인물이었던 것이다.

쉽게 말해서 마도 왕조 살리온에서 세 손가락에 드는 실력자인 모양이다.

그 전에, 놀라움을 감출 수가 없다.

그 말은 곧――,

에, 에렌은 엄청난 집안의 아가씨라는 말이잖아!!

귀족이었다는 말은 들었지만, 설마 그런 거물이었을 줄이야…….

공주님이라 말해도 충분한 위치의 인간이다. 그런 위치에 있으면서 모험가라니, 너무 자유분방한 거 아닌가.

말리는 인간 쪽이 옳다는 생각이 드는 것은 나 혼자만은 아닐 것이다. 애초에 본인은 전혀 마음에 두고 있는 것 같지 않지만.

아마도 에렌을 몰래 숨어서 보호하는 자들도 있겠지. 에렌이 내게 마왕 각성에 관한 이야기를 해줬을 때, 그 이야기를 해준 사실을 들킬 거라는 확신을 갖고 있었던 것도 나름대로 이유가 있었던 것이다.

카발과 기도, 두 사람이 얼마나 고생을 했는지도 대충은 이해가 된다. 나중에 그 노고를 치하라도 해줘야겠군…….

하지만 지금은――,

"그래서, 여기 오신 용건은 에렌 양에 대한 것, 뿐입니까?"

그럴 리가 없다.

그렇게 생각하면서 에라루도를 바라본다.

"후후후. 당연히 그럴 리 없지요. 앞으로 귀공의 나라와 교류할 방법을 생각하기 전에 자신의 눈으로 직접 봐두고 싶었습니다. 딸이 마음에 들어 한다는 귀공이라는 인물을 말이죠. 그 당당한 맹주로서의 모습을 보면 귀공이 슬라임이라는 건 믿기 어렵군요. 하지만 귀공 일행의 실력은 확실하게 봐두었습니다."

그렇게 말하면서 음흉하게 웃는 에라루도.

역시 방금 그 초고등폭염술식은 우리를 시험해보기 위한 목적도 있었던 것이다.

내 옆에 대기하고 있던 베니마루는 물론이고, 슈나와 시온까지. 간부들은 누구 한 사람 당황하며 움직이는 자가 없었다. 그것도 당연한 것이, 그 술식이 발동하지 않을 거라고 꿰뚫어 보고 있었기 때문이다. 혈기를 주체 못 하던 일이 잦았던 옛날에 비하면 많이 성장한 셈이다.

"구사하려고 하던 술식을 해독했더니, 최소한으로 필요한 에너지양이 완전히 부족하다는 것이 명백했으니까요."

슈나가 그렇게 말했다.

자신의 연기가 단순한 위협이었다는 사실을 간파당한 에라루도는 재미없다는 얼굴로 쓴웃음을 지었다.

"이런, 이런, 완전히 간파당하다니, 나도 아직 멀었군."

"아니오, 술식의 전개 속도는 물론이고 정말로 마법이 발동할 것처럼 느끼게 만든 그 기량도 정말로 훌륭했답니다. 그 만들어진 몸으로 그 정도의 정밀도라니, 정말 감탄이 나올 뿐입니다."

자조하는 에라루도에게 슈나가 온화한 표정으로 그렇게 대꾸한다.

"호오? 놀랍군, 이 몸이 호문클루스(인조인간)를 이용한 것이라는 사실을 알아차렸단 말인가?"

"네. 스피리추얼 보디(정신체)를 빙의시킨 것으로 보입니다만, 역시 마법 대국의 기술력은 다르군요. 정말 훌륭합니다."

슈나의 말을 듣고 '해석감정'을 해보니, 확실히 에라루도만 가짜 육체를 가지고 있는 것 같다. 무관들은 진짜 육체를 갖고 있었지만, 대귀족 정도 되면 역시 조심할 필요가 있을 것이다.

마왕을 자칭하는 자 앞에 나서는 것치고는 호위가 적다고 생각하고 있었다. 그렇게 생각해보면 드워프 왕인 가젤 쪽이 오히려 비상식적이다.

하지만 그렇다고 쳐도 인간과 구별이 가지 않을 정도로 정교한 호문클루스라니…….

나중에 사태가 진정이 되면, 만드는 방법을 가르쳐주면 좋겠다.

에라루도의 목적은 우리와 어떻게 교류할지를 확실하게 정하는 것이라고 한다. 그 외에도 다른 목적이 있을 것 같지만, 그 부분은 나중에 천천히 알게 되겠지. 지금은 무리해서 캐물을 것도 없다.

기왕이면 에라루도 일행도 회의에 참가하도록 하고, 그런 뒤에 판단을 하도록 맡기자.

우리가 결정한 앞으로의 방침에 대한 의견도 듣고 싶으니, 좋은 기회라고 할 수 있다. 그 결과에 따라서는 마도 왕조 살리온까지 적으로 돌리게 되겠지만, 그렇게 되면 그건 그때 생각할 수밖에 없다.

회의장의 준비가 다 끝났다고 고부타가 알리러 왔다.

우선은 우리들끼리만 여러모로 이야기를 나누고 싶었지만, 그럴 수는 없게 됐다.

그러기는커녕, 곧바로 본회의를 열어야 할 판이다.

원래 각국이 참가하는 회의에는 질의응답용의 자료를 사전에 준비해야 한다고 생각한다. 외교관이 사전에 교섭을 하고, 서로의 이해관계를 검토한 뒤에 미리 결론을 정해두는 것이 보통이다.

그러나 이번에는 아무런 사전 준비도 없이 진심으로 서로 의견을 내면서 맞부딪히게 되었다.

우리의 향후는 이 회의로 결정된다. 말로 치르는 전쟁이라고 비유해도 과언이 아닐 것이다.

나는 기합을 넣고 대회의실로 향했다.

이렇게 템페스트(마국연방)의 앞으로의 동향을 결정하는 중요한 회의가 개최되려고 하고 있었다.

——그 회의는 후세에 각색되어 인마회담(人魔會談)이라는 이름으로 불리게 된다.

*

대회의실에 들어가자, 모두가 일어서서 나를 기다리고 있었다.
삼수사, 휴즈, 가젤 왕, 그리고 에라루도 공작. 각국의 중진이 손님용의 자리로 안내를 받으면서 착석했다.
그 뒤를 따라 내가 가장 안쪽의 자리에 앉자, 모두가 일제히 착석한다.
그런 무거운 분위기 속에서 회의는 시작되었다.

처음에는 회의 참가자의 소개부터 시작한다. 어쨌든 여기 있는 멤버들 중에는 대국의 관계자도 적지 않으니까.
각자 서로 아는 자들도 있는 것 같지만, 나중에 실례가 되지 않도록 모두에게 미리 알려두는 게 좋을 것이다.
그런고로 손님들을 소개한다.
"그럼 처음에는 내빈의 소개부터 하도록 하지."
내가 시선으로 신호를 보내자, 슈나가 알았다는 듯이 이름을 열거하기 시작한다.

수왕국 유라자니아.

그 대표로서 수왕전사단에서 삼수사가 참가했다.

단, 포비오와 스피어는 약간── 아니, 상당히 본능을 우선시하는 성격인지라, 실질적으로는 알비스의 의견을 중시하게 될 것 같다.

드워프 왕국── 무장 국가 드워르곤.

그 대표로는 국왕 본인. 가젤 드워르고가 참가했다.

방금 나눈 이야기를 볼 때, 내가 2만 명의 군대를 전멸시킨 것을 숨기도록 도와주고 있는 듯하다.

무슨 의도가 있는 것 같으니, 나도 그 뜻을 받아들여 말을 맞추는 게 좋을 것 같다.

이번에도 상당히 의지할 수 있을 것 같다.

블루문드 왕국.

아쉽게도 표면상으로 나라의 관계자에 해당하는 자는 오지 않았다.

그러나 휴즈는 블루문드 왕국의 길드 마스터(자유조합 지부장)이다.

블루문드 왕국의 대신 중 한 명인 베르야드 남작과도 친교가 있으므로, 나름대로 권한이 있다고 봐도 좋을 것이다.

대표로 보기에는 부족함이 없으며, 귀중한 의견을 들려줄 것이다.

마도 왕조 살리온.

갑자기 참가하게 되었지만, 찾아온 자는 대귀족인 에라루도 공작이다.

에라루도는 딸을 너무나 총애하는 딸바보 아버지이지만, 냉철한 귀족의 면모도 갖추고 있다.

이번 목적이 우리의 가치에 대한 판정인 이상, 딸에 대한 애정으로 판단을 잘못하는 어리석은 짓은 하지 않을 것이다.

함부로 대할 수 없는, 방심할 수 없는 인물이었다.

게다가…….

마도 왕조 살리온은 하나의 국가로서 평의회에 대항할 수 있는 국력을 가지고 있다. 그야말로 무장 국가 드워르곤과 어깨를 나란히 하는 초강대국인 것이다.

잘만 하면 이번 회의가 국교를 맺을 계기가 될지도 모른다.

욕심을 부려서는 안 되지만, 신중히 대응해야 할 상대이다.

이렇게 손님들을 둘러보니, 실로 쟁쟁한 멤버들이 모인 셈이다.

우리끼리만 여는 회의로는 폭주에 가까운 결론에 빠질지도 모른다. 그렇게 생각하면 이렇게 인간 측에 있는 자들이 참가해주는 것은 고마운 일이었다.

뒤이어서 템페스트(마도연방) 측의 소개에 들어간다.

이미 얼굴을 아는 자도 있겠지만, 간부들을 순서대로 소개했다.

리그루도와 홉고블린의 장로들은 이제는 상당한 관록이 붙었다. 그 의상도 나름대로 호화로워졌으며, 각국의 대표와 비교해도 밀리지 않는다.

오히려 나보다도 당당한 모습을 하고 있어서, 너무나 믿음직스럽다.

각 부문 대표자들의 인사가 끝난 후, 숲의 관리자로서 드라이어드(나무의 요정)인 트레이니 씨도 인사를 한다.

숲의 최상위 존재가 등장한 것에는 에라루도도 놀란 것 같았지만, 동요를 애써 숨기면서 답례 인사를 하고 있었다.

그 모습을 보고 가젤이 재미있어 하고 있었지만, 자신들도 처음엔 상당히 놀라지 않았던가. 뭐, 그 말은 굳이 하지 않는 것이 좋겠지.

마지막으로 파르무스 왕국의 관계자를 소개한다.

요움 일행이다. 뮬란과 그루시스도 있다.

이자들에게 새로운 나라를 이끌어가게 할 예정이다.

이 안을 이 회의에서 제시할 예정이지만, 받아들여질지 아닐지는 모른다…….

그것도 이 회의의 성공 여부를 점치는 데 있어서 중요한 요인이 될 것이다.

내 뒤에 대기하고 있는 시온과 디아블로도 가벼운 인사 정도만 하면서 일단 대강의 소개는 끝이 났다.

아차, 잊어버리고 있었군.

"슈나, 베루도라는 아직 옷을 갈아입고 있나?"

"네. 베루도라 님은——."

슈나가 대답하기 전에 크아——핫핫하 하는 호쾌한 웃음소리가 들려왔다. 그대로 참가시키는 건 아무래도 아니다 싶어서 옷을 준비해줬는데, 보아하니 제때 도착한 모양이다.

회의실의 문이 열렸고, 신기한 것을 보는 듯한 표정으로 베루도라가 들어온다. 나는 일어서서 베루도라를 맞았고, 모두에게 소개하기로 했다.

가볍게 흘려들었으면 좋겠다고 바라면서――.

"손님분들께도 소개하고 싶소. 아마 이름 정도는 들은 적이 있는 분이 있을 걸로 생각하는데, 부디 놀라지 말아주시오――."

그렇게 미리 언급해둔다.

이미 정체를 알고 있는 내 부하들은 침을 꿀꺽 삼키면서 긴장한 표정을 짓고 있다. 전설의 사룡(邪竜)을 앞에 두다 보니, 그들도 역시 공포를 감출 수 없는 모양이다.

그리고 분위기의 변화를 감지하면서, 회의장은 고요함에 감싸였다.

그리고,

"내 맹우인 베루도라 군이오."

"베루도라라고 한다! 나를 '폭풍룡'이라고 부르는 자도 있는 것 같더군. 뭐, 나랑 얘기를 할 수 있었던 자는 손꼽을 정도밖에 없었으니, 너희들은 행운이라고 할 수 있겠지. 영광으로 생각하거라!!"

내가 이름을 부르자, 베루도라가 그런 식으로 자기소개를 했다. 여전히 잘난 체 굴지만, 그런 태도가 잘 어울린다.

그건 그렇고 이 인간, 회의 시간 동안에는 얌전히 있어주려나? 금방 싫증을 내고 방해를 할 것으로밖에 보이지 않는데…….

"오늘 회의에서는 고문의 역할로서 얌전히 있어주면 기쁘겠지만, 그만 나가 줘도 상관은 없어."

"크아하하하하, 야박하게 굴지 마, 리무루! 나를 이 자리에서 빼는 건 안 되지."

"그럼 잘 들어. 우리는 진지한 애기를 하는 중이니까 방해만은 절대 하지 마."

"나를 믿으라고! 방해를 할 리가 없잖아!"

베루도라가 그렇게 주장하는 바람에 어쩔 수 없이 나도 타협한다. 최악의 경우에는 성전(만화)이라도 넘겨줘서 방해만은 하지 못하게 해둬야겠지.

우리가 그런 대화를 나누고 있는 동안에도 회의장은 여전히 고요한 상태였다.

아무도 움직이지 않는다.

그리고…… 어라?

휴즈와 에렌 일행은 이미 축 늘어진 채 기절해 있고, "잠깐! 나랑 애기 좀 하자, 리무루!!"라고 가젤이 소리쳤으며, 리그루도와 장로들은 무슨 이유인지 새삼스레 땅바닥에 엎드리기 시작하면서—— 그 자리는 수습이 불가능할 정도로 대혼란에 빠져 있었던 것이다.

회의가 일시 중단된 것은 더 말할 것도 없다.

……아니, 아직 회의가 시작된 것도 아니었지만, 그 문제는 달리 생각해봐도 어쩔 수가 없었다.

*

회의장은 혼란의 도가니로 변했다.

내가 생각했던 것 이상으로 다들 당황하고 있었다. 그야말로 대혼란이다.

과연 베루도라다.

'폭풍룡'이라고 불리면서 공포의 대상이 되었던 것은 그저 소문만은 아니었다.

뭐, 그야 그렇겠지.

가장 위험도가 높은 것으로 여겨지는 '카타스트로프(천재)'급의 마물이 갑자기 나타나면 큰 소동이 벌어지는 것도 당연하다. 어쨌든 마왕보다도 위험한 것으로 보고 있으니까.

그렇지만 모든 것은 생각하기 나름이다.

어찌 됐든 혼란에 빠질 거라면, 미리 소개해두는 게 좋은 것이다.

앞으로 어떻게 움직일지를 생각한다면, 베루도라의 동향을 빼고선 생각할 수 없으니까 말이다.

각국에서 온 손님들이 창백해진 얼굴로 축 늘어져 있기는 하지만.

적게 나오도록 억제하고 있었다고는 하나, 베루도라의 오라(요기)에 영향을 받았는지도 모르겠다.

베니마루와 시온 같은 간부들은 다들 평소에도 오라를 제어하고 있다. 이 도시에는 약한 마물이나 인간들도 찾아오기 때문에 오라를 다루는 데는 제법 익숙해져 있다.

신참인 디아블로 같은 경우는 내가 아무 말도 하지 않아도 오라를 완벽하게 억제하고 있다. 이건 정말 훌륭한 처신이라, 모두의 본보기로 삼아도 좋을 정도였다.

문제가 있다면 베루도라인데, 나와의 특훈을 통해 오라의 조정이 가능하게 된 상태다.

간단한 일이라고 자신만만하게 호언장담했지만, 얼티밋 스킬 '파우스트(구명지왕, 究明之王)'로 스킬이 진화된 덕을 봤다고 생각한다.

그러므로 괜찮을 거라고 생각했는데…… 너무 방심했나?

어찌 됐든 봉인된 상태라고 해도 B랭크 이하의 마물이 다가가지 못할 정도의 오라를 내뿜고 있었으니까.

만일을 대비해 이 방에 가득 찬 마력요소를 '해석감정' 해봤지만 문제는 없었다.

그렇다면 원인은――.

"리무루여, 잠깐 할 얘기가 있다. 회의를 일시 중단하고 시간을 내다오."

내 어깨를 툭 치면서, 가젤이 위협적인 느낌이 가득한 미소를 보이며 그렇게 말했다.

방금도 크게 소리를 쳤으니, 이건 진심인 것 같다. 거역하지 않는 게 좋다고 내 본능이 알리고 있었다.

회의를 일시 중단하겠다고 선언하고 자리를 떴다.

다들 이견은 없는 것 같다.

기절한 자도 있으니 당연한가.

뒷일을 맡기고 우리는 응접실로 이동했다.

가젤이 말한 대로 베루도라를 남겨두고 왔지만, 문제는 없는 것 같다.

삼수사를 포함해서 베루도라에게 인사를 하고 싶어 하는 자들이 있었기 때문에, 잠시나마 시간을 벌어줄 것 같다.

…………………

…………….

…….

방에 들어온 것은 가젤과 에라루도뿐이다.

슈나는 회의장에 있는 사람들에게 대접할 차를 준비하고 있었고, 베니마루와 시온에게는 회의장을 수습하는 일을 맡기고 왔다.

"미리 말해두도록 하죠. 저는 천제 폐하로부터 전권을 위임받고 있습니다. 제 말이 곧 마도 왕조 살리온의 입장을 결정하는 것이 됩니다. 그 점을 미리 알아두시고 설명을 해주시길 바랍니다."

맨 처음에 발언한 자는 에라루도였다.

딸바보의 얼굴이 아닌 위정자, 마도 왕조 살리온의 대귀족의 얼굴로 그렇게 말한 것이다.

과연 대단한 관록이다.

마도 왕조 살리온은 이번 일을 그냥 바라만 보고 있을 생각인가?

굳이 대적할 생각은 없지만, 앞으로의 내 행동에 따라서는 적이 될 수도 있다고 말하고 있다.

단, 에라루도의 입장에선 딸인 에렌이 저지른 짓의 뒤처리를 할 필요도 있을 것이다.

적어도 적이 아니라면, 협력을 부탁해도 문제는 없을 것 같다.

"알았소. 그렇다면 나도 정직하게 말하겠다고 맹세하지."

상대가 진심으로 말해준다면, 나도 진지하게 응해야 할 것이다.

나는 그렇게 약속했고, 밀담이 시작되었다.

우선은 가젤의 이야기를 듣기로 한다.

"그래서 할 얘기가 뭔가?"

"시치미 떼지 마라. '폭풍룡'의 부활이라니, 이게 대체 어떻게 된 일이냐?!"

아무리 가젤이라 해도 놀라움을 감출 수 없었는지, 흥분한 기색으로 소리치듯이 그렇게 물었다.

냉정하고 침착한 가젤치고는 드문 일이다. 어지간히 놀란 모양이다.

여기서 얼버무리는 것도 생각해봤지만, 의미가 없다.

그러므로 요점만 간추려서 설명하기로 했다.

그래 봤자 동굴 안에서 베루도라와 만나 봉인을 푸는 것에 협력했다는 정도가 전부지만.

내가 짧게 이야기를 마치자, 가젤이 머리를 감싸 안으면서 신음했다.

"완전히 예상 밖이구나. 네가 마왕이 됐다는 것도 문제였지만, 설마 그 이상으로 어려운 문제를 준비했을 줄이야……."

야아, 이것 참. 그렇게 칭찬을 한들── 이라고 말하면서 분위기라도 가볍게 만들어볼까 하고 생각했지만, 그만두기로 했다. 실패하면 가젤의 분노를 살 것 같으니까.

"그래서 리무루 님, 저분은 정말 본인인──."

에라루도가 묻기에 나는 고개를 끄덕여 보인다.

인간형인 데다 오라를 숨기고 있으니, 쉽게 믿어지지는 않을 것이다.

"——아니, 그렇겠지요. 감히 사룡의 이름을 칭하는 어리석은 자는 인간은 물론이고 마물 중에도 있을 리가 없으니까 말입니다."

이야기를 들어보니 그 말이 맞다.

에렌이나 휴즈가 아무 의심 없이 믿은 것도 그게 원인일 것이다.

이름이 중요한 의미를 지니는 마물은 말할 것도 없으며, 인간의 입장에서도 사룡의 이름을 칭하는 짓은 백해무익한 일이다.

애초에 가젤은 처음부터 의심하지 않는 분위기였다. 그 이유를 나중에 물어봤는데 "읽을 수 없었기 때문이다"라는 대답만 들을 수 있었다. 그 말은 즉, 가젤 스스로 독심계의 능력 보유자라는 사실을 인정한 것과 같았다. 그러니 강할 수밖에 없다고 생각했지만, 그건 별개의 이야기다.

"그건 그렇고 이제 어떻게 한다……."

"그러게 말입니다. 저도 딸이 저지른 짓의 뒤처리만으로도 벅찬 상태인데……."

서로의 얼굴을 마주 보는 가젤과 에라루도.

이 두 사람은 언뜻 보면 사이가 나빠 보이지만, 사실은 사이가 좋은 것 같다.

"공표할 것인가 은폐할 것인가, 그게 문제로군."

"서방 열국은 문제없소. 우리 마도 왕조 살리온도 천제 폐하께 보고하기만 하면 되니까. 문제는——."

"서방성교회, 인가. 그곳에 끝까지 숨길 수는 없을 게야. 교회는 '용종(竜種)' 중에서도 특히 '폭풍룡'을 적대시하고 있으니까, 부활한다면 즉시 알아차릴 것이다."

"은폐하겠다면 우리도 몰랐던 것으로 할 수밖에 없지만, 그건 통하지 않을 거요. 어찌 됐든 '신의 적'으로 인정되겠지."

그런 식으로 의견을 주고받으면서, 어떻게 하면 될지를 둘이 생각해주고 있다.

나? 나는 적당히 맞장구만 쳐주면 되는 간단한 임무를 맡고 있다.

"듣고 있느냐? 리무루."

"그렇습니다. 당신의 문제에 얽히는 바람에, 저희는 큰 골칫거리를 안게 된 거란 말입니다. 좀 더 진지하게 생각해주시지 않으면 곤란하단 말입니다!!"

이런, 꾸중을 들었다.

지금은 솔직하게 반성하고 내 의견을 말하자.

"어찌 됐든 간에 베루도라의 일을 끝까지 숨길 수 없다면 공표할 생각이오. 서방성교회는 끝까지 피할 수 없을 테니, 뭐, 어떻게든 되겠지."

"흠. 네가 그리 결정했다면 나는 할 말이 없다."

가젤은 망설임 없이 내 등을 밀어주고 있다.

"마왕과 용종이 손을 잡는다니, 웃지 못할 농담이로군요. 솔직히 말해서 예상 이상의 번거로운 문제가 되고 말았습니다만, 반대로 생각해보면 행운입니다. 지금 여기서 이 회담에 참가할 수 있었으니까요. 우리나라의 입장을 결정하는 데에 있어서 더할 나위 없이 좋은 정보를 얻은 셈이군요——."

에라루도는 성격이 나빠 보이는 웃음을 지으며, 대국의 입장에서 의견을 말해줬다. 즉── 디재스터(재화) 급인 마왕과 카타스트로프(천재) 급인 용종이 공존하는 나라에 싸움을 거는 것은 어리석은 짓이라고 말이다. 가젤도 그 말에는 동의하는지, 무겁게 고개를 끄덕이고 있다.

국가의 격으로 따지면 대국인 드워르곤이나 살리온과 비교해 월등히 떨어지는 템페스트(마국연방). 그러나 군사력이라는 일면만 보면 그 두 나라와 어깨를 나란히 하거나 능가한다. 가젤과 에라루도는 암묵적으로 그 사실을 인정하는 발언을 한 것이다.

"지금의 발언은 우리가 서방성교회를 적으로 돌려도 우리 편을 들어주겠다는 뜻으로 받아들여도 되겠나?"

내가 묻자, 가젤은 씁쓸한 표정으로 대답한다.

"그걸 묻는 건가? 리무루여, 너는 좀 더 정치적인 표현법을 익혀두는 게 좋겠구나──."

내키지 않는 표정으로 "이게 밀담이라 다행이다……"라고 말하면서, 가젤은 내게 친절하고 상세히 설명해주었다.

굳이 우리와 적대할 이유도 없는데, 나라를 위험에 빠뜨리려는 건 이치에 맞지 않는다고 말이다. 서방성교회와 의리를 지킬 사이도 아니라면 더더욱 그렇다.

지금까지처럼 중립의 입장에서 우리와 국교를 유지하겠다고, 그렇게 약속한 것이다.

그렇게 되면 남은 건 에라루도인데…….

애초에 마도 왕조 살리온과는 국교의 수립조차 아직 성립되지 않았다. 그런 상태인데도 이 사람은 상당히 우리 편을 들어주고 있다.

"가젤이 협력해준다면 마음 든든하군. 그런데 에라루도 씨——공은 무슨 이유로 그렇게 친근하게 대해주는 것이오……?"

내가 그렇게 묻자, 에라루도는 탐탁지 않은 표정으로 대답한다.

"——'씨'든 '공'이든 이 자리에선 편할 대로 불러주셔도 됩니다. 하지만 리무루 님, 공적인 자리에선 이름과 직함으로 불러주십시오. 당신은 일단 한 나라의 주인이시니, 공적인 자리에서 다른 나라의 중진에게 굽실거릴 필요는 전혀 없습니다. 속국이 되고 싶다면 이야기는 달라지지만 말입니다. 그 점은 일단 접어두고 질문에 대답해드리도록 하죠——."

내가 창피를 당하지 않도록 일부러 가르쳐주다니, 자상한 면도 있는 것 같다.

그렇게 생각하면서 감사의 인사를 하자, 에라루도는 나를 보면서 길게 한숨을 쉬었다. 그리고 마음을 고쳐먹었는지, 에라루도는 여기 온 이유와 목적을 이야기하기 시작했다.

모든 일의 발단은 딸인 에렌이다.

에렌이 내게 마왕 각성에 관한 정보를 흘린 것으로 인해, 그 책임을 추궁당했다고 한다.

말하자면 새로운 마왕을 탄생시킨 꼴이니, 국가의 입장에선 방치할 수 없다는 것이 그 이유이다.

하지만 역시 대귀족이자 공작인 에라루도는 달랐다.

문제를 묵살해버리고, 진실을 아는 자는 천제뿐인 상황을 만들어낸 것이다.

남은 것은 상황이 어떻게 움직일지를 파악하고, 그에 대응하여 움직이는 것뿐.

마법을 동원한 감시도 아주 힘든 상황이었다지만, 그래도 어떻게든 내가 마왕이 되었다는 정보를 얻은 에라루도.

마왕이 되는 것에 실패했다면 시치미를 떼기만 해도 넘어갈 일이었지만, 성공해버리는 바람에 무시할 수는 없게 되었다. 내 본성을 파악하고, 최악의 경우에는 토벌 부대를 파견하는 것도 계획에 넣어두고 있었다고 한다.

"그런고로, 정보를 아는 자를 늘리고 싶지 않았던 겁니다. 그래서 제가 직접 나선 것이고요."

에라루도는 그렇게 말하면서 이야기를 마무리 지었다.

간단히 말해서 내가 사악하다고 판단했다면, 모든 것을 전멸시키고 없었던 일로 만들 생각이었던 모양이다.

"그래서 최종 판단은?"

"방금 말씀드린 대로입니다. 적대하기보다 우호 관계를 선택할 것입니다."

과연, 납득했다. 그리고 나를 사악하지 않다고 판단한 것 같아서 조금은 기쁘다.

"뭐, 당연한 선택이로군."

"물론입니다. 우리나라는 종교의 자유를 인정하고 있는 데다, 일신교인 루미너스 교만을 신봉하고 있는 건 아닙니다. 순교를 택하기보다 국가로서의 이익을 우선할 것입니다."

"흥. 네놈은 마음에 들지 않지만, 왠지 의견은 나와 같구나, 에라루도. 우리나라도 서방성교회와는 뜻을 같이하고 있지 않으며,

처음부터 우호국인 템페스트(마국연방)를 지지할 생각이었다."

그렇게 말하면서 가젤과 에라루도는 미소를 나눴다.

"하지만 문제가 없는 건 아니오. 리무루 님이 전멸시킨 파르무스 왕국군 말인데, 전쟁이라고 해도 전사자가 너무 많이 나왔습니다. 그걸 제안한 것이 제 딸인 만큼——."

난감한 표정으로 에라루도가 말한다.

이쪽이 진짜 목적인가.

내가 사악한지 아닌지가 아니라, 전쟁 피해의 상황이 서방 열국에 알려지는 것이야말로 큰 문제라고 여기고 있었던 것이다.

2만 명의 전사자를 낸 마왕이라면 누가 봐도 사악하게 보일 것이다. 서방성교회의 말이 옳다는 분위기가 만들어지면서 '신의 적'으로 인정받게 될 것이다.

그렇군, 그런 사악한 존재——나 말이지만——와 우호국이 된다면 국교가 있는 나라들에게도 폐를 끼치게 되는 건가.

앞으로 어떻게 한다, 으음—. 나는 그걸 고민하기 시작했다.

하지만 그때 가젤이 씨익 웃으면서 말했다.

"안심해라. 대책은 생각해뒀다."

아, 설마!

방금 가젤이 말했던, 파르무스 왕국군이 무슨 이유인지 행방불명이 되었다는 그 이야기인가!

"시체도 전부 사라지고 증거는 없다. 놀랍게도 생존자는 아무도 없다고 했지?"

그렇다면 어떤 식으로든 내용을 조작할 수 있다고 말하면서 가젤이 웃는다.

——국민과 다른 나라에겐 진실 따윈 필요가 없다. 듣기에 그럴듯한 이야기만 있으면 다들 만족한다고 했다.

"호오, 그 얘기는 실로 흥미 깊군. 가젤, 당연하겠지만 나도 각색에 조금 가담할 수 있을 거라 보는데?"

에라루도도 또한 위정자의 눈으로 바뀌면서 말했다.

자신들이 더럽혀지지 않도록 그럴듯한 이야기를 만들어낼 생각인 것 같다. 그게 에렌을 위한 일이며, 나아가 자국의 이익과도 이어질 것이라고 믿으면서…….

그렇다면 나도 각오를 굳혀야겠지.

애초에 2만 명을 학살한다 하더라도 내 동료 모두를 구하겠다고 결심한 것이다. 이 이상의 죄를 짊어지게 된다 하더라도 내 신념은 흔들리지 않는다.

"좋고 나쁜 것을 가리지 않고 다 받아들일 각오를 한 것 같구나, 리무루여. 그래, 그래야지. 왕이란 자는 후회해선 안 된다."

저지른 짓을 후회해봤자 의미가 없다.

그건 필요한 이니시에이션(통과 의례)이었던 것이다.

"각오라면 이미 예전에 되어 있어. 그래서 어떻게 설명할 생각이지? 가젤."

"후후, 그렇다면 좋다."

가젤은 아주 약간 자상한 눈으로 나를 바라봤다.

그런 뒤에 우리는 짧은 시간 동안 면밀한 논의를 거친 것이다.

…………….

………….

…….

회의장에 돌아와 보니, 혼란은 진정되어 있었다.
그럭저럭 평온을 되찾았으며, 기절한 자들을 보살피는 것도 끝난 상태다.
생각지도 못한 일로 분위기가 어수선하게 되었지만 뭐, 어쩔 수 없다.
이미 끝난 일이라고 치부하고 미래의 일을 보기로 하자. 가젤과 에라루도와 논의도 할 수 있었으니, 생각해보면 귀중한 시간이 된 셈이니까.

휴즈와 에렌 일행이 축 늘어진 채로 의자에 엎드려 있었다.
"괜찮나? 기분은 어떤가?"
그렇게 묻는다. 그러자, 그들은 원망스러운 눈길로 날 바라봤다.
"……전혀 듣지 못했습니다, 그런 중요한 얘기는――."
"정말이지, 이건 너무해요오! 저도 아무 말 못 들었지마안……. 베루도라, 씨? 가 친구였다니이, 전에 가르쳐주신 적이 있었나요오?"
각각 불만을 쏟아냈다.
그렇게 말해봤자 난들 어떡하라고, 그렇지?
내 '위장' 속으로 집어삼켰다―― 라고 말할 수도 없는 데다, 말해도 믿지 않았을 거잖아?
"어라? 말하지 않았던가? 말했던 것 같기도 하고 아닌 것 같기도 하고……? 뭐, 지나간 일은 이제 됐잖아? 그런 것보다, 이제 회의를 하자고!"
상큼하게 미소를 지으면서 말했지만, 역시 통하지 않았다.

""""대충 넘기지 말아욧——!!""""

일제히 따지고 들었다.

"하, 하하하, 그러네——."

얼버무리는 웃음을 지으면서 어떻게든 달래보는 나.

그러나 이 인간들도 상당히 대범한 성격을 갖고 있다. 내가 마왕이 되었는데도 예전과 변함없는 태도로 대하는 것이다.

괜히 어색한 관계가 되는 건 싫었기 때문에, 그런 반응은 기쁘긴 하지만…… 좀 더 경의라는 것을——.

"제 말 듣고 계세요오? 정말이지, 제대로 반성하시라고요오!"

"그 말이 맞습니다, 나리."

"그렇고말굽쇼, 정말로 심장에 해롭습니다요……."

가지고 대해줄 것 같지가 않군.

하긴 그래야 에렌 일행답지.

휴즈도 변함이 없다.

"아아, 그건 그렇고—— 위에는 뭐라고 보고해야…… 아니, 내가 바로 길드 마스터잖아?!"

그 얼굴처럼 넉살 좋게도 이미 상황을 받아들이고 있다.

베루도라를 보고 겁을 먹었던 것이 마치 거짓말 같다. 내가 화장실에 가라고 충고해두지 않았다면 지금쯤은 분명 지렸을 것이다.

다행이로군! 그렇게 말하며 어깨를 두들겨주었더니 도리어 날 노려봤다.

"리무루 님, 그렇게 남의 일인 양……. 이 건은 확실하게 위에 보고해서 나중에 정신적 고통에 대한 손해 배상을 요청할 겁니다!"

내 충고 덕분에 창피를 당하지 않은 셈이니까 감사 인사를 받아야 할 상황인데, 오히려 화를 내게 만들어버린 것 같다.

뭐, 나는 상관없지만 말이지. 어찌 됐든 내 농담 덕분에 휴즈도 평소의 모습을 되찾았으니까.

——이렇게 모두가 베루도라를 받아들였다.

겨우 회의가 재개된 것은 한 시간이 더 지난 후였다.

*

자, 이번에야말로 회의를 시작하자.

클레이만과의 전쟁은 우리의 문제니까 뒤로 미루기로 한다.

소우에이로부터 가볍게 보고를 들었지만, 본거지는 발견할 수 없었다고 하기도 하고. 신경이 쓰이는 것은 클레이만이 군을 움직였다는 점인데, 그에 대해서도 소우에이가 감시를 속행 중이다.

지금 당장 대응을 해야 하는 이야기는 아니므로, 먼저 각국 수뇌와의 회담을 끝내기로 한 것이다.

귀찮긴 하지만, 한 번 더 설명을 하기로 했다.

많은 일이 있었지만, 자세한 설명은 모두가 있을 때 한꺼번에 하는 편이 수고를 덜 수 있어 좋으리라. 모두가 동등하게 이해할 수 있도록 사정 설명부터 하기로 한다.

베루도라와의 첫 만남부터 이야기를 들려준다.

내가 '이세계인'이었던 것도 이참에 같이 이야기해둔다.

이제 숨길 의미는 없다고 생각했기 때문이다.

부하들도 다들 알고 있는 데다, 가젤과 에라루도가 안다고 해서 곤란해질 일도 아니다.

마왕이 원래 '이세계인'이라고 해서 무슨 일이 벌어지는 것도 아니다. 애초에 마왕 레온도 원래는 '이세계인'이니까…….

오크 로드와의 싸움도 깔끔하게 설명했고, 이곳에 도시를 만들게 되었다고 설명했다.

정보의 공유는 중요하다.

그 정보를 어떻게 받아들이느냐에 따라서 다양한 반응으로 나뉜다고 해도 말이다.

이렇게 도시가 만들어진 후에 많은 일이 있었고…… 내 희망에 따라 잉그라시아 왕국으로 간 것으로 이야기가 옮겨진다.

도시에서의 생활과 유우키에게서 받은 의뢰는 생략했지만, 히나타와의 싸움은 이야기해두었다.

그 녀석은 위험하다.

나 말고 다른 자였다면 아마 살해당했을 것이다.

베니마루라고 해도, 소우에이라고 해도 말이다.

실력은 하쿠로우와 동등하거나 그 이상이며, 미지의 마법도 구사한다.

특히 '홀리 필드(성정화결계, 聖淨化結界)'는 매우 위험하다.

그걸 작게 축소해서 만든 개인전 용도의 것도 있을지 모르니, 내 기억과 인식 내용을 '사념전달'로 전했다.

알았다고 해서 대응할 수 있을 거라는 생각은 들지 않지만, 모르고 상대하는 것보다는 낫다.

히나타의 두려운 점이 조금이라도 전달될 수 있다면 그걸로 충분하다.

적어도 도망치는 거라면 가능할지도 모르니까.

"사카구치 히나타 말입니까. 그 여자는 언뜻 보면 냉혹하고 무시무시한 살인자라는 인상이 강하지요. 하지만 말입니다, 우리가 확보한 정보에 의하면 실상은 조금 다르더군요. 예를 들자면, 그녀에게 의지하는 자에겐 반드시 도움의 손길을 내밀어준다고 합니다. 그 손을 잡은 자는 도움을 받는다고 하고요. 뭐, 조언을 듣지 않은 자는 두 번 다시 상대하지 않는다고 하지만 말입니다. 그녀는 꽤 이성적인 사람입니다——."

휴즈는 히나타를 알고 있는지, 상당히 히나타를 감싸는 듯한 분위기로 설명해주었다.

나도 히나타를 적대하고 싶은 건 아니다. 단지, 상대가 내 말을 전혀 들어주지 않을 뿐이지…….

자신의 이야기를 무시하는 상대는 돕지 않는다니, 그녀답다.

도움을 청하는 자들은 많이 있을 테니, 그런 바보를 무시한다는 것은 납득이 가는 이야기였다.

어지간히도 합리주의자인 모양이다, 그 녀석은.

히나타는 리얼리스트(현실주의자)라고 유우키도 말했었으니, 이 보고는 틀림이 없을 것 같다.

그렇다곤 해도 휴즈는 꽤 정보통이로군.

그렇게 생각하고 있으니, 가젤도 고개를 끄덕이면서 입을 열었다.

"흥. 역시 정보 조작에 능한 블루문드 왕국의 길드 마스터로군. 네가 갖고 있는 정보의 정확성은 우리나라의 암부(暗部)에 필적한다. 그 정보는 짐이 알고 있는 것과 동일하다고 말해두마."

휴즈의 말을 뒷받침하듯이 가젤도 그렇게 내뱉었다.

하지만 히나타는 내 말을 전혀 들을 마음이 없어 보였는데…….

"하지만 그 녀석은 내 말을 전혀 들으려 하지 않았는데?"

그렇다. 그녀는 처음부터 나를 눈엣가시로 여겼다. 누군가가 미리 알려준 대로 내게 안 좋은 인상을 가지고 있었다고 해도 남의 말을 전혀 듣지 않았다는 건…….

"그건 말입니다, 루미너스 교의 교의에 '마물과의 거래는 금지'라는 항목이 있기 때문이겠지요."

의외로 에라루도가 내 의문에 답해주었다. 히나타는 마도 왕조 살리온에서도 유명인이라고 하며, 생각지도 못한 곳까지 그녀의 명성이 알려져 있다는 사실이 판명된 것이다.

——아니, 서방성교회의 최강 기사에 관한 정보를 수집하는 거라면, 국가 차원에서 당연히 해야 할 일이겠지.

히나타가 미인이기 때문에 유명한 건가—— 하고 한순간이나마 생각해버린 것은 비밀로 해두는 편이 좋을 것 같다.

휴즈와 다른 사람들의 설명을 듣고, 히나타의 인물상이 보이기 시작했다.

그 냉혹한 말투와 냉철한 행동으로 유명한 히나타이지만, 실은 그녀가 교의를 어기는 일은 일절 없는 모양이다.

가장 모범적인 기사가 바로 그녀라고 한다.

즉, 히나타는 순수한 법과 질서의 수호자라는 말이다.

그렇다면 각국이 벌이고 있다는 소환 의식을 저지하지 않는 것은 대체 왜일까?

간이 소환을 하면 아이들이 불려올 가능성이 높다. 이건 아무리 생각해도 국가 규모의 악행이 될 텐데…….

"그 건에 관해서는, 그녀가 실제로 각국의 소환을 그냥 못 본 척 넘기고 있는지 어떤지는 모르는 일 아닙니까?"

휴즈가 말한다.

그야 그렇지만…….

"'이세계인'을 불러내는 소환마법의 구사는 공공연히 드러낼 수 없는 금단의 비밀 의식이라 할 수 있겠지요. 카운실 오브 웨스트(서방 열국 평의회)에선 금지 사항으로 지정되어 있으니, 국가 차원에서도 쉽게는 인정할 수 없을 겁니다. 그런 짓을 하지 않는다고 말하면, 그 이상의 추궁은 어렵습니다. 서방성교회의 권한은 확실히 크지만, 내정 간섭을 자유롭게 할 수 있는가를 따진다면 그렇지도 않으니까요."

예를 들어 파르무스 왕국처럼 '이세계인'을 병기로 이용하는 국가라 하더라도, 우연히 발견한 '이세계인'을 보호한 것이라는 변명을 댈 것이다.

그렇게 되면, 확실한 증거를 잡지 않는 한 서방성교회도 간섭은 불가능하단 말인가.

확실히 그런 상황이라면, 히나타가 태만하다고 비난을 하는 것은 말이 안 되겠군.

그래, 유우키는 이런 말도 했었다.

――저는 그녀를 이해할 수 없습니다, 라고.

어쩌면 히나타는 히나타 나름대로 그런 행위를 막기 위해 움직이고 있었을지도 모른단 말인가.

그렇다면 이 이상 여기서 고민해봤자 의미가 없다.

"뭐, 히나타가 번거로운 존재라는 건 분명하지. 적어도 대화가 가능하다면 적대하지 않고 지낼 수 있도록 대화의 장을 마련해보겠지만……."

서방성교회가 우리를 '신의 적'으로 인정한다면, 히나타와 싸우게 될 것이다.

가능하면 그런 일은 피하고 싶지만, 그렇게 된다면 그건 그렇게 되었을 때 생각할 일이다.

"쿠후후후후. 그렇다면 제가 나서서 처리하고 올까요? 후환을 없애기 위해서라도 위험 분자는 제거하는 게 좋지 않겠습니까?"

내가 투덜거리는 소리를 듣고, 등 뒤에서 대기하고 있던 디아블로가 그런 말을 내뱉었다.

생각했던 것 이상으로 자신만만한 녀석이로군. 신참이기 때문인지, 활약할 수 있는 기회에 굶주린 것처럼도 보이지만.

"잠깐, 잠깐, 히나타는 나도 진── 게 아니라, 비겼을 정도거든? 네가 간다고 해서 쉽게 처리할 수 있을 리가 없잖아!"

정말이지, 좀 더 생각을 한 후에 말을 하면 좋겠다.

"그 말이 맞습니다, 디아블로. 당신 따위가 나설 정도라면 제가 가서 끝을 내고 오죠. 그러니까 리무루 님, 제게 명령을 내려주십시오!!"

이것 보라니까. 디아블로가 쓸데없는 말을 하는 바람에 시온까지 멍청한 소리를 하기 시작했잖아!

"이런, 이런, 시온 님. 당신에겐 비서의 마음가짐을 배운 은혜가 있으니까 심한 말을 하고 싶지는 않습니다만…… 유감스럽게도 당신 힘으론 히나타라는 자에게 이기지 못할 텐데요."

"호오? 즉, 당신이 저보다 강하다고 말하는 건가요? 재미있군요. 누가 더 강한지 확실히 결판을——."

"내지 않아도 된다!"

갑자기 시작된 디아블로와 시온의 싸움을, 나는 큰 소리로 꾸짖으면서 제지했다.

디아블로는 냉정한 듯이 보였는데, 의외로 무투파였던 모양이다. 나에게는 정중하게 굴지만, 선배에 대한 경의 따위는 아예 없는 것 같다. 신참이면서 대단한 배짱이다.

자연스럽게 상대를 부추기면서 싸움을 거는 스타일은 감정적인 시온과는 특히 더 상성이 안 좋은 것 같군…….

"크하하하하! 그러니까 내가 나설 차례라는 뜻인가? 좋아, 잠깐 갔다 오는 걸로——."

"가지 않아도 돼! 상대가 공격해 온다면 대처해야겠지만, 우리가 먼저 나설 필요는 없어. 한 번 더 말하겠는데, 우리는 딱히 서방성교회와 적대하고 싶은 게 아니라고!"

두 사람에게 자극을 받아서 내 옆에 앉아 있던 베루도라가 일어서려 한다. 나는 다급하게 그걸 말린 뒤에 슬쩍 한숨을 내쉬었다.

큰일이군, 문제아들뿐이야.

이거 참, 다들 점점 성장하고 있으니, 앞으로 교육을 더욱 중시해야겠다.

생각해보니 베니마루와 소우에이는 이제 쉽게 폭주하지 않게 되었고, 양식을 갖춘 게루도는 믿음직스럽다. 가비루도 분위기에 쉽게 취하는 면이 있지만, 분수를 알고 있으므로 내가 골치를 썩일 일은 그다지 없다.

란가는 내 그림자 속에서 얌전히 귀를 세우고 있으므로, 다른 녀석들에 비하면 귀여울 지경이다.

역시 문제는 시온, 디아블로, 베루도라, 이 세 명이다.

이 세 명은 한데 섞어놓으면 위험하다. 내 마음고생이 가중될 뿐이다.

앞으로는 좀 더 주의하면서, 이 세 명을 다루도록 하자.

"일단 히나타와 서방성교회에 관한 논의는 이것으로 끝이다. 상대가 어떻게 나오느냐에 따라 싸우게 될지도 모르지만, 신중히 대처하면서 상황을 지켜보기로 한다!"

나는 그렇게 선언하면서 이 이야기를 마무리 지었다.

하지만 잊어서는 안 되는 것은 암약하고 있는 누군가의 존재다.

히나타는 나를 알고 있었다.

밀고가 있었다고 말했지만, 내가 시즈 씨를 죽인 것까지 알고 있는 인간은 적다.

누군지 정확히 알아내기는 어렵지만, 내가 아는 인물이 관련되어 있을 가능성이 큰 것이다.

카발, 에렌, 기도, 이 세 사람. 휴즈와 블루문드 왕국의 몇 사람. 그리고 유우키. 그 밖에 그 사실을 아는 것은 이 마을에 사는 내 동료들뿐일 것이다.

하지만 그렇다면…….

라파엘이 의심스러운 인물을 도출해낸다.

그렇겠지, 나도 틀림없다고 생각해.

하지만, 우리가 모르는 존재가 있을 가능성도…….

심증만 갖고 행동하고 싶지 않은 데다, 증거도 없이 남을 의심하고 싶지는 않다.

단, 마음속에 담아두고 방심만큼은 하지 않도록 하자.

애초에 나와 히나타를 싸우게 만든 목적은 뭐지?

내가 히나타를 처리하게 하는 것이 목적이었나?

내가 도시로 돌아가는 것을 방해하고 싶었던 건가?

히나타를 꾀어내고 싶었던 건가?

《——혹은 그 모두일지도 모릅니다.》

정말인가, 너무 욕심이 지나치잖아.

좋을 대로 이용당하는 것은 마음에 안 들지만, 상대의 속셈이 확실하지 않으니 지금은 참도록 하자.

어쨌든 이 건은 보류하기로 한다.

이야기를 진행시키기로 한다.

히나타와의 싸움에서 돌아오니, 도시가 습격을 받은 상황이었던 것을 설명했다.

파르무스 왕국이 보유하고 있었던 '이세계인'에 의한 난동이었다.

여기서 희생이 된 자들을 어떻게든 되살리고자, 나는 마왕이 되는 길을 선택한 셈이지만…….

내가 그 뒤를 설명하기 전에 먼저, 에렌이 스스로 폭로했다.

"어차피 아빠는 알고 계시겠죠? 아니, 여기 오신 것도 그 때문이죠?"

치켜뜬 눈으로 에라루도를 보면서 그렇게 묻고 있다.

솔직히 말해서 저런 점이 치사하다. 너무 귀엽다.

저러니 딸바보인 에라루도는 단번에 격침될 수밖에 없겠지.

"에렌……. 아빠한테는 들켜도 좋지만, 다른 나라의 사람들에게까지 들통이 날 필요는 없단다……."

반쯤 포기한 듯이 한숨을 쉬는 에라루도.

그 마음은 잘 알겠다.

어른의 사정을 완전히 무시한 에렌 쪽이 나쁘다. 하지만, 이렇게 나올 거라고 에라루도는 이미 예상하고 있었다.

'어차피 제 딸 에렌은, 자기가 먼저 마왕이 되는 법에 관한 정보를 가르쳐줬다고 말하겠지요. 그걸 말리려면 억지로 끌고 돌아가는 수밖에 없을 것이고, 그런 짓을 하면 저는 미움을 살 겁니다. 그건 하급 중의 하급에 속하는 계책입니다.'

그렇게 지혜로운 자인지, 멍청한 자인지 판단하기 어려운 말을 했던 것이다.

뭐, 에라루도의 예상대로 되었으니, 지혜로운 자라고 해야겠지만…….

왠지 석연치 않은 채로, 나는 가젤과 시선을 교환한다.

가젤이 고개를 끄덕이는 것을 확인한 뒤에, 방금 논의했던 대로 이야기를 진행시키기로 했다.

"——뭐, 그런 과정을 겪으면서 파르무스 왕국군은 산 제물이 되어주었지. 그렇게 나는 무사히 마왕이 된 것이다."

이렇게 나는 마왕이 되었음을 밝혔다.

*

자, 일단 대강의 설명은 끝났다.

지금부터가 본론이다.

"그래서 말인데, 방금 설명했던 건 사실이지만, 공적으로 발표하는 건 조금 내용을 바꾸게 될 거네."

내 말에 당혹스러워하는 일동.

공적으로, 즉 각국에 대한 설명은 내용을 각색할 것이다. ——힘이 모든 것인 마물의 입장에서 보면 그런 행동에 무슨 의미가 있는 것인지 알 수 없으니, 당혹스러워하는 것도 무리는 아니다.

하지만, 정치에는 거짓말이나 위장도 중요한 법이다.

"그럼 어떤 이유로, 어떤 식으로 이야기를 바꾸실 겁니까?"

대표로 베니마루가 물어보기에 나는 좀 전에 논의해서 결정한 내용을 되짚으면서, 모두가 이해할 수 있게 설명했다.

나는 마왕을 칭하고 있지만, 각성을 한 것은 숨긴다.

그에 대한 대전제로서, 각국은 이 일이 벌어진 상황을 모르고 있다.

조사할 방법이 없기 때문이다.

목격자는 하나도 남김없이 사망했으므로 진실을 아는 것은 우리 말고는 세 명뿐.

파르무스 왕이 욕심이 많다는 것은 다 알고 있는 사실이었으므로, 우리의 정당방위가 성립된다는 이야기가 된다.

마왕 한 명에게 전멸당했다고 말하기보다 전쟁에 패배했다고 말하는 쪽이 더 받아들여지기 쉬울 것이라는 논리다.

게다가 그렇게 대량으로 발생한 사망자들이 최악의 봉인을 풀어버린 것으로 이야기할 것이다.

그렇다, 그 땅에 흐른 대량의 피가 잠들어 있는 사룡을 깨웠다.

──즉, 베루도라가 부활한 것이다.

그런 베루도라를, 영웅 요움과 쥬라의 대삼림의 맹주이자 마왕을 목표로 하고 있던 내가 협력하여 마물들에게 커다란 희생을 내면서까지 설득했다. 베루도라의 분노를 달래고, 수호자로 모시기로 담판을 지은 것이다.

이런 내용으로 이야기를 바꿈으로써, 내가 마왕이 된 것에 의미를 부여한다. 파르무스 왕국에 모든 죄를 뒤집어씌우고, 우리가 정의였다고 주장하기 위한 이유를 갖다 붙인 것이었다.

"생각해보게. 인간은 자신이 해결하지 못하는 존재를 두려워하고 결코 인정하지 않으려 하지. 단지 혼자서 2만 명의 군대를 전멸시킨 자가 우호적으로 나온다고 해도 믿지는 못할 게야."

가젤의 말이다.

그 말을 들은 휴즈와 요움은 낮게 신음하면서도 이해가 간다는 표시를 했다.

나와 가까운 이자들조차도 이런 반응을 보이는 상황이니, 나를 모르는 자가 본다면 가젤의 말대로 반응할 것이 명백했다. 자칫 하면 서방 열국 전체를 적으로 돌려버리게 될 것이다.

"하지만 2만 명의 군대가 행방불명된 것이 '폭풍룡'의 짓이라고 한다면, 인간들이 이해하기에는 쉽겠지. 어쨌든 '폭풍룡'은 이미 '천재(天災)' 급의 존재니까 말일세."

가젤이 그렇게 마무리를 짓자, 모두가 그 말에 납득한다.

베루도라만이 "큭큭큭, 나를 천재(天才)라고 부르다니, 제법 눈썰미가 있는 남자로군"이라고 말하며 혼자 멋대로 착각을 하면서 만족하고 있었지만. 뭐, 무시해도 문제는 없을 것 같다.

"저도 이 이야기를 지지합니다. 딸 때문에 리무루 님이 마왕이 되었다고 두려워하면서 원한을 사는 것보다도, 리무루 님이 마왕이 된 덕분에 '폭풍룡'과 교섭을 할 수 있게 되었다고 감사를 받는 편이 더 좋으니까 말이죠."

비교할 것도 없는 이야기겠죠? 그렇게 말하면서 에라루도도 빙긋 웃는다. 하지만 그 눈은 주위를 위압하며, 반대하는 자가 없는지를 살피면서 노려보고 있었다.

딸인 에렌을 위해서라면 무슨 짓이든 할 수 있을 것 같은 남자였다.

"아빠……. 역시 노련한 귀족답게 교활하네요……."

그렇게 에렌이 칭찬하는 것인지 비난하는 것인지 모를 감상을 입 밖으로 흘리고 있었다……. 아주 잠깐 에라루도가 가엾게 느껴졌다.

회의장이 조용해지기를 기다렸다가 설명을 재개한다.

"그리고 나에게 있어 이점은 더 있네. 인간들로부터 불필요한 두려움을 사지 않아도 된다는 점도 중요하지만, 나를 경계하는 다른 마왕들이 자신들에게 위협이 되는 존재는 베루도라뿐이라고 착각해줄지도 모르잖나?"

그렇게 되면 나도 움직이기 편해지는 것이다.

파르무스 왕국에게 대승리를 거둔 것으로 인해, 마왕 클레이만은 나를 경계하고 있을 것이다. 그렇지만, 그게 실은 베루도라가 한 짓이었다고 소문을 내면, 나에 대한 경계는 줄어들리라고 생각한 것이다.

가젤의 입장에선 우호국의 이미지를 좋게 유지하고 싶다.

내 입장에선 서방 열국에게 좋은 이미지를 주고 싶다. 게다가 적대할 가능성이 있는 자들이 나를 과소평가하게 만들어서, 조금이라도 경계심을 약하게 만들고 싶은 것이다.

지금은 아직, 내게 경계심을 품기보다 나를 얕보는 쪽이 더 이롭다는 결론을 내렸다.

"그리고 말이야, 우리가 베루도라와 교섭을 할 수 있다는 소문을 흘리면 함부로 나서는 나라도 줄어들겠지. 서방성교회가 무슨 말을 한다 해도 그 말에 순순히 따르지 않을 가능성이 높아질 것으로 생각하네."

이게 최대의 이점일지도 모른다.

가젤의 제안을 제외하고 생각한다 해도 언젠가는 베루도라의 존재를 공표할 필요가 있었다. 그렇다면 최대한 활용할 수 있는 타이밍에 공표하는 것이 좋다.

우리는 지금부터 클레이만과 일전을 불사할 예정이니, 거기에 더해 서방성교회까지 상대한다는 것은 너무나 어리석은 계획이다. 두 가지의 정면 작전은 전력이 분산되는 것을 뜻하므로 가능한 한 피해야 하니까.

나에 대한 경계심을 최소한으로 줄이고, 또한 템페스트(마국연방)에 대해선 최대한의 경계심을 품게 한다.

가젤이 제시한 복안을 토대로 하여 라파엘(지혜지왕)이 완벽하게 편집해준 것이다.

가젤, 에라루도, 그리고 나.

세 사람의 이해를 일치시키면서, 앞으로의 작전에도 이용할 수 있도록 정리했다.

역시 라파엘이다. 얼티밋 스킬(궁극스킬)로 진화한 뒤로 그 지혜가 더욱 잘 연마된 것 같다.

"과연. 그 말은 즉, 날 돌봐줄 이유가 생겼다는 뜻이로군."

크게 고개를 끄덕이면서 만족스러운 표정을 짓는 베루도라.

이것 봐, 이 인간은 완전히 자기 좋을 대로 이야기를 받아들이고 있다니깐…….

——잘못 이해하고 있지만, 뭐, 그 정도면 됐으려나.

우리의 싸구려 연극에 어울려줘야 하니까.

베루도라는 대충 그렇다고 쳐도, 부하들의 반응도 양호했다.

"확실히 납득이 가는군요. 그렇게 하면 지금까지와 큰 차이 없이 교섭도 계속할 수 있을 것 같습니다."

리그루도가 크게 고개를 끄덕였고, 약간은 안도한 듯이 그렇게 말했다. 앞으로의 교역에도 영향이 생길 것이라 걱정하고 있었는지, 어깨의 짐이 내려갔다는 듯한 반응을 보인다.

리그루도는 경제적인 면에서, 앞으로의 템페스트를 걱정하고 있었던 모양이다.

“역시 리무루 님! 멋진 생각입니다!!”

“아니, 최초 발안자는 가젤 왕이고, 나는 의견을 정리했을 뿐이야.”

시온의 칭찬을 흘려들으면서 그렇게 대답한다. 내 이야기를 제대로 이해해준 것만으로도 만족한다.

“감사하오, 가젤 왕. 이것으로 우리가 움직일 때, 리무루 님의 원군을 기대할 수 있게 됐군!”

스피어가 영악한 미소를 지으면서 가젤에게 감사의 말을 전한다.

그 말에 동의하는 포비오와 알비스. 삼수사도 이 제안에 찬성해주는 모양이다.

“훗훗후, 과연. 우리는 클레이만에게 집중할 수 있단 말인가. 이러고도 우리가 이기지 못하면 스스로 무능하다는 걸 알리는 꼴이 되겠군.”

베니마루가 웃으면서, 클레이만과의 전쟁에 대한 전의를 불태웠다.

믿음직스럽다. 부디 멋지게 활약해주기를 바란다.

소우에이와 게루도도 베니마루와 마찬가지로, 지금 당장이라도 출전할 것 같은 분위기다.

조금 더 기다려주면 좋겠다. 이 회의가 끝나면 충분히 날뛰게 해줄 테니까.

나는 열의를 담은 시선으로 나를 바라보는 부하들에게 고개를 끄덕이면서, 마음속으로 그렇게 대답했다.

*

공표하기로 한 내용은 모두에게 받아들여졌다.

그걸 토대로 삼아 그 다음에 논의할 내용은, 앞으로의 행동을 어떻게 할 것인가에 관한 것이다.

우선은 현재, 파르무스 국왕과 서방성교회의 대사제를 붙잡아두고 있다는 사실을 이야기한다. 그리고 앞으로의 방침으로서, 요움을 왕으로 옹립하여 새로운 국가를 세운다는 계획을 설명했다.

이 설명을 듣고 휴즈는 신음했다.

잠깐 동안 침묵하면서 속으로 생각을 정리하고 있는 것 같다.

가젤은 침묵한 채로 눈을 감고 있다. 그의 동료들은 활발히 의견을 나누고 있지만, 찬반양론으로 나뉘는 분위기라 쉽게 결론이 나지 않을 듯하다.

에라루도는 묵묵히 말이 없다. 마도 왕조 살리온으로선 어떻게 움직이는 것이 이득일지를 냉정하게 계산하고 있는 것이리라.

그런 식으로 반응을 살피면서 설명을 계속한다.

우선 현재의 왕을 해방하고, 우리나라를 침공한 것에 대한 배상을 치르게 한다.

이건 어디까지나 명목상이며, 이 배상 문제를 이용해서 파르무스 왕국을 내전 상태로 몰고 가는 것이 진짜 목적이다.

만일 왕이 다시 귀족들을 모아서 반항한다면, 그 시점에서 왕의 목숨은 없다. 상대가 일국의 왕이라고 해도 두 번이나 봐줄 생각은 없기 때문이다.

만약 이 단계에서 배상에 순순히 응해준다면, 요움을 옹립하는 분위기는 사라지게 된다. 하지만, 우선 그럴 일은 없으리라는 것이 라파엘의 예상이었다.

약속을 지키고 배상을 하려고 해도 그건 곤란하기 때문이다.

2만 명이나 되는 인적 자원을 잃은 파르무스 왕국에선 국력을 되찾기 위해서라도 돈이 필요하게 된다. 그렇다면 귀족들로부터 징수를 할 수밖에 없는데, 욕심이 많은 그들이 순순히 내놓을 것이라고는 생각할 수 없었다.

이런저런 핑계를 대면서 배상을 무시하려고 들 것이다. 그렇게 됐을 경우에는 요움이 그에 반발하여, 신의에 어긋난다는 이유로 쿠데타를 일으킨다는 계획을 짜놓았다.

왕이 강권을 발동할 가능성도 있지만, 그러면 어느 쪽이든 간에 내란이 일어날 것이다.

패전의 책임을 누가 지는지를 따지자면, 그건 살아남은 자들이다. 그 살아남은 자인 왕 스스로가 책임을 지지 않고 귀족들에게 억지로 명령을 내리게 된다면…….

왕의 권위는 완전히 실추될 것이다.

배상 문제는 쐐기인 것이다.

이로 인해 왕과 귀족들의 관계는 파탄이 날 것이다.

왕의 영향력이 사라지면, 파벌도 혼란스러워지는 것은 필연적이다. 왕의 자식들은 아직 성인이 되지 않았다고 하니, 귀족들의 꼭두각시가 될 것은 상상하기 어렵지 않다. 그렇게 되면 후계자 다툼이 일어나는 것은 정해진 일이나 다름없다.

내란이 발생했을 때를 지켜보다가 요움을 앞세우면, 피폐해진 국민들은 영웅을 지지할 것이다.

——결국 어떻게 돌아가든 간에 파르무스 왕국은 멸망하는 흐름으로 가게 된다.

당연히 템페스트(마국연방)로서는 교류가 있는 영웅 요움을 지원할 것을 표명한다.

요움이 새로운 왕국의 수립을 선언한다면, 이걸 승인할 것이다. 그런 뒤에 정식으로 국교를 맺는 것이다.

현재의 지배층인 귀족들은 연합을 조직해 반대로 돌아서겠지. 하지만 그것도 다 예상한 바이다.

처음부터 협력을 제안한 자는 남겨두고, 나머지는 모두 추방한다. 끝까지 방해를 한다면 안됐지만 제거할 수밖에 없다.

우리가 귀족 연합에 대한 억지력이 되어, 직접적인 무력 충돌을 막으면서 적인지 아군인지를 파악할 것이다.

어느 정도의 시간을 들여서 국민의 신뢰를 얻는 정책을 발표하여 요움에 대한 인기가 높아졌을 때, 일거에 반항 세력을 쳐서 소멸시킨다는 계획이다.

단기간에 나라를 부흥시키겠다는 생각을 해서는 안 된다.

적어도 2, 3년의 유예 기간을 두고 지켜봐야 한다.

단, 왕이 최악의 선택을 한다면 요움이 두각을 드러내는 것이 빨라지겠지만…….

이것이 계획의 개요였다.

상황에 따라 시기는 달라지겠지만, 요움이 왕이 되는 것은 거의 확실하다.

"나로서는 파르무스 왕국의 국민들을 괴롭힐 뜻은 없네. 하지만, 자신들의 지배자가 멋대로 구는 것을 허용했다는 점만 보더라도 무죄라고 볼 생각도 없어. 그러므로 어느 정도의 고통은 달게 받도록 할 것이며, 그 후의 부흥을 위해서도 노력해줘야겠다고 생각하고 있네."

나는 그렇게 말하면서 설명을 마무리 지었다.

모두 말없이 생각에 잠겨 있는 분위기 속에서 맨 처음 반응을 보인 것은 가젤이었다.

"그것도 좋겠군. 내 입장에선 그 계획 자체에 이견은 없네. 하지만, 리무루여. 그 남자, 요움이 왕이 되는 것에 관해선 생각이 다르네."

그렇게 말하면서 가젤은 자리에서 일어나 요움을 바라봤다.

떨어져 있어도 느껴지는 엄청난 위압감. 나도 직접 겪어본 적이 있기 때문에 지금의 요움의 심정은 잘 알고 있다.

"——큭?!"

낮게 신음하고, 이를 악물면서, 그래도 요움은 가젤을 마주 바라봤다.

"흥, 근성 하나만큼은 대단하군. 하지만, 그 성격은 과연 어떨까? 백성을 생각하면서, 그 괴로움을 짊어지고 버틸 각오가 있는가?"

그 말에 회의장은 조용해진다.

"헷, 내가 어떻게 알아. 나도 좋아서 왕이 되려고 하는 게 아니라고. 하지만 말이지, 나를 믿고 맡겨준 이 역할을 거절한다면 사내라고 할 수가 없게 되잖아!!"

"호오?"

"할 수 없다고 미리 정해놓고, 하기도 전에 포기하고 싶지는 않다고. 내가 반한 여자 앞에서 멋진 모습을 보여주고 싶은 마음도 있지만 말이지, 하기로 했다면 최선을 다할 거야."

망설임 없이 단언하는 요움. 그 발언은 멍청하기 짝이 없지만, 묘한 설득력이 있었다.

"——바보."

뮬란이 중얼거린다.

"하지만 그게 요움다운 점이지. 드워프의 왕이여, 나도 보증하겠소. 이 녀석은 바보지만, 무책임하진 않소. 한 번 받아들였다면 마지막까지 최선을 다 하지. 그걸 끝까지 지켜보겠다고, 바로 나, 그루시스도 맹세하겠소!"

수인인 그루시스도 쓴웃음을 지으면서 말한다. 그 말에 뮬란도 고개를 끄덕이면서, 요움과 셋이 나란히 서서 가젤을 마주 바라본다.

"——그렇단 말인가. 그렇다면 좋네. 무슨 일이 생기면 내게 부탁하도록 하게."

그렇게 말하면서 가젤은 크게 고개를 끄덕이더니 위압을 풀었다.

보아하니 요움은 무사히 가젤의 시험에 합격한 모양이다. 대국인 무장 국가 드워르곤의 후원도 얻을 수 있게 되면, 그야말로 날개를 단 격이다.

하지만 그런 뒤에——.

가젤이 "그건 그렇고 재미있는 사내를 발견했구나"라고 빙긋이 웃으며 말했고, "설마 반한 여자를 위해 왕이 되겠다고 말하다니——"라고 말하면서 에라루도가 배를 잡고 웃기 시작했으며, "제법이잖아, 그루시스! 설마 우리 앞에서 당당하게 칼리온 님을 배반하겠다고 선언할 줄이야!"라고 포비오가 그루시스를 놀려대기 시작하면서…….

그 자리가 소란스러워진 것은 훈훈한 애교 정도로 치고 넘어가자.

한바탕 웃은 뒤에, 가젤이 요움에게 진지한 말투로 말하기 시작했다.

"요움이여, 우리나라가 너에게 바라는 것은 농작물의 생산이다. 너무 지나치게 언급하면 내정 간섭이 되겠지만, 일단 듣도록 해라. 지금의 파르무스 왕국처럼 우리나라의 제품을 유통하는 것만으로도 경제는 윤택해지겠지만, 그게 영원히 지속되지 않는다는 것은 지금 바로 증명되었지 않았느냐——."

확실히 파르무스 왕국은 수입품에 큰 세금을 붙여 팔아 중간에서 이익을 착취하는 나라인지라, 드워프 왕국으로서도 좋은 손님이라고는 할 수 없었다.

그리고 지금, 새로운 교역로가 될 도로가 정비되면서 그 우위성은 사라진 상태이다.

그렇게 되면 나라가 살아남기 위해서는 새로운 특색을 갖출 필요가 있다. 타국과 경쟁하는 분야가 아니라, 미개척의 분야를 시도하는 쪽이 공존공영을 누리기 쉬울 것이다.

드워프 왕국의 문제점은 식량의 자급률이 낮다는 점이라고 들었기 때문에, 가젤이 말하려는 바는 잘 이해가 되었다. 우리 입장에서도 숲의 은혜에만 의존하지 않는, 곡물을 수입할 곳을 늘리고 싶다고 생각하던 중이다.

가젤의 제안은 실로 이치에 들어맞는다고 할 수 있었다.

"나도 부탁하겠네. 원하는 곡물은 필히 논의를 하는 걸로 하고!"

나도 가젤의 제안에 찬성하면서 약삭빠르게 요구하는 것을 잊지 않는다.

"역시 대단하십니다, 나리……. 맡겨만 주십시오. 파르무스 왕국은 농업도 발전되어 있으니까, 의외로 쉽게 받아들일 것으로 생각합니다."

이렇게 가젤과 나의 이해관계도 일치되면서, 요움이 왕이 되었을 때는 농업 분야에서도 협력하기로 약속이 된 것이다.

슈나가 모두에게 차와 과자를 나눠주면서, 잠시 휴식에 들어갔다.

기분을 새롭게 하고 회의를 다시 시작한다.

요움이 인정을 받으면서, 신왕국 수립 계획은 모두에게 받아들여졌다.

그것이 가장 큰 관문이었기 때문에, 그 뒤의 일은 막힘없이 합의가 이어진다.

"그러면 블루문드 왕국을 대표하여 제안을 하겠습니다. 가젤 폐하와 리무루 님의 얘기를 들어보니, 저희도 그 계획에 협력할 수 있을 것 같군요. 파르무스 왕국의 귀족인 뮐러 후작과 헤르만 백작은 우리 블루문드와 우호적인 관계에 있는 분입니다. 그들과 교섭하여 우리 진영에 가담하게 할 수만 있다면, 여러모로 편의를 도모해주지 않겠습니까? 요움 씨가 궐기했을 때에는 후원자로서 의지할 수 있을 것으로 생각합니다."

그렇게 휴즈가 의견을 말한다.

길드의 지부장이라고는 하나, 휴즈에게 그런 권한이 있을까? 그런 내 의문을 알아차렸는지, 쓴웃음과 함께 휴즈가 설명해주었다.

"블루문드 왕국을 대표한다고 전제했던 대로, 지금의 저는 국가에 소속된 입장으로 이해해주십시오. 방금 전에 한 말은 길드 마스터가 아니라 공인으로서 한 발언입니다."

자세하게 들어보니, 휴즈는 블루문드 왕국의 정보국에도 한 자리를 맡고 있다고 한다. 단순한 정보국의 직원이라기보다 정보국의 통괄 보좌라고 해야 할 위치에 있다고 한다.

하지만 그래도 그런 중요한 결단을 멋대로 내리는 건…….

그렇게 생각하여 물어봤더니, 휴즈는 놀라운 말을 뱉었다.

놀랍게도 방금 전의 밀담 시간에 블루문드 왕에게 직접 사정을 전하고, 전권 대리의 위임장을 준비시켰다고 한다. 소국답지 않은 빠른 대처도 그렇지만, 휴즈가 얼마나 신뢰를 받고 있는지에 대한 증거라 하겠다.

본인이 말하길, 자신이 말하면 블루문드 왕국이 끝장날 건수도 몇 가지 쥐고 있다고 한다.

이 녀석을 위협해서 정보를 빼앗으면…… 그런 생각이 조금이나마 들었던 건 비밀로 하자.

휴즈는 자신의 위치를 이용해서 다양한 정보를 미리 알아두었다고 한다.

우리의 계획을 듣기 전부터, 필요하다고 생각되는 정보를 전부 다.

눈치가 빠르다고 할까, 정말로 유능한 사내이다.

뮐러 후작과 헤르만 백작은 블루문드 왕의 입김이 미치고 있다고 한다.

뮐러 후작은 파르무스 왕국의 대귀족인 이상, 표면상으론 블루문드 왕과 친하게 지내는 모습을 보이고 있지 않다. 하지만 뒤로는 친하게 지낸다고 한다.

실은 블루문드 왕의 먼 친척에 해당하며, 두 사람은 사이가 좋다고 들었다. 그리고 헤르만 백작은 뮐러 후작에게 큰 은혜를 입었기 때문에 배신은 생각할 수 없을 것이라고 한다.

"잠깐, 잠깐, 그런 비밀을 폭로해도 괜찮은가?"

"하하하, 괜찮습니다. 제가 말하지 않더라도 가젤 폐하라면 이미 아시고 계실 텐데요? 무장 국가 드워르곤의 암부라면 저희 블루문드의 정보국에 필적하니까 말입니다."

옆 나라의 정보쯤은 알고 있어야죠, 휴즈는 그렇게 말한다.

가젤은 한쪽 눈썹을 움찔거리며 치켜 올렸을 뿐, 그 이상의 반응을 보이지 않는다. 반응한 것은 가젤이 아니라, 그 뒤에 서 있는 미녀이다.

나이트 어새신(암부)의 수장인 앙리에타다. 소우에이도 인정하는 실력자였으니, 그런 말을 듣는 것도 납득이 간다.

"후후후, 겸손하시군요. 블루문드 왕국은 정보 국가. 정보를 상품으로 삼고 있는 귀국의, 그 중심에 해당하는 정보국이라면 제 부하들보다 우수하지 않은가요?"

아무리 봐도 그렇게는 생각하지 않는 것 같은 표정으로.

앙리에타는 그렇게 시치미를 뗀다.

"하하, 참으로 호된 평을 내리시는군요. 저희의 전투 능력은 암부보다 훨씬 못한걸요. 단지, 뭐랄까, 정보를 모으는 점에 관해선 저희도 우수한 면이 있다고 자부하고는 있습니다만."

휴즈도 제법 지는 것을 싫어하는 모양이다.

블루문드 왕국은 약소국이기 때문에 더더욱 각국의 정보를 망라하고 있을 것이다. 그게 바로 자국 방어를 위한 최대의 무기인 셈이다.

그런 휴즈가 하는 말이니, 이 정보는 틀리지 않을 것이다. 그렇다면 그 두 사람을 잘 구슬려서 우리 편으로 끌어들여야 하겠군.

"요움, 들었겠지?"

"네, 맡겨두십시오."

요움을 내놓고 거래할 곳은 이것으로 정해졌다.

영웅의 개선이라는 이름으로 화려하게 연출해보도록 할까.

이 회의에서 세부적인 사항까지 정할 필요는 없다. 그러므로 앞으로의 일은 요움 일행에게 맡기기로 하고 다음 의제로 넘어가도록 하자.

*

"좋아! 영웅 요움의 파르무스 탈취 계획은 그런 식으로 하면 되겠지."

내가 그렇게 말하자, 모두가 동의한다는 표정으로 고개를 끄덕였다. 요움 혼자만 부끄러운 듯이 머리를 끌어안고 있었지만, 못 본 것으로 하자.

이 건은 이 정도면 됐다. 다음은——,

다음 의제로 넘어가려고 한 바로 그때, 우리 대화를 듣고 있던 에라루도가 어이가 없다는 듯이 웃기 시작했다.

"풉, 푸하하하하! 재미있군, 이거 정말 유쾌해. 모두가 하나같이 나라의 운명을 지고 있는 분들이, 다른 사람을 의심도 하지 않고 진심을 다 드러내면서 얘기하다니……. 이래선 경계하고 있던 제 쪽이 더 우스꽝스럽게 되는 것이 아닙니까?!"

참으로 어이가 없다고 말하면서 웃지만, 그래도 그 눈빛은 날카롭다.

딸바보인 에라루도가 아니라, 거기 있는 자는 두말할 것도 없이 대귀족이다. 다른 사람 앞에서는 결코 본심을 이야기하는 것이 허용되지 않는 마도 왕조 살리온의 대공작 에라루도였던 것이다.

갑자기 분위기를 바꾸면서 일어나 주위를 압도하는 에라루도.

너무나도 갑작스러운 그 변모에, 모두가 하나같이 입을 다물었다.

에라루도가 무슨 말을 하려고 하는지 몰라서 모두가 긴장한 채로 그의 말을 기다리고 있었다.

——넓은 회의장은 고요함에 휩싸였고, 베루도라가 만화를 읽기 위해 페이지를 넘기는 소리만 들려온다.

야, 이봐! 거기 너, 뭐하는 거야?! 아직 내가 주지도 않았는데,

어디서 그걸 꺼내 온 거냐고…….

……뭐, 좋다.

어차피 남의 말을 들을 거라곤 처음부터 생각도 하지 않았으니까.

조용히 있어주기만 한다면 잔소리는 하지 않을 것이다.

베루도라 때문에 내 긴장도 풀렸으니 가벼운 기분으로 에라루도의 말을 기다려보기로 하자.

에라루도는 어흠 하고 헛기침을 하면서 주의를 자신에게 돌린 후에, 무거운 말투로 입을 열었다. 이 사람도 의외로 정신력이 강한 것 같다.

"——하나 묻도록 하지. 거기 있는 남자, 휴즈라고 했던가. 그대는 마물인 리무루라는 자를 정말로 믿고 있는 건가?"

"그게…… 무슨 뜻입니까?"

"딱히 마물들이 멋대로 나라를 칭하든 말든, 그걸 정식 국가로 인정하지 않아도 되는 것 아닌가? 하물며 국교까지 맺을 필요는 없지 않았나? 입지적으로 비춰봐도 좀 더 신중하게 대처할 수 있었을 텐데."

"그, 그건……."

결코 비아냥거리는 것이 목적이 아니라, 순수하게 궁금한 것을 물어본다는 느낌이로군. 그렇기 때문에 휴즈는 말문이 막히면서, 어떻게 대답할지를 망설이고 있었다.

"쉽게 말해서 말이네. 나라면 일단 거래만을 해둔 상태로 서방성교회가 어떻게 나올지를 지켜봤을 것이야. 뒤로 몰래 알리면서 문제가 있느냐 없느냐에 관한 판단을 전부 일임하고 말이지. 이익만을 누리면서, 나중에 아무 문제가 일어나지 않도록, 결코 한쪽 편만 들지 않는 것. 그게 약소국 나름대로의 처신 방법이 아닌가?"

에라루도의 말은 검보다 날카롭게 휴즈의 가슴에 박힌 것 같았다.

게다가 에라루도뿐만이 아니라 이 자리에 있는 자들의 시선이 자신에게 향하고 있다는 것을 느꼈는지, 휴즈는 "젠장, 왜 내가――"라고 한마디를 중얼거렸다.

그런 뒤에――,

"알겠소, 알겠습니다! 그럼 진심을 말하도록 하지요!"

휴즈는 각오를 굳혔는지, 머리를 마구 긁으면서 그렇게 소리쳤다.

평소대로의 뻔뻔스러운 태도를 되찾는 휴즈. 대공작 에라루도를 상대하고 있는데도 불구하고 딱딱한 말투는 내던진 모양이다.

"에라루도 공, 저도 같은 의견이었소. 윗사람을 그렇게 설득해 보려고도 했고 말입니다. 제가 아는 귀족과 같이 말이죠. 하지만 말입니다, 기각되었지 뭡니까――."

그렇게 말하면서 그 윗사람과의 대화 내용을 말하기 시작했다.

휴즈가 말하길,

지금 에라루도가 했던 내용과 같은 말을 휴즈도 윗사람에게 했다고 한다. 그런데, "블루문드 왕국과 템페스트(마국연방) 사이에 전쟁이 벌어지면 어떻게 하는가?!"라는 말과 함께 그 의견을 기각한 모양이다.

이건 내가 블루문드 왕국을 방문하기 전의 이야기이며, 카리브디스(폭풍대요와)와의 싸움이 끝났을 무렵의 이야기라고 한다.

상위 마인을 여럿 거느리고, 오크 로드와 카리브디스를 물리친 나라. 그런 나라와 전쟁이 벌어지면 즉시 멸망할 것이라는 말을 들었다고 한다.

루미너스 교에 대한 신앙심이 약한 블루문드 왕국을 위해 서방성교회가 진심으로 도와줄 것이라고는 생각할 수 없다. 자칫 실수했다간, 그야말로 나라가 멸망당할 수 있다고.

저항은 의미가 없다는 것이 결론이었다.

――그렇다면 어떻게 할 것인가?

"신용을 얻어서 신뢰 관계를 맺고 공존 관계를 이룩한다. 그러기 위해선 가능한 한 모든 협력을 아끼지 마라――라는 것이 우리나라 상층부의 결론이었습니다. 그야, 드워프 왕국이랑 당신의 나라는 대국이니 선택지도 마음대로 고를 수 있겠지만 말이죠……. 우리나라는 하나라도 실수했다간 그대로 끝장입니다. 어차피 목숨을 건다면, 서방성교회에 도움을 청하는 것이 아니라 마물의 나라를 믿는 게 낫다. 뭐, 그게 이유라 하겠습니다."

휴즈는 탄식하듯이 말했다.

자신이 생각하고 있었던 것을 지적받다니, 생각해보니 가여운 위치에 있는 남자이다. 그런 계책을 선택할 수 없을 정도로, 블루문드 왕국이 약소국이라는 사실을 스스로 밝히는 꼴이니까 말이다.

아니, 뭐, 그게 사실이겠지만…….

좋은 것인지, 나쁜 것인지. 옳은 것이지, 그른 것인지.

그런 것은 중요하지 않으며, 나를 신용한다는 선택에 모든 것을 건 폭거였던 것이다.

——아니, 그건 아니겠군.

예상이 어긋나면 나라가 멸망한다 하더라도, 이것 말고는 살아날 방법이 없다는 게 결론인 것이다.

생각해보면 나 하나가 일개 군대와 필적하는 셈이니까, 위협적인 존재로 보는 것도 당연하다.

적대하기보다 같이 싸운다.

말은 된다.

정보를 확보하면서 대국의 그늘 속에 살아가는 약소국의 전략으로 보면 타당한 것일지도 모른다.

그렇기에 더더욱 그 선택이 옳다고 믿고 전력을 다하고 있을 것이다.

폭거라는 것은 확실하지만, 어떤 의미로는 유효한 한 수인지도 모른다.

적어도 나에겐 효과가 있었군.

어찌 됐든 나도 블루문드 왕국을 믿을 수 있다고 확신했으니까.

에라루도도 나와 같은 결론에 다다른 모양이다.

"——하지만 그것 또한 대단한 결단이로군. 그건 그렇고 다른 얘기를 하겠네만, 그대는 리무루 님을 돕기 위해 여길 왔다고 했는데, 그것도 윗사람들의 판단인가?"

"그렇습니다. 상호 안전 보장 조약을 체결한 이상, 반드시 수행하라는 명령을 받았습니다. 애초에 우리나라가 약정을 위반한다고 해도, 저는 여기에 왔겠지만 말입니다. 저는 자유인이니까요.

원래는 나라에 속하지 않은 조합원인 제가 이런 장소에 있는 것이 우스운 일입니다. 뭐, 블루문드 왕국의 정보국에도 적을 두게 된 것으로 제 운이 다한 것이 되려나요……."

왜 이런 역할을 받아들였담, 그렇게 중얼거리는 휴즈.

너무 정직하지만, 이제 와서 따지기는 너무 늦었나.

그건 그렇다 쳐도 블루문드 왕은 생각했던 것 이상으로 의리파로군. 나와의 약조를 준수하고, 파르무스 왕국과의 전쟁을 각오하고 도와줄 줄이야…….

우리에겐 이점이 적은 조약이라고 생각했었는데, 그들의 마음가짐을 알 수 있게 되어서 다행이었다.

약속을 지킨다는 것은 인간관계의 기본이다. 국가 간이라고 해도 그건 마찬가지이며, 약속── 조약을 지키지 못하는 상대는 믿을 수 없는 법이다.

이번 건으로 블루문드 왕국은 충분히 신용할 수 있다는 것이 증명되었다.

우리의 승리를 믿고 운명을 걸었던 모양이다. 그렇다고 하지만, 설마 혼자서 상대를 전멸시킬 것이라고는 예상도 못했겠지만.

"상당한 갬블러이긴 한데, 혹시나 그 윗사람이란 자는……?"

"──맞습니다. 우리나라의 국왕 폐하, 바로 그분이십니다."

내 질문에 휴즈는 우는 건지 웃는 건지 모를 표정으로 그렇게 답하며 고개를 끄덕였다.

그렇군, 그 사람 좋아 보이기만 하던 왕도 사실은 상당한 수완가였던 모양이군. 역시 일국의 왕쯤 되면 단호한 결단도 필요하게 되겠지.

"——말하자면 그런 사정이 있었지만, 이 선택은 정답이었습니다. 설마 리무루 님 혼자서 파르무스 왕국의 2만 명이나 되는 군대를 전멸시킬 줄은 몰랐습니다. 게다가 '폭풍룡'의 부활까지 나올 정도면 믿느냐 안 믿느냐를 따질 상황이 아니게 되죠. 상층부가 제게 전권 대리의 위임장을 준비해준 것도 그야말로 최단 기록을 갈아치울 기세였습니다——."

지친 듯한 표정으로 말하는 휴즈. 국가의 존망을 결정하는 역할을 억지로 맡게 된 상황이니 그런 불평 정도는 용서받을 수 있겠지.

"——과연, 그런 사정이 있었단 말이군. 미안하오, 휴즈 공. 하지만 당신 덕분에 블루문드 왕국이 어떤 생각을 갖고 있는지 잘 이해할 수 있었소."

에라루도는 태도를 누그러뜨리고는, 휴즈에게 가볍게 머리를 숙이면서 그렇게 말했다.

그런 에라루도에게 가젤이 말을 건다.

"여전히 교활하군, 에라루도. 그렇게까지 해서 다른 나라를 시험하지 않아도 내가 리무루를 믿고 있으니 네가 의심할 것까지도 없지 않은가?"

"그렇게 말은 하지만, 가젤. 마물의 나라와 새로운 국교를 맺는 결단은 그리 쉽게 내릴 수 없는 법이라네. 나는 지금 블루문드 왕국에 대해 이제 막 경의를 품은 참이야."

"훗, 잘도 지껄이는군. 처음부터 결단을 내렸으니 바로 네가 나선 게 아닌가? 책사 에라루도, 그래서 결론은 뭔가?"

가젤의 위압을 가볍게 받아넘기는 에라루도.
그건 안전한 호문클루스의 몸이기 때문이 아니라 에라루도의 담력이 낳은 결과였다.
"그건 그래. 내 나름대로 결론은 낸 상태지. 하지만 그걸 대답하기 전에 하나 더 물어봐도 괜찮겠습니까?"
에라루도가 이번에는 나를 보면서 그렇게 말했지만——.
"아빠, 그만 조옴! 뜸 들이지 말고 빨리 대답해요오!"
"잠깐, 아가씨! 그렇게 나서는 건 좋지 않다니까요!"
"그렇고말굽쇼! 공작님도 가끔은 딸에게 멋진 모습을 보여주려고 지금 최선을 다해 노력하고 계시는 겁니다요!!"
그 긴박한 분위기는 에렌 일행 3인조에 의해 산산이 박살 났다.
"천하의 책사인 에라루도도 땅에 떨어졌군……."
그렇게 말하는 가젤.
에라루도가 약간 불쌍했기 때문에, 나는 진지한 분위기를 연출하기로 했다.
즉—— '마왕패기'를 방출한 것이다.
"——들어보도록 하지, 에라루도."
오오!! 내 부하들이 술렁거렸다.
으윽?! 하고 가젤과 그 동료들이 낮게 신음했고, 요움 일행과 휴즈, 게다가 삼수사까지 진땀을 흘리면서 놀라고 있다.
마력을 최소한으로 줄였는데도 생각했던 것 이상으로 강렬했다.
기본적으로 '마왕패기'에는 '위압'과 '마법투기' 등의 여러 스킬이 통합되어 있다. 공격에도 쓸 수 있는 스킬이므로 잘못 사용하면 위험하다.

하지만 그렇다고 쳐도, 나도 이런 마왕 분위기의 연기가 많이는 것 같다는 생각이 든다.
무표정으로 말하는 것이 중요하다.
담담하게 감정을 숨기고 말하기만 해도, 그것만으로 상대가 벌벌 떤다.
시즈 씨의 아름답고 단정한 얼굴, 슬라임의 투명감이 넘치는 세포, 이 두 개가 어우러지면서 절묘할 정도의 신비감이 만들어졌다.
여기다 '마왕패기'가 더해지면 완벽하다.
더 이상은 필요가 없다. 감정을 다 드러낸 원래의 나라면 순식간에 신비감이 대붕괴하고 말 것이다.
이런 것은 소양이 중요하기 때문에, 과거에 일반인이었던 나치고는 괜찮게 소화하고 있다고 생각하지만 말이다.
그런고로 에라루도도 멋지게 나한테 속아 넘어갔다.
"——큭, 역시 대단하군요. 그럼—— 마왕 리무루여, 당신에게 묻고 싶습니다. 당신은 마왕으로서 그 힘을 어떻게 다루실 생각입니까?"
뭐야, 그걸 묻는 거였나.
간단하다.
나는 내가 바라는 대로, 살기 편한 세상을 만들고 싶다.
가능한 한 모두가 웃으며 살 수 있는 풍요로운 세상을.
나는 포장하거나 감추는 것 없이 진심으로 그렇게 생각하고 있다.
그러므로 망설임 없이 그 생각을 에라루도에게 전달한 것이다.
"——말하자면 그 정도려나. 뭐, 실패도 하게 될 테니, 그렇게 쉽게는 이뤄지지 않겠지만."

"그, 그런 꿈같은 일을, 진심으로 실현할 수 있다고 생각하는 겁니까?!"

이런, 지금 이 놀라는 모습은 진짜로군.

겉으로 표정을 보이지 않는 대귀족을 진심으로 놀라게 만드는데 성공한 것 같다.

"말하자면 그렇지, 그걸 위한 힘이네. 힘이 없는 이상 따윈 헛소리이고, 이상이 없는 힘은 공허하지 않은가? 나는 꽤 욕심이 많지만, 무엇을 이루고 싶다는 소원도 없이 그저 힘만을 추구하는 취미 따위는 없네."

누군가의 명언을 그럴듯하게 고쳐 말해본 것이지만, 대충 의미는 전달되었을 것 같다.

하지만 이건 당연한 것 아닌가?

하고 싶은 일이 있으니까 노력하는 것이다.

그것이야말로 인간의 본질이라고 나는 생각한다.

"하, 하하하, 하하하하하! 유쾌하군, 이거 정말 유쾌합니다, 마왕 리무루여! 깊은 카르마(업)를 짊어진 마왕이여!! 당신이 각성할 수 있었던 이유를 저도 이해할 수 있었습니다!!"

에라루도는 큰 소리로 웃기 시작했다. 나는 그걸 말릴 생각도 없이, 마지막까지 실컷 웃게 내버려 둔다.

다 웃은 에라루도는 사자로서의 예를 갖추어 내게 무릎을 꿇었다.

"실례했습니다. 마왕 리무루여, 저는 마도 왕조 살리온의 사자로서, 귀국── 쥬라 템페스트 연방국과의 국교를 수립하기를 희망합니다. 부디 바람직한 대답을 들려주시길 바랍니다──."

회의장은 다시 고요함에 휩싸였다.

팔락 하는 작은 소리가 날 뿐이다.

그 소리에 신경을 쓰면 지는 것이다. 돌아봤다간 이 분위기를 죄다 망칠 것 같으니까.

휴식용 긴 의자에 엎드려 누워서 성전(만화)을 읽고 있는 쓸모없는 남자(베루도라) 따위의 모습을 시야에 넣어봤자 혼란스러울 뿐이다.

"——나야말로 좋은 관계를 맺고 싶다고 생각하고 있었소. 그 얘기는 모쪼록 좋게 받아들이고 싶소."

우오오——!! 그 자리에 기쁨의 함성이 가득 흘러 넘쳤다.

모두가 자리에서 일어나서, 이 기념할 만한 새로운 인연을 기뻐하고 있었다.

그리고 오늘, 우리는 또 한 번 받아들여진 것이다.

인간들의 국가로서는 세 번째, 마도 왕조 살리온과의 국교가 수립되게 되었다.

파르무스 왕국은 멸망하고, 그곳에는 요움이 이끄는 새로운 국가가 탄생할 것이다.

지도는 순조롭게 새로 칠해지고 있다.

내가 처음에 생각했던 것보다 빠르게, 사태는 더욱 속도가 붙으면서 움직이기 시작했다.

제2장

라미리스의 통보

Regarding Reincarnated to Slime

회의도 끝이 가까워지면서, 슬슬 정리 단계로 들어가려고 한 바로 그때.

터어어어엉!!

하고 문이 열리면서 누군가가 들어왔다.

——그리고,

"얘기는 다 들었어! 이 나라(템페스트)는 멸망할 거야!!"

라고 소리친 것이다.

그것은 작은 여자아이.

그 모습을 보면 갑작스럽게 믿기는 어렵겠지만, 이래 봬도 10대 마왕 중의 한 사람, '라비린스(미궁 요정)'의 라미리스이다.

갑자기 날아 들어와서 무슨 말을 하는 거야.

뭐, 뭐라고———?! 이렇게 대답하면 되는 걸까?

나를 향해 똑바로 날아오는 라미리스.

그 뒤에는 열린 문을 정중히 닫는 베레타가 있었다.

어딘가 꽤나 고생을 한 것 같은 느낌이 든다.

아니, 고생을 했겠지. 라미리스에게 휘둘리고 있다는 것이 손에 잡힐 듯이 느껴졌다.

그 라미리스의 눈앞을 고급스런 집사복을 입은 인물이 막아섰

다. 디아블로이다.

내 등 뒤에 대기하면서 조용히 회담의 상황을 관찰하고 있던 것 같았는데, 침입자가 함부로 구는 것을 허용할 생각은 없는 모양이다.

뭐라고 해야 할지, 참으로 깔끔하게 붙잡히는 라미리스.

맥없이 붙잡힌 잠자리, 같은 느낌이다.

한껏 버둥거리면서 "자, 잠깐? 무슨 짓이야――?!"라고 떠들어대고 있다.

유쾌한 녀석이다. 마왕의 위엄 같은 건 전혀 보이지 않는 모습에 웃음이 나온다.

"리무루 님, 수상한 자를 붙잡았습니다. 어떻게 할까요? 이 도시가 멸망할 거라는 황당한 말을 지껄이고 있는데, 어떤 처분을 내리시겠습니까?"

디아블로가 내 곁으로 돌아와서 정중한 말투로 묻는다.

나를 라미리스를 봤다.

버둥거리고 날뛰면서, 디아블로에게서 벗어나려 하고 있다.

"키에에엑! 내 모든 마력을 쓰고도 벗어날 수가 없어?! 이, 이 녀석, 보통이 아닌데? 뭐야, 대체 뭐냐고! 내가 뭘 했다고 이러는 거야!"

여전히 시끄러운 녀석이로군.

솔직히 말해서 라미리스와는 비교가 안 될 정도의 마력이 있는 디아블로로부터 도망치기는 어려울 거라 생각한다.

이러고도 마왕이란 말인가.

마왕이 그 이름만큼 대단하지는 않다는 생각이 드는 것은 이 녀석이 있기 때문일 것이다.

"리무루 님, 그 요정과는 아는 사이입니까?"

휴즈가 물었다.

아아, 회의가 중단되고 말았군.

이제 마지막 확인만 남겨두고 있을 뿐이니, 이 녀석도 좀 더 뒤에 들어와 주면 좋았을 것을…….

분위기를 파악하지 못하는 점도 여전하다.

"아아, 라미리스라는 이름의 요정인데, 나와 아는 사이라네. 그런 꼴을 하고 있지만, 일단은 마왕이라더군?"

"너! 그런 꼴이라는 건 무슨 뜻이야?! 이래 봬도 나는 말이지, 10대 마왕 중 최강으로 두려움의 대상이 되어 있다고!!"

어떠냐! 라고 말하는 것처럼 디아블로에게 붙잡힌 채 몸을 뒤로 젖히는 라미리스. 위엄이고 뭐고, 아무것도 없지만 본인은 깨닫지 못하는 것 같다.

"응? 마왕……?"

"헤에, 저런 모습으로?"

그런 말이 여기저기서 들렸고, 회의에 참가한 자들의 반응에도 커다란 놀라움은 느껴지지 않았다.

"——어? 어어어——?! 왜 이래? 지금은 좀 더 놀라야 하는 것 아냐?! 난 마왕이라니깐? '라비린스'의 라미리스가 바로 날 말하는 거란 말이야!! 왜 다들 그런 덤덤한 반응을 보이는 거야?"

아니, 아니. 마왕이라고 말해봤자 너는 지금 붙잡혀 있다고.

아마 내 생각이지만, 다들 어이없어 하는 것으로 보이는데?

속으로 그렇게 생각했지만, 말하지 않는 것도 배려라 하겠다.

"아니, 그게 말이지……. 리무루 님도 마왕이시니까, 아는 분 중에 마왕이 있어도 납득이 간다고 할까……."

"그보다 '폭풍룡'의 부활 쪽이 더 놀라워서, 웬만한 일은 딱히 놀랍지 않다고 할까……."

그런 말을 하면서 서로 고개를 끄덕이는 사람들.

과연, 듣고 보니 그럴 만도 하군.

반대로 라미리스는 그런 반응이 불만이었던 모양이다.

"뭐어? '폭풍룡'이라니, 베루도라가 부활했단 말이야? 너희들은 속고 있는 거야! 베루도라는 내가 펀치 한 방으로 잠재워버렸거든! 이름값도 못 하는 녀석이었다고. 뭐, 그 녀석의 시대는 끝났단 얘기지. 무서워할 거라면 오늘부터는 나를 무서워하고 경외하는 게 좋아!"

그런 말을 단번에 지껄이더니 새된 목소리로 웃기 시작했다.

정말로 입담 하나만은 최강이라 하겠다.

나는 디아블로에게서 라미리스를 넘겨받은 뒤에 베루도라가 있는 곳으로 데려갔다.

"베루도라, 미안하지만, 잠깐 이 애와 상대해주겠어? 이래 봬도 일단은 마왕이라니까 네 친구가 되어줄 것 같은데?"

"응? 나는 지금 엄청난 수수께끼를 푸느라 바쁜데."

귀찮은 표정으로 베루도라가 거절하려 한다. 그러나 그걸 허용할 내가 아니다.

"아아, 그거 말인데. 범인은 ㅇㅇ이니까, 이걸로 수수께끼는 풀렸지? 그럼 부탁할게."

무자비하게도 베루도라에게 범인을 가르쳐준 뒤에 내 자리로 돌아갔다.

베루도라는 눈을 크게 뜨면서 '어? 왜 범인을 먼저 말하는 건데?!'라는 표정으로, 충격을 받은 모양이다. 조금 미안한 짓을 하긴 했지만, 지금은 회의 중이다. 반성하라는 의미를 담아서, 이번에는 응석을 받아줘선 안 된다.

그리고 라미리스는 베루도라를 보고 그대로 기절했다.

이렇게 문제아 둘이 얌전해진 것을 보고 다시 회의를 시작했다.

*

우선 처음으로 해야 할 일의 확인이다.

"베니마루, 적은 클레이만이다. 놈을 박살 낸다!"

"기다리고 있었습니다, 그 명령을――!!"

베니마루가 대담하게 웃으면서, 그 눈동자를 요사스럽게 반짝인다.

키진들뿐만 아니라 내 부하들은 모두 기뻐하는 표정을 짓고 있었다. 어느샌가 다들 무투파가 되어버린 것 같다.

여기 있는 것은 바로 얼마 전에도 한바탕 날뛰었던 자들뿐이었던 같은데…….

뭐, 됐다. 사기가 충천하는 것은 좋은 일이니까.

"그리고 삼수사 및 수인 전사들도――."

"더 말하실 것도 없이, 저희는 지금 리무루 님의 휘하에 있답니다."

이쪽도 또한 요사스럽게 웃는 알비스.

포비오와 스피어도 마찬가지로 더 물을 것도 없을 듯하다.
“리무루여, 그 정도면 이길 수 있을 것 같구나.”
“이길 거야. 그 녀석은 나를 화나게 했어.”
“그렇군, 그럼 나는 널 믿기로 하마.”
가젤은 그렇게 말하면서 쓴웃음을 지었다. 작은 목소리로 “너무 빨리 성장했군, 사제 주제에 말이야——”라고 중얼거렸지만 나 이외의 다른 사람들에게는 들리지 않았을 것이다.
“그러나 클레이만이라고 하면 방심할 수 없는 마왕입니다. 수많은 마인들을 부하로 부리며, 동쪽 제국과도 관계가 있다는 소문도 돌고 있고 말입니다…….”
에라루도가 걱정스러운 표정으로 묻지만——.
“관계없소. 싸움은 수가 아니라 질이니까!”
그렇게 당당하게 비상식적인 말을 하여 입을 다물게 했다.
“이런, 이런, 저 자신의 상식이 무너지는 소리가 들리는 것 같군요…….”
에라루도는 어이가 없다는 표정으로 그렇게 말했지만, 그 얼굴에는 우리에게 흥미를 느끼는 빛이 떠오른다.
나도 말해놓고 이상하다고는 생각하지만, 결코 틀린 것은 아니다.
원래는 수가 많은 쪽이 유리하지만, 이 세계에서 그 방식은 맞아떨어지지 않는다. 오크 로드와 싸웠을 때가 좋은 예이며, 지휘자를 없앨 수 있는 상황만 만들어낸다면, 그 뒤에는 높은 전투 능력이 모든 것을 결정하는 법이니까.
게다가 이번에는 수로 따져도 밀리지 않는다.

소우에이가 조사한 클레이만의 동향 말인데, 회의가 길어질 것 같아서 먼저 보고를 받아두었다.

정확한 수는 현재도 조사 중. 그러나 이동 속도는 느리며, 지금은 아직 밀림의 영지에 있는 것 같다.

소우에이의 '분신체'가 이제 곧 돌아올 것이니, 그걸 기다렸다가 판단하면 된다.

그런 작전 회의는 나중에 하기로 하고, 먼저 파르무스 왕국의 공략 준비를 확인하기로 하자.

왕을 해방한 후에, 뮐러 후작과 헤르만 백작을 시켜 책임 추궁을 하게 한다.

그 반응을 보고 요움이 궐기할 예정이지만…….

"일단 전쟁에 관한 건 우리의 문제일세. 이번에는 믿고 맡겨줬으면 하네. 그러므로 요움을 신시대의 영웅왕으로 만들기 위해선 여러분도 협력을 해줬으면 좋겠네."

내 말에 손님들도 모두 고개를 끄덕여준다.

인간 사회의 일은 우리보다 그들에게 맡기는 쪽이 실수가 적을 것이다.

이 일은 무슨 일이 있어도 꼭 부탁하기로 하자.

"우선은 휴즈 군, 뮐러 후작과 헤르만 백작이란 자에게 비밀리에 연락해주길 부탁하겠네."

"네, 맡겨주십시오."

내 의뢰에 휴즈는 믿음직스럽게 고개를 끄덕여줬다.

세부적인 조정은 후일의 면담에서 논의하게 되겠지만, 결론에 해당하는 큰 흐름은 정해졌다.

우선은 요움 일행이 왕을 구출한 것으로 연출하게 되겠지만, 그들의 보호자 역할을 묄러 후작에게 맡길 예정이다. 그리고 그대로 요움의 후원자가 되도록 한다.

그때 포로인 세 사람을 해방하게 되겠지만…….

“그러고 보니 시온, 포로 세 명에 대한 취조는 순조롭게 진행되고 있나? 뭔가 유익한 정보는 뱉었고?”

아무래도 상관없는 일이라 잊어버리고 있었지만, 포로는 시온에게 맡겨두고만 있었다.

“훗훗후, 그야 물론이고말고요, 리무루 님!”

오오, 시온이 자신만만하다.

이건 위험한 예감이 든다.

같이 조사를 했을 요움과 뮬란을 바라보자, 어색한 표정으로 눈을 돌렸다.

나와 눈을 맞추려 하지 않고 보고를 시작하는 두 사람.

“——아아, 나리. 취조? 심문? 이라고 해야 할지 모르겠지만, 일단 정보는 말했습니다.”

“네에, 그래요……. 하지만 그건 취조는 아니었어요. 심문이라고 부르기도 우스운 것이었는데…….”

이미 그것만으로 충분하다. 그 이상은 말하지 말았으면 좋겠다.

틀림없이 시온은 도를 넘었을 것이다. 하지만 그걸 허락한 사람은 나다. 뭐라고 지적을 하는 것은 말이 안 되며, 지적할 생각도 없다.

게다가 시온의 폭주를 막으려고 해도, 나는 동굴 속에 틀어박혀 있느라 연락도 할 수 없었던 것 같고.

말하자면, 부재중이었던 내 책임이다. 그러므로 미처 몰랐던 것으로 치자.

미안하다, 파르무스 제군. 하지만 말이지, 먼저 손을 댄 너희가 잘못한 것이다.

살아남은 것만으로도 운이 좋았다고 생각해주길 바란다.

그런고로 산 채로 붙잡은 포로는 세 명.

시온의 심문——이 아니라 취조를 통해 많은 말을 한 모양이다.

"우선은 에드, 에드노욜, 에드……."

"——에드마리스 왕이겠죠?"

시온이 난감해하는 모습을 보고 슈나가 슬쩍 귓속말로 가르쳐 주고 있다. 역시 대단하다.

그에 비해 정말 괜찮은 건가, 시온 녀석? 국왕의 이름을 제대로 발음하지 못한 것 같았는데……. 뭐, 이상한 이름이긴 하니까 어쩔 수 없나.

"에드마리스 국왕에게 접촉한 상인이 있었다고 하는데, 그자가 우리나라의 옷감 류를 보여주면서 왕의 욕심을 자극했다고 하는군요. 게다가 앞으로 우리나라가 유통의 주류가 될 것이라는 점을 두려워하게 되면서, 이번 사건으로 이어진 것 같았습니다——."

시온의 설명은 계속됐으며, 그 말들은 내 예측을 넘어서진 않았다. 굳이 말하자면 그 상인이 의도적으로 에드마리스를 선동했다는 의심이 드는 정도라고 할까.

"그 상인의 정체는 알아냈나? 어용상인이었다거나?"

"거기까지는……. 죄송합니다."

시온이 갑자기 풀이 죽어버리는 바람에 나는 놀라서 달래준다.

갑자기 든 생각이었던 데다, 그렇게 중요하지도 않은 사실일 테니까.

"그건 됐어. 교회 관계자 쪽은?"

레이힘 대사제에게서 얻은 정보는 어떤지, 그걸 물어보기로 한다.

"네! 흑막이 밝혀졌습니다. 그 이름은———."

뜸을 길게 들이는군. 혹시 잊어버렸나……?

"——원흉은 니콜라우스 슈펠터 추기경입니다."

시온의 도움을 청하는 시선을 받으면서, 뮬란이 대신 말했다.

시온, 정보를 이끌어내는 것까지는 좋았지만, 그 뒤가 완전히 엉망이로구나. 고유명사를 기억하는 것이 아무래도 힘든 모양이니, 앞으로 이런 역할을 시온에게 맡기는 것은 자제하기로 하자.

이번에는 뮬란이 있어서 다행이었다. 요움도 그다지 도움이 안 되니, 정말 훌륭한 어시스트라 하겠다.

신에 대한 명확한 적대국으로서 토벌할 예정이다——라고 니콜라우스라는 인간이 말했다고 한다.

예정. 어디까지나 예정이다.

"과연. 레이힘 대사제는 신의 적을 토벌했다는 영예를 통해 중앙으로부터 높은 평가를 얻으려고 한 것이로군요."

휴즈가 납득했다는 듯이 중얼거렸지만, 다들 같은 의견인 것 같다.

"어떻든지 간에 아직 시도해볼 가치는 있겠군. 서방성교회는 결정적인 판단을 내리기 전이었어. 그렇다면, 교섭에 따라선 적대를 피하는 길이 있을지도 모르지."

"그럼 교섭은 제가 맡겠습니다."

휴즈가 자청하고 나섰다

휴즈의 계책은 평의회를 끌어들이는 것이다.

템페스트(마국연방)를 정식 국가로 인정해야 한다는 성명을 발표하면서, 서방성교회를 흔들어보겠다고 한다.

평의회에서 선전함으로써, 새로운 교역로의 중계지로 템페스트가 각광을 받는다.

도시의 주민들이 마물이라는 점은 문제지만, 친근감을 가지고 있으며 대화도 가능하다. 오히려 사이좋게 지낼 수 있다는 것은 틀림없다.

그건 이미 증명된 사실이다.

그보다도 지금은 더 놀라울 정도로 진화한 상태다. 말하고 보니 드워프와 엘프족 같은, 인간에 가까운 아인종이라는 취급을 해주는 분위기가 정착되도록 하는 것이 휴즈가 노리는 바였다.

휴즈의 계책을 돕기 위해 가젤 왕도 나선다.

우리나라와의 교역을 활발하게 만들어서, 더욱 대대적으로 템페스트를 선전해주겠다고 한다.

이것은 마물은 적이라고 생각하는 서방성교회의 교의에 비춰보면 받아들이기 어려운 이야기일 것이다. 하지만 무장 국가 드워르곤과 블루문드 왕국은 이미 템페스트와 국교를 맺고 있다.

서방성교회의 권한으로도 이것을 취소시키는 일은 불가능하다. 게다가 이만큼 당당하게 인간들의 국가와 관계를 유지하고 있으면, 다른 나라도 틀림없이 흥미를 보여줄 것이다.

그리고 이 자리에서 마도 왕조 살리온이 정식으로 템페스트와의 국교 수립을 선언한다.

이로 인해 단번에 승부를 뒤집는 분위기가 만들어질 것이다.

"이런 이야기를 제가 하는 것도 좀 그렇지만, 템페스트와 국교를 맺고 있는 건 양날의 검입니다. 신중히 행동해서 자신을 베지 않도록 조심해야 한다고 봅니다."

그렇게 말한 것은 역시 휴즈다. 확실히 그의 말대로 블루문드 왕국이 가장 난처한 입장에 있는 것이다.

무장 국가 드워르곤과 마도 왕조 살리온, 이 두 나라는 서방성 교회의 영향을 받지 않는다. 게다가 한 나라만으로 서방 열국 전체와 맞붙을 수 있을 정도의 국력이 있다. 그에 비해 블루문드 왕국은 약소국이며, 다른 나라의 압력의 영향을 가감 없이 받게 되기 때문이다.

――하지만 그건 지금까지의 이야기.

"후훗. 휴즈라고 했던가. 안심하도록 하게. 템페스트를 통해 우리 드워프와의 유통도 가능해질 테니까. 귀국의 입장은 강고해질 것이며, 평의회에서 우습게 보일 일은 없을 것이네."

가젤의 말이 맞다고 생각한다.

무장 국가 드워르곤과 마도 왕조 살리온이라는, 서로 다른 문화와 기술을 가진 대국이 템페스트를 통해 교류를 한다. 그 말은 곧, 이 도시가 엄청난 기세로 발전할 것은 틀림없다는 이야기다.

그때 꽃을 피울 새로운 문화.

그리고 기술. 살리온이 자랑하는 마도 과학과 드워프가 길러낸 정령 공학이라는 다른 계통의 기술 체계가 이 자리에서 연결되는 것이다. ――그것은 꿈만 같은 산업혁명조차 일으킬 수 있다.

그것을 가장 빨리 도입할 수 있는 것이 블루문드가 된다.

손익을 감정해봐도 그것이 만들어낼 이익은 막대할 것이다.

요움이 새로 만들어낼 파르무스 왕국은 농업 국가로서 다시 태어날 것이다. 그건 이 지방 일대의 위장을 채워주면서, 새로운 식문화도 싹틔워 줄 것이 분명하다.

특산물을 경합하지 않도록, 부의 분배를 적당히 해줄 필요가 있지만—— 그건 내가 몰래 어떻게든 해결할 생각이었다.

얼티밋 스킬 '라파엘'의 연산 능력은 양자 컴퓨터를 가볍게 능가한다. '지구 시뮬레이터'보다도 정확하게 경제 효과를 산출해주는 것쯤은 식은 죽 먹기인 것이다.

뒤에서 세계를 좌지우지하는 것 같아서 왠지 흑막이 된 기분이지만, 나는 마왕이기 때문에 문제가 없다.

휴즈가 걱정하는 바도 잘 안다.

블루문드 왕국은 너무 작은 나라라서, 강대국에 착취만 당하는 게 아닌가 하고 불안할 것이다.

약소국의 권리도 인정하고 있었던 평의회에서 탈퇴하겠다는 결단이 어려운 것도 그런 이유 때문이다.

그 점을 불안하게 생각하는 것은 당연하다.

실은 평의회와 계속 관계를 유지하는 쪽이 단기적으로 보면 이득일지도 모른다. 블루문드 왕국의 정보력을 총동원한다면, 서방성교회를 움직여서 우리와의 전면전쟁을 일으키는 일도 가능했을 것이다.

나를 처음 만났을 때 그들이 그런 선택을 했다면, 어쩌면 나는 이미 토벌당했을지도 모른다.

하지만 블루문드 왕국의 사람들은 그런 선택하지 않았다.
나를 믿고 같이 걸어가는 길을 택해준 것이다.

결과라는 것은 스스로가 선택한 행동의 성과이다.

블루문드 왕국은 이미 나를 선택했다. 그러므로 내가 힌트를 주는 것도 잘못된 일이 아니라고 생각한다.

——공존공영이야말로 내 이상이니까.

"휴즈, 돌아가면 블루문드 왕에게 전해주면 좋겠네. 부탁하고 싶은 일이 있다고 말이야."

"부탁하고 싶은 일? 또 귀찮은 일입니까?"

"자네, 그 말은 실례되는 발언일세. 자세하게 말하면 길어질 테고, 이해하기도 어려워질 테니까 나중에 들러서 설명하도록 하겠네."

"나리의 말씀도 크게 보자면 실례가 됩니다!! 그렇게 말하면 마치 제 머리가 나쁜 것처럼 들리지 않습니까!"

"아니, 아니, 그런 뜻은 아니지만 말이네. 그럼 묻겠는데, 휴즈는 경제에 관해서 해박한가?"

"윽……. 알겠습니다. 폐하께 전하여 면회 예약을 잡아두도록 하겠습니다."

좋아, 나는 그렇게 말하며 고개를 끄덕인 뒤에 이 이야기를 끝낸다.

블루문드 왕국의 역할은 각종 상품의 거래 수량을 산출해내는 것이다. 각국의 수출 품목과 수입 품목을 조사하여 필요한 물건을 필요한 장소에 운송하도록 만든다. 말하자면 이 세계 최초의 종합상사 같은 나라가 되도록 만드는 것이다.

이게 실현되면 소국은 소국이 아니게 된다. 엄청난 영향력을 지닌, 초국가 기업이라는 개념이 탄생할 것이다.

블루문드 왕국의 입지를 고려해보고, 장래에는 유통의 중심지가 되어주기를 바라고 있다.

하지만 그것도 모든 작전이 무사히 종료된 뒤의 이야기이다.

우리는 클레이만을 쓰러뜨릴 것이다.

요움은 새로운 국가를 부흥시킨다.

휴즈를 포함하여, 블루문드 왕국은 그 정보 조작 능력을 구사하여 평의회와 서방성교회를 견제한다. 적어도 우리의 승리가 확정될 때까지는.

우리에게 있어 걸리는 것은 서방성교회다.

아마 곧바로 움직이지는 않을 거라 생각하지만, 견제는 필요하다.

마물의 나라를 인정하지 않는 서방성교회, 그리고 신성교황국 루벨리오스.

가능한 한 충돌을 뒤로 미뤄두고, 우리의 유용성과 협조성을 증명하는 것이다.

만일의 경우 전쟁이 일어나게 되어도, 가능한 한 원만하게 일을 끝내고 싶다고 생각하지만…… 히나타의 반응을 보면 그건 어려운 일일지도 모르겠군.

모든 문제가 간단히 해결되는 일은 없다.

모든 것은 앞으로의 자신들의 행동에 따라 달라지는 것이다.

*

그럼 그 세 명을—— 응?

에드마리스 왕, 레이힘 대사제, 나머지 한 사람은 누구지?

생각났다! 내 공격에서 살아남은 녀석이다.

그런 녀석을 해방시켜도 괜찮을까?

"시온, 포로는 세 명이었지? 내 공격을 받고도 살아남은 만큼 꽤나 다루기 힘들지 않았나?"

"네? 아, 네. 그 심하게 벌벌 떨고 있던 남자 말이군요."

벌벌 떨었다고? 살아남기만 했을 뿐, 대단하지는 않았다는 건가.

"호오, 살아남은 최후의 사내라. 추측건대, 기사단장 폴겐 정도가 아니려나?"

가젤이 알고 있다는 말은 나름대로 실력자라는 말인가. 으음, 그렇다면 해방시키는 것은 위험하겠는데?

나는 디아블로 쪽으로 돌아보면서 묻는다.

"어떤 느낌의 녀석이었나? 꽤나 강했을 텐데? 그대로 놓아줘도 괜찮을 것 같나?"

그러자 디아블로는 미소를 유지하면서 대답했다.

"아닙니다, 리무루 님. 아무런 문제도 되지 않을 것 같은 소인배였습니다. 하지만, 인간치고는 그럭저럭 마법을 다룰 줄 아는 것 같았습니다."

마법사란 말인가? 그렇다면 폴겐이라고 하는 기사단장은 아닌 것 같다.

"시온, 이름은 알아냈나?"

그런 내 질문에 시온이 당당하게 대답한다.

"네! 라멘입니다!"

라멘…… 라면이라. 그러고 보니 벌써 몇 년이나 라면을 먹지 못했군.

일하느라 밤을 새웠을 때 먹었던 컵라면은 정말 맛있었지.

그립다. 다음에 재현해보기로 할까.

그렇게 전생하기 전의 기억에 잠겨 있으려니…….

"라멘? 그런 인물이 파르무스에 있었나?"

"기억에 없군. 게다가 마법? 마법이라고?! 마법이라고 하면 파르무스에는 아직 마인 라젠이 있었지요……."

"영웅 라젠 말인가. 잊을 수 없는 사내이지."

휴즈, 에라루도, 가젤, 이 세 명이 그런 말을 하기 시작했다.

게다가.

"영웅 라젠. 들은 기억이 있습니다. 수왕국에까지 전해지는 그 이름, 대국 파르무스의 수호자로서 지혜의 마인으로 불리는 남자이죠."

"나도 알고 있어. 인간이면서 위저드 급 이상의 마법에 통달한 남자. 한번 싸워보고 싶다고 생각했었지!"

"뭐, 근접 전투라면 우리가 이기겠지만, 방심할 수 없는 인간이라는 건 틀림없겠지."

놀랍게도 삼수사들도 다 알고 있었다.

그런 녀석이 파르무스 왕국에 남아 있다니…….

라멘이라는 남자는 어찌 됐든 상관없지만, 라젠이라는 자는 경계할 필요가 있을 것 같다.

"시온, 그자의 이름은 라멘이 틀림없겠지?"

"네, 저기, 아마도……. 하지만, 젊은이였습니다! 이 도시를 습격했던 자들 중 한 명이었으니, 여러분이 말하는 그런 마법사는 아닙니다!"

전반부는 수상쩍지만, 후반부는 확실하게 단언하는군.

어, 그렇지만 이상하지 않나?

디아블로는 마법사라고 했는데…….

신경이 쓰였던 나는 시온과 디아블로 외의 다른 사람들로부터도 이야기를 들어봤다.

붙잡은 남자는 이 도시를 습격했던 젊은 남자, '이세계인'이 틀림없다. 그건 모두의 증언을 들어봐도 확실했다.

"디아블로, 리무루 님에게 칭찬을 들으려고 대충 이야기를 지어낸 것 아닙니까?"

시온이 몰아세운다.

"어처구니가 없군요. 그 정도밖에 안 되는 자를 쓰러뜨린 것만으로, 그렇게까지 기대를 하는 것은 어리석은 생각입니다. 저는 단지 주어진 임무를 다하여 명령에 따랐다는 것을 인정해주시길 바랐을 뿐입니다."

그렇겠지. 디아블로는 날 모시고 싶다는 말은 했지만, 상대가 대단했다는 말은 한 마디도 하지 않았다. 오히려, 완전히 깔보기까지 하고 있었다.

그렇다면…….

"——그러고 보니 그 '이세계인' 말입니다만, 저와 게루도가 거의 다 몰아붙였을 때 상당한 실력을 갖춘 마법사에게 방해를 받았습니다. 분명 그자는 라젠이라고 불렸었지요. 핵격마법(核擊魔法)을 언제든지 쓸 수 있도록 준비하고 있었기에, 우리 피해가 클 것 같아서 그만 놓아주었습니다——."

하쿠로우가 생각이 났다는 듯이 보고했다.

라멘이 아니라 라젠?

경계해야겠다고 생각했던 라젠이란 자도 이번 전쟁에 참가하고 있었단 말인가.

《알림. 정신계 마법의 비의를 이용하면 육체를 갈아탈 수가 있습니다.》

아, 그거구나.

"그렇다면 그 라젠이란 마법사가 젊은 남자의 육체에 빙의하고 있는 거 아닌가?"

"네?!"

내 지적에 시온이 당황하기 시작했다.

포로의 이름에는 자신이 없는 것 같았으니, 이 예상이 아마도 틀림없는 것이리라.

"쿠후후후후. 이름이라면 곧 판명되겠지요."

디아블로가 시온에게 추가타를 가했고, 시온은 눈에 눈물을 글썽였다.

결과를 말하자면, 그 남자는 라젠이 맞았다.

라멘 어쩌고 하는 남자는 존재하지 않았다. 알겠지?

그렇게 된 것이니, 이 이상 시온을 괴롭히는 것은 자제하기로 하자.

어쩔 수 없는 일이다. 왜냐하면 시온이니까. 기본적으로 머리를 쓰는 일을 시온에게 맡긴 것이 실수였다.

그리고――,

"――그건 그렇고 그 라젠을 한 방에 물리쳤다고?!"

"믿을 수가 없군. 파르무스 왕국을 몇백 년에 걸쳐서 계속 지켜온 영웅인데……."

"위저드로서의 실력도 나와 비슷하거나 그 이상인 몇 안 되는 인간인데――."

그렇게들 말하면서 절규하는 일동.

모두의 놀라움은 디아블로에게 집중된다.

생각해보면 이 디아블로도 정체가 수수께끼란 말이지.

왜 날 따르고 싶어 하는 걸까? 무료로 봉사해도 좋다고 하니, 나로서는 거절할 이유가 없지만.

모두가 경계하는 남자를 별 문제도 될 것 없는 소인배라고 단언하는 것을 보면 이 녀석의 실력은 진짜이리라. 그것도 내가 이름을 지어주기 전의 이야기였으니 말이다…….

지금은 시온을 상대로 어른스럽지 못하게 뽐을 내고 있지만……. 먼저 싸움을 건 것이 자신이기 때문인지, 시온은 분한 표정으로 이를 갈고 있고.

뭐, 상관없나. 시온이 멋대로 디아블로를 라이벌로 보지만 않으면, 아무런 문제도 일어나지 않을 것이다. 아쉬운 비서와 유능한 집사라는 관계가 질투의 온상이 되어 있는 것이겠지.

좋아, 결정했다!

"요움, 포로 세 명을 데리고 계획대로 행동을 시작하는 김에 디아블로도 데리고 가라."

내가 그렇게 말하자, 이번에는 디아블로가 당황한 표정으로 나를 바라봤다.

시온이 빙그레 웃고 있는 것이 보였지만, 딱히 시온을 위해서 내린 명령은 아니다.

이래 봬도 생각 끝에 내린 판단인 것이다.

우리는 클레이만을 상대로 전쟁을 일으킬 것이다.

이 도시를 지키는 일은 베루도라에게 맡긴다고 치고, 요움 쪽의 지원으로 누구를 붙일지 고민하고 있었던 것이다.

나름대로 머리가 좋고, 무슨 일이 있어도 대처할 수 있을 정도로 강하면서, 재빠르게 이동이 가능한 자.

가장 적합한 것은 소우에이였지만, 그는 전장에서 활약해야 한다.

베니마루는 총대장.

시온은 아예 논외.

하쿠로우는 '그림자 이동'이나 '공간전이'를 할 수 없으므로, 이동에 시간이 걸리고 만다.

게루도나 가비루는 그 외모 때문에 인간 사회에선 너무 눈에 띈다. 게다가 성격 면을 생각하자면 책략에는 어울리지 않을 것이고 말이다.

그런 점에서 디아블로라면 모든 조건을 만족시키고 있는 것이다.

파르무스 왕국을 공략할 때 힘을 빌리겠다고 말해두었으니, 디아블로도 이견은 없으리라.

게다가 라젠이라는 다루기에 버거워 보이는 남자를 감시하는 일도 디아블로라면 문제가 없을 것 같고.

"부탁하마, 디아블로!"

"오오, 잘 알겠습니다, 리무루 님!"

내가 부탁하자, 디아블로는 기쁜 표정으로 미소 지었다.

뭔가 아닌 것 같지만, 받아들여줬으니 문제될 것은 없다.

지금의 디아블로라면 베루도라와 나 다음으로 강할 테니, 무슨 일이 있어도 즉시 대응해줄 것이다.

"몇 년이 걸릴지도 모르지만, 느긋하게 마음을 먹어라. 무슨 일이 생기면 '사념전달'로 알려다오."

"문제없습니다. 그렇게 긴 시간을 주실 필요도 없도록 바로 해치워 보이겠습니다."

한 나라를 멸망시키는 일인데, 정말 대단한 자신감이다. 그렇기 때문에 더욱더 안심하고 맡길 수 있는 것이다.

이것으로 아무런 걱정도 하지 않고, 우리는 마왕 클레이만과의 전면전쟁에 온 힘을 집중할 수 있게 되었다.

이렇게 준비 과정의 확인도 끝내면서, 각국 수뇌들과의 회의는 일단 종료하게 되었다.

마지막으로 남은 것이 없는지를 확인하려 했을 때 손을 든 자가 있었다.

에라루도다. 뭔가 말하고 싶은 것이 있는 표정으로 나를 보고 있다.

"뭐요?"

그렇게 묻자 에라루도가 기다렸다는 듯이 이야기를 시작했다.

"우리나라, 마도 왕조 살리온과 이곳 템페스트(마국연방) 사이에는 이동에 상당히 방해가 되는 숲과 산들이 있습니다. 이곳을 직선으로 연결하면 상당히 거리를 단축시킬 수가 있을 겁니다. 도로가 생긴다면 오가기도 쉬워지지 않을까 생각합니다만――."

그렇게 말하면서 슬쩍 나를 바라보는 에라루도.

아하―, 하고 싶은 말이 뭔지 알겠다.

마도 왕조 살리온과도 국교를 맺게 되었으니, 그렇다면 직통할 수 있는 도로를 정비하는 게 좋다. 그건 당연히 해야 할 일이다.

우회하여 입하되던 물건들이 직통으로 들어올 수 있게 되면 메리트도 있기 때문에, 내 계획에도 처음부터 포함되어 있었다.

하지만 그렇게 되면, 나무들의 벌채와 터널의 개통 같은 토목 작업과 노면의 포장 작업 같은 것이 발생하게 되므로, 그런 공사를 하려면 막대한 국가 예산이 필요하게 되는 것이다.

강대국이라고 해도 그런 예산이 쉽게 나올 리가 없다.

에라루도는 공작의 입장으로 열심히 계산한 끝에, 우리에게 그 일을 떠넘기고 싶은 모양이다.

"에라루도여, 그건 너무 이기적인 얘기로군. 리무루라고 해서 그런 중대한 일을 가볍게 받아들일 수는 없을 걸세."

가젤이 그렇게 말했다.

하지만 잠깐만 기다려봐. 드워프 왕국까지 가는 도로 정비는 전부 우리가 했다고 생각하는데?!

"농담도 적당히 하시지, 가젤! 리무루 님이 말하시는 거라면 또 모를까, 너한테서만은 그런 말을 듣고 싶지 않으니까!!"

아, 이건 에라루도도 알고 있구나.

가젤의 경우에 우리가 그것을 받아들였던 이상, 이쪽을 거절하는 건 문제가 되려나?

솔직한 감상을 말하자면 맡긴다고 해도 상관은 없다. 우리를 인정해주는 것만 생각해봐도 도로 정비 정도는 싼 대가다.

하지만 여기서 순순히 받아들였다간, 앞으로 교류를 하게 될 국가들에 만만하게 보일 염려가 있었다. 블루문드 왕국에서 손안에 놀아나고 만 것처럼 인간이란 존재는 참으로 교활한 생물인 것이다.

그러므로 여기서는 제대로 확실하게 못을 박아두도록 하자.

"에라루도 공이 말하고 싶은 바는 잘 알았소. 도로 건은 우리가 맡아도 좋소. 단——."

"단?"

침을 꿀꺽 삼키면서 에라루도가 날 본다.

그렇게 긴장하지 않아도 대단한 요구는 하지 않을 거야.

"단, 도로 위의 경비 및 숙박 시설의 운영도 우리에게 맡겨주길 바라오. 당연하겠지만, 그에 드는 비용을 감안한 통행세도 약간이지만 받을 거요."

그렇게 선언한다.

쉽게 말해서 고속도로 요금 같은 것이다. 어느 정도의 구간마다 경비용의 파출소를 설치할 생각이므로, 거기서 일정한 요금을 지불하도록 한다. 그건 영구적으로 우리의 수입이 될 것이다. 단기적으로는 손해로 보인다 해도, 장기적으로는 이익을 낳으리라. 소위, 이권이라는 것이다.

그런 만큼, 우리가 도로의 정비를 맡는다면 득이 있다고 생각하지만 말이다.

"——과연, 역시 대단하십니다. 그건 당연한 요구이겠지요. 단, 그 통행세에 관해선 몇 년마다 한 번씩 교섭권은 인정해주시길 바랍니다."

호오? 에라루도도 제법이군. 내 의도는 에라루도의 머릿속에도 영향을 주면서 즉시 빛을 발했던 모양이다.

뭐, 이런 이야기는 서로의 합의가 있어야만 비로소 성립되는 것이다. 너무 비싸도 의미가 없다. 그 제안은 받아들인다.

"오케이, 그렇게 하지!"

"그렇게 가볍게……?!"

옆에서 휴즈가 놀라고 있지만, 그건 신경 쓰지 않는다.

외교에서는 결단력이 모든 것보다 우선시되는 것이다.

"게루도! 다음 할 일의 예정이 생겼다!"

"알겠습니다! 감사한 말씀입니다. 각 공정마다 작업에선 연계를, 자재 반입에선 병참을, 흙을 다루는 스킬에 각성한 자들도 있으니 리무루 님이 주시는 일거리는 저희의 존재 이유. 저희가 군사훈련을 할 수 있는 최고의 자리가 됩니다!"

뭐?! 아, 그렇구나…….

그런 식으로 생각하면서 작업을 하고 있었단 말이군.

상식파라고 생각했는데 게루도도 무투파였나. 너무 의외라서 한순간 말이 나오지 않았다.

"으, 응. 그렇다면 빨리 전쟁을 끝내고 일을 시작하도록 해야겠지."

"네. 매일 훈련으로 쌓은 성과를 부디 지켜봐 주십시오!"

게루도는 의욕이 대단했다.

클레이만과의 싸움에선 아마도 큰 활약을 보여줄 것이다.

그 외에 의견이 있는 자는 없었다.

이런저런 과정을 거치면서 회의는 드디어 끝이 났다.

각자 다른 나라가, 각자 다른 생각을 품고 이 회의에 참가하여, 인간과 마물이 공존하는 세계를 목표로 하여 의견을 내놓으며 다투었다.

이 돌발적인 회의——후세의 호칭으로는 인마회의——는 역사의 전환점이라고도 부를 수 있는 중요한 의미를 지니게 된다.

——우리는 또 이상을 향하여 큰 한 걸음을 내딛은 것이다.

*

각국 수뇌들과의 회의도 끝나면서, 겨우 클레이만과의 전쟁에 대한 작전 회의를 시작할 수 있게 됐다.

소우에이의 보고를 다 같이 들어야겠다는 생각을 하고, 그걸 준비하도록 지시하다가, 뭔가를 잊어버린 것 같은…… 그런 생각이 든 순간, 떠올렸다.

라미리스다.
그 소란스럽게 굴던 요정은 대체 무슨 말을 하고 싶었던 걸까.
아니, 그 전에 아직 기절한 상태인 거 아닌가?
그런 걱정이 들면서 베루도라가 있는 곳까지 가보니…….
이게 무슨 일이람.
그곳에는 열심히 만화를 읽는 라미리스의 모습이!!
슬슬 상대를 해주지 않으면 울지도 모르겠다고 생각했었는데, 그런 걱정은 필요가 없었던 것 같다.
"――이봐. 거기, 너, 뭘 하고 있는 거야?"
할 수 없어서 물어보니,
"잠깐만 조용히 해봐. 지금 한창 재미있는 부분이니까, 나중에 얘기해."
라미리스는 돌아보지도 않고, 그렇게 말하면서 넘어갔다.
뭘 하러 온 거야, 이 녀석?
완전히 만화에 집중하고 있는 것 같은데, 중요한 용건이 있었던 거 아냐?!
기절한 상태에서 깨어나 소란을 피우려고 하다가, 문득 긴 의자에 흩어진 채 놓여 있는 만화책에 눈이 갔다, 그런 말인가. 그리고 그대로 만화책에 흥미를 보였고, 회의가 끝난 것도 모른 채 열심히 탐독하고 있었던 모양이다.
베루도라와도 의기투합했는지, 조금 전 기절한 것이 마치 거짓말인 듯 사이좋게 베레타의 시중을 받고 있질 않나.
정말이지, 어이가 없다.

그 베레타 쪽을 바라보니…….

"이번에 마왕으로 진화하신 것을 축하드립니다. 저도 그랜드 마스터이신 리무루 님의 진화 덕분에 힘을 나눠 받게 된 것에 대해 감사를 드려야겠다고 생각하고 있었습니다. 덕분에 '아크 돌(마장인형, 魔將人形)'에서 진화하여 '카오스 돌(성마인형, 聖魔人形)'에 이르게 되었습니다."

그렇게 말하면서, 나를 향해 공손히 인사를 했다.

카오스 돌이 된 베레타는 성(聖)과 마(魔)라는 상반된 속성을 갖추게 된 모양이다.

보아하니 그것은 자신이 획득한 유니크 스킬 '반대로 뒤집는 자(아마노쟈쿠, 天邪鬼)'의 영향 덕분인 것 같다.

이 스킬은 정반대의 성질을 자동으로 획득하는 것이다. 즉, 베레타의 경우에는 데몬(악마족)의 특질이 반전하여 엔젤(천사족)의 힘도 갖추게 된 것이라 하겠다.

베레타의 몸 안에 새로운 '정령핵'이 생겨나면서 종래의 '악마핵'과 융합했다. 그 결과 생성된 것이 '성마핵'인 모양이다. 이 성마핵의 힘에 의해 베레타는 약점이었던 성 속성 마법까지도 다룰 수 있게 되었다고 한다.

그게 뭐야, 치사하잖아, 라고 생각한 것은 나만은 아닐 것이다.

그 강인한 마강으로 만든 육체에는 거의 모든 물리적 공격과 마법이 통하지 않는다. 그런 데다 약점까지 보강하게 되었으니, 더할 나위 없는 강화라고 할 수 있을 듯하다.

이 유니크 스킬 '아마노쟈쿠'의 발현도 나와 연관이 있었던 모양이다.

아마도 베레타에게 내 초조함이 강하게 전달된 것이다.

내가 '홀리 필드(성정화결계)'에 붙잡혔을 때, 마력요소를 봉인당하면서 아무것도 할 수 없다고 느꼈던 것이 이 힘의 발현에 영향을 주었다고 생각한다.

동력을 마력요소에 의존하는 '아크 돌'이라면 그럴 때는 움직이지도 못할 것이라는 생각이 들었다. 그에 대비해 이번 진화에서 그 대책을 세운 셈이 되는 것이다.

유니크 스킬인 '아마노쟈쿠'도 그렇고, '성마핵'도 그렇고, 엄청난 연구 소재라는 점에서 흥미가 생긴다.

《알림. 유니크 스킬 '아마노쟈쿠'는 얼티밋 스킬 '우리엘'에 통합이 완료되어 있습니다. 그 힘은 모든 속성의 '법칙조작'으로 재현할 수 있습니다. 또한 '성마핵'을 생성하려면 특정한 조건과 재료를 준비할 필요가——.》

뭐라고?!

또 아무렇지 않은 듯이 보고하지만, 라파엘은 정말 유능하구나.

그런가, '먹이사슬'인가!

얼티밋 스킬 '벨제뷔트(폭식지왕, 暴食之王)'의 '먹이사슬'이 있으니, 나는 동료들의 스킬의 원형을 입수할 수 있었다.

베레타도 제대로 포함되어 있었던 모양이다.

그리고 베레타와 조금 더 대화를 나누었다.

베레타도 즐겁게 지내고 있었으니 불만은 없다고 한다.

미궁 안에서 여러 가지 실험을 하고 있었던 듯하다. 그리고 이번 사건으로 진화하게 되면서, 내게 어떤 이변이 생긴 것을 알아차렸다고 한다.

"뭐, 어쨌든 잘 지내는 것 같아서 다행이군. 이번 건이 끝나면 많은 얘기를 나누도록 하지."

"네, 고마운 말씀입니다. 큰 기대거리가 생겨났습니다."

"음. 라미리스의 말도 잘 들어주고 있는 것 같아서 다행이야. 뭐, 무모한 명령은 빼고 잘 들어주도록 하게."

"맡겨주십시오. 기대에 부응해 보이겠습니다!!"

"음, 잘해주게. 그건 그렇고, 너희들은 대체 뭘 하러 온 거야?"

질리지도 않고 만화책을 읽는 라미리스 쪽으로 시선을 돌리면서, 나는 베레타에게 물어봤다.

"그, 그건……."

베레타도 목적을 떠올렸는지, 당황하면서 라미리스에게 다가가 설득을 시작했다.

"라미리스 님, 이러고 계실 때가 아닙니다. 빨리 리무루 님께 그 일을 전하시지 않으면——."

"시끄러워! 나는 지금 엄청 바쁘다고!"

"여기 온 목적을 떠올려 주십시오."

"그. 러, 니, 까! 나는 말이지, 지금 운명의 만남을 겪은 거라고! 이 만화라는 훌륭한 책 속에서 이 여주인공 소녀가 대체 누구를 선택할지——."

역설하는 라미리스.

베레타는 정말로 고생이 많은 것 같군.

이대로 놔두면 베레타도 불쌍하니 어쩔 수 없지.

대충 뭘 읽고 있는지 아는 나는 한숨을 쉬면서 협박을 하기로 했다. 그렇게라도 하지 않으면, 정말 끝까지 다 읽기를 기다려야 할 것 같았던 것이다.

——참고로 그 작품은 40권 이상이나 되는 대장편이므로, 부처처럼 자상하고 참을성이 많기로 소문이 난 나라고 해도 참아주기 힘든 상황이었다.

"이봐, 라미리스. 그 여주인공이 누구랑 이어지는지 내가 먼저 말하게 하고 싶지 않으면, 빨리 여기 온 목적을 말해!"

그런 내 협박은 예상 이상으로 효과가 뛰어났다.

"네!"

하고 손을 들면서 펄쩍 뛰더니, 서둘러서 여기 온 목적을 떠올린 모양이다.

어지간히 느긋한 모습인 데다, 보나 마나 별것 아닌 소식일 게 뻔한데, 괜히 거창하게 소란을 부리는 것뿐이겠지.

돌아갈 준비를 마치고 잡담을 나누던 각국의 손님들도, 라미리스의 존재를 이제야 떠올렸는지 동작을 멈추고 있다. 일단은 이야기를 들어본 뒤에 돌아갈 생각인 것 같다.

그 모습을 보고 만족했는지, 있지도 않은 가슴을 드러내고 팔짱을 끼면서, 호들갑스러운 몸짓으로 고개를 끄덕이는 라미리스.

그리고——,

"한 번 더 말할게! 이 나라는, 멸망할 거야!!"

라고 지껄였다.

"뭐, 뭐라고———?!"

국어책을 읽듯이 그렇게 맞장구를 쳐준다.

그러자 라미리스는 신이 났는지, 은혜를 베푸는 양 계속 말한다.
"흐흥! 뭐, 나도 실은 그런 건 바라지 않거든. 그래서 일부러 알려주러 와준 거야. 감사하게 생각하라고!"
일일이 상대했다간 길어질 것 같으니, 대충 듣고 넘기자.
"그래서, 왜 멸망하게 되는 건데?"
"그러네, 그걸 전하기 전에──."
라미리스는 거기서 일단 말을 끊더니, 진지한 표정을 지었다. 각국의 요인을 둘러보고 잠깐 생각을 하다가, 고개를 한 번 끄덕이고는 말을 계속한다.
"뭐, 인간들에게도 관계가 없는 건 아니려나. 좋아, 같이 듣도록 해. 마왕 클레이만의 제안으로 말이지, 발푸르기스(마왕들의 연회)가 발동됐어!"
"발푸르기스?"
"응, 그래. 발푸르기스. 모든 마왕들이 모이는 특별한 모임이야."
뭐야, 발동이라고 하는 바람에 대마법의 일종인 줄 알았네. 우리가 공격할 생각이었는데, 선제공격을 당하는 줄 알고 놀랐잖아.
라미리스에게 자세하게 물어보니, 발푸르기스라는 것은 마왕들이 전부 모이는 것을 의미하는 모양이다.
이걸 발동하려면 세 명 이상의 마왕에 의한 승인이 필요하며, 발동되면 상당한 강제력을 지닌다고 한다. 불참은 허용되지 않으며, 제멋대로 굴기만 하는 마왕들을 구속할 수 있는, 몇 안 되는 마왕들 간의 협정이라고 말했다.
애초에 그중에는 본인이 아니라, 그 전권을 위임하는 자들을 대신 파견하는 칠칠치 못한 녀석도 있다고 하지만.

"——그러고 보니 자료에도 있었지요. 마왕이 모이면서 대전(大戰)이 일어났다고. 그리고 그날을, 서방성교회가 발푸르기스라고 이름 붙였다고 하더군요."

에라루도가 말하기로는 1,000년 전의 문헌에 기록이 남아 있다고 한다. 그 시대의 대전은 격렬했으며, 커다란 피해와 재앙이 사방에서 일어났다고.

서방성교회가 이름 붙인 발푸르기스라는 이름은 '세상에 혼란과 파괴를 가져오는 마왕들의 연회'라는 인식으로 알려지게 되었다고 한다.

대전이라는 말은 몇 번인가 일어났다고 하는 세계대전을 가리키는 것이겠지.

마왕이 모이면서 대전이 일어났다는 말은 역시 그런 뜻일까? 그게 아니면 대전을 대비해서 서로 협력하자는 이야기였던 것일까?

"그 말은 즉, 마왕이 대전을 일으키고 있다는 뜻이야?"

"아니야! 나도 시간이 남아도는 것도 아니고, 전쟁 같은 귀찮은 짓을 누가 하고 싶겠어?"

내 의문은 라미리스에 의해 단칼에 부정당했다.

라미리스는 아무리 봐도 시간이 남아도는 것으로 보이는데…… 아니, 그건 넘어가자.

생각해보니 이 녀석도 마왕 중의 한 명이었지. 그것도 꽤나 오래 살았다고 하니, 1,000년 전의 회의에 참가했어도 이상할 게 없나.

그리고 에라루도가 라미리스의 말에 고개를 끄덕이면서 말한다.

"마왕 라미리스의 말에 거짓은 없는 것 같습니다. 대전, 정식 명칭으로는 '천마대전(天魔大戰)'이라고 하며, 각 세력이 패권을 다투는 전쟁입니다. 그렇다고는 하나――."

에라루도의 설명에 의하면, 대전은 500년을 주기로 발생한다고 한다.

거기에는 이유가 있으며, 하늘의 군대가 지상을 공격하기 때문인 모양이다.

하늘의 군대―― 즉, 엔젤(천사족).

마물의 천적인 것으로 보이는 엔젤이지만, 그 공격 목표는 놀랍게도 무차별.

그렇다기보다, 무슨 이유인지 발전한 도시를 눈엣가시로 여기는 모양이다. 의미 불명이지만 그렇다고 한다.

"우리가 땅속에서 나오지 않는 것도 그게 이유다."

이건 가젤이 한 말이다.

빠른 속도로 발전하고 있는 드워프는 아마도 눈에 띌 테니까, 그 판단은 정확하다고 하겠다.

마도 왕조 살리온도 비슷한 상황으로, 거대한 신수(神樹)의 구멍 안에 도시를 세우고 있다던가. 가젤이 에라루도에게 말했던 '신수에게 안겨 있는 도시'라는 말은 그 부분을 비꼬는 것이었다.

강대국인 두 나라는 자국의 방어에 관해서는 만전을 기하고 있는 것 같다.

그리고 서방 열국 말인데――,

평의회―― 카운실 오브 웨스트(서방 열국 평의회)가 제정된 것은 마물에 대항하기 위해서이다. 그와 동시에 대전에서 살아남는다는 목적도 있다.

평의회 참가국은 서로 협력하고 있다. 드워르곤과 살리온 같은 양 대국은 움직이질 않으니, 적은 오로지 엔젤뿐——인가 했더니, 그런 건 또 아니다.

엔젤의 침공에 호응하듯이 마물도 활성화된다. 이 경우에 말하는 마물이란 것은 지혜가 있는 자들, 즉, 마인이다.

마왕 중에는 이 대전을 이용하여 인간 국가 침공을 계획하는 자도 있는 모양이다. 1,000년 전의 전쟁 때 그랬으며, 당시에는 상당히 비참한 상황이 벌어졌다고 한다.

게다가 인간도 또한 방심할 수 없는 적이었다.

현재 가상의 적이 바로 동쪽 제국—— 나스카 나무리움 우르메리아 동방 연합 통일 제국이라는 사실이야말로 그것을 단적으로 증명하고 있다.

제국의 패권주의는 때와 장소를 가리지 않는다. 서방 열국이 약해졌다고 보면, 언제든지 그 이빨을 들이댈 것이다.

그런 식으로 천(天), 마(魔), 인(人)이 뒤섞이면서 벌어지는 대전—— 그것이 '천마대전'이었다.

뭐, 그렇다면 마왕이 대전을 촉발했다는 것은 잘못된 평이라 하겠지.

나도 그런 일은 하고 싶지 않으니까.

그렇다고 해도 엔젤이 발전한 도시를 노리고 공격한단 말이지.

나로서는 이 도시를, 다른 곳과는 비교도 안 될 정도로 풍요롭게 발전시킬 생각을 하고 있다. 그러나 그건 조금 더 기다리는 것이 좋을 듯하다.

적어도 중요한 시설 같은 곳은 방어를 충실하게 갖춘 뒤에 개발하는 것이 현명할지도 모르겠다.

어쨌든 그건 나중의 이야기이므로, 마음 한구석에나마 기억해 두기로 하자.

지금은 발푸르기스가 중요하다.

"그렇다면 애초에 발푸르기스란 건 대체 뭐지? 대체 무슨 목적으로 모든 마왕이 모이는 거야?"

그게 대전과 관계없다면, 뭔가 다른 목적이 있을 텐데…….

아, 혹시 그건가? 마왕을 자칭하면 다른 마왕들이 견제를 한다고 밀림이 말했으니, 어쩌면 나를 누가 처리할 것인지를 정하는 건가?

"으음, 우선은 뭔가를 착각하는 것 같으니까 미리 말해둘게."

그렇게 말하면서 라미리스가 말한 내용은 내 상상과는 다른 것이었다.

"발푸르기스는 말이지, 꽤 자주 열리고 있어. 마왕 세 명 이상의 동의를 얻으면 발동되는 거라서 제법 절차가 간단하거든. 옛날에는 나랑 기이와 밀림, 이렇게 셋만이 모이는 다과회 같은 거였지만 말이야──."

그렇게 말하면서 라미리스는 이야기했다.

"즉, 발푸르기스라는 건, 마왕이 모여서 근황 보고나 재미있는 옛날얘기를 서로 나누는 자리인 셈이야. 인간이 잘 모를 뿐이지, 그렇게 거창한 게 아니라고."

라고 폭로한 것이다.

아무래도 이 녀석의 인식은 가볍지만, 다른 마왕과의 온도 차가 있는 것 같아서 무섭다. 반 정도만 새겨듣는 게 좋을 것 같군. 다 믿다간 자칫 낭패를 볼 것 같으니까.

여기선 따끔하게 한마디 해줘야겠다.

"이 바보! 그런 다과회가 열리는 것만으로 왜 이 나라가 멸망한다는 거야?!"

성격이 온순한 나라도 화를 내겠다, 정말이지.

이 꼬맹이는 전혀 분위기를 파악하지 못하고 있는 것이다.

"아아, 그게 아니라니까! 문제는 발푸르기스 그 자체가 아니라, 거기서 다룰 의제야!!"

라미리스가 당황하면서 다시 고쳐 말했다.

의제? 확실히 마왕들이 모이는 것이니까 역시 날 토벌하는 건으로……?

라미리스가 말하기로는 이번에 클레이만의 발의에 찬동한 자는 두 사람.

마왕 프레이와 마왕 밀림이다.

클레이만을 포함한 마왕 세 명의 이름으로 이뤄진 발의이므로, 이 제안은 받아들여질 것 같다.

그리고 그 의제야말로── '쥬라의 대삼림에 새로운 세력이 탄생했으며, 그 맹주가 마왕의 이름을 참칭했다'는 것이었다.

나를 말하는 것이 틀림없다.

"너…… 마왕을 자칭한 거야?"

"그래. 미리 말해두겠지만, 후회도 반성도 하지 않고 있어."

라미리스가 물었기 때문에 나도 숨김없이 고개를 끄덕인다.

"으음─, 너라면 딱히 신기한 일도 아니지. 여러모로 귀찮은 일이 일어날 것 같은데, 그 정도의 실력이 있다면 괜찮지 않을까?"

마치 남의 일인 양 가볍게 말하는 라미리스. 아니 남의 일이 맞나.

그건 이미 각오한 바이니까, 딱히 상관없지만.

"그래서 역시 제재가 목적이야?"

역시 나를 제재하는 것이 목적인가── 그렇게 생각했지만 라미리스가 말하기로는 아니라고 한다.

"명목은 그렇긴 한데, 제재하겠다면 알아서 하라는 게 우리 업계의 암묵적인 룰이거든. 이번에 일부러 발푸르기스를 제안한 이유가 말이지, 마왕 칼리온의 배반이래. 그에 더해서 자신의 부하인 마인 뮬란이 살해당했다고, 클레이만이 시끄럽게 굴고 있어."

마왕도 업종에 속하나? 그건 대체 무슨 업계야. 그런 내 지적은 무시당했다.

뮬란을 죽인 범인은 '새로운 마왕을 참칭하는 리무루'라는 자라고, 클레이만이 말한 모양이다. 클레이만의 목적은 아마도──.

《알림. 마왕 칼리온의 영역 및 쥬라의 대삼림의 제압일 것으로 추측합니다.》

──그렇겠지. 나도 그렇게 생각한다.

그래서 클레이만은 군을 움직였던 것인가.

우리가 움직이기 전에, 클레이만이 선공을 날린 모양이다.

마왕 클레이만, 생각했던 것 이상으로 빈틈이 없군──.

"너 말이야! 그렇게 침착하게 굴고 있지만, 이건 큰일이거든?!

내가 있는 곳에 날아온 소식으로는 칼리온은 밀림에게 패배했다고 들었어. 게다가 클레이만도 부하인 마인들을 동원해서 군사행동을 일으킬 생각인 것 같아. 즉, 이건 이미 제재 차원의 문제가 아니라 전쟁이라고! 클레이만은 트집을 잡아서, 너희들 모두를 처리하려고 하는 거란 말이야!!"

그렇게 라미리스답지 않은 진지한 분위기로 크게 떠들어대고 있다.

그녀의 발언에 동요를 보이는 회의장의 사람들.

대국에 속한 자들에게도 마왕 중 하나가 토벌되었다는 사실은 큰 문제인 것 같다.

그건 그런가. 이로 인해 마왕들 간의 전력 밸런스가 무너질 가능성이 있으니까.

내 입장에서 보면 예상 범위 안이지만, 손님들 모두에겐 아닌 밤중에 홍두깨 격일 것이다. 상당히 중요한 화제인 것 같다.

게다가——,

"칼리온 님이 배반이라니?! 무슨 말도 안 되는 소리를——!!"

"용서하지 않겠다, 클레이만. 그 건방진 야망을 내가 박살 내주마."

"칼리온 님이 안 계신다 해도 우리 군은 아무런 피해도 없어. 클레이만의 부하들이 멋대로 설치게 놔두진 않겠어!"

가장 과격하게 반응한 것은 말할 것도 없이 삼수사였다.

그야 당연하다. 멋대로 자신의 주인을 배신자로 다루고 있으니까.

그것도 모자라, 라미리스의 말을 들어보면 아무래도 클레이만은 칼리온의 영지까지 노리고 있는 것 같고.

한발 늦었군. 설마 이렇게까지 빠르게 움직일 줄이야…….

우리에게 이로운 생각은 절대 하고 있지 않을 테니, 빨리 처리해야겠다.

"진정해, 라미리스. 마왕을 자칭한 건 사실이지만, 뮬란을 죽인 건 내가 아니야."

"그게 무슨 뜻이야?"

"뜻이고 뭐고, 클레이만이 말하는 건 엉터리라는 얘기야. 클레이만이 뮬란을 죽였다고 내게 항의를 할 것이라는 건 이미 예상한 바야."

그리고──,

"자, 잠깐?! 증거는 있는 거야?"

어찌 됐든 간에──,

"──저기, 마왕 라미리스 님. 발언을 허락해주실 수 있을까요. 그 살해당했다는 클레이만의 부하 마인인 뮬란은 바로 절 말하는 겁니다……."

클레이만은 박살 낼 것이다.

뮬란을 죽였다고 생각하게 만든 시점에서, 늦든 빠르든 클레이만이 움직이리라고 생각하고 있었다.

미끼를 문 것은 내가 아니라, 클레이만이 내 유혹에 낚였을 뿐인 것이다.

다른 마왕은 관계가 없다.

라미리스는 뮬란이 자신의 이름을 밝힌 것을 보고 심하게 동요하고 있었지만, 이내 다시 진정했다.

"뭐? 어?! 그 말은 즉…… 알았어! 범인은 마왕 클레이만이라는 거네!!"

그건 누구라도 알아차릴 것 같은데.

의기양양하게 지론을 이야기하는 라미리스.

하지만 슬프게도 그녀가 이끌어낸 답은 누구라도 쉽게 떠올릴 수 있는 내용이었다.

"이봐, 나도 그 생각에는 찬성하지만, 하나 묻고 싶은 게 있어."

불쌍하니까 약간 편을 들어주기로 하자.

마음에 걸리는 것도 있으니, 내친 김에 질문을 한다.

"응. 뭐야? 이 명탐정 라미리스에게 말해봐."

위험하군, 조금만 편을 들어주려고 했던 것이 오히려 분위기에 취하게 만들어버렸나.

명탐정은 또 뭐야.

이 녀석, 보아하니 베루도라가 읽고 있었던 그 만화도 슬쩍 본 모양인데? 그렇지만 지금은 그걸 따지고 있을 상황이 아니다.

바로 질문하기로 하자.

"이런 경우, 다른 마왕들은 어떻게 움직일 거라고 생각해?"

그다지 기대는 할 수 없지만, 일단 물어는 보기로 하자.

적어도 오랫동안 마왕 노릇을 하고 있다고 하니, 어쩌면 참고가 될 가능성도 부정할 수는 없으니까. 그렇게 생각하고 한 질문이었지만…….

회의장이 조용해지면서, 모두 라미리스의 대답을 기다리고 있었다. 내 질문은 다른 사람들에게도 아주 흥미로운 것이었던 모양이다.

그러나 라미리스는 그런 면에서는 둔한 녀석이다.

"뭐? 거기까지는 난 몰라. 그런 내용으로 연회를 열 테니까 참가하란 말만 들었을 뿐이거든?"

그렇게 느긋하기 짝이 없는 대답을 했다.

역시, 기대했지만 소용이 없었던 것 같다.

결국은 어린애. 알려주러 온 것만으로도 좋게 생각해야 할 것이다.

다음 질문이다.

"그러면 라미리스, 발푸르기스는 언제 열지? 정확한 날짜와 시간은 알고 있어?"

클레이만을 공격하기 위한 작전을 세우기 위해서는 알아둬야 할 정보다.

"응, 말하지 않았던가? 어, 그러니까 분명 3일 후인 초승달이 뜨는 밤이야."

3일 후라. 생각보다 빠르군.

아무리 그래도 3일 만에 클레이만을 박살 내는 것은 빠듯하다.

으음—, 그렇다면…….

승부는 발푸르기스의 뒤가 되려나?

이건 모두와 의논을 할 필요가 있겠군.

이것으로 라미리스로부터 듣고 싶은 것은 다 들었다.

라미리스의 용건도 그것뿐이었던 것 같으니, 이 이상의 정보를 입수하는 것은 무리일 듯하다.

문득 떠오른 생각이 있어서 하나만 더 질문해봤다.

"그런데 왜 그걸 알려주려 온 거지?"

"응? 아니, 실은 말이지, 네가 죽으면 내 베레타가 어떻게 될지 몰라서 불안하더라고? 그래서 나는 네 편을 들어주기로 결정했기 때문에 여기 온 거야. 그런고로, 여기에 미궁으로 들어갈 수 있는 입구를 만들 건데, 괜찮겠지?"

"괜찮을 리가 있냐! 아니, 왜 얘기가 그렇게까지 비약되는 건데?! 미궁의 입구라니, 대체 뭘 만들 생각이야?"

알려주러 온 건 기쁘지만, 그것과 이것은 이야기가 다르다.

"뭐어——?! 뭐, 어때? 자잘한 일은 신경 쓰지 마, 신경 쓰지 마!"

남의 말을 듣지도 않고, 하고 싶은 말만 늘어놓는 라미리스. 이야기는 이제 끝이라는 태도다.

정말이지, 터무니없이 프리덤(자유분방)한 요정이다.

"나도 신경이 쓰이는 데다, 너도 신경을 써! 게다가 슬쩍 베레타를 네 것인 양 말하지 말아줄래?"

멋대로 이야기를 끝내려는 것을 나는 단호히 거절했다. 미궁의 입구라니, 보나 마나 말도 안 되는 결과를 초래할 것이 뻔하다. 베레타 건에 대해서도 마찬가지. 그건 내 생각뿐만 아니라 베레타의 의사도 중요하다. 멋대로 정할 일이 아니라고 생각한다.

문득 생각이 나서 가볍게 질문했다가 터무니없는 제안을 받고 말았다.

서로 격렬하게 말싸움을 했지만, 결론은 나오지 않았다. 이거 참.

어찌 됐든 그 자리는 해산하기로 했다.

나도 바쁘기 때문에 이 이상 라미리스에게 시간을 뺏길 수 없는 것이다.

라미리스도 이걸로 볼일은 다 끝냈다는 듯이 다시 만화 쪽으로 돌아갔다.

각국에서 온 손님들에게도 이후에 새로운 정보를 알게 되는 대로 알려주겠다고 약속했고, 납득해주었다. 그런 뒤에 회의에 참가한 자들은 차례로 그 자리를 떠났다.

휴즈는 숙소에서 하룻밤을 묵은 뒤에 귀국하겠다고 한다.

"이번 표적에 이 나라도 들어 있다고 하니, 각오를 단단히 해두시는 게 좋습니다. 마왕은 정말로 위험한 존재이니까요. 리무루 님의 실력은 잘 알고 있습니다만……."

그렇게 말하면서 나를 걱정해주었다.

휴즈가 하고 싶은 말은 잘 안다.

최악의 경우에는 여러 명의 마왕이 적으로 돌아설 가능성이 있기 때문이다.

10대 마왕 중에 적이 되지 않을 자는?

마왕 칼리온은 행방불명이 되어 있다.

라미리스는 내 편을 들겠다고 약속해줬으니, 제외해도 좋을 것이다.

밀림은…… 이 녀석이 가장 걱정이다. 아마 속고 있는 것이겠지만, 최악의 사태는 각오해둘 필요가 있다.

최악의 경우엔 여덟 명의 마왕을 적으로 맞서게 되는 것인가. 하지만 그 전에 밀림이 적으로 돌아서게 된다면, 나는 있는 힘을 다해 도망치는 것을 생각하는 쪽이 좋을 듯하다.

"뭐, 어떻게든 해보겠네."

그렇게 말하면서 휴즈를 안심시켰다.

에라루도도 에렌과 오랜만에 이야기를 나누고 싶다고 고집을 부리는 바람에, 며칠 정도 묵었다가 돌아갈 모양이다.

숙소가 아니라 여관으로 안내한다. 우리나라의 자랑거리인 시설이므로, 공작의 평가를 얻을 수 있다면 대환영이다.

그건 그렇고 에라루도 말인데, 공적일 때와 사적일 때의 성격이 완전히 다르다. 딸을 너무 아끼다 보니 오히려 딸이 피하는 것으로 보이는데, 이 이상 에렌의 기분을 상하는 일이 없도록 빌어주자.

가젤도 묵고 갈 것을 선택했기 때문에 에라루도와 같은 여관으로 안내하게 했다. 이 두 사람은 처음 대화를 나눌 때부터 예상하고 있었지만, 오랫동안 알고 지낸 사이인 모양이다. 실은 같은 편이 되어 싸운 적도 있다고 하며, 에라루도의 본체는 상당한 실력의 마법사라고 한다.

의외이긴 하지만, 앞으로는 우리나라를 통해서 교류하게 된다. 사이가 좋아지는 것은 좋은 일이라 할 수 있겠지.

그건 그렇고 엄청나게 중요한 자들이 다 모인 셈이다.

앞으로 인간들의 국가 중에서 영향력을 끼치게 될 수뇌들. 생각해보니 내 입장도 그런 그들과 어깨를 나란히 할 수 있게 된 것이다.

마지막은 제멋대로인 요정이 참가하면서 제대로 마무리하지는 못했지만, 큰 성과가 있었다고 생각해도 좋을 것 같다.

이렇게 그 자리는 다들 해산하게 되었다.

*

자, 우리도 쉬고 싶지만 그럴 수는 없다.

마왕들의 표적이 되는 것도 피하고 싶은 데다, 대책은 필요했다.

식사를 마친 후에 다시 회의실에 집합했다.

참석한 자는 삼수사와 뮬란뿐.

요움과 그루시스는 출발을 앞두고 준비를 시작하고 있었다. 그루시스는 회의에 참가하고 싶어 했지만, 삼수사인 포비오에게 꾸중을 듣고 물러났다.

그들에게 맡긴 임무는 중요하기 때문에, 부디 그쪽에 온 힘을 집중해주었으면 한다.

뮬란도 준비를 하고 싶어 했지만, 클레이만의 정보를 아는 것은 그녀뿐이다. 그러므로 일부러 부탁해서 이 회의에 참가하게 한 것이다.

그리고 무슨 이유인지, 디아블로도 참가하고 있다.

"쿠후후후후, 저는 준비를 할 필요가 없습니다."

그렇게 자신 있게 단언을 하는 것을 보면, 그런가 보다 하고 생각할 수밖에 없다. 딱히 참가해서 안 되는 것도 아니므로, 자유롭게 하도록 내버려 뒀다.

게다가 무슨 이유인지 라미리스까지 참가하고 있었다.

"아, 너 말이야! 어떻게 된 거야? 이게 대체 어떻게 된 거냐고?!"

회의실에 들어오자마자, 그렇게 소리치기 시작했다.

"뭐가 말이야?"

그렇게 묻자, 얼굴을 새빨갛게 붉히면서 불평을 늘어놓기 시작했다.

라미리스가 말하길,

휴식 시간 동안에 식당으로 안내를 받은 모양이다.

나는 완전히 잊어버리고 있었지만, 라미리스의 상대를 한 자가 있었던 것이다.

그렇다, 드라이어드인 트레이니 씨 일행이다.

정령 여왕이었을 무렵의 라미리스를 모셨던 그녀들은 한눈에 라미리스를 알아본 모양이다. 그래서 너무나도 극진한 대접으로 라미리스의 시중을 들었다고 한다.

"잘된 일이잖아."

"잘된 일이야! 최고였다고!! 그러니까 리무루, 나도 여기서 살기로 했어!"

아무래도 라미리스는 이 도시가 아주 마음에 든 것 같다. 부하도 없는 미니 마왕이었으니, 자신을 모시는 걸 겪어보고 신이 난 점도 있을 것이다.

어쨌든 라미리스는 이 도시를 안내받았다.

그때 본 다양한 광경에 마음을 뺏기면서, 여기에 살기로 결심을 했다고 한다.

"멋대로 정하지 말라고 말했지! 그리고 말이야, 트레이니 씨 일행은 이 쥬라의 대삼림의 관리자 역할도 맡고 있어. 살고 있는 장소도 다른 데다, 네 상대만 하고 있을 수는 없다고."

지금도 라미리스의 뒤에 대기한 채로 행복한 표정을 짓고 있는 드라이어드 세 자매를 슬쩍 바라보면서, 그렇게 말하며 라미리스를 달랬다.

하지만, 라미리스는 도무지 말을 들으려 하지 않는다.

"쩨쩨하게——! 너한테도 좋은 거잖아. 무슨 일이 있으면 최강인 나, 라미리스 님이 도와줄 테니까!"

아마도 네 도움은—— 아니, 그만두자.

솔직하게 말했다가는 라미리스가 울어버릴 테니까.

"리무루 님, 라미리스 님은 저희가 돌보도록 할 테니까, 부디 좋은 방향으로 생각해주십시오."

""""이렇게 부탁드립니다!!""""

라미리스뿐만 아니라, 트레이니 씨 세 자매도 부탁을 했다.

하지만, 아무리 생각해봐도 트러블 메이커가 될 것 같단 말이지. 앞으로는 인간들과의 교류도 왕성해질 것이고, 라미리스가 서성거리면서 돌아다니면 아무래도 눈에 띈다.

으음—, 그 점에 대해선 일단 보류해야겠군,

"알았네, 생각해보지……."

"정말?! 역시 리무루, 말이 통한다니까!"

라미리스가 이 도시에 오게 되면 무슨 일이 벌어질까, 그건 나중에 천천히 검토해보기로 하자.

지금은 먼저 처리해야 할 문제가 있다.

라미리스도 조용해졌으니, 슬슬 작전 회의를 시작한다.

"자, 계속 회의만 하느라 다들 힘들겠지만, 조금만 참아다오.

이번의 의제는 두 가지, '클레이만과의 전쟁'과 '발푸르기스(마왕들의 연회)'에 관해서다. 여기 있는 라미리스가 알려준 덕분에 내가 표적이 되어 있다는 사실을 알았다. 우선은 소우에이의 보고를 듣고 작전을 생각해보려고 한다. 소우에이, 클레이만의 군대의 동향을 보고해다오."

"넷!"

내가 인사말을 한 후에 소우에이가 보고를 한다.

우리가 회의를 하고 있는 동안에도 클레이만의 군대에 움직임이 있었다고 한다.

밀림의 영토에서 군대를 쉬게 하면서 군단의 편성을 하고 있는 모양이다. 그리고――,

"군을 이끌고 있는 자는 아무래도 클레이만 본인은 아닌 것 같습니다. 여러 명의 마인을 부리면서 다른 자들과 차원이 다른 에너지(마력요소)양을 과시하는 것 같았습니다만, 그래 봤자 기껏해야 삼수사 분들과 비슷한 정도입니다. 그자가 마왕 클레이만이라고 한다면 너무나도 조잡하기 짝이 없습니다."

그렇게 단언하는 소우에이.

그건 그렇고 이 녀석도 어지간히 자신감이 넘친다니까…….

"클레이만의 부하 중에서 삼수사와 필적하는 자라고 한다면 생각할 수 있는 건 세 명――."

그렇게 많다는 말인가. 역시 썩어도 준치라고, 과연 마왕이로군.

중지인 야무자, 검지인 아다루만, 엄지인 나인헤드(九頭獸).

클레이만이 자랑하는 다섯 손가락 중의 세 명이라고 한다.

추가로 말하자면 뮬란은 약지였던 모양이다.

소지(小指)의 필로네라는 녀석도 있다고 하는데, 그 녀석은 정보 수집 담당이라 자주 모습을 보이지 않는다고 한다.

"클레이만은 부하도 믿지 않는 마왕입니다. 그러므로 작전행동을 감시하기 위한 역할을 지닌 자를 배치했다고 해도 전혀 이상할 게 없습니다."

인형극을 보는 관객, 이라고 해야 할 존재일까.

오크 로드 사건 때처럼, 클레이만의 부하조차 모르게 움직이고 있을 가능성이 있다. 방심을 하지 않도록 해야겠군.

"그래서 뮬란, 지휘관은 누구지?"

소우에이가 본 장수는 마른 몸을 가진 마인이었다. '사념전달'은 정말 편리해서 모두가 이미지를 공유할 수 있다.

"이자는 야무자입니다. 빙결마검사 야무자. 비겁하고 잔인하며, 악하기로는 둘째가라면 서러울 정도의 쓰레기이지만, 실력만큼은 진짜입니다. 클레이만에게 스스로 충성을 맹세했다는 점에서 저와는 사이가 나빴죠."

지휘관은 야무자.

뮬란의 말을 들어보면 다섯 손가락 최강의 마인인 모양이다.

빙결의 힘을 지닌 고가의 마검을 클레이만으로부터 받았기 때문에 빙결마검사라는 호칭으로 유명하다던가.

즉, 그 본래의 능력은 미지수라는 뜻이다.

클레이만의 군대는 이 야무자의 지휘에 따르는 3만 명의 마인들이다.

개개인의 힘은 각각 다르다.

소우에이가 보기에는 B랭크의 자들이 8할이며, 나머지는 대부분이 A-랭크. 상위자 중에는 A랭크의 자도 있는 것 같지만, 게르뮈드 정도의 힘밖에 없다고 한다.

내가 섬멸한 파르무스의 군대보다도 강하고 상대하기 번거로울 것 같지만, 그렇게까지 두려워할 필요는 없다고 한다.

문제가 되는 것은 지휘관인 야무자이지만, 아니, 그렇다고 해도 신경이 쓰이는군.

"너무 약하지, 않나?"

현재 수왕국 유라자니아로부터 받아들인 국민들은 2만 명이 넘는다. 그중에서 싸울 수 있는 자는 그 반 정도인 대략 1만 명. 개개인이 평상시에도 B랭크, 수화(獸化)하면 최소한 A-랭크가 된다고 하는 놀라운 전투 집단이다.

파르무스 왕국의 기사단조차도 평균적으로 B랭크 정도였다. 마법으로 강화된 것이 그 정도라고 하니, 수왕국의 전사들이 얼마나 강한지 알 수 있을 정도다.

인간과 수인은 아예 기본 능력이 다른 것이다.

이것만으로도 큰 전력이지만, 그들에게는 아직 남은 전력이 있었다. 왕도에서 후퇴할 때, 주위의 집락에 사는 자들을 긁어모아서 각지로 흩어진 자들이 있다. 수왕국 전사단의 맹자들이 그자들을 지휘하여 편성한 다음에 몰래 잠복하고 있다고 한다. 그 전력을 통합하면 가볍게 계산해도 1만 명을 넘어선다.

A-랭크에 해당되는 전사들이 총 2만 명. 역시 마왕 중의 한 명인만큼 엄청난 전력을 보유하고 있는 것이다.

"확실히 이상합니다. 야무자가 아무리 강력한 마인이라고 해도 우리 삼수사도 그에 지지 않습니다. 이끌고 있는 병사의 수로는 지지만, 훈련도과 전투 능력으론 우리가 압도적으로 이기고 있다 할 수 있겠지요."

"그러게. 통솔에는 자신이 있거든."

"칼리온 님이 돌아가셨다고 생각하고 우리를 얕보고 있나? 아니, 클레이만은 그렇게까지 바보는 아닐 텐데……."

알비스도 내게 동의한다.

포비오와 스피어도 의견을 말하면서, 클레이만의 군은 그렇게 위협적이 아니라고 고개를 끄덕였다.

그렇다면──,

그때 베니마루가 중얼거렸다.

"잠깐? 클레이만이 노리는 건 이 도시가 아닌 게 아닐까?"

아아, 그런가, 확실히 착각을 하고 있었는지도 모르겠다.

늘 이 도시가 표적이 되었던 데다, 라미리스도 클레이만이 노리는 게 나라고 말하는 바람에 이곳을 노리고 오는 것으로 그만 착각하고 말았던 것이다.

클레이만의 군대는 유라자니아를 빠져나온 시점에서 협공하면 이길 수 있다고 생각했었는데…….

이야기가 그렇게 쉽게 돌아가지는 않았던 모양이다.

"수왕국을 노리고 있다는 건가?! 거기 남아 있는 자들은 피난민뿐이기 때문에 전사는 약 1만여 명. 질로 따지면 이기겠지만, 수로 밀고 들어오면 지고 말 텐데?"

그렇다.

소우에이의 이야기로는 지금은 밀림의 영지에 체류하고 있다고 하지만, 이미 군의 편성을 마친 상황인 것 같으며, 내일이나 모레에는 수왕국 유라자니아로 침공할 것이다.

오늘 밤 움직이려고 들지는 않을 것 같지만, 일단은 그것도 고려해둘 필요가 있다.

"애초에 우리가 클레이만을 경계하고 있다는 것을 깨닫지 못하고 있을 가능성이 있습니다만――."

게루도가 무겁게 말했지만, 이건 기대해선 안 된다고 생각한다. 최악을 고려해서 행동하는 편이 무슨 일이 일어났을 때 대처할 수 있으니까.

"노리는 게 이 도시였다고 해도 클레이만이 배후의 위험을 그냥 보고 넘기는 일은 없을 겁니다. 반드시 화근을 뿌리 뽑은 뒤에 행동하겠지요."

뮬란이 단언했다.

그렇겠지, 나라도 그렇게 한다.

그렇다면, 아니, 잠깐, 화근을 뿌리 뽑는다고?!

"이봐, 그 말은 즉…… 클레이만은 수왕국의 전사들을 전부 죽일 생각이란 말인가?!"

그나마 전사만 죽이는 것으로 끝나면 좋겠지만――.

《해답. 마왕 클레이만의 행동을 추측했습니다. 노리는 바는 자신이 '진정한 마왕'으로 각성하는 것일 확률이 100%입니다. 이 도시를 계산에 넣고 있다고는 생각할 수 없습니다. 단, 그 수단은 치졸하며, 부정확한 추론에 따라 수왕국 유라자니아의 생명의 불꽃을 모조리 사냥할 생각을 하는 것으로 보입니다――.》

그런가. 역시 몰살시킬 생각인가.

내가 말하는 것도 위선에 지나지 않겠지만, 수단을 가리지 않는 그 방식이 마음에 들지 않는군.

빈틈이 없는 클레이만이다. 이 도시에서 나갈 수 있는 도로는 감시하에 놓여 있겠지. 그렇다면 원군을 보내는 시점에 들키게 될 것이다.

그 이전에——,

"클레이만은 정보 수집력이 높습니다. 그렇기 때문에 삼수사와 칼리온 군의 본대가 이 도시에 피난해 있다는 걸 알고 있을 겁니다. 그리고 여기서 돌아간다고 하면 아무리 서둘러도 이틀은 걸리겠죠……."

완전히 선수를 빼앗긴 셈인가.

알비스가 방금 말했던 것처럼, 클레이만은 모든 상황을 다 파악하고 있다.

평소에 B랭크에 해당하는 전사들로는 휴식을 취하지 않고 이동한다고 해도 때를 맞추지 못할 것이다.

내 부하들도 전부 참전시킬 생각이었지만, 전장에 도착할 때에는 수왕국의 인간들은 몰살을 당해 있을 테고…….

만약 몰살을 달성하게 되면 클레이만은 각성하게 될 것인가?

《해답. 효율은 나쁘지만 대량의 영혼을 획득할 것으로 생각됩니다. 클레이만의 각성 확률은—— 78%입니다. 또한 이 상태에서 짧은 기간에 추가로 영혼을 획득한다면, 성공 확률은 더욱 상승할 것입니다.》

귀찮게 됐군, 단호히 저지해야겠다.
수왕국의 얼굴도 모르는 주민들을 위해서가 아니라, 나 자신을 위해서.
얼굴도 모르는 주민들이지만, 우리와 우호 관계를 맺고 있다.
신뢰는 금보다 무거우며, 동정은 남을 위한 것이 아니다. 그렇기 때문에 더더욱 눈치 보지 않고 개입하도록 하겠다.
"베니마루, 저지시켜라."
내 무모한 명령에 베니마루는 씨익 웃으면서 응한다.
"좋아, 맡겨둬── 가 아니라 맡겨주십시오!!"
성실한 성격이라니깐, 베니마루도.
뜨거워지면 자기도 모르게 그만 원래의 말투가 나오는 모양이다.
공사의 구별을 하라고 말하면서, 모두가 보는 앞에서 날 높이며 대하고 있지만…… 그런 건 굳이 신경 쓰지 않아도 된다고 생각한단 말이지.
확실히 얕보이는 건 기분이 나쁘기 때문에, 그걸 미연에 방지한다는 의미로는 도움이 되고 있지만…… 이 나라에 나를 얕보는 자는 없을 거라 생각한다.
그러니까 그거다, 선배보다 먼저 출세하게 되면 어색한 관계가 되는 느낌 말이다.
사회인이라면 그 점은 확실히 구별해야겠지.
그러므로 나도 확실히 구별해서 베니마루에게 높은 사람인 양 명령하는 것이다.
"음. 지금부터 수왕국 유라자니아 방어전의 작전을 세우겠다.

베니마루를 중심으로 승리할 수 있는 의견을 말하라!"

""""알겠습니다!!""""

모두가 일제히 머리를 숙였다.

삼수사들까지 따라하는 것을 보니, 내 위엄도 상당한 수준까지 오른 것 같다.

그런 그렇다 쳐도 클레이만 녀석, 생각했던 것 이상으로 교활하고 현명하다.

3일 후의 밤이 발푸르기스인 것도 모두 상정하고 있었던 바이겠지.

다른 마왕들로부터 간섭을 받기 전에 수왕국의 학살을 행하고 사후 보고를 할 생각이다.

각지에 분산되어 있는 전력을 통합하는 데도 시간이 걸리는 데다, 이대로는 수왕국의 전사들은 각개 격파를 당할 뿐이다. 저항은 소용이 없을 것이다.

그 뒤에는 싸울 힘도 없는 주민들이 무참하게 살해되리라…….

그걸 막기로 결정한 지금, 다들 활발하게 서로 의견을 내고 있었다.

즉시 전력을 모아서 달려가고 싶은 마음은 모두 하나같이 가지고 있다. 그러나 아무도 그 말을 입 밖으로 내지 않는다.

여기 있는 자들이라면 정보를 다루는 의미의 중요성을 뼈저리게 이해하고 있기 때문이다.

내가 클레이만을 쓰러뜨리겠다고 선언하고 즉시 움직이지 않았던 것도 소우에이의 보고를 기다리고 있었기 때문이니까. 그리고 지금 현재도 도시의 광장에는 물자가 모이고 있으며, 병사들에게는 새로운 장비를 마련해주고 있다.

카이진에 가름과 도르드는 각자의 기술로 새로운 무기와 방어구를 제작해주었다. 그것들로 갈아입으면서, 전원이 싸움에 나갈 준비를 하고 있는 것이다.

초조하게 굴어봤자 어쩔 수가 없다.

적의 소재지, 병력의 구성과 수, 그리고 그 목적을 아는 것.

이런 정보들을 모으지 않은 채 무작정 출격한다고 해도 큰 성과를 올리는 것은 아예 불가능하다.

그리고 지금, 논의는 막판을 맞이하려 하고 있었다.

"전력 확인은 이 정도인가. 시간만 맞출 수 있으면 이길 수 있겠어. 문제는 이동이로군. 도저히 시간 내에 맞출 수 없을 것 같으니까 시간을 벌어야겠는데."

"고블린 라이더와 가비루의 부대를 먼저 보내서 게릴라전을 시도하는 건 어떻겠습니까?"

"아니, 의미가 없어. 수왕국의 지형은 조사해봤지만, 평야 지대랑 완만한 구릉 지역이 많아서 숨어 있을 곳이 없으니까. 상공에서의 기습은 유효하겠지만, 100명 정도의 수로는 언 발에 오줌 누기나 마찬가지야."

베니마루는 이미 냉정해져 있다.

잠복을 한다고 하면 큰 강을 따라 존재하는 과수원이 있기는 하지만, 배수가 잘되는 구릉지에 펼쳐져 있기 때문에 눈에 띈다고 한다. 부대를 숨겨두기에는 적합하지 않은 지형인 것 같다.

하쿠로우의 제안을 일축하면서, 정확하게 상황을 판단하고 있는 것 같다. 스피어가 낮은 목소리로 "이거 참, 어느새 우리나라의 지형을 조사했담……" 하고 투덜대고 있었지만, 그건 나도 신경이 쓰이는 부분이다.

아마도 얼마 전에 사절단의 단장으로 갔을 때 조사해둔 것 같은데, 빈틈이 없다고 할까, 믿음직스럽다고 할까…….

스피어도 문제로 삼을 생각은 없는 것 같으니, 이 건은 그냥 흘려듣고 넘어가기로 하자.

"속도에 특화된 수인 부대도 그 수는 400명 정도. 조류형의 수인은 희소해서 100명도 안 됩니다. 먼저 보낸다고 해도 헛된 죽음이 될 거예요."

알비스도 골치를 썩이고 있다.

날 수 있다고 해서 피로해지지 않는 것은 아닌 데다, 가비루의 부대와 합쳐도 200명이 안 된다면, 먼저 보내도 그다지 큰 의미는 없다는 말인가.

지형은 탁 트인 곳이 많은 만큼 소수 부대로는 아무것도 할 수 없을 것 같다.

결국 작전 그 자체는 기본으로 돌아가게 되었다.

할 수 있는 것을 최선을 다해 정확하게 행한다. 이것뿐이다.

각지의 전사에게 전달하여, 가능한 한 많은 주민들을 모아서 피난시키는 것.

템페스트(마국연방)에 들어오기만 하면 트레이니 씨 일행이 보호해줄 테니까 생존 확률은 크게 올라갈 것이다. 그리고 속도에 특화된 자들로 게릴라전을 시도하여 그 도망을 돕는다.

발이 느린 부대도 미리 진군시켜두고, 도망쳐 온 자들을 받아들이면서 쫓아오는 클레이만의 군대를 받아친다.

크게 말하자면 이 정도이다.

시간과의 승부이며 운에 맡기는 면이 강하지만, 이 이상의 좋은 안은 나오지 않았다.

그러므로 최악의 상황을 저지하기 위해서 우리도 나서서 적을 치기로 한 것이다.

간부들—— 베니마루, 슈나, 소우에이, 시온, 게루도, 그리고 란가——는, 엑스트라 스킬 '공간이동'을 습득하면서 공간을 이어주는 '전이문(轉移門)'을 다룰 수 있게 되었다.

디아블로는 예전부터 사용할 수 있었던 것 같지만, 이번에는 요움 일행이 나설 차례는 없다. 최악의 경우에는 부르겠지만, 나를 포함해서 일곱 명이 어떻게든 해볼 생각이었다.

개개인이 군에 필적한다고는 해도 무리는 금물이다.

특히 슈나 같은 사람은 실전에 적합하지 않으므로, 가비루와 하쿠로우를 호위로 붙일 생각이다.

"뭐, 그 정도밖에 없나. 우리가 시간벌이에 협력하면 희생자를 내지 않고 어떻게든 할 수 있겠지. 전송마법으로 모두를 보낼 수 있으면 좋겠지만 말이야——."

나는 그런 생각은 아예 배제시킬 생각으로 중얼거렸다.

부대를 한 순간에 이동시킬 수 있는 마법이 있다면 문제는 해결되겠지만, 내 '공간이동'으로도 만 단위의 군대를 이동시키는 것은 무리일 것이다.

하지만——,

《해답. 전송마법은 적은 코스트로 물자를 전송할 수 있습니다. 이공간을 통해서 전송지의 좌표와 연결하는 것입니다만, 그때 마력요소를 대량으로 쏘이기 때문에 유기물의 전송에는 적합하지 않습니다. 그러나 '결계'로 몸을 지킬 수 있는 자라면, 전송에 의한 영향을 받지 않습니다. 그게 전이마법의 원리입니다——.》

어…….

전송과 전이의 원리가 다른 것은 대상물을 보호하기 위한 술식을 포함시키기 때문에 그 분량만큼 마력 소비가 늘어나는 게 원인이란 말인가?!

어라? 그렇다면…….

《——즉, 마인이나 마물이라면 마력요소에도 저항력이 있기 때문에 자력으로 '결계'를 펼칠 수 있는 자라면 전송을 해도 문제가 없습니다. 또는 대상자의 보호를 포함시킨 완전 전송 술식을 마련해도 가능하게 됩니다.》

즉, 대량의 마력요소를 쏘여도 죽지 않을 정도로 강하다면, 이공간이라는 것을 건널 수 있다는 말이다. 아니, 엑스트라 스킬 '공간이동'은 그것을 이용하는 스킬(능력) 같으니, 이건 깨닫고 있어야 할 내용이었다.

더 자세히 말해서, 대상을 완전히 보호해서 전송하는 술식이라면 사람을 보내도 문제가 없다는 말인가. 아니, 아니, 그건 전이마법의 응용이니까 가능은 하겠지만, 에너지를 터무니없이 소비하게 되는 것 아닌가? 게다가 그걸 몇만 명이나 되는 군대를 대상으로 전개시키는 레기온 마법(군단마법)으로 개량한다고 하면 지금부턴 도저히——.

《해답. 술식은 이미 개발되어 있습니다. 또한, 엑스트라 스킬 '공간이동'을 병용함으로써 소비 마력을 대폭 감소시키는 데 성공했습니다.》

어머나, 굉장해라!

대체 뭘까, 이 라파엘의 성장세는.

내가 부탁하지도 않았는데, 스킬과 마법을 개발해주고 있는 것 같은데.

아니, 마왕으로 각성했을 때에 스킬도 대폭 진화한 것 같은데, 나는 그 모든 것을 파악하지 못하고 있다. 라파엘이 없었다면 나는 보물을 썩히고 있었을 것이다.

라파엘의 술식 개발은 아마도 '능력개변'의 효과인 것 같다. 어찌 됐든 내게는 바라 마지않던 이야기다. 지금 그야말로 학수고대하던 술식을 준비해준 것이니 불만은 없다.

"리무루 님, 전송마법으로 군대를 보내는 것은 위험이 너무 큽니다——."

슈나도 전송마법의 위험성을 알고 있었는지, 내게 충고해줬다.

하지만 지금은 그 문제도 클리어했다.

"그래, 슈나의 말이 맞다. 하지만 지금 막 새로운 술식의 개발에 성공했다!"

클레이만에게 살짝 동정이 간다.

내 진화가 없었더라면, 네 승리였을지도 모르는데 말이지.

"오오……!!"

"뭐라고요?!"

"——지금 막?!"

모두가 놀라면서 나를 바라봤다.

나도 고개를 끄덕이면서 모두에게 묻는다.

"남은 건 너희들의 각오뿐이다. 그걸 사용하면 전군을 단번에 보낼 수가 있다. 하지만, 처음 구사하는 술식이기에, 안전은 확인할 수 없다. 실험을 해볼 여유도 없다. 그래도 나를 믿겠는가?"

나는 라파엘을 믿고 있다.

라파엘이 할 수 있다고 말한다면, 틀림없이 할 수 있는 것이다.

과연 여기 있는 모두는 어떨까?

이런 나를 믿고 목숨을 맡겨줄까?

"고민할 것도 없습니다. 제 충성은 당신께 바쳤습니다. 리무루 님의 충실한 가신인 이상, 죽으라고 명령하신다면 죽겠습니다. 당신이 우리에게 쓸데없는 명령을 하지 않는다는 것 정도는 질릴 정도로 잘 알고 있으니까요."

대담하게 웃으며 베니마루가 말한다.

그 말에 동의하는 간부 일동. 신참인 디아블로까지 요사스럽게 웃으면서 고개를 끄덕이고 있다.

그리고 삼수사들도——,

"믿겠어. 협력을 바라는 입장인 우리들이 리무루 님을 의심할 수 있을 리가 없으니까."

"뭐, 저는 한 번 도움을 받은 몸입니다. 부하들도 그걸 알고 있으니, 이제 와서 뭐라고 하진 않을 겁니다."

"어머나, 이건 저도 동의하지 않으면 안 되는 분위기네요. 가장 발이 느린 게 저희 부대이니, 리무루 님의 힘에 의지할 수 있게 해주세요."

주저하지 않고 단언하는 스피어.

처음부터 나를 믿고 있었던 포비오.

의심하고 망설이면서도, 마지막에는 나를 믿은 알비스.

나는 고개를 끄덕였다.

"그 목숨은 내가 맡겠다! 이것으로 클레이만의 계책을 뛰어넘을 것이다. 남은 건 너희들에게 달렸다. 반드시 이겨라!!"

"""""넷———!!"""""

모두의 얼굴에 사나운 미소가 떠오른다.

전군이 제시간에 맞출 수 있다면 승리는 틀림없다. 게다가 클레이만이 아무리 도로를 감시하고 있어도 우리 군의 이동을 알아차릴 일은 없는 것이다.

이긴 것이나 다름없다.

모두에게 여유가 다시 생기는 것도 당연한 이야기였다.

베니마루에게 맡겨서 작전을 다시 세운다.

그때 소우에이로부터 새로운 보고가 있었다.

용을 모시는 자들이 딱 100명, 클레이만의 군대에 합류했다는 것이다.

"100명? 그 정도라면 문제는 없나……."

베니마루는 용을 모시는 자에 관해서 알고 있을까?

"그런데 소우에이, 용을 모시는 자들이란 게 뭔가?"

나는 모르는 일이기에 솔직하게 질문한다.

"네. 용, 즉, 용황녀(竜皇女)인 밀림 님을 모시는 자들입니다."

과연, 밀림의 부하들인가. 아니, 밀림은 자신에겐 부하가 없다고 했으니, 자신들이 멋대로 밀림을 경배하고 있는 것뿐인지도 모르겠군.

나라의 이름도 없는 집단이라곤 하지만, 그 수는 전부 10만 명에 달한다고 한다. 조용하게 자연과 조화하여 살아가는 자들이라고도 한다.

자신들의 영역을 지나가는 클레이만 군에 감시의 역할로 동행한 듯한 느낌이다.

소우에이도 그 이상의 정보는 알아내지 못한 것 같으니, 용을 모시는 자들에 관해선 보류하기로 했다.

나는 계속하여 클레이만의 군대를 감시하는 것과, 우리 군대를 주둔시키기에 최적의 장소를 찾도록 소우에이에게 명령했다.

이렇게 '클레이만과의 전쟁'에 대한 논의는 끝을 맺게 되었다.

*

자, 뒤이어서 다음 논의를 시작한다.

라미리스가 알려준 '발푸르기스(마왕들의 연회)'에 대해서다.

삼수사는 지금 결정한 내용을 전해주기 위해 먼저 나가 있다. 나를 믿고 전이할 것을 부하 전사들에게 설명할 필요도 있을 테고 말이다.

뮬란도 물러났다. 여기서부터는 우리의 문제이며, 뮬란의 의견을 참고할 필요도 없다.
뮬란이 할 일은 요움을 확실하게 보좌하는 것이다.

같은 식구들끼리의 자리가 되니, 나도 상당히 마음이 편해졌다.
그러므로 방금 전까지의 회의와는 달리 가볍게 본심을 드러내면서 이야기를 나누기로 하자.
"클레이만이 있는 곳을 알아낼 수 있다면 '공간전이'로 당장 쳐들어가서 끝을 낼 수 있을 텐데 말이지."
군이 움직였다면 본거지의 방어는 더 약해져 있다는 뜻이다. 반격할 준비에 고민하지 않더라도 나와 간부들이 나서서 끝을 내는 것도 가능할지도 모른다.
반대로 말하자면 나도 어딘가에 쳐들어갈 경우에는 이 도시의 방어를 소홀히 할 수 없다는 이야기가 된다.
이건 명심해두도록 하자.
"죄송합니다. 마력요소의 농도가 짙은 안개가 발생하고 있는 장소가 있어서, 위험하다는 판단에 그 안으로는 들어가지 못했습니다."
소우에이가 그렇게 말하면서 사죄하지만, 문제 될 것은 아무것도 없다. 비록 '분신화'한 몸이라고 해도 신중하게 행동해야 한다. 함부로 움직이다가 우리의 움직임이 적에게 파악되는 쪽이 더 위험한 것이다.
적의 본거지는 그 안에 있을 테니, 거기까지만 알아냈다면 충분하다.

"몇 명 정도와 같이 가서 방어가 약해진 적의 본거지를 조사해 볼까요?"

"하지만, 클레이만은 발푸르기스에 참가하지 않나요? 엇갈리게 될 거예요."

베니마루가 의견을 내보지만, 슈나가 냉정한 얼굴로 부정했다.

베니마루는 씁쓸한 표정을 짓는다.

"그렇겠군요. 게다가 적의 군대를 얕보다가 지는 것도 달갑지 않은 일입니다. 베니마루 님께선 군을 확실히 통제하시는 게 먼저입니다."

하쿠로우도 부정적인 반응을 보였기 때문에 이 안은 취소하기로 한다.

"그 외에 다른 의견은 없나?"

일단 모두의 의견을 들어보기로 한다.

네! 하고 기운차게 손을 들면서 시온이 나를 바라봤다.

지명한다.

"그 발푸르기스라는 곳에 쳐들어가 클레이만뿐만 아니라 우리에게 불만을 제기하는 마왕들도 전부 베어버리는 건 어떨까요?"

눈을 반짝반짝 빛내면서 그런 소리를 지껄이는 시온.

바보에게 물어본 내가 잘못이지.

관자놀이에 핏줄이 설 것 같았지만 참는다. 전에도 이런 일이 있었던 것 같은데 말이지.

"시온, 어떻게 베어버린단 거지? 너 말이다, 좀 현실적인 의견을 내면 안 될까?"

클레이만 혼자라면 어떻게든 한다고 쳐도 다른 마왕들하고까지 싸웠다간 안 되잖아.

기본은 각개격파, 시온한테 그 점을 단단히 일러둔다.

내 말을 듣고, 시온은 풀이 죽어서 고개를 숙였다.

이것 참, 조금만 달래주도록 할까.

나도 이래저래 잔소리를 하면서도 시온에게는 참 약하다.

"하지만, 그 자리에 쳐들어가는 건 괜찮을 것도 같군."

시온이 고개를 들어서 기대에 찬 표정을 보였다.

정말 타산적인 녀석이다.

"이봐, 라미리스. 나도 참가할 수 있나?"

경험자인 라미리스에게 물어본다.

"으엑?! 참가할 생각이야? 리무루."

"아니, 어디까지나 참고삼아 물어본 거야. 클레이만은 회의에 참가할 테니, 내 쪽에서 나서 보는 것도 재미있겠다는 생각이 들어서 말이지."

어차피 날 노리는 거라면 내 쪽에서 나서 보는 것도 좋을지도 모른다.

선제공격도 기본이고 하니, 예상도 못 한 장소에 내가 나타나면 클레이만도 동요할 것이고 말이다.

대화를 나누는 자리에서 피비린내 나는 싸움을 벌이는 것은 위험할지 모르지만, 그건 일단 가본 뒤에 생각하기로 한다.

"으음—, 아마 괜찮을 거라곤 생각하는데. 하지만 같이 데리고 갈 수 있는 건 두 사람까지야!"

부하를 다수 이끌고 참가했다간 쓸데없는 트러블이 늘어나기 때문에 안 된다고 한다.

듣자하니 옛날에 신참 마왕들이 자신의 위세를 과시하기 위해서 주력 부하들을 100명이나 이끌고 참가했다고 한다.

그 행위가 우연히 나라가 잿더미가 되는 바람에 격노 중이었던 어떤 마왕의 비위를 거슬렀다.

그 왕의 입장에선 분풀이를 할 대상은 어떤 것이든 상관없었겠지. 그 마인들의 주인인 마왕과 함께 모조리 몰살시켰다고 한다.

그 이후로 힘이 없는 마인의 참가는 불가하도록 정해졌다. 마왕들끼리의 합의하에 대동하는 부하는 두 명까지로 정해졌다고 한다.

하지만 그건 즉, 과거에도 그런 싸움이 있었다는 이야기다. 그러므로 내가 같은 짓을 해도 문제는 없을 것 같다.

그 연회 자리에서 클레이만에게 싸움을 건다, 이건 진지하게 검토해봐도 괜찮을 것 같다.

"어떻게 생각하나? 참가하는 것도 재미있으려나?"

"쿠후후후후, 멋진 의견입니다. 그때는 부디 제가 모시도록――."

"무슨 바보 같은 소리입니까, 디아블로! 따라가는 건 바로 접니다. 절대 양보할 수 없습니다!!"

또 싸움을 시작하는 두 사람.

이 두 사람을 데리고 참가하는 것은 자살행위나 마찬가지이니, 처음부터 이 두 명을 같이 꾸릴 생각은 없다.

그렇게 생각했는데――.

"――어찌 됐든 결국에는 모든 마왕 분과 싸우게 될 것이니, 그 자리에서 다 처리하면 됩니다. 애초에 마왕은 리무루 님 한 분이면 충분하지 않습니까?"

디아블로까지 그런 말을 했다.

내 생각이 바로 그렇다는 듯이 시온이 크게 고개를 끄덕인다.

"그 말이 맞아! 바보인 줄 알았더니 신참치고는 제법이군요! 그게 바로 방금 제가 하려던 말입니다!!"

사이가 좋은 건지, 나쁜 건지.

굳이 말하자면, 아무 생각이 없는 건 시온이라고 생각했는데…… 두 사람은 마왕들을 죄다 때려눕히자는 의견으로 의기투합하고 있다.

왜 이야기가 그렇게 되는 건데?

돌아보니 몇 명이 그 의견에 동의하고 있는 것 같다.

신중파도 있지만, 싸워보자는 생각이라기보다 죽여버리자는 생각으로 살기등등한 자도 있다.

어느샌가 무투파가 늘어나 있었다.

아무리 그래도 이건 너무 무모하다. 나는 당황하면서 이야기의 흐름을 수정했다.

"잠깐, 잠깐, 서두르지 마라. 아직 결정된 게 아니니까. 그리고 디아블로, 너한테는 파르무스 왕국을 맡겼으니까, 결론이 어떻게 난다 해도 너는 데려가지 못한다."

"그, 그렇군요. 잘 알겠습니다."

아무래도 디아블로는 파르무스 왕국 공략을 쉽게 생각하는 것 같다. 대단한 자신감이지만, 방심하다가 실패하는 일은 없으면 좋겠는데.

아쉽기는 하지만, 그래도 자신에게 임무를 맡겨서 기쁜 것 같은, 그런 복잡한 표정을 지으면서 디아블로는 자신의 역할을 받아들였다.

"그렇지만 역시 위험하지 않겠습니까?"

슈나가 걱정스러운 표정으로 말한다.

그래, 그런 의견을 기다리고 있었어.

"확실히 그렇습니다. 그리고 일부러 참가하지 않더라도 클레이만이 부재중일 때 본거지를 함락시키는 게 유효하지 않겠습니까?"

슈나의 의견에 동의하듯이 게루도가 신중하게 발언했다.

위험을 감수하지 않고 이길 수 있는 쪽으로 진행해야 한다는 것은 너무나 타당한 의견이다.

게루도도 무투파이지만, 무모하진 않다. 신중한 의견을 들려줘서 너무나 기쁘다.

그러나 내가 참가를 검토하는 것에는 이유가 있다.

첫 번째는 마음에 걸리는 점이 있기 때문이다.

"아니, 리무루 님이 걱정하시는 건 마왕 밀림 님의 동향이야. 밀림 님이 배반했다고는 생각할 수 없지만, 클레이만에게 조종당하고 있을 가능성은 부정할 수 없어. 무슨 생각을 하고 계시는 건지는 모르겠지만, 적어도 마왕 칼리온을 쓰러뜨렸다는 건 사실이니까. 발푸르기스에서 그 진의를 알아보는 건 나쁘지 않은 방법이라고 생각합니다."

"그 말이 맞습니다. 마왕 밀림 님까지 발의자에 이름을 올리고 계시는 게 마음에 걸립니다. 역시 무슨 계획이 있는 게 아닐까요?"

놀랍게도 베니마루가 내 생각을 알아맞혔고, 소우에이도 정확하게 문제점을 지적한다.

역시 베니마루, 그리고 소우에이. 나와 같은 점을 느끼고 있었던 모양이다.

"그러네. 밀림이 클레이만 따위의 말에 복종하다니, 일단 그건 말이 안 된다고 생각해. 왜냐하면 밀림은 늘 제멋대로 구는 녀석인걸!"

라미리스, 네가 그런 말을 할 자격이 있냐? 그런 생각이 들긴 했지만, 나도 그 말에는 같은 의견이었다.

"밀림 님이 리무루 님을 배반한다는 건 절대 생각할 수 없는 일입니다. 근거가 없는 제 감이지만, 틀림없다고 확신합니다!"

그렇게 단언하는 시온.

과연, 근거는 없는 거냐.

실은 나도 밀림에게 배반당했다고는 느껴지지 않았다.

라파엘의 추측으로도, 데이터 부족으로 단언할 수는 없지만 뭔가 상황 변화가 생기지 않는 한은 있을 수 없는 일이라고 나온 것이다.

나는 밀림을 믿기로 한다.

하지만, 그렇다고 해서 방치해도 좋다는 이야기는 아니다.

"밀림이 나를 배반하지 않았다는 의견에는 찬성이다. 그렇다면 무슨 일이 생긴 것이라고 생각한다. 방금 라미리스가 말했던, 범인이라고 할까, 그 원인이 클레이만이라는 의견도 타당하다고 생각하고. 그렇기 때문에 더더욱 베니마루의 의견을 채용하고 싶군. 발푸르기스에 참가해서 여러모로 조사를 해보려고 생각한다만……."

무슨 일이 있었다고 생각하는 게 맞을 것이다.

그리고 최악의 경우, 발푸르기스가 끝남과 동시에 밀림에게 공격을 받을 가능성도 있다.

이게 내가 느끼고 있는 불안의 정체이며, 방치하는 것이 위험하다고 느끼는 이유였다.

클레이만 혼자라면 어찌 되든 상관은 없지만, 밀림을 상대하는 것은 피하고 싶은 것이다.

"그렇지? 그렇지, 그렇지?! 역시 명탐정 라미리스 님의 해석은 정확하다는 뜻이네. 그럼 클레이만을 그냥 날려버리면 되지 않겠어?"

이야기의 흐름을 잘 유도해서 회의 분위기가 살기등등해지는 것을 겨우 막아냈다――고 생각했더니, 라미리스가 또 과격한 발언을…….

"그 전에 이건 뭐야? 여긴 왜 이렇게 강력한 마인들이 넘쳐나는 거야?! 이렇게나 많이 있으면 베레타는 그냥 내 하인으로 넘겨줘도 되는 거 아냐?!"

심지어는 그런 말까지 하는 형국이다.

라미리스 녀석, 상당히 분위기를 타고 있다. 내 동료들이 강하다는 것을 알아차리면서, 자신까지 대담하게 굴고 있는 것이다.

베레타 건도 포기할 생각은 없는 것 같고.

그 건에 대해선 베레타의 의사도 존중해야 하니, 라미리스의 고집만으로 어떻게 될 이야기는 아니지만 말이지.

그리고 내 부하들 중에도 라미리스에게 동조하는 자가 있었다.

"과연, 들을 만한 부분이 있는 의견이군요. 좋아, 제가 가서 간단하게 죽이고 오도록 할까요——.”

“아니, 잠깐, 잠깐. 좀 진정해라, 시온. 베니마루랑 소우에이도 마찬가지, 멋대로 나갈 채비를 하지 말라고!”

나 참.

발푸르기스에 참가하자고 말하자마자 이 모양이다.

베니마루는 클레이만의 군대와의 전투를 앞두고 있는 데다, 그 점은 소우에이도 마찬가지인데 말이다.

작전이 동시에 진행되기 때문에, 데려갈 두 명은 신중하게 결정해야 한다.

그렇다면 데려갈 사람은…….

등 뒤에서 찔러대는 물리적 압력조차 느껴지는 시선.

말할 것도 없이 시온이다.

데려가지 않으면 폭주할 것 같다. 베니마루로는 시온을 말리기 어려울 같으니, 이건 귀찮더라도 내가 맡도록 하자.

그리고 시온은 클레이만의 책략으로 인해 죽을 뻔——아니, 정말로 죽었다——했다. 그 원한을 풀 수 있는 기회가 될지도 모르므로, 데려가자는 생각이 든 것이다.

그런고로 시온은 확정이다.

또 한 명은 고민했지만, 란가가 좋을 것 같다.

그림자 속에 숨겨두는 것도 생각해봤지만, ‘홀리 필드(성정화결계)’ 같은 특수한 결계가 쳐져 있으면 번거로워지니까.

란가가 기대를 하면서 귀를 쫑긋 세우고 있는 기척이 전해지고 있으니, 란가로 결정한다.

란가는 호위로서 너무나 믿음직스러운 존재다.

이리하여 데려갈 자는 시온과 란가로 결정했다. 둘 다 '공간전이'를 보유하고 있으니, 여차하면 도망치기 쉽다는 것도 이유이다.

'홀리 필드'에서 힌트를 얻어서 획득한 신형 결계를 시험 삼아 발동하면, 최악의 경우라 해도 도망은 칠 수 있을 거라는 자신도 있다.

그러므로 각오를 굳히고, 셋이서 발푸르기스라는 자리에 쳐들어가 보기로 할까.

만약 최악의 경우 밀림이 조종을 당하고 있었다면, 그 다음에 전멸당할 것은 이 도시가 될 가능성이 높다. 그것만은 어떻게든 저지해야 한다.

이제 두 번 다시 이 도시에 피해가 생기는 것을 허용할 생각은 없는 것이다.

"역시 참가하기로 하지. 시온과 란가를 데려가겠다. 라미리스, 나도 참가하겠다고 타진해줄 수 있을까?"

"응, 알았어!"

라미리스는 가볍게 내 부탁을 들어주었다.

그리고 마왕 전용 회선이니 뭐니 하는 것으로 모든 마왕들에게 내가 연회에 참가한다는 내용의 통신을 보내주고 있다.

보아하니 필요 이상으로 고도의 술식을 통한 공간 간섭으로 동시 통화를 하는 듯한 느낌이다.

내가 그 상황을 감탄하면서 바라보고 있으니, 큰 소리로 웃으면서 다가오는 자가 있었다.

베루도라다. 보아하니 독서를 끝내고 우리의 대화를 듣고 있었던 모양이다.

"크아하하하하! 그런가, 드디어 붙어볼 마음이 들었나! 섭섭하잖아, 리무루. 나도 같이 가야지! 내가 따라가마. 마왕들 따위는 두려워할 것도 없어!!"

자신만만하게 큰소리치는 베루도라.

그러고 보니 완전히 잊어버리고 있었군, 이 인간이 있었지.

그렇지만 베루도라를 데려갈 마음은 들지 않았다.

"아, 잠깐만, 베루도라. 너는 이 도시에 남아서 이곳을 지켜주길 부탁하고 싶어."

"뭐?! 나도 가겠다고 말했을 텐데. 나라면 마왕들에게도 밀리지 않는다니까!"

내가 그렇게 말하자, 예상외라는 듯이 베루도라가 경악했다.

이 도시를 지키는 것도 중요한 일이다. 아니, 가장 중요한 역할이다.

이번에 클레이만을 상대로 하는 전쟁에는 전군이 출동한다. 남아 있는 것은 지금은 사자로 보낸 상태인 리그루가 있는 경비 부대 소수와 시온의 부하들뿐이다.

이건 베루도라가 여기 남는다는 전제하에 성립되는 계책인 것이다.

만일 성교회가 보낸 토벌 부대가 온다고 해도 베루도라라면 문제가 없을 테니까.

"——그렇기 때문에, 내가 없는 동안 여길 부탁해."

"으음……."

아무래도 납득이 가지 않는 모양이다.

어쩔 수 없군. 그렇다면 진짜 이유를 가르쳐줄까—— 그렇게 생각하고 말을 하려던 때에, 통신을 끝낸 라미리스가 먼저 떠들기 시작했다.

"잠깐, 리무루! 참가는 오케이지만, 너무하지 않아? 사부는 내 부하로서 따라오게 하면 되잖아. 그러면 나도 안전하고 말이야!"

그렇게 언뜻 듣기에는 그럴듯한 말을 한 것이다.

그러나 내게는 베레타와 베루도라를 데려가서 자랑하고 싶어 하는 라미리스의 본심이 다 들여다보였다.

그건 베루도라도 나와 마찬가지였을 것이다.

"……아닌데? 나는 딱히 너를 지키려고 따라가고 싶은 게 아닌걸."

그렇게 말하면서 단칼에 거절한 것이다.

"으에엑—?! 그럴 수가…… 너무 매정해, 사부!!"

아니, 사부는 또 뭐야…….

라미리스와 베루도라는 어느샌가 만화를 통해 친구가 된 것 같다.

사이가 좋은 건 틀림없어 보이지만, 역학 관계로 따져보면 라미리스가 일방적으로 따르는 것으로만 보이는군.

뭐, 그건 좋다.

중요한 건 내가 참가하는 것을 인정받았다는 것이다.

마왕들로서는 괜히 인간의 도시 부근까지 나오는 게 귀찮았을 뿐인지도 모르지만, 내게 있어서는 아주 바람직한 상황이다.

"베루도라, 실은 너에 관한 소문을 흘리기로 되어 있어. 그건 방금 전의 회의에서 합의된 것이지만, 너도 알고 있겠지?"

라미리스의 동행 자격으로 처음부터 따라가는 것도 확실히 좋은 방법이다. 그러나 가능하면 방심하게 하고 싶다는 의미로 보면, 베루도라는 따라오지 않는 것으로 여기게 만들고 싶다는 본심이 있었다.

"으, 음. 물론이지."

아, 이 이야기는 듣지 않고 있었구나.

다 듣고 있었다는 식으로 굴지만, 틀림없이 만화에 집중하고 있었던 모양이다.

그렇다면 말로 구워삶는 것은 간단하다.

"그리고 말이지, 클레이만 녀석은 이렇게 생각하겠지. 리무루라는 마인은 베루도라의 위세를 빌리고 있을 뿐인 소인배라고——."

"뭐라고요?! 클레이만 자식, 용서할 수 없다!!"

"흣, 분수도 모르는 벌레 주제에. 역시 제가 나서서 죽이는 게 좋을 것 같군요."

"이런, 이런, 진정해라, 너희들. 리무루 님의 말씀은 어디까지나 예를 드신 것뿐이야."

내 설명 도중에 시온과 디아블로가 격노했다.

성질이 너무 급한 거 아니냐, 너희들.

베니마루도 잠깐 격노했지만, 두 사람이 먼저 화를 내면서 떠들어대는 바람에 냉정함을 찾은 모양이다.

"자자, 베니마루의 말대로 이건 어디까지나 예를 든 거야. 그래서 말인데, 회의에 베루도라를 데려갔다간 잔뜩 경계를 할 테니 의미가 없지 않겠어?"

"호오? 그런 뜻인가."

"과연, 역시 리무루 님!"

"쿠후후후후, 리무루 님을 얕본 시점에서 이미 용서하기 어렵군요. 제 손으로 숙청하고 싶습니다만, 그 자리는 선배(시온)에게 맡기도록 하지요."

"상대를 방심시켜서 교섭을 유리하게 끌고 갈 생각이시군요?"

베루도라가 이해했다는 표정으로 고개를 끄덕였고, 시온이 아무런 생각도 없는 얼굴을 하고 나를 칭찬한다.

디아블로는 위험한 소리를 하고 있지만, 아무래도 클레이만을 쓰러뜨리는 역은 시온이 맡아야 한다고 생각하고 있는 것 같다.

베니마루는 내 의도를 알아차려준 것 같아서 기쁘다.

"그렇지만, 위험은 가능한 한 피해야 하지 않을는지요?"

슈나가 내게 물었다.

그 말에 동의하듯이, 게루도와 가비루도 고개를 끄덕이고 있다.

"역시 적에게 경계를 당한다고 해도, 안전을 중시하는 게 좋지 않겠습니까?"

하쿠로우가 내게 진언했고, 소우에이는 그 말에 고개를 끄덕였다.

확실히 모두의 걱정은 당연한 것이다.

하지만 그 점에 관해서는 제대로 생각해둔 바가 있었다.

"괜찮아. 실은 베루도라는 내 스킬 '폭풍룡소환'으로 불러낼 수 있어. 그건 동행자로 계산하지 않겠지? 그러니까 만일의 경우에는 도움을 요청할 테니, 그때까지는 얌전히 이 도시를 지켜주면 좋겠어."

내 생각이 어때? 그런 표정으로 말하는 나.

역시 대단하십니다. 그런 표정을 짓는 간부들.

"크아――――핫핫하! 과연, 나는 뒤늦게 나타나는 히어로라는 말이로군!"

자기 좋을 대로 알아서 납득하는 베루도라.

네가 그걸로 만족한다면 나는 딱히 할 말이 없지만 말이지.

"비겁한 거 아냐? 그거……."

라미리스만이 그렇게 중얼거렸다.

"우둔하긴, 라미리스. 이왕이면 현명하다고 말해줘."

라미리스는 불만이 있는 것 같지만, 베루도라는 혼자 납득하면서 감탄하고 있다.

여기서 하나 더.

"그리고 말이지, 그렇게 되면 네가 데려갈 수 있는 사람이 한 자리 비게 되잖아?"

이 말을 하자, 남은 간부들과 라미리스의 눈이 반짝였다.

"얘기가 통하잖아, 리무루! 그래서, 나한테 누구를 붙여줄 거야?"

라미리스도 따라갈 부하가 두 명이 된다면 불만은 없는 모양이다.

아니, 정말로 단순히 다른 마왕들에게 자랑하고 싶은 것뿐인 모양이다.

뭐, 납득해준다면 그걸로 충분하다.

남은 한 자리 말인데…….

선택받지 못한 자들이 마른침을 삼키면서 날 바라보고 있다는 것을 느끼지만, 아쉽게도 데려갈 자는 강하지 않으면 안 된다.

사실은 베니마루가 좋겠지만, 내가 자리를 비운 전장을 맡겨야 할 자가 베니마루이기 때문에 고르는 건 다른 자로 해야 한다.
——즉,
"기대하고 있는 모두에겐 미안하지만, 하쿠——."
"잠깐 기다려주십시오!!"
하쿠로우라고 말하려던 나를 제지한 사람은 라미리스의 뒤에 대기하고 있던 여성—— 트레이니 씨였다.
"리무루 님, 그 역할은 부디 제게 맡겨주십시오——!!"
"트레이니, 너란 애는 정말이지……!"
라미리스도 기쁜 표정으로 눈을 빛내고 있다.
어쩔 수 없지, 이렇게 결정됐군.
"알았소. 그럼, 트레이니 씨에게 부탁하죠."
나는 그렇게 말하면서 트레이니 씨의 참가를 허락했다.

이것으로 발푸르기스에 참가할 멤버가 정해졌다.
내 부하로는 시온과 란가.
라미리스의 부하로는 베레타와 트레이니 씨.
그리고 비상수단으로는 베루도라 소환이다.
내가 참가를 허락받은 것은 요행이었다.
인연이 있는 마왕으로는 레온 크롬웰도 있다.
그러나 이번에는 얼굴을 보는 걸로만 만족하자.
시즈 씨의 부탁도 있으므로 무시할 수는 없지만, 표적이 클레이만이기 때문이다.
오크 로드의 소란도 잊지 않았다.
뮬란의 건도 있다.

무엇보다도 밀림에 관한 것이 마음에 걸린다.

자칫하다간 밀림을 상대로 일전을 벌이게 될 가능성도 있다. 클레이만이 상대라면 싸울 각오를 하고 있지만, 밀림을 상대로는 마음이 내키지 않는단 말이지…….

어떻게든 이 찬스를 살려서 클레이만과의 결투로 끌고 가고 싶다.

발푸르기스에서 정리할 수 있으면 감지덕지다.

그게 무리라면 그땐 그때의 일이다.

클레이만, 너는 나를 적으로 몰았다.

나는 적으로 인정한 녀석을 쉽게 용서할 정도로 만만하지는 않아.

붙어보겠다면 단단히 각오해둬라.

내 동료에게 손을 대겠다면, 그에 상응하는 보답을 받게 만들 뿐이다.

아—아. 아무래도 나도 시온의 근육뇌가 전염되어버린 모양이다.

나는 그걸 한탄하면서도, 아주 조금은 기쁘게 생각한다.

왜냐하면——.

세세하게 고민할 것도 없이, 해야 할 일을 착실히 쫓아가고 있다는 생각이 들게 됐으니까.

ROUGH SKETCH

알비스

스피어

제3장 회전 전야(會戰前夜)

Regarding Reincarnated to Slime

발푸스기스를 제안한 것은 클레이만이었지만, 그 제안은 놀랄 정도로 간단히 받아들여졌다.

대의명분으로 '마왕 칼리온의 배반'을 든 것이 컸다.

쥬라의 대삼림에 대한 불가침조약을 어긴 죄, 그것을 마왕 밀림이 단죄했다—— 그게 마왕들에게 한 설명이었다.

그것이 표명상의 명분이라는 것은 명백했지만, 다른 마왕들로부터의 반론은 없었다. 모든 것은 발푸르기스에서 언급할 생각인 것 같다.

하지만 그때는 모든 것이 끝난 뒤이다.

그것이 클레이만의 예상이다.

발푸르기스까지 시간을 벌어두었으니, 클레이만은 진정한 마왕으로 각성하여, 절대적인 힘을 손에 넣을 수 있을 것이다.

그리고 밀림도 있다.

마왕들의 눈앞에서 밀림을 부리는 모습을 보여주면, 그것만으로 그들이 클레이만에게 뭐라고 말하는 것은 불가능하게 될 것이다.

클레이만은 그렇게 생각하고 있었다.

그러기 위해서라도 이 군사작전은 성공시킬 필요가 있었다.

마왕들에게 방해받기 전에 신속히 작전을 완료시킨다.

만일을 대비한 변명도 준비해두었다.

이번 군사행동의 대의명분과도 일치하는 그것이 바로── 마왕 칼리온의 협정 위반이다.

그 증거를 확보하기 위해 행동을 벌인 것이 되는 것이다.

만전의 준비를 마친 다음에 클레이만은 즉시 행동으로 나섰다.

마왕 밀림의 영토를 통과시키고, 수왕국 유라자니아까지 군을 보낸다.

지휘를 맡긴 자는 클레이만에게 진심 어린 충성을 맹세한 야무자.

클레이만의 진짜 목적을 알고 있는 자.

발푸르기스가 시작되기 전에 1만 명이 넘는 영혼을 사냥하는 것을 목표로 하여, 야무자가 이끄는 3만 명의 마인군은 출발한 것이다.

●

"에에이, 짜증 나는 녀석들. 뭐가 협력을 하자는 거냐, 우릴 얕보고 있으면서!!"

분개하여 소리를 치는 사람은 대머리의 덩치 큰 남자.

이곳, 용을 모시는 자들이 사는 도시에 세워진 신전의 신관장이다.

이름은 미도레이.

밀림을 숭배하는 자들의 수장이었다.

"하지만 미도레이 님, 지금은 따르지 않으면 위험합니다. 그 야무자라는 지휘관은 밀림 님의 칙서를 가지고 있지 않았습니까."

실실거리는 태도로 측근 한 명이 진언했다.

이름은 헤르메스라고 한다.

신관장 미도레이를 보좌하는 측근으로, 신관단의 일원이었다.

당당한 태도로 자유분방하게 행동하는지라, 불성실하게 여겨지기 쉬운 성격이다.

그 태도에 발끈했는지, 미도레이가 성난 목소리를 질렀다.

"입 닥쳐라, 헤르메스. 네놈이 말하지 않아도 알고 있다!"

그렇게 잔뜩 성이 난 미도레이를 보고, 방금 꾸중을 들은 헤르메스는 속으로 고개를 젓는다.

그렇다곤 하지만, 미도레이가 화를 내는 이유도 이해할 수 있다.

원인은 어제부터 머무르고 있는 마인들이다. 녀석들은 이곳, 잊힌 용의 도시로, 마치 자기들 구역인 양 침입해 온 것이다.

마왕 클레이만의 부하로서, 협정 위반을 저지른 마왕 칼리온의 영지를 조사하기 위해 가는 군대라고 한다.

이건 거절하려 해도 거절할 수가 없었다.

미도레이가 아무리 화를 내도 이것만큼은 어쩔 수가 없었던 것이다.

거기에는 이유가 있다.

마왕 칼리온이 지배하는 수왕국 유라자니아를 멸망시킨 것이 누군가 하면 헤르메스 일행이 모시는 마왕 밀림이기 때문이다.

그들의 주인이 얽혀 있는 이상, 클레이만의 부하가 증거를 모으는 일을 도와주는 것은 당연하다. 아니, 그보다도 증거를 발견하지 못하면 반대로 밀림의 처지가 난처해질 우려가 있었다.
밀림 자신은 아마 신경 쓰지 않고 있겠지만, 그렇게 되면 헤르메스 쪽이 곤란해지게 된다.
"정말이지, 밀림 님도 난감한 행동을 하셨네요……."
자기 멋대로 구는 거야 상관없지만, 조금만 더——정말로 조금만이라도 좋으니까——자신들의 입장도 생각해주시면 좋겠다고 헤르메스는 생각한다.
"불경하다, 헤르메스! 밀림 님께서 하시는 일을 의심하는 게 아니다!!"
"아니, 그야 그렇습니다만……."
그렇게 자꾸 봐주니까 점점 내가 고생을 하는 거라구요, 헤르메스는 그렇게 생각했다. 하지만 말하지 않는다. 말해도 미도레이를 화내게 만들 뿐이니까.
(하지만 그렇다고 해도 정말 일이 난감해졌단 말이지.)
헤르메스는 속으로 그렇게 투덜거리면서 어제부터 했던 고생을 돌이켜본다.
미리 영내의 통과 허가를 신청받았지만, 그 태도도 고압적이라 기분을 상하게 만드는 것이었다.
완전히 용을 모시는 자들을 깔보고 있었으며, 협력 요청이라는 말은 어디까지나 이름뿐이라는 것이 명백하다.
그것은 완전히 명령이었다.

잊힌 용의 도시에 사는, 용을 모시는 사람들은 총인구가 10만 명에 미치지 않는다.

국가로서의 기능은 존재하지 않으며, 모두가 상호 협력하여 살아가고 있다.

그러므로 무력도 지니고 있지 않으며, 마왕 밀림의 비호하에 들어가 그 안녕을 유지하고 있었다.

그것이 이 나라를 아는 자들의 공통적인 인식이었다.

하지만 그건 반은 맞고 반은 틀린 것이다.

확실히 정치적 기능은 없다.

말하자면, 다 같이 생산한 부가 중앙 신전에 집약되며, 그것을 신관장이 동등하게 분비하는 구조다.

게으른 자가 늘어나면 파탄이 날 구조로 생각할 수 있지만, 실은 그렇지 않다. 일하는 자에게도, 일하지 않는 자에게도 기초적인 부가 분배되는 것이다. 그런 상태에서 일하는 자에게는 더 많은 추가 지급이 이루어진다.

현대 일본으로 말하자면, 베이직 인컴(기초 소득 보장)이라고 부르는 제도가 이에 가깝다.

이 구조의 문제점은 공헌도를 누가 판정하는가 하는 것이지만…… 그건 밀림으로부터 전권을 위임받고 있는 미도레이가 맡은 일이다.

이 권한을 보유함으로써 미도레이는 절대적인 권력을 쥐고 있다. 하지만 그 힘을 악용하는 일은 없었다.

그 이유는 간단하다. 미도레이를 보좌하는 신관들이 신관장의 파면권을 갖고 있기 때문이다.

권력을 너무나도 멋대로 남용하면 그 위치를 잃게 된다. 그것을 이해하고 있기 때문에 미도레이는 폭군이 되지 않는다.

애초에 진짜 폭군인 밀림이 있으므로, 아무도 그 흉내를 내려는 생각을 하지 않는 것이 진상이지만 말이다.

그런 이유로 이 수만 명의 사람들은 의외로 통솔이 잘 잡힌 집단이었던 것이다.

그리고 또 하나.

이 사람들에게는 전투 능력이 결여되어 있는 것으로 여겨지고 있는 점인데…… 이건 완전히 오해였다.

용을 모시는 자들은 개개인이 어떤 이유로 인해 높은 신체 능력을 보유하고 있다.

통솔이 잘 잡혀 있는 데다, 성인이라면 C랭크에 가까운 실력을 가지고 있다.

평화주의자들뿐이라 눈에 띄진 않지만, 사실 제법 상대하기 버거운 무투파 집단이었던 것이다.

그중에도 신관단은 특히 그 격이 달랐다. 겨우 100명이 될까 말까한 인원밖에 없는 것이 그 증거이다.

우수한 자들만 모은 만큼 상당히 강하다.

매일 밀림에게 바치는 기도——라는 이름의 전투 훈련——를 하고 있기 때문에 그 전투 능력은 탁월한 상태다.

그중에서도 미도레이와 헤르메스 같은 자는 밀림 본인과 대련을 할 수 있을 정도로 강하다. 그렇기 때문에 얕보는 태도로 자신들을 대하는 클레이만의 부하들에게 불쾌한 감정을 품고 있는 것이었다.

그리고 그런 그들에겐 또 다른 비밀이 있다.

그건 바로——.

그 후로 하루가 또 지났다.

클레이만의 부하들은 멋대로 창고에서 식량을 뒤지고 있다.

미도레이는 이마에 핏줄을 세우면서도 애써 참고 있었다.

"그건 그렇다 쳐도 밀림 님은 왜 돌아오시지 않는 거지?"

분노의 칼끝을 돌리려고 미도레이가 그렇게 말했다.

"글쎄요, 왜 그러시는 걸까요?"

적당히 대답하는 헤르메스. 이 문답은 벌써 열 번 이상이나 되풀이되는 바람에 슬슬 귀찮아지고 있던 참이었다.

"모처럼 성찬을 준비해놓고 있건만……. 밀림 님께서 어딘가에서 배를 곯고 계시진 않겠지?"

"아니, 그런 일은 없을 겁니다요."

그 점은 확실히 단언하는 헤르메스.

이 발언에는 자신이 있다. 왜냐하면 미도레이가 말하는 성찬이란 것은 '자연의 은혜 모둠'이라는 이름의, 채소로만 이뤄진 모둠요리이기 때문이다.

그것도 날것으로.

전에 밀림과 같이 식사를 했을 때, 헤르메스는 그 표정을 훔쳐봤다.

감정이 전부 빠져나간 무표정으로 우물우물 입을 움직이고 있는 밀림을 본 것이다.

(그건 정말 아니었지. 맛있다고 생각하는 게 아니라 필사적으로 참고 있는 얼굴이었다고.)

확신을 갖고 헤르메스는 생각한다.

구운 고기가 나왔을 때는 훨씬 더 기뻐하는 표정으로 먹고 있었기 때문에, 자신의 생각이 틀림없다고.

그래서 헤르메스는 미도레이에게 "요리를 해서 드리면 밀림이 더 기뻐하실 거라고 생각합니다만?"이라고 진언했던 것이다.

하지만 그 의견은 기각되었다.

이 풍부한 자연을 그대로 맛보시게 하는 것이야말로 최고의 대접이다—— 그렇게 말하면서 미도레이는 자신의 신념을 굽히지 않았던 것이다.

(그러니까 밀림 님이 여기에 거의 들르시질 않는 겁니다요.)

그렇게 본심을 드러내며 말하고 싶었지만, 그랬다간 헤르메스에게 불리하게 돌아갈 것이다.

헤르메스는 여러 나라를 돌아본 경험이 있으며, 맛있는 요리를 먹어본 경험이 있다. 그에 비해 다른 신관들에겐 그런 경험이 없다. 다른 자들이 자연 그대로 먹는 것이 옳다고 믿고 있는 만큼 자신의 의견은 기각되리라는 생각에 헤르메스는 포기하고 있었던 것이다.

"그런가, 그럼 다행이지만. 그건 그렇고 클레이만 놈, 뭐가 잘났다고 감히 밀림 님에게 명령서를 쓰게 만들다니……."

악필——이 아니라 특유의 느낌이 있는 글자로 적힌 그것은, 틀림없이 밀림의 필적이었다.

그렇기 때문에 그들도 따르고는 있지만, 그것에도 한도가 있다.

"그러게 말입니다. 밀림 님의 명령이니 어쩔 수 없지만 말이죠……. 제3 식량고도 바닥이 났습니다요. 이걸로 남은 건 일곱 개, 다음 수확 기간까지 고생 좀 하겠군요……."

"빌어먹을!!"

미도레이의 대머리에 멜론처럼 울퉁불퉁하게 힘줄이 돋는 것을 보니, 그 분노가 얼마나 큰지 한눈에 알 수 있었다.

그걸 보고 웃음을 터뜨릴 뻔했던 헤르메스도 상당히 간이 큰 인간이라고 할 수 있을 것이다.

그때 그런 두 사람의 시야에 이 짜증의 원인인 클레이만 군의 총지휘관이 다가오는 모습이 들어왔다.

"쳇! 헤르메스, 참아야 한다."

"알겠습니다요."

그건 제가 할 말입니다요. 그렇게 생각하면서 헤르메스는 대답했다.

헤르메스는 가능하다면 그대로 지나쳐 가주길 바라고 있었지만, 유감스럽게도 그 남자의 목적은 헤르메스와 미도레이에게 있었던 모양이다.

두 사람은 입을 다물고 그 남자── 야무자를 기다린다.

야무자는 클레이만 군의 총지휘관이자, 마왕 클레이만의 심복으로 불리는 남자였다.

적당히 살이 붙었고, 키도 중간 정도이지만, 몸놀림은 가볍다. 속도를 중시하는 전사인 것이다.

전사라기보다 검사. 그 실력은 질풍으로 비유될 정도로 초일류의 검사이다.

클레이만으로부터 받았다고 하는 유니크(특질) 급의 아이스 블레이드(빙결마검)를 소유하고 있으며, 원소마법 : 아이스 블리저드

(수빙대마풍, 水氷大魔風)를 주문을 읊지 않고 구사한다.

빙결마검사 야무자, 검과 마법을 다루는 A+랭크의 마인이다.

"야아, 미도레이 님. 식량을 원조해주셔서 정말 큰 도움이 되었습니다. 역시 3만 명이나 되는 병사를 먹이려면, 아무리 식량이 있어도 모자라니까 말이죠."

남이 보면 호감이 느껴질 웃음을 짓고 있는 야무자이지만, 그 눈은 웃고 있지 않다. 주의 깊게 미도레이의 반응을 살피고 있다.

헤르메스 따위는 안중에 없다는 듯이, 시선 한 번 주지 않는다. 인간을 깔보는 마인으로선 종종 있는 반응이었다.

그것이 달갑지 않은 것은 확실하지만, 헤르메스는 미도레이가 말한 대로 참고 있을 뿐이다. 싸움 따윈 의미가 없으니, 잠깐만 참으면 된다고 생각하고 있었다.

"핫핫하, 도움이 되었다면 영광입니다. 하지만 아쉽게도 저희도 이 이상의 원조는 힘듭니다. 백성들이 먹을 것에 곤란을 겪게 되면 밀림 님이 슬퍼하실 테니까요."

"무슨 소릴 하는 거요! 그 마왕 밀림이 멋대로 움직인 거란 말이오. 그 뒤처리를 해주고 있는 우리 군에 대해 예를 다하는 것이 당연하지 않소!!"

미도레이가 잠깐 대꾸를 했을 뿐인데, 야무자는 격노했다. 아니, 이건 연기다. 화가 난 흉내를 내면서 미도레이의 반응을 보고 있는 것이다.

여기서 미도레이가 화를 내면서 따지고 든다면, 그걸 구실로 이 도시를 전멸시키려는 의도가 있는 것이 명백했다.

"아니, 이거 실례했습니다. 그만 우리 입장만 생각하고 있었군요. 우리도 할 수 있는 협력은 뭐든 다 할 테니, 사양 말고 말씀하십시오."

미도레이는 야무자의 분노를 진정시키기 위해, 자세를 낮추면서 말한다.

그걸 본 헤르메스는 감탄하고 있었다. 왜냐하면 그렇게나 잘난 체 구는 모습을 보아도 미도레이가 분노를 얼굴에 드러내지 않기 때문이다.

미도레이는 미소를 유지한 채로 대처하고 있다,

(역시 대단하십니다, 미도레이 님. 아까처럼 머리가 멜론이 되지 않는군요. 저라면 이미 예전에 화를 냈을 텐데 말입니다.)

헤르메스는 마치 남의 일인 양 그런 생각을 하고 있었지만…….

"그렇습니까, 그 말을 기다리고 있었습니다. 우리만으로도 수왕국을 청소하는 건 충분하지만, 당신들에게도 협조할 수 있는 기회를 드리도록 하죠. 물자 운반 정도는 할 수 있지 않겠소?"

그렇게 말하면서 씨익 웃는 야무자에게, 자신도 모르게 반박하고 말았다.

"자, 잠깐만 기다려주십시오! 식량을 빼앗아가는 것도 모자라 인력까지 착취하는 것은――."

반항할 생각 따윈 전혀 없었으며, 자신도 모르게 입 밖으로 말이 나온 것뿐이었다.

다음 순간, 헤르메스의 왼팔에 격렬한 통증이 느껴졌다.

"아얏?!"

"입 닥쳐라, 쓰레기(인간) 자식!"

잔혹한 표정으로 눈을 가늘게 뜨면서, 처음으로 헤르메스를 바라보는 야무자의 시선은 차가웠다.

절단된 팔을 누른 채, 헤르메스는 이를 악물면서 야무자를 노려봤다.

"——호오, 제 분수를 모르는 건가? 죽고 싶은 모양이구나."

잔인한 미소를 지으면서, 야무자는 피에 젖은 검을 헤르메스에게 들이댄다.

(이 자식, 멋대로 까불다니——.)

헤르메스가 분노를 터뜨리려 하던 그때, 맹렬한 태클을 당하는 것 같은 충격이 헤르메스를 덮쳤다.

그건 발차기였다.

미도레이의 날카로운 발차기가 헤르메스의 배에 꽂힌 것이다.

"이거 참, 정말 죄송합니다, 야무자 님. 이 바보에겐 제가 잘 알아듣게 교육을 시키겠으니, 이 자리는 절 봐서 그만 용서해주십시오."

머리를 연신 숙이면서 미도레이가 야무자에게 부탁한다.

"흥. 멍청한 부하를 두면 고생이 많은 법이지. 한 번만 용서하겠소. 내일 아침에는 출발할 예정이니, 당신들 신관은 모두 빨리 준비하도록 하시오!"

미도레이의 중재에 의해 야무자는 검을 거뒀다. 단, 그 대가는 크다. 용을 모시는 자들의 지도층인 신관 전원이 종군 명령을 받게 된 것이다.

야무자는 그 말만 남긴 뒤에, 볼일은 끝났다는 듯이 그 자리를 떠났다.

처음부터 병력 따윈 기대하지 않았으며, 회복마법을 쓸 줄 아는 신관들이 목적이었다. 헤르메스는 쓸데없는 말을 함으로써, 야무자의 노림수에 그대로 걸려들고 말았던 것이다.

야무자가 떠난 뒤에, 미도레이는 한숨을 쉬면서 헤르메스를 치료한다.

"멍청한 놈, 그래서 충고를 했건만."

"죄송합니다. 저도 모르게 그만……."

절단된 팔을 헤르메스가 붙잡아 눌렀고, 그 자리에 치료를 실시한다.

신성마법 : 리커버리(상병치유, 傷病治癒)로 헤르메스의 팔은 원래대로 돌아갔다. 대량의 피를 흘리는 바람에 기분이 안 좋았지만, 그건 스스로 힐링(체력 회복)을 쓸 것이기 때문에 큰 문제는 되지 않는다.

"됐다. 신관단이 빠진다고 해서 금방 백성들이 곤란을 겪지는 않아. 그보다도 그 남자──."

억누르고 있던 분노를 솔직하게 얼굴에 드러내면서, 미도레이는 야무자가 떠난 방향을 노려봤다.

"──밀림 님의 재산을 상처 입힐 줄이야."

그 말은 야무자가 헤르메스의 팔을 자른 것을 가리킨다.

용서하기 어려운 폭거라고 분노하는 미도레이지만, 자신이 헤르메스를 걷어찬 것은 없었던 일로 치고 있었다.

(아니, 그 발차기도 꽤나 대미지가 컸는데 말이죠…….)

헤르메스는 그렇게 생각했지만, 미도레이에게 나쁜 마음이 없다는 것은 이해하고 있기 때문에 아무 말 하지 않는다. 애초에 미도레이는 밀림을 신봉하는 만큼 열혈스럽고 우직한 성격인 것이다.

기본적으로 그건 미도레이뿐만이 아니라, 이 나라의 백성들 전원에게 공통적인 일이기는 하지만…….

"야아, 그러게 말입니다요. 죽여버려도 되겠습니까요?"

"멍청한 놈, 네놈 실력으론 못 이긴다."

즉시 기각 당했지만, 그 말도 틀린 것은 아니다.

미도레이가 말한 것처럼 헤르메스는 야무자에게 이기지 못할 것이다.

"그렇긴 하네요. 저 검은 상대하기 버거울 것 같은 데다, 저 남자, 그 외에도 뭔가를 감추고 있는 것 같으니까요."

"음. 약아빠진 마왕 클레이만의 심복답게 비장의 수를 쉽게는 보여주지 않을 것 같군. 사내라면 정정당당하게 가진 수를 다 내보이고 승리해야 하거늘……."

아니, 아무리 생각해도 그건 바보나 할 짓이죠——. 헤르메스는 그렇게 생각했지만, 이런 생각도 이 나라에서는 주류에서 벗어난 것이다.

어쩔 수 없이 동의하는 척하면서 헤르메스도 업무에 돌아간다. 급하게 정해진 내일의 출발에 대비해, 산더미처럼 쌓인 업무를 처리하기 위해서.

그리고 다음 날 아침.

발푸르기스(마왕들의 연회)를 이틀 후로 앞둔 상황에서, 클레이만 군은 다시 침공을 개시한 것이다.

●

회의가 있은 다음 날 아침.

밤을 새우는 바람에 몸이 노곤하다.

그런 생각이 드는 것은 정신적인 면에서 그렇지, 사실은 기운이 팔팔하다.

잠을 잘 필요가 없다는 것은 이럴 때 편리하다.

어젯밤, 회의가 끝난 뒤에 소우에이로부터 연락이 왔다.

회의에는 본체가 참가하고 있었지만, '분신화'로 보내놓은 분신들이 수왕국 안을 돌아다니면서 정보를 모으고 있었던 것이다.

소우에이의 부하인 소우카를 비롯한 다섯 명의 활약도 있었기 때문에, 새로운 정보가 몇 개 더 모였다.

경계하고 있던 클레이만 군은 움직임이 없다.

그 동안에 우리 군을 배치할 장소를 찾아다녔다고 하는데, 여기서 문제가 발생했다.

피난한 상태인 수왕국의 주민들은 그야말로 각지에 흩어져 있다. 이자들을 구조하기 위해 간다면, 어디에 군을 배치하든 구조하기엔 때가 늦어지는 장소가 나올 가능성이 있었던 것이다.

클레이만 군의 침공 루트에 따라서는 뒷북을 치게 된다.

《제안. 피난하고 있는 주민들을, 한곳으로 전송하는 것이 효율적입니다.》

호오, 과연.

아니, 그렇겠지.

전송하는 대상은 굳이 군대가 아니어도 되는 것이다.

나는 '공간지배'로 무리 없이 이동할 수 있는 데다, 소우에이의 분신이나 소우카 일행이 있는 장소로는 즉시 전이할 수 있다. 그곳에서 신형 '전송 술식'을 사용해서 피난민을 한곳으로 모으면 된다.

그런고로, 회의가 끝난 뒤에는 너무나도 바빠지게 되었다.

우선, 게루도의 부대를 먼저 보내서 피난민을 받아들일 야영지를 설치하게 했다.

전송할 곳은 밀림이 황무지로 바꿔버린 수왕국의 수도가 있었던 장소다.

광대한 황야가 되었기 때문에 눈에 띄겠지만, 군대를 배치할 장소로는 최적이다.

그런 뒤에 각지의 집락을 돌아다니면서 차례로 피난민을 전송하는 것이다.

어젯밤 안에 모두를 전송하는 것을 끝냈기 때문에, 내가 지쳐서 축 늘어진 건 당연한 일이다.

——그렇게 말했지만, 그것도 어디까지나 정신적인 면에서 그렇다는 것뿐이지만.

포비오가 날 따라다녀 준 덕분에 피난민의 반발이 없었던 것도 다행이었다.

그 덕분에 포비오도 완전히 지친 모양이다.

헤어질 때 "이렇게 계속 전송을 하는데, 어떻게 그렇게 태연하신 겁니까……? 그것도 그런 대규모의 전송마법까지 연발하시다니…… 이건 정말 말이 안 됩니다——"라고 나를 괴물을 보는 듯한 눈으로 바라봤는데, 참으로 무례한 녀석이다.

아무리 나라고 해도 지치는 게 당연하잖아.

그런고로 포비오는 지금, 게루도의 부대가 세운 야전용 텐트의 한 곳을 빌려서 지친 모습으로 자고 있을 것이다.

이런, 포비오는 지금 어찌 됐든 상관이 없지.

슬슬 우리 군도 준비를 끝냈으니, 성대하게 배웅해줘야 한다.

정비되어 있지 않은 광장으로 향했다.

이쪽은 리그루도가 밤을 새워서 준비를 해주고 있다.

나와 마찬가지로 밤을 새웠을 텐데, 기운차게 돌아다니고 있다.

리그루도 불렀기 때문에, 리그루도를 도와주면서 같이 분주히 뛰어다니고 있는 모양이다.

남은 내 일은 여기에 집결한 자들을 수왕국의 야영지로 전송하는 것이다.

그게 끝나면 모레 밤에 있을 발푸르기스(마왕들의 연회)를 대비하여, 여러모로 준비를 할 예정이었다.

내가 광장에 도착하자, 그곳에는 정렬한 병사들이 기다리고 있었다.

삼수사인 스피어와 알비스의 지휘를 받는 1만 명의 수인들. 통일감이 없는 부위별 장비를 입고 있지만, 그건 어쩔 수 없다. 불필요해진 장비를 고쳐서 제공한 것이다.

기본적으로 수인은 '수신화(獸身化)'를 하는 자가 많기 때문에,

풀 아머(전신 갑옷)보다는 사용하기가 편할 것이다.

그런 그들 옆에는 원군을 위해 가게 될 내 부하들이 서 있다.

카리브디스(폭풍대요와)와 싸웠던 때와 비교해봐도, 그 규모는 물론이고 전력도 대폭 향상되어 있다.

베니마루가 내가 온 것을 알아차리고 옆에 선다.

그리고 좋은 기회라고 생각했는지, 모두가 어떻게 진화했는지 설명해준다.

내 진화에 따라 모두에게도 어떤 식으로든 변화가 있었다.

'세계의 언어'는 영혼의 계보에 속하는 마물에게 기프트(축복)를 부여한다고 하는데, 이건 내가 이름을 지어준 마물에 해당하는 것 같다.

주민들에 대한 조사에서도 눈에 띄는 변화가 있었다고 한다.

베니마루가 말하길,

"도시의 주민들을 조사해본 결과로는 남자들은 체력이 향상된 모양입니다. 여자들은 피부에 윤기가 생겼으며, 외모가 더 아름다워졌다고 하는군요. 저에겐 딱히 상관없는── 게 아니라, 이해가 잘 안 되는 말을 했습니다만, 아무래도 생명력이 올라간 것 같습니다──."

모두가 정렬하고 있는 동안에 베니마루가 주민들의 상황을 보고해줬다. 눈에 띄게 젊어진 자도 있다고 하며, 모두가 고맙게 여기고 있다고 한다.

그들은 비전투원이기 때문에, 지금은 나설 차례가 아니다. 남아서 도시를 지켜야 한다.

그럼 중요한 전사들을 소개하기로 하자.

전투원인 자들은 개별적으로 스킬을 획득하거나, 부대별로 특색이 있는 스킬을 다 같이 획득하는 등 여러모로 변화한 상태라고 한다.

실로 기대가 된다.

우선 처음에는 초창기 때부터 내 부하였던 자들.

고부타를 대장으로 하는 고블린 라이더이다.

특수한 조건하에서만 발생한다고 하는 스타 울프(성랑족)를 모는 홉고블린들.

정말 홉고블린들인 걸까?

종족명은 틀림없이 홉고블린이지만, 그 본질은 다른 종이 된 것 같다는 생각이 든다.

그들은 놀랍게도 엑스트라 스킬 '동일화(同一化)'라는 레어 스킬(희소 능력)을 획득하고 있었다.

이 스킬은 인마(人馬)일체 같은 비유가 아니라, 그야말로 완전한 합체라고 한다. 즉, '동일화'를 구사하면, 사족보행으로 고속 이동이 가능한 강력한 전사가 되는 것이다.

합체했을 때의 그 실력은 A-랭크에 해당하는 것 같다.

개인전에 특화되어 있으므로, A 판정까지는 가지 못하지만, 그 전투 능력은 엄청나게 높다. 여러 명이 협력하면 A랭크의 마인에게도 이길 수 있을 것이다.

무엇보다 고블린 라이더는 무리로 싸운다.

의사소통의 속도는 실로 뛰어나며, 훈련의 완성도는 높다. 기본적으로 하쿠로우의 지휘에 따라 움직이고 있으니까.

그런 자가 100명이나 동시에 연계를 하는 것이니, 이 부대의 무서움을 실감할 수 있을 것이다.

인간이 정한 랭크에 해당이 되지 않는다는 것은 통감하는 바이지만, 상당히 기대할 수 있는 전력이다.

다음으로 베니마루의 측근이 된 자들.

내가 쥬라의 숲의 맹주가 되면서 싸울 수 있는 마물이 상당히 늘어났다.

특필할 점은 오거가 300명이 있다는 것이다.

그중에서도 전투력이 상위에 속하는 자들은 초기에 내게 도와주기를 청한 마을 출신의 젊은이들이었다. 베니마루를 비롯한 내 측근 오거들을 동경하고 있었던 모양이며, 기프트를 얻어서 진화했다고 한다.

이거 참 정말 놀라운 일이다.

지원하여 입대한 자도 있는 것 같지만, 그자들은 처음부터 네임드 전사였다. 하위 마인으로 부를 수 있을 정도로 강하기 때문에 실로 믿음직스러울 따름이다.

지혜가 없는 야성의 오거라고 해도 B랭크이다. 그런 존재가 완전무장한 것도 모자라 아츠(기술)까지 배운 상태이다.

강하지 않을 리가 없었다.

이자들은 베니마루의 직속 친위대로서, '쿠레나이(홍염중, 紅炎衆)'라고 명명했다.

개개인이 A-랭크에 해당하는 전투 집단이었다.

그리고 베니마루가 이끄는 본대에 소속되어 있는 자들.

홉고블린이 4,000명 정도 있는데, 재미있는 진화를 터득했다.

놀랍게도 '염열조작'과 '열변동내성'을 획득하면서 염열 속성을 지니게 된 것이다.

놀라운 변화였다.

개개인의 랭크는 B에 해당하며, 공격력에 특화된 강습 타격 부대라고 부를 수 있을 것이다.

실은 이 고블린들은 피부가 녹색이라는 이유로 이름도 녹색과 연관되게 지어져 있었다.

누가 지은 이름인지 모르겠지만, 나중의 일을 좀 생각해서 지었으면 좋겠다.

《알림. 이름을 지은 것은 마스터입니다.》

나도 알고 있어!!

설마 여기서 지적을 해 올 줄은 생각도 못 했다. 은근히 사람을 잘 비꼬는 녀석이라니까.

아니, 사실은, 그렇게 나중 일을 예상할 수 있을 리가 없다는 뜻으로 이런 말을 하는 거라고.

정말로 마물의 진화는 의미 불명이다.

대원들의 이름의 유래가 녹색이기 때문에 부대명도 그린 넘버즈(녹색 군단)라고 명명했다.

때로는 굴하지 않고 당당하게 나서는 것도 중요하다.

베니마루의 부하들이니까 붉은색으로 갖춰주고 싶었지만, 이건 이것대로 멋이 있는 것 같다. 색에 어울리지 않는 염열공격을 구사하니, 의외성이 있어서 좋은 걸로 치자.

장비를 녹색으로 물들여서 활약시킬 예정이었다.

그리고 다음은 그린 넘버즈와 쌍벽을 이루는 게루도의 부대다.

하이오크의 진화도 집단 별로 동일하게 이뤄졌다.

엑스트라 스킬 '강력(剛力)'과 '철벽'이라는 신체 강화에 특화된 스킬을 모두 획득하고 있다. 그리고 대장급인 자는 뜻대로 흙을 조작하는 엑스트라 스킬 '토조작(土操作)'을 획득하고 있었다.

이게 게루도가 말했던 스킬이며, 참호 같은 것도 만들 수 있다고 한다.

게다가 전원이 엑스트라 스킬 '전신개화(全身鎧化)'를 장비하면서, 방어력에 특화된 구성을 갖추었다.

내가 지닌 내성도 상당히 많이 이어받은 것 같다. '물리공격내성'에 '통각, 부식, 전류, 마비'에도 내성이 생겼다.

카발에게 선물했던 방패의 완성판인 카리스실드(풍와순린순, 風渦楯鱗盾)는 마법 방어 효과가 부여된 유니크(특질급) 아이템이다.

즉, 물리 공격은 물론이고 마법 공격까지 완전히 방어하는 것이다.

아주 진지하게 시온의 요리를 먹여서 독내성도 가지게 하면 어떨까? 나도 모르게 그런 생각이 들었던 건 역시 비밀로 해두자.

아니, 그건 그렇다 쳐도 카리브디스의 비늘을 대량으로 얻을 수 있었던 건 행운이었다. 가름이 가공하여 제작한 완성품을, 쿠로베가 대량으로 복제해준 것이다. 장인들에게 감사해야겠지.

개개인이 B랭크에 해당하는 강력한 군단이 되어 있었다. 아니, 그 전에, 모두가 유니크 급을 장비하고 있는 시점에서 평범한 군대를 능가한다.

반칙에 가까운 방어 부대라고 할 수 있을 것이다.

그 수가 5,000명.

지원병이 속속들이 모이면서, 그 수도 늘어나 있었다.

평소에는 다양한 공사에 종사하지만, 여차할 때는 강력한 군단으로 재빨리 변한다.

다양한 공격을 막아내는 철벽의 군단인 것이다.

——옐로 넘버즈(황색 군단), 그게 이 군단의 정식 명칭이다.

뒤이어서, 가비루가 이끄는 드라고뉴트(용인족, 龍人族)가 100명.

드라고뉴트는 그 자체만으로도 종족의 능력이 높다. 당연하게도 A-랭크에 해당한다.

내게서 기프트를 부여받으면서, 더욱 강력한 용의 피에 눈을 뜬 모양이다.

고유 스킬로서 '드래곤 보디(용전사화, 竜戰士化)'를 획득한 것 같다.

그 외에도 '플레임 브레스'나 '선더 브레스' 중의 하나를 획득하게 되면서 원거리 공격도 구사할 수 있게 되어 있었다.

가비루는 둘 다 쓸 수 있다고 하니, 역시 우수한 녀석이었던 모양이다.

아직도 확실하게 잘 이해가 되지 않는 것이 '드래곤 보디'다.

《알림. 고유 스킬 '드래곤 보디'라는 것은――.》

아, 설명은 필요 없습니다.

내가 쓰지 못한다는 것은 판명되어 있으니, 들어도 의미가 없다.

쓰고 싶다면, 그 힘을 가진 가비루 쪽이 알아서 열심히 해명해 주겠지. 본인의 노력 없이 얻을 수 있는 힘에 무슨 의미가 있단 말인가. 나는 그렇게 생각한다.

응? 나는 어떠냐고?

내게는 얼티밋 스킬(궁극 능력) '라파엘(지혜지왕)'이 있다. 곤란하게 되면 라파엘이 도와주기 때문에 문제가 없다.

라파엘은 내 힘이기 때문에, 어떤 의미로 보면 내가 노력하고 있다는 것과 같은 뜻이다. 그런고로, 나도 노력하고 있다고 해도 과언은 아닌 것이다.

그러므로 가비루 군과 그 동료 제군들, 위기에 몰리기 전에 쓸 수 있게 되면 좋겠군! 알아서 하라고 팽개쳐두는 꼴이 되겠지만, 열심히 해주길 바라는 바다.

그건 그렇다 쳐도 가비루에겐 정말 아까운 부하들이다.

비행 능력도 있어서, 상공에서 브레스로 공격을 하면 대책이 없다.

원래부터 종족 특성으로 모든 것에 대한 내성을 갖추고 있다.

강철 급의 강인한 비늘에 마강제의 브레스트 플레이트(흉부장갑).

검이든 마법이든 어중간한 공격으로는 관통할 수 없다.

날 수 있다는 것만으로도 압도적인 우위성을 지니고 있는데, 이 정도의 방어력이라니.

속도, 공격, 방어. 3박자를 두루 갖춘 만능 기습 부대였다.

정식 명칭은 '히류(비룡중, 飛竜衆)'라고 명명한다.

겨우 100명이지만, 우리나라의 최강 부대이다.

그리고 마지막으로 이제 막 신설된 부대가 서 있다.

내 친위대라는 명목으로 만들어진 부대다.

지휘하는 자는 시온.

죽음에서 소생한 자들, 대략 100명으로 구성되어 있다.

어린아이도 있었지만, 청년 수준으로 단번에 성장했다고 한다. 제대로 싸울 수 없었던 안타까움이 진화를 촉진한 것으로 보이지만…….

얻은 능력은 엑스트라 스킬 '완전기억'과 '자기재생'이다.

이 두 개의 스킬은 상성이 좋다.

기본적으로 '완전기억'이 있는 덕분에 머리가 날아간다 해도 아스트랄 보디(성유체)에 기억이 남는다. 그 동안에 '자기재생'을 하면 사망에 이르지 않고 부활이 가능하게 되는 것이다.

즉, 오크 디재스터가 보였던 경이적인 회복 능력을 얻은 것이 된다.

이것으로 '자기재생'이 '초속재생'으로 진화하면 거의 불사신이 될 것 같다.

그런 자들이 100명. 어이가 없을 지경이다.

그것도 모자라 위협적인 회복력을 얻은 데에 힘입어, 시온의 맹훈련을 받아도 아무렇지 않다고 한다.

추가로 언급하자면 “왜냐하면 나는 죽지 않는걸!”이라고 말한 자는 얼마 전까지만 해도 어린아이였던 소녀였다고 하는데…… 이젠 더 해줄 말도 없다.

미안한 짓을 했다고 해야 할까, 열심히 노력하라고 해야 할까.

현재는 C랭크에 해당하는 실력밖에 없지만, 이제 곧 우리나라 안에서도 최강 부대가 되어 있을 것 같은 예감이 든다.

부대명은 ‘부활자들(자극중, 紫克衆)’이라고 명명한다.

보라색(紫)=죽음을 극복했다는 의미로, 그들에게 어울리는 이름이라고 생각한다.

대충 이런 내용으로 보고를 받았다.

내 진화의 영향과 그들이 지금까지 해온 노력이 결실을 맺으면서, 크게 꽃을 피웠다고 할 수 있겠다.

맨 처음에 든 생각은 상당히 전력이 향상되었구나, 라는 것.

총인원수가 1만 명에 미치지 못하는 군대지만, 웬만한 군대 따위는 간단히 물리칠 수 있을 것 같다.

내가 섬멸한 파르무스 군에 수적으로는 밀리지만, 전력으로 따지자면 압도적으로 상회할 것이다.

이거 참, 정말로 놀라운 보고 내용이었다.

수가 적은 것이 약점이지만, 그건 국력을 감안하면서 조금씩 늘릴 수밖에 없다. 상비 전력이 1만 명이라고 생각하면 감지덕지인 셈이다.

게다가 아직 도시를 지키는 예비 전력은 별도로 남아 있다.

쥬라의 대삼림에서 모여든 자들로 편성한 부대이다.

훈련의 완성도에 차이가 너무 나서 이번에는 참전시키지 않지만, 앞으로 잘 단련하게 하면 충분한 전력이 되어줄 것이다.

앞으로의 과제라 하겠다.

베니마루에게서 받은 보고는 대충 이런 내용으로 끝이 났다.

*

그건 그렇고 1만 명의 부하들이 늘어선 모습은 압권이다.

수인 전사들도 1만 명.

합쳐서 2만 명의 군대가 정렬한 채로 출발할 때를 기다리고 있다.

시온의 부하들인 '부활자들'은 내 친위대이므로, 대열에서 벗어난 곳에 대기하게 했다. 어찌 됐든 간에 이번에는 참전하지 않기 때문에 같이 서 있으면 방해가 된다.

"리무루 님, 준비가 완료됐습니다."

리그루도가 내게 보고를 했다.

자는 시간도 아까워하면서 분주하게 뛰어다녀 주었기 때문에, 그 점에 관해서 고맙다는 말을 한다.

리그루도는 "천만의 말씀입니다——"라고 대답하면서 만족스럽게 웃었다.

자, 준비가 되었다면 재빨리 '전송'하기로 하자.

"아, 알비스 씨——."

"알비스라고 부르시면 됩니다, 리무루 님."

내가 부르자 알비스가 그렇게 대답했다.

실례가 되지 않도록 일부러 그렇게 불렀는데, 오히려 혼란스러운 모양이다. 이것도 체념하는 마음가짐으로 이겨내도록 하자.

"알았네, 알비스. 우리가 갈 곳에는 그 나라의 동료들을 모아두었으니, 우리가 논의한 내용을 전달해주길 부탁하지. 포비오가 부대를 편성하고 있을 거라 생각하니 뒷일은 잘 부탁하겠네!"

"잘 알겠습니다. 이 은혜는 결코 잊지 않겠습니다."

내게 깊이 고개를 숙이는 알비스. 그 뒤를 이어 스피어가, 그리고 수인들 모두가 뒤따라 고개를 숙인다.

압도되는 듯한 압박감이 느껴지지만 버텨낸다. 이 행동이 그들의 감사의 마음을 담은 것이니까.

"고맙게 생각해, 리무루 님. 이걸로 아무 걱정 없이 클레이만의 부하들을 물리칠 수 있게 됐어. 클레이만은 리무루 님에게 양보할 테니까 우리의 원한을 꼭 풀어줘!"

웃으면서 말하는 스피어.

미인인 만큼 상당히 무서운 표정이다.

알비스도 동의하는지. 이쪽도 마찬가지로 무시무시하게 귀기를 띠고 있었다. 기합은 충분하니, 이제 내키는 대로 날뛰는 일만 남았다는 분위기를 풍긴다.

수인들만으로 2만 명의 군대가 만들어졌으니, 원군은 필요 없을지도 모르겠다. 하지만, 수는 많으면 많을수록 좋은 법이다.

그들만으로는 아직 수적으로 밀리고 있으니 말이지.

우리의 원군을 더하면 3만 명인 클레이만 군에 대해 연합군도 3만 명이 된다.

숫자가 같다면, 질로 앞서는 우리의 승리는 틀림없다.

문제가 되는 것은…….

"그건 그렇고 베니마루, 작전은 문제없나?"

내가 어젯밤에 수인들을 모으면서 돌아다니는 동안에, 베니마루에게 작전을 한 번 더 다시 짜도록 시켜놓았다. 큰 줄기는 달라지지 않았지만, 전력을 분산해 피난민을 모은다는 과정이 사라졌으니, 세부적인 부분을 변경할 필요가 있었던 것이다.

"네, 문제없습니다. 클레이만이 노리는 것이 수왕국의 주민이라면, 일부러 물러나는 것도 효과적이라고 봅니다."

성격이 나빠 보이는 미소를 지으면서 베니마루가 웃었다.

음, 나도 그게 좋다고 생각한다. 일부러 정면에서 부딪쳐 사망자를 낼 필요는 없는 것이다.

"네. 베니마루 공과도 상담해봤지만, 지금이라면 전장을 옮길 여유도 있으니 전투는 좀 더 뒤로 미뤄도──."

알비스도 또한 그 손에 든 금색의 지팡이를 흔들면서, 작전에 대해 즐거운 표정으로 이야기한다.

보아하니 문제는 없는 모양이다.

발푸르기스까지 목적을 달성할 수 없다면, 클레이만은 화를 낼 것이다. 적어도 부하에 대한 책망이 심해질 거라고 생각한다.

그렇게 되는 게 두려워서, 지휘관이 초조하게 굴어준다면 우리가 이득이었다.

"──부대는 쥬라의 대삼림의 입구에 배치할 것입니다. 과거에 제 고향이었던 황폐한 대지, 지금은 전멸당한 오크의 왕국 오비크가 있던 곳이 녀석들의 묘지가 되겠지요."

게루도의 말에는 원념이라고 부를 만한 뭔가가 담겨져 있는 것 같았다.

클레이만의 책략에 의해 멸망한 나라. 그곳이 결전의 장소가 된다.

인연을 느끼지 않을 수가 없다. 인과응보란 말인가.

작전은 간단하다.

쥬라의 대삼림으로 피난민이 도망치는 것처럼 보이게 한 뒤에, 추격해 오는 적 전력을 공격한다.

단지 그것뿐이다.

라파엘의 도움을 받아 머릿속으로 해본 시뮬레이션은 완벽하다. 소우에이 일행이 새로이 파악한 정보를 입력하여 재현함으로써, 꽤 현실적인 미래 예상도를 그려내고 있었다.

그것을 '사념전달'로 전해두었기 때문에 모두 상황을 쉽게 파악한 것 같다.

당초 예정으로는 피난민을 보호하면서 적을 유인한 다음, 포위하여 섬멸할 예정이었다. 하지만 이번의 작전 변경으로 발이 빠른 자들이 미끼가 된다. 각개 격파될 위험성이 줄어들었으므로, 작전 성공률이 대폭 높아진 것은 말할 것도 없다.

중요한 것은 안쪽 깊은 곳까지 유인한 다음에 섬멸하는 것.

나로선 몰살시킬 생각은 없지만, 여기서 놓아줬다가 다시 공격을 받는 것도 번거롭다.

철저하게 죽일 것이다.

"베니마루, 알고 있겠지?"

"물론입니다. 두 번 다시 거역하지 못하도록 지옥을 보여주기로 하죠."

정말 멋진 미소로 베니마루가 대답했다.

아, 이건 전혀 봐줄 생각이 없다는 얼굴이로군.

"몰살시키는 겁니다, 베니마루!"

"쿠후후후후. 쓰레기는 빨리 치워버리지 않으면 냄새가 나니까 말이죠."

시온과 디아블로가 베니마루를 격려했다.

격려라고 표현하는 건 좀 아닌 것 같지만, 뭐, 넘어가자.

두 사람 다 참가하고 싶어 하고 있는데, 정말로 싸우는 걸 좋아하는 녀석들이다. 하지만 그 바람은 이뤄지지 않는다.

시온은 나와 같이 남아서 발푸르기스의 준비를.

디아블로는 이 이후에 파르무스 공략을 위해 출발한다.

그러므로 이 싸움에는 아예 참가할 수 없는 것이다.

나머지는 베니마루에게 맡기고 좋은 소식을 기다리기로 하자.

"좋아, 무슨 일이 생기면 곧바로 보고해다오. 그러면 전송할 테니까 반드시 이겨라!!"

""""넷――! 승리를 리무루 님께 바치겠습니다!!""""

나를 바라보는 수많은 시선들.

그 모습을 금색의 눈으로 바라보면서, 나는 마법진을 펼쳤다.

어젯밤에 실컷 해봤기 때문에 이젠 익숙해졌다.

2만 명의 군대의 발밑에 아주 거대한 마법진이 그려졌고, 켜켜이 쌓이는 방식으로 아래에서 위로 올라간다.

정방형으로 그려진 마법진의 안쪽에선 나로서는 해독할 수 없는 기하학적인 모양이 쌓이고 있었다.

역시 2만 명을 동시에 보내려고 하다 보니, 상당한 집중력과 마력이 필요하게 된다. 점점 에너지(마력요소)양이 감소하지만, 계산상으론 충분할 것 같다.

남의 일처럼 말하지만, 내 에너지양도 말도 안 되게 늘어난 상태이다.

시간으로 치면 5분 정도 경과한다.

모두가 부동자세로 선 채로 전송 술식이 완료되기를 기다리고 있었다.

그리고 정방형의 마법진이 모두의 머리를 넘어선 순간에——눈부신 섬광을 발하면서 군대가 사라졌다.

전송 완료. 모두를 무사히 보내는 데에 성공한 것 같다.

한마디 더 하자면, 어젯밤 처음 할 때는 엄청 당황했었다.

밤중에 눈부신 섬광을 발산하는 바람에, 클레이만 군에게 들키지나 않을까 노심초사했던 것이다.

그 뒤로는 블라인드(암막탄) 마법을 병용해서 마법진에서 빛을 빼앗도록 만들었다.

무슨 일이건 실패는 따르는 법이니, 방심은 금물이다.

이번에는 그럴 필요가 없기 때문에 상당히 화려하고 장관인 광경을 볼 수 있었다.

"대단하십니다, 리무루 님. 아름다운 술식이었습니다!"

"정말입니다. 넋을 놓고 보고 말았습니다!"

디아블로가 나를 칭찬했고, 그에 대항하여 시온도 찬사를 보냈다.

디아블로는 마법을 아주 좋아하는 모양이다.

나중에 사태가 진정되면, 같이 마법에 관한 논의라도 해보기로 할까. 내가 모르는 마법을 알고 있을지도 모르니까 말이지.

그리고 시온 말인데, 주위 사람들을 질투하는 행동을 자제시키도록 해야겠다.

괜히 이상하게 얽혔다간 귀찮아진다.

그런 생각을 하면서 두 사람에게 고개를 끄덕여 보인 뒤에, 우리는 그 자리를 떠났다.

모두가 떠난 뒤에, 지루해하던 베루도라가 슬쩍 다가왔다.

그리고 멍청한 소리를 내뱉는다.

"리무루, 내가 가서 끝장을 내고 올까?"

역시 내 말을 듣지 않았구먼, 이 인간.

"그러니까! 너는 발푸르기스가 시작될 때까지 비밀로 숨겨두겠다고 말했잖아?! 거기 가서 날뛰었다간 단번에 들켜버릴 거 아냐!!"

"크앗———핫핫하, 그랬었지. 깜박 잊어버리고 있었어."

깜박 잊어버리면 안 되지.

정말로 곤란한 인간이라니까.

대량으로 준비한 만화책을 건네주긴 했는데, 괜찮으려나?

무슨 짓을 저지를 것 같아서 너무나 불안하다.

감시를 철저하게 해야겠다고 생각했다.

그날 낮에는 요움 일행도 출발했다.

베루도라가 부활했다는 이야기를, 가는 도중에 열심히 퍼뜨려줄 것이다. 각 마을에서도 그 소문이 널리 퍼지도록 선전해줘야

한다.

그 진짜 목적은 말할 것도 없이, 도청하고 있을 클레이만에게 그 이야기가 전해지도록 하는 것이다.

가능한 한 빨리 전해지면 좋겠다고 바라면서 그들을 보냈다.

디아블로가 "곧바로 돌아올 것이니 안심하십시오"라고 말했는데, 대체 파르무스 왕국을 얼마나 얕보고 있는 걸까? 오히려 걱정이 되었지만, 일단 맡기기로 했다.

실패는 누구나 하는 법이니까, 무슨 일이 일어나면 그때 생각해도 되겠지.

그 뒤에 가젤도 드워프 왕국으로 돌아갔다. 대신들이 화가 났는지 상당히 서둘러 떠났는데…… 역시 대역으로는 문제가 있었던 것 같다.

그야 그럴 거라고 생각했다.

저런 건 배우면 안 되겠지. 들키지 않도록 해야겠다.

그런 생각을 하면서 가젤을 배웅했다.

하루가 더 지났다.

베니마루의 보고로는 순조롭게 이동하고 있는 모양이다.

하지만 문제가 없는 것은 아니다.

역시 3만 명의 군대와 피난민으로는 움직임에 제한이 생기기 마련이다. 그래도 인간과 달리 튼튼한 수인이기 때문에 그렇게 뒤쳐지는 일 없이 목적지에 도달할 수 있었다고는 하는데…….

안심해라. 대책은 확실하게 생각해뒀으니까.

"그렇다면 받아들일 준비는 다 갖췄으니, 전투원 이외의 자들은 템페스트(마국연방)의 도시로 전송하겠다."

나는 그렇게 말하면서 베니마루의 어깨를 두들겼다.

"아아…… 그런 방법이……."

왜 미처 깨닫지 못했는가 하는 표정으로 베니마루가 감탄했다.

아니, 아니, 이 전송 술식은 상당한 에너지양을 소모한다. 수가 많으면 많을수록 말이다.

어제 시점에선 2만 명을 이동시키면서 여유가 없어진 상황이었다. 그렇게 연발할 수 있는 게 아니므로, 쓸데없이 시간을 낭비한 것은 결코 아니다.

게다가 이 술식은 기존의 상식을 뒤엎는 새로운 요소이기 때문에, 이것을 받아들인 전술은 앞으로 계속 만들어질 것이다. 아니, 이런 대규모 술식을 펼칠 수 있는 자는 적을 거라 생각하므로, 일방적인 우위를 유지할 수 있을 것 같지만 말이다.

어쨌든 어제 모두를 보낸 뒤에 리그루도가 잘 수 있는 장소를 준비해주었기 때문에, 피난민만을 전송하기로 한 것이다.

일이 그렇게 됐으니, 재빨리 피난민들을 전부 전송한다.

순응성이 높은지, 전송될 자들도 모두 이미 익숙해진 상태였다. 누구 하나 불안해하지 않는 것은 정말 대단했다.

리그루도에게 안내를 맡겼다.

나는 어제부터 어떤 작업에 계속 몰두 중이다.

열심히 노력해서 발푸르기스가 열리기 전에는 때를 맞추고 싶으므로, 문제가 발생하지 않기를 기도하자.

*

아무런 문제도 없이, 발푸르기스(마왕들의 연회)가 열리는 당일을 맞았다.

점심시간 전에 작업은 끝이 났으며, 그 시간부터는 최종 단계에 들어간다.

보아하니 시간에 늦지 않게 맞출 수 있을 것 같아서 일단 안심이 된다.

"리무루, 이건……."

"어때, 굉장하지?"

"자네, 천재였구려!!"

누구냐, 너…… 그렇게 생각했지만, 지적을 할 기운은 없다.

밤을 대비해서 기력을 남겨둬야 한다.

그렇기 때문에 라미리스, 너의 그 멍청해 보이는 발언은 그냥 무시하도록 할게.

대충 점심 식사를 마치고, 작업의 최종 단계에 들어가기로 하자.

완성한 작품을 '위장'에 수납한 뒤에 트레이니 씨가 사는 트렌트의 집락으로 향한다.

베루도라도 따라가고 싶어 했지만, 이번에는 참도록 했다. 그럴 리는 없으리라 생각하지만 도시가 공격당하지 않게 지키도록 한 것이다.

지금 현재 템페스트(마국연방)의 도시는 베루도라가 펼친 '결계'로 보호를 받고 있다. 그로 인해 클레이만의 도청도 방지되고 있기 때문에, 섣불리 움직이면 위험하다.

다음에는 데려가겠다고 약속하고, 나와 라미리스와 트레이니 씨만으로 출발했다.

미안하지만, 베레타에겐 베루도라를 상대해줄 것을 부탁했다.

실컷 부려먹힐 테니, 베레타에는 미안한 짓을 했다고 생각한다. 나중에 수고했다고 위로해주자는 생각을 했다.

그런고로 '공간지배'로 이동했다.

집락에 도착하자마자, 인섹트(곤충형 마수)인 아피트와 제기온을 발견했다.

아피트는 처음 구해줬을 때는 몸길이가 30㎝ 정도였지만, 지금은 크게 자라서 50㎝ 정도로 성장해 있다. 건강해 보여서 정말 기쁘다.

또 한 마리인 제기온 쪽은 70㎝ 정도까지 커져 있었다. 지금은 약한 마물 따위는 다가오지도 못할 정도로 강해진 것 같았다.

이 주변에 제기온의 적이 될 마물이 없기 때문에, 그 실력이 어느 정도인지는 미지수지만 말이다. 무리하지 말라고 말해두었으니, 무모한 싸움은 하지 않을 것이다.

제기온은 자신의 역량을 잘 알고 있다. 고부타와 가비루처럼 금방 우쭐대지 않기 때문에 실로 안심이 된다.

내가 온 것을 알아차린 아피트가 기쁜 표정으로 다가와 내게 벌꿀을 주었다.

고맙다, 좋은 약이 되겠구나! 그러므로 바로 한 입 먹어본다.

피로를 회복하는 데에 벌꿀은 최적이다.

역시 엄청나게 귀한 만병통치약이다.

"자, 잠깐, 리무루── 아니, 리무루 씨? 묻고 싶은 게 있는

데…….”

라미리스가 다급한 말투로 내게 물었다.

“뭔데?”

“그, 그 마충(魔蟲)은 혹시 아미 와스프(군단봉, 軍團蜂)인 거 아냐……?”

“글쎄, 잘 모르겠는데?”

“글쎄라니? 너, 너 말이야──!!”

라미리스가 호들갑스럽게 굴면서 놀라고 있지만, 아미 와스프라면 그게 뭐 어쨌단 거지?

『리무루 님. 그분이 말씀하신 대로 저는 아미 와스프의 최상위종인 퀸 와스프(여왕려봉, 女王麗蜂)입니다. 원하신다면 부하들을 소환할까요?』

오오, 뭔가 대단해 보이는데. 하지만, 지금은 필요 없을 것 같다.

『이 집락에 위기가 닥친다면 그래도 좋다. 네가 동료들을 원한다면, 트렌트 분들과 논의를 한 뒤에 소환해도 좋겠지.』

『아뇨, 그렇다면 지금은 그만두도록 하겠습니다.』

그렇게 말하면서 아피트는 기쁜 표정으로 부우───웅 하는 날갯소리를 남기고 떠나갔다.

소리만으로 사람을 베어버릴 수 있을 듯한 흉악하고 아름다운 소리로군. 어쩌면 아미 와스프라는 것은 위험한 마수인 걸까?

──아니, 그렇지는 않겠지. 날 위해 벌꿀을 모아주는 아피트가 위험할 리가 없다.

그리고 제기온도 있으니까.

제기온은 묵묵히 내게 인사를 한 뒤에 아피트를 따른다.

거물처럼 느껴지는 관록도 엿보이는 것이 실로 벌레의 왕이라는 느낌이다.

장래에는 좀 더 강해질 것 같은 데다, 진화도 할 것 같은 예감이 든다. 그때는 내 부하 중의 한 명으로 맞아들이고 싶다.

돌아보니 라미리스가 넋이 나간 표정을 짓고 있었고, 트레이니 씨가 그녀를 위로하고 있었다.

"네 말대로 아미 스와프라는데? 그것도 여왕이라고 하는군."

라미리스에게 말을 걸어봤더니,

"나도 들었어! 정말이지, 너란 녀석은……. 이제 됐어. 너라면 뭐든지 다 갖고 있는 게 당연하겠지. 그건 그렇다 쳐도 또 한 마리 쪽도…… 아니, 설마 그럴 리가……."

그런 알아들을 수 없는 말을 했다.

귀찮은 데다 시간도 없으니까, 신경 쓰지 말고 그냥 넘어가기로 하자.

어차피 라미리스가 하는 말이니, 딱히 큰일은 아닐 테니까.

목적지에 도착했다.

트레이니 씨의 본체—— 드리어스(대령수, 大靈樹)의 부근이다.

나는 '위장'에서 완성한 작품을 꺼냈다.

그게 뭔가 하면, 수수한 색을 띠고 있는 구슬이다.

반짝이지도 않고, 빛도 발산하지 않는다. 그러나 힘만은 느껴지게 하는 물건이다.

그걸 어디에 쓰는가 하니…….

트레이니 씨, 뿐만 아니라 드라이어드(나무의 정령)는 요정의 후예이며, 나무와 융합함으로써 육체를 얻은 정신 생명체이다. 자유자재로 스피리추얼 보디(정신체)를 이탈시켜서 마력요소를 동원하여 가상의 육체를 구축할 수 있는 것이다.

하지만 어디까지나 그 본체는 나무, 드리어스이다.

발푸르기스가 열릴 장소는 특수한 공간에 준비되어 있다고 하니, 어쩌면 트레이니 씨가 들어가지 못할지도 모른다. 그렇게 생각하여 본체를 자유롭게 움직일 수 있도록 대수술을 하기로 한 것이다.

현세에서 육체가 없었던 베레타와는 달리, 트레이니 씨에겐 육체가 있다. 그러므로 새로운 육체에 정착할 수 있도록, 현재의 육체에서 새로운 육체로 핵이 될 부분을 옮길 필요가 있었다.

새로운 핵, 그것을 만들기 위한 방법이 있었다.

특정한 조건과 소재를 준비하면 만들 수 있다는 '성마핵(聖魔核)'이다. 그리고 지금 꺼낸 구슬이야말로 그 '성마핵'의 그릇이 될 물건인 것이다.

이건 말하자면 마물의 핵에서 채취한 '마정석(魔晶石)'에서 마력요소를 빼낸 것이다. 무속성으로 만드는 것이 어려웠기 때문에, 몇 번이고 실패한 끝에 완성했다. 이 그릇을 만드는 데는 그 외에도 몇 가지 재료가 필요했지만, 어제는 그걸 전부 모으는 데 소비하고 말았던 것이다.

'성마핵'을 만들려면 이 그릇에 영기와 요기를 동등하게 주입하여 융합해야 한다.

베레타는 같은 질과 같은 양을 반전시키는 것만으로 완료했지만, 트레이니 씨의 경우는 그렇겐 안 된다.

그러므로 트레이니 씨가 이 그릇에 영기를 주입하는 옆에서 내가 같은 질과 양으로 조정한 요기를 주입하는 방법을 쓸 것이다.

자, 나설 차례가 됐어, 라파엘. 그런고로 작업을 개시한다.

개시 신호와 동시에 트레이니 씨는 일체의 망설임을 보이지 않고, 자신을 영기로 만들어서 그릇에 주입하기 시작한다. 나도 그에 뒤처지지 않게 요기를 주입했다.

정밀한 작업이지만, 계산이 어긋나지 않게 작업을 진행시킨다.

드리어스로부터 생명력이 사라지면서 시들어간다. 그와 병행하여 구슬이 깜박거리기 시작했다.

그건 마치 심장 고동처럼,

빛과 어둠이 나선을 그리면서 자아낸다.

그리고――,

구슬이 희미하게 연한 녹색으로 반짝거리기 시작했다.

생명의 불꽃이 깃든 것이다.

《알림. 개체명 : 트레이니의 속성이 섞였습니다만, '성마핵'의 제작에 성공했습니다.》

이건 예정했던 대로다.

"성공했어. 이걸로 구슬이 트레이니 씨의 본체가 된 거야."

『감사합니다, 리무루 님!!』

"고마워, 리무루! 이제 트레이니를 데리고 가도 괜찮겠네!"

"그래, 이걸로 괜찮을 거야. 하지만, 그렇군……."

본체와 떨어질 일이 없어졌기 때문에 이공간에 데려가도 접속이 끊어질 일은 없다. 하지만 뭔가가 부족하다는 느낌이 든다.

"트레이니 씨, 원래의 본체였던 나무는 내가 받아 가도 될까?"

『물론, 문제없습니다. 자유롭게 써주세요.』

고맙다는 말을 하고, 나는 조금 전에 막 떠올린 일에 착수했다.

"뭘 하려는 거야?"

"잠깐 보고 있어봐!"

나무를 자르고 가공해서 만들어낸다.

정밀하게 인체를 본떠 만든 인형의 파츠를.

"오오, 오오오오!! 설마, 설마!!"

베레타를 만드는 광경을 봤었던 라미리스는 내가 뭘 하려는 것인지 알아차린 모양이었다.

그렇다, 나는 트레이시 씨의 마력으로 물든 드리어스로 그녀의 임시 육체를 만들어주자고 생각한 것이다.

그리고 세 시간 후.

정오 이후부터 만들었던 돌(인형)이 겨우 완성됐다.

심은 '마강'으로 강화했으며, 표면은 전부 매끌매끌하게 다듬은 나무다. 촉감이 놀랄 만큼 좋았기 때문에 이건 꽤나 괜찮은 완성도라고 할 수 있을 것 같다.

『오오, 혹시 그건…….』

웬만하면 놀라지 않는 트레이니 씨도 경악하고 있는 것 같다.

"어때, 그럴듯하게 완성됐지? 괜찮다면 이걸 육체로 써줘."

대답은 들을 것도 없었다.

라미리스가 크게 기뻐하면서 트레이니 씨에게 권할 것도 없

이──,

트레이니 씨도 감격하며, 내게 고마워하면서 새로운 육체에 자리를 잡았다.

그리고 이때부터 이 돌이 트레이니 씨의 본체가 된 것이다.

이렇게 완전 자립형의 드라이어드가 탄생했다.

마물의 심장이라고도 불리는 '성마핵'이 돌에 깃들자마자, 쏟아져 나온 마력이 나무 몸의 구석구석까지 채워졌다. 그러자 정말 놀랍게도 흰색의 나뭇결무늬가 사라지면서, 인간의 피부 같이 보드랍게 변한 것이다.

아니. 인간의 피부 이상으로, 인간보다 훨씬 아름다운 모습이다.

이번에는 베레타와는 달리, 골격부터 만든 얼굴이 아니다. 그저 단순히 트레이니 씨의 맨얼굴을 따라 만들었을 뿐인, 목재 조각의 머리 부분이었다. 그런데도 트레이니 씨가 깃들자마자, 그것은 인간과 같이 부드러운 표정을 얻은 것이다.

목재 조각인데도 불구하고 입은 열리고, 눈도 깜박인다.

무슨 원리인지는 불명이다. 마물이라서 그렇다고밖에 할 말이 없을 것 같다.

원래의 자신이었기 때문에 그 융화성이 아주 높았던 것도 원인의 하나라 할 수 있겠지. 어쨌든 내가 떠올린 아이디어로 시작된 수술은 예상 이상으로 대성공을 거둔 것이다.

무슨 이유인지 힘도 더 강해졌다.

라파엘이 너무나도 완벽하게 잘 조정해서 내 오라(요기)를 주입시킨 덕분에, 트레이니 씨의 영기와 완전히 동조한 '성마핵'으로 완성되어 있었다. 그건 즉, 지금까지의 에너지(마력요소)양이 두 배가 된 것과 같은 결과다.

아니, 성과 마의 양 속성을 얻음으로써, 새로운 스킬(능력)도 얻은 것 같다. 내 부하 중에서 최대의 에너지양을 자랑하는 시온보다도 그 존재감이 컸다.

오크 디재스터보다도 강한 것은 틀림없다.

그래도 마왕 칼리온에게는 미치지 못하지만, 그 종류가 다른 대단한 기운이 느껴졌다.

S급인 디재스터(재화) 급에 해당할 것 같다.

마왕이 아니라는 이유로 캘러미티(재액) 급, 즉, 특 A급을 여전히 유지하고 있지만…….

이 자유조합이 규정한 랭크는, 이런 특수한 마인에게는 제대로 적용이 되지 못하고 있다. 내 속에서는 준(準)마왕급, 정도로 생각해두면 될 것 같다.

드리어스 돌 드라이어드(영수인형요정, 靈樹人形妖精)—— 지혜 있는 마물 중에선 마왕종에 필적하는 자. 이렇게 트레이니 씨는 라미리스를 따르는 강력한 마인으로 다시 태어난 것이다.

이 결과에는 라파엘도 깜짝 놀랐겠지.

《해답. 예상대로였습니다.》

이것 봐라, 놀랐다고 하잖아.

이건 딱 봐도 진 게 분해서 하는 말이야.

《…….》

라파엘은 아무 대꾸도 못 하는 것 같다.

그렇게 내가 정신 승리를 거둔 뒤에, 트레이니 씨의 자매들과 작별 인사를 나눈다.

트레이니 씨의 여동생인 트라이어와 드리스는 너무나 부러운 표정으로 수술의 결과를 지켜보고 있었다. 그러니 쥬라의 대삼림의 관리자로 열심히 일해준 상으로 수술을 해줘도 좋을 것 같지만…… 지금은 일단 보류해둔다.

발푸르기스에서 무사히 돌아온 뒤에 생각하기로 하자.

그녀들이 라미리스를 따르게 되면, 쥬라의 대삼림의 관리자가 없어지게 되기 때문에 곤란하기도 하고 말이다.

그런 생각을 하면서 나는 도시로 귀환했다.

준비는 완벽하게 끝났다.

문득 쳐다본 하늘에 달은 보이지 않았고, 별들이 아름답게 반짝이고 있다.

그렇군, 오늘 밤은 초승달이 뜨는 밤이었다.

이 아름다운 밤하늘 아래에서 전쟁이 시작됨을 알리는 종이 울린다.

그리고 동시에――,

나는 내가 참가할 전장을 향해 별빛을 등지고 나아간다.

막간 마왕들

마왕 클레이만은 와인을 한 손에 들고 그때를 기다린다.

오늘 밤에 열릴 발푸르기스(마왕들의 연회)를.

그리고 클레이만은 분노라고도 웃음이라고도 할 수 없는 표정을 지으면서, 몇 가지 정보를 머릿속으로 분석하고 있었다.

우선, 안 좋은 보고가 있다.

친구인 라플라스의 충고를 무시하고, 수왕국 유라자니아를 침공하게 했다. 그랬는데 주민을 한 명도 발견하지 못한 채로 헛걸음을 하고 만 것이다.

지휘관을 맡겼던 야무자로부터 보고를 받고 격노했지만, 그 이유를 모르는 이상, 섣부른 명령은 내릴 수 없다. 그래서 클레이만은 일단 군을 집결시켜서 신중하게 수색을 재개하도록 했다.

그렇게 찾아낸 것이, 서둘러서 도망가는 자들의 모습이다.

그 보고를 받았을 때 클레이만은 주저 없이 추격할 것을 명했다. 동시에 주변에 정찰을 보내어, 달리 숨은 자가 없는지를 찾도록 했다.

그 결과, 그 주변에 수백 명의 주민들이 숨어 있었기 때문에 그 자들도 한꺼번에 처리하도록 명령했다.

그랬는데, 그자들은 즉시 도망치기 시작했다.

이건 수상하다는 의문이 들어서 조사를 시켜본 결과, 수천 명의 피난민들이 집결하여 쥬라의 대삼림 방면으로 도망치는 중이라는 사실이 판명된 것이다.

숨어 있던 자들은 본대가 도망가기 쉽게 만들기 위한 미끼였던 것이다.

(그런 약아빠진 짓을!)

이때서야 비로소 클레이만도 수왕국에 주민이 남아 있지 않았던 이유를 깨닫는다. 모두 리무루에게 몸을 의탁하고자 대이동을 시작했다는 것을.

그리고 도망 중인 자들도 클레이만 군의 움직임을 감지하고, 미끼를 풀어놓고 도망치려 했던 것——이라는 것을, 클레이만은 이해했다.

발푸르기스까지 영혼을 사냥하여 모으고 싶었지만, 그 계획은 실패했음을 인정하지 않을 수 없다. 그 사실이 클레이만을 불쾌하게 만들고 있다.

『야무자, 이제 곧 발푸르기스의 시간이다. 내가 돌아오기 전에 전군을 동원해서 몰아붙여라. 하나도 놓치지 말고 죽이고, 살아남은 자는 내 앞으로 데리고 와라!!』

『반드시 그 임무를 완수하도록 하겠습니다!!』

그 대답에 고개를 끄덕이기는 했지만, 각성을 제때 하지 못했다는 사실은 뒤집어지지 않는다.

클레이만은 짜증스러운 심정으로 마법통신을 끝냈다.

한편, 좋은 정보도 있었다.

클레이만은 지맥——전파 신호와 지자기——를 이용해서 정보를 모으고 있다. 이 힘을 간파할 수 있는 자는 없다. 그렇기 때문에 클레이만은 방대한 정보를 다룰 수 있다.

그게 바로 클레이만이 '마리오네트 마스터(인형괴뢰사, 人形傀儡師)'라고 불리는 이유이다.

처음 획득했을 때는 눈에 보이는 범위의 자에게만 간섭할 수 있는 정도의 스킬(능력)이었다. 하지만 지금은 끊임없는 노력의 성과로 클레이만을 지지해주는 비장의 수 같은 힘으로 성장한 상태이다.

그 힘, 유니크 스킬 '조종하는 자(조연자, 操演者)'——정보를 암호화 통신으로 변환하여, 넓은 구역을 감시하고 있다. 자신의 입김이 닿는 부하들을 파견함으로써, 그들의 눈과 귀를 통해 정보를 얻을 수가 있는 것이다.

그렇게 얻은 정보가 '폭풍룡' 베루도라의 부활이다.

그 일 자체는 달갑지 않지만, 폭풍룡과 대화해서 살아남았다고 하는 인간들의 말이 재미있다.

마물의 도시에서 나온 모험가풍의 남자들의 대화를 몰래 들어봤더니, 예상도 하지 못한 이야기를 들을 수가 있었다.

그들이 말하길,

숲의 맹주를 자처하는 리무루가 파르무스 군을 격퇴한 것이 아니라, 그 폭풍룡이 부활한 결과로 인해 군대 전체가 행방불명된 지금의 상황이 발생한 것이라고 한다.

그리고 그 폭풍룡은 이제 막 부활했기 때문에 에너지(마력요소)

양의 대부분을 상실한 모양이다.
그 이야기는 쥬라의 대삼림에 거대한 마력 반응이 발생하지 않았다는 것이 증명하고 있다. 그리고 모험가들이 운 좋게 살아남았다는 사실도 그 말을 뒷받침하고 있었다.
'폭풍룡' 베루도라가 부활했다면, 마왕인 클레이만이 알아차리지 못했을 리가 없는 것이다. 그러므로 소문으로 들던 그 힘은 정말로 파르무스 군과 싸우면서 극한까지 잃어버렸을 것이다.

이 두 가지 정보가 클레이만을 고민하게 만들고 있었다.
(지금이라면 사룡을 토벌하는 것도 쉬운 일이다. 아니, 오히려 내 장기말로 추가할 수 있을지도 모르지——.)
클레이만은 그렇게 몽상한다.
사룡은 마물이 세운 도시에 둥지를 틀었는지, 그 지역의 정보를 모으는 것이 힘들긴 하지만…… 초조해할 필요는 없다고 생각한다.
2, 3일 정도로 회복할 수 있으리라고는 생각하지 않기 때문에, 발푸르기스 후에 천천히 요리하면 된다고 생각한 것이다.
(최악의 경우엔 밀림을 보내면 돼. 그보다도 지금은——.)
클레이만은 그렇게 생각하고 발푸르기스에 집중하기로 했다.
혹시나 밀림의 힘을 과신하지 않았다면——,
클레이만도 깨달았을 것이다.
몇 군데 부자연스러운 점이 있다는 것을.
아직도 적들 중에 전사자가 한 명도 생기지 않았다는 이상한 사실. 그리고 뿔뿔이 흩어져 숨어 있어야 할 자들이 합류하고 있다는 점.

조심성이 많은 클레이만이 못 보고 놓치기에는 너무나도 중요한 정보였다.

하지만, 현지에서 지휘하고 있던 것은 클레이만이 아니라 야무자다.

그리고 클레이만은 눈앞에 닥친 발푸르기스에 대한 생각으로 머리가 꽉 찬 상태였다.

눈앞으로 닥친 발푸르기스는 그 정도로 중요한 의미를 지니는 것이다.

모습을 드러내지 않기로 유명한 마왕 라미리스가 갑자기 추가 조건을 언급하면서 화제의 당사자인 리무루의 참가를 요구한 것이다.

이건 클레이만도 예상하지 못한 일이라, 당장 판단을 내릴 수가 없을 정도였다.

찜찜하게 생각하고 있던 사이에 그 제안은 순순히 수락되어버렸고, 이제 와서 반대하기도 어렵게 된 것이 현재의 상황이었다.

그러나 지금, 그게 도리어 좋은 기회를 만들어주었다.

(아니, 차라리 잘됐어. 그 결과, 리무루의 가면은 벗겨진 것이니까. 파르무스의 군대를 혼자서 물리쳤다는 허풍에 속아 넘어갈 뻔했지만, 진실이란 건 숨길 수 없는 법이지.)

그렇게 생각하면서 씨익 웃는 클레이만.

리무루가 발푸르기스에 참가하겠다면 환영해주면 된다.

다른 마왕들의 눈앞에서 힘의 차이를 알려주는 것이다.

(사룡의 위세를 빌리는 슬라임 주제에! 영광으로 알아라. 내 힘

으로 짓밟아줄 테니까.)

그렇게 생각하면서 클레이만은 자신의 영광스러운 모습을 몽상한다.

――그렇기 때문에 못 보고 놓쳐버리고 만 것이다.

전장에서 일어나고 있는 조그마한 위화감을.

――조심하라고. 지금은 무모한 짓은 하지 않는 게 좋으니까 부디 방심하지 말도록 해――.

친구의 말이 머릿속을 스쳤다.

클레이만의 마음에 작은 불안이 싹튼다.

뭔가를 놓치고 있는 것 같은 그런 불안.

하지만 클레이만은 그 생각을 일소에 부친다.

(걱정하지 말라고, 라플라스. 나는 이길 테니까――.)

그리고 클레이만은 불안을 떨쳐내려는 듯이 와인을 한입에 마셔버렸다.

●

프레이는 우울한 표정으로 발푸르기스를 맞는다.

사태는 유동적이며, 당초의 계획 따위는 아예 자취도 없다.

지금의 흐름은 완전히 예상을 빗나갔으며, 결과가 어떻게 나올지 명확하지 않았다.

하지만 프레이는 당황하지 않는다.

스스로를 잘 아는 프레이는 늘 상황을 냉정하게 판단한다.
그게 바로 '스카이 퀸(천공 여왕)' 프레이의 대처 방법이었다.
좋게 진행되면 다행이다. 만약 좋지 않게 진행된다면…….
그때는 프레이가 스스로 움직일 각오도 필요할 것이다.

모든 것은 그날, **어떤** 약속으로부터 시작되었다.
카리브디스(폭풍대요와)를 쓰러뜨리기 위해 클레이만의 제안을 받아들였다. 그 대가로서 프레이는 클레이만의 부탁을 하나 떠맡았던 것이다.
………………….
…………….
…….
몇 개월 전, 밀림이 프레이를 찾아왔다.
콰아———앙!
힘차게 문을 열고, 밀림이 방으로 들어왔다.
늘 있는 일이기 때문에 프레이에게 동요의 빛은 보이지 않는다.
애초에 숨길 마음도 없는 강대한 오라(요기)가 다가온다면, 밀림 말고는 생각할 수가 없었으니까.
밀림은 들어오자마자 인사를 한다.
"야아, 프레이! 오늘도 날씨가 좋네!"
만면에 미소를 지으면서, 프레이의 상태는 전혀 상관하지 않은 채로.
이것 보라는 듯이 아름다운 플래티나 핑크의 머리카락을 손으로 넘기는 밀림.

그 손에는 낯선 것을 끼고 있었다.

반지가 아니다.

소녀가 끼기에는 투박하게 생긴, 네 개의 손가락을 보호하는 너클이다.

하지만 밀림에겐 잘 어울린다.

드래곤 모양으로 세공이 되어 있으며, 나름대로 마력이 깃들어 있었다.

작은 손에 쥐어져 있는 모습이 위화감도 없다.

"음———. 조금 날이 덥지 않아?"

그런 말을 하면서 손으로 얼굴에다 부채질을 하고 있다.

평소에는 더위 따위는 신경도 쓰지 않는 밀림이기 때문에, 그 목적은 명백하다.

"어머나, 밀림. 오랜만이야. 오늘은 아주 기분이 좋아 보이네. 뭔가 좋은 일이라도 있었나 봐?"

프레이는 밀림의 의도를 알아차리고 물어봐 준다. 그러지 않으면 한참 동안이나 삼류 연극에 어울리게 될 것 같았으니까.

"응, 알겠어? 실은 말이야, 이것 좀 봐!"

그렇게 말하면서 밀림은 양손에 낀 드래곤 너클을 보여줬다.

흐흥! 하고 자랑스러워하고 있다.

프레이는 반쯤 포기한 심정으로 내심 한숨을 쉰다.

"어머나, 어쩜! 잘 어울리네. 어디서 난 거야?"

밀림이 듣고 싶어 할 것 같은 질문을 했다.

밀림은 몸을 배배 꼬면서 "알고 싶어? 어떡할까—. 가르쳐줘도 괜찮을 것 같긴 한데……. 으음———, 어떡할까———"라고 말하면서 짐짓 의뭉을 떨고 있었다.

상당히 짜증 난다. 오랜 세월 동안 알고 지내면서 익숙해진 프레이라 해도 그런 생각이 들게 만드는 모습이었다.

"어머나, 밀림. 우린 '친구' 맞지? 가르쳐줘도 괜찮지 않아?"

프레이의 그 말에 밀림의 눈이 반짝였다.

"그런가! 역시 우린 친구 사이지! 좋아, 가르쳐주겠어! 실은 말이지──."

바라고 있던 말을 들어서 기뻤는지, 밀림은 즐거운 표정으로 마물의 도시에 관한 이야기를 프레이에게 들려주었다.

길고 긴 자랑과 함께, 옷도 여러 개나 보여주면서.

지금까지 본 적도 없었던 밀림의 들뜬 모습은, 프레이조차도 당혹스러움을 감출 수 없을 정도였다.

이야기가 일단락되었을 때, 프레이는 클레이만과의 약속을 실현할 때가 왔다는 것을 깨닫는다.

"아, 그렇지, 밀림. '친구'로서 내가 너한테 줄 선물이 있어. 받아줄래?"

그렇게 말하면서 프레이는 시녀에게 신호를 보냈다.

그녀가 가지고 온 그것.

보라색의 천 위에 놓인, 아름다운 광채를 발산하는 펜던트.

그 펜던트에는 아름다운 오브가 박혀 있었다. 아무것도 모르는 사람이 봐도 그 가치가 상당히 높다는 것을 알아차릴 수 있을 물건이다.

"음? 펜던트네. 내가 받아도 돼? 하지만 이걸 받는다 해도 내 너클은 안 줄 거야."

그 말에 쓴웃음을 짓는 프레이.

"괜찮아, 밀림. 우리의 우정의 증표인걸. '친구'에게 주는 선물이니까 부담 없이 착용해주면 기쁘겠어."

부드러운 미소를 지으며 그렇게 권하는 프레이를 보면서, 밀림은 웃는 얼굴로 고개를 끄덕였다.

"맡겨만 둬!"

그렇게 말한 뒤에, 만면에 미소를 지으면서 그것을 착용하는 밀림.

《금주법(禁呪法) : 데몬 마리오네트(조마왕지배, 操魔王支配)가 발동…… 성공했습니다.》

그 순간, 밀림의 얼굴에서 표정이 지워졌다.

그 눈에는 아무것도 비치지 않았으며, 의지가 담긴 빛이 사라져 있다.

펜던트에 담겨 있던 마력이 해방되면서, 금단의 주술이 밀림을 침식한 것이다.

그 펜던트야말로 바로 클레이만이 프레이에게 건네준 비보── 오브 오브 도미네이트(지배의 보주)였다. 그리고 그 펜던트를 밀림이 착용하도록 유도하는 것이, 클레이만이 프레이에게 부탁한 약속의 내용이었다.

(자, 약속은 지켰어. 이걸로 의무는 완수한 셈인데, 과연 밀림은──.)

프레이는 밀림을 관찰한다.

가면을 쓴 인형처럼 무표정하게 서 있는 밀림.
그때 아주 약간. 밀림의 그 파란 눈동자가 잠깐 동안 자신을 본 것 같다고 프레이는 생각했다.
프레이는 그 순간, 작은 위화감을 느꼈다.
역시, 어쩌면 하고.
(그래, 그렇군. 그렇겠지, 밀림——.)
밀림의 손가락에서 드래곤 너클이 툭 떨어졌다.
프레이는 그 모습을 바라보면서 한숨을 쉰다.
"끝났어, 클레이만. 이제 만족해?"
아무것도 없는 방의 그늘을 향해 자연스럽게 말을 거는 프레이.
그 장소에서 모습을 드러낸 것은 클레이만이다.
"큭큭큭. 수고했습니다, 프레이. 이것으로 최강의 인형을 손에 넣었군요! 크하하하핫——!! 신참 마왕이라고 나를 얕보더니, 이런 꼴이 될 줄이야. 정말 한심하군요, 밀림!!"
그렇게 새된 목소리로 웃으면서 클레이만이 밀림을 때렸다.
밀림의 부드러운 볼이 벌겋게 부풀어 오르고 입술이 찢어진다.
자신을 보호하는 '결계'를 전혀 펼치지 않고 있는 지금, 밀림이라 해도 상처를 입는다.
하물며 상대는 클레이만, 마왕이다.
대미지를 받는 것도 당연한 일이었다.
희미하게 웃으면서 몇 차례 더 때리려고 하는 클레이만에게 "그만하는 게 좋을 텐데?" 하고 프레이는 차갑게 말했다.
보고 있어서 유쾌한 광경이 아닌 데다, 그리고——.
"흥! 약간의 대미지 정도로 풀릴 만한 그런 안일한 주술이 아니지. 이건 금주법이라고 하는 건데, 제 혼신의 마력이 담겨져 있는 겁니다. 이 여자에게 실컷 휘둘리느라 당신도 울분이 쌓여 있지 않았나요? 그래서 이 계획에 동참한 것이고 말입니다. 아닌가요?"

"아니야. 나는 그저 당신과의 약속을 지켰을 뿐이라고."

"뻔뻔한 소리를 하는군요. 사양할 것 없습니다. 이 녀석은 이제 단순한 인형이니까요. 쓸데없이 튼튼한 데다, 완전히 망가지기 전에 고치면 됩니다."

눈에 핏발이 선 모습으로 밀림을 걷어차는 클레이만.

그런 클레이만의 모습을 프레이는 차갑게 관찰한다.

(추악한 남자. 이게 당신의 본성이란 말이군──.)

그때 프레이는 클레이만이라는 남자의 본모습을 확인했다. 그렇기 때문에 자신의 직감을 믿고 행동하기로 한 것이다.

"이봐, 클레이만. 당신은 모르는 것 같지만, 밀림에게는 자기방어 회로가 있어. 밀림에게서 들은 얘기지만, 그건 '스템피드(광화폭주, 狂化暴走)'라고 하는데, 제어 불능의 상태에 빠진다나 봐. 당신이 그것에 당해서 죽는 건 당신 마음이지만, 나까지 휩쓸리고 싶지는 않거든."

프레이의 그 말을 듣고 클레이만은 냉정을 되찾았다.

짜증 난다는 표정으로 혀를 한 번 찬다.

"쳇, 끝까지 짜증 나게 구는 마왕이로군. 뭐, 좋아. 이 녀석을 이용하면 내 발언력도 커지겠지. 프레이, 당신도 공범입니다. 당신도 날 위해서 열심히 일해줘야겠어요."

"어머나? 우리는 대등한 관계였을 텐데?"

"멍청한 것! 이 계획을 세운 건 나야. 당신은 이미 내 장기말이라고. 그렇지 않으면 밀림과 싸워보고 싶다는 말인가?"

"——그 말은 날 위협하는 거야?"

"크하하하하! 어떻게 받아들이든 상관없어. 죽고 싶지 않다면 나를 화나게 하지 말라는 뜻이야."

당근과 채찍, 그렇게 표현하는 게 잘 어울리는 클레이만의 오만한 말투였다.

이것이 클레이만이 세운 계획이라는 말은 사실이다. 어디서 듣고 온 것인지, 밀림이 '친구'라는 키워드에 약하다는 정보와 함께.

프레이는 그저 약속을 지켰을 뿐.

그러나 그건 어떤 확신이 있었기 때문에 실행으로 옮긴 행위였지만——.

"알았어."

"그러면 됩니다. 부디 나를 배반하지 않도록 하세요. 내 부탁을 조금 들어준다면 '천공의 패자'라는 지위는 보증해줄 테니까요."

퇴로는 차단되었다.

이렇게 프레이는 클레이만의 협력자——라는 이름의 꼭두각시가 된 것이었다.

——이게 바로 멸망의 날 몇 시간 전에 일어난 일이었다.

…………………

…………

……

그때의 회상을 끝내면서 프레이는 슬쩍 한숨을 쉬었다.

밀림을 자신의 지배하에 둔 클레이만은 그 압도적인 폭력을 바탕으로 프레이에게도 고압적으로 대하기 시작했다.

그리고 지금, 프레이는 클레이만의 명령대로 억지로 그를 돕도록 강요당하고 있었다.

그건 자업자득이라고 자조하는 프레이.

클레이만 같은 자를 믿은 자신이 어리석었다고 생각한다.

하지만 이런 생각도 드는 것이다.

클레이만은 교활하고 빈틈이 없는 마왕이지만, 자신감이 넘쳐서 자신의 힘을 지나치게 과신하고 있다고도.

——그렇기 때문에 클레이만은 더더욱 사건의 본질을 꿰뚫어 보지 못하고 있다.

그리고 프레이는 운 좋게도 본질을 꿰뚫어 볼 수 있는 관찰력을 갖고 있었다.

그건 스킬(능력)이 아니라, 다른 자와 어울리면서 자연스럽게 몸에 익히는 것.

다른 자를 도구로만 보는 클레이만으로서는 결코 알아차릴 수 없는 진실.

프레이는 자신의 직감을 믿고 도박을 걸었다.

그 결과가 어떻게 나오든 간에——,

(클레이만, 당신의 목숨은 그리 길지 않을 거야.)

프레이는 비밀리에 이후의 절차를 확인한다.

그리고 **약속**을 떠올리면서 슬쩍 미소를 지었다.

●

빙설이 사납게 휘몰아치는 극한(極寒)의 대륙.

영구동토의 빙원에 감싸인 채 마이너스 120도 이하의 기온으로, 거의 모든 생물의 존재를 허용하지 않는 대지.

그 중앙부에 그 성은 세워져 있었다.

아름답고 환상적인 궁전.

상상을 초월하는 방대한 마력으로 인해 이 세계에 구현된 악마의 성.

그 이름은 '백빙궁(白氷宮)'이라고 한다.

마왕 기이 크림존이 머무르는 성이었다.

그 성의 복도를 유유히 걸어가는 인물이 있었다.

플래티나 블론드(긴 금발)에 길게 째진 눈. 그 푸른 눈동자는 가지런한 이목구비 중에서 이채로움을 발산하고 있다.

비쳐 보일 것 같이 하얀 피부.

여성으로 착각할 수도 있을 만큼 아름다운 미남자.

마왕 레온 크롬웰.

'플래티나 데빌(백금의 악마)', 또는 '플래티나 세이버(백금의 검왕(劍王))'이라고 불리는 자.

마치 자신의 성이라도 되는 양, 자연스러운 동작으로 복도를 걷는 레온.

그 앞에는 아름다운 조각이 새겨진 커다란 문이 있었다. 이 성의 주인이 기다리고 있는 알현의 방으로 이어지는 문이다.
레온의 목적은 이 성의 주인인 기이 크림존이었다.
레온이 문 앞에 서자, 커다란 덩치의 악마 둘이 달라붙어 그 커다란 문을 밀어서 연다.
그리고,
"마왕 레온 크롬웰 님이 도착하셨습니다!"
문 안쪽에서 대기하고 있던 아름다운 여성 악마가 높은 목소리로 레온의 방문을 알렸다.
문의 안쪽에는 강한 힘을 가진 그레이터 데몬(상위 악마)들이 좌우로 갈라져 정렬한 채 서 있다.
하나하나가 네임드 악마이며, 게다가 육체를 가지고 있었다. 그 힘은 이미 그레이터 데몬의 범위를 넘어섰으며, 상위 마인을 가볍게 능가한다.
모두 마법 도구를 몸에 둘렀으며, 고유의 진화를 이룬 상태다.
그 수는 좌우를 합하여 200명 이상.
그중에는 특A급인 캘러미티(재액) 급에 필적할 자까지 있었다.
그러나 그런 악마들조차도…….
알현의 방 안쪽, 그 중앙의 옥좌에 앉아 있는 마왕 기이 크림존의 바로 밑에 대기하고 있는 여섯 명의 악마의 위압감 앞에선 희미하게 느껴질 뿐이다.
그 여섯 명은 네임드 아크 데몬(상위 마장, 上位魔將)이었다.
그 전투 능력은 캘러미티 급 중에서도 타의 추종을 불허하는, 여차하면 마왕에 준할 정도로 높았다.

——하지만, 그 여섯 명의 아크 데몬들도 이 자리에서 자유로운 발언을 허가받지 못하고 있다. 이 자리에는 넘어설 수 없는 신분(실력)의 벽이 존재한다——.

지금 레온의 방문을 알린 베르(녹색 머리)의 악마와 레온을 안내하고 있는 블루(푸른 머리)의 악마.

인간의 욕망을 구체화시킨 것 같은 아름다운 모습.

그 우아한 몸은 어두운 붉은색의 메이드복에 가려져 있다.

녹색 머리의 미저리와 푸른 머리의 레인.

그녀들이야말로 대변자.

절대적 지배자인 마왕 기이 크림존의 좌우에 위치하는 두 명의 악마인 것이다.

그 계급은 '데몬 로드(악마공, 惡魔公)'이며, 디재스터(재화) 급에 해당하는 초월급의 존재.

그 힘은 즉, 마왕에게조차 필적하는 것이다.

레온이 중앙을 통과하여 옥좌의 바로 아래까지 도착한다.

미저리와 레온은 거기서 인사를 하고 기이의 좌우에 나란히 섰다.

동시에 옥좌의 주인이 일어선다.

이 자리에서 움직일 수 있는 자격이 있는 자는 두 명의 마왕뿐이었다.

"오랜만이군, 내 친구, 레온이여. 잘 지냈나? 내 부름에 용케도 응해주었군. 고맙네."

아름답고 또렷하게 들리는 목소리.

진홍의 눈동자는 금색과 은색의 별을 박아 넣은 것 같이 반짝였고, 불타는 듯이 펄럭이는 머리카락은 핏빛보다도 진한 깊은 붉은색이다.

키는 레온과 비슷한 정도.

여성 같은 아름다움을 지닌 레온에 비해서, 기이의 아름다움은 오만한 분위기를 띠면서 다른 자를 쉽사리 접근하지 못하게 한다.

패자(霸者)로서의 품격이 느껴지는 그런 요사스러운 미모.

레온에게 말을 걸면서, 옥좌가 놓여 있는 높은 곳에서 내려와 레온 쪽으로 다가가는 기이. 그리고 레온의 가슴에 팔을 두르고 끌어안았다.

망설임 없이 레온의 얼굴에 손을 얹고 입맞춤을 한다.

레온은 싫은 표정으로 얼굴을 찌푸리면서 기이를 밀쳐내고는, 늘 그러듯이 불평을 했다.

"그만해. 나는 남자랑 사귀는 취미는 없어. 몇 번이나 말했을 텐데?"

귀찮다는 표정으로 기이를 노려본다.

"앗하하하. 여전히 매정한 남자로군. 네가 바란다면 내가 여자가 되어줄 수도 있는데 말이지. 뭐, 좋아. 장소를 바꿀까."

기이는 유쾌한 표정으로 그렇게 말하면서, 대답도 기다리지 않고 걸어 나갔다.

그건 매번 있는 광경이었다.

이 극한의 땅에 있으면서, 기이의 의상은 특이하다.

겉옷을 걸쳐 입은 듯한 복장으로 맨살이 노출된 부분도 많다.

그러나 추위 따위는 별 상관하지 않는 악마인 기이에게 있어서는 아무런 문제도 없다.

레온의 입술을 맛본 감촉을 떠올리고 있는 건지, 기이는 요염한 미모를 요사스런 미소로 물들이고 있었다.

진홍빛의 입술을 뱀 같은 혀로 날름 핥는다……. 그 모습은 향기를 풍기듯이 요염한 매력을 드러내고 있다.

성별이 자유자재인 기이에게는 남자도 여자도 성욕의 대상인 것이었다.

그――혹은 그녀――야말로 마왕 기이 크림존.

이 성의 주인이면서, 최강이자 최고참의 마왕―― 로드 오브 다크니스(암흑 황제)라는 이름하에 영구동토인 이 대륙을 다스리는 패자인 것이다.

기이는 레온을 안내하지도 않고 앞서서 걸어간다.

그 뒤를 당연하다는 듯이 따라가는 레온.

그들이 알현의 방에서 나갈 때까지 누구 하나 움직이지 않았다.

그건 허용되지 않는 행위였던 것이다.

모두 하나같이 고개를 숙이고, 자신들의 지배자와 그 손님이 자리를 떠나는 것을 기다리고 있었다.

레온이 나간 것을 확인하고 미저리와 레인이 일어선다.

그리고 한 마디 한다.

"해산하라."

레인이 짧은 말로 부하들에게 명령을 내렸다.

그런 뒤에 미저리와 레인은 손님을 위한 차를 준비하느라 그 자리를 떠난다.

이 성의 악마들 중에서도 최고위의 존재인 미저리와 레인이지만, 그 임무는 그녀들의 주인인 마왕 기이 크림존을 돌보는 것뿐이었다.

그리고 그 일이야말로 이 성에선 다른 모든 것보다 우선시된다.

——주인의 분노를 사기 전에 그녀들은 재빨리 일을 시작한다.

………………….

……………

…….

레온은 기이를 따라 최상층에 있는 얼음의 테라스로 들어갔다.

그곳은 천장이 없는 구조로 되어 있음에도 불구하고, 빙설의 진입을 일절 허용하지 않는다.

완전히 조화된, 쾌적한 환경으로 이뤄져 있다.

기이는 환경의 영향을 전혀 받지 않기 때문에, 이 자리의 공조설비는 레온을 위해서만 갖춰져 있는 것이다.

오만한 성격의 기이지만, 자신이 인정한 자와 친구에 대한 대응에는 세심한 배려를 하고 있다.

변함이 없다는 생각을 하면서, 레온은 권하는 대로 의자에 앉았다.

그 의자는 얼음으로 만들어져 있었다. 그런데도 불구하고 전혀 차가움이 느껴지지 않는다.

그걸 딱히 신기하게 생각하지도 않는 분위기로 레온은 물었다.

"그래서 무슨 용건으로 날 부른 거지?"

레온은 상당히 거친 태도로 의자에 몸을 기댔지만, 얼음으로 만든 의자가 그 몸을 부드럽게 받아준다.

그것도 또한 늘 있는 일이다.

어느샌가 얼음으로 만든 테이블이 나타났고, 레인이 그 위에 차를 놓기 시작한다.

미저리는 테라스 입구에서 아무 말 없이 서 있었다.

그녀들이 주인들의 언동을 방해하는 일은 없었으며, 허락을 얻지 않고 말을 할 일도 없다.

대등한 관계 따위는 그곳에는 존재하지 않는다. 명령이 있을 때까지 그 감정을 밖으로 드러내는 것조차 허용받지 않은 것이다.

만약 주인의 명령도 없이 멋대로 행동했을 경우, 그녀들에게 주어지는 것은 재빠른 죽음이었다.

그녀들만큼 강대한 실력을 지닌 '데몬 로드'조차도 기이라는 악마 앞에선 단순한 도구에 지나지 않는 것이다.

그 정도로 기이는 강하다.

그렇기에 비록 레온이 기이에게 공격을 가한다고 해도, 그녀들이 스스로 움직일 일은 없다.

기이는 절대적인 지배자이며, 기이의 몸의 안전을 걱정하는 것은 불경한 일이었다.

그런고로, 그녀들의 존재는 무시한 채로 대화는 속행된다.

"아아. 너도 알다시피, 발푸르기스(마왕들의 연회)가 개최되지. 이번에는 억지로라도 참가하도록 권유해볼까 해서."

"호오? 내게 강제로 뭘 시키려고 하다니, 드문 일이군."

"그래. 이번은 너에게 빚을 지는 일이 생긴다고 하더라도 참가하게 만들 거야."

"――이유는?"

"하핫, 여전히 조심성이 많군. 좋아, 설명해주지――."

기이는 즐거운 표정으로 웃으면서 그렇게 말하더니, 설명을 시작했다.

"――이번 제안자는 클레이만이야. 소인배지. 하지만 무슨 이유인지, 찬동자에 밀림의 이름이 있었어. 밀림은 나랑 맞먹는 최고참의 마왕, 클레이만 따위의 생각대로는 움직이지 않을 거야. 그렇다면――."

"칼리온이 죽었다는 것도 수상하다, 그 말인가?"

"뭐야, 알고 있잖아."

자신이 생각하고 있었던 걸 맞추는 바람에 기이는 기분이 상했다. 그러나 레온은 신경도 쓰지 않고, 그대로 말을 이어간다.

"클레이만은 도가 지나쳤어. 증거를 남기지 않으면서 나를 귀찮게 굴고 있었는데, 이번에는 그냥 넘어갈 수 없겠군. 칼리온의 생사는 별개라고 쳐도, 밀림이 움직였다면 일이 골치 아파져."

라고.

기이는 그 말을 듣고 기쁜 표정으로 고개를 끄덕인다.

"흠, 나도 같은 생각이야. 밀림으로서는 늘 그러듯이 놀이로 여기겠지만, 마왕들 사이의 밸런스가 무너지는 건 달갑지 않아. 내 일이 늘어나니까 말이지."

기이의 기분이 풀리는 걸 기다렸다가, 레온은 가장 중요한 질문을 날렸다.

“그래서 기이, 밀림은 클레이만에게 조종당하고 있다고 생각하나?”

하지만, 그에 대한 기이의 대답은 냉담하다.

“밀림의 일은 생각해봤자 소용없어. 나같이 현명한 자는 바보의 생각은 이해가 안 되니까. 그게 얼마 안 되는 내 약점이지.”

그렇게 말하면서 어깨를 으쓱거리며 기이는 씨익 웃었다. 그리고 그대로 처음 한 질문으로 돌아간다.

“그 정도로 신경을 쓰고 있다는 건, 레온, 너도 참가하겠다는 걸로 이해하면 될까?”

이 이상의 신경전은 의미가 없다고 생각하는지, 레온도 솔직하게 응했다.

“그래, 그럴 생각이야. 나는 남들이랑 어울리는 걸 싫어하지만, 이번에는 참가할 수밖에 없겠지.”

“호오? 다행이군. 참가하는 대가로 너에게 날 하룻밤 안을 수 있는 권리를 주려고 했는데 말이야――.”

“나는 남자는 상대하지 않아. 상대가 여자라고 해도, 내가 원하는 사람 말고는 사양하겠지만 말이야. 그 이전에 널 안아봤자 내게 아무런 메리트도 없잖아.”

“뭐야, 미리 말하라고. 네가 바란다면 여자의 몸으로 변해줄 수도 있는데…….”

그렇게 말하면서, 기이는 요염하게 레온에게 엉겨 붙으려고 하지만, 레온은 그걸 예상했는지 깔끔하게 피한다.

두 사람 사이에서 때때로 볼 수 있는 공방이었다.

"그런데 레온, 라미리스가 의견을 제시하는 일은 거의 없는 편인데, '리무루'라는 녀석에 관해서 뭔가 알고 있어?"

레온이 상대를 해주지 않는 바람에, 기이는 또 다른 화제를 언급했다.

이것도 이번 의제에 관련되는 것이었지만, 레온 이후로 새로운 마왕이 탄생할지도 모르기 때문에 다른 마왕들의 관심도 높은 화제다.

"클레이만이 말하기로는, 마왕을 참칭하고 있다는 것 같더군. 나로선 리무루라는 자가 실력이 있다면 아무런 문제도 없다고 생각하고 있어."

"호오. 네 생각은 리무루에겐 마왕의 자격이 있다는 뜻인가. 나는 사실 라미리스가 얽혀 있다는 점이 신경이 쓰여. 그 녀석이 흥미를 갖고 있는 자라면, 나도 즐길 수 있지 않을까 해서 말이야."

이번 발푸르기스는 발의를 제안한 자가 클레이만이고, 라미리스의 추가 조건에 의해 당사자인 리무루도 참가하는 흐름으로 진행되고 있다.

그렇기 때문에 더더욱 이번 클레이만의 행동에 대해서, 라미리스에게도 생각하는 바가 있으리라고 추측할 수 있는 것이다.

"——라미리스라. 그 요정은 부담스러워. 만날 때마다 날 놀린다고. 몇 번이나 목을 졸라 죽여버릴까 하는 생각을 했는지……."

하지만, 라미리스가 말을 꺼낸 거라면 레온으로서도 찬성 쪽으로 돌아설 수밖에 없다. 그 정도의 은혜는 느끼고 있기 때문에, 어쩔 수 없이 그러는 것이긴 하지만.

"앗하하하. 그러지 마. 라미리스를 죽인다면 나는 네 적으로 돌아설 거야.”

“그렇겠지. 진심으로 한 말은 아니야. 그리고 너에게 싸움을 걸어봤자 이길 수 있을 것 같지도 않으니까.”

이 말은 거짓말이 아니다.

레온도 라미리스의 놀림감이 되는 게 싫을 뿐이지, 딱히 진심으로 위해를 가할 생각 따위는 없다.

그리고 레온이 기이와 싸워서 승산이 없다는 것도 사실이다. 두 사람은 동격의 마왕이긴 하지만, 그 힘에는 하늘과 땅 만큼의 차이가 있는 것이다.

레온과 미저리 사이에 존재하는 것보다도 더 크게, 둘 사이의 힘에는 엄청난 레벨 차이가 존재했다.

“응? 그렇지는 않을 텐데. 너라면 200번에 한 번 정도는 날 죽일 수 있을걸?”

“그러니 얘기가 안 되는 거야. 나는 확실히 이길 수 있는 싸움이 아니면 흥미가 없어.”

“겸손은 집어치워. 애초에 내게 상처를 입힐 수 있는 자는 아주 적다고. 나를 죽일 수 있는 가능성을 지닌 너는 충분히 강자에 속해, 레온.”

“훗, 더 말할 것도 없지. 너랑 밀림이 아예 격이 다를 뿐이야. 아, 그렇지. 격이 다르다는 말이 나와서 하는 말인데——.”

레온이 이제 생각이 났다는 듯이 알려준다.

——‘폭풍룡’ 베루도라가 눈을 떴다는 소문이 돌고 있다, 고.

그리고 처음으로 레온은 기이를 놀라게 하는 데 성공했다.

그때 두 사람의 대화에 끼어들 듯이, 얼음과 같은 차가운 목소리가 울려 퍼졌다.

"어머나. 그 얘기는 아주 흥미가 깊군요."

그 목소리에 잘 어울리는 아름다운 여성이다.

백자와 같은 새하얀 피부.

차갑게 반짝이는 요사스러운 블루 다이아몬드(심해색)의 눈동자.

펄 화이트(진주색)의 머리카락이 살랑거리면서 볼을 타고 흐르는 가운데, 가장 눈에 띄는 타파이트(연홍색)의 입술.

기이의 허락도 받지 않고, 자유롭게 걸어 다니면서 말하는 여성.

보석보다도 아름답게 빛나는 그녀야말로 '얼음의 여제'라고 불리는 자.

혹은——,

잘 알려진 호칭으로 '백빙룡(白氷竜)' 베루자도, 라고 한다.

넷밖에 존재하지 않는 '용종(竜種)' 중의 하나이며, 마왕 기이 크림존의 친구—— 파트너였다.

즉, 레온과 마찬가지로 기이와 동격인 존재이다.

"베루자도인가. 그러고 보니 여기에도 있었군, '용종'이."

흥이 깨진 표정으로 말하는 레온.

"어머나? 여전히 차가우신 분이군요. 하지만 얼굴을 보여주셔서 기쁘네요."

"그런가? 나도 네 얼굴을 볼 수 있어서 눈이 즐겁긴 하군."

일단은 사교적인 인사를 나누는 레온과 베루자도.

서로의 말에 본심은 들어 있지 않다.

"흥. 너희들은 여전히 사이가 안 좋군."

질렸다는 표정으로 기이가 말한다.

하지만 기이는 이 두 사람의 사이를 중재할 생각 따윈 없다.

평소라면 이 타이밍에서 한바탕 서로 비꼬는 소리를 주고받겠지만――,

"――그건 그렇고 방금 그 얘기 말인데요……."

이번에는 베루자도가 화제를 바꿨다.

"레온 님, 제 '동생'이 눈을 떴다고 하셨나요?"

레온이 내뱉은 폭탄 발언의 진위를 파악하겠다는 듯이, 그 푸른 눈을 반짝이면서 물었던 것이다.

"그건 확실한 건가? 레온."

"그 애는 2년 정도 전에 반응이 사라졌으니, 소멸한 거라고 생각했는데 말이죠?"

베루도라가 부활했다면, 그 거대한 오라(요기)가 휘몰아치면서 기상 현상조차 변동할 정도이니 금방 알아차릴 수 있다. 그러나 그런 징조는 전혀 없었다.

기이와 베루자도가 놀라는 것도 당연한 일이다.

"틀림없어. 서방 열국에 풀어놓은 자들로부터 받은 보고야."

"호오……? 그렇다면 왜 그 사룡이 얌전히 굴고 있는 거지? 자력으로 에너지(마력요소)양을 회복하지 못할 정도로 약해진 건가?"

"게다가 누가 그 아이의 봉인을 풀어낸 걸까요? 그 아이가 스스로 봉인을 파괴했다고는 생각할 수 없는데――."

베루도라는 '용사'에 의해 봉인되어 있었다.

베루자도의 입장에서는 제멋대로 날뛰는 동생에게 질렸었기 때문에, 일부러 그 봉인을 방치해두고 있었다는 뒷이야기가 있다.

반성하고 얌전해졌다면, 소멸하기 전에 구해주자고 생각하던 참이다.

베루도라의 존재가 소멸한 시점에서 의문을 느끼고는 있었다. 베루자도가 예측했던 것보다 그 시기가 너무 빨랐으니까.

"첩자의 보고로는 클레이만의 모략이 원인이라는 것 같더군. 서방 열국, 그것도 대국인 파르무스 왕국을 조종해서 리무루라는 자가 부흥시킨 쥬라의 대삼림 대동맹의 맹주국을 멸망시키려고 들었던 모양이야. 그 결과 파르무스의 군대는 전멸. 리무루가 마왕을 칭하는 결과가 되었지."

"잘 아는군, 레온."

"당연하지. 너랑은 달리 나는 과거에 인간이었으니까 말이야. 그리고 바로 얼마 전에 판명된 건데, 그 격전지에 베루도라가 잠들어 있었던 것 같더군. 소멸 직전이었던 베루도라는 대량의 피를 뒤집어쓰고 눈을 떴다는 게 사건의 진상인 것 같아."

그때 우연히 휩쓸리게 된 파르무스 군은 소멸했고, 리무루는 위기를 모면했다고 레온은 설명한다.

"일이 그렇게 된 거군요. 그렇다면 봉인이 풀린 건 우연인가요?"

"글쎄. 거기까지는 모르겠어."

그렇군요, 그렇게 말하면서 베루자도는 고개를 끄덕였다.

확실히 레온의 말대로, 첩자의 보고만으로는 정확한 판단을 할 수 없을 것이라 생각했다.

용사의 유니크 스킬 '무한뇌옥'은 대상을 허수 공간에 가두는 스킬이며, 현실 세계의 간섭을 허용할 정도 만만하지 않다. 그럼에도 불구하고, 베루도라는 현세에 영향을 끼치는 존재감을 발휘했다.

"용사의 봉인이 불완전했을 가능성도 있겠군요……."

그렇다면 설명은 된다.

그렇게 생각한 베루자도에게 레온이 터무니없는 말을 뱉었다.

"그럴 가능성도 있겠지만, 또 하나의 가설을 세워봤지. 누군가가 만든 아공간에 봉인 자체가 흡수되었다고 생각하면 어떨까?"

이 말에 반응한 것은 기이였다.

"재미있군! 그렇다면 누군가가 용사의 봉인을 푼 게 되지. 그 봉인은 용사의 특이성도 같이 맞물리면서 통상 스킬로는 해제가 불가능해. 우리라면 가능하겠지만, 그 말은 즉, 그 누군가의 힘이 우리에게 필적한다는 뜻이 되겠군."

실로 즐겁다는 듯이 기이는 말했다.

"어디까지나 가능성, 이지만 말이지."

"그 누군가가 '리무루'라고 너는 생각하고 있단 말이군, 레온?"

"――그 말이 맞아."

"과연. 그렇다면 확실히, 그 녀석을 철저하게 파악해야겠군."

드물게도 레온이 순순히 참가의 뜻을 표명했다고 생각했더니, 그런 의도가 있었나. 기이는 그렇게 생각하면서 납득했다.

클레이만의 폭거.

밀림의 수상한 움직임.

리무루가 마왕을 참칭하면서, 베루도라의 봉인이 풀렸다.
이 사건들이 전부 보이지 않는 곳에서 이어져 있다고 하면?
이번에 벌어지는 발푸르기스는 즐거운 자리가 될 것이다. 기이는 그렇게 생각하면서 자기도 모르게 미소를 짓는다.
그때 문득 의문점을 느꼈는지, 기이는 중얼거렸다.
"그건 그렇다 쳐도 베루도라가 얌전하게 굴고 있는 건 어째서지?"
그 질문에 대답한 것은 베루자도이다.
"——약해져 있는 것 같군요. 반응이 예전과는 비교도 안 될 정도로 미약해요."
같은 '용종'인 베루자도이지만, 집중해서 찾아보지 않으면 알아차리지 못할 정도로 미약한 반응이었다.
약해졌다고 생각하는 것이 타당하겠지만…….
"그렇다고 해도 날뛰지 않는 건 이상하군요. 그 아이의 성격을 봐선 내키는 대로 날뛰면서 돌아다니는 것이야말로 살아가는 의미라고 할 정도인데."
베루자도도 이해가 안 된다는 표정을 하고 있다.
"뭐, 어찌 됐든 좋아. 나는 베루도라에게 흥미가 없으니까. 너희들이 동료로 끌어들이고 싶다면, 알아서 하도록 해."
레온이 남의 일인 양 말하더니, 자리에서 일어나려고 한다.
같은 종인 베루자도와 베루도라의 대처에 머리를 썩이고 있는 기이와는 달리, 레온에겐 관계없는 이야기이기 때문이다. 자신의 영지에 손을 대지 않는 한, 레온이 먼저 베루도라에게 관여할 일은 없는 것이다.

그 정도로 베루도라는 사룡으로서 번거로운 존재로 여겨지고 있었다.

"벌써 가려고?"

"그래. 나에 대한 용건은 그뿐이지 않나?"

"아아, 잠깐만. 그렇게 서두를 것도 없잖아? 그건 그렇고 네 진짜 목적인 '특정소환'은 가능성이 좀 보여?"

기이는 레온이 돌아가려는 것을 말리면서, 레온이 진행 중인 실험의 성과에 관해 물었다.

그건 레온이 자신의 생애를 걸어가며 진행 중인 실험이었으며, 그 내용에 대해선 기이도 흥미를 갖고 있었다.

"……그쪽은 아직 멀었어. 취향을 바꿔서 랜덤으로 소환시켜봤는데, 그것도 아무래도 실패로 끝난 것 같아. 역시 눈에 너무 띄었어. '불완전한 상태에서의 소환'을 이론화시킨 뒤에 서방 열국에 슬쩍 흘려보냈는데, 자유조합에서 방해를 하더군. 확률적으로 생각해봐도 효율이 안 좋았는데, 앞으로는 방해도 받게 될 것 같아. 그때는 또 다른 방법을 찾겠지만 말이야."

솔직하게 말하자면, 발푸르기스니 새로운 마왕이니 하는 건 어찌 되든 상관없다고 레온은 생각하고 있다.

연구를 방해받지 않도록, 위험한 싹을 미리 뽑아두려 하고 있을 뿐인 것이다.

"방해라고?"

"그래. 죽음을 기다리고 있을 뿐인 아이들을 구했던 모양이야. 내가 거두기 전에 말이지."

"과연, 결과가 나오기 전에 강제적으로 구출을 받았단 말인

가. 그렇다면 앞으로도 같은 방해를 받을 거라고 봐도 틀리진 않겠군.”

“아마도 그렇겠지. 그 녀석은 각 나라가 어린아이들을 소환한다는 것에 화가 난 것 같으니, 다른 나라에 대해서도 압력을 가할 가능성이 있어. 그러므로 이 실험은 이제 접을 거야. 이 이상 계속했다간, 뒤에서 내가 움직이고 있다는 걸 눈치챌 수 있으니까.”

“흠. 그 방해자를 제거해버리면 되는 것 아닌가?”

너라면 간단한 일이잖아? 기이는 그런 눈으로 레온을 바라봤다.

그러나 레온은 한숨을 한 번 쉰다.

“그 방해자가 바로 지금 화제로 삼고 있었던 ‘리무루’야.”

“뭐라고?! 그건 정말 우연인가?”

“재미있지? 그래서 나도 한번 봐두고 싶었던 거야.”

진지한 얼굴로 레온은 고개를 끄덕였다.

그래도 라미리스가 얽혀 있지 않았다면 무시했겠지만…….

“그렇군, 점점 더 흥미진진해지는데. 어쩌면 밀림 녀석도 나랑 비슷한 생각을 하고 있을지도 모르겠는걸. 그 녀석은 바보지만, 묘하게 감이 날카로우니까 말이야.”

“그럴지도 모르지. 뭐, 오늘 밤에 있을 발푸르기스는 엉망이 될 수도 있겠지만.”

“후훗, 그러게 말이야.”

그렇게 말하면서, 레온과 기이는 마주 보며 웃는다.

그런 두 사람을, 베루자도는 푸른색의 눈으로 자상하게 지켜보았다.

그 후로 잠깐 동안 잡담을 나눈 뒤에 기이가 화제를 바꿨다.

“그런데 전부터 마음에 걸렸던 건데, 너한테 정보를 전해주고 있는 협력자는 대체 누구야?”

“제국 쪽의 인간이라는데, 자세한 건 몰라. 자기 말로는 상인이라고 밝혔지만 말이지.”

‘이세계인’을 소환하는 데는 대량의 에너지(마력요소)와 특정한 조건, 의식에 관한 복잡한 요소가 서로 관여하게 된다.

조건의 범위를 좁히면 좁힐수록, 다시 소환을 할 수 있게 되기까지 걸리는 시간이 길어지는 것이다.

그래서 레온은 그 상인과 거래하여 소환을 대행하여 시도하도록 시킨 것이다.

“그래서, 그 상인이란 자는 신용할 수 있는 거야?”

“신용? 할 필요도 없지. 그저 이용하고 있을 뿐이니까.”

“그런가. 네가 그걸로 충분하다면 나도 달리 할 말은 없어. 하지만 방심은 하지 말라고? 멋대로 죽는 건 내가 허락하지 않아.”

“후후후, 날 걱정해주는 건가? 별일이로군, 기이. 안심해, 목적을 다 이룰 때까지는 죽을 생각은 전혀 없으니까.”

“또 그런 말을……. 그렇게 중요한 일이야?”

“그래. 내게는 이 세상의 모든 것보다 우선해야 할 정도로.”

“그런가, 질투가 나는걸.”

“마음에도 없는 말 하지 마. 충고는 솔직히 받아들이지. 그럼 오늘 밤에 보자고.”

그 말을 남기고 레온은 그 자리를 떠난다.

이번에는 기이도 붙잡지 않는다.

빛의 결정을 그 자리에 남기면서, 레온은 '공간이동'으로 그곳을 떠났다.

그 모습을 바라보는 두 눈.

"어지간히 성격 급한 녀석이라니까. 뭐, 그게 레온다운 점이지만……."

쓴웃음과 함께 기이가 중얼거린다.

"하지만 신중한 레온치고는 빈틈이 많군요. 협력자의 정체도 파악하지 않고 있다니. 제가 조사해볼까요?"

베루자도가 얼어붙을 듯이 차가운 목소리로 묻는다.

"그만둬. 쓸데없는 간섭을 하면 레온의 반감을 사게 돼. 나는 친구의 원망을 사는 건 사양이야."

아무런 걱정도 하지 않는 투로 기이는 대답했다. 기이에게 있어 레온은 신용할 수 있는 친구이며, 그 성격을 잘 알고 있기 때문에 나올 수 있는 말이었다.

기이는 누구보다도 레온의 유능함을 잘 알고 있다. 레온이 스스로 협력자의 정체를 파헤치지 않는다면, 그건 그럴 필요가 없기 때문일 것이라고 판단했다.

"저 녀석이 나를 의지해 온다면 그때 도와주면 돼."

"알았어요."

그리고 두 사람은 그 이야기를 끝냈다.

이로 인해 오늘 밤에 있을 발푸르기스에 참가할 자가 확정됐다.

제안자인 클레이만, 프레이, 그리고 밀림.

추가 사항을 제시한 라미리스는 당연히 참가한다.

공적인 자리에 얼굴을 드러내기 싫어하는 레온도 참가한다.

레온과 비슷한 성격이라면 한 명이 더 있다. 어디 있는지도 확실하지 않은 마왕이 있지만, 그자도 마왕 전용 회선을 통해 기이가 억지로 불러냈다.

나머지는 오랜 친구인 다구류루와 또 한 사람……. 그자에 관해선 걱정할 것 없다. 다구류루가 데려오기로 약속했으니까.

마지막으로 기이 본인.

생사불명인 칼리온을 제하면 오랜만에 10대 마왕 전원이 한자리에 모이게 되는 것이다.

"이번에는 꽤 즐거운 자리가 되겠는걸. 너도 가겠어?"

"그러네요……. 아니, 사양하죠. 동생이 참가한다면 모를까, 저는 마왕에는 흥미가 없으니까요."

"그래? 뭐, 좋아. 그럼, 내가 없는 동안 여길 잘 부탁해."

"네에, 맡겨두세요. 그럼 슬슬 준비를 하도록 하죠."

그 말을 남기고는, 베루자도도 자리를 떴다.

혼자 남은 기이는 극한의 대지에 걸려 있는 오로라를 바라보면서 발푸르기스에 대한 기대를 품었다.

잔재주를 피우면서 암약하는 마왕.

신참이었다고는 하나, 쉽게 무너져버린 마왕 중의 한 명.

성에만 틀어박혀 있던 친구가 활동을 시작한 것도 신경이 쓰인다.

그리고 새로운 마왕의 탄생.

재미있다.

오랜만에 가슴이 크게 두근거리는 것을 느낀다.

커다란 변혁이 필요한 것이다.

애초에 마왕들은 동료가 아니며, 원래는 서로 싸우는 자들이다.

마왕의 수에 열 명이라는 제한 따위는 없었으며, 사실 열 명이 넘는 수가 동시에 존재했던 시대도 있었다.

열 명이든 백 명이든 상관없다.

어차피 실력이 없으면, 500년을 주기로 일어나는 '천마대전'에서 도태될 테니까.

그때마다 신참이 패권 싸움을 벌였고, 어느샌가 상한선이 열 명으로 정해졌다. 그게 인간의 세상에 알려지게 되면서, 10대 마왕이라는 호칭으로 한꺼번에 열거되면서 불리게 되었을 뿐이다.

결코 기이가 인정한 것이 아니다.

인간 측의 입장에서도, 위험한 마왕들이 서로 패권 싸움을 벌여서 그 수가 줄어드는 것이 다행이라고 할 수 있을 것이다. 어느샌가 암묵적인 승인이 이뤄진 것이다.

하지만 그것도 이제 슬슬 끝을 맺는다.

약자에게 '마왕'이라는 이름은 어울리지 않는다.

슬슬 진짜 마왕들에 의한 지배의 시대가 시작되어야 하지 않겠는가.

——기이는 그렇게 생각했다.

최초의 마왕이 바로 기이였다.

일곱 명이 존재했던 태초의 마왕 중의 하나였던 기이는 아크 데몬(상위 마장)으로 인간의 세상에 소환되었다.

——이름도 없는 루쥬(태초의 붉은색)는, 이날 이 세상에 풀려나온 것이다.

힘도 없는 주제에 자신을 소환한 인간의 소망을 이뤄주고자, 전쟁 중이었다던 상대국을 소멸시켰다. 뒤이어, 자신을 소환한 인간의 나라도 소멸시켰다.

그리고 얻은 보수가 그 이름.

절망 속에서 탄식하는 자들이 울부짖으면서 뱉었던 그 목소리가 "기이"라는 그의 이름이 된 것이다.

이름을 얻음과 동시에, 기이는 자신이 진정한 마왕으로 각성했음을 깨달았다. 자신이 최강이라고 믿는 기이에게 그건 필요 없는 힘이었지만…….

그런 기이의 진화는 잡일을 맡기기 위해 소환한 베르(태초의 녹색)와 블루(태초의 푸른색)에게도 영향을 끼쳤다.

루쥬의 그림자로 불리던 그 둘은, 그때 기이와 마찬가지로 육체를 부여받으면서 '데몬 로드(악마공)'가 된 것이다.

기이는 즉흥적인 생각으로, 그 둘에게 자신을 따르는 것을 허락하면서 이름을 지어주었다.

베르에게는 인간들의 고통스러운 표정이라는 의미에서 '미저리'라고.

블루에게는 피의 비를 내리게 한다는 의미에서 '레인'이라고.
그 이후로 자신을 따르면서 모시는 것을 허락하고 있다.

기이가 마왕으로서 각성한 후에, 조금 늦게 진정한 마왕으로 각성한 자가 있었다.

그게 바로 밀림이다.

넷밖에 없는 '용종' 중에서 최초의 한 명이, 대지에서 인간과의 사이에 낳은 아이.

신기하게도 인간과 관계를 가진 '용종'은 그 대부분의 힘을 아이에게 빼앗기고 말았다. 그 이후로 '용종'이 인간과의 사이에 아기를 가지는 행위는 터부(금기)로 여기고 있는 것 같다.

힘을 잃어버린 그 '용종'은 그 힘을 분산시켜서 대지에서 육체를 얻는 데 성공했으며, 드래곤(용족)의 시조가 되었다.

그 일이 있은 후로 '자연 성령의 의사를 갖춘 존재'는 '용종'으로 불리게 된 것이다.

현재 땅에 떨어져 번식하고 있는 드래곤들은, 근본을 따지자면 이 하나의 존재에 이르게 된다.

그 '용종'── '성왕룡(星王竜)' 베루다나바로 말이다.

그런 '성왕룡' 베루다나바가 자신의 전생체로서 애완동물(어린 용)을 딸에게 준 것이다.

그 어린 용은 어느 나라에 의해 살해당했다.

어리석은 자들이 밀림(폭군)의 역린을 건드린 것이다.

그 분노는 천지를 꿰뚫으면서, 그 나라를 소멸시켰다.

그리고 밀림은 진정한 마왕으로 각성했다.

——그 결과, 이성을 잃은 밀림이 폭주하면서 세상은 한 번 멸망할 뻔했다.

그것을 막은 것이 바로 기이다.

전투는 이레 밤낮 동안 계속되었다.

그 싸움은 치열하기 그지없었으며, 서쪽의 풍부한 대지를 죽음의 대지로 바꿔버릴 정도였다.

결국 결말은 나지 않았다.

밀림에게 이성이 돌아오면서 전투는 종결된 것이다.

밀림이 이성을 되찾도록 만든 자, 그게 바로 라미리스다. 당시 정령의 왕으로 군림하고 있었던 그녀가, 그 힘과 맞바꾸어 밀림의 분노를 진정시킨 것이다.

하지만 그 대가는 컸다.

사악한 악마와 용의 오라를 뒤집어쓰면서, 라미리스는 힘을 잃은 것으로 그치지 않고 타락해버리고 말았다. 그리고 지금처럼 전생을 반복하는 요정이 된 것이다.

하지만 그래도 밀림의 폭주를 막는 것에는 성공했다.

세계의 붕괴는 저지되었으며, 기이와 밀림은 라미리스의 조정을 따랐다.

이 세 명이 최초의 마왕이 되었다.

목적은 3인 3색.

극한의 힘을 추구하는 자.

자유분방하게 살아가는 자.

세계의 조정을 바라는 자.

하지만 그걸로 충분하다.

같은 목적이 아니기 때문에 세 사람은 서로를 인정할 수 있었으니까.

그 후에 천공문(天空門)을 수호하는 거인과 오래된 흡혈귀가 마왕이 되었고, 하늘에서 타락하여 떨어진 자가 여섯 번째가 되었다.

그들이 제2세대.

가장 오래된 마왕보다는 못하지만, 이 세계를 다스리기에는 충분한 강자들.

거인은 자신의 힘에 감도는 성스러운 속성으로 인해 마왕의 씨앗은 싹트지 않는다. 하지만 비정상적으로 방대한 힘을 보유하고 있는 재미있는 존재이다.

오래된 흡혈귀는 교활하며, 누구보다도 영악하게 지혜를 부린다.

지금은 세대가 바뀌었다고 하는데, 과연 어떨지——.

여섯 번째는 특수하다.

틀림없이 강하기는 하지만, 그는 이 세계에 흥미가 없다.

그렇기 때문에 태만하다. 지배자의 기량을 갖추고 있으면서도, 지금도 타락한 삶을 보내고 있을 것이다.

기이를 포함한 여섯 명 중에서 거인과 요정을 제외한 네 명이 각성한 상태였다.

몇 번이나 벌어졌던 천마대전을 살아남으면서, 그 힘은 잘 갈

고닦였다.

기이와 밀림처럼 얼티밋 스킬(궁극 능력)을 얻었다고 해도 이상하지 않을 정도로.

이 여섯 명에, 추가로 기이의 친구인 레온이 있다.

레온은 전에는 인간이면서 '용사'였다.

특이한 생애를 거치면서 얼티밋 스킬을 획득하기에 이르렀다.

기이도 인정하는 강자인 것이다.

이것으로 일곱 명.

이번의 발푸르기스에선 과연 몇 명이 이 일곱 명의 뒤에 이름을 올리게 될까. 그걸 생각하면서, 기이는 즐거운 표정으로 웃는다.

——클레이만.

이 어리석은 자는 밀림을 지배할 속셈을 품고 있다.

너무나도 우스꽝스러워서 웃음을 참는 게 힘들 지경이다.

그건 불가능한 일인 것이다.

기이도 할 수 없었던 일인데, 클레이만 같은 녀석이 해낼 수 있을 리가 없으니까.

얼티밋 스킬을 지닌 자에게 하위 스킬(능력)은 통하지 않는다.

이 세계의 모든 법칙은 유니크 레벨뿐만 아니라, 마법에 의한 지배 같은 것도 전부 무효화할 수 있다.

약점이 되는 속성(屬性) 공격이라면 약간은 통할지도 모른다. 하지만, 정신지배 계통은 아예 논외다. 그런 법칙에 지배당할 정도로 나약한 정신으로는, 얼티밋 스킬을 획득하는 것이 아예 불가능하니까.

얼티밋 스킬이란 것은, 그 이름대로 궁극의 마법 제어장치인 것이다.

그렇기 때문에, 얼티밋 스킬에는 얼티밋 스킬로 대항할 수밖에 없다.

그게 이 세계이 절대적인 룰(법칙)인 것이다.

밀림에 대해서 클레이만은 아무것도 할 수 없다.

즉, 전부 밀림의 손바닥 위에서 놀아나고 있는 것이다.

(멍청한 녀석이라니까——.)

기이는 희미한 미소를 지으면서 결말을 지켜본다.

약자가 마왕을 자칭할 수 있는 시대는 끝났다.

가짜는 도태되고, 진정한 마왕의 세상이 시작될 것이다.

기이는 그렇게 확신하면서, 요염하게 웃는다.

——그리고 파란만장한 발푸르기스가 시작된다.

제4장

인연의 땅에서

Regarding Reincarnated to Slime

준비를 마치고, 베루도라에게 단단히 다짐을 시킨 뒤에, 회의장까지 안내할 자가 오기를 기다린다.

장소를 모르기 때문에 나는 라미리스와 동행하게 되었다.

추가로 언급하자면, 라미리스도 장소를 모른다고 한다.

왜 모르는지를 물어보니, "늘 누군가가 마중을 나왔으니까!"라고 하는, 전혀 납득하기 어려운 대답이 돌아왔다.

늘 길을 잃고 헤매니까, 누군가가 마중을 나가기로 암묵적인 합의가 된 것이겠지.

기억할 마음이 없는 사람은 몇 번을 가봐도 장소를 기억하지 못하는 법이다.

아마 공간전이계의 능력자가 나와 줄 것이니, 그때를 기다리기로 했다.

얼마 안 있어 밤 열한 시를 넘었을 무렵에, 마중이 아니라 베니마루로부터 연락이 왔다.

『왜 그러나? 무슨 문제가 생겼나?』

놀라서 응답했더니, 침착한 목소리로 베니마루가 내게 요청을 한 것이다.

그가 말하길,

적 세력과의 교전이 시작되었으며, 이미 그 역량은 다 파악했다고 한다――.

베니마루는 내 각성으로 얻은 기프트(축복)로 인해 진화하면서 오니(妖鬼)가 되었다. 이 오니라는 것은 드라이어드(나무의 요정)와 마찬가지로, 일종의 정신 생명체이다.

즉, 베니마루도 트레이니 씨와 같은 수준에 이르렀다는 뜻이다.

슈나와 소우에이에 하쿠로우도 오니가 되었으며, 종족으로서는 상당히 고위 존재로 진화했다고 할 수 있을 것이다.

그건 그것대로 대단한 일이지만, 지금 문제가 되는 것은 베니마루가 획득한 스킬(능력)이다.

유니크 스킬 '다스리는 자(대원수, 大元帥)'―― 공격적인 베니마루답게, 그 힘을 제어하는 것에 특화된 스킬이다.

아무리 힘을 발동시켜도 폭주를 제어할 수 있는 것이다.

그 비밀은 '예측연산'에 있다. 힘의 흐름을 완전히 읽어 들일 수 있기 때문에, 쓸데없는 낭비를 줄일 수 있게 된 것이다.

그리고 그 힘은 개인의 전투뿐만이 아니라 군대를 이끄는 단체전에서도 중히 쓰인다.

병사들의 움직임을 힘의 흐름으로 파악하여, 예견해둔 수치에 가까운 정밀도로 승패를 읽어낸다. 자신의 군대의 전황이 좋지 않으면, 즉시 전군에 지시를 내려서 작전행동을 변경할 수도 있다.

이건 반칙에 가깝다.

정보 전달의 정확성이 무엇보다 중시되는 전장에서, 조금의 오차도 없이 전군을 지휘할 수 있는 것이니까.

지금 현재 수왕국과의 연합군 3만 명의 지휘권은 베니마루에게 있다. 자신의 손발처럼 정확히 군대를 조종할 수 있는 베니마루가 정예 병사 3만 명으로 이루어진 군을 지휘하고 있는 것이다. 상대와 비교하여 우리 군의 움직임에 차이가 생기는 것은 당연했다.

게다가 유니크 스킬 '대원수'에는 '군세고무(軍勢鼓舞)'라는 효과도 있었다.

이끄는 군대에 대폭적으로 보정이 걸리게 되는 스킬로, 개개인의 힘이 3할 정도는 상승한다고 한다. 나아가 군대의 강함도 3할이 상승하게 된다.

수적으로 밀리지 않는 데다 질로 따져도 우리가 위인 이상, 패배할 이유가 없다. 그런 데다 능력 효과에 따른 보정까지 받는다면 더더욱 그럴 것이다.

——그래서, 그런 베니마루이기 때문에,

전투가 시작됨과 동시에 승리가 보였던 모양이다.

그때 어떤 작전을 떠올렸다고 한다.

『——그러므로 우리 쪽에서 적의 본진을 공격하고 싶습니다. 소우에이도 의욕을 보이고 있으니, 기왕이면 안개 너머에 있는 것으로 보이는 클레이만의 성을 함락시키려고 생각합니다만.』

역시 베니마루, 자신만만하다.

『위험하지 않겠나? 아직 시작한 지 얼마 안 된 상태라 승패도 정해지지 않았는데…….』

『괜찮습니다. 여기엔 제가 있습니다. 그리고 공격해 들어갈 자는 소우에이와 하쿠로우 두 사람으로——.』

『잠깐만요, 오라버니!!』

나와 베니마루의 '사념전달'에 끼어든 사람은 차를 준비하고 있던 슈나였다.

아니, 그 전에, 이건 비밀 회선인데. 너무나도 쉽게 끼어들었잖아…….

『어, 응. 왜 그러니? 슈나.』

나와 마찬가지로 놀랐는지, 베니마루의 목소리(사념)도 높아진 것 같다.

『왜 그러니가 아니에요, 오라버니! 클레이만이라는 마왕은 남을 조종하는 위험한 힘을 가지고 있다고 하지 않았나요. 만일, 소우에이랑 하쿠로우가 조종당하기라도 한다면——.』

『아니, 그 녀석들이라면 괜찮——.』

『안 돼요!! 굳이 그렇게 하겠다면 저도 참가하겠어요!』

이봐, 잠깐, 평소에는 얌전한 슈나가 터무니없는 말을 뱉었는데?!

내가 놀라는 것과는 상관없이 베니마루와 슈나의 언쟁은 계속되었다.

여동생에게 이기는 오빠는 없다——라는 건, 전에 살던 세상의 친구가 했던 말이었던가.

자신만만하던 베니마루는 이미 그곳에는 존재하지 않는다. 슈나에게 말로 밀리면서 쩔쩔매고 있었다.

그리고——,

"그렇게 됐으니 리무루 님, 제게 출격 허가를 내려주세요!"

라고 슈나가 환한 미소를 지으면서 내게 말했다.

으음—, 아무리 그래도 말이지…….

위험한 장소에 슈나를 보내고 싶지 않지만, 슈나의 말에도 일리는 있다. 만일의 경우라 해도 소우에이와 하쿠로우가 조종을 당하게 되면 일이 곤란해진다.

그렇다면 위험한 짓을 하지 않으면 되는 것이지만, 군대가 도망치지 못하도록 성을 함락시키는 것도 정석이긴 했다. 그러려면 클레이만이 없는, 발푸르기스가 열리는 시간이 절호의 찬스인 것도 확실한 사실이다.

그래도 말이지, 내가 클레이만을 도망치지 못하게 하면 끝날 일인데. 클레이만의 부하인 마인들이라 해도 반드시 몰살시키고 싶은 것도 아니고 말이다.

『——리무루 님, 걱정하실 것 없습니다. 제가 슈나 님을 지키겠습니다.』

『이 늙은이가 같이 간다면 적의 본진을 살피는 것 정도는 문제가 없을 것입니다. 칼리온 님이 붙잡혀 있을지도 모르니, 역시 조사는 필요하다고 봅니다.』

소우에이와 하쿠로우도 '사념전달'에 가담하여 나를 설득시키려고 한다. 아무래도 슈나가 원군으로 부른 것 같다.

슈나가 고집을 부리는 것은 드문 일이므로, 허가를 내리고 싶은 마음은 있다. 게다가, 칼리온이 클레이만의 성 쪽으로 끌려간 것이 마음에 걸리는 것도 사실이다.

"리무루 님, 저도 화가 납니다. 클레이만을 용서할 수 없는 이 마음을, 억누르고 있기가 너무나 힘이 들어요!"

아아…… 그 기분은 잘 알겠다. 나뿐만이 아니라 모두가 안타까운 마음을 품고 있었던 것이다.

싸움에 참가하지 못하고 남아 있는 건 싫다고 생각하는 슈나의 마음도 이해가 안 되는 건 아니었다.

『슈나의 참가를 허락하지. 단, 소우에이와 하쿠로우는 슈나의 안전을 1순위로 생각하도록. 그리고 적의 본거지의 전력이 예상 이상으로 강할 경우엔, 안전을 우선하여 정보를 가지고 돌아올 것. 마왕 칼리온을 발견한다 해도 안전을 확보할 때까지는 손을 대지 마라. 알겠나?』

『슈나의 고집을 들어주셔서 감사합니다.』

『저는 전이를 할 수 있으니 만일의 경우가 생겨도 괜찮습니다.』

『그렇겠군, 이 늙은이 쪽이 뒤처지겠구먼.』

도망칠 생각 따위는 아예 없으면서, 하쿠로우가 그렇게 말하며 분위기를 완화시켰다.

『우리 모두는 정신공격에 대한 내성이 있으니, 그리 쉽게 밀리진 않겠지요. 슈나 님이 계신다면 그럴 걱정은 없습니다. 칼리온 님에 관해선 발견한 뒤에 생각해보기로 하죠.』

소우에이도 그렇게 말하면서 나를 안심시켜준다.

확실히 슈나의 유니크 스킬 '깨닫는 자(해석자, 解析者)'가 있다면, 정신에 영향을 주는 공격도 해석할 수 있다. 슈나는 '공간이동'도 할 수 있으므로 그렇게 걱정할 일도 없을 것이다. 슈나의 에너지(마력요소)양은 그렇게 많지는 않지만, 그녀가 가지고 있는 스킬은 너무나 우수한 것이다.

칼리온에 관한 것은 소우에이의 말이 옳다.

붙잡혀 있지 않을 가능성도 있으므로, 지금 신경을 쓴다 해도 어쩔 수 없다.

『그럼 허가를 내리긴 하겠지만, 부디 상황을 잘 파악하도록 하라. 그리고 만일을 위해서 작전 개시는 발푸르기스가 시작되는 직후인 0시로 한다.』

『『『알겠습니다!!』』』

이렇게 슈나, 소우에이, 하쿠로우, 이 세 명이 클레이만의 본거지를 수색하기로 했다.

*

그리고 0시를 눈앞에 둔 시점에서 베루도라로부터 마왕에 관한 이야기를 듣는다.

"나는 소인배에겐 흥미가 없어."

베루도라는 그렇게 말하면서도 알고 있는 것을 이야기해줬다.

베루도라가 봉인된 후에 마왕이 된 것은 레온뿐. 그 말고 다른 자에 관한 정보를 모아보도록 하자.

베루도라는 각지에서 날뛰면서 돌아다녔기 때문에, 맞붙어 싸워본 마왕도 있는 모양이다.

약 2,000년 전에는 뱀파이어(흡혈귀족)의 도시를 공격하여 멸망시킨 적도 있었다고 한다. 그때는 완전히 이성을 잃어버린 뱀파이어에게 쫓기면서 상당히 재미있었다고 하지만…….

그중에서도 화려하고 아름다운 여자 뱀파이어가 있었다고 하는데, 다른 자와 차원이 다른 실력을 자랑했었다고 한다. 그때 이후로 뱀파이어들은 모습을 감췄다고 하며, 어떻게 되었는지는 모르는 모양이다.

"이름이 뭐라고 했더라……. 아마 분명히 루, 루루스? 아니, 미루스였던가? 어쨌든 진심으로 상대하진 않았지만 나와 같이 놀 수 있을 정도로 강한 녀석이었으니, 부디 조심하도록 해."

유머 감각이 없는 녀석이었다고 베루도라는 말하지만, 나쁜 쪽은 베루도라다.

자신의 나라가 잿더미가 되었다면 그야 당연히 화를 내겠지.

누구라도 화를 낼 것이다. 나라도 격노했을 일이다.

뭐, 옛날 이야기니, 지금은 어떻게 되어 있는지가 명확하지 않군.

"아아, 지금은 발렌타인이란 남자가 마왕이 되어 있어!"

옆에서 같이 듣고 있던 라미리스가 외쳤다.

1,500년 정도 전에 대를 이으면서 마왕이 바뀌었다고 한다. 베루도라에 대한 원한이 사라졌기를 기도할 뿐이다.

자이언트(거인족)의 마왕인 다구류루는 상당한 호적수였다고 한다.

몇 번인가 싸웠지만, 승부가 나지 않았던 모양이다.

베루도라가 이름을 기억하고 있는 것만 봐도 상당한 강자인 것 같다. 애초에 싸움이 벌어졌다는 시점에서 '용종'과 싸울 수 있을 정도의 힘이 있다는 이야기가 되니까.

마왕 중에서도 격이 다른 존재라는 느낌이 드는군. 요주의 인물이다.

남은 것은 데몬(악마족).

몇 번인가 데몬 집단을 물리쳤다고 한다. 그들은 육체가 소멸되어도 때가 오면 재생하는 모양인데, 제법 재미있는 상대였다고 한다.

점점 강해지기 때문에, 좋은 놀이 상대가 되었다고 한다.

단, 그 데몬들의 왕과는 싸워보지 않은 모양이다.

북방 대륙의 영구동토에 머무르는 성이 있는 것 같으며, 추워서 사람도 살 수 없는 곳이기 때문에 가보지 않았다고 한다.

거기서 베루도라는 말끝을 흐리더니, "뭐, 그런 아무것도 없는 곳에는 갈 필요가 없지! 크아하하하하!" 하고 웃으며 얼버무렸다.

뭔가 있는 것 같지만, 물어봐도 가르쳐주지 않았다.

확실히 일부러 갈 필요도 없는 데다, 지금 생각해야 할 일도 아닐 것이다.

"그러게, 기이는 강하니까 말이지. 기이와 밀림과 내가 최고의 마왕이었지!"

그렇게 이야기하는 라미리스의 말을 들어보면, 뭔가 대단할 게 없는 것 같은 생각이 저절로 드는 것이 참으로 신기하다.

지금은 일단 그 이야기는 보류하기로 한다.

뭐, 이런 느낌으로 이야기를 들었다.

남은 마왕은 앞으로 몇 명이지?

만난 적이 있는 자가 밀림, 라미리스, 칼리온이다.

지금 이야기를 들었던 자가 발렌타인, 다구류루, 그리고 기이.

포비오가 말했던, 칼리온에게 마무리 공격을 날렸다던 프레이.

레온은 별개로 치고, 내가 상대할 적은 클레이만이다.

남은 자는 한 명, 인가?

"으음, 나는 모르겠는데?"

아는 건 많지만 도움이 되지는 않는단 말이지, 베루도라는.

"아아, 그건 디노야. 나 이상으로 땡땡이치기를 좋아하는 마왕이지!"

보아하니 라미리스와 같은 부류가 있는 모양이다.

"같은 부류라고 말하지 마!"

화를 내는 라미리스는 무시하기로 하고, 이렇게 열 명이로군.

베루도라가 분노하게 만들어버린 마왕도 있는 것 같으니, 그 점은 주의해서 이야기해야 할 것 같다.

그건 그렇고, 마왕이란 존재는 생각했던 것 이상으로 실력이 있는 것 같다.

꼬맹이(라미리스)를 기준으로 생각하고 있다간, 큰일을 당할지도 모르겠다.

밀림을 기준으로 생각해두는 게 좋을 것 같군.

지금의 진화한 나라도, 밀림과 싸운다면 이길 수 있을지 없을지 확신이 안 가니까.

몇 번인가 대련을 해본 적이 있지만, 그때는 밀림이 전혀 진심으로 싸운 게 아니었기도 하고.

데이터가 부족하다.

대련을 했을 때의 밀림이라면 이길 수 있겠지만, 밀림이 진심을 다하면 어느 정도인지 잘 모르는 이상, 자만하지 않는 게 좋을 것 같다.

그건 그렇다고 쳐도, 밀림이 날 토벌하는 데 찬성했다는 것이 믿어지지 않는다.

뭔가 알려지지 않은 사정이 있는 건 분명한 것 같지만…….

밀림은 쉽게 조종을 당할 녀석이 아니다. 교섭 같은 것과도 인연이 없는 느낌인 데다, 배반을 할 성격도 아니다.

생각할 수 있는 건 밀림 자신의 의지에 따라서 어떠한 원인이 발생한 경우, 인가.

뭐, 그것도 지금 생각해봤자 아무 소용없겠지.

만난 뒤에 판단하기로 하자.

그런 느낌으로 이야기를 하고 있으려니, 갑자기 공간의 일그러짐을 느꼈다.

보아하니 마중이 온 모양이다.

눈앞에 불길하게 생긴 문이 출현했다.

연출에 중점을 둔 것인지, 상당히 웅장한 느낌으로 만들어진 문이다. 내 경우는 일그러진 부분을 억지로 비틀어 열다시피 하는 느낌이니, 이런 연출은 보고 배워두는 게 좋을 것 같다. 한 번 이미지를 정착시켜두면, 다음부터는 좀 더 빨리 문을 열고 '전이' 할 수 있을 것 같으니까.

문이 열리더니, 안에서 어두운 붉은색 메이드 복을 입은 녹색 머리의 미녀가 나왔다.

그리고 라미리스를 향해 인사를 한다.

"마중하러 나왔습니다, 라미리스 님. 거기 계시는 분이 말씀하신 그분이십니까? 괜찮으시다면 동행해주시길 바랍니다."
그렇게만 말하고는, 문 옆에 대기하면서 눈을 아래로 숙인다.
철저하게 자신의 존재를 죽이고 있다. 교육을 잘 받은 프로, 라는 느낌이다.
하지만 신경이 쓰이는 점이 하나 있다.
이 메이드에게서 디아블로와 같은 종류의 위압이 느껴진다.
데몬(악마족), 그것도 최상위종이다.
통상의 데몬에겐 한계가 있으며, 아무리 목숨이 긴 자라고 해도 아크 데몬(상위 마장) 급 정도밖에 없다고 한다. 그걸 넘어선 존재가 되려면 어떤 요인이 필요하다고 하던데…… 디아블로에겐 내가 지어준 '이름'이 그것이었던 것이다.
디아블로는 이름을 얻으면서, 데몬의 한계를 초월하며 극복했다. 아크 데몬에서 데몬 로드(악마공)에까지 도달한 것이다.
'쿠후후후후. 강한 힘에는 흥미가 없었지만, 위에는 위가 있다는 걸 알았습니다. 앞으로는 아주 조금이나마 노력해보기로 할까요.'
강한 힘에는 흥미가 없어도, 싸움에는 흥미가 있다고 한다.
자신이 지나치게 강해지면 싸움이 재미없게 되니까, 한계를 적당히 정해두고 있었다――고 말했었다.
그건 농담이었던 걸까?
진심이었다면 무시무시한 녀석이다.
그리고 지금 눈앞에 있는 메이드(여자 악마)가 그런 디아블로와 같은 종족―― 즉, 데몬 로드였다.
메이드라기보다 저승(저승을 의미하는 '명토(冥土)'의 일본어 발음은 '메이도'로, 메이드와 동일)에서 온 사자 같은 느낌이다.

내 전생의 지식(애니메이션과 만화)에 의하면 메이드란 존재는 전투원이었다.

게다가 한 번 더 말하지만 그녀는 데몬 로드이다.

이 여자가 위험한 상대라는 것은 확정적으로 분명하다 할 수 있겠다.

"오, 미저리잖아. 오랜만이야! 기이는 잘 지내?"

그런 위험한 여자 악마를 상대로 하면서도 라미리스는 전혀 신경 쓰지 않는다.

어떤 의미로는 이 녀석도 거물이다.

"——저 같은 게 주인님의 걱정을 하는 건 너무나도 송구스러운 일이기 때문에……."

"아, 그렇구나. 여전하네, 너도. 뭐, 상관없지만."

그렇게 말하면서, 날개를 팔락거리며 문 안으로 날아가 들어가는 라미리스.

우리도 뒤를 따른다. 여기에 남아 있다가는 장소를 모르게 되는 것이다.

각오를 해놓고 길을 못 찾아서 헤맸다면, 부끄러워서 나중에 베니마루를 비롯한 부하들을 볼 낯이 없어져버린다.

그건 그렇고 이 메이드—— 미저리는 기이라는 마왕의 부하인 모양이다.

분명 데몬 로드의 왕이면서, 가장 오래된 마왕 중 한 명이었다.

데몬 로드를 부린다는 시점에서, 그가 강하다는 건 틀림없다, 가능한 한 적대하지 않는 게 좋을 것 같다.

——뭐, 그건 상황에 따라 달라지겠지만 말이다.

그건 그렇다 쳐도, 이렇게 강해 보이는 미저리가 안내 역할이라니…….

기이는 상당히 오만한 남자인 모양이다.

경계해야 할 적은 마왕들뿐이라고 생각했었지만, 그 생각은 안일했던 모양이다.

이럴 줄 알았다면, 디아블로를 데리고 가는 게 더 좋았을지도 모른다. 그랬다면 시온과 둘이서 폭주를 했겠지만…….

어느 쪽이든 간에, 이제 와선 늦었다.

각오를 해야 할 때가 왔다.

이 너머에서 기다리는 자들은, 이 세계의 지배자들인 것이다.

하지만 무섭지는 않다.

왜냐하면—— 이런 나도 또한, 이 세계에서 최강의 한축이 되었으니까.

나는 부담 없이 그 문 안으로 들어간다.

●

베니마루는 자신의 눈 아래에서 펼쳐지는 싸움을 보면서 그 입가에 웃음을 지었다.

모든 것이 계획대로다.

적군은 재미있게도, 게루도가 펼쳐놓은 함정으로 이끌리고 있다.

그것도 당연하다 할 것이다. 애초에 적은 완전히 우리 쪽을 얕보고 있었으니까.

"역시 리무루 님. 이렇게까지 준비를 해놓고 계셨다면, 지는 게 더 어려울 것 같습니다."

베니마루는 그렇게 혼잣말을 중얼거리면서 적군을 가엾게 여긴다. 뜻대로 군을 조종할 수 있기 때문에 만들어낸 계책이지만, 그것 자체는 대단한 게 아니라고 베니마루는 생각했다.

베니마루가 말했던 대로 클레이만의 군대는 자신들이 수적으로 이기고 있다고 믿었기 때문에, 보고 있으면 유쾌할 정도로 방심했다. 피난민으로 분장한 발이 빠른 수인 전사들을 몰아붙일 생각으로 함정을 향해 전진한다.

"승부가 났군요. 여기까지 오면, 이제 적에게는 만회할 계책 같은 건 존재하지 않을 거예요."

공중에 떠서 전황을 살피고 있던 베니마루 옆에 어느샌가 날아왔는지, 알비스가 있었다.

등에 난 날개를 조용히 펄럭이며, 베니마루의 생각을 방해하지 않도록 배려하면서.

"알비스 공인가. 아직 승리한 것도 아닌데 멋대로 지껄여서 미안하군."

"알비스, 라고 불러주세요. 베니마루 님──."

베니마루는 그 말을 듣고, 붉은 눈으로 알비스를 바라봤다.

"당신은 내 부하가 아니오."

그리고 차갑게 거절한다.

"네에, 그렇죠. 하지만 지금 저희 수인들은 당신에게 지휘권을 맡기고 있답니다."

그렇군, 베니마루는 고개를 끄덕인다.

"좋아. 당신을 이 싸움 동안만이라도 부관으로 임명하겠소."

"명령을 따르겠습니다, 베니마루 님."

연합군의 지휘권은 명목상으로는 베니마루에게 있었다. 그러나 지금 수왕국 유라자니아의 군을 통괄하는 알비스가 베니마루의 아래에 들어가겠다고 선언함으로써, 이 연합군의 총대장도 베니마루로 결정됐다.

총대장의 말에 반론은 허용되지 않는다.

강자를 따르는 것이 마물의 룰인 것이다.

"――부관으로 임명해놓고 이런 말을 하는 것도 우습지만, 할 일은 거의 남아 있지 않소. 방심할 생각은 없지만, 이건 이미 승리가 보이는 작업에 지나지 않으니까."

"네에, 동감입니다. 하지만 아직 몇 명 정도 강자의 기운이 남아 있군요."

"음. 추세가 정해지면 게루도 부대를 보낼 거요."

주저 없이 베니마루가 대답했다.

"잠깐만. 그 역할은 우리가 돕겠어!"

"그래. 새치기는 하지 말아주면 좋겠는데, 총대장. 여기는 우리들 수인의 나라라고. 당신들에게 전부 다 맡겨버리면 칼리온 님이 화를 내실 거야."

"그 말이 맞아! 칼리온 님의 안부 확인까지 맡겨버린 이상, 여기서 벌이는 싸움 정도는 우리에게 양보해주면 좋겠어."

스피어와 포비오가 대화에 끼어들어 주장했다. 그 모습을 보고 씁쓸하게 웃으면서 알비스도 말한다.

"베니마루 님. 군의 지휘는 당신께 맡겼으니, 저희 세 명에게 적군의 수괴들을 토벌할 것을 명령해주십시오!"

그렇게 말하면서, 삼수사는 다 같이 머리를 숙였다.

쳇, 하고 베니마루는 혀를 찼다.

"당신들, 그걸 노리고 내게 총대장을 양보한 건가!"

"어머나, 무슨 말씀인지요?"

화를 내는 베니마루을 보면서 시치미를 떼는 알비스.

뜻을 꺾은 것은 베니마루였다.

"알았소. 당신들도 참전시킬 예정이었으니 문제는 없겠지. 단, 이길 수 없다고 생각하면 즉시 물러나시오. 적들 중에는 방심할 수 없는 자가 섞여 있는 것 같으니까."

그렇게 말하면서, 알비스 일행의 행동을 묵인하기로 했다.

사실, 적 세력 중에는 그 전투 능력이 미지수인 자가 여러 명 있었다. 누가 누구와 맞서느냐에 따라 고전은 피할 수 없는 상황이었던 것이다.

하지만――,

(뭐, 상관없어. 어차피 내가 있으니까. 고전 중인 분위기를 감지할 수만 있다면, 지지는 않아.)

베니마루는 대담하게 웃는다.

그리고 삼수사도 각자가 각자의 사냥감을 파악하고 있다. 긍지 높은 짐승의 본능에 따라, 불손한 이물질을 제거하기 위해 그 이빨과 발톱을 갈면서.

함정의 발동까지 앞으로 몇 분 남지 않았다.

그때를 기다리는 알비스가 문득 생각이 난 듯이 질문을 했다.
"——하나 더 여쭤보고 싶은 게 있습니다. 함정에 걸린 자는 어떻게 되는 건가요?"
"몰살, 이라고 말하고 싶지만——."
거기서 말을 한 번 끊고, 베니마루는 생각한다.
"그건 당신들 수인의 판단에 맡기려고 생각하오."
"그 말씀은 곧……?"
"반항할 의지를 잃은 자는 포로로 삼을 거요. 리무루 님은 저렇게 보이셔도 자상한 분이라 몰살은 좋아하지 않으시지. 물론 우리 중에 희생자가 나온다면, 묻지도 따지지도 않고 모조리 죽이시겠지만."
"……과연. 그렇다면 나중에 또 포로의 처우에 대해서 판단을 내리시겠군요."
"아아, 그건 문제없소. 리무루 님이라면, 아마도 노동력으로 삼으려는 생각을 하실 거라고 예상하니까 말이오."
"——네?"
"도시를 재건할 것 아니오? 사람 수는 많으면 많을수록 좋을 거요."
"그런 부분까지——?!"
베니마루의 대수롭지 않은 대답에 알비스는 절규했다.
알비스뿐만 아니라 포비오와 스피어도 마찬가지 반응이다.
리무루 님이 승리를 당연하게 생각하는 데다, 그 후의 처리까지도 전부 생각해두고 있었다는 사실에 놀란 것이다.
(대체 무슨 자신감이람?! 아무리 그래도 상대는 교활한 마왕 클

레이만의 심복들인데…….)

그리고 더욱 놀라운 것이, 적을 포로로 삼는 것을 전제로 작전을 짰다는 점이다.

이 세계의 전쟁에선 적을 붙잡는 것보다 죽이는 게 더 간단하다. 범위마법 등으로 일소할 때 항복하는 자들을 배려하는 지휘관 같은 건 없는 것이다.

살아남은 자를 포로로 삼는 것이 아니라, 그 반대인 노동력으로 삼기 위해 체포하는 것이 목적, 그건 지금까지는 존재하지 않았던 생각이었다. 그러나 베니마루 쪽은 그런 생각을 자못 당연하다는 듯이 실행으로 옮기려 하고 있다.

그 사실에 삼수사들은 끝을 알 수 없는 공포를 느낀다.

그게 의미하는 것은── 리무루 휘하의 마인들이, 자신들이 패배할 가능성을 고려하지 않고 있다는 사실.

그들은 승리에 대한 절대적인 자신감을 바탕으로 삼아, 이 싸움에 임하고 있었던 것이다.

"뭐, 어디까지나 작전대로 진행된다면 말이지만."

그렇게 말하며 웃는 베니마루를 보면서, 삼수사들은 두려운 감정을 품었다.

그리고 전쟁이 벌어졌다.

『소우카, 예정대로다.』

『알겠습니다, 베니마루 님.』

그 짧은 대화 직후에, 클레이만 군에서 최초의 사망자가 나온다.

100명에 가까운 마인을 부리는 이름이 있는 마인이었겠지만, 갑자기 출현한 소우카에 의해 마핵(魔核)을 찔리면서 절명한 것이다.

소우카의 부하 네 명도 또한, 클레이만 군의 대장 격인 자들을 차례로 처치한다. 확실하게 이길 수 있는 자만 노려서 공격하고 있는 것은, 그것이 베니마루의 지시이기 때문이다.

베니마루의 지시에 따라 정확하게.

그 결과, 클레이만 군의 명령 체계가 산산이 파괴된다. 상위자가 내리는 명령이 말단까지 전해지지 못하게 된 것이다.

그렇기 때문에──,

"이건 함정이다! 수인들에게 포위되었어!!"

"말도 안 돼, 어떻게──."

"후퇴하라! 여긴 일단 후퇴하고 군을 재정비한다!"

알아차렸을 때는 이미 늦었다.

인간의 군대와 달리, 개개인의 무력에 의존하는 경향이 강한 마물의 군대에선, 부대장의 존재는 필수 불가결하다. 그 부대장이 없는 지금, 클레이만 군이 혼란에 빠지는 것은 당연했다.

『게루도, 시작해라.』

『알겠습니다!』

베니마루의 명령을 받고 게루도가 호령한다.

"작전 개시!!"

""""넷!!""""

다음 순간, 지면이 크게 함몰되면서 클레이만 군을 집어삼켰다. 흙을 다룰 줄 아는 자들이 그 힘을 해제한 것이다. 자연스럽게 보이던 평지는, 실은 수많은 함정을 숨기기 위해 스킬로 만들어진 임시 지면이었던 것이다.

도망칠 수 있었던 것은 하늘을 날 줄 아는 마물뿐. 하지만 그런 비행이 가능한 자들도 조류형의 수인 부대와 가비루가 이끄는 '히류(비룡중)'에 의해 차례로 격추당하고 있었다.

그리고 함정에 빠진 자들은 어떤가 하면,

사전에 준비해두고 있었던 거대한 함정. 그 바닥 부분에는 액체로 변한 흙이 있다. 대미지는 없다 해도 허리까지 빠져버린 상황에선 움직이기가 어려워진다.

그렇다고는 하나, 그들은 마물의 군대다. 마법이나 특수 능력을 써서 어떻게든 빠져나오려고 하는 자도 있었다.

서로 앞 다투어, 약자를 발로 차서 떨어뜨리고 함정의 가장자리로 향하는 강자들.

그러나 그것이야말로 이 작전의 중요 핵심이 된다.

이건 말하자면 솎아내는 것이다.

자신들의 군대에 있던 강자들이 저항도 하지 못하고 죽는다는 현실. 그걸 보여줌으로써, 약한 마인들의 마음을 꺾어버린다. 살아남은 자는 서로의 실력 차를 알게 되면서, 이윽고 저항할 기력을 잃어버릴 것이다.

순종적인 포로를 확보하기 위한 무대장치, 그게 바로 이 함정이었던 것이다.

전투가 시작된 지 10여 분 만에, 전황은 어떻게 해볼 방법이 없을 정도로 원사이드 게임(일방적인 전개)이 되었다.

"이, 이 정도일 줄이야……."

눈 아래에서 펼쳐지는 광경, 1만 명이 넘는 클레이만 군의 부대가 갈기갈기 단절된 상태로 여러 개의 함정에 빠져 있다. 그 가장자리를 포위하고 있는 것은 게루도가 이끄는 옐로 넘버즈(황색 군단)다. 각 대원이 같은 간격으로 모든 함정 주위를 포위하여 올라오는 마인들을 차례로 처치한다.

엄청난 기세 앞에 놓인 무기력한 기세. 힘의 차이가 어느 정도 존재한다면, 수와 장비로 보강한다.

힘이 있는 마물들도 여러 명의 수인 전사와 '쿠레나이(홍염중)'에 의해 각개 격파당하고 있다.

얼핏 보면 평지였기 때문에. 클레이만 군의 대다수가 이 땅으로 진격하고 있었다. 남은 수천 명의 부대가 후방에 대기하고 있지만, 그것만으로는 이 전황을 역전시킬 힘은 남아 있지 않을 것이다.

"이겼군."

"훌륭합니다, 정말로……."

베니마루가 당연하다는 듯이 중얼거리자, 알비스가 진심으로 찬사를 보냈다.

"훗, 이긴 게 당연하지. 그렇다고 해서 방심할 수는 없어. 나는 내 할 일을 다 할 거요. 알비스, 그리고 삼수사들. 당신들에게 자유행동을 허락하겠소. 적군의 수괴를 쓰러뜨리고 오시오!"

"기다렸어, 대장! 다녀올게!"

"드디어 한바탕 날뛸 수가 있게 됐군. 나를 속였던 녀석의 냄새가 느껴지니, 나는 그 녀석을 쫓도록 하겠어."

"그럼 저도. 뒤는 맡기도록 하겠습니다, 베니마루 님."

베니마루는 삼수사를 바라보지도 않고 고개만 한 번 끄덕인다.

"가시오!!"

""""넷!!""""

그렇게 삼수사는 행동을 시작했다.

●

스피어는 날아가는 것보다도 빠르게 하늘을 누빈다.

극히 일부의 수마(獸魔)밖에 사용할 수 없는 아츠(기술)인 〈비상주(飛翔走)〉이지만, 수인인 스피어는 당연하다는 듯이 사용하고 있었다.

목표로 삼은 것은 적 후방의 훨씬 뒤쪽, 이 전장에 어울리지 않는 비무장의 집단이다.

용을 모시는 자들, 신관장 미도레이가 이끌던 신관 전사단이었다.

그 정체는 알아차리지 못하고 있었지만, 스피어의 짐승으로서의 직감은 그들이 남은 적 세력 중에서 최강이라는 사실을 알리고 있었다.

그런 스피어에게 하늘을 나는 집단을 이끄는 자가 말을 걸어왔다.

가비루다.

'히류(비룡중)' 100명을 이끌고 가비루가 스피어를 따라간다.

"그와하하하! 도와드리겠습니다, 스피어 공!"

"오우, 가비루 씨로군. 미안한데, 어쩌면 제일 안 좋은 제비를 뽑은 건지도 모르거든?"

그 미모를 호쾌한 웃음으로 장식하면서, 스피어가 대답한다.

"와하하, 상관없습니다. 상공의 적은 대강 처리를 끝냈으니, 하늘을 나는 수인 분들의 임무를 이 이상 빼앗는 것도 실례가 될 테니까요. 그런데 승리를 눈앞에 둔 지금, 남아 있는 적은 어디에 있겠습니까?"

"하핫! 승리는 확실하지만, 내 생각에는 만일의 경우에도 역전당하지 않도록 후방의 녀석들을 제압해야 한다고 생각해서 말이야."

"과연, 잘 알겠습니다! 너희들, 진지하게 싸워라!"

"알고 있습니다요, 대장!"

"대장이야말로 실수하지 마십시오."

웃으면서 대답하는 부하들에게, 가비루는 화를 내며 꾸짖는다. 그건 평소와 다름없는 광경이었다.

스피어는 그 모습을 보고 웃으면서, 정면에 있는 적을 향해 전의를 높이기 시작한다.

미도레이는 후방의 안전한 장소에 진을 치고 있었다.

진을 치고 있다기보다 병참 부대에 소속된 의료반으로서, 전장에서 격리되어 있다고 말하는 게 정확할 것이다.

원해서 참전한 전쟁은 아니지만, 이렇게 자신들이 과소평가를 받자 밀림을 볼 낯이 없다는 기분이 든다.

(이래선 밀림 님까지도 업신여김을 당할 게야.)

그렇게 초조한 심정으로, 자신들도 전선에 나가겠다고 주장했던 미도레이. 그러나 그 진언은 야무자에 의해 기각당하고 말았다.

공적을 빼앗기고 싶지 않다는 것이 그의 본심이었으며, 결코 미도레이 일행을 배려한 행동이 아니라는 것은 명백했다.

그러나 이번 싸움은 승리가 약속된 것이나 마찬가지인 것.

적의 주력은 이쪽의 1/3 전력밖에 없으며, 게다가 군으로서 제대로 정비가 되어 있지 않다. 피난민을 지키면서 후퇴를 하고 있으며, 제대로 된 공격조차 불가능할 것으로 생각했다.

(그런 상대를 공격하는 것이 더 명예를 손상시키는 것이 되려나…….)

미도레이는 그렇게 마음을 고쳐먹고, 여기서 며칠을 보내고 있었다.

그랬는데, 싸움은 생각지도 못한 방향으로 흘러간 것이다.

"미도레이 님, 위험하겠는데요……. 이거 완전히 지고 있는 것 아닙니까?"

"으, 음. 약하군, 너무 약해. 마왕 클레이만의 부하들은 이렇게도 약한 병사들이란 말인가……."

"아니, 아니, 그게 아니라니까요! 적의 계책이 이쪽을 완전히 속여 넘긴 겁니다!"

"뭐라고오?! 멍청한 놈, 자잘한 작전 따위야 힘으로 밀어붙이면 되는 것 아니냐! 그런 나약한 소리를 하고 있는 걸 보니 너도 아직 멀었다, 헤르메스!"

"그러니까요! 개인의 싸움이랑 결투라면 또 모를까, 이런 집단

전에선 얼마나 군을 잘 통솔하는가가 승패를 좌우한다니까요! 나머지는 얼마나 상대의 뒤를 잘 캐는가에 달렸다고요. 이번에는 전쟁이 벌어지기 직전까지 전력을 잘 숨겨둔 데다, 함정까지 준비해둔 적의 승리입니다."

"흥, 그런 말을 할 것도 없이, 돌아가는 걸 보면 누구라도 알 수 있는 일이 아니냐!"

미도레이는 그렇게 말하면서 콧방귀를 꼈다.

미도레이는 머리를 쓰는 게 서투르다. 그리고 헤르메스는 머리가 조금 좋다는 이유로, 약간 이해하기 어려운 이야기를 언급하곤 한다. 미도레이는 그것이 마음에 들지 않았다.

하지만 지금은,

반론의 여지도 없이, 그 말이 옳다는 것을 미도레이도 이해할 수 있었다.

눈앞의 광경이 그걸 여실히 증명하고 있었기 때문이다.

"그보다도 미도레이 님──."

"알고 있다. 이쪽으로 오는 자들, 저들은 강하다. 내키지는 않지만, 지금은 우리도 전장에 서 있다. 우릴 노리고 오는 거라면 상대해야 하지 않겠느냐!"

"역시 그렇게 되는 겁니까. 잘 알겠습니다요……."

달갑지 않은 표정을 지으면서도 동의하는 헤르메스를 흘겨보면서, 미도레이는 투지를 불태우기 시작했다.

이리하여──,

전장의 한쪽 끝, 클레이만 군의 최후방에서.

이 싸움의 최대 격전이 시작되었다.

●

포비오는 땅에 착지한 뒤에, 소리도 없이 질주한다. 그리고 전장에서 떨어진 장소에 숨어 있는 자를 발견하고는, 그 앞으로 뛰어들었다.

성난 표정을 한 광대 가면을 쓴 남자와, 눈물이 맺힌 눈의 광대 가면을 쓴 소녀.

그런 수상한 2인조는—— '앵그리 피에로(화가 난 광대)'인 풋맨에, '티어드롭(눈물의 광대)'인 티어이다.

중용광대연합 소속인 두 사람은 이번에도 클레이만의 부탁을 받아들여 전장을 감시하고 있었던 것이다.

"여어, 전에는 신세를 많이 졌지?"

포비오는 분노를 억누르면서 조용히 말을 걸었다.

"어라라? 이거 참, 포비오 님이 아닙니까!"

성난 표정을 한 광대 가면 안쪽에서 인상이 안 좋아 보이는 눈이 빛난다,

"마왕이 되지 못했던 포비오 님. 마왕 밀림에게 지고 만 포비오 님! 그때는 우릴 도와줘서 정말 고마워!"

눈물의 광대 가면을 쓴 소녀는 포비오를 놀려대며 업신여기는 것처럼, 빙글빙글 돌면서 노래하듯이 인사했다.

"헷, 기억하고 있는 것 같아서 다행이군. 죽는 이유도 모른다면 불쌍하니까 말이야!"

"어라라아? 왜 화를 내는 걸까?"

"이해가 안 되네요. 이 멍청이는 왜 화를 내는 걸까요? 그 분노의 감정은 정말 맛있긴 하지만, 우리는 죽어야 할 이유가 없는데 말이죠."

"그래, 그러게 말이지!"

"시끄러워! 속아 넘어간 내가 바보일지도 모르지만, 바보는 바보답게, 너희에게 진 빚을 갚아주는 데에 다른 이유 따윈 필요가 없다고!"

체면 문제라고 그렇게 소리치면서, 포비오는 날카로운 손톱을 늘렸다.

검게 빛나는 그 손톱은 늑대의 이빨같이 날카롭고 강력하다.

하지만 그걸 보고도 티어와 풋맨은 동요하지 않았다.

"흐응—, 우리랑 싸울 생각인가 봐? 약한 주제에 무리를 하면 안 되지이!"

"홋———홋홋호. 그러면 안 돼요, 티어. 모처럼 포비오 님이 농담을 말해서 우리를 웃겨주려고 노력 중이시니까."

그런 두 사람의 대화도 포비오로부터 냉정함을 빼앗지는 못했다.

포비오는 자신이 참을성이 없어서 실패했던 것을 누구보다도 깊이 후회하고 반성했던 것이다.

그렇기 때문에 인사를 끝내자마자 곧바로 행동으로 옮긴다.

고속으로 파고들어서 단숨에 거리를 좁혔다.

"——!!"

"쳇!"

말로는 정신을 흔드는 효과가 없다는 것을 알고, 풋맨과 티어의 분위기도 바뀐다.
그에 따라—— 상황도 변한다.
공간이 일그러지더니, 거기서 멧돼지의 머리를 가진 남자가 출현한 것이다.
"오랜만이군, 풋맨. 나를 기억하고 있나?"
"호오? 어라아? 이거 참, 오크 제너럴 씨였습니까. 이런, 이런, 훌륭하게 성장하셨군요!"
살짝 업신여기는 듯이 풋맨이 말했지만, 그 표정에는 그가 뱉고 있는 말 만큼의 여유는 없다.
외모에 어울리지 않게 풋맨은 계산이 치밀한 성격이다.
그리고 게루도는 그런 풋맨의 성격을 꿰뚫어 보고 있다.
베니마루 일행의 고향, 오거의 집락촌을 멸망시킨 부대와 동행했었던 자가 풋맨이며, 그 힘을 얕볼 수 없다는 것은 게루도도 잘 아는 바였다.
풋맨은 웬만한 마인과는 격이 다르다. 그게 게루도의 인식인 것이다.
그리고 티어도 있다.
풋맨에 뒤지지 않는 자. 그 힘은 미지수이지만, 결코 만만히 볼 상대가 아니다.
수왕전사단의 삼수사—— '흑표아' 포비오가 아무리 강하다고 해도 혼자서 풋맨과 티어를 상대하긴 어려울 것이다.
(후훗, 역시 베니마루 공이군. 내 사냥감으로 부족함이 없다!)
게루도는 그렇게 생각하면서 흥분한다.

전황을 내려다보는 베니마루로부터 포비오를 도와주러 갈 것을 명령받았다. 전장의 지휘를 방치하라는 그 명령에 게루도는 눈썹을 찌푸렸지만, 지금은 그 베니마루의 판단이 옳았다는 것을 이해할 수 있다.

전장에선 이미 승패가 정해져 있으니, 게루도의 부관으로도 충분히 대응할 수 있었다. 하지만 이 중용광대연합의 두 명을 상대하는 것은 리무루의 부하 마인들 중에서도 간부급에 속한 자가 아니면 맡을 수가 없다.

"나도 돕겠소, 포비오 공."

"오오, 게루도 씨인가. 고맙소!"

포비오도 이 두 사람을 앞에 두고 냉정하게 서로 간의 전력 차이를 계산하고 있었는지, 게루도의 제안을 거절하지 않는다. 자신의 힘을 잘 파악하고, 자신의 긍지를 챙기기보다 승리하기 위한 최선의 방법을 선택한 것이다.

그리하여 전장에서 조금 떨어진 곳에 있는, 약간 높은 언덕 아래에서 2 대 2의 싸움이 시작되었다——.

●

야무자는 전장에서 올라온 보고를 받고, 잔뜩 곤혹스러워하고 있었다. 압도적으로 유리한 상황이, 적이 연출한 함정이었다는 것을 깨닫고.

야무자는 패배 따위는 생각하고 싶지도 않다.

클레이만의 분노를 살 것은 명백하기에, 무슨 수를 써서라도 이 상황을 역전시켜서 승리를 쟁취하지 않으면 안 되었다.

하지만, 지금 이곳에 남은 전력으로는 불가능할 것이다.

아직 야무자에게도 그 사실을 이해할 수 있을 정도의 이성은 남아 있었다.

달리 동원할 수 있는 전력이 없는지, 야무자는 생각한다.

마왕 클레이만의 심복인 다섯 손가락, 그들의 대표 격인 중지의 야무자는 클레이만의 군대 중에서도 최강의 마인이다. 그런 야무자에게 필적하는 자는 검지의 아다루만과 엄지의 나인헤드(九頭獸)뿐이다.

아다루만은 본국의 방어군을 맡고 있으며, 원래는 쥬라의 대삼림에 있었던 와이트(사령, 死靈)이다.

생전에는 유명한 사제였다고 하는데, 죽어버린 지금은 관계가 없다. 클레이만의 주술에 의해 마물로서의 힘이 대폭 증가하면서, 수많은 언데드(불사계 마물)를 부리는 와이트 킹(사령의 왕)이 되어 있었다.

생전에 가지고 있었던 성스러운 힘은, 산 자를 저주하는 부정한 마의 힘으로 바뀌었다…….

단, 아다루만은 힘은 방대하지만 지능이 낮은 것이 약점이다. 클레이만에게 받은 명령——침입자의 말살——외에는 행동할 수 없는 것이다.

이 싸움에 참전시킬 수 없었던 이유도 그것이었다.

또 한 명인 나인헤드, 그녀는 너무나도 희귀한 최상위의 마물로 요괴 여우다. 아직 300살이라 너무 어리기 때문에, 그 꼬리는 세 가닥밖에 나 있지 않다. 그런데도 그 에너지(마력요소)양은 야무자도 능가하며, 클레이만과 맞먹을 정도였다.

지금은 클레이만의 호위로서 발푸르기스에 동행하고 있으니, 그녀는 도움이 되지 않을 것이다.

(——역시 아다루만에게 부탁할 수밖에 없나.)

문제는 어떻게 아다루만을 불러내는가 하는 것이다.

아니, 아니다. 지금 당장 이 땅에 불러내는 것은 불가능하다. 그렇다면 살아남은 자들을 모아서 일단 마왕 밀림의 영지로 도망쳐야 할 것이다.

그곳에 아다루만을 불러내어 합류, 그리고 단번에 반격으로 이행한다. ——그게 가장 좋은 수가 아니겠느냐고 야무자는 생각했다.

발푸르기스는 1개월이나 되는 긴 시간에 걸쳐 벌어지는 경우도 있으므로, 잘하면 클레이만이 자리를 비우고 있는 중에 끝내는 것도 불가능하지는 않다.

아다루만을 움직이는 건 어렵지만, 시도해보지 못할 일은 아닐 것이다.

어찌 됐든 이대로 패배를 순순히 받아들인다면, 야무자가 숙청당하게 될 것은 틀림없는 사실이다.

(클레이만 님은 무서운 분이다. 나라고 해도 쉽게 쳐내버리시겠지……. 운 좋게 살아남는다 해도 정신이 파괴되어 조종당하는 인형 따위는 되고 싶지 않아.)

(분하지만, 이 패배는 인정하도록 하지. 하지만 마지막에 승리

하는 건 바로 나다!)

야무자는 그렇게 생각하고 전장으로 눈을 돌렸다.

그리고 그 장소에서 경악할 만한 광경을 목격한 것이다.

선두를 걷고 있는 것은 금색과 검은색이 뒤섞인 머리카락을 가진 요염한 미녀.

금색의 지팡이를 손에 들고, 사람이 없는 들판을 걷는 것처럼 유유히 다가오고 있다.

그 주위를 지키는 것은 수왕전사단의 최고 전력이다.

수왕전사단── 멤버는 수십 명밖에 없지만, 그 실력은 정평이 나 있는 전투 집단이다.

개개인이 일기당천의 무인들.

코끼리의 수인인 조르와 곰의 수인인 탈로스의 모습도 보인다. 삼수사에는 미치지 못한다 해도 패자인 수왕의 부하가 되기에 적합한 강자들이었다.

그 수인들 외에도 붉은 옷을 입은 집단이 따르고 있었다. 고화력의 화염술을 사용하여, 후방에 대기시켜놓은 예비 전력을 불태우면서 전멸시키고 있다.

야무자의 기준에서 보면 실력이 모자라는 자들이라곤 하나, 부하 마인들보다도 뛰어난 정예 병력일 것이라는 건 틀림없는 사실이다.

상황이 아주 안 좋게 돌아가고 있었다.

"말도 안 돼……. 왜 삼수사가 여기에 있는 거냐?! 설마, 이 녀석들, 군대를 내버려 두고 자신들끼리만 원호를 하러 달려온 건가? 하지만 그렇다고 해도……."

믿기 어려운 인물의 등장에 야무자의 곤혹스러움은 더욱 깊어졌다.

"이 녀석들, 우리 본진에 최고 전력을——?! 경비는 뭘 하고 있었나아——!!"

그런 야무자에게 심복들이 화를 내는 소리가 들려왔다.

당황하고 있는 건 야무자뿐만이 아니었으며, 이 자리에 있는 상위 마인들에게도 동요가 퍼지고 있었다.

"보고드립니다! 경비병들과 연락이 되지 않습니다. 누군가에 의해 살해된 모양입니다!!"

"뭐라고오——?!"

심복이 소리쳤고, 야무자는 절규한다.

적의 움직임이 너무나 빨라서, 자신들의 대응이 완전히 따르지 못하고 있었다. 그걸 알아차렸을 때엔 이미 치명적일 정도로 때가 늦은 뒤였다.

야무자는 그 사실을 깨닫고, 순식간에 창백해졌다. 전황을 다시 복구하기는커녕, 이대로는 탈출하는 것조차 어려우리라는 사실을 이해한 것이다.

(위험하다, 위험해, 위험해, 너무 위험해——!! 이대로 있다간 내가 살아서 여길 탈출하는 것조차 힘들게 되는 것 아닌가?!)

야무자는 비로소 초조함을 느꼈다.

1 대 1로 상대한다면 또 모를까, 저 정도의 전투 집단과 싸워서

이길 수 있다는 생각이 들 정도로 야무자는 자신의 실력에 도취되어 있지는 않았다.

"시간을 벌어라! 나는 본국에 한 번 돌아간 뒤에, 아다루만을 데리고 돌아오겠다. 녀석이라면 사령을 소환하여 우리 군을 재정비하는 데 도움을 줄 것이다."

변명이다. 야무자는 이미 패배했음을 깨닫고 전력을 다해 도망갈 결심을 굳히고 있었다. 다행히도 야무자는 스스로 지원하여 클레이만에게 충성을 맹세했었기 때문에 다른 다섯 손가락과 같은 제약 같은 건 아무것도 받지 않았던 것이다.

이대로 클레이만을 따르는 것은 자살행위다. 그렇기에 더더욱 야무자는 가망이 없다고 보고 재빨리 포기를 한 것이다.

"넷!"

"세 시간은 버텨내겠습니다!"

심복들이 결의에 가득 찬 표정으로 명령을 따를 것을 표명하지만, 그런 것으로 야무자의 마음이 움직이지는 않았다.

멍청한 녀석들이라고 생각했을 뿐이다.

그대로 야무자는 전이마법을 발동――하려고 하다가 이변을 알아차린다.

"――발동이 안 돼? 이건…… '공간봉쇄'인가?!"

그렇다. 이미 늦은 것이다.

야무자 일행이 알비스를 직접 눈으로 보고 인식했을 때, 알비스도 또한 야무자 일행을 눈으로 확인했으니까.

알비스가 가지고 있는 힘―― '뱀의 눈(천사안, 天蛇眼)'을 통해서.

엑스트라 스킬이지만, 각종 상태 이상——마비, 독, 발광 등등——을 적에게 부여하는 힘이며, 그것도 시야에 들어온 자에게 영향을 미치는 흉악한 범위 공격이었다. 도망치려면 레지스트(저항)에 성공하거나 버티는 수밖에 없는, 뛰어난 성능을 지닌 스킬인 것이다.

그리고 알비스에게는 또 하나의 비장의 수가 있었다.

그건 유니크 스킬 '압도하는 자(제압자, 制壓者)'이다.

이 힘은 공간계의 스킬이며, 그 효과는 '사고가속, 공간제어, 공간이동'이었다. 적의 행동을 저지하여, 같은 편에게 유리한 상황을 만들어내기 위한 스킬인 것이다.

알비스의 눈길 하나로, 야무자의 부하들 중에서 실력이 낮은 자들은 전부 무력화되었다.

마음이 약한 자는 순식간에 발광했다.

조금 강한 자라고 해도 마비에 의해 몸을 움직이지 못한 채, 독에 의해 그 목숨을 차례로 빼앗기고 있다.

그중에는 석화된 자까지 있는 지경이다.

이 스킬에서 벗어난 것은 100명도 채 되지 않는 자들뿐. 싸우기도 전에, 그럴 자격이 없는 자는 알비스 앞에 서는 것조차 불가능했다.

야무자의 마법은 알비스의 '공간제어'에 의해 중단되었다. 이건 발동한 마법을 저지당한 것이 아니라, 주변의 공간좌표를 고정시킴으로써 마법에 의한 공간 간섭 그 자체를 막은 것이다.

그렇기 때문에, 이 영역에서 마법으로 도망치는 것은 불가능하게 되었다. 그리고 이 영역이란 것은 알비스가 눈으로 볼 수 있는 범위를 가리킨다. 이 전장 일대가 알비스의 제압하에 놓인 셈이다.

이게 바로 삼수사——'황사각(黃蛇角)' 알비스의 힘이었다.

도망은 불가능하다. 그걸 깨달은 야무자는 이를 악물었다.

비장의 수는 있다.

하지만 이것은 금지된 방법이라, 가능한 한 쓰고 싶지 않다.

그렇다면 살아남는 수단은 승리뿐.

"——어쩔 수 없군. 진심으로 상대해보기로 할까."

"오오, 야무자 님!"

"원래의 실력을 발휘하시는 야무자 님이라면 삼수사라 하더라도 상대가 못 될 겁니다!"

"따르겠습니다! 저희가 싸우는 모습을 보시고, 클레이만 님도 만족하실 수 있도록 노력하겠습니다!!"

활기를 띠기 시작하는 부하들.

어리석은 녀석들이라고 야무자는 생각한다.

마왕 클레이만이 바라는 것은 승리와 이익뿐이다.

쓸데없는 손실을 낸 것도 모자라서 패배까지 하게 된다면, 결코 용서를 받을 수 있는 방법은 없다.

(그분이 믿는 것은 순수한 힘뿐이지…….)

야무자가 아무리 충성을 바쳐도 클레이만은 결코 야무자를 인정하지 않았다.

써먹을 수 있는 장기말, 유능한 부하라는 의미에서만 그 총애를 내려줄 뿐이다.

상으로 주어진 유니크(특질) 급의 아이스 블레이드(빙결마검)도, 야무자를 강화시킨다는 목적에 따른 것이라는 이유가 있었다.

그래도 야무자는 클레이만을 경애하고 있었으며, 그가 지닌 보물을 받는 것으로 자신의 이익도 챙기고 있었다. 이해는 일치하고 있었던 것이다.

하지만 클레이만을 위해서 목숨까지 바칠 생각은 없다.

(……슬슬 때가 되었군. 나는 여기서 살아남은 뒤에 반드시 복수를 이룰 것이다!)

이번의 실패로 인해, 한동안은 몸을 숨기게 될 것이다.

하지만 그래도 상위 마인 중에서도 특A급의 실력을 지닌 자신이라면, 누군가 다른 마왕이 거둬줄 것이 틀림없다. ――야무자는 그렇게 생각했다.

『재미있군. 알비스여, 수왕의 부하 중에서 최고의 마인이자 용맹한 삼수사인 그대라면 나와의 1 대 1 대결을 받아들여 주겠지?』

알비스를 향해 강렬한 사념을 날린다.

야무자는 도박을 걸었다.

여기서 최강의 알비스를 쓰러뜨리고 적의 전의를 꺾는다. 어쩌면 그것만으로 흐름이 바뀔 가능성도 있다. 그렇게 잘 풀리지 않는다 해도, 자신이 도망칠 수 있는 기회가 생길 것이라 생각한 것이다.

『네에, 좋아요. 마왕 클레이만의 부하이자 '다섯 손가락' 중 최강인 야무자 공. 당신에게 격의 차이를 가르쳐주도록 하죠!』

이 싸움의 결과가 바로 클레이만과 칼리온 님의 격의 우열을 증명하게 되겠죠. ──그런 의도를 담고 알비스가 응한다.

그대로 '공간이동' 하여 야무자의 근처까지 접근하는 알비스. 그런 알비스를 향해 클레이만의 살아남은 부하들이 일제히 덮쳤다.

그건 계책이라고 부를 수 없는 계책이었다.

수인은 단순하기 때문에 도발에는 반드시 응한다. 그 습성을 이용한 비겁하기 그지없는 계책이었다.

자신들이 조금이라도 알비스를 지치게 만들 수 있다면, 그만큼 야무자가 편하게 이길 수 있다. 그런 의도를 담은 부하들의 특공이었던 것이다.

"멍청한 놈들, 그런 얕은 수가 통할 것 같으냐!!"

알비스는 소리치면서 더욱 강렬한 '천사안'을 발동했다.

그러나 야무자에게 있어선 그것으로 충분했다.

알비스가 힘을 사용하는 그 한순간이야말로, 야무자가 필요로 했던 필승의 빈틈.

"──끝이다!!"

야무자는 순식간에 거리를 좁히더니, 알비스의 무방비한 등 뒤에서 검을 휘두른다.

그 검이 알비스의 등을 베어버리기 바로 직전──,

"어설픕니다요! 그런 비겁한 작전은 남자답지 않습니다요!"

그렇게 외치면서, 누군가가 알비스의 그림자에서 튀어나와 야무자의 검을 튕겨낸 것이다.

"쳇, 누구냐?!"

"고부타입니다요! 이런 경우를 대비해서 숨어 있었습니다요."

그런 식으로 고부타가 설명하는 동안에, 그림자에서 차례차례 튀어나오는 자들이 있었다.

말할 것도 없이 '동일화'로 사족보행을 하게 된 고블린 라이더이다. 그 높은 운동 능력을 유감없이 발휘하면서, 아직 움직일 수 있는 마인들을 향해 공격을 가한다.

"어머나, 저에게도 비밀로요? 어쩐지 뭔가 이상한 기운이 느껴진다 싶었죠."

알비스는 그렇게 말했지만, 실은 완벽하게 알아차리고 있었다. 그걸 알고 있었기 때문에 안심하고 혼자서 돌입한 것이다.

"헤헤, 베니마루 씨로부터 명령을 받았습니다요."

알비스에게 적당히 대답하면서, 슬그머니 케이스 캐논(칼집형 전자포)을 야무자에게 겨누고 발사하는 고부타. 야무자의 검을 튕겨낸 바로 그때, 이미 이길 수가 없겠다는 생각이 들 정도의 실력 차이를 깨달았다. 그렇기 때문에, 야무자가 소태도를 경계하고 있는 지금이야말로 찬스라고 판단하고 시도한 공격이었다.

고부타의 사전에 있는 정정당당이라는 단어는 일반적인 것과 의미가 좀 다르다. 적에게 바라는 것이지, 자신이 지켜야 할 것은 아니었다.

그런 고부타가 쏜 불의의 일격은, 그러나 야무자의 검에 의해 튕겨져 버렸다.

"잔챙이 주제에!! 방해하지 마라!"

그대로 검의 끝부분을 고부타에게 겨누면서, 야무자는 마법을 발동시킨다.

고부타를 향해서 아이시클 랜스(수빙대마창, 水氷大魔槍)가 날아가지만, 고부타도 또한 소태도를 이용하여 아이시클 랜스를 날리고 있었다.

대응사격의 목적으로 날린 것이 아니라, 처음부터 저격을 노리고 발동시킨 마법이다. 그게 고부타의 목숨을 구했고, 공중에서 두 개의 마법은 서로 맞부딪히면서 소멸했다.

"——크, 이 마검과 동등한 위력이라고?! 게다가 주문도 읊지 않았는데? 잔챙이 주제에 건방지게……."

그제야 비로소 야무자는 고부타를 적으로 인식했다.

하지만 고부타의 입장에서 보면, 이미 모든 수가 바닥이 난 상태이다.

(위험했습니다요. 아까 그 반격도 전혀 보이지 않았고 말입니다요. 운 좋게 마법을 날려준 바람에 살긴 했지만, 검으로 찔렀으면 한 방에 아웃이었습니다요. 이 정도라면, 그냥 도망가도 되겠지요?)

그게 본심인 것이다.

다행히도 고블린 라이더는 일정 이상의 성과를 거둔 상태이니, 여기서 물러난다 해도 꾸중을 들을 일은 없을 것이다.

고부타는 후퇴를 결심했다.

"그렇다면 후——."

명령을 내리려고 한 고부타의 코끝을 야무자의 검이 스치고 지나간다.

"뜨악?!"

이것 또한 운이 좋게, 엉거주춤한 자세로 고부타가 한 발 물러난 덕분에 얻은 결과였다.
하지만 야무자는 그걸 경계한다.
(내 공격을 세 번이나 막아냈다고?)
세 번이나 계속된다면 우연일 수가 없다. 그게 야무자의 판단이다. 무엇보다 아까 그 음속을 넘어선 공격이, 눈앞의 홉고블린이 평범하지 않은 실력자임을 말해주고 있었다.
"훗훗후, 1 대 1의 싸움에 도와줄 자를 숨겨놓고 있었다니, 삼수사의 명성도 땅에 떨어졌구나."
핏발이 선 눈으로 야무자는 그렇게 소리쳤다.
이것도 야무자의 계책이다. 삼수사에 정체불명의 난입자까지, 이 두 사람을 동시에 상대하는 건 위험하다고, 그렇게 판단한 것이다.
이 말에 기뻐하며 반응을 보인 것이 고부타이다.
(잘됐습니다요! 이걸로 이 위험한 마인과 싸우지 않고도 넘길 수 있겠습니다요!)
기쁨을 억지로 참으면서, 그러나 재빠르게,
"그럼 제가 이 1 대 1 결투의 입회인을 맡겠습니다요!"
라고 선언했다.
어디까지나 입회인.
더 이상 쓸 만한 수가 없는 이상, 방해가 되는 것보다는 낫다.
기본적으로 리무루는 패배는 허용해도 전사자가 나오는 것은 허용하지 않는다. 그런 불명예스러운 전사자 제1호가 되고 싶을 정도로, 고부타는 바보가 아닌 것이다.
"어머나, 정 뭣하면 양보해줄 수도 있는데요?"

알비스가 심술궂게 말하지만, 고부타는 그걸 가볍게 흘려 넘긴다.

"사냥감을 넘기는 건 수인의 명예에 흠집이 가는 것 아닙니까요? 이 자리는 제가 양보하겠으니, 마음껏 싸우시는 겁니다요! 방해해서 죄송했습니다요."

그리고 오늘 최대의 행운이라고 할까, 고부타의 이 이해할 수 없는 변명이 운 좋게도 통한 것이다.

야무자는 불확실한 위기를 피할 수 있었다.

알비스는 애초에 사냥감을 양보할 생각 따윈 없었다.

그리고 고부타는――.

(아― 다행이다. 이걸로 제 역할은 끝입니다요!)

자신보다 월등히 강한 자와의, 승산도 없을 것 같은 전투를 피할 수가 있었던 것이다.

●

적의 후방에서 훨씬 더 안쪽, 최후방의 전장에서,

신관장 미도레이가 이끄는 신관 전사단과 가비루가 이끄는 '히류(비룡중)'가 격돌하고 있었다.

그렇다고는 하나, 아직 서 있는 자는 몇 명뿐.

양쪽을 다 합쳐서 200명 가까이가 쓰러져 있었다.

그 와중에 미도레이는 상처 하나 없이 멀쩡했다.

흰색의 신관복에는 구겨진 부분이나 얼룩진 부분도 없었으며, 그런 모습이 그의 건재함을 어필하고 있다.

"왓———핫핫하! 네놈들도 제법이로구나. 역시 용의 피를 이은 후예들답다!"

유쾌하게 웃는 미도레이.

정면에 서서 어깨를 들썩이며 숨을 쉬고 있는 스피어를 무시하고, 땅에 쓰러진 자들을 바라보면서 그렇게 말했다.

"날 무시하지 마라—!"

반인반수로 '변신'한 스피어는, 그 대폭적으로 상승한 신체 능력으로 미도레이를 압박한다. 그러나 미도레이는 그걸 미리 예상하고 있었는지, 옆으로 몸을 반쯤 틀기만 하는 것으로 거리를 조정했다.

필살의 간격에서 벗어난 스피어. 그 몸은 빈틈투성이가 되면서 미도레이의 절호의 표적이 된다.

"하아압!"

스피어가 뻗은 날카로운 손톱을 지닌 팔을 붙잡고 다리를 걸어 차면서, 스피어의 몸을 가볍게 짊어졌다가—— 날카롭고 재빠르게 땅에 처박는 미도레이.

업어치기와 비슷한, 용을 모시는 자들에게 전해지는 독특한 던지기 기술이었다.

"무시하진 않았다. 마물을 상대로 써볼 기회가 적기 때문에, 나도 즐기고 있는 중이야. 네놈처럼 던지는 보람이 있는 상대는 오랜만이구나."

미도레이는 기쁜 표정으로 말하지만, 던져진 쪽의 스피어 입장에서 보면 참을 수가 없는 일이었다.

"제, 제기랄! 나를, 나를 이렇게……."

마치 놀이 상대처럼 자신을 다루는 바람에, 스피어의 얼굴은 굴욕으로 새빨갛게 물들었다.

그러나 인정하지 않을 수가 없다.

이 눈앞에 서 있는 미도레이라는 남자는 스피어의 상상을 넘어서는 강자라는 것을.

그런 미도레이는 또 스피어를 무시하고 주위를 돌아보고 있다. 스피어가 일어서기를 기다리고 있는 것이다.

(젠장, 완전히 얕보고 있는 거냐?! 게다가 내 '자기재생'이 의미가 없을 줄이야…….)

그렇다. 스피어의 육체에 상처가 생긴 게 아니기 때문에, 스킬(능력)에 의한 대미지 회복이 발동하지 않는 것이다. 스피어가 지친 것은 단순히 스태미너(체력)가 소모되었기 때문이다.

땅에 처박힌 충격은 그대로 육체에 피로를 축적시킨다. 외상이 아니라 신체의 내부로 대미지를 주고 있었던 것이다.

그래도 스피어는 일어선다.

삼수사――'백호조(白虎爪)' 스피어의 이름을 걸고, 꼴사나운 모습을 계속 보여줄 수는 없기 때문이다.

"너 같은 녀석이 클레이만의 부하 중에 있었을 줄이야. 더 볼 것도 없이 야무자가 최강인 줄 알았는데, 역시 내 감은 정확했던 모양이군."

"야무자, 야무자 공 말인가. 그분도 나름 실력은 있었다만, 내 놀이 상대가 되어줄 정도는 아니었다. 이렇게 보여도 나는 밀림 님의 놀이 상대가 되어드릴 정도니까."

"밀림…… 마왕 밀림 님 말이야?! 그렇다면 너희가 용을 모시는 자들이었단 말인가!"

어쩐지 강하다고 스피어는 생각했다.

마왕 클레이만의 부하치고는 여기 있는 자들은 차원이 너무 달랐던 것이다.

싸움 그 자체를 즐기면서, 적을 쓰러뜨리는 것에는 집착하지 않는다. 무엇보다 다른 마인들과 비교해서 압도적일 정도로 강했다.

"응?! 저 드라고뉴트(용인족)가 헤르메스를 이겼군! 와하하하하, 제법이로구먼!"

실로 즐겁다는 듯이 미도레이는 웃고 있었다.

헤르메스의 상대는 가비루이며, 지금 막 가비루의 창이 헤르메스를 찌른 참이었다.

"잠깐, 미도레이 님. 웃지 말고 좀 도와주십시오!!"

"멍청한 놈, 네 놈이 졌다. 거기서 얌전히 반성하고 있도록 해라."

하늘을 보는 자세로 지면에 쓰러지면서 헤르메스가 도움을 청하지만, 미도레이는 그 말을 일소에 부쳤다.

의외로 여유가 있다는 걸 간파한 것이리라. 그리고 가비루가 헤르메스를 완전히 죽일 생각이 없다는 것도.

"자, 이제 남은 건 나를 포함해 세 명인가. 내 부하들과 호각으로 싸우다니, 네 부하들도 훌륭한 전사들이로구나. 스킬에 의존하지 않고 제대로 육체와 정신을 단련하고 있다는 증거라 하겠지."

"이거 참, 칭찬을 받았으니 기뻐해야겠구려. 나는 가비루라고 하오. 그대는 밀림 님의……?"

"음! 용을 모시는 자인 미도레이란 이름은 바로 나를 가리키는 말이다."

"스피어다. 삼수사의 스피어! 클레이만의 부하에게 밝힐 이름 따윈 없지만, 밀림 님의 부하라면 얘기는 다르지."

"음, 스피어 공이라 하는가. 기억해두지. 그런데 이제 어떡할 텐가? 정 뭣하면 둘이 동시에 덤벼도 상대를 해주겠네만?"

그렇게 말하면서 미도레이는 유유히 팔짱을 낀다.

그건 두 사람이 동시에 덤벼도 이긴다는 자신감의 표현이었다.

"그 전에 말이야, 하나 물어봐도 될까?"

"음, 뭔가?"

"아니, 평범한 인간이 어떻게 그렇게 강한 거지? 그 전에, 용을 모시는 자는 인간이 아닌 건가? 뭔가 위화감이 느껴지거든."

스피어의 질문을 듣고 재미있다는 표정으로 고개를 끄덕이는 미도레이.

그리고 대답한다.

"인간, 이라는 게 무엇을 가리키는가. 그게 명제로군. 그대의 질문이 종족에 관해서 묻는 거라면 답은 간단하다. 우리는 거기 있는 가비루 공과 마찬가지로 드라고뉴트다."

아무렇지도 않게 미도레이는 그런 말을 내뱉은 것이다.

"뭐라고?! 우리와 같다고?"

"음, 그렇다. 차이점이라면 리저드맨에서 진화한 게 아니라, 드래곤이 '인간화'하여 인간과 관계를 맺으면서 생겨난 후손들, 이라 할 수 있겠군."

하지만, 그 본질은 같은 것이다—— 그렇게 말하면서 미도레이는 웃었다.

"과연…… 그러고 보니 내 여동생인 소우카도 인간의 모습으로 변했었지."

"어쩐지. 인간치고는 너무 강하다 했어……."

"그렇긴 하지만, 본래의 모습으로 돌아갈 수 있는 자는 거의 남아 있지 않다. 저기 쓰러진 내 부하들도 누구 하나 '드래곤 체인지(용체변화, 竜體變化)'랑 '드래곤 보디(용전사화, 竜戰士化)' 같은 스킬을 획득하지 못했지. 이젠 인간과의 차이 따위는 없는 거나 마찬가지다."

그리 말하면서 미도레이는 스피어를 봤다.

"하지만 그 힘은 계승되어 있다. 우리는 용을 모심으로써, 그 몸에 깃든 피를 결코 잊지는 않고 있는 것이다. 질문은 이제 끝인가? 스피어 공."

"그래. 딱히 인간이든 마물이든 관계는 없지만 말이지. 내가 알고 싶었던 건 약한 인간이 단련을 통해 강해진 것인가 아닌가 하는 그것 하나거든. 듣자 하니 인간과 다르지 않다고 하니, 그렇다면 그 노력에는 경의를 표해야겠다는 생각이 들었을 뿐이야."

"와하하하하, 나랑 같은 생각이로군. 확실히 강함이란 건 선천적으로 타고 난 것과 후천적으로 기르는 것이 있지. 마인이 약한 것은 타고난 힘에 너무 의존하기 때문이야. 그러므로 에너지(마력요소)양의 크고 작음으로 그 서열이 정해지는 거지. 진정한 강함이란 것은 눈에 보이지 않는 것이야. 레벨(기량)이야말로 유일무이하며 확실한 지표라네."

과연, 스피어는 깊이 납득한다.

스피어는 선천적으로 강했다. 노력 따윈 하지 않아도 대부분의 마물을 상회하는 전투력을 보유하고 있었다.

그 방대한 에너지양, 발산하는 오라(요기)를 보기만 해도 마인조차 스피어를 피할 정도였으니까.

그 힘을 충분히 발휘할 수 있을 만한 전투 센스도 있었기 때문에, 본능만으로 지금의 지위에 올랐던 것이다.

그리고 지금 미도레이의 말을 듣고 자신이 아츠(기술)를 익힌 적이 없다는 것을 깨달았다.

"그렇다면 나는 더 강해질 수 있다는 말이로군."

"와하하하하, 그 말이 맞아. 실전보다 나은 경험은 없다고 하지. 한 수 가르쳐줄 테니 덤벼보도록 하게."

유유히 서 있는 미도레이는 팔짱을 낀 채 말했다.

"나랑 스피어 공이 동시에 말인가? 아무리 그래도 그건 너무 자신감이 지나친 것 아닌가?"

가비루가 그렇게 묻지만, 미도레이는 씨익 웃으면서 더욱 자신 있게 말한다.

"흥! 애송이들, 자신이 없다면 두 팔을 쓰지 않고 상대해줄까?"

그런 말까지 듣는다면 가비루도 잠자코 있을 순 없다.

"스피어 공――."

"아아, 같이 덤비자고. 이 녀석은 강해. 그걸 인정해줘야겠지!"

이렇게 하여 가비루와 스피어는 동시에 미도레이에게 도전한 것이다.

●

알비스와 야무자의 전투는 더욱 격렬해지면서, 이윽고 결판이 날 시기가 찾아왔다.

서로 팽팽히 싸우던 두 사람이었지만, 야무자가 비장의 수를 쓴 것이다.

"하하핫, 역시 삼수사로군! 나와 호각이라니 실로 황송할 지경이야. 하지만 이걸로 내 승리가 확정됐다!!"

"뭐라고요?"

"훗, 내 비장의 수가 이 마검뿐이라고 생각했나? 그대는 확실히 강하다. 나랑 호각이라는 건 인정하지. 그러나! 내가 둘이 있으면 어떨까?"

그렇게 소리치면서, 야무자는 왼손에 낀 팔찌의 마력을 해방했다.

그 팔찌는 '도플갱어(분신의 팔찌)'라고 한다. 장착자와 완전히 동일한 분신을 만들어내는 마력을 품은, 극상의 보물이라고 부를 수 있는 아티팩트(마보 도구, 魔寶道具)였다.

만들어낸 분신은 장착하고 있는 것까지 포함하여 진짜와 똑같다. 즉, 알비스는 지금 두 명의 야무자를 동시에 상대해야만 하게 된 것이다.

진짜 야무자가 호각인 이상, 알비스는 압도적으로 불리하게 되었다고 할 수 있을 것이다. 그런데도——.

"어떠냐? 내 밑으로 들어오겠다면 목숨은 살려줄 수——."

"그래서요?"

"——뭐?"

"그런 잔재주로 날 이겼다고 생각하나요? 역시 클레이만 따위를 따르는 마인은 어쩔 수가 없나 보네요. 참으로 조잡한 비장의 수로군요."

알비스는 동요하지 않았다. 그러기는커녕 야무자를 얕잡아보기까지 한다.

"그렇다면 죽어라!"

야무자가 그렇게 격노하기도 전에 알비스도 비장의 수를 선보인다.

상반신은 아름다운 여성, 하반신은 검은색의 커다란 뱀. 그게 알비스의 본성이다. 본래의 모습으로 '수신화'한 알비스는 그 힘을 완전히 발휘한다.

알비스는 근거리 격투형의 포비오와 스피어와는 달리, 원거리에서의 마법 공격을 장기로 하는 원거리 마법형 전사로 여겨지고 있었다. 하지만 실제로는 그렇지 않았다. 수왕의 부하에 걸맞게, 사실은 근접전이야말로 장기인, 타고난 전사인 것이다.

하지만 그녀의 전투 방식은 나머지 두 사람과는 차원이 달랐다.

금색의 지팡이를 자신의 이마에 갖다 대는 알비스. 그 순간, 지팡이는 사라졌고 알비스의 이마에 황금의 뿔이 돋아났다.

완벽히 억제하고 있었던 오라(요기)가 뿜어져 나오는 모습을 통해 알비스의 힘이 대폭 증가했다는 것을 알 수 있다.

2단계의 '변신'—— 그게 알비스의 비장의 수.

온몸이 드래곤 스케일(용 비늘의 갑옷)로 덮인 모습으로, 알비스는 야무자 앞에 선다.

주위의 공간은 완전히 알비스의 지배하에 놓이면서, 가득 찬 오라가 번개를 발산하기 시작하고 있었다.

"잠깐?!"

고부타가 경악하며 소리친다.

지금의 알비스가 공격을 한다면 적아군 상관없이 휩쓸릴 거라는 생각에, 위험을 느낀 것이다.

"고부타 씨라고 했었죠. 빨리 피하도록 하세요."

"말하지 않아도 그럴 겁니다요!"

전원 대피! 라는 고부타의 명령과 동시에, 고블린 라이더는 그 영역에서 도망쳐 사라졌다.

"멍청한 놈, 혼자서 우리 모두를 상대하겠다는 거냐?"

"우릴 잘도 얕보고 있군."

살아남아 있던 상위 마인들이 차례로 소리치면서 알비스를 포위했다.

그러나 본래의 모습을 보인 알비스는 개의치 않는다.

"아하하하하하하!! 죽어라, 어리석은 자들아!!"

야무자가 알아차렸을 때는 이미 늦은 뒤였다.

피를 토하고 쓰러지는 마인.

전신이 돌이 되어서 부서지는 마인.

몸이 썩어가면서 그대로 먼지가 되는 마인.

정도의 차이는 있어도, 제각기 어떤 형태로든 상태이상에 침식되면서 부하들이 죽어간다. 야무자에겐 그걸 막을 방법이 없었다.

"너, 너 이 자시익——!!"

근거리 특수 전투, 그게 바로 알비스가 가장 장기로 하는 전법인 것이다.

'황사각'—— 알비스의 황금의 뿔은 공간에 가득 찬 죽음의 상징이었다.

그리고 야무자는 완전히 패배했음을 깨달았다.

"항복하라. 그렇다면 포로로 삼아서 네 목숨만은 보장해주겠다."

알비스의 제안, 이걸 받아들이는 것밖에 살아남을 길은 없다. 왜냐하면 알비스가 '천사안'으로 노려본 것만으로 '도플갱어'가 부서졌기 때문이다.

장비 파괴의 효과까지도 가지고 있었는지, 야무자의 분신은 싸우기도 전에 소멸한 것이다.

(——내 손발도 마비되기 시작했다. 이대로는 전투를 계속하는 것조차 힘들어져……. 삼수라란 자들은 이렇게나 강하단 말인가?!)

야무자가 운이 없었던 것은, 삼수사 중에서도 최강인 알비스를 상대한 것이라 할 수 있겠다.

상대가 안 좋았다. 야무자는 그 사실을 몰랐던 것이다.

지휘관을 맡는 일이 많은 알비스는 그 힘을 웬만하면 잘 발휘하지 않는다. 그렇기 때문에 삼수사의 중심으로 여겨지긴 해도, 그 실력은 낮게 평가되고 있었던 것이다.

야무자도 그런 사람들 중 하나였으며, 알비스를 얕보고 있었던 것이다.

승부는 결정되었다. 그러나 그걸로 끝난 것은 아니다.

클레이만은 교활한 마왕이며, 부하의 배신을 절대로 용서하지 않으니까…….

제안을 받아들이자. 야무자가 그렇게 결심했던 그때――.

――그걸 내가 허락할 리가 없지 않나?

그런 클레이만의 목소리가 야무자의 마음속에서 들린 것이다.

"어?"

자신도 모르게 소리를 내면서 놀라는 야무자.

야무자의 몸이, 야무자의 의도와는 관계없이, 멋대로 움직이기 시작한 것이다.

"아, 안 돼! 이러지 마십시오, 클레이만 님!!"

자신의 품에서 꺼낸 불길한 자남색(紫藍色)의 구슬을, 야무자는 입에 갖다 댄다.

"으으읍!!"

필사적으로 이를 악물면서 그걸 멀리 떼어내려고 하는 야무자였지만…… 그건 허무한 저항이었다.

클레이만이 심어놓은 기술인 '마리오네트(꼭두각시 인형)'에 의해 야무자의 몸은 야무자의 뜻과는 반대로 움직이는 것이다.

"――뭘 하고 있는 거죠?"

알비스가 이해가 안 되는 표정을 지었을 때, 야무자가 그걸 삼켜버렸다.

그 자남색의 구슬—— 카리브디스(폭풍대요와)의 조각을.

"헉? 허읍, 으그그…… 크허거어어어억——!!"

"대체 무슨 일이?!"

당황해하면서도 자세를 잡으며 대비하는 알비스.

그런 그녀의 앞에서 야무자는—— 주위에 널브러져 있는 시체를 향해 촉수를 뻗더니, 그걸 흡수하여 추한 모습으로 부풀어 오르기 시작한다.

알비스가 제어하는 공간 내에, 억제할 수 없을 정도의 에너지가 부풀었다.

그것은 빙설을 동반한 폭풍.

잡아먹으며, 팽창하고, 발산한다.

마물로서의 '핵'을 가지고 있지 않기 때문에, 실컷 날뛸 만큼 날뛴 후에 사라지는 시한식 소멸형(時限式消滅形)의 마물인 것이다.

그러나 일시적이라고는 해도, 그 힘은 진짜에 필적한다. 무엇보다도 그 성질이 상대하기에 번거롭다. 잡아먹는 것에 대한 끊임없는 욕구가, 진짜와 전혀 다르지 않은 것이다.

이게 바로 야무자가 사용하기를 망설였던 금지된 방법이자, 클레이만이 설치해둔 교묘한 함정이었다.

*

이 땅에 다시 카리브디스가 출현했다.

알비스는 긴장된 표정을 지으면서, 온 힘을 다해 카리브디스에 공격을 가한다.

그러나 통하지 않는다. 어중간한 공격으로는 팽창을 거듭하는 카리브디스의 기세를 줄이는 것조차 불가능하다.

골치 아픈 점은 '초속재생'이다. 주위의 시체를 빨아들이면서, 가상의 육체가 급조되고 있었다.

"큭, 이 괴물 자식!"

넌더리가 난다는 표정으로 외쳐보지만, 자신의 최강 기술인 '천사안'은 통하지 않으며, 번개도 효과가 약하다.

애초에 이 괴물은, 원래는 디재스터(재화) 급이라는 압도적인 격을 자랑하는 마물인 것이다. 아무리 삼수사 최강이라고 해도, 알비스가 혼자서 어떻게 할 수 있는 상대가 아니었다.

다행인 것은, 이 장소가 전장에서 조금 떨어져 있어서 동료들에게 영향을 미칠 때까지 시간을 벌 수 있다는 점이다.

하지만 그것도 카리브디스가 자신의 몸을 완성시킬 때까지의 이야기라 할 것이다.

절망은 압도적인 위력으로 폭발하면서 이 땅에 휘몰아친다.

또 하나의 골치 아픈 점은, 이 괴물이 자신의 '핵'의 대용으로 쓰기에 야무자만으로는 모자랐는지, 아이스 블레이드(빙결마검)도 흡수한 것이라고 할까. 그 탓에 주위에서 열기도 흡수하는 바람에 주위 일대의 기온이 낮아지기 시작하고 있었다.

오라(요기)를 아이스 블리저드(수빙대폭풍)로 변환하여 미친 듯이 날뛰는 괴물.

주위에 미치는 빙설과 폭풍의 피해, 그것도 확실히 무시무시하다.

하지만 그보다도 빨아들인 열기가 해방될 순간이 바로 그 어떤 것보다 알비스를 불안하게 만들었다.

(전이로 도망칠 수 있는 자는 괜찮겠지만, 그러지 못하는 자들은…….)

모두 죽는다.

"빌어먹을! 망할 클레이만 자식──!!"

그 본성을 드러내면서, 알비스는 절규와 함께 전력을 다해 계속 공격을 퍼붓는다.

숨을 돌릴 틈도 없이 몇 번이고 몇 번이고.

그러나──,

그 모든 공격은 헛수고로 끝났다.

카리브디스의 표면은 깎여나가도 그 본체에 대한 대미지는 경미.

아니, 회복 속도가 너무나도 지나치게 빠른 것이다.

"젠장! 도망칠 수 있는 자만이라도 도망칠 수밖에──."

알비스는 절망하면서도 자신이 할 수 있는 최선의 수단을 동원하려 했다. 즉, 이 전장에서 전력을 다해 후퇴하라는 명령을 내리도록 베니마루에게 신청하려고 한 것이다.

결론부터 말하자면, 그런 일은 벌어지지 않았다.

왜냐하면, 그렇게 할 필요가 없어졌기 때문이다.

"명령 위반이오, 알비스. 이길 수 없을 것 같으면 물러나라고 말했을 텐데?"

그렇게 말하면서 총대장(베니마루)이 스스로 알비스 앞에 홀연히 출현한 것이다.

"──베니마루 님?!"

"호오, 카리브디스인가. 전에는 내 공격이 통하지 않았지만 지금은 과연 어떨까?"

베니마루가 대담하게 웃는다.

"베니마루 님, 그 괴물은 너무나도——."

"알고 있소, 그러니까 더더욱 지금의 내 힘을 시험하기에는 딱 좋지."

그렇게 말하면서 베니마루는 오른손을 앞으로 내밀었다.

그리고 장악한다.

카리브디스와, 그리고 자신의 힘을.

그 싸움은 한순간에 끝났다.

한 발을 내디딘 베니마루가 칠흑의 불꽃을 두른 큰 칼로 카리브디스를 베기 시작한다. 그러나 카리브디스가 구축하려 하던 거대한 몸을 완전히 절단하지는 못한다.

하지만 예전과는 다른 점이 있었다.

알비스의 공격과도 결정적으로 다른 그 점은, 바로 상처의 재생이 시작되지 않는 것이다.

카리브디스의 몸에 난 상처에는 '흑염'이 들러붙으면서, 그 몸을 태워버릴 듯이 그슬리며 불태운다.

"칫, 역시 아직 멀었나. 놀고 있을 시간이 없는 데다, 어쩔 수 없으니 끝내도록 하지."

그렇게 말하면서 베니마루는 알비스 앞까지 돌아온다.

어깨에 큰 칼을 얹으면서 카리브디스를 경계도 하지 않는다.

"미안하군, 완전체가 된 뒤에 놀아주고 싶었지만……."

하늘로 날아오르기 전이라 해도, 그 거체는 40m를 넘는다. 그러나 지금, 그 거체는 검은 돔에 덮여 있었다.
"사라져라."
베니마루가 중얼거린다.
그 순간── 고오!! 하는 소리가 주변을 제압했다.

광범위 소멸 공격(廣範圍燒滅攻擊) ──'헬 플레어(흑염옥, 黑炎獄)'──.

위력은 예전과 차원이 다르다.
베니마루의 '염열지배'에 의해 에너지(마력요소)의 흐름은 완전히 장악되어 있었다. 카리브디스의 고유 능력인 '마력방해'까지 뚫어 버리면서, 그 몸을 재가 될 때까지 계속 불태웠던 것이다.
베니마루의 마력요소 조작이 카리브디스를 완전히 상회했다는 증거이다.
"말도 안 돼!!"
알비스가 놀라는 것도 무리는 아니다.
베니마루의 공격이 통했다는 사실을 보면, 베니마루의 마력이 카리브디스 이상이라는 뜻이 된다.
그건 즉──.
베니마루도 또한 알비스 쪽의 주인인 마왕 칼리온과 마찬가지로 디재스터(재화) 급에 도달했다는 말이 되는 것이다.
"알비스, 내게도 볼일이 생겼소. 현시점을 기해 부관으로서 전군의 지휘를 맡아주시오."
"──잘 알겠습니다, 베니마루 님."

알비스는 '변신'을 풀고 무릎을 꿇으면서 명령을 받아들였다.
여러모로 묻고 싶은 건 많았지만, 지금은 그럴 때가 아니다. 알비스는 내심 동요를 애써 감추면서, 순순히 명령을 받아들였다.

이 땅에 출현한 미증유의 재액(카리브디스)—— 하지만 그것은 맹위를 떨치기 전에 재빨리 처리되어버린 것이다.

●

"호, 호호호……. 놀랐습니다, 야무자의 배반은 예상대로였지만, 설마 카리브디스가 이렇게도 쉽게……."
"그러게 말이야. 상성 문제도 있겠지만, 우리도 저건 쓰러뜨리지 못하는데."
"클레이만의 군대는 궤멸. 작전은 실패. 이 손실은 너무나도 크네요. 그분 말대로 얌전히 있어야 했다는 말이군요."
"그러게 말이야. 라플라스도 충고는 했으니까, 이번에는 클레이만이 잘못한 거야."
풋맨과 티어는 서로를 바라보면서 대화를 나눈다.
그런 두 사람 앞에는 만신창이가 된 포비오와 그를 감싸는 게루도가 있었다.
"그분에게 보고를 해야 하니까 노는 건 여기까지만 하죠."
풋맨은 다친 곳이 없다. 티어는 약간의 상처는 있지만, 전투에 지장은 없어 보인다.
상처의 정도로 판단하면, 게루도와 포비오 쪽이 밀리고 있는 것처럼 보였다.

"그냥 보내줄 것 같냐. 너희가 위험한 존재란 건 알고 있었어. 여기서 발을 묶어두면 알비스나 스피어가 달려오겠지. 그리고 베니마루 공도 있어. 너희들은 이제 끝이다."

포비오는 비틀거리면서도 일어나서 그렇게 말했다. 만신창이였지만, 이미 상처는 아물고 있다.

그건 이상하다고 해야 할 정도의 회복력이었다.

수인 특유의 '자기재생'을 크게 넘어서 '초속재생'의 영역까지 이른 상태다. 포비오는 일시적으로 카리브디스에 흡수된 적이 있기 때문에, 그 스킬을 약간이나마 계승하고 있었던 것이다.

"너, 진짜 끈질겨, 검은 고양이!"

티어가 소리치면서 포비오를 때렸다. 그러나 그것도 치명상에는 이르지 않았으며, 즉시 재생되면서 포비오는 일어난다.

스피드는 티어가 위, 그러나 포비오에게 치명상을 주지 못한다. 그에 비해 포비오는 조금씩이나마 착실하게 대미지를 쌓아가고 있었다.

이 승부는 언뜻 보면 포비오가 지고 있지만, 시간이 지나면 그 결과는 달라질지도 모른다.

그리고 풋맨과 게루도는,

풋맨이 고기 경단처럼 둥글게 몸을 말더니, 초속으로 회전하면서 게루도를 치어 죽이려고 한다. 게루도는 그것을 큰 방패로 막아내면서, 미트 크래셔로 가격하는 식으로 반격했다. 하지만 그건 풋맨의 두터운 살에 막히면서 결정적인 대미지에까지는 이르지 못한다.

호각의 공방. 그렇게 부르기에 어울리는 승부가 펼쳐지고 있었던 것이다.
하지만 그건 풋맨이 진짜 실력을 발휘하지 않았기 때문이다.
그러나 지금, 카리브디스가 쓰러지는 바람에 풋맨도 더 이상은 놀아줄 마음이 사라졌다.
"음?!"
게루도는 그걸 깨닫고 당황하여 포비오 앞에 선다.
"게루도 씨, 왜 그래?"
게루도가 포비오의 질문에 대답하기도 전에 풋맨의 공격이 게루도와 포비오에게 쏟아진다.
그 공격은 극대의 마력탄.
줄지어 쏟아지는 그 일격은, 단순하지만 주변의 지형을 바꿀 정도의 위력을 가지고 있었다.
게루도의 큰 방패는 일격으로 파괴되었으며, 그뿐만 아니라 온몸의 방어구까지 분쇄될 지경이다.
게루도의 보호를 받은 포비오도 대미지를 입었다. 포비오가 겨우 살아남았던 것은 분명 '초속재생' 덕분이라 할 것이다.
『호———호호호. 이번에는 당신들의 처리는 의뢰받지 않았습니다. 그러니까 그냥 놓아드리죠.』
『고맙게 여기라고? 우리가 진심으로 싸웠으면 지금쯤 너희는 이 세상에 없었을 테니까!』
일어서는 것도 불가능할 정도의 대미지를 받은 게루도와 포비오에게 그런 말이 들려왔다.
그리고 폭발의 분진이 사라진 후에는 풋맨과 티어의 모습은 남아 있지 않았다.
"——완패로군. 나도 힘을 얻었지만, 위에는 또 위가 있다는 말인가."
"아니, 게루도 씨가 없었으면 나는 죽었을 거야. 미안하군, 내가 발목을 붙잡고 말았어……."
"그렇지는 않소. 승부에는 졌지만, 아직 우리는 살아 있으니까. 다음에 이기면 되오."
그렇게 말하면서 게루도는 포비오를 위로했다.
"그러네, 그 말이 맞아!"
포비오는 결코 약하지 않았다.
풋맨과 티어가 너무 강했다. 그야말로 마왕으로 불려도 이상할 게 없을 정도로 강했던 것이다.
에너지(마력요소)양으로는 게루도가 더 위일지도 모른다. 그러나 노회(老獪)하기까지 한 그 레벨(기량) 차이로 인해 실력은 뒤집혔던 것이다.
게루도는 풋맨을 상대로 철저하게 방어에 임하고 있었다. 그러나 만일 진심으로 싸웠다고 해도 이기지 못했으리라는 것은 알고 있다.
하지만 지금은 그걸로 충분했다.
『베니마루 공, 광대는 도망쳤소.』
게루도는 베니마루에게 '사념전달'로 보고한다.
『아아, 보고 있었어. 녀석들은 우리를 봐준 것으로 생각하겠지만, 안일했군.』
베니마루가 내린 지시는 적의 실력을 파악하는 것.

그리고 포비오를 지키는 것이었다.

(적의 실력을 알아본다니, 그런 느긋한 소리를 할 상황은 아니었지만 말이지. 하지만 나를 죽이지 않았던 것은 큰 실수였다. 나와의 전투 내용은 베니마루 공이 기록하고 있지. 그 말은 즉, 리무루 님의 해석을 통해서, 녀석들이 왜 그렇게 강한지가 밝혀진다는 뜻이다.)

그러므로 이 패배는 헛수고가 아니다.

목적은 달성한 것이다. 지금은 이기지 못한다고 해도, 앞으로 실력을 키우면 그 차이는 줄일 수 있을 것이다.

자신들을 이용한 자들과 이 인연의 땅에서 결말을 내고 싶었지만, 아쉽게도 게루도의 힘은 그러기에는 충분하지 못했다.

(하지만 다음에는 이길 것이다!)

게루도는 속으로 몰래 그렇게 결의한다.

『그럼 나는 지휘를 하기 위해 돌아가겠소.』

『그렇게 해줘. 또 하나 귀찮은 녀석이 남아 있으니까, 나는 그 녀석을 상대하기로 하지.』

총대장(베니마루)도 참 큰일이로군, 게루도는 보고를 마치면서 그렇게 생각했다.

이 전장에는 귀찮은 상대가 몇 명 숨어 있었다.

그 모든 자를 동시에 상대할 수는 없으니, 고육지책으로 그 모든 자에게 전력을 분산시키는 방법을 택하고 있었던 것이다.

상황에 따라서 우선순위를 정한 뒤에 베니마루가 도와주러 가기로 되어 있었지만, 자칫 실수했다간 때를 맞추지 못할 위험성이 있었다.

하지만 보아하니 베니마루는 훌륭하게 역할을 수행하고 있는 것 같다.

원래는 맨 먼저 풋맨을 죽이러 갈 것 같았는데, 개인의 원한보다 전체의 승리를 우선시하고 있었으니까.

(혈기에 치우치기만 하는 장수는 아니란 말인가. 우리와 싸웠을 때와 비교한다면 놀라울 정도의 성장이로군…….)

게루도는 그렇게 감탄하면서, 베니마루에 대한 신뢰가 더욱 깊어지는 것을 느꼈다.

●

——약간 시간을 거슬러 올라가, 최후방 전장에서,

전투가 시작된 지 몇 분이 지나 있었다.

가비루와 스피어에겐 끝없이 긴 시간으로 생각되는 몇 분.

하지만, 그 시간은 갑작스럽게 끝을 맞이한다.

"음?!"

"이건——?!"

"하악—, 하악—, 대, 대체, 무, 무슨 일이——?!"

스피어는 두세 번 내던져진 시점에서 낙법을 할 수 있게 되었기 때문에, 이미 피로도 회복되어 있었다.

그에 비해 가비루는 익숙하지 않은 공격에 당황하면서, 마구잡이로 창을 휘두르고 있었기 때문에 극심한 피로에 빠진 상태였다.

그런 두 사람을 상대하고 있던 미도레이는 전혀 피로한 기색을 보이지 않았으며, 여전히 기운찬 모습이다. 밀림과의 대련에 비하면 두 사람을 상대하는 것은 식은 죽 먹기였던 것이다.

그리고 그 사태를 알아차린 것도 미도레이가 맨 먼저였다.

"전원, 회복마법의 사용을 허가한다! 일어서라! 일어서서, 이 자리에 있는 모든 사람을 깨워서 일으켜라!!"

미도레이의 얼굴에서 여유가 사라지더니, 그의 입에서 성난 호령이 튀어나왔다.

"큰일입니다, 미도레이 님! 이건, 이 반응은 엄청난 거물이라고요."

"알고 있다! 이건, 얼마 전에 밀림 님이 처리하셨다고 하던 카리브디스로군. 아니, 그 잔재인가?"

"그런 것 같군요……. 불안정한 것 같으니, 내버려 두면 하루도 버티지 못하고 소멸할 것 같습니다만……."

"아니, 여기는 전장이다. 자칫하면 의외의 진화를 이룩할 가능성도 있다. 저런 괴물에겐 가능한 한 먹이를 주지 않는 게 좋을 게야."

미도레이와, 어느샌가 회복한 헤르메스가 단둘이서 그런 대화를 주고받았다.

그 틈에 쓰러져 있던 신관들이 회복마법을 구사하여, 자신들뿐만 아니라 가비루의 부하인 '히류(비룡중)'에 속한 자들도 회복시키고 있다.

"카리브디스라고?! 그 멍청한 포비오 녀석에게 빙의하여 부활했다는 괴물 말인가! 마왕 밀림이 소멸시켰던 거 아니었어?!"

"카리브디스라면 틀림없이 밀림 님이……."

스피어와 가비루도 이야기에 끼어들었다. 더 이상은 승부에 집착하고 있을 상황이 아니라고 두 사람도 판단한 것이다.

"진정하게. 진짜가 아니라 그 힘의 일부분 같은 것이니까. 아무래도 야무자를, 그 '핵'의 대용품으로 쓴 것 같군……."

미도레이는 그 '용안(龍眼)'을 발동시켜 사태의 본질을 파악하면서 그렇게 설명한다. 밀림의 '용안' 정도의 성능은 없지만, 그래도 충분히 우수한 '시야'와 '해석'을 고루 갖춘 스킬이다.

그리고 헤르메스도 만일을 대비해 주변 경계를 맡고 있었다.

"그게 틀림없는 것 같군요. 빌어먹을 야무자 자식은 내가 죽이려 생각했었는데, 이미 영혼도 먹혀버린 상태로군요. 저렇게 된 이상, 피해를 최소한으로 줄이면서 소멸을 기다릴 수밖에 없겠습니다."

그렇게 냉정하게 결론을 말했다.

"들었겠지? 모두 무장을 허가한다. 욕심은 부리지 마라. 시간을 버는 것뿐이라면 어떻게든 될 것이다."

"우리들도 가세하겠소. 예전보다 고속 비행에도 익숙해졌으니, 그 비늘 공격을 조심하면 부상을 입을 일은 없을 거요."

미도레이와 가비루는 예전부터 잘 알던 사이인 듯 호흡이 딱 맞는 연계를 약속했다. 이성을 잃고 날뛰는 카리브디스에게도 움직이는 것을 쫓는 습성이 있다. 비행 가능한 자신들이라면, 미끼로서는 최적이라고 판단한 것이다.

그리고 스피어도 평소와는 달리 머리 회전이 빠르다. 자신이 할 수 있는 것을 재빨리 실행으로 옮기려고 했다.

"좋아. 나도 지상에 있는 녀석들이 먹이가 되지 않도록 지금부터 후퇴하는 걸 도와주러——."

그러나 그 말이 끝나기 전에 사태는 급변했다.

마침 그때 베니마루가 카리브디스를 소멸시킨 것이다.

"뭐……라고……?! 저자가, 믿기 어려운 짓을 실로 태연하게 해치웠다!"

"——뭡니까, 저건? 마왕입니니까? 밀림 님이라면 또 모를까, 일개 마인이 저런 짓을 할 수 있단 말인가요? 틀림없이 괴물이로군요……."

정확하게 상황을 보고 있었던 것은 미도레이와 헤르메스 두 사람뿐이었다.

스피어와 가비루도 그걸 동시에 깨달았지만, 아직 상황을 모르고 있다. 카리브디스의 사악한 기운이 순식간에 사라진 것밖에 모르고 있었다.

"이봐, 어떻게 된 거야? 나한테도 가르쳐줘!"

"음. 우리한테도 설명을 부탁하고 싶소."

"그러게 말입니다, 그러고 싶은 마음은 굴뚝같지만……."

"그럴 필요는 없을 것 같군."

헤르메스와 미도레이가 설명하기도 전에 스피어와 가비루의 눈앞에 있는 공간이 일그러지더니, 타오르는 불꽃같은 진홍색의 머리카락을 가진 마인이 출현한다.

그건 커다란 칼을 어깨에 짊어진 베니마루다.

이 전장에 남은 최후의 위협적인 존재인 미도레이를 상대하기 위해 온 것이다.

"여어, 우리 식구가 신세를 진 것 같더군."

출현하자마자 미도레이를 노려봤던 베니마루였지만, 상황이 이상하다는 걸 알아차렸다. 싸우고 있던 흔적은 있었지만 누구 하나 다친 자가 없었으며, 지금 현재는 서로 으르렁대는 분위기가 아니게 되어 있었던 것이다.

"기다리십시오, 베니마루 공! 이분들은 밀림 님의 부하들, 용을 모시는 자들의 신관 전사단 분들이십니다!"

"뭐라고, 밀림 님의?! 그렇다면——."

"우리 상처도 이분들이 회복마법으로 치료해주셨습니다!"

"……그렇군. 보아하니 내가 너무 성급하게 생각한 것 같군. 당신이 이 전장에서 가장 대적하기 어려운 존재로 보여서, 그만 경계해버렸지 뭐야."

"와하하하하, 성급하게 생각한 건 아니겠지. 싸우고 있었던 건 사실이니까. 확실히 상처를 치료해주긴 했지만, 그건 더 큰 재앙에 대비하고자 했을 뿐이네. 애초에 그럴 필요는 없었지만 말이지."

"——과연, 그래서 어떡하겠나? 우리와 싸우겠나?"

"그렇군, 어떻게 할까……."

"우리 입장에선 밀림 님의 부하와 손을 잡고 싶은 마음도 있긴 한데?"

"흠, 그렇군. 싸워보고 싶은 마음은 있지만, 그건 전쟁을 하고 싶다는 얘기는 아니네. 누가 더 강한지, 힘겨루기를 해보고 싶다는 뜻일 뿐이지."

"과연, 그 기분은 이해가 돼."

그리고 서로를 바라보면서 씨익 웃는 미도레이와 베니마루.

"이봐, 잠깐! 그건 위험하다니까요!"

"그렇습니다, 베니마루 공! 밀림 님의 부하를 다치게라도 하는 날에는, 어떤 재앙이 닥쳐올지 모릅니다!"

"그렇습니다요, 미도레이 님! 리무루 님은 밀림 님의 친구 분이니까, 틀림없이 대참사가 일어날 겁니다요!"

헤르메스와 가비루가 놀라서 말렸고, 끼이고 싶어 했던 스피어는 분위기를 보고 입을 다물었다.

"알고 있어. 그리고 싸운다면 죽일 생각으로 덤비지 않는 한, 지는 쪽은 내가 될 거야."

지는 싸움은 하지 않는 주의야, 베니마루는 그렇게 말하면서 물러섰다.

"와하하하하, 확실히 그렇겠군. 저 카리브디스를 없애버린 공격은 역시 나라고 해도 견딜 수 있을 것 같지 않구먼!"

그렇게 말하면서 미도레이도 웃었지만, 그 기술을 사용하지 못하게 하면 이길 자신은 있는 것 같다. 그러나 그랬다면 정말로 서로를 죽여야 하기 때문에, 가볍게 힘겨루기를 한다는 차원을 넘어서는 일이 될 것이다.

이 자리에서 벌여야 할 일도 아닌 데다, 그런 짓을 할 의미도 이젠 존재하지 않는다.

그리하여 둘 다 싸울 마음은 사라진 상태다.

이렇게 이 땅── 구(舊) 오크 왕국 오비크에서 벌어진 전쟁은 연합군의 압승으로 종결된 것이다.

그리고 또 하나의 전장에서도──,

●

0시가 됨과 동시에 슈나, 소우에이, 하쿠로우, 이 세 명은 행동을 개시했다.

짙은 안개에 둘러싸인 습지대를 빠져나오면, 그 너머에 클레이만의 본거지가 있다. 그곳을 목표로 삼아서 몰래 습지대로 침입한다.

습지대 끝에는 수상한 늪이 여러 개 존재하고 있었으며, 가스가 부글거리며 솟아나고 있었다. 그것이 안개의 원인이 되고 있는 것 같았으며, 기분 나쁜 분위기를 자아내고 있다.

침입한 지 얼마 안 되어서, 시야는 안개로 덮여버렸다.

"분위기가 안 좋군. 이 안개로 내 '마력감지'가 방해를 받고 있어."

"그 말이 맞습니다. 그게 바로 제가 조사를 단념한 이유입니다. 여기서는 시야가 크게 제한을 받으면서 오감으로 얻은 정보에 의지할 수밖에 없습니다. 그에 비해, 적은 이 안개를 이용해서 정보를 얻고 있는 것 같습니다."

"과연. 압도적으로 이쪽이 불리하단 말이로군."

"네. 하쿠로우 님은 문제가 없을 테고, 저도 '은밀'로 기척을 숨길 수 있습니다. 그렇지만 슈나 님은——."

소우에이의 말대로 하쿠로우는 은형법의 극의인 '오보로(朧)'로 완벽하게 기척을 숨기고 있다. 소우에이도 마찬가지로 옆에 서 있어도 그 존재를 알아차릴 수 없을 정도로 훌륭하게 기척을 지우고 있었다.

"저도 괜찮아요."

문제는 슈나였지만, 그건 아무리 봐도 소우에이의 기우였던 모양이다. 슈나도 또한 완벽할 정도로 기척을 숨기고 있었던 것이다.

"호오, 제 '오보로'와 원리는 비슷하지만, 〈환각마법〉와 〈요술〉을 조합한 것이로군요. 역시 슈나 님이십니다."

하쿠로우의 말대로 그건 슈나가 독자적으로 만들어낸 방법이었다.

리무루 정도는 아니지만, 슈나도 유니크 스킬 '만들어내는 자(창작자, 創作者)'에 의해 독자적인 마법 기술을 창조해내고 있었던 것이다.

"문제는 없을 것 같군요. 하지만 주의하셔야 할 것은, 이 안개 속에선 '사념전달'도 통하지 않는다는 점입니다. 시야도 안 좋고 연락도 취하기 어려우니, 방심하지 말고 신중히 행동하도록 주의하십시오. 그리고 이걸……."

이 안개 속에선 소우에이의 '분신화'를 통해서도 '사념전달'의 통화가 불가능했다. 그러므로 소우에이는 하쿠로우와 슈나에게 '끈끈하고 강한 거미줄'을 쥐어주면서, 긴급시의 연락 수단으로 쓰도록 했다.

거미줄에 사념을 전하는 것으로, 약간이나마 의사소통이 가능하다. 단, 거미줄이 끊어지면 연락 수단이 사라지기 때문에 다루는 데 세심한 주의가 필요했다.

슈나와 하쿠로우는 고개를 끄덕이면서, 거미줄을 신중하게 손목에 감았다.
이것으로 준비는 끝났다.
"그럼 들어가죠."
그리고 슈나의 신호로 세 사람은 진입을 시작했다.

*

"——이런. 우리는 함정에 빠진 것 같아요."
걷기 시작한 지 몇 분이 지났을 때, 슈나가 걸음을 멈추면서 중얼거렸다.
"함정이라고요?"
"확실히 저도 감각이 흐트러져 있는 것 같은 기분이 듭니다만, 적의 기운은 주위에—— 뭐야?!"
소우에이가 말을 끝내기도 전에, 갑작스럽게 지금까지 느낄 수 없었던 다수의 기척이 주위에 가득 찼다.
"이럴 수가……. 하지만 이 정도나 되는 수가, 이 늙은이에게도 들키지 않게 어디에 숨어 있었단 말인가?"
"아니에요, 하쿠로우! 이건 적이 숨어 있었던 게 아니라, 우리가 감쪽같이 유인당한 거예요!!"
"그런가, 이 안개 때문인가. 이 안개는 우리의 방향감각을 흐트러뜨리는 것뿐만 아니라 적의 존재를 숨기고 포위망의 중심으로 유도한 것이었던가……."
"과연 그렇구먼, 아까부터 느끼고 있던 위화감의 정체는 그것이었나."

"그 말이 맞아요, 소우에이, 하쿠로우. 이 안개는 '공간 간섭'을 일으키면서, 침입자가 어디에서 들어오든지 임의의 지점까지——."

슈나의 설명이 끝나는 것보다 그자가 출현하는 쪽이 더 빨랐다.

소우에이와 하쿠로우는 주위에 숨어든 마물을 경계하면서, 출현한 그자에 대해서도 싸울 자세를 갖춘다.

슈나도 입을 닫고 그자를 주시했다.

순백의 성직자복을 입은 해골.

그게 바로 슈나 일행의 앞에 모습을 드러낸 자였다.

"이렇게 방대한 마력이라니……."

슈나가 식은땀을 흘리면서 중얼거렸다.

설마 클레이만인가 하는 생각에 한순간 당황한 슈나였지만, 그렇지 않다는 것을 즉시 깨달으면서 자신의 생각을 스스로 부정한다.

시간은 0시를 넘었으니, 클레이만은 이미 발푸르기스에 참가하기 위해 출발한 상태일 것이다. 그렇다면 생각할 수 있는 것은, 클레이만의 심복인 다섯 손가락 중의 하나일 것이다.

그러나 눈앞에 있는 존재는, 삼수사는커녕 마왕에 필적할 것 같은 관록을 보이고 있었다. 다른 자를 따르고 있다는 것이 신기할 정도로, 압도적인 힘을 지닌 마인이었던 것이다.

그리고 머릿속에서 떠오른 것은 뮬란에게서 들은 설명이다. 클레이만의 부하인 다섯 손가락 중에는 거점 방어 한 가지에만 특화된 자가 한 명 있다고 했다. 그자는——,

"——그렇군요, 당신이 아다루만이군요. 이 땅의 지배자——

수많은 언데드(불사계 마물)를 부린다던 와이트 킹(사령의 왕)이란 말이죠……."

하쿠로우도 '천공안(天空眼)'으로 슈나와 같은 결론을 내고 있다.

뮬란에게서 들었던 것보다도 그자는 훨씬 더 불길하고 거대한 힘을 숨기고 있었다. 마왕에 필적하는 와이트 킹, 그게 이 땅의 수호자의 정체였다.

소우에이는 슈나와 하쿠로우의 말을 의심도 하지 않고, 그 결론을 순순히 받아들였다. 그리고 조용히 그 마음의 칼날을 날카롭게 갈고 있다.

적이 누구라고 해도 죽인다. ──그게 소우에이의 행동 이념인 것이다.

바로 그렇게 소우에이가 행동으로 옮기려고 했던 그 순간.

"그렇다, 짐이 바로 아다루만이다. 위대한 마왕 클레이만 님을 모시며, 이 땅을 수호할 것을 명받은 자다. 미천한 침입자여, 얌전히 그 목숨을 내놓는 게 좋을 것이다. 그렇게 하면 고통 없이 죽여주도록 하마."

와이트 킹── 아다루만이 선고했다.

그건 왕으로서의 명령이지, 슈나 일행을 대등한 적으로 보고 한 말이 아니다. 그것도 당연하다고 납득할 수 있을 정도로 아다루만의 에너지(마력요소)양은 압도적인 것이었다.

끝이 없을 것처럼 느껴지는 그 에너지에 이끌리듯이, 주위에 만 명을 넘어서는 수의 언데드들이 꿈틀거리기 시작한다.

덜그럭 덜그럭, 키기기긱, 하고 귀에 거슬리는 소리를 내며, 슈나 일행을 감싸듯이 포진하면서.

"역시 완전히 포위되어 있군요. 이 안개가 '방위결계'와 연동되어 있어서, '공간전이'로 탈출하는 것도 불가능해요. 모든 통신수단도 방해를 받고 있으니, 이 자리를 돌파하려면 아다루만이라는 자를 쓰러뜨릴 수밖에 없겠어요."

망설임 없이 말하는 슈나.

애초부터 아다루만의 말에 순순히 따를 하쿠로우와 소우에이가 아니다. 슈나의 설명을 들음과 동시에, 두 사람은 동시에 공격으로 전환했다.

"그렇다면 재빨리 적의 우두머리를 처치할 수밖에 없겠군."

"이론은 없습니다. 제 일격은 죽은 자도 죽일 수 있습니다."

그렇게 대답하면서 두 사람은 아다루만에게 돌진했다.

그러나 아다루만은 그런 두 사람을 앞에 두고 대담하게 웃는다.

"훗훗후, 분수를 모르는 자들이여. 짐이 관대하게도 자비를 보여주었건만, 참으로 어리석구나. 짐의 제안을 거절한 대가를, 그 몸으로 후회하면서 받아들이도록 하거라."

여유 있는 모습으로 아다루만은 팔을 한 번 휘두른다.

다음 순간, 놀랄 만한 일이 일어났다. 순식간에 거리를 좁힌 하쿠로우의 칼날이 아다루만 앞에 나선 기사에 의해 막힌 것이다.

필살을 확신하고 있었던 하쿠로우는 놀라면서 한 걸음 뒤로 물러난다.

그 기사는 A-랭크의 마물인 데스 나이트(사령기사, 死靈騎士)다.

그러나 하쿠로우는 그 한 번의 공격으로 이상함을 눈치챘다.

강력한 마물이긴 하지만, 데스 나이트 따위가 하쿠로우의 참격을 막아내는 것은 있을 수 없는 일이기 때문이다.

"네놈, 보통내기가 아니로구나. 좋아, 진심으로 상대하기로 하마."

하쿠로우는 정확하게 꿰뚫어 보고 있었다.

그 데스 나이트의 위협적인 실력을.

그 강한 실력은 마물의 육체 강도에 의존하는 것이 아니라, 단련한 자의 레벨(기량)에 의한 것이란 사실을.

그렇다면, '천공안'으로 꿰뚫어 볼 수 있는 부류의 것이 아니다. 그러므로 하쿠로우는 자신의 레벨을 통해서 그 데스 나이트를 상대한다.

"…………."

데스 나이트는 묵묵히 말이 없다. 죽은 자의 시체를 기본으로 한 임시 육체에는 말하는 능력이 없기 때문이다.

그러나 그 움푹 팬 눈두덩에 창백한 불꽃이 일렁인다.

그건 틀림없는 의사가 담긴 빛. 하쿠로우의 도전을 받아들이겠다는, 과거에 인간이었던 자의 긍지이다.

더 이상은 인간으로 존재하지 않음에도 불구하고, 그 데스 나이트는 아직도 긍지 높은 기사인 것이다.

두 명의 에너지양에는 큰 차이가 없었으며, 육체 강도도 거의 호각.

단련한 기술과 기술이 서로 부딪히며 불꽃을 흩뿌리면서, 달인들끼리의 싸움이 시작된 것이다.

그리고 또한 소우에이 앞에도.

아다루만에게 파고든 소우에이였지만, 눈앞에 갑자기 나타난 거대한 그림자에 의해 그 일격은 저지당했다.

"쳇!"

혀를 한 번 차면서, 소우에이는 그 거대한 그림자를 노려본다.

"설마 드래곤 좀비인가——?"

"아니에요, 소우에이! 그렇게 만만한 상대가 아니에요! 에너지 양만 보면 당신보다도 위, 죽어 있는 마물의 정점—— 데스 드래곤(사령용, 死靈竜)이에요!!"

안개로 제대로 보이지 않는 속에서, 슈나가 정확하게 상대의 정체를 읽어냈다.

그 말을 듣고, 소우에이도 씁쓸한 표정으로 얼굴을 일그러뜨렸다. 자신 혼자만이라면 어떻게든 되겠지만, 슈나를 지키면서 싸운다면 상황이 달라진다.

의지할 수 있는 하쿠로우도 지금은 데스 나이트에게 집중하고 있었다.

데스 드래곤은 소우에이가 재빨리 처리해야만 한다. 그렇지 않으면, 사방팔방에서 몰려오는 1만 명을 넘는 언데드들에게 슈나까지도 휩쓸리고 말 테니까.

시작부터 큰 기술을 쓰는 걸 아쉬워하고 있을 때가 아니다. 소우에이는 그렇게 판단했다.

"그렇다면 죽어라! 조사만요참(操糸萬妖斬)!!"

소우에이는 재빨리 지금 펼칠 수 있는 최대의 공격을 펼쳤다.

유니크 스킬 '숨어드는 자(은밀자, 隱密者)'의 '일격필살' 효과를 부여한 만 가지로 갈라지면서 적을 베어버리는 '끈끈하고 강한 거미줄'—— 그건 만화경을 보는 것처럼, 아름다운 피의 꽃을 피우는 소우에이의 필살기이다.

비록 사령 같은 반(半) 정신 생명체가 상대라고 해도, 스피리추얼 보디(정신체)도 베어버릴 수 있는 이 기술을 받는다면 죽음은 필연적이다. 그랬을 것이다.

"이럴 수가, 재생했다니?!"

소우에이가 처음으로 초조함을 보였다.

20m 급의 거대한 몸이 갈가리 절단되면서, 승패는 결정이 났어야 했다. 그러나 데스 드래곤은 아무 일도 없었다는 듯이, 그 육체를 부활시키고 있다.

그것은 '초속재생'을 상회하는 '불사'라고도 표현해야 할 힘이었다.

"그렇다면 그 영혼까지도 소멸시켜주마——."

소우에이가 각오를 굳혔던 바로 그때, 슈나의 냉정한 목소리가 울려 퍼졌다.

"소우에이, 진정하세요. 냉정하게 전력을 분석할 수 있는 당신이라면, 데스 드래곤에겐 이길 수 없다는 걸 알고 있잖아요?"

"그렇지만——."

"그 용의 영혼은, 저 아다루만이라는 마인 속에 있는 것 같아요. 그러니까 당신은 절 신경 쓰지 말고 그 용의 발을 묶어두는 것에 전념하세요. 제가 아다루만을 쓰러뜨리겠어요."

슈나는 조용한 말투로 소우에이에게 그렇게 선언했다.

"그건 위험합니다!"

"아뇨, 소우에이. 전 말이죠, 화가 나 있답니다."

슈나는 차가운 미소를 지으면서, 소우에이의 걱정을 일축한다.

그 눈동자는 형형한 광채를 더욱 환하게 빛내면서, 슈나의 과격한 성격을 드러내고 있다. 그걸 보고 소우에이는 할 말을 잃었다.

오거 부족을 하나로 뭉치게 하는 무녀였던 슈나의 말에는, 다른 자를 종속시키는 힘이 있었다. 그 힘은 지금, '이세계인' 미즈타니 키라라의 유니크 스킬인 '혼란시키는 자(광언사, 狂言師)'보다도 강하다.

그리고 슈나는 단지 보호만 받고 있는 존재가 아니다.

소우에이는 그 사실을 알고 있다.

그러므로 답은 하나.

"알겠습니다. 무운을 빕니다, 슈나 님."

"당신도요, 소우에이. 그 용은 당신께 맡기겠어요."

슈나는 방긋 웃으면서 그렇게 말했다.

소우에이는 고개를 끄덕이고는, 데스 드래곤에게 의식을 집중한다. 한 번 받아들인 이상 이제는 망설이지 않는다. 소우에이는 슈나를 믿고, 자신의 싸움에 몸을 던진다.

*

혼자 남겨진 슈나는, 그래도 당황하지 않고 아다루만과 대치했다.

아다루만은 그런 슈나를 바라본다.

"호오? 뭘 어쩌려는 건가, 아가씨. 호위에 의지하지 않고, 네가 뭘 할 수 있단 말이냐? 게다가 어떻게 만 명이나 되는 병사를 상대하겠다는 거지?"

아다루만의 목소리에는, 신기하게도 즐거워하는 투가 엿보이고 있었다.

사실 아다루만은 즐거워하고 있었다.

마왕 클레이만의 명령은 절대적이지만, 아다루만에겐 자유의사가 남아 있다. 단, 그 행동은 완전히 한정되어 있는 것이었다.

침입자의 말살, 그것만이 아다루만에게 허용된 모든 것이다.

힘은 방대하지만, 지능이 낮다——. 클레이만의 부하들로부터 그렇게 멸시받고 있다. 그건, 아다루만이 이 땅에 속박되면서, 일체의 자유행동을 취할 수 없는 것이 원인이었다.

변명의 기회조차 주어지지 않기 때문에, 다들 모르는 것도 당연한 것이다.

아다루만은 마인이라기보다 병기라 할 수 있다.

이 땅에 속박된 거점 방위 기구.

영혼까지는 속박되어 있지 않지만, 그 행동은 짜인 명령에 따라 자동으로 취해진다.

클레이만에 대한 충성을 입에 올리고는 있지만, 그것도 또한 연기다. 이 기구의 주인에 대해, 형식적으로 존경하듯이 설정되어 있었던 것이다. 아다루만은 본심으로는, 이 속박에서 해방되고 싶다고 바라고 있었던 것이다.

그런 이유로 아다루만은 슈나와의 대화를 즐기고 있었다.

방위 행동도 자동으로 취하기 때문에, 상대를 봐주는 것도 일절 불가능하다. 그러나 침입자와의 대화만은 누구에게도 방해받지 않는 아다루만의 유일한 취미였던 것이다.

그건 이 방위 기구를 만들어낸 인물—— 마왕 카자리무의 자비였다.

사실은 그렇지 않을지도 모르지만, 아다루만은 그렇게 생각하려고 하고 있었다. 어찌 됐든 그 덕분에 아다루만은 제정신을 잃지 않은 채, 천년의 긴 시간을 살아올 수 있었으니까.

(방위 기구를 오래 버티게 하기 위한 방책이었다고 해도, 그 점만큼은 감사하기로 하지.)

그게 바로 아다루만의 본심이었다.

그렇기에 아다루만은 더더욱 자신의 의사와는 관계없이 전력을 다해 침입자를 격파한다.

1만 명을 넘는 언데드가 슈나를 덮치는 모습을 상상하면서, 적어도 괴롭지 않게 죽을 수 있기를 빌어주려고 했지만——,

"걱정하실 것 없어요. '얼라인먼트 필드(대마물 속성 결계)'!!"

슈나의 목소리가 늠름하게 울려 퍼진다.

그 순간, 슈나를 중심으로 반경 100m의 범위가, 사악한 자의 침입을 막아내는 성지로 변모한 것이다.

그건 마력요소라는 물질에 반응하는 결계였다. '안티 매직 에어리어(마법 불능 영역)'와 '홀리 필드(성정화결계)'를 '해석감정'하여 '융합'시킨 것이다. 예전의 경험을 살려서, 슈나가 독자적으로 개발한 오리지널 마법이었다.

이번에는 마력요소 전체를 저지하고 있지만, 불과 바람 같은 네 가지 속성 중의 한 가지에만 집중하여 발동시키는 것도 가능하게 된, 터무니없는 방어마법인 것이다.

"이것으로 방해는 받지 않게 됐어요. 제가 당신을 쓰러뜨리면, 당신을 핵으로 삼고 있는 이 방위 기구도 파괴할 수 있겠죠."

"——호오, 훌륭하군. 그리고 짐의 비밀을 꿰뚫어 볼 줄이야. 아가씨, 이름이 뭔가?"

그렇다, 슈나의 말대로였다.

아다루만이 사라지면, 이 거점 방위 기구는 파괴된다. 이 땅의 지맥에 아다루만의 영혼을 속박해두고 방대한 에너지양을 순환시키는, 그야말로 이 기구의 핵심이니까.

당연히 아다루만을 따르는 데스 드래곤과 심복이자 친구였던 알베르트(데스 나이트)도, 이 주박에서 해방될 것이다.

그것을 한눈에 꿰뚫어 본 슈나에게, 아다루만은 솔직하게 경의를 품었다. 그리고 혹시 그녀라면 이 고통에서 벗어나게 해줄 수 있지 않을까 하고, 일말의 희망을 가졌던 것이다.

"슈나, 라고 합니다."

"슈나, 슈나라고 하는가. 그럼 어디 승부를 겨뤄보기로 할까. 만약 짐에게 이긴다면 그대가 바라는 대로 따라주기로 하지."

"참으로 고마운 말씀이군요. 하지만 저희는 단지 마왕 클레이만의 죽음을 바랄 뿐입니다. 방해하지 않겠다고 하신다면, 이 땅에서의 삶은 인정해드릴 수 있습니다만?"

"후후후, 그게 이뤄질 일이 없다는 건 잘 알고 있을 것으로 생각하는데?"

"그런가요. 당신이라면 그 속박을 극복하실 수 있을 거라고 생각합니다만, 제 착각이었나 보군요. 그러면 어쩔 수 없죠. 예정대로 당신을 쓰러뜨리도록 하겠습니다."

슈나는 주저하지 않고 그렇게 단언했다.

(이 속박을 극복할 수 있다면, 이미 그렇게 했을 거다. 마왕 카자리무는 무시무시한 남자, 인간이 대적할 수 있는 상대가 아니지. '커스 로드(주술왕)'라는 이명은 단순한 이름이 아니야. 그런데도 그걸 참으로 쉽게 말하는군…….)

아다루만은 그렇게 생각했지만, 무슨 이유인지 불쾌한 생각은 들지 않았다.

"얘기는 끝이로군. 그럼 최선을 다해 짐에게 대항해보도록 하거라!"

그리고 싸움이 시작되었다.

…………………

……………

……

아다루만은 왕자로서 태어났다.

신성교황국 루벨리오스에 귀속된 몇몇 작은 나라 중의 하나.

그 나라들은 군대를 보유하지 않으며, 중앙의 성교회신전에서 파견된 템플 나이츠(신전기사단)에 나라의 방어를 의존하고 있었다.

그 대신 국가 차원에서 루미너스 교를 국교로 삼았고, 기사단에 소속된 우수한 인재와 지원금의 원조를 해주고 있었던 것이다.

당시 서방성교회는 지금 만큼의 권위를 과시하고 있지 않았으며, 크루세이더즈(성기사단)는 존재하지 않았다. 우수하다고 인정받은 자가, 한 세대에 한해 팔라딘(성기사)이라는 명예 기사의 칭호를 부여받고 있을 뿐이었다.

그런 정세 속에서 아다루만은 뛰어나게 우수한 자였다.

자신이 태어난 나라는 형이 국왕으로 취임했으며, 후계자도 태어난 상태였다. 그런 상황이었기 때문에 아다루만은 한층 더 루미너스 교의 포교에 힘쓰고 있었다.

루미너스 교의 세력을 넓히기 위한 조직인 서방성교회에 소속되어, 눈에 띄게 두각을 드러내고 있었다.

아다루만은 신의 위업에 매혹되었다. 그저 한결같은 마음으로 루미너스를 신봉했다.

루미너스라는 위대한 신, 그 존재를 의심도 하지 않고.

그렇기 때문에, 대사제 급의 '신의 기적'까지 습득하면서 당대 최고의 〈신성마법〉을 다루는 자가 되었던 것이다.

그 결과 아다루만은 추기경이라는, 서방성교회에서 최고의 지위에 이르게 되었지만, 신성교황국 루벨리오스에선 그렇게 높은 자리에 있는 것은 아니었다.

아다루만은 노력했다.

더욱더 위로 올라갈 것을 목표로 하여, 〈신성마법〉뿐만 아니라 다른 마법에도 손을 뻗었다. 당시 친한 친구였던 가드라와 마법에 대해서 토론을 나누고, 절차탁마하면서 상위의 경지에 올라가는 것을 목표로 삼았던 것이다.

그랬던 보람이 있었기에, 아다루만은 인간으로서의 한계를 넘어서 '선인(仙人)'의 경지에까지 도달했다.

선인이란 것은, 인간의 몸이면서 상위 정령에 가까운 반(半) 정신 생명체가 된 자를 가리킨다. 그 힘은 인간과 비교하면 절대적이며, 인류의 수호자로 여겨진다.

아다루만은 그 힘을 배경으로, 일약 권력의 중심으로 도약하게 된 것이다.

그리고 시간은 흘러갔으며,

아다루만은 거듭된 연구를 통해 또 한 걸음, 인간의 최고봉의 경지에 해당하는 '성인(聖人)'에 도달하려고 하고 있었다.

그런 아다루만에게 참으로 기쁜 이야기가 들려왔다. 드디어 영봉(靈峯)의 정상에 있는 '깊은 곳의 사원'으로 오라는 부름을 받은 것이다.

아다루만은 환희했다.

(이제 드디어, 나도 루미너스 님을 직접 뵐 수가 있게 됐다!!)

그렇다. 아다루만은 신인 루미너스가 실제로 존재한다고 믿고 있었다. 그 믿음이 그의 신앙의 원천이 되어 있었기 때문에 당연하긴 했지만…….

그것이 비극의 시작이 되리라고는 추호도 모른 채, 아다루만은 기뻐하면서 성지로 향했던 것이다.

그러나 그 마음은 배신당하게 되었다——.

………………….

…………….

…….

격렬한 마법 대결이 계속되고 있었다.

"모든 것을 녹이고 침식하라—— 애시드 셸(침식마산탄, 侵蝕魔酸彈)!"

아다루만이 원소마법 : 애시드 셸을 발동시킨다.

공중에 떠 있는 수많은 액체의 구체들. 그것은 뼈까지 녹여버리는 마의 산탄을 전방에 흩뿌린다. 하나하나의 구체에서 비처럼 쏟아지는 마산탄(魔酸彈)이 슈나에게 닥쳐온다.

그러나 슈나는 당황하지 않는다.

"플레임 월(환염(幻炎)의 방벽(防壁))."

환영의 불꽃 벽에 의해, 마산탄이 차례로 반사되면서 증발한다.

1,000배로 가속된 사고 속도, 높은 '해석감정' 능력, 그리고 '영창파기'와 '법칙조작'에 의한 모든 현상의 개변. 슈나의 유니크 스킬 '깨닫는 자(해석자)'는 마법 전투에 특화되어 있었다. 그렇기 때문에 아다루만이 마법을 구축하는 단계에서, 이미 그 대처 방법을 꿰뚫어 보는 것이다.

"그렇다면 이건 어떨까! 원념의 망자들이여, 산 제물을 받으라── 커스 바인드(주원 속박, 呪怨束縛)!!"

사령마법── 정령마법의 아종이자, 악령이나 망령 같은 어두운 원념을 이용하는 마법이다. 그중에서도 커스 바인드는 고약한 성질을 지닌 것으로, 인간이든 마인이든 살아 있는 자에게 달라붙어 그 생기를 빨아들이는 망자를 소환하는 마법이었다.

그러나 그것조차도,

"홀리 벨(성스러운 복음(福音))."

슈나의 침착하고 차가운 목소리가 아다루만의 귀에 닿자, 그 직후에 아득한 옛날에 익숙하게 들었던 성스러운 종소리가 울려 퍼졌다.

그것만으로 원념에 가득 찬 망자들이 성불하기 시작한다.

"——말도 안 돼! 어째서냐, 어째서 마물이 〈신성마법〉을 다룰 줄 아는 거냐?!"

눈앞에서 벌어진 신의 기적을 보고, 아다루만은 놀라면서 눈을 크게 떴다. 그 마법의 구성은 아름다웠으며, 면학에 힘썼던 청년 시절을 떠올리게 한다.

그리고 마족에 속한 소녀가 만들어낸 것으로는 여겨지지 않는 신성한 마법. 그 믿기 어려운 현실을 눈앞에 두고, 자신도 모르게 소리치고 만 것이다.

슈나는 미소를 지으면서 대답한다. 그렇게 해줄 필요는 없는데도 불구하고, 정중하게 아다루만의 의문을 해결해주려는 듯이.

"신기한가요? 그건 당신의 머리가 굳어 있을 뿐이랍니다. 〈신성마법〉은 인간에게만 허용된 마법이 아니라, 기적을 믿으며 바라는 자라면 누구라 해도 상관없이, 그 마음이 얼마나 강한지에 따라 응해주는 것이니까요."

세간에선 일반적으로 〈신성마법〉은 성령과의 계약으로 인해 발생한다고 일컬어지고 있다.

그 인식은 어떤 의미론 올바른 것이며, 어떤 의미로는 틀린 것이었다.

마인이라도 회복마법을 다룰 줄 아는 자가 있다. ——그 사실이 가리키는 것은, 성스러운 존재와의 계약 이외에도 다른 방법을 통해 〈신성마법〉을 다룰 수 있다는 뜻이다.

그건 대부분의 인간이나 마물들이 이해하지 못하고 있는 사실이다.

신앙의 힘—— 말하자면 기적을 믿는 마음이야말로 〈신성마

법〉을 습득하기 위한 조건이었던 것이다.

그곳에는 선도 악도 존재하지 않으며, 강하게 믿는 마음이 바로 힘으로 변하는 것이다.

그게 바로 이 마법의 진실이다.

추가로 언급하자면, 밀림을 신봉하는 용을 모시는 자들이 〈신성마법〉을 다룰 줄 아는 것도 이것이 이유였다.

그렇게 담담히, 슈나는 자신이 알고 있는 모든 것을 이야기했다.

그 말을 듣고, 아다루만은 자신도 모르게 비틀거렸다.

(짐은, 나는 잘못 알고 있었단 말인가? 배신을 당하면서, 루미너스 신에 대한 신앙을 잃었다. 그렇기 때문에 〈신성마법〉을 두 번 다시 쓰지 못할 것이라고 생각하고 있었는데…….)

아다루만은 루미너스에게 배신당했다. 정확하게 말하자면, 루미너스 교의 최고 지도자들에 의해, 함정에 빠졌던 것이다.

그 이유가 무엇이었는지, 지금도 알지 못하고 있다. 아다루만이 두각을 드러내는 것을 두려워하여 벌인 소행이었을지도 모르고, 또 다른 이유가 있었을지도 모른다.

하지만 확실한 것은, 루미너스 신이 구원의 손길을 내밀어주지 않았다는 것이다.

(생각하면 우스꽝스러운 일이로군. '칠요(七曜)의 노사(老師)'에게 속아서, 백성들을 위해 대규모의 사령 재해를 진정시키기 위해 향했지만…… 설마 그게 함정일 줄은 생각하지 못했지. 가드라 녀석에게서 마법 실험을 받았던 덕분에, 이런 흉측한 꼴로 부활하게 되었고 말이야…….)

사지로 몰리는 것도 모른 채, 순순히 쥬라의 대삼림의 끝, 지금 있는 이 땅까지 출동한 아다루만. 거기서 기다리고 있던 것은 대량으로 발생한 언데드와 그것들을 다스리고 있던 드래곤 좀비였다.

아다루만은 심복이자 친구인 팔라딘(성기사) 알베르트와 네 명의 기사들, 그리고 아다루만을 따르는 원정군의 멤버들과 함께 필사적으로 싸웠다. 그러나 결국은 힘이 다해 이 땅에서 쓰러진 것이다.

아다루만은 한 번 죽었다. 그러나 그때, 또 하나의 친구인 가드라가 실행한 신비오의 : 리인카네이션(윤회전생, 輪回轉生)이 발동하면서 소생에 성공했다. 단, 이 땅의 사악한 기운을 뒤집어쓰고 죽은 자의 원념에 붙잡혔기 때문에, 인간이 아니라 해골의 모습을 한 와이트(사령)로 전생하는 결과를 맞게 되어버린 것이다.

그런 아다루만이 마왕 카자리무의 눈에 띄면서, 지금 현재의 모습에 이르게 된 것이지만…….

"그래서 당신이 〈신성마법〉을 다루지 못한다면, 제 적이 되지 못한다고 확신했던 거예요."

그렇게 슈나가 추궁하듯이 하는 말을 듣고, 아다루만은 지금이 한창 전투 중이었다는 것 떠올렸다.

"왜, 왜냐? 왜, 내가 〈신성마법〉을 다루는 자라고 생각했단 말이냐?"

자신도 모르게 슈나에게 그런 질문을 하는 아다루만.

그러나 그에 대한 슈나의 대답은 냉철하다.

"그 모습 때문이죠. 고위 사제급 이상의 자만 입을 수 있는 순백의 성직자복. 그걸 입을 자격이 있는 고위 술사이면서, 이 정도의 속박도 극복할 수 없다고 탄식할 정도로 나약한 자. 〈신성마법〉에 대한 미련만으로 그 옷을 입고 있다니, 경계할 필요도 없었던 것 같군요.”

뭘 이제 와서 새삼스레 묻느냐는 말투로 단호하게 내뱉는다.

“——크윽…… 뚫린 입이라고 감히 함부로 건방진 소리를!!”

아다루만은 격노했다.

단, 그것은 슈나에 대해서가 아니라, 아다루만 자신에 대한 분노였다. 그 말을 들을 때까지 깨닫지 못하고 있었던 자신의 본심을 알아차리고, 자신의 한심스러운 모습에 어이없는 감정을 느낌과 동시에 격렬한 분노를 느꼈던 것이다.

동시에 아다루만은 최근의 1,000년이라는 긴 시간 동안 마음을 흐리게 만들었던 안개가 개는 것 같은, 그런 쾌청하기 그지없는 심경을 맛보고 있었다.

“신에게 이 기도를 바치나니, 나는 성령의 힘을 바라고 또 원하노라. 나의 소원을 들어다오.”

그 고양되는 감정에 몸을 맡기면서, 아다루만은 마법 주문을 읊기 시작한다.

(그렇다. 나는 각오가 부족했다. 나를 따랐던 동료들이 언데드로 변하게 되었으니, 그들을 남겨두고 떠날 수도 없다고 생각했던 것이다……. 내 생각이 짧았다. 〈사령마법〉과 〈원소마법〉으로는 언데드를 정화시킬 수는 없다. 내가 〈신성마법〉을 쓸 수 있다면 좋겠다고 몇 번이라 바랐던가…….)

아다루만이 이 땅에 속박된 이유 중의 하나, 그건 바로 동료들이었다.

이 땅에서 죽었으며, 그러고도 여전히 저주받은 사자로서 존재하는 그들을 아다루만은 저버릴 수가 없었다. 그런 아다루만의 마음이야말로, 이 땅에 그들을 묶어두는 사슬이 되어 있었던 것이다.

그게 잘못이었다는 것을, 아다루만은 이제야 깨달았다.

아다루만은 뼈밖에 없는 두 손으로 복잡한 인을 맺으면서, 낭랑한 목소리로 신에게 기도를 바친다.

그것은 주문이었다. 그 증거로 아다루만의 앞에 있는 공간에 복잡한 기하학 모양이 떠오르기 시작한다.

(슈나라고 했던가, 원한은 없다. 그러기는커녕, 내 눈을 뜨게 해준 것에 대해 고마움까지 느낀다. 그러나 나는 자살이 금지되어 있다. 미안하지만, 너를 저승길 동무로 삼아야겠다——.)

아다루만은 마음속으로 사과했다.

마왕 카자리무의 강제력은 다양하게 갈라진 형태로, 아다루만을 속박하고 있다. 그렇기 때문에 자살조차 금지되어 있었다. 그러나 적에게 날린 공격의 여파에 휩쓸리는 것이라면 이야기는 달라진다.

아다루만은 슈나를 길동무 삼아 자기 자신도 소멸시키려고 생각했다. 그렇게 함으로써 자신 때문에 여기에 같이 남게 된 동료들을 해방시키겠다고…….

그리고 지금, 슈나와 아다루만을 감싸듯이 적층형 마법진(積層型魔法陳)이 전개되기 시작한다.

"——만물이여, 사라져라! '디스인티그레이션(영자붕괴, 靈子崩壞)'!!"

"그걸 기다리고 있었어요! '오버 드라이브(영자폭주, 靈子暴走)'!!"

아다루만의 마법이 완성되기 직전에, 슈나가 유니크 스킬 '해석자'로 '법칙조작'을 실행했다.

그 결과, 모여든 영자는 아다루만의 제어를 벗어나, 폭주를 시작한 것이다.

"뭐, 뭐냐? 내 1/10에도 미치지 못하는 에너지양밖에 없는 네가 설마 내 마법을 다시 덮어썼다는 말이냐――?!"

마력요소나 영자의 제어는 마력으로 인해 행해진다. 마법을 다시 덮어쓴다는 것은 즉, 슈나의 마력이 아다루만보다 더 위에 있다는 것 말고는 달리 설명할 길이 없다.

아다루만에겐 슈나가 압도적으로 자신보다 격이 낮게 보였다. 그러나 지금, 보아하니 그 생각도 틀렸다는 사실을, 아다루만은 겨우 깨달은 것이다.

"훌륭했습니다. 그에 대한 상으로 이 땅에서 해방시켜 드리도록 하지요!"

슈나의 말을 마지막까지 듣지 못하고, 아다루만은 넘쳐나는 빛에 삼켜지고 만다.

슈나는 아다루만의 마법을 이용했다.

자신 이상으로 성스러운 마법을 다루는 자인 아다루만이라면, 이 땅을 정화할 수 있을 정도의 에너지를 모으는 것이 가능하리라고 짐작하고 있었던 것이다. 그게 신성계 최강 마법이라는 것은 예상외였지만, 다행히도 그 마법은 알고 있었다. 그렇기 때문에 슈나는 쉽게 덮어쓸 수가 있었던 것이다.

그 빛은 이 땅에 가득 차면서, 아다루만뿐만 아니라 모든 언데드를 삼키면서 차례로 정화시켰다──.

*

하쿠로우와 소우에이가 슈나의 근처까지 다가왔다.

"이것 참, 좀 더 빨리 승부를 내고 싶었지만, 그 데스 나이트(사령기사)는 생각보다 실력이 굉장하더군요. 슈나 님께 도움을 받았습니다, 그려."

아다루만이 패배하여 이 땅이 정화되면서, 데스 나이트는 스켈레톤(해골검사)으로까지 퇴화되면서 움직이지 않게 되었다. 데스 나이트는 아다루만의 뜻을 따르고 있었기 때문에 싸울 의사가 사라진 것이리라.

하쿠로우는 그걸 보고, 이 싸움이 끝났음을 깨달았다.

오랜만에 진심으로 싸울 수 있는 상대와 제대로 결말을 내지 못한 것은 아쉬웠지만, 지금은 슈나를 지키는 것을 무엇보다 우선해야 한다. 하쿠로우는 그 사실을 제대로 분별하고 있었기에, 즉시 슈나 곁으로 달려온 것이다.

"아니요, 하쿠로우가 있어줘서 다행이었어요. 저로서는 도저히 상대가 되지 않았겠죠. 그리고 소우에이도요. 그 데스 드래곤(사령용)을 상대로 용케도 시간을 벌어주었군요. 만약 그 용이 날뛰기 시작했다면, 저희에게 승리는 없었을 거예요."

"아닙니다, 쓰러뜨리지 못한 것이 그저 부끄러울 따름입니다."

소우에이의 말대로 데스 드래곤은 강적이었다. 어중간한 대미지는 즉시 회복하는 것도 모자라, 몸에 두르고 있던 오라(요기)는 접촉하기만 해도 정신 오염을 당하는 것이었다.

여러 개의 '분신체'를 다룰 줄 하는 소우에이였기에 무사히 넘어갈 수 있었던 것이다. 오히려 끝장을 낼 수 있는 기술을 봉인당한 상태에서, 용케도 상대를 했다고 칭찬을 받아도 좋을 정도였다.

그런 데스 드래곤도 아다루만이 패배하면서 소멸했다. 아다루만의 에너지(마력요소)양을 이용하여 출현시킨 것이었으니, 존재를 유지할 수 없게 된 것으로 보인다.

소우에이로선 납득이 가지 않았지만, 살아남았다면 승리한 것이다.

그렇다고는 하나…….

세 사람은 서로의 얼굴을 바라보면서 동시에 한숨을 쉬었다.

"그건 그렇다고 쳐도 그 아다루만이란 자가 처음부터 진심으로 싸웠다면, 우리는 살아 있지 못했겠지요. 저는 자신의 분노를 이기지 못해서, 조금 지나치게 무모한 짓을 한 것 같아요."

사실, 아다루만은 봐주지는 않았다고 해도, 치사한 수단은 쓰지 않았다. 진심으로 슈나를 죽일 생각이었다면 다른 수단을 선택했을 것이다.

슈나는 그걸 꿰뚫어 보고 반성한다.

"그러게 말입니다. 저희는 강해졌다고 해서, 조금 자만하고 있었던 것 같습니다, 그려."

"확실히 그렇습니다. 리무루 님께서 걱정하신 대로 전장에선 무슨 일이 벌어질지 모르는 일입니다. 제가 좀 더 정보를 모았어야 했습니다."

세 사람은 그렇게 말하면서, 자신들의 자만심을 질책한다.

어찌 됐든 결과는 승리다.
클레이만의 본거지는 방어의 중추를 잃은 것이다.
하지만 이것으로 끝난 것이 아니다. 슈나 일행에겐 아직 완수해야 할 임무가 남아 있었다.
클레이만의 성을 제압하고, 완전히 무력화시켜야만 한다.

성 안에 남아 있던 자들은 비전투원이 대부분이었으며, 클레이만에게 충성을 맹세하고 있는 자는 전무했다. 눈치가 빠른 자들이나 돈으로 고용되었을 뿐인 자들은 저항의 뜻을 보이지 않고 항복했다.
그 외에는 어떤 형태의 이유로 속박되어 있는 자들이 많았으며, 슈나의 설득과 마법으로 저주를 풀어준 결과, 긴 시간을 들이지 않고 성의 제압을 완료한 것이다.

성 안의 마인들을 무력화시키는 것을 끝낸 뒤에 탐색에 들어간다.
마왕 칼리온이 갇혀 있지 않다는 건 이미 확인했지만, 클레이만의 약점을 쥘 수 있는 증거가 없는지 찾아볼 생각이었다.
그러던 중에——,
돌아다니는 슈나 일행에게 다가와 말을 거는 자가 있었다.
"——기다려주십시오."
"음? 살아 있었나. 확실하게 마무리를 지어주길 바라는가?"
"잠깐만요, 하쿠로우. 그분에겐 이미 싸우고자 하는 뜻은 없는 것 같아요."

말을 걸어온 자는 아다루만이었다.

그를 경계한 하쿠로우는 칼을 뽑으려 하였지만, 슈나는 태연하게 그걸 말렸다.

"슈나 님, 이라고 부르도록 허락해주십시오. 당신의 마법 덕분에 저희는 모두, 이 땅의 속박에서 해방되었습니다. 정화되지 않고 살아남은 것도 또한 어떤 인연일지 모르니, 부디 부탁드리고 싶은 바가 있습니다."

한 명의 스켈레톤(해골 기사)과 나란히, 대부분의 힘을 잃고 와이트(사령)가 된 아다루만이 무릎을 꿇으며 말한다.

"――뭔가요?"

의아한 표정으로 슈나가 물었다. 또 뭔가 귀찮은 일이 일어날 듯한 느낌을 받은 것이다.

"네, 부탁을 들어주셔서 정말 감사합니다. 실은 저도, 슈나 님이 신봉하시는 분을 만나보고 싶습니다. 잃어버린 신앙심으로는 전성기의 힘에 미치지 못했습니다. 저의 루미너스 신에 대한 신앙은 이미 죽었습니다. 그러므로 새로운 신을 얻고 싶다고 생각하고 있습니다."

"""""…………."""""

어이없는 표정으로 입을 다무는 슈나 일행.

"시, 신이라니, 리무루 님을 경애하고는 있지만, 신봉하고 있지는 않은데요?"

겨우 정신을 차리고 슈나가 대답을 했지만, 아다루만은 개의치 않는다. 문제가 없다는 듯이 한층 더 열심히 자신을 받아들여 달라고 간청한다.

"리무루 님, 이라고 하는군요. 저의 새로운 신에 걸맞은, 훌륭한 이름입니다. 저희는 나약한 언데드(불사계 마물)이긴 합니다만, 그래도 뭔가 도움이 될 것으로 생각합니다. 슈나 님, 부디 리무루 님께 저희를 소개해주시도록 부탁드릴 수 없겠습니까?"

무조건적으로 의심도 하지 않고 신봉하는 것과, 잘못된 것을 정정하면서 경의를 가지고 대하는 것은 별개다. ──슈나는 그렇게 설명하려고 했지만, 귀찮아지는 바람에 더 이상은 생각하지 않았다.

(뭐, 상관없겠죠. 리무루 님의 진짜 모습을 보고나면, 포기해줄지도 모르니까요.)

그렇게 평소의 탱글탱글한 모습을 떠올리면서, 슈나는 자포자기의 심정으로 결론을 내렸다.

아무래도 아다루만은, 자신이 그렇다고 생각하면 바로 믿어버리는 성격인 것으로 보인다. 그런 아다루만을 설득하는 데는 시간이 걸릴 것 같으니, 이 자리는 적당히 수긍해주는 것이 타당하다고 판단한 것이다.

이렇게 아다루만과 그 부하들 중에 살아남은 수천 명의 언데드──죽어 있는 상태라고 하면 죽어 있는 것이지만──들이 슈나의 휘하에 들어갔다. 클레이만 성의 공략은 이런 식으로 종료된 것이다.

Regarding Reincarnated to Slime

호화로운 문.

그 문 너머는 그대로 연회장으로 이어져 있었다.

그곳에는 커다란 원탁이 설치되어 있었고, 같은 간격으로 의자가 열두 개 준비되어 있다.

열 명의 마왕이 있으며, 현재 칼리온은 행방불명. 즉, 내가 앉아도 두 자리는 남는다는 것인가.

미저리의 안내를 받으면서 착석한다.

마왕이 된 순서대로 원탁의 자리가 정해진 모양이다. 내 자리는 가장 앞쪽이었고, 아마도 이 자리가 맨 끝자리인 것 같다.

딱히 불만은 없었으므로 의식을 주변으로 돌렸다. 이 자리를 빌어서 마왕들을 관찰해보자고 생각한 것이다.

그렇게 말해봤자. 지금 있는 것은 두 사람뿐이다.

첫 번째는 라미리스.

저 녀석도 일단은 최고참이라서 그런가, 가장 안쪽의 윗자리에 앉았다.

다리를 흔들거리면서 즐거운 표정을 짓고 있다.

그야말로 어린애. 저 녀석은 방치해둬도 되겠지.

내가 보는 방향을 기준으로 라미리스의 오른쪽, 내 바로 정면에는 요염한 붉은 머리카락의 남자── 확실히 남자이긴 하지만, 묘하게 색기가 있는 미남자가 걸터앉아 있었다.

눈을 감고는 있지만, 딱히 자고 있는 것은 아닌 듯하다.

첫눈에 보고 알았다. 이 녀석은 위험하다.

내 '해석감정'에 의하면, 중요하지 않은 정보로 여길 수 있다. 그러나 내 직감이 엄청난 불길함을 호소해 온다.

에너지(마력요소)양은 칼리온에 맞먹을 정도로 많지만, 그 파장은 고르지 못했다.

즉, 언뜻 보기에는 에너지양은 그럭저럭 많지만, 오라(요기)를 제어하지 못하는 애송이로 보일 법하다.

하지만 내 눈은 속일 수 없다.

아마 내 생각이지만, '대현자'의 해석 능력조차 속아 넘어가고 있는 것 같다. 그 정도로 이 정보는 교묘하게 위장되어 있다.

상대에게 가짜 정보를 읽게 하고 그 실력을 착각하게 만든다. 싸우기 전부터 승부는 시작되고 있는 것이다.

먼저 떠오르는 것은 드워프 왕 가젤과 같은, 독심계의 스킬(능력)이다.

내 '대현자'도 그렇지만, 이런 스킬은 스스로 밝히지 않는 한 그런 능력을 가지고 있다는 것을 꿰뚫어 볼 수가 없다. 마음의 심층 심리까지 읽을 수 있는 '독심' 능력 같은 것이 있다면 이야기는 다르지만, 그건 아마도 상대가 능력을 발동하는 시점에서 알아차릴 것이다. 레지스트(저항)에 실패하기 전까지는 괜찮다고 생각된다.

그러므로 스킬의 은폐는 아주 중요한 것이다.

상대가 그런 힘이 있다고 여기게 만드는 시점에서, 그것이 연극일 수도 있으니까 말이다.

정말로 지니고 있으며, 일부러 착각하게 만드는 것만으로도 상대가 끝없이 의심하도록 만들 수 있을 것이다.

이 미남자가 지금 벌이고 있는 짓이 바로 그것이다.

상대의 '해석감정'을 속이고, 내가 계속 의심하도록 만들고 있다.

나는 실력은 감추어야 한다고 생각한다. 즉, 오라 등을 완전히 억누르면서, 적에게 일체의 정보를 주지 않는 것에 의의를 두고 있었다.

그에 비해 이자의 경우에는 정보를 읽는 상대의 힘조차 이용하고 있다.

우선은 상대를 흔들어보는 것이다.

정보를 읽는 힘이 있는지. 읽지 못하는 자는 논외이며, 읽을 수 있는 자는 그 반응을 본다. 그런 뜻이다.

그것을 위해 일부러 흘려보내는 정보에조차 겁을 먹고 떠는 자는 상대할 가치가 없다고 보고 곧바로 처내버리겠지.

그리고 그것을 깨달은 자에게는 자신의 끝이 보이지 않은 힘의 일부분을 슬쩍 보여줌으로써 거역할 마음을 빼앗는 것이다.

하지만 잠깐만 더 생각해보자.

상대에게 보여줘도 되는 이 정보만으로도 이미 칼리온과 맞먹을 정도의 에너지양이 느껴진다.

진짜 실력은 도저히 예측할 수가 없다. 그렇게 나오는 이유가 이해는 된다 해도 두려워하지 말라는 건 어려운 일이다.

명백히 격이 다른 존재── 이자가 바로 '기이'다.

기이의 관찰을 마쳤을 때, 연회장으로 커다란 덩치의 남자가 들어왔다.

동행자도 없이, 단지 혼자서.

연회장을 압도할 정도의 존재감, 이 남자가 자이언트(거인)족의 마왕인 다구류루.

다구류루는 주저 없이 기이의 오른쪽 자리를 하나 지나친 뒤에 몸을 뒤로 젖히면서 자리에 앉는다.

빈자리는 밀림의 자리, 라는 뜻일까. 그렇다면 이 원탁은 기이를 정점으로 하여 좌우로 나눠지는 식인 것 같다.

다구류루 쪽으로 시선을 돌려봤다.

장신인 기이와 비교해봐도 거구이기 때문에, 호화로운 그 의자는 사이즈를 딱 맞게 조절하면서 다구류루를 받아들였다. 이런 비품에도 사치를 부려서 마법으로 만든 물건을 준비해두는 모양이다.

베루도라의 호적수였던 마왕.

그 위풍당당한 모습은 역시 '용종(竜種)'과 싸움을 벌일 수 있겠다고 저절로 고개가 끄덕여지게 했다.

그러나 이 다구류루라는 마왕, 말도 안 되게 터무니없는 에너지양을 갖고 있다.

베루도라와 비교하면 누가 더 위일까?

끝을 알 수 없는 양이라는 것은 알겠지만, 진심으로 싸우지 않는 한 정확한 수치를 측정하는 것도 어렵겠다.

하지만 중요한 것은 양보다 질.

에너지양이 다소 많다고 해서 그렇게 겁을 먹을 일은 없다는 생각이 들기 시작했다.

힘을 어떻게 유효하게 사용할 것인가, 그쪽이 중요하다. 레벨(기량)에 따른 우열 쪽이 전투에 있어선 더욱 중요한 요소가 되는 것이다.

다구류루라는 마왕이 레벨이 낮다고는 생각할 수 없으므로, 어찌 됐든 경계할 필요는 있겠지만 말이다…….

다구류루의 관찰을 마친 타이밍에 또 한 명의 마왕이 나타난다.

화려하고 현란한 의상을 입은 우람한 체격의 미남자다.

다구류루에는 미치지 못하지만 키가 크고, 뚜렷한 이목구비를 갖추고 있다.

짧고 곱슬곱슬한 금발을 거칠게 다듬은 것이 과격한 성격이라는 것을 느끼게 했다.

알기 쉽게 비유하자면 할리우드 스타 같이 화려한 남자라고 할 수 있겠다.

왠지 모르게 매력적으로 보이는 방법을 알고 있는 모습이다.

특징적인 것은 그 입술 사이로 보이는 두 개의 어금니.

뱀파이어(흡혈귀족)—— 즉, 이 남자가 마왕 발렌타인인 것 같다.

발렌타인은 라미리스의 왼쪽 옆에 앉았다.

순서대로 생각하자면, 다구류루와 동급인 오래된 마왕이란 말인가. 대를 이었다고 들었으니, 그대로 그 자리에 앉았을 가능성도 있다.

뭐, 좌석 순서는 신경을 써본들 어쩔 수 없겠지.

그것보다 마음에 걸리는 것이 있었다.

발렌타인을 따라온 자들이다.

첫 번째는 노령의 집사 같은 남성.

더 볼 것도 없는 달인이며, 마치 조각처럼 미동도 하지 않는다.

나와 같은 생각을 하고 있는지, 모든 오라를 억눌러서 실력을 드러내지 않고 있다.

두 번째는 훨씬 격이 다르다.

너무나도 눈길을 끄는 빛나는 듯한 은발의 미소녀.

투명하게 느껴지는 피부에, 푸른색과 붉은색의 요사스러운 광채를 내뿜는 헤테로크로미아(금은요동, 金銀妖瞳). 소녀에서 어른으로 이어지는 한순간을 도려낸 듯한, 요염한 미모라는 느낌이었다.

그런 미소녀가 메이드 옷 같은 드레스를 입고 있었다. 메이드의 입장에선 전투복── 그 법칙을 통해 생각해보면, 이 소녀가 강해도 신기할 게 없다고 할까…….

이런 자들이 부하라니 놀랍다.

특히 그 미소녀는 금방이라도 넘쳐 나올 것 같은 방대한 오라를 그냥 다 드러내고 있다.

응, 잠깐?

그 소녀와 시선이 교차했던 순간, 뭐라고 말할 수 없는 위화감을 느꼈다.

내 기분 탓인지도 모르겠지만, 흘러나오는 오라가 랜덤으로 변질되고 있는 것처럼 느껴졌던 것이다.

《해답. '해석감정' 결과, 대상자 쪽이 마왕 발렌타인보다도 에너지양이 많은 것으로 추측됩니다.》

아, 역시.

이 소녀의 에너지 총량은 읽을 수가 없지만, 적어도 그녀의 주인으로 보이는 마왕 발렌타인보다도 많은 것 같다.

나처럼 얼티밋 스킬을 보유하고 있지 않으면 꿰뚫어 볼 수 없을 만큼 교묘하기까지 한 은폐 공작.

그런데 이런 상태에서도 아직 숨길 마음이 없는 것 같다. 기이처럼, 이걸 알아차릴지 아닐지를 파악해보려는 의도가 있는 듯했다.

——즉, 이 소녀야말로 진정한 마왕인 거 아냐?

아마 내 생각이지만, 은퇴했다고 하는 선대 마왕일지도 모른다.

베루도라조차도 인정했다고 하는 여자 흡혈귀 **미루스**가 바로 그녀의 정체인 건 아닐까.

대를 이은 것이 1,500년 이전의 이야기라고 하니, 그 사실을 아는 마왕은 적을 것이다. 묵인하고 있을 뿐인지, 정말로 알아차리지 못하고 있는 것인지.

혹은, 흥미가 없는 것뿐일 가능성도 있겠군.

어찌 됐든 경계가 필요하다.

현 마왕 발렌타인도 결코 약하지는 않다. 적어도 변신 전의 칼리온보다도 강렬한 패기를 내뿜고 있으니 그 실력은 의심할 것도 없다.

게다가 수상한 미소녀.

그녀가 자신의 왕국이 잿더미로 변해버린 마왕이라면, 베루도라를 원망하고 있어도 이상할 게 없는 것이다.

왜 이런 상대를 화나게 한 거야! 그렇게 소리치고 싶은 것을 애써 참는다.

이게 그 유명한 '두통이 아프다'라는 상태이려나.

그나마 다행인 것은 이런 미소녀의 분노를 사 죽을 수 있다면 더 바랄 게 없다는 것이려나?

——아니, 역시 다행이라곤 할 수 없겠군.

베루도라와 나의 관계가 들키지 않기를.

만일 들킨다 해도, 내가 뒤처리를 해야 할 일이 없기를.

나는 속으로 몰래 그렇게 빌었다.

자, 그런 식으로 잠시 시간이 지나자, 다섯 번째가 등장했다.

이자도 또한 혼자서, 졸린 듯한 표정으로 걷고 있다.

두 자루의 검을 허리에 차고 있지만 무장은 그것뿐이다. 가벼운 차림새로군.

한순간 슬쩍 보인 눈동자는 아름다운 라이트블루. 언뜻 보기엔 검은색으로 보이는 짙은 보라색의 머리카락에, 은색으로 부분 염색을 하고 있었다.

보기에는 아직 젊으며, 여차하면 고교생 정도의 나이로 보인다. 이목구비는 단정하지만, 그 졸린 듯한 눈과 나른한 동작 때문에 좋은 이미지가 다 사라져 보였다.

그자는 라미리스 옆에 서더니, 가볍게 손을 들어 인사했다.

"여어—. 여전히 작구나."

"시비 거는 거야? 디노 주제에 건방진 소리 할래?"

다섯 번째로 등장한 인물은 디노였다. 분명 라미리스와 같은 부류인 인물이었을 것이다.

진짜 싸움이라기보다 늘 있는 말싸움 같은 느낌이다.

"바보, 이길 걸 아는데 시비를 왜 거냐."

"흐응, 죽고 싶은 모양이네. 오늘의 나는 컨디션 만점이거든!"

"아니, 아니. 너 말이야, 전에 만났을 때보다 더 작아진 것 같은데?"

"그야 어쩔 수가 없잖아! 나는 최근에 다시 태어난 지 얼마 안 됐으니까!"

라미리스는 성장할 때까지 앞으로 100년은 걸린다고 했었다. 그 이야기를 자세히 들어보니, 50년 정도 전에 새로 막 태어났다고 한다.

디노도 그 말을 듣고 납득한 것 같다.

"아아, 그래서 그런가. 그거 참 불편하네. 하지만 기억은 계승되는 거지?"

"기억은 그렇지. 하지만 정신은 육체에 이끌려서 퇴화해버려. 그래도 뭐, 나는 최강이니까, 이런 핸디캡도 필요한 법이야!"

"기이, 라미리스가 헛소리를 하는데?"

"윽?! 너, 바보 아냐? 난 말이지, 상대를 보고 말을 가려 하는 거야! 아무리 그래도 기이를 한 방에 쓰러뜨릴 수 있다거나 하는 생각은 안 한다고!"

붉은 머리를 보면서 디노가 말을 걸려 하던 것을, 라미리스가 당황하면서 제지했다. 그리고 작은 목소리로 조용히 변명을 하고 있다.

입만 산 녀석은 태도 변화가 참 빠른 것 같다.

그리고 저 붉은 머리, 역시 기이가 틀림없는 모양이다.

저 라미리스의 당황하는 모습을 보면, 역시 위험한 녀석인가 보다.

마음속의 메모장에 슬쩍 '기이는 위험'이라고 적어두었다. 이런 착실한 노력으로 위험을 피하는 경우도 있다는 것을, 멍청한 자는 모를 것이다.

라미리스와 디노는 기이를 자극하지 않도록, 작은 목소리로 소곤소곤 대화를 계속하고 있었다. 라미리스가 데리고 있는 부하인── 베레타와 트레이니 씨에 관해서다.

라미리스가 자랑을 늘어놓고 있다.

"어?! 꼬맹이, 네가 왜 부하를 데리고 있는 거야? 혼자서 온 내가 꼴사납게 되잖아?!"

"흐흥, 그러게. 이걸로 내가 작다느니, 꼬맹이라느니 하면서 업신여겼던 마왕에게 앙갚음을 해줄 수 있게 된 셈이지. 특히 너 말이야! 이 두 사람 앞에서는 네가 무력하다는 걸 깨닫도록 하라고!"

"그럼 싸워볼래? 망가뜨려도 돼?"

"뭐어? 당연히 안 되지! 너, 망가뜨렸다간 진짜로 기이한테 일러서 철권제재의 처벌을 받게 만들 거야!"

호랑이의 위세를 빌린다는 게 바로 이건가.

라미리스는 아무런 망설임도 없이 금세 남에게 의존하려 든단 말이지.

"──그건 그렇고 말이야, 이 두 사람, 정말 대단하지 않아? 잘 보면 진짜 장난이 아닌데!"

디노의 그 말을 듣고, 베레타와 트레이니 씨는 말없이 인사를 했다.

정말로 라미리스에겐 아까운 자들이다.

"그렇지? 그렇지, 그렇지?! 뭐, 이걸로 나도 발언력이 커진 셈이 되겠지."

디노의 말에 기분이 좋아졌는지 라미리스가 있지도 않은 가슴을 당당히 펴면서 으스댔다.

이 두 사람을 손봐준 건 바로 나인데 말이지. 뭐, 딱히 상관은 없지만.

베레타와 트레이니 씨는 여전히 침묵을 고수하고 있다.

정말로 훌륭한 부하들이다.

똑같이 말이 없어도, 내 뒤에서 선 채로 졸고 있는 시온이 부디 본받았으면 좋겠다.

인사를 마친 후 디노는 어슬렁거리면서 자신의 자리로 향했다. 그 자리는 발렌타인의 옆자리인 걸 보면 역시 오래된 마왕이었던 모양이다.

발렌타인을 무시하고 자리에 앉더니, 놀랍게도 그대로 테이블에 엎드려 자기 시작했다.

발렌타인에게 실례가 아닌가 하는 생각은 했지만, 마왕들끼리 인사를 하는 게 더 이상할지도 모른다. 이래저래 놀려대긴 했지만, 라미리스에 대한 인사야말로 이례적인 것일지도 모르겠군.

디노에게선 의욕이 전혀 느껴지지 않았다.

출석한 것만으로도 만족, 그런 느낌이다.

이 연회장의 공기를 전혀 파악하지 못한 채 잠을 자면서 게으름을 부리는 모습은, 어떤 의미로는 유아독존이로군.

두려움을 모르는 자 같지만, 반대로 말하자면 그 정도의 실력이 있다는 이야기가 될 것이다.

……그렇다고 치자.

이자도 일단은 오라를 재밍(방해)하고 있는지, 실력은 확실히 파악할 수 없었다.

해석하려고 하자 슬쩍 눈을 뜨고 날 노려봤으니, 분명히 알아차리고 있다.

라미리스와의 대화를 통해 가벼운 성격이라고는 추측할 수 있지만, 방심할 수 없는 상대인 것은 틀림없어 보였다.

하지만 뭐, 디노는 그래도 라미리스를 정중히 대하고 있었으니, 가능하다면 적대하지 않는 쪽으로 돌리고 싶다고 생각했다.

뒤이어 들어온 것은 하피(유익족, 有翼族)의 여제.

예전에 밀림에게서 이야기를 들은 적이 있는 마왕 프레이인 것 같다.

넘쳐나는 듯한 에로스(요기).

공기 저항이 클 것 같은 그 가슴은, 날 때 방해가 되지 않으려나?

이런, 나도 모르게 생각이 옆길로 샜다. 그 정도로 임팩트가 큰 등장이었으니, 어쩔 수가 없다.

그래서 프레이 말인데, 밀림의 자리가 공석인 것을 힐끗 보고는, 그 다음에 내 쪽을 바라보기 시작했다.

그 흘겨보는 눈길에도 색기가 있다.

아니, 아니, 이거 참…….

스쳐 지나갈 때 풍기는 향기도 참으로 향기로웠는데.

그렇게 생각하고 있으려니, 내 뒤에서 느껴지는 불온한 기운. 시온이 명백하게 불쾌해진 모양이다.

내가 색향에 홀릴 뻔했다는 것을 알아차린 걸까. 역시 대단하구나, 시온.

이 이상 시온을 화나게 만들면 무서우니까, 진지하게 관찰하기로 하자.

에너지(마력요소)양은 특필할 정도로 대단하진 않다. 굳이 말하자면, 시온과 베니마루보다도 적은 것으로 보인다.

그렇게 말해도, 시온 같은 경우는 발렌타인과 맞먹을 수준이니, 그렇게까지 적다고 할 정도는 아닌 셈이다. 문제가 되는 것은 그 질이므로, 이것만으로 판단하는 것은 어리석은 짓이었다.

가슴만 비교하자면, 둘 다 판정을 내리기 힘든── 아니, 그건 지금 관계가 없나.

아마도 내 생각이지만, 숨겨둔 스킬(능력)이 상당히 많은 게 아닐까? 그런 불온한 기운을 느끼게 하고 있다.

프레이에게서 받은 느낌은 그 정도지만, 특필할 점이 있었다.

그것은 같이 대동한 부하다.

한 명은 프레이와 맞먹을 정도로 거유인 미소녀(하피).

아직 어린 티가 남아 있는데도 불구하고, 뭐라 말할 수 없을 정도로 야한 몸매이다.

또 한 사람은 프레이와 맞먹을 정도의 에너지양을 가진 덩치 큰 남자. 등에는 독수리의 날개가 돋아나 있는 것을 보니, 하피 족의 남성인 것 같다.

다구류루에 비하면 몸집은 작지만, 발렌타인과 맞먹을 정도로 우람한 체격의 미남자였다.

그의 맨얼굴은 라이온 마스크(사자 가면)에 가려져 확실하지 않았지만…….

사자?

《알림. '해석감정'에 의한 추정――.》

설마.

칼리온과는 파장이 다르니, 다른 사람이겠지. 틀림없다.

라파엘이 가르쳐주지 않아도, 나도 그 정도는 알 수 있다.

《…………》

행방불명인 칼리온이라면, 이렇게 뻔히 들킬 방법으로 발푸르기스에 참가할 리가 없다. 좀 더 조심스럽고 신중하게 행동하는 게 당연할 것이다.

세상에는 자신과 닮은 사람이 세 명 있다고 하니, 프레이가 데려온 사람도 우연히 닮은 사람이겠지.

그런 식으로 프레이 일행의 관찰을 끝냈을 때, 차가운 바람이 불어닥치는 것 같은 착각에 사로잡혔다.

그쪽을 보니, 금발의 미녀가 막 들어온 참이었다.

신에게 사랑을 받은 듯한 미모.

그 미모의 주인은, 나를 향해 똑바로 걸어왔다.

"——네가 리무루냐."

"그렇긴 한데——."

그렇긴 한데, 넌 누구야——라고 되물어보려고 생각한 것이다.

내가 아는 사람 중에 이런 미인은 없는데, 그렇게 생각하던 중에 그 정체가 짐작이 갔다.

남은 마왕은 네 명. 한 명은 행방불명이 된 칼리온이며, 나머지는 클레이만과 밀림이다.

그리고 레온.

분명히 레온은 금발——'플라티나 데빌(백금의 악마)'이라고 불릴 정도로 아름다운, 금발의 마왕이었을 것이다…….

"——그렇군, 네가 레온인가. 내게 말을 걸어오다니, 무슨 볼일이라도 있나?"

"그래, 내가 레온이다. 너에게 볼일이 있는 건 아니다. 그 모습을 보고 문득 그리운 감정이 들었을 뿐이야."

역시 레온이었나.

미녀라고 착각할 정도로 아름다운 남자이다.

옛날 같았으면 콱 죽어버려! 라고 생각했을 것이다.

과거에 인간이었다고 들었는데, 분위기는 당당하기 그지없다.

마왕의 관록을 갖추고 있다.

그건 그렇다고 쳐도, 그런 레온이 그리운 감정을 느꼈다고?

내 모습은 시즈 씨의 어릴 적 모습이기도 하다. 즉, 레온은——.

"레온, 시즈 씨는 죽었다."

내게 볼일이 있었던 것이 아니라, 시즈 씨를 떠올렸을 뿐이었던 것이다.

"알고 있다. 죽는 것은 당연하지. 과거에 그녀는 이플리트를 받아들이면서 마인이 되기를 거부했으니까."

담담하게, 그게 당연하다고 레온은 말했다.

"그녀로부터 널 한 대 때려달라고 부탁을 받았다. 널 때리게 해다오."

나도 모르게, 내 입에서 그런 말이 튀어나왔다. 풍파를 일으킬 생각은 없었지만, 레온의 태도에 부아가 났다.

직접적으로 그렇게 말했지만, 레온은 여전히 태연하게 굴었다.

"거절하겠다. 나는 시즈에게 스스로의 삶을 선택할 기회를 주었다. 그녀는 마인이 아니라, 인간으로서 살기를 바란 것이다. 이플리트를 이별 선물로 주었으니, 내가 맞아야 할 이유는 없어."

이건 또 무슨 예상 밖의 반응이람.

무례하다고 격노할 줄 알았는데, 냉정하게 되받아치고 만 것이다.

게다가――,

"――하지만, 너에게도 약간 흥미가 있다. 초대해줄 테니까, 할 말이 있다면 날 찾아오면 되겠지. 함정이라고 생각한다면 거절해도 상관은 없다."

일방적으로 그렇게 말한 것이다.

두렵다면 그만두라는 말을 들은 꼴이라, 받아들일 수밖에 없는 제안이었다.

"알았어. 받아들일 테니, 초대장이라도 보내줘."

그렇게 대답하면서 나도 침묵한다.

레온은 귀찮다는 표정으로 가볍게 고개를 끄덕였다.

"아아, 그렇게 하지. 그 전에 네가 이 자리에서 살아남는다면, 말이지만."

무뚝뚝하게 그 말만 하고는, 레온은 곧장 내 왼쪽 옆자리에 앉아버렸다.

이 이상은 상대하고 싶은 마음이 없다는 의사표시이리라.

지금은 이걸로 충분하다.

시즈 씨에 관해서 전해줄 수가 있었던 데다, 적어도 지금 이 자리에서는 레온이 적으로 돌아설 마음은 없는 것 같다고 판명되었으니까. 적으로 나설 생각이라면 초대장을 보내겠다는 말 같은 건 하지 않을 테니까 말이다.

문제를 미루는 것이 될지도 모르겠지만, 어쨌든 지금은 클레이만만 적으로 보고 집중하자고 생각했다.

*

0시에 연회장에 입장한 지 이미 한 시간이 지났다.

그런 식으로 시간만이 지나가고 있다.

연회장으로 안내를 받은 순서는 오래된 마왕부터였던 것 같고, 손님인 나는 우연히 라미리스가 같이 있었기 때문에 먼저 들어오게 된 모양이다.

뭐, 레온 같이 자신의 힘으로 오는 자도 있는 것 같으니, 정식으로 정해진 규율 같은 건 아닌 듯하지만.

남은 마왕은 클레이만과 밀림.

이제 곧 연회가 시작되겠다는 생각이 들었던 그때——,

『리무루 님, 지금 잠시 보고를 드려도 되겠습니까?』

베니마루로부터 '사념전달'이 도착한 것이다.

이계에 있을 것으로 생각했던 연회장이었는데, 보아하니 '사념전달'은 연결되는 모양이로군——.

《해답. 부하인 마물들과는 '영혼의 회랑'이 확립되어 있습니다. 그걸 통하여 의사를 주고받을 수가 있습니다.》

——이라고 생각했더니, 그렇다고 한다.

아무래도 기프트(축복)를 나눠줄 때에, 나눠주는 김에 '영혼의 회랑'이라는 것을 구축해둔 모양이다. 베루도라와의 연결보다는 희미한 느낌이 들었지만, 의사소통 정도라면 문제가 없을 것 같다.

베니마루로부터 보고를 듣는다.

전투가 벌어진 뒤로 한 시간도 채 되지 않아서 전쟁은 종결된 모양이다. 일방적으로, 계획대로 되었다고 한다.

우리 쪽에선 부상자가 다수에, 사망자는 제로. 클레이만 군에선 확인된 전사자만 따져도 1,000명. 게다가 3,000명 이상의 부상자가 나온 모양이다.

생각했던 것 이상으로 전사자는 적었지만, 살아 있기만 하다면 회복 가능한 이 세계에서는 이것이 당연한 일이라 할 수 있겠다.

어찌 됐든 압도적일 정도의 대승리다.

이걸로 포로도 확보할 수 있었으니, 만만세였다.

적의 지휘관인 야무자가 무슨 이유인지 카리브디스가 되었다고 하는데, 그건 베니마루가 소멸시켰다고 한다.

잠깐만, 무슨 소리를 하는 건지 이해가 안 되는데요.

이해가 안 되기 때문에 무시할 것을 추천한다.

무시할 것을 추천하지만…… '마력방해'를 가지고 있는 카리브디스를, 어떻게?

《해답. 여러 개의 아츠(기술)와 스킬(능력)을 유니크 스킬 '대원수'로 복합시켜서 '헬 플레어(흑염옥)'를 완전 제어하고 있습니다.》

과연.

쉽게 말해서 '마력방해'를 상회하는 제어를 통해, 방대한 열량을 직접 맞부딪혔다는 말이로군. 말로 하기는 간단하지만, 그건 상당한 레벨(기량)이 필요할 것으로 생각하는데.

베니마루 녀석, 내 상상 이상으로 강해진 것 같군. 정말 대단한 녀석이다.

예상외였던 것은 용을 모시는 자들이었다.

이자들은 밀림의 신봉자인 만큼, 굉장히 강력한 전투 집단이었던 모양이다. 이번에는 그들이 진지하게 싸울 생각이 없었기 때문에, 우리에게 희생이 생기지 않았던 것이다.

나도 반성해야겠군.

100명 정도라면 문제가 없겠다는 생각을 한 것이 실수였다.

이 세계의 전쟁은 집단이 아니라 개인의 힘에 좌우된다고 이해하고 있으면서도, 머리에 남아 있는 상식이 그 사실을 그만 잊어버리게 만든다.

이번에는 큰 실수로 끝나지 않아서 정말 운이 좋았다.

다음부터는 주의하도록 해야겠다.

베니마루의 보고로, 클레이만이 주장하려는 내용이 대충은 판명됐다.

야무자가 이끄는 클레이만 군과 미도레이 일행은 칼리온의 배신을 조사한다는 명목으로 움직이고 있었다고 한다.

마왕들을 배신하고, 클레이만의 부하를 죽였으며, 나와 연결되어 있다는 증거를 모으기 위해서.

아니, 그게 아니겠지.

모으는 것이 아니라 날조하기 위해서겠지.

이번에 우리가 승리하면서, 그 계획은 박살이 났다.

이제 어떤 변명을 할 것인지 확실하지 않지만, 그게 다른 마왕의 찬성을 받는 일은 없을 것이라 생각한다.

뭐, 결국 마지막에는 클레이만을 박살 낼 테니까, 그걸 방해하는 마왕이 있다면 같이 없애버릴 수밖에 없다. 그렇게 되지 않도록, 가능한 한 편하게 이길 수 있게 이야기를 진행할 수 있도록 노력하자.

라파엘, 기대하고 있을게!

《……》

라파엘도 의욕에 차 있다.

이걸로 일단은 안심이다.

이런, 소우에이한테서도 보고가 들어왔다.

클레이만의 본거지를 함락했다고 한다.

소우에이, 가차가 없구나. 그 뒤에는 하쿠로우의 활약도 있었던 것 같다.

하지만 들어보니, 가장 크게 활약한 자는 슈나인 모양이다.

많은 일이 있었다고 하는데, 어떻게 된 일인지 언데드(불사계 마물)를 동료로 받아들이게 되었다고 한다.

무슨 뜻인지 이해가 잘 안 되지만, 소우에이도 "자세한 얘기는 나중에 슈나 님께서——"라고 말하면서, 무슨 이유인지 말끝을 얼버무리고 말았다.

중요한 것은 클레이만의 성에는 마왕 칼리온이 붙잡혀 있지 않았다는 사실이다.

그리고 또 하나.

『——보물창고를 발견했으므로, 게루도를 불러서 운반 작업에 들어가려고 합니다. 그중에는 클레이만과 중용광대연합이 연결되어 있었다는 걸 보여주는 증거도 있었으니, 부디 이번 일에 활용해주십시오.』

정말로 가차가 없구나. 클레이만이 모아놓은 재물까지 빼앗은 모양이다.

이건 절도에 해당하려나?

아니, 신경 쓰지 말자. 클레이만이 날 귀찮게 한 것에 대한 위자료라는 명목으로, 고맙게 받아두도록 하자.

상당한 양의 보물이 축적되어 있었다고 하니, 단번에 재정이 윤택해질 것 같다.

그보다도 지금은 증거가 모였다는 점이 중요하다.

베니마루가 했던 보고도 그랬지만, 지금 소우에이가 했던 보고에서도 증거가 발견되었다고 한다.

그것들은 게루도를 통해서 내 '위장'으로 보내진 상태다. 이게 있으면, 클레이만의 주장과 그 근거를 완전히 박살 낼 수 있을 것이다.

원칙을 지키는 것은 정말 중요한 법이다.

이렇게, 예상보다도 훨씬 빠르게 클레이만의 세력을 철저하게 분쇄할 수 있었다. 나머지는 상대가 어떻게 나오느냐에 달렸지만, 이 정보를 활용하여 상황을 유리하게 이끌도록 하자.

그리고――,

보고를 다 들은 내 앞에, 드디어 클레이만이 모습을 드러냈다.

*

의외로 잘생기고, 신경질적인 느낌의 남자―― 그게 클레이만이었다.

고급스러운 옷을 입은 것이, 상당히 멋을 부린 느낌이다.

방심을 하지 않는 마왕답게 곳곳에 유니크(특질) 급의 장식품을 착용하고 있었다. 그것만으로도 상당한 전력이 될 것 같다.

하지만 그보다 신경이 쓰이는 것은, 그 팔에 안겨 있는 여우라 할 수 있겠다. 터무니없는 요력, 그리고 에너지(마력요소)양이다. 여차하면 그 힘은 마왕들의 수준에 이를 수 있을 정도였다.

이게 자신이 데리고 온 부하 중의 한 명, 아니, 한 마리인가. 썩어도 준치라더니, 과연 마왕이다. 부하들의 수가 상당히 많은 것 같다.

게다가…….

클레이만을 '해석감정' 해본 결과, 마음에 조금 걸리는 점이 있었다. 본거지를 함락했다고 해서 얕보지 말고 **마무리**는 신중하게 처리하기로 하자.

그 뒤에 밀림이 따라 들어왔으며, 이것으로 마왕들이 전부 모였다.

다들, 방심할 수 없는 괴물들이다.

레온에게도 '해석감정'을 시도해봤지만, 그 실력은 해석 불능이었으니까.

재미있군. 라파엘이 해석 불능이라고 단언했다.

즉, 나와 동격의 스킬(능력)── 얼티밋 스킬(궁극 능력)을 보유하고 있다는 뜻이 된다.

그리고 그 순간 나는 깨달았다.

기이가 가짜 정보를 일부러 제공하고 있었던 의도── 그건 얼티밋 스킬에 대한 대책이었던 게 아닐까? 하는 사실을.

얼티밋 스킬로 해석이 불가능하다면, 그건 상대도 얼티밋 스킬을 지니고 있다는 걸 증명하게 되기 때문이다.

그래서 적당히 가짜 정보를 흘려보내는 측면도 있었던 것이라고.

내 경우는 라파엘이 우수했기 때문에, 그게 가짜 정보라는 것을 알아차렸을 뿐이다. 이걸 알아차리지 못했다면, 자칫 속아 넘어갈 뻔했던 것이다.

그렇다는 건 곧, 기이도 당연히 얼티밋 스킬을 보유하고 있다.

미루스? 도 수상쩍으며, 레온은 틀림없이 보유자다.

얼티밋 스킬의 성능은 유니크 스킬과는 비교할 바가 못 되며, 획득하려면 본인의 자질과 운과 우발적인 요소가 서로 연관되어야 한다. 진정한 마왕조차도 반드시 획득한다고 장담할 수 없는 희귀한 스킬 같으니, 비장의 수라고 부를 수 있는 힘인 것이다.

그렇기에 더더욱, 앞으로는 신중히 행동해야 할 것이다.

그리고 내가 얼티밋 스킬의 보유자라는 건, 기이에겐 이미 들킨 것으로 봐도 된다.

큰 실수였다.

이건 내 얕은 경험이 초래한 실수다. 노련하고 교활한 마왕들을 상대하는 것이니, 좀 더 경계를 했어야 했던 것이다.

저질러버린 일은 어쩔 수 없다. 결정적인 실수까지는 아니니까, 앞으로의 대책이 중요하다.

드워프 왕 가젤이 그랬던 것처럼, 독심계 능력은 그 힘을 감추기 쉽다. 즉, 내 힘이 어떤 계통인지까지는 들키지 않았으니, 너무 지나치게 마음에 둘 필요는 없을 것이다.

오히려 이걸 이용하여, 내가 아직 경험이 부족하다고 여기게 해야 한다.

구체적으로 말하자면, 라파엘은 무슨 일이 있어도 끝까지 감추면서, 뭔가 하나 보여줘도 괜찮은 비장의 수로 얼티밋 스킬을 선보이는 것이다.

그렇게 하면 끝까지 숨길 수 있는 비장의 수를 유지하는 것이 되지 않을까?

이건 얼티밋 스킬을 네 개나 가지고 있는 나이기에 가능한, 대담한 은폐 공작이라고 할 수 있겠다.

이 뒤에 있을 클레이만과의 싸움에선 가능한 한 성대하게 날뛸 생각이니까, 그때 선보일 것은――,

《제안. 숨기기가 어려운 것은 '벨제뷔트(폭식지왕)'입니다.》

그렇겠지. 확실히 그렇다.

방출계의 공격은 맞으면 소멸시킬 수 있는 데다. 공방에 뛰어난 스킬이다. 내 전투는 '포식(捕食)'이 기본이 되는 경우가 많으니까, '벨제뷔트'를 공개하는 것이 좋을 것 같다.

앞으로는 '벨제뷔트'를 주 기술로 사용하여 싸우면서, 다른 능력은 숨겨두는 전법으로 가자.

그나마 이른 시점에 대책을 세울 필요성을 깨달았으니, 이 경험을 기뻐해야 할 것 같다.

기술 쓰는 것을 아끼다가 죽어봤자 의미가 없으므로, 이 자리를 무사히 빠져나갈 수 있다면 새로운 전법을 생각하기로 하자.

그런 식으로 반성을 끝냈을 때, 놀랄 만한 광경을 눈으로 보게 되었다.

"빨리 걸어, 이 멍청아!"
클레이만이 그렇게 말하면서, 갑자기 **밀림**을 때린 것이다.
"우둔한 녀석, 빨리 자리에 앉아."
그리고 건방진 태도로 밀림을 향해 지시를 내리는 클레이만.
분노가 폭발할 것 같았지만, 참는다.
아직은 멀었다. 아직 조금만 더.
형식에 따라 정정당당하게 선언하기 전에는 이 분노를 참아야만 한다…….
그건 그렇다고 쳐도, 밀림은 대체 어떻게 된 거지?
난폭한 성격의 밀림.
반대로 클레이만이 맞는 거라면, 그건 일상적인 풍경이라 할 수 있겠다.
아아, 불쌍한 녀석. 그렇게 생각하면서 넘어갈 이야기다.
그런데…….
밀림을 때리는 폭거를 벌였음에도 불구하고, 클레이만이 단죄를 당할 낌새는 없다.
밀림은 저항하지 않고, 불만도 제기하지 않는다.
시키는 대로 자신의 자리에 앉았던 것이다.
이건 이상하다.
역시 밀림은 클레이만에게 조종당하고 있는 것일까?
이건 최악의 사태까지 상정할 필요가 있을 것 같다.
그리고 나만 놀란 것이 아니었는지, 다구류루와 디노 같은 다른 마왕들까지도 당혹스러운 표정을 보이고 있었다.

기이의 표정은 변하지 않았기 때문에, 무슨 생각을 하고 있는지 불명이다.

클레이만은 당당함이 절정에 달한 듯한 모습으로, 우월감에 가득 찬 표정을 짓고 있었다.

그 얼굴을 보자, 내 분노가 다시 불타오른다.

——편하게 죽을 수 있을 거라고 생각하지 마라, 클레이만. 내 친구(밀림)를 때린 대가는 제대로 받게 만들어줄 테니까.

나는 속으로 그렇게 맹세했다.

클레이만의 '죽음'은 확정됐다.

어떠한 이유가 있다고 해도, 나는 용서할 생각이 없다.

하지만 서둘러서는 안 된다.

연회는 아직 시작되지 않은 것이다.

이 연회에 참가하는 자는 다음과 같다.

10대 마왕 중에서 칼리온을 제외한 마왕 아홉 명.

데몬(악마족)——'로드 오브 다크니스(암흑 제왕)' 기이 크림존.

드라고노이드(용인족)——'디스트로이(파괴의 폭군)' 밀림 나바.

픽시(요정족)——'라비린스(미궁 요정)' 라미리스.

자이언트(거인족)——'어스퀘이크(대지의 분노)' 다구류루.

뱀파이어(흡혈귀)——'블러디 로드(선혈의 패왕)' 로이 발렌타인.

폴른(타천족)——'슬리핑 룰러(잠자는 지배자)' 디노.

하피(유익족)——'스카이 퀸(천공 여왕)' 프레이.

데스맨(요사족)——'마리오네트 마스터(인형괴뢰사)' 클레이만.

휴먼(전 인간)——'플라티나 세이버(백금의 검왕)' 레온 크롬웰.

그리고 또 한 사람.

이 연회의 화제의 주역이자, 새로운 마왕을 참칭하는 자——즉, 바로 나.

기이의 부하인 레인이라는 메이드가 차가운 목소리로 소개하기 시작한다.

마음에 걸렸던 자는 레온이다.

예전에 휴즈에게서 마왕 레온의 이명은 '플라티나 데빌'이라고 들은 기억이 있었는데, '백금의 검왕'이라는 멋들어진 이름으로 바뀌어 있다.

확실히 보기에는 그런 느낌이 들었지만, 이런 이름은 대체 누가 생각하는 걸까?

설마, 본인—— 아니…… 말하지 말자. 나도 남 말을 할 처지가 아니니까, 그걸 언급하는 건 참자고 생각했다.

그런 식으로 소개가 끝난 뒤에, 클레이만이 일어섰다.

"오늘은 제 호출에 응해주셔서 진심으로 감사합니다. 그러면 시작하기로 하죠, 우리들의 연회를! 이 자리에서 발푸르기스(마왕들의 연회)의 개최를 선언합니다!!"

그리고 주최자의 권리로서, 개회를 선언했다.

이렇게 파란의 예감을 품은 채로, 발푸르기스가 시작되었다.

*

클레이만은 자리에서 일어나, 마치 독무대라도 되는 듯이 그 자리에서 연설을 시작했다.

나를 포함한 마왕들을 돌아보면서 만족스러운 표정을 짓고 있다.

한순간 그 시선이 멈춘 듯 보였지만, 시선이 머문 곳에 앉아 있는 것은 마왕 발렌타인. 나와는 관계가 없었기 때문에, 기분 탓일지도 모른다.

내 왼쪽 옆자리에는 레온이 있으며, 오른쪽 옆자리는 공석이다.

그 너머가 클레이만의 자리이며, 거기서 또 오른쪽 옆자리는, 지금은 부재중인 칼리온의 자리였다.

클레이만이 득의양양한 표정으로 현재 상황의 설명을 하고 있다.

기나긴 이야기였지만, 진지하게 들어보았다.

그가 말하길,

첫째, 마왕 칼리온이 나를 부추겨서 마왕을 자칭하도록 꾸몄다. 그 증거로서, 칼리온의 군대가 우리의 도시에 머무르고 있다.

둘째, 파르무스 왕국을 부채질하여 쥬라의 대삼림을 침공하게 만들었다. 그에 맞서 싸우도록 우리에게 협력을 요청하였으며, 그것을 이유로 인간에게 손을 댔다.

셋째, 파르무스 왕국에 승리한 내가 마왕을 참칭하였고, 칼리온이 뒤에서 그것을 지원하고 있다.

이런 제멋대로의 행동은 마왕들 사이에 정해진 협정을 위반한 것이라는 게 골자였다.

클레이만의 주장은 시간에 따른 순서를 완전히 무시한 트집이었지만, 그 사실을 증명하는 것은 어렵다. 생각했던 것 이상으로 논리적으로 무장되어 있었다.

게다가 이런 일련의 움직임은 마왕들 간에 정해진 쥬라의 대삼림에 대한 상호 불가침조약 철회와 동시에 일어났으며, 이에 대해선 변명할 수 없을 거라고 지껄이고 있다.

내가 어떻게 아냐, 그런 사정을.

클레이만은 계속 큰 소리로 떠들어댄다.

"——그리고 저는 이렇게 증언을 확보했습니다. 하지만, 그 사실을 알려준 제 부하 뮬란은, 저기 있는 리무루라는 난폭자에 의해 살해당하고 말았습니다. 그래서 저는 복수를 결의한 것입니다."

너 혹시 배우냐! 그런 말을 하고 싶어질 정도로, 클레이만은 명연기를 펼치고 있다.

꼼짝없이 나까지 속아 넘어갈—— 리가 없다. 왜냐하면 뮬란은 살아 있으니까.

"거기 있는 리무루는, 칼리온과 공모하여 저를 죽이려고 했습니다. 뮬란이 마지막 힘을 다해 제게 '마법통화'로 알려줬던 것입니다."

그렇게 말하면서, 클레이만은 감정이 북받치는 듯한 시늉을 한다.

잘생긴 얼굴이라서 보기에는 그럴듯하지만, 보고 있자니 부아가 나는 연기였다.

내가 클레이만을 죽이고 마왕의 자리를 빼앗으려 하고 있었다는 말인가.

그걸 기획한 자가 칼리온이라니, 그런 이야기를 잘도 떠올렸군. 칼리온은 무인이라는 인상이 강했으니, 본인을 아는 자가 듣는다면 실소가 터져 나올 변론일 텐데…….

그 뒤에도 클레이만의 이야기는 계속되었다.

이래저래 돌려 말하고 있지만 간단하게 요약하자면, 칼리온이 배신했다. 그에 격노한 밀림이 수왕국 유라자니아를 멸망시켰고, 칼리온은 사망했다——고, 그렇게 말하고 있다.

칼리온이 사망? 행방불명이 아니라는 것이 마음에 걸린다. 이것도 역시 부자연스럽지만, 지금은 클레이만의 이야기를 듣기로 하자.

밀림의 행동은 클레이만을 생각해서 벌인 일이었지만, 증거도 없는데 그렇게 반응하는 것은 좋지 않다고, 클레이만이 타일렀다고 한다. 그 이후에 밀림은 클레이만을 따르면서 의지하게 되었다나 뭐라나…….

나와 칼리온이 연결되어 있다는 증거를 확보하기 위해, 부하를 살해당한 클레이만이 병사를 내보냈다는, 그런 내용의 이야기였다.

거기다 추가로, 자신을 죽이고 마왕을 자칭하려고 했던 내가 마음에 들지 않으니, 이 연회에서 처분하자고까지 제안하는 지경이다.

이렇게까지 자신에게 유리한 이야기를 용케도 만들어냈다는, 그런 감탄이 나오기에 충분한 내용으로 꾸며져 있었다.

그 전에, 클레이만의 이야기는 너무 길다.

클레이만의 주장을 다 들은 뒤에, 조리 있게 반론하려고 생각하고 있었다. 내 무죄를 증명함과 동시에, 정당성을 얻은 뒤에 클레이만을 박살 낼 생각을 하고 있었기 때문이다.

그게 바로 얌전히 이야기를 들었던 이유였지만, 참는 것도 슬슬 한계가 온다.

이제 슬슬 나서도 괜찮으려나?

지금까지 클레이만이 하던 이야기를 듣고 있다가, 클레이만의 이야기에는 결정적으로 말이 안 되는 부분이 있다는 것을 알아차렸기 때문이다.

그건 증거다.

클레이만의 주장에는 증언 이외의 증거가 없다. 그것도 그 증언은 클레이만이 말하는 충성스러운 부하, 약지의 뮬란에게서 나온 것이 대부분이었다.

정말로 웃기는 일이다.

그 뮬란은 살아 있는 데다, 그 증언의 증거능력은 먼지보다도 가볍다.

증거의 날조는 제때에 맞춰 끝내지 못한 것 같으니, 내 정당성은 증명할 수 있을 것 같다.

이미 이쪽은 결정적인 증거를 전부 갖추고 있다.

"——이상으로, 제 얘기는 끝입니다. 이것으로 여러분도 이해해주셨으리라 생각합니다만, 거기 있는 리무루라는 왜소한 마인은 마왕을 참칭하는 어리석은 자. 숙청하는 것이 옳다고 봅니다——.”

그리 말하면서 클레이만은 뭔가 대단한 이야기를 한 듯이 설명을 끝냈다.

마왕들도 이렇게 긴 이야기를 다 들어주고 있는 것을 보니, 상당히 느긋한 자들이다. 그중에는 자고 있는 자도 있는 것 같았지만, 방해만 하지 않으면 허용되는 모양이다.

발의자가 설명을 마칠 때까지 모두 말없이 듣는다는 룰이 있다고 한다.

원래는 여기서 처음으로 마왕들이 자유롭게 의견을 낼 수 있게 되어 있는 모양이다. 하지만 이번에는 손님의 자격으로 당사자인 내가 와 있다.

사회를 맡고 있는 건지, 레인이라는 메이드가 내게 시선을 보내기 시작했다.

“그러면 다음에는 손님 분의 설명이 있겠습니다.”

드디어 왔다.

지금까지 참고 있었지만, 이런 코미디에 어울려주는 것도 이제 끝이다.

“클레이만이라고 했나? 넌 거짓말쟁이로군.”

“뭐라고?”

“솔직히 말하자면, 나는 마왕 따윈 어찌 됐든 상관없어. 칼리온 씨가 나를 부추겼다는 것도 말이 안 되는 소리고, 파르무스 왕국은 멋대로 욕심을 부려서 공격한 것뿐이니까 말이야. 이 두 가지는 아무런 관계도 없다는 소리야.”

내 말에 클레이만은 초조해진 표정으로 나를 노려봤다.

“흥! 그런 변명을 누가 믿는다는 거지? 내 쪽은 부하가 살해당했단 말이다.”

그리고 그렇게 말했지만, 그건 내가 기다리던 말이었다.

“뮬란이었지? 딱히 죽이지도 않았고, 지금도 살아 있어.”

“하! 무슨 소릴 하는 건가 했더니——.”

“일단 들어봐. 네 변명은, 대부분이 증언과 네 추측밖에 없어. 격이 낮은 자가 상대라면 그걸로 넘길 수 있었을지도 모르지만, 내게는 통하지 않는다고. 그 증언을 했다는 뮬란은 지금 내 보호하에 있다. 그러므로 함부로 손을 대는 건 용서하지 않을 테고, 네 증언의 신빙성도 없는 것과 마찬가지야.”

거기까지 설명하자, 역시 천하의 클레이만도 얼굴빛을 바꿨다.

하지만, 아직도 내 주장을 인정할 마음은 없는 것 같다.

“후훗, 그렇게까지 비겁한 방법을 쓰는 건가. 뮬란의 시체에 수작을 부리고 악령이라도 빙의시켰나.”

곧바로 내 주장을 반박하기 시작했다.

마법이 존재하는 이 세계에서는 생사조차 얼버무릴 수 있다. 너무나도 번거롭기 그지없다.

그렇기 때문에 증언 같은 건 더더욱 도움이 되지 않는단 말인데.

“뭐, 무슨 말을 해도 믿지 않을 거라고는 생각했어. 그래서 직접 때려눕히려 했었지만, 마음이 조금 바뀌었어. 이 연회가 시작되기 전에 내 동료들이 증거를 모아줬거든.”

나는 그렇게 말하고, 클레이만을 얕잡아 보는 듯한 웃음을 지어 보였다.

이 미소를 본 클레이만이 격노했다는 것을 알았다. 생각했던 것보다도 단순한 녀석이다.

"무슨 말이 하고 싶은 거죠? 그렇게 죽고 싶은 거라면 그렇게 말하면――."

"그러니까 서두르지 말라고, 클레이만. 증거가 있다고 말했잖아?"

나는 클레이만의 말을 가로막듯이 그렇게 말한 뒤에, 품 안에서 몇 개의 수정구를 꺼냈다.

그걸 원탁의 중앙으로 전송하여, 차례로 마법 효과를 발동시킨다.

그 하나하나는 어떤 영상을 기록한 것이었다.

오크 제너럴과 싸우는 내 부하들의 모습과, 게르뮈드의 시선에서 본 영상 같은 것도 있다. 이것들은 슈나가 클레이만의 본거지인 고성에서 발견한 것인 듯했다.

한편, 방금 전의 전쟁 상황을 비추는 것도 있었다.

이건 베니마루가 전장 전체를 둘러보면서, 그 기억을 기록한 것이다.

그중에는 재미있는 영상도 있었다.

『아, 안 돼! 이러지 마십시오, 클레이만 님!!』

그렇게 절규하면서, 불완전한 카리브디스로 몸이 변해가는 클레이만의 부하의 모습.

『――놀랐습니다, 야무자의 배반은 예상대로――.』

『――클레이만의 군대는 궤멸. 작전은 실패. 이 손실은 너무나도 크네요――.』

『——라플라스도 충고는 했으니까, 이번에는 클레이만이 잘못한 거야——.』

『그분에게 보고를 해야 하니까——.』

등등.

게루도와 포비오 앞에서 그런 대화를 나누는 수상쩍은 광대들.

이 자식들이 중용광대연합, 풋맨과 티어인가 보다. 라플라스라는 이름도 나왔으니, 틀림없다.

그리고 '그분'인가.

클레이만이 흑막인 줄 알았는데, 아무래도 달리 더 있었던 모양이다.

어쩌면——.

《해답. 모든 것이 이어져 있다고 추측됩니다.》

——역시 그런가.

나와 히나타가 싸우도록 암약했던 누군가는 클레이만도 조종하고 있었던 것이다.

그렇기 때문에 바로 그 타이밍에서,

서방성교회와 나를 싸우게 만들고, 그 틈을 타서 클레이만이 파르무스 왕국을 부추겼고, 그 결과 그 참극이 일어나기에 이르렀다.

내가 마음에 들지 않는 것뿐이라면, 이해가 안 되는 것도 아니었다.

하지만 너희들은 너무 지나쳤다.

그렇기 때문에 박살 낼 것이다.

나쁘게 생각하지 마라, 이곳은 약육강식의 세계이니까.

"이게 증거라는 거다, 클레이만."

나는 그렇게 말하면서 승리를 자신하듯이 웃어 보였다.

실제로 증거가 모였기 때문에 이야기는 빠르게 진행되었지만, 없었으면 없었던 대로 어떻게든 할 수 있었다.

어찌 됐든 실력으로 짓눌러버릴 예정이었으니까, 클레이만이 말하듯이 궤변이든 뭐든 이유를 붙이기만 하면 되는 것이다.

좋고 나쁘고가 아니라, 표면상의 이유가 중요한 것이다.

이번 것은 진짜 증거이므로, 어떤 반론도 통하지 않는다.

"마, 말도 안 돼! 이런 건 엉터리야! 마법으로 만들어낸 가짜 영상을 속임수에 사용하다니, 수준 낮은 짓을 하지 마라, 슬라임!!"

"속임수? 속임수가 아니야, 멍청아. 네 군대는 이미 박살을 냈어. 다음은 네 차례라고."

나를 향해 분노의 표정을 짓는 클레이만.

"여, 여러분, 속으면 안 됩니다! 이 리무루라는 슬라임은 남을 속이는 짓을 잘합니다. 베루도라의 봉인을 풀어서 파르무스 군을 전멸시켜놓고는, 그걸 자신의 힘으로 과시하고 있을 뿐인 소인배란 말입니다! 이런 녀석이 영광스러운 마왕의 이름을 사칭하도록 놔두다니, 그야말로 언어도단이 아닙니까!"

필사적으로 열연하는 클레이만.

남에게 의지하려고 한다는 점을 언급하다면, 너야말로 진짜 소인배잖아?

만약 이게 연기라면, 대단하긴 하다만.

"잠깐, 클레이만. 넌 방금, 거기 있는 리무루가 파르무스 왕국을 부채질했다고 말하지 않았나? 베루도라의 부활이 사실이라고 치면, 왜 그런 번거로운 짓을 할 필요가 있는 거지?"

"그, 그건 말이죠……."

생각도 못 한 곳에서 나온 질문이다.

다구류루가 무거운 말투로 클레이만에게 질문한 것이다.

클레이만은 한순간 고민하는 모습을 보였지만, 각오를 굳혔는지 입을 열었다.

"좋습니다. 그럼 설명해드리도록 하죠."

그리고 클레이만은 손짓 발짓을 섞어가며 과장스럽게, 그 이유라는 것을 설명하기 시작했다.

인간의 영혼을 모으는 것을 통해 진정한 마왕으로 각성할 수 있다——라고.

다른 마왕이 앞서 나갈 것을 걱정했던 클레이만은 이 정보를 밝히고 싶지 않았던 모양이다. 그러나 지금 다구류루의 질문을 받고, 이 이야기를 하지 않으면 안 되겠다 싶었는지 설명을 시작했다.

"——이, 아무것도 모르는 하등한 슬라임은 운 좋게도 마왕종이 될 기회를 얻은 것이겠지요. 그래서 분수를 모르고 까불다가, 인간의 세계에서 그 진실을 조사한 것으로 생각됩니다. 그리고 제멋대로 인간들과 전쟁까지 일으켰고 봉인되어 있던 베루도라를 이용하여 대학살을 벌였습니다. 이런 자를 그냥 내버려 두면 우리의 마왕으로서의 격도 떨어지게 됩니다. 숙청을 하지 않으면 안 된다고 생각합니다만, 어떻게 생각하십니까?"

과장된 몸짓으로 마왕들에게 설득을 시도하고 있다.

그러나,

"그러니까 증거를 내놓으라고. 내놓지 못하겠지? 네 얘기는 말이야, 그랬으면 좋겠다는 네 바람일 뿐이야. 그래선 아무도 납득하지 못한다고 말하고 있잖아?"

증오스러운 표정으로 클레이만이 나를 노려보기 시작하지만, 그런 건 관계없다.

나는 클레이만의 궤변에 어울리는 것에 질렸다.

"큭…… 웃기지 마라, 사룡의 위세를 빌린 슬라임 주제에! 네놈 따위가 마왕이 될 수 있을 리가 없다!!"

"내가 슬라임이라는 건 아무 관계없는 데다, 베루도라와는 친구 사이거든. 너의 그 더럽게 시시한 얘기를 들으러 온 게 아니라고. 이제 슬슬 괜찮지 않아? 인정하라고, 네 지시로 카리브디스를 부활시킨 것에 대한 증거는, 거기 비쳐 보이는 포비오라는 마인이 증언해줄 거다. 그 풋맨이라는 광대 일행에게 제안을 받았다고 말이야. 그리고 지금, 네 부하가 카리브디스로 변신하여 폭주했지. 이게 명확한 증거라는 거다. 속임수라고 생각한다면 그래도 좋아. 그렇게 생각한 채로 죽어라."

나는 옆의 의자를 걷어차고 일어서면서, 클레이만을 위협한다.

그리고 별 의미 없는 동작으로 눈앞의 원탁 일부에 손을 대자, 순식간에 큰 원탁이 사라졌다.

놀랄 일은 아니다.

단지 내가 '벨제뷔트'로 수납했을 뿐이니까.

이걸로 넓은 공간이 생겼다.

걷어차여진 의지가 클레이만의 후방으로 날아갔고, 벽에 격돌하면서 큰 소리를 낸다.

그래도 태연한 표정의 마왕들.

동요한 것은 클레이만 한 사람뿐이었다.

"여러분, 이런 녀석의 폭거를 허용해도 되겠습니까?! 이 녀석은 마왕을 얕보고 있습니다. 우리 모두가 힘을 합쳐 제재를 가해야 하지 않겠습니까?!"

우리 모두라고 언급했단 말이지.

생각했던 대로 진짜 소인배였던 것 같다.

나는 일어서서, 의자에 둘러싸인 원형의 빈 공간의 중심으로 나아간다.

"확실히 그 말이 맞겠군. 방금도 말했지만, 나는 마왕 따위는 어떻게 되든 상관없어. 나는 내가 즐겁게 살아갈 수 있는 나라를 만들고 싶을 뿐이니까. 그러려면 인간의 협력이 필수 불가결해. 그래서 인간을 지키기로 결심했다. 그걸 방해하는 자라면 인간이든, 마왕이든, 성교회든, 전부 하나같이 내 적이야. 클레이만, 너 같이 말이다."

그리고 클레이만보다도 열심히, 마왕들 앞에서 내 이상을 말한다.

"뭐라고――?!"

"그리고 폭거를 언급한다면 말이야. 발푸르기스에선 말을 하면서 정신 지배를 거는 건 허용되는 거냐?"

클레이만을 바라보면서 물어본다.

내가 알아차리지 못했을 거라고 생각했는지, 방금 그 연설 도

중에 건방지게도 정신 공격을 걸어왔던 것이다.

아마 내 생각이지만, 나를 지배하려고 했던 것 같다.

하지만 소용없다.

라파엘이 늘 나를 보호하고 있기 때문에, 그런 공격 따윈 이미 대응을 마쳤기 때문이다.

그래도 뭐, 이것으로 대의명분을 손에 넣었다.

내 정당성도 주장할 수 있었던 데다, 먼저 공격을 해 온 것도 클레이만이다.

내 적으로 돌아설 마왕이 있다면, 그건 그때 대응하면 된다.

그렇게 각오하고 나는 실력 행사에 나선 것이다.

생각을 정하고 방금 그렇게 물어봤지만, 그 질문에 대답한 것은 클레이만이 아니라, 맨 안쪽 자리에 앉은 이 자리의 지배자였다.

"아니. 이 자리에선 모두에게 공평하도록, 자신의 말만으로 상대에게 호소하는 걸 인정하고 있다."

붉은 머리카락의 마왕, 기이가 그렇게 대답했다.

재미있다는 표정으로 매력적인 미소를 짓고 있다.

"그러나 기이, 이 녀석은 마왕을 모욕——."

"입 닥쳐라. 내가 마음에 들지 않는다면, 이건 너와 나의 문제가 아니냐?"

"그 말이 맞다, 클레이만. 너도 마왕이라면, 너 자신의 힘으로 그 마인을 쓰러뜨려라. 그리고 너——."

기이는 클레이만에게 그렇게 말하면서 입을 다물게 한 뒤에, 나를 바라봤다. 그리고 계속 말을 잇는다.

"마왕의 이름을 칭할 생각은 있는 거냐?"

"그래. 이미 쥬라의 대삼림의 맹주를 받아들였으니, 남들의 시선으로 보면 마왕이니까 말이지."

경위는 어찌 됐든 간에 사룡과 손을 잡고 숲을 지배하고 있다는 식으로 받아들여지겠지. 그러니까 마왕으로 불리는 것을 부정할 생각은 없다.

"그러면 좋다. 마침 여기에 지켜봐 줄 사람도 다 모여 있다. 우리 앞에서 클레이만을 이긴다면 마왕의 이름을 칭하는 걸 허락하마."

기이는 그렇게 선언했다.

클레이만에게 이기기만 하면 모든 게 정리된다.

바라던 대로의 전개가 되었다.

*

갑자기 냉정함을 되찾은 것처럼 클레이만이 나섰다.

"큭큭큭, 이거 참. 내 손을 더럽히기 싫어서 계책을 꾸몄는데, 오히려 일이 더 번거롭게 되어버렸군. 정말 큰 실수를 했군요."

웃으면서 그렇게 말하는 클레이만.

뭔가 개운해진 것 같은 모습인데?

클레이만은 너무나도 잔혹한 미소를 지으면서 나를 바라봤다.

그리고——,

"당신이 나설 차례입니다, 밀림."

그렇게 조용히 말했다.

그 자리의 분위기는 순식간에 긴박해졌으며, 마왕들에게까지 긴장감이 일었다.

물론, 몇 명은 여전히 느긋한 자세를 유지하고 있지만.

나도 밀림 쪽을 바라본다.

아껴둔 비장의 수── 그건 밀림을 조종하고 있다는 자신감이었다.

그걸 지금, 클레이만은 망설임 없이 사용했다.

밀림은 역시 조종을 당하고 있었나…….

"잘도 말하는구나, 너. 그렇게 실컷 말해놓고서, 결국에는 다른 사람에게 의지하는 거냐? 그것도 모자라, 부려먹고 때리기까지 한 밀림을 끌어들일 줄이야."

그런 식으로 말하면서 클레이만을 도발해봤지만…… 역시 클레이만은 이런 것에 반응할 바보가 아니었다.

"시시한 도발을 하는군. 물론, 나도 싸울 거다. 기이, 불만은 없겠지?"

"상관없다, 클레이만. 밀림이 자신의 의지로 널 돕는 거라면 내가 말릴 일은 물론 아니지."

아주 위험하다.

클레이만은 그렇다 쳐도, 밀림은 위험하다.

기이도 순순히 허가를 내렸으니, 밀림과의 싸움은 피할 수 있을 것 같지 않다.

밀림이 상대라면, 지금의 나라고 해도 불리하다.

그리고 어떻게든 구해주고 싶다.

아니, 구해줄 것이다!

그때, 인형처럼 움직임이 없었던 밀림이, 주먹을 불끈 쥐고 승리 자세를 취한 것 같이 보였다…….

——아니, 한순간이었으니 기분 탓이겠지.

정말, 불쌍하게도.

이제 곧 해방시켜줄게, 밀림.

나는 마음속으로 그렇게 맹세한다.

"뭐, 좋아. 나도 어차피 밀림을 구해줄 생각이었으니, 완력을 써서라도 네 세뇌를 풀어주도록 하지."

"웃기지 마라! 너는 절망 속에 죽게 될 거다."

"죽는 건 너다, 클레이만. 어차피 네 상대로는 내 부하 정도가 딱 적당한 상대겠지. 내가 나서면 약자를 괴롭히는 꼴이 될 테니까 말이다."

내 말에 얼굴이 굳어지는 클레이만.

분노 때문인지, 시커먼 오라를 내뿜기 시작하고 있다.

역시 마왕, 나름대로 굉장한 위압감이 있군.

하지만, 결국은 그 정도뿐이지만.

하지만 이걸로 클레이만은 분노와 초조함으로 인해 빈틈이 생겼을 것이다.

내 대신 시온이 싸우겠지만, 그녀라면 그걸 잘 이용할 수 있을 것이다.

내가 시온을 바라보자, 그녀는 바로 움직였다. 순식간에 간격을 좁히면서 클레이만에게 공격을 가한 것이다.

시온은 주먹에 오라를 두른 채로, 그 한순간에 30발 정도는 두들겨 패고 있었다.

그리고 개운해진 표정으로 나를 돌아보면서, "이러면 됩니까?"라고 내게 물은 것이다.

…….

너 말이다, 보통은 때리기 전에 묻는 거 아니냐?

게다가, 나는 너를 힐끗 바라봤을 뿐이라고.

――알고 있겠지? 내 말로 클레이만이 격노했으니까, 그 틈을 노려라.――

라는 신호이기는 했지만, 순식간에 이렇게 두들겨 팰 줄은 생각도 못했다.

이런 공격이면, 빈틈을 만든 의미가 없었던 것 아냐……?

뭐, 이미 벌어진 일은 어쩔 수가 없다.

클레이만은 두들겨 맞은 충격으로 인해 내 바로 앞, 원형의 중심 부근까지 날아왔다.

"너, 너, 너 이 자식―――!!"

그렇게 소리치면서 클레이만은 일어섰다. 생각했던 것보다 터프하다.

클레이만을 휘감은 시커먼 오라가 짙어지면서, 클레이만의 상처를 순식간에 회복시킨다.

오크 로드가 보였던 회복 능력을 월등히 상회하고 있지만, 마왕이라면 이 정도는 보통이라는 생각이 든다.

클레이만은 시온을 적수로 보기 시작한 것 같다.

뭐, 이것도 일단은 계획대로 된 건가.

"바라는 대로 모조리 죽여주마."

클레이만의 말에 따라, 그의 다리 쪽으로 도망치고 있던 여우가 거대해진다.

《알림. 뮬란의 얘기에 등장했던 나인헤드(구두수, 九頭獸)로 추측됩니다.》

아아, 그러고 보니 그런 이야기를 했었지.

역시 애완동물이 아니라, 강대한 힘을 지닌 부하였다.

그리고 또 하나, 클레이만의 그림자에서 검은 로브를 입은 자가 솟아나온다.

이 두 사람이, 클레이만을 따라온 부하인 모양이다.

그리고 내 쪽은, 시온은 이미 전투태세.

란가도 거대해지면서 싸울 자세를 갖춘다.

어라? 밀림이 참가한 탓에 수적으로 밀리고 있는데…….

아니, 아니, 아직 당황하고 있을 시간이 아니다.

그러기 위해 베레타── 앗?!

우리들이 싸우는 무대가 된 원탁이 있었던 장소에 발을 디딘 순간, 그 장소가 이미 결계로 격리되어 있었던 것이다.

공간이 확장되면서 주위에 있던 의자가 멀리 보인다.

마왕들에게 영향을 끼치지 않도록, 강한 장벽도 펼쳐져 있는 것 같다.

뭐, 무대가 될 공간을 만든 시점에서, 이렇게 될 거라는 예상은 했지만…….

도와주러 왔어야 할 베레타가 아직 들어오지 못했다.

큰일이다, 생각지도 못한 함정──이라고 생각한 순간, 클레이만이 소리쳤다.

"밀림, 그 녀석을 죽여라!!"

클레이만의 노성이 크게 울렸다.

밀림이 움직인다.

나를 향해 뻗은 주먹.

그 주먹에는 분명하게 필살의 위력이 담겨져 있다.

하지만 '사고가속'으로 100만 배로 강화된 감각을 동원하면 피하는 것이 불가능하진 않았다.

그렇다, 불가능하지는 않다. 그러나 여유는 없다.

볼을 스치는 작열의 덩어리.

깜짝 놀랄 정도의 속도다.

라파엘의 성능을 풀로 활용하고도 완전히 피해내지 못할 줄이야.

반격하려는 생각을 하다가는, 그게 빈틈이 되어서 치명상을 입을 것 같다. 그렇다면, 내가 할 수 있는 것은 필사적으로 밀림을 상대하면서, 밀림의 세뇌를 푸는 일에 집중하는 것뿐이다.

그래도 내 시야에는 '마력감지'에 의해 주위의 상황도 같이 흘러들어 온다.

그것을 처리할 수 있는 나 자신이 무섭다.

그런 여유를 부릴 수 있는 상황이 아니었다.

시온은 클레이만과 싸우고 있다.

그러나 클레이만의 부하인 검은 로브와 2 대 1로 싸우고 있으므로, 우세하다고 하긴 어렵다.

란가는 나인헤드와 싸우고 있다.

이쪽은 우세한가 했더니, 요괴 여우의 세 가닥 꼬리가 두 명의 마인으로 변화했다.
단번에 3 대 1, 란가가 불리하다.
그리고 내 상대는 밀림.
이미 나는 어떤 도움도 줄 수가 없다.
내가 밀림의 '해석감정'을 마칠 때까지 부디 살아남아 달라고 빌 뿐이다.
그렇게 되었으니, 뒷일은 맡기겠다!
그런 식으로 불리한 상황에서 치러야만 하는 싸움이 시작되어 버렸다.

●

베레타는 재빨리 움직였다.
자신도 참전하고 싶다고 라미리스에게 청원한 것이다.
라미리스에게도 이의는 없다. 곧장 기이에게 달려가서 물었다.
"나 좀 봐, 기이! 나는 리무루 편을 들 거니까, 내 베레타도 참전시키고 싶은데!"
라미리스가 소란스럽게 기이에게 제안하지만, 기이의 대답은 차갑다.
"안 돼."
라고 말하면서 전혀 받아들이지 않았던 것이다.
"왜?!"
"아앙? 마왕끼리 벌이는 싸움에 일개 부하 따위의 참전은 허락해줄 수 없어. 게다가 말이다, 저건 그 슬라임과 클레이만의 싸움이잖아? 네가 끼어들 이유가 없다고."

"무슨 소리를 하는 거냐! 밀림도 참전하고 있잖아."

"아아, 저 녀석은 괜찮아."

"무슨 소리야, 그게? 왜 나는 안 되는 건데?!"

귀찮구먼, 기이는 그렇게 생각했다.

라미리스는 평소에도 시끄러운 요정이지만, 한 번 소란스럽게 떠들어대기 시작하면 멈추지 않는다.

지금까지는 한 번도 라미리스가 부하를 데려온 적이 없었다. 그러므로 이번에 라미리스가 부하를 데려온 것에는, 무슨 이유가 있을 거라고 기이를 알아차리고 있었다.

밀림에게 무슨 생각이 있는 것으로 보이는 지금, 라미리스까지 참전한다면 혼란이 커지게 된다. 그걸 피하기 위해서라도 일부러 전투 구역을 격리한 것이다.

"시끄럽네, 밀림에겐 밀림 나름대로 생각이 있기 때문이겠지."

"그렇게 말하면 나는 아무 생각이 없는 것 같잖아?"

"아니란 말이야? 그리고 말이지——."

그때 기이는 라미리스를 따라온 부하 중의 한 명인 베레타를 본다.

"——네가 데려온 녀석은 누구에게 충성을 맹세하고 있지? 또 한쪽은 너를 지키는 것에 최선을 다하고 있는 것 같지만, 그 녀석은 아니로군. 너에게도 충성을 맹세하고는 있지만 완전하진 않아 보이거든? 그런 수상한 녀석을 믿어도 괜찮은 거냐?"

기이는 모든 것을 꿰뚫어 보고 있었다.

베레타의 충성이 라미리스에게만 향하고 있지 않다는 것을.

기이의 소중한 친구인 라미리스. 그 부하가 주인을 저울질하는 듯한 짓을 하는 것을, 기이는 가만히 용납할 생각이 없었던 것이다.

"그 말씀대로 분명히 저는 주인을 저울질하고 있습니다."

기이의 말을 듣고도 베레타에겐 망설임이 없다.

마스터(소환한 주인)로서의 리무루.

크리에이터(창조한 주인)로서의 리무루.

그러나 그와는 별개의 주인인 라미리스가 있다.

이 어쩔 수 없을 정도로 낙천적이고, 무모하며, 호기심이 왕성하면서, 그러면서도 겁이 많은 마왕을 베레타는 아주 좋아하게 되었다.

그렇기 때문에 그녀에게 휘둘리는 것이 힘들지는 않았다.

리무루의 바람은 라미리스를 지키는 것이며, 자신도 또한 라미리스를 따르는 것을 달갑게 여기고 있다. 그래서 아무런 모순이 발생하지 않았던 것이다.

그러나, 단 하나.

베레타는 리무루에게 은혜를 갚고 싶다고 생각했다.

이런 만남을 선사해준 리무루에게.

데몬(악마족)이었던 자신에게, 새로운 생명과 사명을 준── 그 은혜에 보답하고 싶다고 생각했다.

그리고 또한──,

"제가 그렇게 바라는 것과 마찬가지로, 라미리스 님도 또한 저분을 구하고 싶다고 바라고 계신다면──."

기이를 바라보면서 당당하게, 베레타는 그렇게 말했다.

"호오? 나를 보면서 겁도 먹지 않고 그런 말을 한단 말인가. 재미있군. 라미리스, 이 녀석의 말에 틀린 점은 없나?"

기이는 라미리스에게 묻지만, 그 표정을 본 것만으로 대답은 들을 필요가 없다는 걸 깨달았다.

"응! 물론이야! 그러니까 베레타, 나를 대신해서 리무루를 도와줘!!"

"흐응. 네가 바라기 때문에 이 녀석도 움직인다는 건가. 좋은 부하를 얻었잖아, 라미리스."

"으음. 얻은 게 아니야. 동료가 되어준 거야. 베레타도 트레이니도, 그리고 리무루도 말이지! 그리고, 그리고 엄청 많은 사람들이!"

라미리스는 그렇게 말하면서, 행복한 표정으로 웃는다.

"뭐, 그럼 됐지만."

기이는 라미리스가 말하고 싶은 바가 이해되지는 않았지만, 라미리스가 그걸로 좋다면 더 할 말은 없다.

귀찮다는 표정으로, 결계에 구멍을 내기 위해 손을 뻗었다.

"——감사합니다. 루쥬(태초의 붉은색)."

"그래. 그 호칭은 참아다오. 너한테도 기이라고 부르는 것을 허락하겠다. 단, 앞으로 라미리스 이외의 주인은 일절 인정하지 않겠다만, 그래도 되겠지?"

이름을 부르는 것을 허락한다. ——그것은 즉, 기이에게 있어 베레타도 인정할 만한 강함을 보유하고 있다는 의미였다.

그리고 지금, 주인을 정하라고 기이는 베레타에게 촉구한 것이다. 이 말을 어기려고 한다면, 지금 이 자리에서 기이는 베레타를 말살할 생각이었다.

하지만, 베레타는 즉답하며 승낙한다.

"그렇다면, 기이. 저는 앞으로 라미리스에게 모든 충성을 바칠 것을 맹세하겠습니다. 그러므로 단 한 번만, 리무루 님의 도움이 되는 것을 허락해주시기 바랍니다."

기이는 아주 약간 놀랐다.

데몬이란 존재는, 그 실력으로 주인에게 인정을 받고 싶어 하는 종족이다. 그런데도 이 베레타에게서는 실력이라는 기준을 중요하게 여기지 않는 듯한 느낌을 받은 것이다.

아무래도 기준이 이상하다. 즉, 이단이라는 뜻.

"그래도 괜찮으냐?"

"네. 리무루 님에겐 저보다 강한 자들이 따르고 있으니까요."

그렇군, 기이는 납득했다.

하지만 동시에, 이 정도의 실력자가 그리 쉽게 자신보다 강하다고 인정한단 말인가, 그런 의문도 생긴다.

"그리고 저는 연구가 좋습니다. 라미리스 님과 연구를 하면서 보낸 나날은, 그야말로 꿈만 같았던——이런, 실례. 제가 라미리스 님을 모시는 것은 리무루 님의 바람과도 일치합니다. 그러므로 걱정하실 필요는 없습니다."

베레타의 그 말에, 기이는 문득 어떤 악마를 떠올렸다.

자신이 좋아하는 일만을 추구하는, 이단의 대명사.

그 계통이라면, 베레타 같은 성격의 악마가 태어나도 이상할 건 없지만—— 그 악마는 웬만하면 권속(眷屬)을 만들지 않기로 유명했다.
아니, 아는 자는 안다고 할 정도의 존재였다.
"하나 묻겠다. 네 계통은──?"
베레타는 가면 속에 감춰진 맨얼굴을 일그러뜨리면서 웃었다.
"──저는 말단, 그레이터 데몬(상위 악마)이었습니다. 그렇지만 저와 같은 계통은 아주 수가 적을 것으로 생각합니다."
수가 적은 계통, 그것으로 확정이다.
지금의 베레타는 머리카락 색이 탈색되면서 은색이 되어 있지만, 아마도 원래 색은…….
"그런가. 어쩐지 날 두려워하지 않는다 했지. 그 계통은 제멋대로에, 흥미위주로 사는 녀석들이니까. 그런 네가 너 자신보다 강하다고 인정하는 자가 있단 말이냐?"
기이는 슬쩍 지금 싸우고 있는 시온과 란가 쪽으로 시선을 돌렸다가, 그런 뒤에 다시 한 번 더 베레타를 바라봤다.
확실히 시온과 란가는 강하다. 그러나 베레타도 밀리지는 않을 것이라 생각했다.
"그렇게 말씀해주시는 건 영광입니다만, 저는 아직 멀었습니다. 그분이 리무루 님을 모시고 있는 이상, 지금을 놓친다면 더 이상은 활약할 자리가 없을 거라고 봅니다."
"흠, 그렇단 말이지. 네 마음은 이해했다. 가도 된다."
결계는 이미 사람이 들어갈 정도의 구멍이 뚫려 있었다.
"그러면 이만 실례하겠습니다."
우아하게 인사를 한 뒤에, 베레타는 망설임 없이 전진한다.
그걸 지켜보는 기이의 입꼬리는 올라가면서 미소를 짓고 있었다.

기이는 알아차린 것이다.

베레타가 말하는 존재에 짐작 가는 바가 있었으니까.

(——그런가. 너도 움직이기 시작한 거냐, 느와르(태초의 검은 색)!!)

태고의 옛적에 결별한 오래된 지인.

그자가 따르는 자라고 하면, 눈앞에서 밀림과 싸우고 있는 슬라임은 상당히 재미있는 존재일 것 같다.

이단이 따르는 자도 또한 이단.

(이름이 리무루라고 했었지. 기억해두마.)

기이는 그렇게 생각하면서, 유쾌한 기분에 잠긴 채로 결말이 보이기 시작하는 싸움을 지켜본다.

●

위험하다.

뭐가 위험하냐 하면, 그야 당연히 밀림이다.

클레이만에 대한 분노 따윈 싹 달아나버릴 정도로, 밀림을 상대하는 것은 어려운 일이다.

포비오가 봤다고 하는 전투 형태를 취하고 있지 않으므로, 아직 진짜 실력으로 싸우는 것은 아니겠지만…… 그 실력은 상식을 벗어난 수준이다. 나는 이미 온 힘을 다해 싸우고 있었다.

대활약을 하고 있는 것은 라파엘이다.

솔직히 이 스킬(능력)이 없었다면 나는 예전에 죽었을 것이다.

말하자면 이런 느낌으로, 나는 밀림을 상대하는 것만으로도 벅찼다.

그런 중에도 내 부하들은 열심히 싸워주고 있었다.

수적으로 불리, 그렇게 생각하고 있었는데…….

란가는 스타 리더(성랑장, 星狼將)라는 지휘관급의 권속을 두 마리 소환하여, 3 대 1의 상황을 3 대 3으로 돌려놓고 있다.

듣기로는, 세 마리까지 동시 소환이 가능하다고 들었다. 또 한 마리는 고부타가 불러낸 상태라, 이 이상의 전력 증강은 무리일 것 같지만.

하지만 그걸로 충분했다.

나인헤드는 엄청나게 거대한 에너지(마력요소)양을 자랑하지만, 전투 경험은 적은 모양이다.

란가는 시종 우세하게 싸우고 있었던 것이다.

단, 나인헤드가 소환한 두 마리의 마수는 생각했던 것 이상으로 상대하기 번거로워 보였다.

백원(白猿)과 월토(月兎), 그게 '해석감정'의 결과이다.

높은 지능을 가졌으며 연계 공격을 펼친다. 그게 너무나도 번거로운 점이었다. 월토가 중력을 조종하면서, 전투 영역의 중력을 높인다. 그 속을 백원이 종횡무진으로 돌아다니면서 날뛰었고, 나인헤드가 마무리 공격을 날린다.

그런 필승의 패턴이 있었던 것이다.

란가는 그것을 꿰뚫어 보고, 적의 연계 공격을 무너뜨리고 있다.

큰 기술을 쓰면 승부를 일찍 낼 수 있겠지만, 란가는 시온이 말려들지 않을까 하는 생각에 주저하고 있는 모양이다.

우세하긴 하지만, 결정타가 부족한 것 같다.

그리고 시온 쪽은 어떤가 하면——,

기합으로 어떻게든 버텨내고 있었다.

검은 후드의 정체는 정교한 마인형(魔人形)이었다.

대놓고 말해서, 클레이만보다도 강하게 보인다.

"후하하하하, 내 최고 걸작인 비올라는 어떻습니까? 아름답지요?"

클레이만은 자신만만하게 굴지만, 확실히 그런 태도도 납득이 간다.

강하다는 건 틀림이 없을 것이다.

하지만 아름답다고 묻는다면, 아름답지 않다는 게 답이 되겠다.

왜냐하면, 온몸에서 검이니 창이니 하는 게 튀어나오는걸.

하나하나가 유니크(특질) 급의 무기이며, 방어구도 또한 유니크급이지만, 역시 너무 잔뜩 채워놓았다는 느낌이 드는 바람에 아름답지가 않은 것이다.

염열, 전격, 빙설, 압괴(壓壞), 공명(共鳴), 그 외의 수많은 공격 수단이, 그야말로 무진장으로 생각될 정도로 튀어나오고 있었다.

하지만, 시온은 그걸 전혀 신경 쓰지 않는다.

적으로 대하게 되면 번거로운 스킬(능력), '초속재생' 덕분이라고 하겠다. 어떤 대미지를 입어도 시온은 순식간에 회복해내고 만다.

지금은 클레이만과 비올라의 연계를 상대하느라, 공격으로 쉽게 전환하지 못하고 있는 것 같지만, 그런 만큼 시온의 분노 게이지도 차오르고 있을 것이다.

그게 폭발하면 무서워질걸.

그렇게 생각했더니, 시온을 도와주는 자가 난입했다.

"오래 기다리게 해서 죄송합니다. 리무루 님, 저도 도움이 될 수 있게 허락해주십시오."

오오, 베레타다!

어떻게 온 건지는 모르겠지만, 이 격리된 전투 구역으로 들어올 수 있었던 모양이다.

"기다리고 있었다, 베레타!"

"넷!"

"쓸데없는 간섭을……. 이제 곧 제가 이 어리석은 자들을 산산조각으로 만들어줄 참이었단 말입니다!"

시온이 분하다는 듯이 투덜대고 있지만, 그냥 흘려들으면 된다.

"사양할 필요는 없다. 쳐부숴라!"

""""넷——!!""""

이것으로 상황은 원래 계획했던 대로 되었다.

*

이제 지지 않는다.

첫 단계에서 약간 예정이 빗나가긴 했지만, 이렇게 된 이상 우리의 승리는 흔들리지 않을 것이다.

문제가 있다고 하면…….

아직도 진짜 실력을 발휘하지 않는 것으로 보이는 밀림.

그런 밀림을 해방시켜주면 완전 승리다.

뒤를 살펴야 할 걱정이 사라진 지금, 나는 밀림에게 모든 의식을 집중한다.

주위의 잡음이 사라졌다.

의식을 날카롭게 만들면서, 밀림만을 바라본다.

조금 전보다 확실하게 그 주먹의 궤도가 보였다.

집중한다.

온몸의 세포를 모두 연산에 쓸 것 같은 기세로.

내가 진다면 의미가 없다.

어떻게 해서든 밀림을 조종하는 클레이만의 주박을 풀 것이다.

자, 라파엘(지혜지왕). 최선을 다해 '해석감정'을 해다오!

남에게만 의지한다고 남을 비난해놓고, 자신은 라파엘을 의지하는 거냐고? 뭔가 착각을 하고 있는지 모르겠지만 라파엘은 내 힘입니다.

내 마음에 한 점도 거리낄 게 없다!

그러므로 잘 부탁합니다.

《해답. '해석감정' 결과……해당 없음.》

뭐? 뭐어어?!

어, 그게 무슨 뜻이지?

설마, 클레이만 정도 되는 녀석이 건 주술을 파악하지 못했다는 거야?

《어떤 주술인지 확인할 수 없었습니다. 이건——.》

이봐, 잠깐, 그런 반응은 쓸모없다는 정도의 레벨이 아니라고!

지금까지는 집중이 안 되어서 해석을 할 수 없는 줄 알았더니, 최선을 다해도 불가능했던 모양이다. 그러기는커녕, 주술 자체를 발견도 못 했을 줄이야.

라파엘, 정작 중요한 때에 의지가 못 되는군.

위험한데, 이대로는 아주 위험해.

내가 밀림과 정면으로 붙어서 승리할 확률은, 말하기는 좀 그렇지만 엄청나게 낮다.

이렇게 된 이상 어쩔 수 없다. 시온 일행이 클레이만을 쓰러뜨릴 때까지, 내가 어떻게든 버틸 수밖에 없다.

그렇게 각오를 굳히고, 나는 밀림과 상대했다.

그렇다고는 해도, 나도 상당히 강해진 셈이다. 조종당하는 상태라 아직 진짜 실력을 내고 있는 건 아니겠지만, 밀림을 상대로 제대로 맞싸우고 있는 중이니까.

예전 같으면 1분도 버티지 못하고 땅에 쓰러졌을 것이다.

그렇지만 지금은 이미 10여 분, 전력을 다한 전투를 유지할 수 있는 것이다.

혹시나, 진심을 다해서 때리면 원래대로 돌아오거나 하는 거 아냐?

그런 생각이 슬쩍 머릿속을 스쳤지만, 아무래도 밀림을 때린다는 건 내 스스로 정한 룰을 어기는 것이다.

《제안. '벨제뷔트(폭식지왕)'에 의한, 에너지 흡수 공격을 제안합니다.》

응? 으응?! 그런 방법이 있었나!

곧바로 실행한다.

직격을 받으면 내 쪽이 대미지를 입기 때문에, 어디까지나 공격을 흘려보내는 게 메인이 된다. 밀림의 펀치와 킥의 궤도를 바꾸듯이, 슬쩍 옆에서 힘을 더해주는 셈이다.

그때, '벨제뷔트'를 써서 에너지의 흡수를 시도했다. 이 방법은 상당히 유효했는지, 밀림이 내키지 않는 표정으로 거리를 벌린 것이다.

작고 작은 대미지지만, 이건 좋은 방법인 것 같다.

밀림의 공격은 모두 오라(용기, 竜氣)에 의해 보호를 받고 있었다. 그러므로 손을 대기만 하면서 그걸 빼앗아버리면, 조금씩이라도 밀림의 체력을 줄일 수 있는 방법이다.

하지만, 이걸로 이길 수 있는지를 따진다면 이야기는 달라진다.

진심으로 승리를 노린다면, 아낌없이 모든 힘을 발휘할 필요가 있다. 그렇게 하고도 이길 수 있다는 보장 따윈 없는 데다, 가령 이길 수 있다고 해도, 다른 마왕들 앞에서 자신의 패를 다 드러내는 꼴이 되어버린다.

그렇게 되면 대국적으로 볼 때 패배가 된다.

지금의 내가 할 수 있는 것은, 이렇게 조금씩 대미지를 쌓으면서 밀림의 주박이 풀리기를 기다리는 것뿐.

시온이 재빨리 클레이만을 쓰러뜨려주기를 기대하자.

얼마나 공방을 주고받기를 되풀이했을까.

공방이라고 말은 하지만, 나는 철저하게 방어에 임하고 있다.

실패하면 즉시 퇴장이라는 가혹한 규칙으로, 밀림의 공격을 막아내고 있었다.

밀림의 주먹이 으르렁거리면서, 내 오른쪽 뺨을 스쳤다.

집중하지 않으면 회피조차 불가능하다.

한 발의 직격으로 내 몸은 가루가 되어버릴 것이다.

내게는 '무한재생'이라는 '초속재생'조차도 상회하는 회복 수단이 있지만, 이것을 지나치게 사용하면 마력요소가 너무 심하게 소모된다. 산산조각이 난 뒤에도 재생은 가능하겠지만, 그런 짓을 반복하게 되면 내 쪽이 먼저 체력이 바닥나게 되어버린다.

집중. 그리고 집중.

밀림의 움직임이 어떻게 변할지를 읽는다.

밀림의 오른쪽 주먹 모양이 변화했다.

이건 펀치처럼 보이게 만든 용아(竜牙)라는 기술이다.

아까와 마찬가지로 뺨을 스친 후에, 주먹을 되돌릴 때 손톱으로 내 목을 긁는다.

그건 그야말로 용의 이빨, 내 목은 몸통에서 절단될 것이다. 그러므로 이 기술에 대처하려면, 회피가 아니라 옆으로 받아내는 것이 정답인 것이다.

밀림이 시도한 용아를, 나는 왼손을 써서 안쪽에서 바깥쪽으로 밀어내듯이 받아낸다. 왼손에 작열하는 열기가 발생한 것 같은 감각. 엄청난 에너지가 폭발하면서, 공격을 받아낸 왼손이 큰 대미지를 입었다.

흘리면서 받아내는 데도 이 정도 위력이다.

정면에서 주고받는다는 것은 제정신으로 생각할 수 있는 것이 아니다.

절대적인 파워라는 것은, 그것만으로 상대를 압박하는 필살기가 된다. 나는 지금 그걸 체감하며 학습하고 있는 것이다.

그러나 왼손을 희생하지 않았다면, 그 공격이 바로 치명상이 되었을 것이다. 그러므로 이 결과로 충분하지만, 밀림의 터무니없는 힘에는 뭐라고 한마디 해주고 싶다.

그런 내 마음이 통했는지, 생각지도 못한 좋은 기회가 찾아왔다.

그때, 밀림이 밸런스가 무너진 자세 그대로, 남은 왼손으로 무리하게 펀치를 날린 것이다.

찬스!

《알림. 함정으로 추정——.》

앗?! 그렇게 생각했을 때는 이미 늦었다.

라파엘의 냉정한 지적을 듣지 못하고, 나는 공격을 시작하고 말았던 것이다.

나는 밀림의 왼손을 붙잡고 던지기 공격을 날리려고 생각했다. 밸런스가 무너진 밀림이라면, 업어치기로 던지는 것도 가능하리라 생각했기 때문이다.

그러나, 그게 밀림의 함정이라고 한다면……?
밀림은 왼손을 떡 멈추면서, 씨익 하고 미소를 짓고 있다.
제대로 걸렸구나! 하는 표정이다.
위험해애애애애애———!!
나는 밀림이 보는 앞에서 내 몸을 회전시키듯이 하면서, 두 손은 밀림의 왼손을 붙잡으려고 내뻗은 상태였다.
나는 '마력감지'로 마치 남의 일인 양 그 동작을 보고 있었는데, 완전히 빈틈투성이였다.
완전히 외통수다. 게임 오버.
밀림의 주먹이 움직이기 시작하면서 내 머리에 직격——하기 직전에, 나와 밀림 사이에 누군가가 끼어들었다.
빠아악!!
둔탁한 소리가 울려 퍼진다.
"크억?! 갑자기 무슨 짓이야? 너무한 거 아냐."
나타난 자는 갈색 피부에 금발의 남자.
왠지 모르게 나와 얼굴이 비슷한…… 잠깐, 베루도라 아냐?!
베루도라는 머리를 감싸 안으면서 웅크리고 있었다.
상당히 아플 것 같지만, 밀림의 펀치를 직격으로 받았으면서도 그 정도의 대미지라면 걱정할 필요는 없을 것 같다.
"잠깐, 베루도라, 왜 여기에 나타난 거야?!"
나는 그 틈에 자세를 다시 바로잡고, 밀림을 향해 방어 자세를 갖추면서 물어봤다.
"끄응, 심한 꼴을 당했군."
"그건 됐고, 도시에 무슨 일이라도 생긴 거야?"

"아무 일도 없어. 디아블로라는 녀석이 돌아오면서, 방어도 더 강화된 상태야."

뭐라고오오? 디아블로가 돌아와 있다고?

그렇게 빨리 파르무스 왕국의 공략이 완료될 리가 없을 텐데…….

어쨌든 좋다. 지금 중요한 건 베루도라다.

"그래서 넌 뭘 하러 온 건데? 구경하러 온 거라면 돌아가."

"리무루, 너도 제법 말이 심하구나……. 뭐, 됐어. 내가 온 용건은 이거야!"

두우———웅! 하는 효과음이 들릴 것 같은 기세로 베루도라가 내민 것은, 내가 준비해준 만화책이었다.

그 마지막 권, 그걸 베루도라가 내밀고 있다.

"이게 어쨌다는 거야?"

영문을 몰라서 물으니, 베루도라는 울분을 터뜨리는 듯한 표정으로 불만을 말하기 시작했다.

"어쨌다는 거야, 가 아니지! 안은 완전히 다른 이야기잖아! 한창 재미있는 부분일 때 뒷내용을 이런 식으로 만들어놓다니, 날 골탕 먹이려고 이러는 거야?"

아, 아—아! 이제 생각났다.

골탕 먹이려고 그랬던 게 틀림없다.

내 말을 잘 들으면 뒷부분을 넘겨주려고, 그렇게 길들일 생각으로 장난질을 쳐놓았던 것이다.

설마, 놔두고 온 만화가 그거였을 줄이야.

그건 그렇고 베루도라 녀석, 그걸 읽고 싶다는 이유 하나만으로 여기까지 찾아왔다는 말인가…….

이, 격리된 전투 구역까지.

내 얼티밋 스킬 '라파엘'이라면, '무한뇌옥'에서도 불러낼 수 있다고 하지만…… 불러내지 않아도 베루도라가 먼저 찾아올 수 있는 거구나.

하나 더 알게 되었지만, 지금 그건 아무 상관이 없다.

도시에는 디아블로가 있다고 하니, 모처럼 이렇게 된 거, 이 상황을 이용하자.

"좋아, 다음 권을 주기 전에 부탁할 게 하나 있어."

"응? 뭔데?"

"거기 있는 밀림과 잠깐만 놀아줘. 단, 절대 다치게 하면 안 돼."

"밀림? 아아, 우리 형의 외동딸 말인가. 만난 건 처음이지만, 아직 어린애로군. 좋아, 내게 맡겨!"

베루도라는 가볍게 승낙해주었다.

만화의 뒷부분이 읽고 싶어서인지, 밀림에게 흥미가 생긴 것인지, 뭐, 어느 쪽이든 상관없지만 말이지.

우리 형의 외동딸――이라는 말이 마음에 걸리지만, 지금은 그것도 뒤로 미루기로 한다.

밀림은 방심하지 않고 이쪽을 바라보고 있었지만, 베루도라에 흥미를 느낀 모양이다.

눈이 반짝반짝 빛나는 걸 보니, 내가 자리를 벗어나도 괜찮을 것 같다.

밀림과 베루도라, 과연 어느 쪽이 강할까. 그것에도 흥미가 느껴졌지만, 적어도 나보다 강한 베루도라라면 확실히 시간 벌이는 될 것이다.

이 기회를 제대로 이용해야 한다.

이걸로 나는 자유롭게 되었으니, 당장 클레이만을 쓰러뜨려서 끝장을 내자고 생각한 것이다.

*

어디 보자, 밀림에게 집중하고 있는 동안에, 상황은 어떻게 변했으려나?

베루도라와 밀림에 관해선 신경 쓰지 않기로 하고, 나는 우선 란가 쪽으로 눈을 돌렸다.

가장 위태롭게 밀리고 있는 것처럼 보였기 때문이다.

"란가, 괜찮으냐?"

"오오, 리무루 님. 저는 문제없습니다만, 조금 난감한 상황입니다."

역시 무슨 일이 있었던 건가.

아무래도 공격에 정교함이 모자란다는 생각이 들었는데, 공격하다 지친 것만은 아니었던 모양이다.

"무슨 일이지――?"

그렇게 란가에게 물어보려고 했을 때, 나도 원인을 알 수 있었다.

――와줘. 도와줘. 도와줘!!

울부짖는 어린애 같은 목소리, 그게 '사념'이 되어 나인헤드(九

頭獸)에게서 흘러나오고 있었던 것이다.

백원과 월토는 겁을 먹고 떠는 주인을 지키려고 하고 있었을 뿐. 그래서 패배를 인정하지 않고 필사적으로 저항을 계속하고 있었던 것이다.

과연, 지금 구해주마.

"란가, 백원과 월토를 막아라. 날 방해하지 못하게 해라."

"알겠습니다."

란가가 백원을, 스타 리더(성랑장) 두 마리가 월토를 제압한다.

그리고 나는 위협을 하는 나인헤드에게 다가간다.

클레이만에게 조종당하고 있는 가여운 어린아이에게.

《알림. '해석감정' 결과…… 데몬 도미네이트(지배의 주술)입니다. 해제하시겠습니까?

Yes / No》

이번에는 쉽게 조종하고 있는 주술을 발견했고 해제할 수 있었다.

밀림을 상대하고 있을 때에 이 유능한 모습을 보여주길 바랐는데.

뭐, 좋다. 내가 지배를 푼 순간, 나인헤드는 기쁜 표정으로 한 번 울더니, 지쳤는지 잠이 들어버렸다.

작은 동물 같아서 정말 귀엽다.

꼬리가 세 개 있으며, 털도 금색이지만, 그 이외는 정말 귀여운 아기 여우의 모습이 되어 있었다.

옆에서 란가가 질투를 하고 있는 것 같지만, 너는 네 나름대로 멋지면서 귀여워.

"이 아이를 지켜다오."

"알겠습니다, 나의 주인이여."

나는 란가를 쓰다듬어주면서 아기 여우를 란가에게 맡겼다.

이것으로 란가의 상대는 정리가 되었다.

다음으로 시선을 돌린 쪽은 베레타다.

이쪽은 이미 끝나 있었다.

베레타가 기쁜 표정으로 유니크(특질) 급의 무기와 방어구를 늘어놓고 닦고 있었던 것이다.

"잠깐, 거기 너어! 뭐 하고 있는 거야?!"

"아차, 이런, 리무루 님. 제 활약을 보여드리지 못해서 아쉽습니다만, 이런 식으로 전리품을 준비하고 있었습니다."

공손히 나를 향해 고개를 숙이면서, 베레타는 그렇게 말한다.

전리품이라니…….

클레이만의 최고 걸작이라던 비올라는 뭐라 말할 수 없이 무참한 모습으로 분해되어 있다. 이것도 라미리스에게 바칠 선물인 모양이다.

베레타도 강할 거라 생각했지만, 상처 하나 없이 그 병기고 같은 마인을 쓰러뜨릴 줄이야…….

하지만 그보다도,

"이봐, 베레타. 너 말이다, 이런 말을 하는 것도 좀 그렇지만, 라미리스의 못된 점만 닮는 것 아니냐?"

"——?!"

베레타는 놀란 표정으로 나를 봤다, 고 생각한다. 가면으로 맨 얼굴이 가려져 있어서, 기척으로밖에 느낄 수 없었지만.

여기서 내가 한마디 충고해둬야겠다. 이대로 두면 베레타가 라미리스의 못된 부분만 본받게 되어버릴 것이다.

"내 기분 탓이라면 다행이지만, 그 전리품을 어떻게 할 생각이었어?"

"이, 이건 말이지요…… 리무루 님께 바치려고 생각하고 있었습니다……. 이걸 받아주시면 저와 라미리스 님이 머물 곳을 제공해주시지 않을까 하고, 어리석게나마 그런 생각을 하고 있었습니다."

응? 머물 곳을 제공……?

확실히 라미리스는 우리 도시에 이주하고 싶어 했지만, 왜 갑자기 베레타가?

"왜 네가 그런 일에 신경을 쓰고 있는 거지?"

"——실은 말이지요."

베레타의 설명은 참으로 어이가 없는 것이었다.

듣자하니, 우리를 도우러 가려고 할 때에, 기이에게 주인을 정하라는 압박을 받은 모양이다.

그때 베레타는 이번만 나를 도운 후에, 라미리스를 모시겠다고 선언했다고 한다. 하지만, 베레타도 교활한 악마였던 녀석이라, 그 대답에 대해서 빠져나갈 방법을 제대로 생각해둔 모양이다.

라미리스가 우리 도시로 옮겨 와 살게 되면, 그대로 자신도 따라갈 수 있는 것이다. 그렇게 되면 라미리스를 통해 내게도 도움이 될 수 있을 거라 계산했다고 한다.

궤변에 가까운 변명을 당당히 늘어놓고 있었다. 그렇게 당당하게 말하는 베레타는 그야말로 악마라고 해도 좋을 존재였다.

"너 말이다……. 아니, 정말 라미리스를 닮아가고 있는 것 같은데?"

"칭찬을 받는 것 같지는 않습니다만, 영광입니다."

칭찬하는 게 아니야!

정말, 잠깐 안 본 사이에 뻔뻔하게 성장했구나.

그렇지만, 그 성장한 모습은 재미가 있군.

"뭐, 그 건은 일단 보류하자. 머무를 곳이라고 해도 쉽게 준비할 수는 없는 노릇이니, 일단 생각은 해두마."

"네, 잘 알겠습니다."

베레타도 기쁜 표정으로 그렇게 납득했으니, 지금은 그걸로 충분하다고 치고 넘어가자.

베레타의 의견은 나중에 생각하기로 하고, 마지막으로 남은 시온 쪽으로 눈을 돌렸다.

그리고 그 자리에선 지금 그야말로 승부가 끝이 나려 하고 있었다.

*

클레이만은 어깨를 크게 들썩이며 숨을 내쉬면서, 증오스럽다는 표정으로 시온을 노려보고 있다.

아무래도 시온의 실력이 강하다는 것을 인정한 모양이다.

뭐, 확실히 클레이만과 시온은 막상막하인 것처럼 보였지만, 그건 터무니없는 착각인 것이다. 왜냐하면 시온에게는 '초속재생'이라는 말도 안 되는 비장의 수가 있기 때문이다.

힘은 호각이라도 장기전을 소화할 수 있는 능력은 시온이 앞서고 있었다.

언뜻 호각으로 보였던 공방이었지만, 내가 밀림과 싸우던 동안에도 클레이만이 지쳐가는 모습이 눈에 띄고 있었다.

내가 도울 필요도 없이 시온이 승리할 것이다.

시온의 우세가 확실해진 지금, 클레이만에게 초조한 빛이 드러나고 있었다.

"이 정도입니까? 마왕을 자칭하기엔 너무 약하군요."

시온 녀석, 봐주는 게 없군.

클레이만을 완전히 깔보는 모습이다.

"네, 네 이놈, 용서하지 않겠다! 가라, 마리오네트 댄스(춤추는 인형들)!!"

그렇게 말하면서 클레이만이 내보낸 것은 다섯 개의 인형이었다. 그것들은 순식간에 마인으로 변모하여, 시온을 공격한다.

하나하나가 상위 마인 클래스.

클레이만이 흡수한 마인들의 영혼을 인형에 집어넣고, 언제든지 조종할 수 있도록 준비해둔, 숨겨둔 전력이었던 모양이다.

수단 방법을 가리고 있을 때가 아니라고 판단한 클레이만이 단번에 비장의 수를 보인 것이다.

평범한 마인을 쓰러뜨리기에는 충분할 정도의 전력.

그러나――,

시온은 애도인 대태도를 뽑아 들면서, 다섯 명을 한꺼번에 베어버렸다.

“시시하군. 정말로 대단한 건 없는 모양이군요.”

전혀 지친 기색도 없이, 시온은 그렇게 내뱉었다.

아까부터 계속 싸우고 있었지만, 여전히 다친 곳은 없다.

시온 쪽이 더 마왕에 걸맞은 품격을 보이고 있다.

그에 비해 클레이만은 부들부들 떨면서, 굴욕에 가득 찬 표정으로 소리친다.

“우, 웃기지 마라, 이 자식! 이겼다고 자만하는 건 아직 이르다! 마리오네트 댄스는 순식간에 회복하여 너를 노린다. 지금부터가 진짜란 말이다!”

지는 게 분해서 하는 소리가 아니라, 정말로 그런 효과가 있었나 보다.

시온은 흐응, 하는 느낌으로 기다리고 있었지만, 인형이 다시 일어날 기미는 없었다.

그것도 당연한 것이, 제대로 이유가 있었던 것이다.

“마, 말도 안 돼……. 왜 부활하지 않는 거냐?”

초조한 표정을 지으면서, 클레이만이 중얼거린다.

자랑거리인 전력이 일어나지 않았으니, 그 경악하는 마음도 이해가 되지 않는 것은 아니다.

그러므로, 잠깐 설명해주기로 하자.

“으음, 귀찮으니 가르쳐주지. 시온이 지닌 대태도는 소울 이터(영혼을 먹는 자)야. 그 인형 말인데, 물리와 정신, 양쪽에 다 적용되는 방어 술식은 도입하지 않았지? 너무 안일하게 만들면, 일격으로 부서지게 돼."

이 정도는 숨길 만한 것도 못 된다.

클레이만은 내 먹이가 되어줘야 하니까, 알고 싶다면 가르쳐주기로 하자.

"저, 정신 공격도 겸비한 칼이라고?!"

"딱히 드문 것도 아니잖아. 인간도 가지고 있었는걸?"

"마, 말도 안 돼! 그건 유니크(특질) 급 중에서도 희귀한 힘이 아니냐!"

"흐응. 뭐, 어찌 됐든 상관없어. 내 동료가 만들어낸 칼이니까."

시온의 대태도는 히나타의 검을 참고로 내가 개량한 것이었다. 스피리추얼 보디(정신체) 그 자체에 대한 공격을 할 수 있도록 말이다.

정말로 영혼을 잡아먹는 것은 아니지만, 정신 생명체에도 대미지를 줄 수가 있는 칼로 만들어져 있다.

위력에 따라서는 레지스트(저항)를 쓰지 않으면 즉사한다거나, 일곱 발을 맞춰야 한다는 제한 같은 것은 없다. 그러므로 확실히 죽일 수는 없지만, 시온은 섬세한 공격은 잘 못 하니 문제가 없는 것이다.

그 이전에 물리와 정신의 양면에 적용되는 공격이므로, 일곱 발이나 필요로 하지 않을 테니까.

"호오, 그랬단 말인가요. 이건 '고우리키마루(剛力丸), 개(改)'였던 것이군요!"

몰랐단 말이냐…….

건네줄 때 설명했을 텐데? 뭐, 딱히 상관은 없지만.

역시 시온은 자잘한 이론이나 설명 같은 건 기억할 마음도 없는 것 같으니, 지금의 성능이 딱 맞는 답이었던 것 같다.

"크, 큭큭큭, 그랬단 말입니까. 그 칼의 힘으로 나랑 싸울 수 있었단 말이군요. 그렇다면 그 시건방진 칼까지도 내 컬렉션에 넣어주도록 하죠! 받아라, 데몬 마리오네트(조마왕지배, 操魔王支配)!!"

뭔가 착각을 하고 있는 것 같은 클레이만.

클레이만이 양손에서 뽑어낸 불길한 검은 실 계통의 빛은, 시온의 몸을 둘둘 감기 시작한다.

시온은 움직이지 않는다.

아니, 피할 수 있으면 피해야지. ……하지만, 뭐, 그럴 필요는 없으려나.

클레이만은 시온이 반응할 수 없었던 것이라고 생각했는지, 그 모습을 바라보면서 크게 기뻐하고 있었다.

"크크크크. 기뻐해라, 마왕조차도 지배하는 궁극의 주술이다! 너 따위의 마인에게 사용하긴 아깝지만, 어쩔 수 없지. 다섯 손가락도 새로이 만들어야 하니, 내 부하로서 중하게 쓰도록 하마."

완전히 착각을 하면서, 그런 말을 내뱉는 지경이다.

불쌍하구나, 클레이만.

시온은 움직이지 못하는 게 아니라, 움직이지 않았을 뿐이야.

클레이만이 거창하게 말한 기술인데 효과가 없어서, 이게 지금 어떤 상태인지 몰라 당혹스러운 것이겠지.

시온이 얻은 스킬 '완전기억'이란 것은 아스트랄 보디(성유체)에 기억하는 힘── 쉽게 말해서, 뇌가 파괴되어도 기억이 남는 특수 능력인 것이다.

자신의 의사가 되는 영혼과 기록이 갖춰진다면, 육체가 완전히 파괴되어도 재생한다. 반(半) 정신 생명체라고 불러도 좋을, 특수한 종족으로 변해 있는 것이다.

그건 즉, 영혼으로 사고를 할 수 있다는 것.

그게 의미하는 바는, 정신 지배계의 효과를 일절 무효화한다는 것이다.

그런 시온을 상대로 지배의 주술 같은 게 통용될 리가 없다.

"이것 보세요, 이건 뭘 하자는 겁니까? 아프지도 가렵지도 않은데, 좀 더 기다리면 되는 건가요?"

시온이 짜증 난 듯한 말투로, 검은 실고치에 싸인 채로 묻는다.

아니, 전부터 생각하고 있던 것인데…… 그 프로레슬링 같은 사고는 이제 그만하자.

진지한 싸움 도중에, 왜 일부러 상대의 기술을 받아주려고 하는 걸까…….

시온도 그렇고, 스피어도 그렇고, 그리고 밀림도 그렇긴 한데, 배틀 마니아의 생각은 이해가 안 된다. 그만 좀 참아주면 좋겠는데.

라파엘의 설명을 들어봐도, 시온에게 영향은 없는 모양이다.

클레이만의 비술 따윈 경계할 필요조차 없었던 것이다.

"그, 그런 말도 안 되는……. 내 데몬 마리오네트가 통하지 않는다고? 있을 수 없어, 그런 일은 있을 수 없다! 마왕조차도 지배하는, 궁극의 데몬 도미네이트란 말이다!!"

아까 그 나인헤드를 지배하고 있던 기술이다. 확실히 캘러미티

(재액) 급 정도 되면 쉽게 지배할 수 있겠지만, 마왕 정도 되는 디재스터 급에는 통하지 않는 게 아닐까?

클레이만 녀석, 자신의 힘을 너무 과신했군.

시온은 기다리다 지쳤는지, 검은 실고치를 쉽게 오라로 날려버리고 말았다.

"정말 시시하군요. 이런 잔재주 같은 기술에 의존하다니, 마왕의 이름을 들먹일 가치도 없습니다."

모멸하듯이 내뱉는 시온.

클레이만은 그 모습을 보고 공황 상태에 빠졌는지, 멍하니 서 있을 뿐이다.

——아니, 아니었다.

시온의 말을 듣고, 클레이만에게 이상한 스위치가 켜진 모양이다.

"큭큭크, 크핫핫핫핫하아——! 마왕을 들먹일 가치도 없다고? 용서하지 않겠다, 이 벌레 같은 놈! 내가 진짜 실력을 드러내게 만든 걸 후회하게 해주마."

어깨를 떨면서, 이성을 잃은 듯이 처참하게 웃는 클레이만.

그대로 고급스러운 슈트와 셔츠를 벗어 던지더니, 상반신이 알몸이 된 모습이 된다. 클레이만이 숨겨두고 있었던 다양한 아이템 류도 쓸 마음이 없는 것인지 지면에 흩어지고 말았다.

이걸로 끝인가 했지만, 클레이만에겐 아직 또 다른 비장의 수가 남아 있었던 모양이다.

알몸이 된 채 드러난 상반신, 그 등에서 두 쌍의 팔이 돋아났다. 가늘고 길면서, 검은 외골격으로 보호되고 있는 팔이.

이것이 본성—— 지금까지의 장식된 모습이 아니라, 거칠게 휘몰아치는 광기조차 느껴지는 모습이다.

"그래, 그런 거야. 그랬었어. 마왕, 나는 마왕이다. 그래서 어떻게 싸울지를 늘 고민하면서, 기품 있고 우아하게 적을 죽여왔지. 하지만, 이제 됐다. 이제 됐어. 이런 기분, 한동안 잊어버리고 있었지……. 네놈은 내 손으로 비틀어 죽여주마!!"

격앙하면서 본 모습을 드러내고 있다.

클레이만은 단 하나, 뭔가를 소중하게 쥐고 있었다.

그건 가면. 웃는 표정을 본떠 만든 광대의 가면이다.

클레이만은 망설이지 않고 그것을 스스로 썼다.

"호오? 조금은 진심이 된 것 같군요. 다시 봤습니다. 마왕 리무루 님의 근위 비서 시온, 당신의 상대를 해드리죠!"

시온은 기쁜 표정으로, 클레이만에게 자신의 이름을 밝혔다.

그리고 클레이만도——,

"마왕—— 아니, '크레이지 피에로(광희의 광대)' 클레이만이다. 죽여주마, 마인 시온!!"

시온에게 응답해 자신도 다시 이름을 밝힌다.

그리고 두 사람은 동시에 움직였다.

*

본성을 보인 클레이만은 강했다.

마왕에 어울리는 그 강대한 마력으로 시온에게 돌진했다.

일반적인 모습을 한 양팔로 불길한 검은 실 모양의 빛을 조작한다.

위에 위치한 양팔에는 도끼와 해머, 아래에 위치한 양팔에는 검과 방패.

마법과 물리, 그것을 동시에 다루면서 시온을 괴롭혔다.

그러나, 시온은 더 강했다.

'고우리키마루 개'라는 이름의 대태도를 휘두르면서, 클레이만의 검을 튕겨내고 방패를 박살 낸다.

상단에서 우직하고 순수하게 내리치는 일격으로, 교차하며 받아내고 도끼와 해머를 파괴했다.

그 말도 안 되는 힘은, 시온의 고유스킬 '투귀화(鬪鬼化)'의 영향이다.

그리고 그 반칙적인 무기 파괴 효과는 유니크 스킬 '잘 처리하는 자(요리인)'의 '확정결과'와 '최적행동'이 제대로 작용한 성과라고 생각할 수 있다.

즉, 클레이만은 시온의 적이 아니었던 것이다.

진심을 다하고도, 클레이만은 시온에게 두들겨 맞은 것이다.

등에서 돋아난 두 쌍의 팔을 교차시키면서 시온의 주먹을 막은 클레이만이었지만, 그 네 개의 팔은 부러졌다. 그리고 그대로 시온의 주먹이 클레이만의 배에 꽂혔다.

"어흐어어어어억……."

입에서 거품을 물면서 클레이만은 괴로워하고 있다.

승부가 났군.

내가 말하는 것도 그렇지만, 시온은 압도적으로 강해졌다. 한 번 죽은 뒤에, 그리고 부활하면서, 이전과는 비교가 되지 않을 정도로 강한 실력을 지니게 된 것 같다.

"커흐어어어어억——?!"

추가타로 발차기를 맞으면서, 클레이만은 고통스러운 표정을 하고 넘어져서 뒹굴고 있다.

그 가면도 금이 갔으며, 핏발이 선 눈이 노려보고 있었다.

"……마, 말도 안, 돼……. 이, 있을 수 없는 일이야. 내, 내가, 마왕인 나, 클레이만이……?!"

힘의 차이를 이해했으면서, 그래도 현실을 받아들이지 못하고 있다. 클레이만은 동요하고 있었다.

"리무루 님, 마지막 공격을 해도 되겠습니까?"

시온이 내게 물었다.

그렇군, 묻고 싶은 게 없는 건 아니지만, 대강의 사정은 예상할 수 있다. 나머지는 흑막의 정체 정도지만, 그걸 순순하게 대답해 줄까?

"비, 빌어먹을!! 밀림, 밀림은 뭘 하고 있는 거야?! 그딴 자식은 재빨리 쓰러뜨리고——."

자신의 죽음이 임박했다는 것을 이해했는지, 클레이만이 당황한 표정으로 소리쳤다.

그러나 그 밀림은 베루도라가 제압하고 있다. 그걸 알아차렸는지, 클레이만은 믿을 수 없는 것을 본 듯한 눈으로 베루도라를 보고…….

"누, 누구야……? 뭐, 뭐냐? 대체 뭐냔 말이다, 저 차원이 다른 힘은——?!"

아무래도 베루도라가 단순한 마인이 아니라고 깨달은 모양이다.

"사람의 모습을 하고 있지만 베루도라다. 말했을 텐데, 나와 친구라고."

절규하는 클레이만.

부정하고 싶겠지만, 밀림과 호각으로 싸우고 있는 현실을 본다면 인정하지 않을 수가 없을 것이다.

베루도라와 밀림은 아까부터 계속 싸우고 있는데, 엄청나게 화려했다. 왠지 들은 기억이 있는 필살기명이 마구 튀어나왔고, 밀림이 그 이름을 듣고 놀란 듯한 반응을 보인다. 저거 정말로 조종당하고 있는 건가? 그런 의문이 떠오를 정도이다.

《………….》

밀림의 반응에 잠깐 의문을 가졌지만, 그건 뭐 상관없겠지.

베루도라는 인간의 모습을 한 채 전투를 벌이는 것은 처음인지, 너무나 즐거워하는 것 같고.

그런고로, 클레이만은 밀림에게 의지할 생각을 포기한 모양이다. 혼란스러워하면서도 이번에는 격리된 전투 구역의 끝까지 도망쳐서 밖을 향해 소리치기 시작했다.

"프, 프레이! 프레이, 뭘 하고 있는 겁니까?! 당신과는 공동 운명체이니까, 빨리 내게 힘을 빌려주십시오!"

필사적으로 기대 오는 클레이만에게 보이는 프레이의 반응은 너무나 차갑다.

"어머나, 미안하네, 클레이만. 이 '결계'는 기이가 인정해주지 않으면 들어갈 수가 없어. 정말 유감이야."

그런, 마음이 담겨 있지 않은 대답이었다.

클레이만은 짜증이 난다는 표정으로 혀를 찬 후에, 다시 밀림 쪽을 돌아봤다.

그 눈은 이성을 잃은 것처럼 경련하고 있으며, 완전히 광기를 머금고 있다. 보아하니, 또 뭔가 좋지 않은 일을 떠올린 것 같다. 광기에 물든 웃음을 지으면서, 다시 밀림을 향해 시선을 돌리고 있다.

"크하, 크하하하하! 밀림, 밀림이여! 내 명령에 따라서 '스템피드(광화폭주, 狂化暴走)'를 실행하세요!! 이 자리에 있는 전원을 다 죽이는 겁니다!!"

그런 터무니없는 소리를 지껄이기 시작했다.

클레이만은 체면이고 뭐고 없이, 이 자리에서 살아남겠다고 생각한 것 같다.

그런 전개는 좋지 않다. 역시 좋지 않다.

이제 느긋이 지켜보고 있을 상황이 아니기 때문에, 나도 참전하기로 하자.

그렇게 생각했던 바로 그때, 믿어지지 않는 말이 들려왔다.

"왜 그런 짓을 할 필요가 있는 거지? 리무루와 그 부하들은 내 친구들인데?"

놀라서 돌아보니, 밀림이 씨익 웃으면서 몸을 뒤로 젖히고 있었다.

"밀림?! 잠깐, 너, 조종당하고 있었던 게……?"

"왓——핫핫하! 멋지게 속아 넘어간 모양이구나, 리무루! 내가 클레이만에게 조종을 당할 리가 없잖아?"

뭐, 뭐라고?!

《………….》

무슨 이유인지 모르지만, 아까부터 라파엘이 화를 내고 있는 것 같은 느낌이 든다.

그건 어찌 됐든 넘어가고, 지금은 밀림이 중요하다.

"너, 클레이만에게 지배당하고 있었던 거 아냐?"

어라, 대체 이게 어떻게 된 거지? 나도 모르게 한 번 확인을 하고 말았다.

그러나 밀림은 득의양양하게 웃을 뿐이다.

혼란스러워하고 있는 것은 나뿐만이 아니다.

마왕 중에도 '어? 아까 맞았는데도 반응하지 않았잖아?!' 같은 표정으로 놀라고 있는 자가 있다.

그런 분위기 속에서 가장 경악하고 있는 것은 클레이만이었다.

"그, 그래요. 그녀는 '그분'에게서 받은 오브 오브 도미네이트(지배의 보주)로 완벽하게 내 지배하에 있었을 텐데……. 내 명령으로 칼리온을 죽이지 않았습니까?!"

아―아, 클레이만 녀석.

너무나도 놀란 나머지, 자신이 무슨 말을 한 건지도 깨닫지 못하고 있는 것 같다.

이것으로 내 증거 영상의 신빙성도 높아졌다.

지금 클레이만은 자신의 범행임을 밝혔고, 게다가 흑막이 있다고 자백하고 말았으니까.

그 말에 반응한 것은 밀림이었다.

"그래, 그거야! 나는 그 말이 듣고 싶었어. 대답해, 클레이만. '그분'이란 대체 누구를 말하는 거야?"

그렇게 아무 일도 없었던 것처럼, 그리고 날카롭게 되물은 것이다.

클레이만이 한 질문은 완전히 무시하는 것이, 참으로 밀림다웠다.

어, 그러니까, 밀림은 조종당하고 있었던 것이 아니라, 처음부터 클레이만에게 의심을 품고 있었다는 건가?

하지만 뭘 위해서?

그런 내 의문에 답이 나오기 전에 다른 목소리라 끼어들었다.

"이봐, 이봐. 누가 죽었단 말이야?"

격리된 전투 구역 너머에서 묵직한 중저음의 목소리가 울려 퍼진다.

그 목소리의 주인은, 마왕 프레이의 부하로 참가했던 큰 독수리 날개가 나 있던 남자였다.

이봐, 잠깐, 설마…….

설마, 그렇게 다 드러나는 변장을──?!

이래선 알아차리지 못했던 내가…….

《…………》

위험하다.

라파엘이 어이가 없어하는 것 같은 느낌이 든다.

그러고 보니 그때, 라파엘이 뭐라고 말하려다…… 아니, 기분 탓이야. 그래, 분명 기분 탓일 거야.

잊어버리자.

그리고 앞으로는 더 주의하면 되는 거다.

그렇게 치기로 했다.

그 남자── 칼리온은 천천히 마스크를 벗었다.

그와 동시에 흘러나오는 엄청난 오라(요기).

칼리온은 기합 한 발로 순식간에 본래의 모습으로 돌아갔다.

'비스트 마스터(사자왕)' 칼리온── 진짜다. 틀림없다.

"무사했었군, 칼리온 씨."

"여어, 리무루. 무사하다고는 할 수 없지만 말이지. 그건 됐고, 내 부하들이 신세를 졌군."

"괜찮아."

칼리온은 내게 감사 인사를 한 후에, 클레이만을 보고 씨익 웃었다.

이것으로 확정, 밀림은 지배를 받고 있지 않았던 것이다.

"그, 그럴 수가…… 그럼, 정말로……? 하지만, 프레이의 보고로는…… 그런가, 프레이도. 너도 날 배반하고 있었단 말이냐아──!!"

이제 겨우 모든 것을 이해했는지, 클레이만은 광란의 표정으로 프레이를 노려본다.

그러나 프레이는 아무렇지도 않은 모습이다.

상황을 보니, 이건 배반이라기보다…….

"어머나? 언제부터 내가 당신 편이 되었다고 착각했던 거야?"

프레이는 천연덕스러운 얼굴로 그런 말을 뱉었다.

아아, 역시. 여자란 정말 무섭다니까.

역시 처음부터 프레이는 클레이만도 속이고 있었던 것이다.

"우, 웃기, 웃기지 마!! 네, 네놈들…… 용서하지 않겠다, 절대로 용서하지 않겠어!!"

그리고 그 자리에 불쌍한 피에로(광대)의 절규가 울려 퍼졌고――,

"시온, 쳐라."

"맡겨두십시오!"

내 명령을 받고 시온이 움직인다.

배가 고픈 개와 같은 모습으로 '기다려!' 상태였던 시온은 두 손으로 쥐고 있던 칼을 있는 힘을 다해 클레이만을 향해 내리치면서 휘둘렀다.

대태도에 의한 단죄의 일격.

클레이만은 필사적으로 방어하려고 했지만, 그 세 쌍의 팔은 전부 절단되었고, 비스듬히 잘려 떨어지면서, 치명상이 될 큰 부상을 입는다.

정신조차 파괴하는 시온의 대태도, 그 일격으로 클레이만은 아무 말도 못 하고 그 자리에 쓰러지고 말았다.

*

이것으로 클레이만은 이제 끝이 났다.

칼리온은 살아 있었으며, 증언도 모두 모였다.

이렇게 되면, 나는 마왕들의 적으로 인정을 받지 않고 넘어갈 수 있을 것 같다.

클레이만은 마지막 숨을 헐떡이고 있다.

이제 아무 위협도 되지 못하며, 더 이상은 역전할 방법도 없을 것이다.

상황은 이미 확정되었으며, 이제 와서 변명도 할 수 없다.

마왕들을 앞에 두고 성대하게 자백해버린 상태인 것이다.

어떻게 받아들일지는 각각의 마왕에 따라 달린 것이지만, 클레이만은 신용을 잃었다. 여기서 클레이만을 감싸는 마왕 따윈 없을 것이다.

격리된 전투 구역의 '결계'가 해제되면서, 프레이가 다가왔다. 그리고 곧장 밀림에게 걸어간다.

"너라면 조종당하지 않을 거라 믿고 있었지만 솔직히 불안은 했어, 밀림. 그래도 나와의 **약속**을 지켜줬네. 고마워."

"와하하하하! 친구 사이니까 당연한 거야. 그보다 프레이, 그건 제대로 소중히 보관해서 가져왔겠지?"

"그래, 그래, 이거 맞지? 그건 그렇다고 쳐도 오브 오브 도미네이트(지배의 보주)에 저항하다니, 넌 정말 대단하구나……."

그런 대화를 나누면서, 프레이가 품에서 꺼낸 뭔가를 밀림에게 건네줬다.

그건 내가 선물한 드래곤 너클.

밀림은 기쁜 표정으로 그것을 받아 들더니, 재빨리 손에 낀다.

그리고 씨익 웃었다.

밀림과 프레이의 대화를 보고 있던 마왕들도, 그 모습을 보고 나서야 겨우 사태를 받아들인 것 같다.

『삼류연극이었군.』

『아, 나는 눈치채고 있었어!』

『그럴 거라 생각하고 있었지.』

『역시, 그랬군…….』

등등 작게 대화하는 목소리가 들렸다.

밀림에게 속았던 건 나뿐만은 아니었던 것 같지만, 이 결과는 모두 당연하게 받아들이는 것 같았다.

그때, 발밑에서 피를 토하는 것 같은 신음 소리가 들렸다.

"——어, 언제부터였지? 언제부터 나를 속이고 있었던 거냐……?"

클레이만이다.

보아하니 아직 숨이 붙어 있는 모양이다. 믿기 어려운 현실을 눈앞에 두고, 도저히 납득이 되지 않는 것 같다.

그런 클레이만에게 밀림은 잔혹한 사실을 밝힌다.

"음, 수고했어! 프레이와의 **약속**대로 속은 시늉을 하고 있었던 거야. 그리고 팔찌를 차고 네 지배가 유효하다고 생각하게 만든 거지."

"……허, 헛소리하지 마……. 오브 오브 도미네이트를 준비했고, 내 모든 마력을 주입했다……. 최고이자 궁극의…… 데몬 도미네이트(지배의 주술)였단 말이다…………!! 그, 그걸 네가——."

"음! 나는 그런 마법은, 대부분 간단히 반사해버리거든. 우선은 모든 결계를 해제한 상황에서, 멋대로 레지스트(저항)가 발동되지 않도록 내 의지로 억누르면서…… 네 눈앞에서 주술이 성공한 것처럼 보여주지 않으면, 조심성 많은 너는 믿지 않을 테니까 말이지. 그렇게 노력을 좀 했어!"

"뭐…… 뭐라고? 일부러…… 일부러 받아들였다고?! 최고급의 아티팩트(마보 도구, 魔寶道具)…… 마왕조차도 지배하는 내 비장의 오의를……."

"그런가? 하지만 나를 지배하는 건 무리야!"

밀림은 자랑스러운 표정으로 가슴을 펴면서 잘난 체한다.

"그러게 말이야. 괜히 걱정을 해서 손해만 본 기분이야. 그런데, 너 말이야, 주먹을 쥐면서 승리 포즈를 취하거나, 웃느라고 입이 실룩거렸던 걸 보면 연기는 전혀 아닌 것 같아."

"어쩔 수 없잖아. 리무루가 날 위해 화를 내준다는 걸 알고 기뻤으니까."

그런 밀림의 반응에 프레이는 어깨를 으쓱한다. 그리고 문득 떠올린 것처럼 말했다.

"그건 그렇다 쳐도, 클레이만이 밀림을 때렸을 때는 정말 초조했어. 밀림이 참지 않았다면, 우리 집이 박살 날 뻔했으니까. 정말로 잘 참았네, 그 점만은 칭찬해줄게."

그런 일을 폭로했다.

클레이만은 방금 밀림을 때린 것 말고, 이전에도 때린 적이 있었던 말인가.

정말 황당한 녀석이다. 자살이라도 하고 싶었던 건가?

"음! 나도 어른이 된 거야. 참을 줄 아는 어른 말이지!"

유달리 어른을 강조하고 있는 점이 아직 어린애지만.

"어디가. 뭐, 이젠 상관없지만. 그건 그렇다 쳐도, 나와의 약속을 위해서만 참았던 건 아니지? 사실은 뭐가 목적이었던 거야?"

"응? 아, 그게 말이지, 전에 클레이만이 수상한 대화를 했던 걸 떠올렸거든. 듣자하니 리무루 일행을 인간의 적으로 몰아서 인마 전쟁을 획책하고 있었다고 했던 것 같지 뭐야. 그런 짓을 당하는 건 달갑지 않으니까 방해하려고 생각한 거야!"

"헤에, 네가 자신이 아니라 남을 위해 움직였다니……."

"와하하하하! 그러니까 말했잖아! 나는 어른이 된 거라고!"

"그래, 그래, 그런 걸로 쳐줄게."

그렇군…….

밀림은 감이 날카로우니까, 클레이만을 조종하는 흑막이 있다는 걸 눈치챈 것 같다. 그래서 그 정체를 밝혀내기 위해서 일부로 계속 조종당하는 척을 하고 있었단 말인가.

그것 말고도 달리 프레이와의 약속도 있었던 것 같으니, 내가 속았던 건 불문에 부치도록 할까.

그러니까 결론부터 말하자면, 밀림은 처음부터 세뇌를 당한 게 아니었다.

도중에 세뇌가 풀렸다는, 그런 문제가 아니라 처음부터 전혀 통하지 않았던 것이다.

모든 것은 연기, 밀림의 연기대상 감의 명연기였던 것이다.

놀랍게도 밀림은 무표정을 유지하기 위해서 몰래 피망을 먹고 있었다. 그 맛없음을 참을 때에 저절로 표정이 멍해지면서, 모두를 속인 셈이다.

베루도라는 한눈에 그것을 꿰뚫어 봤으며, 밀림의 연기에 어울려주었던 모양이다. 몸을 움직이는 데에 익숙해지기 위한 목적으로, 밀림과의 전투를 즐겼던 것이다.

베루도라는 생각했던 것 이상으로 순응성이 높은 모양이다.

그건 그렇다 쳐도, 그 사실을 알아차리지 못했던 거야? 라파엘.

《…………》

아, 네.

그러고 보니, 뭔가 말하려고 했었지.

라파엘의 검색 결과가 없다는 판정도, 지금 생각해보면 당연한 이야기인가.

왜냐하면 애초에 주박을 당하고 있지 않았으니까.

내가 그렇다고 믿어버린 것이다.

앞으로는 주의하여 설명을 듣는 것과 동시에, 마지막까지 남의 말을 듣는 버릇도 기르는 것이 좋을 것 같다.

나는 속으로 몰래 그렇게 반성하고 있었다.

그런 밀림 앞에 칼리온이 선다.

"그런데 말이지, 밀림, 하나 묻고 싶은 게 있는데, 괜찮아?"

"음? 좋아, 뭐든지 물어봐라!"

웃는 얼굴로 대답하는 밀림.

드래곤 너클을 끼면서, 기분이 좋은 표정을 짓고 있다.

"아니, 확인할 게 있는데 말이지…… 너 말이다, 조종당하고 있었던 게 아닌 거지? 그 말은 즉, 네 의지로 신이 나서 나를 때렸다는 얘기나 되나?"

칼리온은 웃고 있었지만, 이마에는 핏줄이 보인다.

응, 그러네. 그건 역시 마음에 걸리네.

"윽?! 그, 그건 말이지……."

"아니, 아니, 됐어. 그건 그냥 내가 약해서 그런 걸로 치면 되는 거니까. 하지만 말이지 우리나라를 날려버린 것도, 네 뜻에 의한 거란 말이지?"

분노를 숨기지도 않고, 칼리온은 밀림에게 물었다.

밀림은 한순간 당황했지만, 그러나――.

"으음! 칼리온, 그런 자잘한 일은 아무래도 좋은 거 아니냐?!"

도리어 화를 냈다.

이런 모습을 보면, 역시 밀림이다.

"자잘한 일이 아니지! 너 말이다, 자칫하면 나도 죽을 뻔했다고!!"

"에에이, 시끄러워. 시끄럽다고!! 그건 연기에 열중――이 아니라 클레이만을 속이기 위해서 노력한 것뿐이거든? 그러므로 잘못한 건 클레이만이야!!"

"어이, 이게 클레이만 탓이란 말이야……? 아니, 이제 됐어. 어차피 내가 뭐라 말해봤자 들을 생각도 없겠지……."

뭐랄까, 칼리온이 조금은 불쌍하게 보인다.

예리하게 생긴 얼굴을 하고 눈물을 글썽거리는 칼리온을 보고 있으니, 위로를 해주고 싶어진다.

나도 속아 넘어갔으니, 왠지 모르게 느껴지는 것이 있으니까 말이다.

"자자, 칼리온 씨. 삼수사랑 다른 사람들도 무사한 데다, 댁의 복수전이라는 명목으로 이번에도 열심히 싸웠으니까 말이지. 안 좋은 일만 벌어진 건 아니라고 생각해, 응?"

"아아, 리무루. 고마워, 위로해줘서."

"됐어, 신경 쓰지 마. 그리고 말이지, 도시라면 다시 만들면 되잖아. 그럴 때 노동력으로 쓰라고 내가 클레이만의 부하 마인들을 포로로 삼았거든."

"뭐어? 이봐, 그게 정말이야……?!"

"그래. 기술협력도 아낌없이 제공할 거고, 당연히 우리도 돕겠어. 그러니까 말이지, 전보다 더 멋지고 쾌적한 나라를 만들자고!"

시간은 많다. 돈도 클레이만으로부터 받았다. 앞으로의 교역을 생각해봐도, 여기서 빚을 만들어두는 것은 전략적으로 좋은 수라고 생각한다.

앞으로의 작업을 통해서 수인들과도 사이좋게 지내고 싶으니, 이 기회를 이용하기로 하자.

"왓——핫핫하! 잘됐네, 칼리온! 이것도 다 내 덕분이거든?"

뭐가 밀림 덕분인지 모르겠다.

굳이 말하자면, 잔해조차 남기지 않고 평야로 만들었으니, 작업하기 쉽겠다는 정도랄까.

"고마워, 덕분에 정말 살았어! 리무루, 아니, 리무루 씨. 앞으로 내 수왕국은, 당신의 나라와 영세(永世) 우호국으로서 협력을 아끼지 않을 것을 맹세하겠어!"

칼리온은 놀라면서, 감동한 표정으로 그렇게 말했다. 그리고 밀림 쪽을 돌아보면서 "너는 좀 더 반성을 하면 좋겠지만 말이지" 라고 못을 박아두는 것도 잊어버리지 않았다.

밀림은 이야기가 잘 정리된 것을 느꼈는지, 벌써 원래의 모습으로 돌아가 있었다.

현실적이라고 해야 할지, 뭐라고 해야 할지. 뭐, 그게 밀림답긴 하지만 말이다.

어쨌든 칼리온도 기운을 차린 것 같으니, 좋은 걸로 치자.

그리고 내 말에 놀란 것은 칼리온뿐만은 아니었던 것 같다. 주위에 모여들었던 마왕들도 그 발언에 놀라고 있었다.

"그래서 그랬던 건가. 마인들을 살려둔 걸 보고 어설픈 녀석인 줄 알았는데……. 제법 재미있는 생각을 하는 녀석이로군. 느와르(태초의 검은색)가 널 따르는 것도 납득이 간다."

붉은 머리의 기이가 유쾌한 표정으로 그렇게 말했다.

느와르? 무슨 소리지?

뭐, 됐다. 그런 것보다 지금은 클레이만이 더 중요하다.

"있잖아, 클레이만. 당신은 약자랑 저항하지 못하는 자에는 참 잘난 체를 많이 했지. 난 너에게 마왕을 칭할 자격은 없다고 생각해. 밀림이 참고 있었기 때문에 방해는 하지 않았지만…… 약간은 화가 나 있었어, 나도."

조용히 분노하면서, 프레이가 밝힌다. 그것은 클레이만을 구해줄 생각은 없다는 뜻의 단죄의 말.

"그러게. 약육강식이 규칙이라고 해도, 클레이만, 너는 너무 도가 지나쳤어. 내 입장에서도 나라가 망쳐진 원한을 갚아야겠거든?"

칼리온에게도 도시가 사라져버린 원한이 있다. 실제로 저지른 자는 밀림이지만, 그 책임은 클레이만에게 전가할 생각인가 보다. 클레이만을 용서할 생각은 없는 것 같다.

기이는 유쾌한 표정으로 바라볼 뿐이다.

그 외에 다른 마왕들도, 클레이만의 처우에 이견을 말할 자는 없다. 아무래도 클레이만은 마왕들 사이에서도 인망이 없었던 모양이다.

이미 상황은 거의 끝이 났다.

남은 건 **마무리**를 짓는 것뿐.

클레이만의 최후의 시간이 다가와 있었다.

●

클레이만은 자신의 목숨이 다 되어간다는 것을 느끼면서, 후회하는 심정으로 자신의 마음을 메우고 있었다.

그리고 떠올린 동료들의 말.

그 말들은 주마등이 되어 클레이만의 마음속에 돌아다닌다.

——부디 방심하지 않도록 해——.

(아아…… 라플라스, 네 말이 맞았어…….)

스스로는 신중하게 굴었다고 생각했지만, 아무래도 힘에 도취되어 있었던 모양이다.

밀림의 절대적인 힘을 보고, 그걸 자신의 것으로 착각한 결과였다.

(네가 느꼈던 대로, 나는 결과적으로 보면 밀림에게 조종당하고 있었던 꼴이었군. 방심을 할 생각은 없었어. ……그렇지만, 나는 밀림에게 속았어. 너희들이 날 믿고 마왕이라는 역할을 맡겼는데, 아무래도 나는 여기까지인 것 같아…….)

친구의 충고를 무시했던 시점에서, 이런 결과가 되리라는 것은 이미 정해졌을 것이다.

클레이만은 그렇게 생각했다.

——클레이만, 너는 우리보다 약하니까 말이지, 혼자서 무모한 짓을 하면 안 돼.

——호———호호호. 티어의 말이 맞습니다. 확실하게 우리에게 의지하도록 하세요.

(아아, 티어. 아아, 풋맨. 그랬었지, 잊어버리고 있었어…….)

자신의 자존심을 중시하고, 동료들에게 의지하는 것을 달갑게 여기지 않았다.

아니, 의지하고는 있었지만, 정말로 중요한 때에 그 사실을 잊어버리다니, 그야말로 언어도단이다.

(난 말이야, 조금이라도 가까이 다가가고 싶었어. 그러기 위해선 무모한 짓이라도 해. 당연하잖아? 나도 중용광대연합의 일원이니까…….)

그렇다.

클레이만은 동료들에게 인정을 받고 싶었던 것이다.

자신의 힘을 인정해주길 바라면서, 중용광대연합을 공식적인 자리에 드러내지 않았다. 그게 실수였다는 것을 클레이만은 깨달았다.

하지만 이미 너무 늦었다…….

──지금 떠오르는 것은 '그분'과의 첫 만남.

『야아, 네가 클레이만이지?』

『누굽니까, 당신은? 친한 척 나를 부르다니, 아무래도 죽고 싶은가 보군요?』

『이봐, 이봐, 그렇게 경계하지 마. 나는 소개를 받고 온 거니까.』

『소개, 라고?』

『그래. 네 아버지, 마왕 카자리무로부터 말이지.』

『뭐라고?』

죽일 생각이었던 소년은, 그리운 카자리무의 이름을 거론했다. 그래서 클레이만은 소년의 이야기를 들을 마음을 먹었던 것이다.

그리고 알게 된다.

그 야망과, 힘을.

『──그런 연유로 말이지, 나는 이 세계를 손에 넣을 거야. 그 일에 협력해줘, 클레이만.』

『훗, 후하하하핫. 재미있군, 그건 의뢰입니까?』

『그래. '중용광대연합'에 의뢰하는 거야.』

『보수는?』

『마왕 카자리무의 부활, 은 어떨까?』

바라지도 않았던 보수. 거절할 이유는 없었다.

그게 가능하다는 것은, 소년의 힘을 알게 되었으니, 의심할 여지가 없다.

클레이만은 즉시 판단하여, 의뢰를 받아들이기로 결심했다.

『그렇게 말해줄 줄 알았어. 우리의 힘으로 이 세계를 손에 넣자. 그리고 재미있고 즐겁게 살아보자고!』

이 세계를 게임을 즐기듯이 살아가는 '그분'을 보고 있으면, 클레이만도 그게 실현 가능할 것이라는 생각이 들었다.

장애물은 많아. 그렇기 때문에 재미있다.

그렇게 생각하고 있었는데, 지금, 자신의 실수로 전략의 토대가 무너지려 하고 있다.

보수의 지불—— 마왕 카자리무의 부활은 성취되었는데 말이다…….

(내 어리석음이, 이번 사태를 초래했어. 이건 되돌릴 수조차 없다…….)

모처럼 카자리무가 부활했는데, 아직도 축하의 말도 제대로 못했다.

그것도 자업자득이다.

얌전하게 대기하고 있으라는 명령을, 제멋대로의 판단으로 무시한 것은 클레이만이니까.

마지막으로 떠오르는 것은, 바로 그 인물이 했던 말이다.

클레이만이 경애하는 마왕 카자리무가 한 충언이다.

——클레이만. 너는 나와 닮았다. 나를 흉내 내는 것은 좋지만,

결코 좋지 않은 면을 따라 해선 안 돼.

좀 더 빨리 떠올려야 했다. 지당한 말이다.

(아아…… 카자리무 님……. 정말 죄송합니다. 저는 당신이 해주신 충언을 잊어버리고, 최대의 실수를 저질러버리고 말았습니다…….)

그렇다, 클레이만은 실수를 저질렀다. 그것도 최악의 형태로.

마왕 카자리무와 마찬가지로, 새로이 태어난 마왕에게 패해서 물러나는 어리석은 짓을 흉내 낸 것이다.

그건 이미 업이었다.

클레이만에게 있어선 통한스러운 실수였다.

(당신에게서 받은 군단조차, 제 실수로 전부 잃어버리게……. 죽을 수 없다, 나는 아직 죽을 수 없어. 이대로 아무것도 이루지 못한 채 죽는다면, 나는 나 자신을 용서할 수 없어…….)

이렇게 된 이상 적어도, 지금 자신이 얻어낸 정보만이라도 알려주고 싶다. 그런 마음이, 체념 쪽으로 기울어가고 있던 클레이만의 마음에 불을 붙였다.

——너는 내가 시체에서 만들어낸 데스맨(사요족)이지만, 두뇌에 비중을 두었다. 풋맨과 티어와는 달리, 전투에는 맞지 않다. 하지만, 책략을 동원해서 군단을 지휘하는 건, 너 말고는 아무도 하지 못할 거다. 그러니까, 클레이만. 네가 마왕이 되는 거다——.

그런 마왕 카자리무의 기대를 배반하고 말았다.

하지만 힘이 부족하다면, 손에 넣으면 된다. 그렇게 하면 풋맨과 티어와도 맞먹을 정도로, 아니, 그 이상으로 강해질 수 있다.

두뇌파인 클레이만이 힘을 손에 넣는다면, 틀림없이 그들을 상회하게 될 것이다.

(그래, 그렇고말고. 진정한 마왕으로 각성하지 않아도 된다. 그러니까 내게 넘겨라. 나에게 힘을……. 압도적인 힘을, 넘기란 말이다————!!)

《확인했습니다. 영혼을 에너지로 변환…… 성공했습니다. 받아들일 그릇으로서의 육체를 분해, 재구축을 개시합니다——.》

클레이만은 그 소원이 이뤄지기를 기대했던 것은 아니다. 그러나 '세계의 언어'는 클레이만에게 반응했다.

클레이만의 소원이 지금 이 막바지 순간에 이뤄진 것이다.

(하늘은, 아직 날 버리지 않았단 말인가!)

그렇다면——.

클레이만의 대답은 정해져 있다.

(——크, 크크크……. 나를 실컷 업신여겼던 자들이여, 반드시 보답을 받게 만들어주마. 하지만 지금은 이 자리에서 어떻게 해서든…….)

목소리도 나오지 않을 정도로 쇠약해져 있으면서도, 클레이만의 영혼은 뜨겁게 불타오른다.

그건 그야말로 생명의 불꽃이 뿜어내는 광채.

그러나 지금,

그 마음과는 다른 냉정함으로, 클레이만은 이 자리에서 물러날 것을 결심했다.

오래된 마왕들, 그중에서도 기이, 밀림, 다구류루는 버거운 존재다. 각성에 성공했다 해서 이길 수 있는 상대가 아닌 데다, 무엇보다 지금은 신중하게 행동해야 할 때이니까.

'그분'에게 보고를 하는 것. 그게 무엇보다도 중요한 일인 것이다.

업신여기고 있었던 슬라임의 실력은 불명이지만, 그 부하인 마임조차도 클레이만보다 강하다. 그뿐만이 아니라, 부활한 베루도라와 친하게 지내고 있다는 점은 얕볼 수 없었다.

그 히나타와 싸워서 살아남은 것도 결코 우연이 아니었을 것이다.

색안경을 낀 채로 보지 않고, 냉정하게 분석해야 했었다.

그렇기에 더더욱 이런 정보들을 가지고 돌아가는 것을 우선한다.

그렇게 마음을 먹고 작전을 정했다.

최대출력으로 극대 마력탄을 쏜 뒤에, 그로 인해 발생하는 혼란을 틈타 탈출을 시도한다.

(경계해야 할 자는 기이인데…….)

기이는 약자에게 흥미를 보이지 않는다. 그러므로 클레이만에 관해선 아예 무관심한 반응을 보일 것으로 생각한다.

(——괜찮아, 반드시 탈출하고 말겠습니다.)

그런 판단을 내리는 클레이만.

몇 명 정도 휩쓸려준다면 다행이고 말이다…….

그런 생각을 하면서 클레이만은 일어선다.

●

마왕들이 지켜보는 가운데, 그 사실을 맨 처음 알아차린 건 바로 나였을 것이다.

방심하지 않고, 계속 클레이만에게 주목하고 있었기 때문이다.

"물러나라, 시온!"

내 명령에 재빨리 반응하면서, 시온이 내 근처까지 물러났다. 그 직후, 시온이 서 있던 장소를 포함하여 클레이만의 주위에 방대한 에너지(마력요소)가 거세게 휘몰아친 것이다.

그건 주위에서 새로운 에너지를 긁어모으면서, 다시 클레이만에게 흡수되기 시작한다. 내 명령이 조금이라도 늦었더라면, 시온도 휩쓸렸을 것이 틀림없다.

"아무래도 진짜 시작된 것 같군."

"리무루 님? 대체 무슨 일이……?"

시온이 당황하면서 내게 묻지만, 나의 침착한 모습을 보고 안심한 모양이다.

당황할 리가 없다. 당황하지는 않지만…….

"클레이만이 각성했다. 예정대로야."

"예정대로였습니까. 그렇다면 안심이군요!"

시온은 내게 전면적인 신뢰를 보이고 있지만, 나는 아직 조금 불안한 마음이 남아 있다.

모든 것은 라파엘(지혜지왕)의 계획대로다.

정말로 괜찮은 건가? 이러다가 지면 정말 말이 안 되는데…….

처음 클레이만을 봤을 때, 그 영혼에 따르듯이 대량으로 일그러진 것들이 달라붙어 있는 것이 보였다.

원념이라고도 부를 수 있는 그것은, 클레이만이 지금까지 죽인 자들의 영혼의 잔재였던 것이다.

그건 그대로는 흡수되지 않는다. 성불도 할 수 없으며, 공중으로 흩어지지도 않는다. 클레이만을 죽여도 그건 같이 소멸할 뿐이었다.

어떻게든 그것을 이용할 수 없을지를 생각하던 내게, 라파엘이 한 가지 작전을 제안했다.

그건 클레이만을 한계까지 몰아붙여서 각성시킨다는 것이었다.

《제안. 클레이만의 각성 에너지를 '벨제뷔트(폭식지왕)'으로 '포식'하면 소모되어 있는 에너지는 회복할 수 있습니다.》

라파엘은 태연하게 말했지만, 곳곳이 문제투성이였다.

클레이만이 각성할지 아닐지도 확실하지 않은 데다, 각성하면 하는 대로 파워 업 할 것은 틀림없기 때문이다.

아, 혹시 그건가? 하베스트 페스티벌(마왕으로의 진화)이 시작될 테니까, 클레이만은 잠에 빠지려나?

《해답. 클레이만의 진화는 정당한 수순을 밟고 있지 않기 때문에, 완전하게는 이뤄지지 않을 것입니다. 그러므로, 잠이 들 필요는 없다고 추측됩니다.》

한정적인 파워 업이 될 것이라고 예측하는 것 같다. 그렇다면 결국, 각성한 클레이만에게 이겨야만 한다는 이야기가 된다.

라파엘의 예측연산으로는, 클레이만이 얼마나 파워 업을 하든지 간에 낙승할 것이라고 한다.

소체의 강함, 얻을 수 있는 힘, 획득할 것 같은 스킬(능력)——그 모든 것을 연산을 통해 예측하여, 그 최대한의 위험도로 생각해도, 여전히 내가 더 강하다는 답이 나왔다고 한다.

걱정해봤자 별수가 없으니, 해볼 수밖에 없다.

——그리고 내 에너지(마력요소)양이 비어 있는 것에 가까운 것도 사실이다.

회복 속도는 엄청나게 빠르고, 대규모 술식을 발동시켜도 금방 부활하지만, 실은 풀 차지에는 한참 모자랐다.

그래도 각성 전보다는 많지만, 모른 채로 이용하고 있던 베루도라라는 연료탱크가 사라진 이상, 자신의 에너지양을 완전히 채워두고 싶은 건 당연한 소원이라 할 것이다.

마왕들에 대한 어필도 된다.

신참 마왕의 입장으로선, 마왕의 자리는 자신의 힘으로 빼앗아야 하는 것이다.

그렇게 자신의 실력을 보이는 편이, 마왕들에게 인정을 받으면서 후환이 적다는 생각이 들었다. 함부로 간섭을 받지 않으려면, 저 녀석은 위험하다는 인식을 주는 것이 가장 좋은 것이다.

앞으로 귀찮은 일을 피하기 위해서라도, 각성한 클레이만을 상대로 내 힘을 보여주기로 하자.

나의 이 힘—— 얼티밋 스킬(궁극 능력) '벨제뷔트'를.

"이봐, 리무루! 클레이만이 각성했다고? 믿어지지 않지만, 엄청난 힘이야. 지금 나도 힘을 보태줄——."

"아니야, 칼리온 씨. 이 녀석은 내가 상대하겠어. 나도 마왕의 이름을 칭하고 있으니까, 내 자리는 내 힘으로 마련하고 싶어. 이 녀석을 제거하고, 모두가 나를 인정하도록 만들겠어."

내가 그렇게 말하자, 칼리온은 어쩔 수 없다는 듯이 양보해줬다.

"절대로 지지 마라."

그렇게 격려의 말을 덧붙이면서.

질 생각은 없다.

적이라면, 물리친다. 단지 그 이유만으로.

가장 화가 나 있는 것은 바로 나이다.

자, 클레이만, 슬슬 끝장을 내보도록 할까.

그런고로, 일어선 클레이만 앞으로 나는 스스로 나섰다.

다른 마왕들은 철저하게 상황을 살펴보기만 할 생각인 모양이다.

내가 혼자서 싸우는 것에 이견은 없는 것 같다.

뭐, 내 실력을 파악해두고 싶다는 게 본심일 테니, 불만이 제기될 일은 없을 거라 생각하고 있었다.

밀림은 기쁜 표정으로 웃고 있으며, 라미리스도 느긋한 표정이다. 내가 패배할 거라고는 의심도 하지 않고 있는 것 같다.

신뢰를 받고 있다, 그렇게 생각하기로 했다.

"시온, 란가, 물러나라."

"그렇지만——?!"

"내게 맡겨라."

"잘 알겠습니다!"

"무운을 빕니다, 리무루 님."

마왕들도 한 발 물러났으며, 시온과 란가도 뒤로 물러나게 한다. 이제 휩쓸릴 자는 없을 것이다.

홀로 남은 나를 보고, 클레이만의 희미하게 웃었다.

"후후후, 후하하하하하핫——!! 봐라, 나는 힘을 손에 넣었다! 함부로 까불다가 방심해서 그런 거다, 이 벌레 같은 놈아! 자, 지금부터 내가 널 비틀어 죽여주마!!"

그 웃음소리는 점차 높아졌고, 클레이만은 나를 얕보는 듯한 눈빛을 하고 있었다.

하지만, 그건 연기다.

슬플 정도로 클레이만의 행동은 라파엘의 예상대로였다.

라파엘이 말하기로는, 클레이만의 행동 예측 패턴은 두 가지였다.

죽기 살기로 미친 듯이 날 죽이려고 덤비든가, 나를 얕보는 척하면서 방심시킨 뒤에 도망칠 빈틈을 찾든가.

이번에는 명백히 후자이다.

그래서 다음에 클레이만이 취할 행동도 또한——,

나를 말로 깎아내리면서, 그러나 그 눈은 방심하지 않고,

클레이만은 내 빈틈을 살피고 있다.

그러므로 나는 클레이만이 바라는 대로 연기에 어울려주었다.

"말했을 텐데? 너는 이미 끝났다고. 나는 너보다 강하다. 포

기하고 너에게 지시를 내리고 있는 흑막을 가르쳐주는 게 좋을 거야.”

내 경우는 연기라기보다 대놓고 진심이지만 말이다.

그래서일까, 클레이만은 의심도 하지 않고 그 말에 반응을 보였다.

“후후후, 끝까지 건방지구나. 내가 진짜 실력을——.”

여유가 가득한 연기를 하다가, 클레이만은 갑자기 움직였다.

내가 방심하고 있다고 생각했는지, 단번에 극대 마력탄을 쏜 것이다.

대화를 하면서 그 공격에 쓸 마력을 끌어올린 것이겠지. 각성한 힘이 전부 담겨 있는, 특대 급의 위력을 담은 극대 마력탄은 나를 향해 똑바로 날아온다.

클레이만은 내가 그걸 피할 것으로 예상하고 있었다. 어쩌면, 상쇄하기 위해 마력탄을 쏘면서 반격할 것도 예상하고 있었겠지만, 순간적으로 만들어낸 마력탄으로는 상쇄가 불가능하다고 생각하고 있었을 것이다.

내가 피한다면 공중에서 폭발시킨다. 상쇄시키려고 하면 오히려 원하는 바다. 그 폭발을 틈타 이 자리에서 탈출할 수 있다——고, 그렇게 예상했던 게 아닐까 하고 생각한다.

그러나 아쉽게도.

“말했을 텐데, 너는 이미 끝났다고. 그런 공격은 소용이 없어. 내게 방출계 공격은 통하지 않으니까.”

클레이만의 극대 마력탄을 ‘벨제뷔트’를 써서 공간째로 ‘포식’했다.

주위에 피해가 끼치는 일은 있을 리도 없었고, 클레이만의 예상은 완전히 어그러진다.

"——뭐어?!"

경악하는 클레이만.

하지만 나는 그 틈을 타서 손가락 하나를 딱 하고 울렸다.

그 순간, 나와 클레이만을 격리하듯이 '결계'가 생겨난다.

전투를 위해 격리된 공간, 기이가 구축했던 술식을 흉내 내본 것이다.

"내 기술을 훔쳤단 말인가. 뻔뻔스러운 녀석이로군."

재미있다는 표정으로 기이가 중얼거리고 있지만, 화를 내는 것 같지 않아서 다행이었다.

이걸로 안심하고 클레이만을 잡아먹을 수 있게 됐으니까.

태연하게 그런 생각을 하고 말았지만, 내 머리도 점점 악당답게 변해가는 것 같군.

역시 마물이라서 그런 걸까?

클레이만을 잡아먹는 것에도 거부감은 없다.

그렇지 않으면 마왕이 되었기 때문인 걸까?

뭐, 어느 쪽이든 상관없지만 말이지.

"뭐, 뭐야? 대체 무슨 일이 일어난 거냐……?"

동요를 감추지 못하는 클레이만.

자신 있게 쏜 일격이 한순간에 사라지는 바람에 머리가 따라가지 못하고 있는 것 같다.

그래서 몇 번이나 말했잖아? 너는 이미 끝났다고.

너 정도의 실력으로 내게 적대한 시점에서 미래는 이미 확정되어 있었던 거다.

자신의 실력과 상대의 실력, 그것을 제대로 파악하는 건 정말로 중요하다.

"이봐, 진짜 실력으로 싸우겠다면 빨리해. 기다려줄 테니까. 그렇지 않으면 설마, 방금 그 공격을 틈타서 도망치려고 했던 건 아니겠지?"

알면서 일부러 몰아붙인다.

나도 참 인간성이 나쁘다. 뭐, 인간이 아니라 슬라임이니까 문제는 없으려나.

애초에 클레이만은 아직 나를 얕보고 있었다.

경계는 하고 있는 것 같지만, 아직 멀었다고 할 수 있다.

확실히 라파엘의 예상대로 클레이만은 각성을 하고서도 그리 대단하지는 못했던 것 같다.

크게 에너지(마력요소)양이 늘어났지만, 단지 그뿐이었다.

그걸 제어하는 마력도, 유익한 스킬(능력)도 획득하지 못한 모양이다.

보아하니 각성이라고는 하나, 내 경우와는 크게 상황도 다른 것 같다.

나는 '사고가속'으로 지각 속도를 100만 배까지 높인다면, 시간이 정지된 것처럼 느껴진다. 그 상태에서 술식의 구축도 가능하기 때문에, 마법이란 건 쓰겠다고 생각함과 동시에 발동하는 것으로 바뀌어 있었다.

기를 짜낼 필요가 있는 마력탄 같은 건 시간적 효율이 너무 나빠서 이런 경우에는 선택하지 않는다.

생각——즉, 정보——만으로 그려낼 수 있는 술식 구축과는 달리, 오라(요기)의 제어에는 시간이 걸리니까 당연한 것이다.

뭐, 그것도 내게 '영창파기'와 '삼라만상'이 있으므로 가능한 이야기겠지만.

아무리 발동에 시간이 걸리는 마법이라고 해도 100만 배의 체감 시간이 있으면 여유가 있다. 일단 1초가 277시간에 해당하니까 말이다.

아무리 대규모의 술식이라도, 실제로는 하루도 필요하지 않기 때문에 0.1초 이하의 시간으로 구축 가능하다는 계산이 된다.

통상의 마법 같은 건, 여러 개를 동시에 설치해두는 것도 간단하다.

그러므로 내가 클레이만의 입장이었다면, 마법을 다중 발동시켜서 장소를 혼란하게 만든 다음, 그 틈을 타서 단번에 탈출을 시도했을 것이다.

그 방법을 선택하지 않은 시점에서 클레이만에겐 그 힘이 없다는 뜻이 된다.

내가 격리 구역을 구축한 것조차도 클레이만은 깨닫지 못하고 있다.

이것으로 클레이만의 퇴로는 막혔다. 도망치고 싶다면 나를 쓰러뜨리는 것 말고는 길이 없어진 셈이다.

그런 상황을 알고 그러는 건지 모르고 그러는 건지 모르겠지만, 클레이만이 띠는 분위기가 바뀌었다.

"후, 후후후, 슬라임 따위가 큰 소리를 치기는. 확실히 네놈은 강하다. 그건 인정하마. 하지만 말이지, 내 진짜 실력은 이 정도가 아니란 말이다!!"

죽기 살기로 미친 듯이 내게 덤벼 온다. ──또 하나의 예측으로 방침을 전환한 것이다.

도망칠 것을 포기하고 다른 마왕들 앞에서 자신의 힘을 과시한다. 그건 도박이지만 승산이 나쁘지는 않겠지. '힘이야말로 모든 것'이라는 마왕들이라면, 실력으로 죄를 말소하는 것도 불가능하지는 않을 테니까.

그러나 그건 내게 이겼을 경우의 이야기다.

"오라의 제어에 자신이 있는 것 같지만, 과연 이걸 받아낼 수 있을까? 어디 받아봐라, 내 최고의 필살기를!! 데몬 블래스터(용맥파괴포, 龍脈破壞砲)──!!"

클레이만은 길게 말을 늘이며 내 시선을 끌고는, 필사적으로 지맥을 조작하여 내 주위로 펼쳤다. 그리고 단번에 그것을 해방시켰다.

지맥을 모아서 쌓고 자신의 에너지와 뒤섞어 증폭시킨 뒤에, 교란 작용의 효과를 지닌 광선을 내뿜는 공격── 그게 데몬 블래스터라는 것의 정체이다.

이 작용의 효과가 적용되게 되면, 그자는 마력요소의 배열이 엉클어지면서 내면부터 파괴된다. 물리적 방어는 의미가 없으며, 마력요소를 이용한 '결계'조차도 파괴하는 대마(對魔) 공격.

마물에게는 천적이라고도 부를 수 있는 그 힘은, 역시 마왕이라는 이름을 듣고 납득할 만한 것이었다.

그러나──.

내게는 통하지 않는 것이다.

"모조리 먹어치워라, '벨제뷔트'——."

데몬 블래스터에 의한 광선은, 지면에서 솟아오르는 용처럼 보인다. 그러나 지금, 그 용들은 단말마의 비명을 지르는 것처럼, 내게 닿기도 전에 공간의 일그러짐 속으로 빨려 들어갔다.

탈출 따윈 불가능이다.

그 모습은 빛조차도 빠져나오지 못하는 블랙홀(암흑중력와, 暗黑重力渦)에 빨려 들어간 것 같다.

"소용없어, 클레이만. 너는 나보다 약하다."

마음을 꺾어버린다.

그렇게 하면 혹시나 흑막의 정체를 누설할지도 모른다.

그리고 마음을 꺾는 데에는 공포가 제일이다.

"말도 안 돼……. 이건 말도 안 돼——!! 내, 내 비장의 필살기가?!"

필살기이든 뭐든 방출계는 통하지 않는다니까. 머리를 좀 더 써서, 내게 직격을 줄 수 있는 거라면 다를지도 모르겠지만 말이다.

"이제 이길 수 없다는 걸 이해했나? 네가 알고 있는 정보, 너를 도와주고 있는 자의 이름들을 말해라. 솔직하게 말한다면 고통을 주지 않고 죽여주마."

"후하하하하하아! 나는 데스맨이다. 여기서 살해당한다 해도 부활할 것이고, 언젠가는 다시 네놈을 죽이러——으허억?!"

때린다.

나는 말없이 클레이만을 계속 때렸다.

그와 동시에 '사고가속'을 클레이만에게도 적용시켜서 100만 배로 가속시킨다. 내 '라파엘'은 나 자신뿐만 아니라 다른 사람에게도 영향을 줄 수 있는 것이다.

현실 시간으로는 몇 초 동안의 시간.

그러나 클레이만은 체감 시간으로 수십 일이나 되는 시간 동안 계속 맞는 공포와 고통을 맛보게 된 셈이다.

고통과 공포를, 그 영혼에 새기도록 하기 위해서.

그리고 그 몇 초 만에——,

클레이만의 머리카락은 공포로 인해 빠져버렸고, 그 표정은 죽은 사람처럼 변하고 있었다.

"클레이만."

내가 조용히 부르자, 클레이만은 움찔 하더니 공포로 인해 움직임이 굳어졌다.

"마지막으로 한 번 더 묻겠다. 누가 너에게 정보를 흘리고 있었나? 그자와 너의 관계는? 그걸 말하면 편하게 해주마."

하지만 클레이만은 내가 생각했던 것 이상으로 근성이 있었던 모양이다.

"——나, 날 얕보지 마라. 내가 동료를, 하물며 의뢰주를 배신할 일은 없다. 그것이 '중용광대연합'의 절대적인 규칙이란 말이다!"

그런가, 악당은 악당 나름대로 어길 수 없는 규칙 같은 것이 있는 모양이다.

"그렇군, 그러면 어쩔 수 없지. 그래. 일단 하나 가르쳐주겠는데, 너는 부활은 할 수가 없어."

그렇게 내가 별일도 아닌 것처럼 클레이만에게 알려준다.

방금 부활이 어쩌고 말했었지만, 그런 일은 불가능하다.

내 '벨제뷔트'로 먹힌다는 것은, 베루도라조차도 탈출 불가능이었던 '무한뇌옥'에 붙잡히는 것보다도 비참한 것이다.

"무, 무슨 소리를? 무슨 소리를 하는 거냐?"

어쩌면 부활을 기대하면서 강한 척을 하고 있었던 건가?

내 말을 들은 순간, 클레이만은 동요하기 시작했다.

"너, 방금 했던 말 말인데, 데스맨은 죽어도 부활한다며? 그러니까 너는 내 의식을 널 죽이는 데에 집중하게 한 뒤에, 그때 아스트랄 보디(성유체, 星幽體)를 탈출시켜서 도망치려는 꿍꿍이를 갖고 있지. 내 말이 틀린가?"

정말로 잔꾀가 많은 녀석이지만, 그 목적을 달성하려고 하는 집념 하나만은 높이 쳐줄 만하다.

클레이만은 순식간에 얼굴이 창백해졌다.

"――무, 무슨 소리를?"

필사적으로 아닌 척하고 있지만, 그런 태도가 정곡을 찔렸음을 알려주고 있다.

라파엘이 아니라고 해도 그 정도는 나도 알 수 있을 것이다.

하지만 라파엘이라면 더 대단하다.

"어, 그러니까 너는 아스트랄 보디로 지맥에 접촉하는 것으로, 자아와 기억을 보존하는 게 가능한 것, 맞지? 그렇기에 그 육체가 소멸해도, 완전히 죽는 건 아닌 거야. 그래서 죽은 척을 하려고 했었던 건가……."

과연, 그랬었군.

라파엘의 설명을 그대로 입으로 옮기자, 클레이만이 와들와들 떨기 시작했다. 완전히 정답이었던 모양이다.

"자, 잠깐……."

그러면 숨겨둔 비밀도 다 알았으니, 슬슬 끝을 내기로 하자.

"자, 이 이상은 더 들을 것도 없을 것 같으니, 지금부터 클레이만을 처형하겠어. 반대하는 사람이 있나? 있다면 내가 상대해주겠는데?"

소란을 부리는 클레이만을 무시하고, 마왕들에게 묻는다.

여기서 반대가 나오면 귀찮아지겠지만, 아마 그럴 일은 없겠지.

"마음대로 해라."

예상대로 기이가 대표로 답했다.

다른 마왕들도 이의는 없는 것 같다.

"이러지 마! 안 돼, 이러지 마——!!"

필사적으로 아우성치는 클레이만.

이제 와서야 겨우 자신이 도망칠 수 없다는 것을 깨달은 듯했다.

"네가 하도 나를 귀찮게 구는 바람에, 너에겐 진절머리가 나던 참이었다. 편하게 죽을 수 있을 거라는 생각은 하지 마라."

그렇게 말하면서 나는 클레이만의 머리에 손을 얹었다.

흑막의 정보를 흘려주면 편하게 마무리를 지어주려고 생각하고 있었다. 하지만 클레이만은 말하지 않았다. 앞으로의 일을 생각하자면 정보는 얻고 싶었지만, 없다면 없는 대로 어떻게든 될 거라 생각한다.

클레이만의 성에도 단서가 있을지도 모르고, '중용광대연합'이 마족이 아니라는 증언을 봐서도 인간과 손을 잡고 있다는 것은 명백하다.

그게 동쪽 제국인지 서방열국인지 확실하진 않지만, 어찌 됐든

지 내 동향을 알 수 있는 입장에 있는 이상, 서방열국에도 뿌리를 뻗치고 있는 것은 확실한 것이다.

천천히 더듬어가다 보면 꼬리는 붙잡을 수 있을 것이다. 거짓인지 진실인지 모를 클레이만의 증언에 의지하는 것이 훨씬 더 혼란스러울 가능성도 있는 것이다.

그러니까 말이지, 클레이만.

"——영혼이 소멸하기까지의 짧은 시간을, 실컷 반성하면서 지내도록 해라."

"안 돼, 이봐, 이러지 마!! 제바알! 이러지 마아아아아아—!! 사, 살려줘, 풋맨! 살려줘, 티어! 나는 아직 죽을 수 없어. 이런 곳에서 죽을까 보냐———!!"

보기 추한 모습으로 도망치려고 하는 클레이만.

하지만 내가 그걸 허용해줄 리가 없다.

아무리 발버둥을 쳐도 내 마음에는 닿지 않는다. 이런 녀석을 살려두면 또 재앙의 씨앗이 된다.

그리고 말이지, 네 덕분에 내 안에 있던 안일함은 이제 죽어버렸어. 이제 두 번 다시 내 안일함으로 인해 동료를 잃는 것은 절대 사양이다.

"사, 살려주십시오, 카자리무 님——."

클레이만이 망가진 가면에 손을 뻗으면서, 기도하듯이 쥐었고——,

와그작.

꼴사납게 소리를 지르면서 저항하고 있었던 클레이만이 순식간에 그 자리에서 사라졌다.

내 '벨제뷔트'에 의해 영혼까지 잡아먹힌 것이다.

그건 내 안에서 순수한 에너지로 변환될 것이다. 그 과정에서 클레이만은 지옥의 고통을 맛보게 되리라.

더렵혀진 영혼이든, 사악한 영혼이든, 설령 선량한 영혼이라 해도.

죽음은 공평하면서 평등한 것이다.

그때 문득――,

――아아, 라플라스. 네 말이 맞았어. 나는 조금, 도가 지나쳤던 모양이야. 네 충고대로 얌전히 있었으면 됐을 것을……. 정말로, 네 판단은 언제나 옳았지――.

――그런 클레이만의 목소리가 들린 것 같았다.

후회인가?

어떤 악당이라도 후회는 하는 건가…….

내가 부여한 '죽음'을 통해 클레이만이 조금이라도 반성하기를 바라자.

이렇게 클레이만은 그 야망이 무너지면서 나를 위한 양분이 된 것이다.

ROUGH SKETCH
기이 크림존
다구류루
레온

Regarding Reincarnated to Slime

내가 클레이만을 잡아먹은 것과 동시에 붉은 머리의 마왕 기이가 일어섰다.

그리고 엄숙하게 말한다.

"훌륭하다. 네가 오늘부터 마왕의 이름을 칭하는 것을 인정하마. 이견이 있는 자는 있는가?"

그 말에 이견이 있는 자는 없는 모양이다. 보아하니 나는 마왕으로 인정을 받은 것 같아서, 일단 안심이 된다.

실제로 이 자리에서 마왕을 적으로 돌려서 싸우는 것은 자살행위라고 생각하고 있었던 것이다.

하지만, 애초에 그런 걱정은 할 필요가 없었던 것 같다.

격리시켜둔 전투 구역을 해제한 내게 라미리스가 날아와서 말한다.

"나는 리무루가 할 때는 하는 녀석이라고 믿고 있었어! 원한다면 내 제자로 인정해줄 수도 있는데?"

"아, 난 딱히 그런 건 필요 없어. 제자는 따로 구하도록 해."

"왜?! 좋잖아, 순순히 제자가 되어줘도."

뾰로통한 표정을 짓는 라미리스.

그에 비해 밀림이 마치 이긴 듯한 분위기로 말했다.

"흐흥! 리무루는 내 친구니까 말이지. 너와는 사이좋게 지내고 싫지 않은가 봐?"

"뭐?! 말도 안 돼, 잠깐! 리무루, 이거 거짓말이지?"

"와하하하하! 너는 버림받는 신세가 되었네, 라미리스!"

"뭐라고—?! 이얍!"

그런 밀림의 도발을 받고, 라미리스가 밀림의 얼굴을 향해 날아 차기를 날렸다.

밀림은 그걸 가볍게 피하고 높은 목소리로 웃는다.

이 두 사람은 생각했던 것보다 사이가 좋은 것 같다.

한편.

어느샌가 베루도라가 친숙한 얼굴로 마왕 다구류루와 이야기를 나누고 있었다.

오라(요기)를 억누르는 훈련을 하는 중이라고, 다구류루에게 자랑하고 있는 모양이다.

그리고 나를 가리키면서 "봤어? 다구류루, 저 녀석이, 좋은 견본이야" 운운하며 자랑스럽게 말하는 지경이다.

다구류루는 다구류루대로 "확실히 그렇군. 한순간이었지만, 폭발적인 에너지(마력요소)양을 느꼈어. 저렇게나 훌륭하게 숨길 수 있나 보군"이라고 말하면서 베루도라의 말에 고개를 끄덕이고 있다.

베루도라는 나와 클레이만의 싸움을 해설하고 있었던 모양이다.

정말이지, 그런 짓은 좀 참아주면 좋겠다. 그런 짓을 저지를 것 같아서, 도시를 잘 지켜달라고 부탁했던 건데 말이지…….

싸움이 끝남과 동시에 흥미를 잃었는지, 디노가 졸린 표정으로 입을 연다.

"뭐, 잘된 거 아냐?"

그리고 깔끔하게 그렇게 말했다.

참으로 막연한 느낌이 드는, 뭘 생각하는지 모를 마왕이다. 하지만 뭐, 날 인정해주는 것 같으니 만족하기로 하자.

레온은 자신과 관계없다는 듯이 무관심이다.

"훗, 나는 누가 마왕이 되든 흥미가 없어. 좋을 대로 하면 된다."

정말로 차가운 녀석이다.

프레이와 칼리온도 이견은 없는 것 같다.

그렇게 되면 나머지는 이제 한 명…….

그때, 침묵을 지키고 있었던 마왕 발렌타인이 묵직하게 한 걸음을 앞으로 내딛었다.

"흠. 나로서는 미천한 슬라임이 마왕이라는 건 결코 인정하고 싶지는 않지만——."

아름답고 화려한 제왕의 품격을 갖추고 있는 발렌타인은 그렇게 말하면서 나를 깔보듯이 바라봤다.

아무래도 반대, 인가. 그러나 다수결로는 내가 마왕으로서 승인을 받을 것은 틀림없다.

그렇다면 문제는 없겠지. 그렇게 생각하면서 흘려듣고 넘기려고 했더니,

"크앗———핫핫하. 야, 쓰레기. 내 친구를 모욕할 생각이냐? 이봐, 미루스, 부하가 영 버릇이 없군. 내가 교육시켜줄까?"

베루도라가 상당히 친한 말투로 마왕 발렌타인의 메이드에게 말을 건 것이다.

잠깐, 이봐! 뭐하는 거야, 너?!

"무슨 말씀을 하시는 건지요? 저는 마왕 발렌타인 님의 충실한 시녀입니다만?"

차가운 목소리, 얼음 같은 표정으로 미루스는 베루도라에게 대답했다.

"잠깐, 그러면 안 돼! 발렌타인은 정체를 숨기고 있는 거다. 베루도라, 그걸 말하면 안 돼!"

응, 밀림 양? 당신이 지금 완전히 다 까발리고 말았는데요?!

나도 얼핏 그런 게 아닐까 생각하고 있었지만, 역시 추측이 맞았던 모양이다.

이 메이드 미소녀, 미루스야말로 진정한 마왕이었던 것이다.

시선만으로 사람을 죽일 수 있을 것 같은 눈으로, 미루스는 밀림을 노려봤다.

"앗!"

밀림도 그 사실을 깨달았는지, 어색한 표정으로 휘파람을 불면서 얼버무리고 있다.

그거, 소리가 전혀 안 나오고 있거든. 그리고 그런 짓을 해봤자 소용없을 것 같은데. 미루스에게 농담은 통할 것 같지 않은 데다, 그런 짓으로는 분노가 풀어질 것 같지도 않다.

짜증이 나는 듯한 표정으로 주위를 돌아보는 미루스.

그 눈은 전부 다 죽여서라도 증거를 은폐할 것을 꾸미는 자의 것이다.

너무나도 호전적이면서 위험한 인물인 모양이다. 하지만 다행히도 미루스는 이 자리에 있는 모두를 상대하는 건 포기한 것 같다.

"쳇, 짜증 나는 사룡 녀석. 끝까지 날 방해하는군……. 게다가 너, 내 이름까지 잊어버린 거냐? 정말로 사람 성질 돋우는 거 하나는 잘하는 녀석이라니까."

분위기를 확 바꾸면서, 미루스——아니, 마왕 발렌타인은 말했다.

아무래도 베루도라는 생각했던 것 이상으로 훨씬 더 사람의 이름을 잘 기억하지 못하는 모양이다. 그게 더 마왕 발렌타인을 화나게 만들어버린 것 같다.

"이제 됐어. 날 발렌타인이라고 부르도록 해라."

불쾌한 표정으로 그렇게 말하는 발렌타인.

그리고 그 직후, 발렌타인은 방대한 마력을 해방함과 동시에, 그 외관이 순식간에 변모했다. 그에 따라 복장도 메이드복에서 호화로운 칠흑의 고딕드레스로 바뀌었다.

드레스 체인지(마법환장, 魔法換裝)—— 밀림도 특기로 삼고 있던, 빠르게 옷을 갈아입는 마법이다.

그리고 출현한 것은 경국지색의 미소녀.

아아, 역시. 진짜는 격이 달랐다.

마왕 발렌타인도 제법 강했지만, 차원이 다르다. 아름다움과 강함을 겸비한 마왕이 지금 모습을 드러낸 것이다.

"로이여, 너는 먼저 돌아가 있어라."

옷을 다 갈아입은 발렌타인은 왕자(王者)의 품격으로 현재의 마왕 발렌타인에게 명령했다. 보아하니 마왕 발렌타인의 본명은 로이라는 이름인가 보다.

"하지만 발렌타인 님——."

"이렇게나 많은 사람들 앞에서 정체를 들켰으니, 더 이상은 감

춰둘 의미가 없다."

그렇게 단언하고 베루도라를 노려보는 발렌타인. 베루도라는 불편한 표정으로 "난 잘못 없어. 몰랐으니까……"라고 발렌타인에게서 눈을 피하면서 변명이라고 할 수 없는 말을 중얼거리고 있다.

그리고 장본인인 밀림은, 이쪽은 완전히 남의 일 취급이다. 밀림의 머릿속에선, 이 이야기는 이미 끝난 일이 되어 있을 것이다. 끝까지 제멋대로 구는 점은 여전했다.

그걸 누구보다도 잘 이해하고 있는지, 발렌타인은 상당히 화를 내면서도 그 이상 뭐라고 할 마음은 없는 것 같다.

마음을 가다듬으려는 듯이, 지금은 부하로서의 예를 취하는 로이에게 엄격히 지시했다.

"그리고 마음에 걸리는 게 있다. 클레이만 녀석이, 너를 보고 한순간이지만 시선이 멈췄었지. 예전에 내 영토를 침입했다고 하는 쓰레기들과 관계가 있을지도 모르니까 돌아가서 경비를 엄중하게 하도록 전하거라."

라고.

아무래도 클레이만은 여기저기서 싸움을 걸고 다닌 모양이다. 그랬으면 미움을 사는 것도 어쩔 수가 없겠군.

소재 불명인 발렌타인의 영토를 찾던 것뿐인지도 모르지만, 참으로 무모한 짓을 하고 다니는 녀석이다. 정보 마니아라고 해도 도가 지나치면 번거로운 존재인 것이다.

"——알겠습니다."

로이는 그렇게 말하자마자, 혼자 먼저 이 자리를 떠났다.

발렌타인의 명령에 거역하지 않고. 그리고 그건, 로이가 마왕의 자리에 미련 따위는 없는, 진정한 의미의 대역이었다는 것을 의미한다.

그것이 바로 발렌타인의 권위를 증명하는 것이기도 했다.

이렇게 발렌타인은 다시 마왕의 자리에 되돌아온 것이다.

*

자, 연회를 다시 시작하자.

나는 '위장'에서 원탁을 꺼내어 다시 놓았다.

부서지기 전에 수납해두길 잘했다. 전투를 위한 격리 구역을 준비하기 전에 전투가 시작되었다면, 틀림없이 부서졌을 것이다. 이렇게 비싼 원탁을 변상하는 건 사양하고 싶다.

원탁에 마왕들이 앉았고, 그 자리에 기이의 메이드 두 사람이 홍차를 준비하면서 돌아다닌다.

그걸 곁눈질로 보면서 레온이 문득 중얼거렸다.

"——아아, 기억이 났어. 카자리무라는 이름이 귀에 익다 싶었더니, 내가 죽였던 마왕이로군."

나도 모르게 홍차를 뱉을 뻔했다.

아무렇지도 않은 얼굴로 무슨 말을 하는 거야, 레온 녀석은.

"알고 있어? 레온."

왜 당신이 모르는 겁니까, 밀림 씨?

다른 마왕의 반응도 얼추 비슷하다.

누구야, 그게? 그런 반응이 많다.

라미리스도 완전히 잊어버리고 있다. 기억은 남는 거 아니었어? 그렇게 지적을 하고 싶지만, 불쌍해서 참기로 했다.

——그래서, 카자리무라니, 대체 무슨 이야기를 하는 거야?

《……해답. 클레이만이 도움을 바라면서 부른 자 중에 '카자리무'라는 이름이 있었습니다.》

아, 그래, 맞아! 이제 기억이 났다.

그런 이름도 소리쳐 불렀었지. 제대로 기억하고 있으니까, 밀림이랑 라미리스와 같은 부류로 보는 건 참아주면 좋겠다.

"그래서 카자리무 말인데, 클레이만과 어떤 관계인거지?"

그렇게 물어보자, 그 질문에 대답해 준 사람은 칼리온이었다.

"카자리무는 '커스 로드(주술왕)'를 말하는 거야. 밀림, 너와 카자리무가 나를 마왕으로 추천해줬잖아?"

"아아, 그 녀석 말인가. '커스 로드'라면 기억하고 있어. 그렇구나, 레온이 죽인 마왕은 그 녀석이었지."

본명이 아니라, 이명으로 기억하고 있었던 모양이다. 이제 조금은 납득이 된다.

아니, 레온이 쓰러뜨린 마왕이라면, 그 녀석 하나밖에 해당이 안 될 텐데. 아마 내 생각이지만, 딱히 특별한 일이 아니라 잊어가고 있던 중이었나 보다…….

"그래. 분명 카자리무도 클레이만과 같은 데스맨(사요족)이었을 거야. 그것도 엘프에서 자력으로 진화한 유니크 몬스터(특수 변이 개체)였다고 들었어. 클레이만이 카자리무의 지반을 계승한 걸 봐서도 알 수 있겠지만, 그 녀석들은 뒤에서 이어져 있었겠지."

칼리온이 옛날을 그리워하는 표정을 하면서 그렇게 가르쳐줬다. 칼라온은 클레이만의 경우와는 달리 카자리무에 관해서는 그렇게까지 나쁘게 생각하지는 않는 것 같다.

어라, 잠깐? 그냥 듣고 넘어갈 뻔했지만, 카자리무도 데스맨이었다면…….

"혹시 카자리무는 살아남은 건가? 레온에게 살해당한 것처럼 보이고서, 어딘가에 숨어 있다거나?"

"아아, 그 녀석이라면 충분히 그럴 수도 있지. 카자리무라는 녀석은, 클레이만 이상으로 방심할 수 없는, 머리가 좋은 남자였으니까 말이야."

칼리온도 동의했기 때문에, 이 추측은 어쩌면 맞는 걸지도 모른다.

"내가 놓아준 것처럼 말하는 건 의외로군. 마왕이 될 수 있도록 도와줄 테니까 부하가 되라고, 잘난 체 굴면서 권유했었지. 거절하는 것도 귀찮아서, 녀석을 쓰러뜨리고 그 지위를 빼앗았을 뿐이야. 살았든, 죽었든, 그건 나와는 관계없는 얘기다."

자못 당연하다는 듯이 레온이 말한다.

뭐, 확실히 레온은 힘을 보여줬을 뿐이지, 죽일 생각조차도 없었던 것 같다. 카자리무의 생사 따위는 흥미가 없었던 것이다.

"이봐, 레온. 그런 태도를 보이니까 클레이만에게 원한을 산 거 아냐."

"흥, 흥미 없어."

충고하는 칼리온에게 레온은 쌀쌀맞게 대답한다. 뭐, 분명 레온으로서는 귀찮았을 뿐이려나.

그리고 클레이만은 레온에게도 싸움을 걸었단 말인가. 그야말로 전 방위로군. 정말 똑똑했는지, 점점 의문스러워지기 시작한다.

하지만 이것으로 왠지 모르게 카자리무와 클레이만의 꿍꿍이가 뭔지를 알게 된 것 같다.

레온이 마왕이 된 것은 200년 정도 전이었다고 하니, 칼리온과 클레이만을 마왕으로 만들어서 동료를 더욱 늘리기라도 하려 했던 것이겠지.

이번에 클레이만이 꾸몄던 오크 로드 마왕화 계획도 그런 계획의 재탕인 것 같은 느낌이로군. 이 발푸르기스(마왕들의 연회)에서의 발언력을 더하기 위해서, 동료들을 늘리려고 한 것이다.

조직을 짜서 투표한다니, 마왕답지 않은 비겁한 방식이라는 생각이 들었다.

상당히 유효한 방법이니 이해는 가지만 말이다.

"클레이만의 동료에는 '중용광대연합'이라는 자가 있었어. 그 녀석들은 인간들 중에도 협력자가 있다는 걸 암시하고 있었으니, 어쩌면 부활한 카자리무가 인간에게 빙의하고 있었을 가능성도 있겠군."

나는 자신의 생각을 그렇게 말했다.

레온에게 패배하여 쓰러졌을 때, 카자리무의 육체는 소멸했다고 한다. 그러므로 부활한다고 해도 우선은 스피리추얼 보디(정신체)부터 진행될 것이다.

그렇다면, 다른 생명체에 빙의했다고 생각하는 것이 자연스럽다.

게다가 마왕들이 사는 영역에서 부활했다면 금방 들키게 될 것이니, 지금까지 아무도 몰랐다는 걸 생각해봐도 마왕의 영역에는 숨어 있지 않다고 생각된다.

"그 생각은 옳을지도 모르겠군. 레온의 공격은 정신조차도 파괴하지. 카자리무가 살아남은 것을 칭찬해도 좋을 정도야. 그리고 말이지, 우리들 데몬(악마족)조차도 영혼부터 부활하려면, 수백 년 단위의 시간이 걸려. 데스맨이라면 더더욱 그렇지. 자력으로 부활할 수 있을 거라는 생각도 할 수 없을 정도로 말이야."

내 생각에 놀랍게도, 기이가 찬성했다.

정신 생명체인 데몬과 달리, 데스맨은 육체에 의존한다. 그러므로 아스트랄 보디(성유체)부터 부활하는 데는 시간도 걸리니까, 오히려 살아남은 게 기적적이라 할 것이다.

기이의 설명으로는 그렇다고 한다.

즉, 누군가 협조하는 사람이 있을 가능성이 높다는 뜻인가.

왠지 모르게 이어져 있을 것 같지만, 이 이상의 확정된 정보를 나올 것 같지 않군.

"뭐, 어쨌든 카자리무는 부활한 상태라고 보고 경계하도록 하지. 클레이만을 죽였으니, 날 원망하고 있을 것 같으니까 말이야."

"와하하하하! 리무루, 네가 더 강하니까 걱정할 필요는 없어."

"멍청아, 그런 방심이 패배로 이어지는 거라고!"

나는 그렇게 말하면서 밀림의 말을 흘려 넘겼다.

자신에 대한 경계의 의미도 담겨 있다.

이번의 대승리로 클레이만의 세력은 일소했으니, 한동안은 적이 움직이지는 않을 거라고 생각하지만, 그래도 방심은 금물이다. 나 혼자라면 또 모르지만, 지금의 내겐 지켜야 할 동료들이 있으니까.

앞으로는 좀 더 방어에 힘을 기울여, 여러모로 대책을 강구하자고 생각했다.

*

그런 잡담을 마친 뒤에 다시 회의가 시작됐다.

사회 역할을 맡았던 클레이만이 퇴장했으므로, 기이가 대표로서 이 자리를 끌어갈 모양이다.

"이번 의제는 칼리온의 배반과 거기 있는 리무루의 등장에 관해서였지만, 그 문제는 정리됐다. 칼리온은 배반하지 않았고, 리무루는 마왕에 걸맞은 힘을 보여줬으니까. 내 입장에선 이걸로 끝을 내도 괜찮지만, 모처럼의 기회다. 뭔가 더 하고 싶은 말이 있는 자는 있나?"

그 말을 기다리고 있었는지, 프레이가 입을 열었다.

"말해도 괜찮을까? 지금은 연회가 한창 진행 중이니, 마침 좋은 기회인 것 같아서 내가 제안이라기보다 부탁을 할까 하는데?"

"좋아, 말해봐."

기이가 대답했고, 프레이는 고개를 끄덕인 후에 말을 잇는다.

"나는 오늘부터 밀림을 모시기로 했어. 그러니까 마왕의 지위는 반납하도록 할게."

그리고 그런 폭탄발언을 뱉은 것이다.

"이런, 이런, 꽤나 갑작스러운데?"

"기다려, 프레이! 나는 그런 얘기 처음 듣는데?!"

"그래, 말하지 않았으니까. 하지만 말이지, 전부터 생각하고 있었던 거야."

그렇게 말하면서 프레이는 눈을 반쯤 감으면서, 먼 곳을 바라보는 시늉을 했다.

●

프레이는 떠올린다.

그건 바로 밀림과의 대화. 프레이가 밀림을 믿겠다고 결심한 계기가 된 대화를.

『있잖아, 프레이, 나랑 친구가 되어주지 않을래?』

『──왜 그런 말을 하는 거야?』

『리무루가 말이지, 친구가 되어줬어! 친구는 좋은 거더라고. 곤란한 일이 생기면, 서로 도와주는 거야!』

『어머나, 그래? 그럼 말이지, 밀림…… 네가 나를 도와준다면, 친구가 되어줄 수도 있겠는데?』

『정말이야?! 물론, 약속할게!』

『어머나, 기쁘네. 그렇지만 말이야, 나는 조심성이 많으니까 네가 **약속**을 지켜준다면 신용할게.』

『알았어! 그럼 이제 우리도 친구인 거다!』

프레이는 클레이만을 신용하지 않았다. 그래서 밀림을 믿고, 자신의 보신조차도 저울질하면서 클레이만의 제안을 받아들인 척한 것이다.

만약 밀림이 약속을 지키지 않았다면…….

만약 밀림이 정말로 조종당하고 말았다면…….

그런 불안은 있었지만, 프레이는 밀림에게 걸어본 것이다.

그리고 도박에서 이겼다.

그것이 이유.

프레이가 밀림을 믿겠다고 정하고, 그리고 그녀를 따르겠다고 결심한 이유였다.

누구도 믿지 않고 살아왔던 고고한 여왕이, 처음으로 타인을 믿었던 순간이다.

●

그리고 뭔가를 떠올렸는지 쿡 하고 웃더니, 결의를 담은 목소리로 말하기 시작한다.

"뭐, 이유는 여러 가지가 있겠네. 하지만 가장 큰 이유는, 나는 마왕으로선 너무 약하다고 생각했기 때문이야. 방금 전의 싸움을 보면서 확신하긴 했지만, 클레이만과 싸워도 잘해야 호각일걸. 하물며, 각성한 클레이만에겐 도저히 이길 수 없었을 거야……."

"하지만 프레이, 네가 특기로 하는 것은 넓은 하늘에서의 고속 비행전일 텐데? 그렇게까지 자신을 비하할 건 없지 않을까?"

다구류루가 그렇게 감싸주어도 프레이의 결의는 단단한 것 같았다.

"확실히, 하늘에서 싸운다면 내가 유리하겠지. 그렇지만, 마왕에게 변명은 통하지 않아. 그리고 단지 유리하기만 한 걸로는 어쩔 수 없는 경우도 있다는 걸, 나는 알았어——."

그렇게 말하면서 프레이는 슬쩍 나를 바라봤다.
그리고 계속 말한다.
"——그래서 말이지, 나는 밀림의 부하가 되기로 결심했어. 게다가 밀림도 언제까지나 제 고집대로만 움직일 수는 없지 않겠어? 슬슬 자신의 영토를 운영하는 것도 생각해야 하지 않을까?"
즉, 프레이는 자신을 위해서만 그런 말을 한 것이 아니라는 건가.
밀림은 확실히 위태로워 보이는 데다, 내버려 둘 수도 없다. 누군가가 감시역을 겸하면서 보조할 필요가 있다는 것은 확실하겠지.
프레이는 스스로 그렇게 말했지만, 내가 보기에는 그 정도로 약해 보이지는 않는다. 오히려, 클레이만과는 다른 의미로 책사이며, 속내를 보이지 않은 기분 나쁜 부분이 있다.
뭐, 여자는 무섭다고 하는 전형적인 타입이니까, 유달리 더 그런 느낌을 받는 것이겠지만.
그건 그렇다 쳐도, 이게 실현되면 어떻게 되는 거지?
마왕으로서가 아니라 부하로서의 기준으로 생각한다면, 밀림에게 어울리는 전력이 될 것은 틀림이 없다.
밀림은 나라를 가지고 있지 않다지만, 프레이가 그 밑으로 들어가게 된다면, 확고한 영지를 지니게 되는 건가.
그렇게 되면 밀림의 나라와의 국교도 생각하지 않으면 안 될 것이고, 거기에 프레이가 있다면 교섭도 쉽지는 않을 것 같다.
그렇지만 그건 그것대로 재미있을 듯하다.
"어때, 이 제안을 받아들여주지 않겠어?"
그렇게 말하면서, 프레이는 밀림 쪽을 바라봤다.
"아, 하지만 나는 백성은 갖지 않는 주의인데……."

당황하는 밀림.
밀림이 그 제안을 거절하려고 하던 그때——.
"잠깐 기다려줘. 그런 얘기라면, 나도 하고 싶은 말이 있어."
그렇게 말하면서, 칼리온이 대화에 끼어든 것이다.
"나도 말이지, 밀림과 1 대 1로 붙어서 진 몸이라고. 나도 이참에 깔끔하게 밀림 밑에 들어가려고 생각해. 대외적으로는 마왕끼리는 동격이야. 상대가 용사라면 또 모를까, 같은 마왕에게 진 이상, 그 지위는 반납해야 한다고 생각해. 그러니까 말이야, 내가 마왕 노릇을 계속 하는 것도 웃기는 거라고. 그런고로, 나는 오늘부터 밀림의 부하가 되겠어. 잘 부탁해, 대장!"
이쪽은 상대의 의사를 확인할 마음도 없는 것 같다.
힘이 정의라는 마왕들이다 보니, 이 논리는 이해가 안 되는 것도 아니다. 그렇지만 말이지…….
밀림은 부하를 두고 있지 않으니까, 밀림의 부하가 반대할 일은 없다. 그러나 현 마왕 두 사람이 그대로 부하가 된다니, 그래도 되는 건가?
"잠깐 기다려, 칼리온! 1 대 1로 싸운 건 클레이만이 잘못한 거야! 나는 조종을 당하고 있었다고. 난 몰라, 그런 건!"
그건 말이 안 되지.
아무리 그래도 그 변명은 통하지 않을 거라고 난 생각해, 밀림.
다른 마왕들도 어이가 없다는 표정으로 밀림을 보고 있다.
"너 인마, 시치미 떼지 마. 방금 스스로 '나를 지배하는 건 무리야!'라고 당당하게 말했으면서!"
쓸데없이 목소리를 비슷하게 흉내 내면서 밀림이 했던 말을 재현하는 칼리온. 의외로 재주가 있는 인간이다.

"윽?! 그, 그건 말이지……."

"뭐, 거기 있는 근육 바보는 어찌 됐든 상관없어. 하지만 나는 괜찮겠지? 밀림."

"그, 그런 말을 하면서 나를 속이려는 것 아니야? 부하가 되어 내 밑으로 들어오면 가볍게 말을 걸어주지 않을 거잖아? 같이 놀아주거나, 못된 장난도 치지 않게 될 거 아냐?!"

그런 밀림의 말에 프레이는 고개를 옆으로 젓는다.

"아니, 언제든지 같이 있을 수 있게 되는 데다, 좀 더 즐거운 일을 같이 할 수 있게 될지도 모르지?"

그렇게 말하면서 밀림을 세뇌——꼬드기기 시작했다.

이것 보라지. 이런 점이 방심할 수 없는 부분이다.

칼리온은 칼리온대로 돌직구를 날린다.

"애초에 말이지, 네가 우리나라를 날려버린 게 원인이잖아! 리무루 씨가 도와줬다는 얘기는 들었지만, 너한테도 우리를 부양할 의무가 있는 거라고!"

그런 의무는 없다고 생각하지만, 밀림은 어려운 말에 약하다.

칼리온 녀석, 생각했던 것보다도 머리를 쓰는데.

밀림은 칼리온의 계책에 빠졌는지, 눈이 돌아가기 직전이다. 그리고 생각하기가 귀찮아졌는지, 결국에는 폭발했다.

"에에——잇! 알았어. 너희들 맘대로 하면 되잖아!!"

밀림은 화산이 분화하는 것처럼 머리에서 김을 내뿜으며, 생각하기를 포기하고 있다.

역시 밀림이다.

똑똑한 듯하지만, 생각 자체는 힘들어한다.

"칼리온, 정말 그걸로 만족하나?"

"그래. 나도 여러모로 생각했어. 수왕국의 왕을 그만두려는 게 아니라, 밀림을 그 위에 두는 신체제를 세워보겠다고 생각한 거야."

기이가 묻자, 칼리온이 확실하게 대답한다.

"나는 널 마음에 두고 있었거든. 앞으로 몇백 년만 지나면, 너도 각성할 거라고 기대하고 있었는데 말이지."

흣 하고 콧방귀를 뀌면서 아쉽다는 듯이 중얼거리는 기이.

하지만 그 직후에 씨익 웃으면서 선언했다.

"좋아! 지금부터 프레이와 칼리온은 마왕이 아니다. 너희들이 바라는 대로 밀림을 모시도록 해."

기이의 선언에 의해, 두 사람은 정식으로 마왕의 지위에서 물러났다.

이견이 있는 자는 없는 것 같다.

당연히 나도 이견은 없다.

이렇게 나는 마왕으로서 정식으로 승인을 받았다. 그와 동시에 한 명은 죽었고, 두 명은 자리에서 물러나 마왕 밀림의 직속 부하가 되었다.

10대 마왕은 현시점에서 여덟 명이 된 것이다.

*

이것으로 회의도 끝나는 줄 알았더니, 문제가 또 하나 남아 있던 모양이다.

그건 별생각 없이 내가 중얼거린 말에서 비롯됐다.

"그렇군, 이젠 10대 마왕이 아니게 된 셈이로군."

이 말에 마왕들이 움찔하고 반응한 것이다.

"그거 곤란하군. 궤멸적인 문제로 보고 또 새로운 명칭을 생각하지 않으면 안 되겠어."

그런 말을 꺼낸 다구류루.

뭐? 그렇게 중요한 일이야?

"다행히도 지금은 발푸르기스(마왕들의 연회)가 한창 열리는 중이지. 이 자리에 모든 마왕이 다 모여 있으니, 좋은 생각을 떠올려 보는 것도 좋겠군."

농담을 싫어할 것 같은 발렌타인까지 아주 진지한 표정으로 맞장구를 친다.

잠깐, 잠깐, 명칭 같은 건 아무래도 상관없잖아.

그런 건 그냥 내버려두면, 인간들이 알아서 붙여줄 것 같은데?

"예전에는 정말 엉망진창이었으니까 말이야. 명칭을 정할 때마다 늘어났다 줄어들었다 하는 바람에, 몇 번이고 발푸르기스를 개최하는 지경까지 갔으니까—."

뭐?! 그런 별것도 아닌 용건으로, 발푸르기스가 개최되는 거야?!

분명, 라미리스는 마왕 전체가 다 모이는 특별한 모임이 어쩌고 하면서 거창한 말을 했는데…… 아니, 맨 처음에는 단순한 다과회였던가?

이젠 어찌 되든 상관없게 됐어.

"아, 그렇지. 전에 그 '10대 마왕'이란 호칭도 결국에는 인간이 그렇게 부르기 시작한 거잖아? 우리가 필사적으로 생각한 것도 소용이 없게 되었다고. 그러니까 나는 더 이상은 무리야. 생각할 기력도 나질 않아."

아니, 아니. 무리라는 말을 하기 이전에, 아무것도 생각할 마음이 없는 것뿐이잖아, 넌. 지금까지 나름 열심히 생각했던 것처럼 말하지 말라고.

"입 닥쳐라, 이 녀석들. 투덜대기만 하지, 건설적인 의견을 내지도 않았던 주제에!"

"무슨 소리를 하는 거야, 발렌타인. 그러는 너는 로이에게 모든 걸 다 맡겨두고 모른 체했잖아."

내 기분을 대변하는 것 같은 발렌타인의 지적이었지만, 디노는 가볍게 일축했다. 밀림과 라미리스와는 달리, 게으르기만 할 뿐이지, 말솜씨는 확실한 모양이다.

그건 그렇고, 왜 이름을 생각하는 데에 그렇게 시간이 걸리는 건데. 아니, 그 이전에, 정말 진지하게 말하고들 있는 것 같은데, 마왕들도 실은 시간이 남아도는 것 아냐……?

듣자하니 놀랍게도 전에는 몇 년 동안이나 이 문제를 가지고 생각에 생각을 거듭하는 동안에, 인간들 사이에서 '10대 마왕'이라는 이름이 정착되었다고 한다. 이 원인은 마왕의 수가 증감하는 것에 따른 것으로, 좋다고 여겨지는 호칭이 나온 타이밍에 계속 수가 줄어들거나 늘어났기 때문이라고 한다.

결국에는 인간들이 부르는 그 이름을 쓰기로 했다고 하지만, 모두가 다 납득하고 있는 건 아니었던 모양이다.

정말로 아무래도 상관없는 정보이다.

"진정해, 너희들. 이런 때야말로 평소엔 보이지 않는 협조성을 통해 극복해야 하지 않겠나!"

평소에는 협조성이 없다고 대놓고 말했다.

그런 기이의 말에 라미리스가 넌지시 중얼거린다.

"어, 그래도…… 이번에는 8대——."

그러나 그 중얼거림은 주위의 무언의 압력에 의해 묻혀버린다.

그걸 얼버무리려는 듯이 "그래. 지금 기이가 훌륭한 말을 했어! 다 같이 노력하자!"라고 라미리스가 다시 말했다.

8대 마왕은 아무도 납득하지 않는 모양이다.

그렇다고 해서, 협조성이 있는지를 따진다면 또 그렇지는 않다.

"와하하하하하! 그런 건 너희들에게 맡길게!"

"나는 지쳤어. 잘래."

시작하자마자 협조성이라곤 눈곱만큼도 없는 자들이 나타난다.

예상했던 대로지만, 역시 마왕들이다.

어차피 협조 같은 건 무리일 거라고 생각했지만, 역시 생각했던 대로였던 것 같다.

그리고 그런 어색한 분위기를 깬 자가 나타났다.

분위기를 파악하지 못하는 그 남자는 내 뒤에 서 있었다.

"응? 그런 거라면, 우리 리무루가 아주 잘 하지!"

베루도라다.

지루해하고 있던 베루도라가 빨리 돌아가고 싶었는지, 그런 말을 뱉은 것이다.

칫, 마왕들의 시선이 내게 집중되어버렸다.

이런 말을 할 바에야, 그냥 만화라도 읽고 있으면 좋았을 것을.

아니, 다 읽어버렸나, 마지막 권을.

그런 베루도라에게, 아니, 베루도라의 손에 있는 만화책에 밀림의 시선이 못 박힌다. 그 눈은 사냥감은 노리는 매보다 날카로운 것이, 안 좋은 예감만을 느끼게 한다.

하지만 지금은 그럴 때가 아닌 것 같다.

베루도라의 말에 고개를 끄덕이는 자가 나타난 것이다.

라미리스다.

"그러고 보니 우리 베레타한테도 아주 쉽게 이름을 지어줬었지!"

그런 말을 하면서, 내게 다 떠넘길 준비를 하고 있었다.

이 자식…… 점점 더 나를 만만하게 보기 시작하는 것 같은데. 그대로 조금씩 내게 귀찮은 일을 맡기려는 의도가 보일 듯 말 듯 하고 있다.

문득 돌아보니, 다른 마왕들의 시선에도 기대감이 가득 차 있다.

이런. 이미 포위망이 완성되어버린 건가?!

마왕들은 말없이 눈짓을 주고받더니, 기이가 대표로서 일어났다.

"오늘, 새롭게 마왕의 자리에 오른 리무루여, 너에게 멋진 특권을 부여하고 싶다."

"아, 필요 없으니까 사양하겠습니다."

그 다음을 말하지 못하게 하려고 나는 재빨리 거절했다. 그러나 그런 내 생각은 너무 안일했던 모양이다.

투쾅! 하는 굉음과 함께 흑요석 같은 광택을 띠던 비싸 보이는 대원탁이 두 조각으로 갈라진 것이다.

기이는 미소를 지은 채, 내 거절을 무시하면서 말을 잇는다.

"그렇고말고. 우리의 새로운 이름을 붙일 수 있는 특권, 그걸 너에게 주도록 하마. 이건 아주 명예로운 일이니까, 당연히 받아들여주겠지?"

내 옆까지 유유히 걸어오더니, 내 볼을 쓰다듬으면서 말하는 기이.

이게 바로 본성을 숨긴 간사한 목소리가 아닐까.

언뜻 보기에는 자상한 표정이지만, 그 목소리는 부정을 허용하지 않겠다는 기운을 띠고 있다.

나는 말없이 긍정도 부정도 하지 못하고, 묵비권을 행사하려고 했지만…….

기이는 내 볼을 손가락으로 쓰으윽 하고 쓰다듬으면서, "그 전에 말이야, 네가 사람 수를 줄인 것이 이 문제의 원인이잖아? 물론 책임을 지고 이름 정도는 생각해주겠지?"라고 귀를 잘근잘근 씹을 듯한 동작을 하면서 속삭이기 시작했다.

다른 사람이 보면 연인의 투정을 받아주는 것으로밖에 보이지 않겠지만, 현실은 그렇지 않다.

협박이라고요, 이건!

하지만 이렇게 된 이상, 내겐 거절할 방법이 없었다.

그렇게까지 귀찮은 일이란 말인가…….

"알았어, 나 참. 마음에 들지 않는다고 불평하지는 말라고?"

나는 포기하고 내키지 않는 투로 받아들였다.

마왕들은 잘됐다는 표정으로 크게 안도하면서 만면에 미소를 짓는다.

차를 한 잔 더 시켜 마시면서 늘어진 자세로 앉은 자까지 있다.
이제 다 끝났다는 듯이, 완전히 남에게 떠맡기고 있었다.

자, 이 녀석들은 그냥 내버려 두기로 하자.

여덟 명의 마왕이니 8대 마왕으로 해도 괜찮을 것 같지만…… 아니, 역시 좀 많이 싸구려 같은 느낌이 들긴 하네.

방금 라미리스가 하려 했던 말이 8대 마왕일 테니, 이건 기각해야 하려나. 어찌 됐든 그 순간에 더 이상은 말하지 말라는 뜻을 담은 주위의 그 압력은 꽤나 굉장했으니까 말이지. 그 위압감이 담긴 시선을 받는 것은 나도 사양하고 싶다.

8대 마왕이라는 호칭은 기각한다.

그렇다면…….

그러고 보니 오늘 밤은 초승달이 뜨는 밤이었다.

밤하늘에 별들이 빛나는 것이 너무나도 아름다우니──,

"'옥타그램(팔성마왕, 八星魔王)'은 어때? 팔망성(八芒星)에서 이미지를 가져와 봤는데?"

그 말을 한 직후에 찾아온 침묵의 시간.

마왕들은 눈을 감으면서, 그 말을 음미하고 있다.

그 직후, 모두가 일제히 눈을 떴다.

"정해졌군. 아주 훌륭해."

"이거면 이길 수 있어! 새로운 시대가 도래한 거야!"

"역시! 리무루라면 해낼 거라고 나는 믿고 있었어!"

"역시 대단하군, 베루도라가 추천한 이유가 있었어."

"흥. 뭐, 괜찮네. 조금은 인정해주도록 할게."

"이렇게 짧은 시간에 떠올리다니! 대단한데. 예전에 우리가 했던 그 고생은 대체 뭐였단 말이야!"

"……흠."

반대 의견은 없는 것 같다.

다행이다. 만약 반대를 했다면, 그 인간에게 이름을 생각하라고 떠넘길 생각이었지만 말이다.

밀림이 누구한테 무엇으로 이길 생각인지는 궁금했지만, 그건 따지지 않기로 하자.

그리고 디노, 나도 듣고 싶다. 너희들은 대체 무슨 내용으로 논의를 했단 말이냐…….

여러 가지로 따져 묻고 싶은 마음도 있었지만, 그 점은 어른의 넘어가기 스킬로 해결하기로 했다.

이렇게 하여——,

오늘 이 시간 이후로 마왕들은 새로운 호칭으로 불리면서 공포의 대상으로 존재하게 된 것이다.

*

그 호칭은 옥타그램(팔성마왕)——.

데몬(악마족)——'로드 오브 다크니스(암흑 제왕)' 기이 크림존.
드라고노이드(용인족)——'디스트로이(파괴의 폭군)' 밀림 나바.
픽시(요정족)——'라비린스(미궁 요정)' 라미리스.
자이언트(거인족)——'어스퀘이크(대지의 분노)' 다구류루.
뱀파이어(흡혈귀)——'퀸 오브 나이트메어(밤의 여왕)' 발렌타인.
폴른(타천족)——'슬리핑 룰러(잠자는 지배자)' 디노.
데몬노이드(인마족)——'플라티나 세이버(백금의 검왕)' 레온 크롬웰.

그리고 나.

슬라임(요마족)——'뉴비(신성)' 리무루 템페스트.

——이상, 여덟 명.

이날부터 새로운 마왕의 시대가 막을 올린다.

우선은 지배 영역의 분배다.

내 지배 영역은 쥬라의 대삼림 전 지역.

파격적인 대우이다.

하지만 밀림은 더 대단하다.

프레이와 칼리온, 그리고 클레이만의 영지가 통합되면서, 그 모든 것을 밀림이 지배하게 된 것이다.

그렇게 말해도 지배라는 것은 이름뿐이다.

영지 운영은 칼리온과 프레이, 그리고 밀림을 신봉하는 용을 모시는 자들이 할 것이니까.

그리고 구(舊)클레이만령은 동쪽 제국과의 완충지대이다. 클레이만이 어떤 관리를 하고 있었는지를 조사해서 방어선을 구축할 필요도 있을 것이다.

꽤나 번거롭고 손이 많이 가는 작업이 필요해지겠군. 그렇지만, 그건 밀림과 그녀의 부하들이 생각할 일이므로, 나는 내 할 일을 우선하려고 생각한다.

다른 마왕들의 영지는 변동 사항이 없다.

영지를 가지지 않고 방랑하는 자, 지배지를 은폐하고 있는 자, 다른 대륙에 머무르는 자 등등. 그런 식으로 모두의 거주지가 명확하지 않기 때문에, 변동 사항이 있다고 해도 알 수가 없지만 말이다.

그렇게 제멋대로 구는 마왕들이지만, 연락을 취할 수단이 있다고 한다.

그건 마왕의 증표로서 주어진 '반지'의 기능 중의 하나다. 본인을 증명하는 것뿐만 아니라, 마왕들끼리 '초시공 통화(超時空通話)'가 가능하게 된다고 한다.

개인 간의 비밀 통화와 여러 명끼리의 단체 통화 기능 같은 것도 있는, 상당히 편리한 마법 물품이었다.

이 반지—— 데몬즈 링(마왕의 반지)이라면 '무한뇌옥' 안에서라도 통화가 가능하다고 한다.

상당히 편리하기 때문에, 나중에 '해석감정'을 해서 양산해보자고 생각했던 건 비밀이다.

클레이만의 책략—— 숲의 소란에서 시작된 일련의 사건들은 종식되었고, 나는 새로운 마왕으로서 인정을 받았다.

클레이만의 주인—— 카자리무의 존재가 마음에 걸리지만, 마왕 측의 문제는 해결된 것이다.

——이리하여 나는 옥타그램(팔성마왕) 중의 한 명이 되었다.

ROUGH SKETCH

루미너스
메이드 ver.

디노

발렌타인

Regarding Reincarnated to Slime

죽는 줄 알았네. ——그렇게 생각하면서 라플라스는 필사적으로 도망치고 있었다.

사전에 조율한 대로 발푸르기스(마왕들의 연회)가 개최될 시간이 막 지났을 때 성지로 침입해보려고 시도했다. 전에 마왕과 마주친 '깊은 곳의 사원'으로 가기 위해 성스러운 신전 내부의 대성당으로 향했지만…….

거기서 최악의 인물과 마주치고 말았다.

바로 최강의 미인, '교황 직속 근위사단 필두기사'이자 성기사단장이라는 직함을 가지고 있는 사카구치 히나타였던 것이다.

(잠까안! 이게 어떻게 된 거야, 약속이 다르잖아?!)

여기 없는 고용주에게 마음속으로 불평을 하는 라플라스.

약속이라기보다는 사전 미팅 같은 그 자리에선, 히나타는 고용주가 밖으로 불러내기로 이야기가 되어 있었던 것이다.

아하하, 미안, 미안! 고용주의 그렇게 가볍게 사과하는 목소리가 들린 것 같았다. 물론 환청이겠지만, 그건 라플라스를 너무나도 짜증 나게 만들었다.

그렇다고는 하나, 거기에 불평을 늘어놓고 있을 만한 상황이 아니었다.

『이 성스러운 장소에 숨어들다니, 정말 벌레란 끔찍한 것들이네.』

그런 히나타의 차가운 목소리가 들려왔을 때는 살아도 산 것 같지 않은 심정으로, 라플라스는 한순간의 주저함도 없이 도주를 선택했고, 훌륭하게 도망친 것이다.

'깊은 곳의 사원'으로 가기는커녕, 아예 작전은 실패했다.

하지만 이건 라플라스의 탓이 아니다.

(모처럼 마왕 발렌타인이 자리를 비웠다고 해도, 그 여자가 있다면 의미가 없잖아…….)

"어떻게 이긴단 말이야, 그런 괴물을——."

그렇게 중얼거리면서, 라플라스는 재빨리 포기하고 물러날 것을 결심했다.

하지만 그건 그렇다 쳐도, 라플라스는 문득 그런 생각이 들었다.

왠지 최근에 자신은 계속 도망만 치고 있다고.

히나타에게서 도망칠 수 있었던 것만으로도 정말 대단하다고 자신을 칭찬해주고 싶지만, 그렇다고 해도 달갑지가 않다. 최근에 상대 운이 연달아 엉망인 것을 통해 판단하기에는, 이대로 계속 도망칠 수 있을 것이라고는 과신하지 않는 게 좋을지도 모르겠다——.

라플라스가 그렇게 생각했을 때였다.

성도에서 벗어난 공간에서 일그러짐이 발생하더니, 거기서 방대한 마력의 파동이 느껴진 것이다.

"잠깐…… 이거 진짜야……?"

정말 못 해먹겠네, 라플라스는 그렇게 생각하면서 울고 싶은 심정이 되었다.

그 반응은 상위 마인 정도가 아니라, 명백하게 격이 다른 강대한 존재. 그것도 그 파장은 라플라스가 겪었던 적이 있는 것이었다.

"벌레 같은 놈. 내 앞에, 지금 또 모습을 보이는 거냐!!"

열화와 같은 분노를 드러내면서, 마왕 발렌타인의 노성이 울려 퍼진다.

"빌어먹을! 이번엔 마왕이야?!"

뭐가 이렇게 운이 없담. 라플라스는 자신의 불행을 한탄하고 싶어졌다. 하지만 그런 짓을 하고 있을 상황이 아니기에, 다시 있는 힘을 다해 도망을 시도하려고 하다가——.

"흥! 벌레들은 다들 똑같구나. 도망치는 게 그렇게 좋으냐?"

——문득, 발렌타인의 말에 뭔가를 느끼면서, 라플라스는 걸음을 멈췄다.

"무슨 얘기지?"

"흥, 네놈하고는 관계없지만 가르쳐주마. 방금 전에 마왕 클레이만이 죽었다. 그 어리석고 잔꾀만 부리던 쓰레기도 네놈처럼 도망쳐 다녔지. 꼴사납게 울부짖으면서 말이다."

빈정거리는 표정으로 비웃으면서, 발렌타인은 말한다.

"뭐라고?"

"핫핫하, 왜 화를 내는 거냐? 네놈하고는 관계없는 얘기일 텐데?"

"입 닥치지 못해! 이봐, 클레이만이 죽었다는 얘기는 진짜인가?"

"핫――――핫핫하! 벌레 같은 놈, 내 말에 넘어갔군. 역시 네놈들은 이어져 있었구나. 모든 것이 루미너스 님이 생각하신 대로였다!"

큰 소리로 웃는 발렌타인을 앞에 두고 라플라스는 멍하니 서 있었다.

클레이만의 죽음을, 믿을 수가 없어서.

믿을 수 없는 게 아니라 믿고 싶지 않다는 것이 바른 표현이었다. 라플라스에게 있어서 클레이만은, 약간 신경질적이긴 했지만 마음이 맞는 동료이자 친구였으니까.

"뭘 웃고 있는 거야, 이 멍청한 자식!"

"벌레 주제에, 감히 누굴 보고…………커허억――?!"

"이 망할 자식아! 내, 친구를, 비웃지 마!"

타살(打殺).

때려죽인다는 그 말이 적절할 정도로 라플라스의 주먹은 멈추질 않는다.

"큭, 멋대로 까불지 마라, 이 벌레 같은 놈!!"

발렌타인은 분노와 굴욕으로 새빨개진 얼굴로 라플라스를 노려보며 소리쳤다.

아무리 맞는다 해도 '초속재생'을 지닌 발렌타인 앞에서는 무의미하다. 어리석은 자에겐 죽음으로 대가를 치르게 할 뿐. 발렌타인은 그렇게 생각하고 있다.

뿜어져 나오는 피를 닦으려고도 하지 않고, 아니, 그 피는 진홍의 안개가 되어 주위에 퍼지더니――,

"죽어라, 블러드 레이(혈인섬홍파)!!"

——절대적인 피의 결계 속, 도망칠 곳이라곤 전혀 없는 라플라스에게 선혈의 입자포가 닥쳐오——지는 않았다.

"소용없어. 너는 이미 죽었으니까."

"——?!"

발렌타인에게는 지금 무슨 일이 일어난 것인지 이해가 되지 않았다. 압도적인 힘을 지닌 자신이, 격이 낮은 벌레에게 농락당하고 있다. 최강의 필살기로 마무리를 지으려고 했는데, 무슨 이유인지 스킬(능력)이 발동하지 않았던 것이다.

확실히 오늘 밤은 초승달이 뜨기 때문에, 자신의 힘이 가장 약해지는 날이기는 하다. 그러나 마왕급 정도 되면 그런 건 약간의 오차일 뿐이다.

이 정도 약해지는 것은 아무런 영향이 없다. 그렇다면 생각할 수 있는 원인은 단 하나.

라플라스가 강한 것이다.

그리고 그 이해는 올바른 것이었다.

라플라스의 손에는 꿈틀거리는 물체가 하나.

"——!!"

"그래. 이건 너의 코어(심장)이지. 움직이지도 못 하겠고 목소리도 안 나오지? 그것도 내가 한 짓이야."

잔혹하게 말하는 라플라스.

발렌타인의 몸이 자신도 모르는 사이에 조금씩 바들거리면서 떨리기 시작하고 있었다. 그건 마치…….

(공포? 내가, 공포를 느끼고 있다고?!)

"알아차리는 게 조금 늦었군. 그래. 나는 강해."

새파래지면서, 절망의 표정을 짓는 발렌타인.

라플라스의 손에 들려 있는 것이 정말로 자신의 심장이라는 걸 알아보고는, 패배를 깨달은 것이다.

그 표정을 보고 라플라스는 미친 듯이 웃으면서, 심장을 짓눌러 뭉개버렸다.

승부는 한순간에 끝이 나고 말았다.

라플라스는 계속 웃는다.

——아아, 풋맨이 화를 내겠군.

라플라스를 발견한 경비병들을 모조리 죽이면서.

——아아, 티어는 아마 울겠지.

일직선으로 탈출을 시도하면서.

——그러니까 내가 웃어줘야지.

너는 정말로 바보였다고, 라플라스만큼은 클레이만을 비웃어 줄 것이다.

그게 바로 '크레이지 피에로(광희의 광대)'에게 어울리는 최후라고 생각하니까.

화를 내는 것도 아니고, 우는 것도 아닌,

이제 웃을 일이 없는 친구를 대신하여 라플라스는 웃었다.

ROUGH SKETCH

후기

오랜만입니다!

앞 권에 이어 5개월 만에 인사를 드립니다만, 《전생했더니 슬라임이었던 건에 대하여》 6권을 전해드리게 됐습니다.

그리고 늘 있는 후기 타임입니다.

이번에도 편집자인 I 씨와의 사이에서, 쓰려고 해도 다 쓰지 못할 장대하고 처절한 배틀이 발생했습니다.

1권을 쓸 무렵의 I 씨는 자상했습니다.

"후기가 도저히 내키지 않는다면 쓰지 않아도 됩니다~!"

"그런가요, 감사합니다! 뭘 써야 좋을지 모르겠는 데다, 이런 건 서툴러서. 그렇게 말씀해주시니 정말 살 것 같습니다!"

이런 대화가 있었습니다.

그, 런, 데!

이번에는,

"페이지를 맞춰봤는데, 후기가 8페이지 정도 나와야 할 것 같네요!"

"네? 8페이지라니, 너무 많은 것 아닙니까?"

저기 말이죠, 후기가 8페이지라니, 무모한 것도 정도가 있어야죠.

제가 의문으로 여기는 것도 당연하다 하겠습니다.

"그게, 어쩔 수가 없습니다. 16페이지 기준에 맞춰서 인쇄를 해야 하니, 공백 페이지를 줄이려고 하면 후기를 넣을 수가 없게 되니까요."

"아, 그러면 넣지 않는 걸로——."

"안 됩니다, 무슨 말씀을 하시는 겁니까?! 역시 후기는 꼭 써주셔야죠."

1권을 쓸 무렵에는 없어도 관계없다고 말했으면서, 그 자상하던 편집자 I 씨는 이제 존재하지 않았습니다…….

아니, 확실히 저도 제가 기대하고 있는 소설의 후기는 읽어보고 싶지만, 쓰는 사람의 입장이 되면 없어도 괜찮다는 쪽으로 바로 바뀌긴 합니다.

입장에 따라서 생각이 자유자재로 바뀔 수 있는, 그게 바로 제가 가진 특기 중 하나——그러면 안 되지——입니다. 그런 특기를 구사하여 I 씨를 설득하고자 시도해봤습니다만…….

"페이지 수가 늘어난다 해도 반드시 써주셔야겠습니다! 후기가 없다는 선택지는 절대 없으니 그리 알아두세요!!"

그 일갈로 인해 후기를 쓰지 않는다는 선택지가 사라져버렸습니다.

이건 불가능하다고 생각해 저도 포기했고, 교섭에 교섭을 거듭한 끝에, 페이지 수를 약간 줄이는 데 성공하게 된 것입니다.

야아, 그렇지만,

매번 늘 그랬던 것처럼,

"이번에도 페이지 수가 조금 늘어날 것 같습니다만……."

"괜찮으니까 신경 쓰지 마시고 써주십시오!"

라는 내용의 대화가 있었습니다만, 그런 상황에서 후기에 대한 요청을 받은 것입니다.

페이지 수가 늘어난 것이 마음에 걸렸습니다만, 그런 걱정은 할 필요가 없었습니다.

본편의 페이지 수가 상당히 늘어난 상황인데, 후기용 페이지를 늘리자고 하다니.

편집자 I 씨도 상당히 상식을 벗어나 있는 사람입니다.

하나 더 언급하자면, 초고를 완성했을 때의 I 씨의 감상은,

"○○의 장면이 없는데, 어떻게 된 겁니까?"

"아. 그게, 페이지 수가 너무 많아져서 눈물을 머금고 삭제했습니다!"

"그러면 안 되죠. 그 장면은 필수적으로 들어가야 한단 말입니다!"

"아니, 그렇지만 달리 삭제할 곳이……."

"삭제해야겠다는 생각을 하지 않으셔도 됩니다! 괜찮으니까 팍팍 쓰도록 하세요. '전생슬라임'은 쓰고 싶은 대로 쓰도록 놔두기로 하고 있으니까요!"

그런 대화가 있었습니다.

그 결과, 초고가 완성된 시점에서 이미 전례 없이 최고의 볼륨이었는데, 거기서 1만 자 가까이 양이 더 늘어나게 된 것입니다.

지금까지 나온 GC노벨의 책 중에선 문장이 2단 배열이다 보니 글자 수 만큼은 톱이었다고 합니다만, 이번 권으로 페이지 수까지 톱으로 도약하게 되었습니다.

"이걸로 기록을 경신하게 되었네요!"

라고 말하는 편집자 I 씨.

그는 대체 뭘 목표로 하고 있는 걸까요.

이런저런 일이 있긴 했습니다만, 이렇게 6권이 나왔습니다.

전례 없는 최고의 두께를 자랑하는 이 6권을, 즐겁게 읽어주신다면 참으로 기쁘겠습니다.

그러면 내용에 관해서도 조금 언급을 해볼까 합니다.

2권에서도 적었습니다만, 저는 후기를 먼저 읽는 쪽입니다.
그러므로 다음 부분에는 실로 자연스럽게 스포일러가 들어가 있을 거라 생각하고 읽어주십시오!

*

5권의 후기에서도 적었습니다만, 이번에도 새로 적은 내용들이 많이 들어 있습니다.
목차를 보면 일목요연하게 알 수 있습니다만, 이번 권에선 리무루가 명실상부하게 마왕으로 인정을 받으면서, '팔성마왕'이 갖춰지는 부분까지 적혀 있습니다.
인터넷 연재분의 4장 '마왕 탄생 편'을 5권과 6권으로 나눠서 수록한 형태라고 하겠습니다.
그 '마왕 탄생 편'의 분량이 5권을 다 채우지 못했던 것을 감안해보면, 대부분의 내용이 신규 에피소드라는 것은 명백하다 할 수 있겠습니다.
그 부분에 관한 편집자 I 씨와의 대화 내용은 5권 후기에도 적은 대로입니다.
칼피스를 물로 희석시키듯이 양만 늘렸다는 소리를 듣지 않으려고 노력했습니다.
그렇게 하여 이번 권이 나왔습니다만…….
매번 있는 일입니다만 등장인물이 많습니다.

인터넷 연재분을 이미 읽으신 분은 그렇다 쳐도, 서적판만 읽으면서 따라오고 계신 분들은 참으로 힘드실 거라고 생각합니다.

하지만 잘 생각해보면, 통상적인 문고본의 두 배 이상 되는 글자 수가 있는 셈이니까, 그렇게 지나칠 정도로 많은 건 아니라고도 생각해봅니다.

일러스트는 있으면 좋겠네요――. 그런 연유로 이번에도 밋츠바 작가님께는 많은 고생을 하시게 만들었습니다!

10대 마왕이 죄다 모여 ―어? 열한 명이 있네? 신기하네― 있는 것이, 상당히 멋지게 완성이 되었다고 생각합니다.

그러고 보니 밋츠바 작가님과 편집자 I 씨 사이에서 여성 캐릭터의 가슴 크기를 두고 뜨거운 배틀이 벌어졌다고 합니다만, 그건 제가 관여할 부분이 아닙니다. 그 배틀의 결과가 반영되어 있는지 아닌지, 그것은 완성된 일러스트를 보고 판단하기로 하지요.

이런, 이야기가 딴 데로 빠졌네요.

그런 식으로 멋진 일러스트도 완성되면서, 캐릭터가 늘어나도 이미지를 떠올리기는 쉽게 되어 있습니다.

그리고 인터넷 연재분과의 차이점 말입니다만, 큰 줄거리는 어떻게든 같도록 맞췄다고 할 수 있겠습니다.

그렇지만 어떤 캐릭터의 행동 목적이 완전히 바뀌었다거나, 설정 그 자체가 변화되어 있는 경우도 있어서, 세세한 부분만 본다면 차이는 많이 있습니다.

인터넷 연재분이 그대로 유지된 부분을 찾는 게 더 어려울지도 모르겠군요. 앞으로는 작은 변경점이 자꾸 쌓이면서, 전혀 다른 이야기로 변화될지도 모릅니다.

그래도 큰 줄거리만큼은 지켜나갈 생각이지만, 그것도 써보지 않으면 모르겠군요.

그런《전생했더니 슬라임이었던 건에 대하여》입니다만, 앞으로도 잘 부탁드리겠습니다.

*

그러면 후기의 마무리로 감사 인사를 적으려고 합니다.

매번 멋진 일러스트를 그려주시는 밋츠바 작가님.

캐릭터 러프를 보면서, 제 안의 이미지가 새로 바뀌는 캐릭터도 있습니다.

자극을 받는다는 건 정말 좋은 일이로군요!

앞으로도 계속 새로운 캐릭터가 등장하게 될 것이니, 잘 부탁드립니다.

만화판을 담당하시는 카와카미 타이키 작가님.

그리고 만화판 편집을 담당하시는 U 씨.

트집에 가까운 주문에 매번 응해주셔서 그저 머리가 숙여질 따름입니다.

이번에도 소개용 만화 원고를 부탁드렸습니다만, 흔쾌히 받아들여 주셔서 정말 감사합니다!

네? 후기의 페이지 수를 줄이고 싶었기 때문이 아니냐고요?

무슨 말씀인지 전 잘 모르겠네요.

매번 상담에 응해주시는 편집자 I 씨.

I 씨의 의견은 제게 있어선 보물과 같습니다.

편집자의 이해도 받아내지 못하는 작품으로는, 수많은 독자들을 납득시키는 건 불가능하겠지요.

앞으로도 기탄없는 의견을 주시기를 부탁드립니다!

교정과 디자인, 이 책의 제작에 관여해주신 여러분.

특히 교정을 담당하신 분은 이 대량의 글자를 체크하는 것이 너무나 힘들었겠지요.

정말로 수고 많이 하셨습니다!

그리고 마지막으로, 이 책을 구입해주신 독자 여러분, 앞으로도 《전생했더니 슬라임이었던 건에 대하여》를 재미있게 읽고 즐기실 수 있도록 노력하겠습니다.

그러면 또 다음 권에 뵙도록 하겠습니다!

소설 6권
& 코믹스 1권 동시 발간 기념

스페셜 만화

만화 : 카와카미 타이키

헤드드레스

자, 포즈.
이건 이것대로 귀여워 ……!!
리무루, 거의 포기 했구나 ……!

전생했더니 슬라임이었던 건에 대하여 6

2016년 3월 1일 1판 1쇄 발행
2021년 8월 15일 1판 16쇄 발행

저 자 후세
일러스트 밋츠바
옮 긴 이 도영명
발 행 인 유재옥
본 부 장 조병권
담당편집자 정영길
편집 1팀 이준환 박소연
편집 2팀 정영길 김민지 조찬희
편집 3팀 오준영 곽혜민 이해빈
미 술 김보라 서정원
라이츠담당 김슬비 한주원
디 지 털 박상섭 이성호 최서윤
물 류 허석용
제 작 처 코리아피앤피
발 행 처 ㈜소미미디어
등 록 제2015-000008호
주 소 서울시 마포구 토정로222, 403호(신수동, 한국출판콘텐츠센터)
판 매 ㈜소미미디어
마 케 팅 한민지
전 화 편집부 (070)4164-3962, 3963 기획실 (02)567-3388
판매 및 마케팅 (02)567-3388, Fax (02)322-7665

ISBN 979-11-5710-292-1 04830
ISBN 979-11-5710-126-9 (세트)